U0449075

华 章
传奇派

**品味无限不循环的人生**

# 涯天
# 海馨

窦椋◎著

重庆出版集团 重庆出版社

## 图书在版编目（CIP）数据

天涯海警 / 窦椋著. — 重庆 : 重庆出版社, 2023.8
ISBN 978-7-229-17760-7

Ⅰ.①天… Ⅱ.①窦… Ⅲ.①长篇小说—中国—当代 Ⅳ.①I247.5

中国国家版本馆CIP数据核字（2023）第121108号

## 天涯海警
## TIANYA HAIJING

窦椋 著

出　品：华章同人
出版监制：徐宪江　秦　琥
策划编辑：张铁成
责任编辑：秦　琥
责任校对：王昌凤
责任印制：白　珂
营销编辑：史青苗　刘晓艳
封面设计：MM末末美书
QQ:974364105

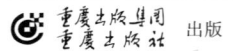

重庆出版集团
重庆出版社 出版

（重庆市南岸区南滨路162号1幢）
北京毅峰迅捷印刷有限公司　印刷
重庆出版集团图书发行有限公司　发行
邮购电话：010-85869375
全国新华书店经销

开本：880mm×1230mm　1/32　印张：18　字数：355千
2023年8月第1版　2023年8月第1次印刷
定价：69.80元

如有印装质量问题，请致电023-61520678

**版权所有，侵权必究**

# 目录

第 一 章 / 001

穿行在茫茫沧海,却时常困于方寸,但请不要问我何时返航,心有沃野,爱则无垠。

第 二 章 / 023

无法抓住不期而遇的情缘,就像与熟悉的过往也渐行渐远,我沿着海岸线一路走下去,仿佛随时看得见梦中那片银白的沙滩。

第 三 章 / 040

本已对现状别无所求,无奈连沉默都要与我分手。海风吹净了码头,就像凌晨时分你出走于我心头。

第 四 章 / 056

当亲手送你离开,瞬间残阳如血。我辜负了全世界,因为我找不到合适的语言与你道别。

第 五 章 / 071

当找不到通向大地的路,我也不会无助,浪花里分明漂着你的祝福。

第 六 章 / 089

有多少壮志豪情,就有多少羽化成空,我在感情世界里的被动,一如那望不到头的漫长航程。

第 七 章 / 107

我像候鸟,一生都在追求温暖,可一生也在作别家园。

第 八 章 / 121

我以为遮天蔽日的是通天巨浪,原来竟然是难以再走进她的心房。

第 九 章 / 139

我对她的守望,胜过光芒照耀海疆。可我如此孤独,一如草长莺飞中的荒芜,一如心花怒放时的惆怅。

第 十 章 / 159

　　眼泪汇成水路,我逆流而上,假装你还是我的姑娘,假装你并非别人的新娘。

第 十 一 章 / 178

　　离开不是为了忘记,我在孤独时分想念你,我在纷扰之中更想念你。

第 十 二 章 / 198

　　迎着风出击,就要和你背离,但我必须汇入海浪。当你回想我,就微笑着眺望,我也必须出现在你目之所及的地方。

第 十 三 章 / 216

　　我是末日里的一棵树,有人抱着我哭,那也是我的幸运。我注视着每一道伤痕,如果还能感到疼痛,那也是我的幸运。

第 十 四 章 / 235

　　你们是否重获安宁,我已下达结束的指令;你们是否听见我的呼喊,我一直张着怀抱,站成一道海堤。

第 十 五 章 / 253

　　当你一无所有还充满信念地活下去，于是云彩洁白如玉，于是冰海燃起火炬。

第 十 六 章 / 271

　　你说我们永生依存，所以我是发光的水，所以你是明亮的星辰。

第 十 七 章 / 289

　　我的生命大概已近黄昏，我面前空无一人，我面前又站满了人。

第 十 八 章 / 309

　　找不到你，即使是鲜花绽放的时节，我仍然身处草木凋零的世界；即使黎明辉映双眼，我仍然不在清晨，而在寒风彻骨的深夜。

第 十 九 章 / 327

　　美景去哪里了，再看那烟波无际、海风浩荡，皆是无尽悲怆，可是每一个关于你的细节，我都不会遗忘。

第 二 十 章 / 346

　　祈祷人间不存在如此的再见，为何一见如故以后便要此去经年。

第二十一章 / 364

从今往后，我所有起舞的冲动都是因为你，我用淡漠世俗的举动铭记你的名字，我用顾盼生辉的眼光诠释唯一的主题。

第二十二章 / 383

多年前以为在海天相接之处，生长着我们的愿望，重回梦中的岛屿，却发现生命的回响来自当年出走的地方。

第二十三章 / 403

我们是蒲公英的种子，流离绝不是流放，终究会彼此重逢，哪怕我被颠覆于潮水，你被遗落在夕阳。

第二十四章 / 423

无须朝拜，不必礼赞，我仰头向着新的春天，这本身就是我对你许下的诺言。

第二十五章 / 445

你像一片原野，包容我被世俗碾碎的一切，让我不再以败退收场，而是以冲锋的姿势进入新的感情世界。

第二十六章 / 462

理想在潮涌之中润泽,现实在潮退以后干涸。欲望有多么可观,生活就有多么难堪。

第二十七章 / 485

又一次事与愿违,你依然对我倾尽所有原谅。你以为奔赴的是山海,山海徒留的是影像。

第二十八章 / 502

人们纷至沓来于我的灵魂前夜,那些遗憾像海水注入我跌宕起伏的命运,于是那时汹涌的波涛就是我沸腾的鲜血,我遥指天空中代表我的那颗星,照耀我笔直地站在前列。

第二十九章 / 522

我们的轨迹一个山南一个海北,即便你正在我身旁,但我还会守护你的选择,就像守护心中壮美的海疆。

第三十章 / 540

月亮把我们的脚印都映得雪白,每一个赤诚的人都值得被热爱,所以航路延伸至天涯海角,花儿开在了九天云外。

# 第一章

*穿行在茫茫沧海，却时常困于方寸，但请不要问我何时返航，心有沃野，爱则无垠。*

飞鱼掠过水面，鸥鸟环绕桅杆，大海是它们美丽的家，那些无限自由的海洋生物时而在近海时而在远洋，一点儿也不像寸步难行、偏安一隅的人们。东边那片蔚蓝之海中有丑陋却温柔的魔鬼鱼，有鲜艳但锐利的珊瑚，还有看不见的漩涡以及躲不掉的巨浪。海中向来如此波谲云诡，造访于此的人不只是听涛声满袖、听渔歌晚唱，不只是看岛屿礁丛、落日舷灯，更多的时候是承受无边的孤寂。他们要靠流传久远的故事，支撑起随时可能会被隔断的瞭望。听说天涯海角住着神仙，洁白的浪花里有妈祖的祝福，舵盘转动，适应陆地的人们要不断遮掩恐惧，用航迹和汽笛划破宁静，去寻求毫无定数的希望。海面承载船儿，船儿像老农扶着犁铧，艰难地翻开土地，再很快将其平整起来。大海的凶险，看不见的时候，它就不存在，大海的胸怀，读不懂的时候，它也不博大，其实大海与人类的关系和人们与脑海的关系一样，试图遗忘什么，却往往难以摆脱什么，善于遗忘什么，而什么又如影随形。

夕阳沿着一块巨大的岛礁悄悄落下去了，它像注视着孩子踏上远路的母亲，挥手时并不声张，转过身就掉下了眼泪，那眼泪如同海浪溅起的水花，像轮船艏艉激起的波浪。多年以前，世界上第一个出海的人赋予了人与海的情愫，那位古巴渔夫与大马林鱼的故事也诉说着激流中搏斗的悲壮，所以，在接替而来的微弱月光里，水中会聚起大片的海萤，它们发着光浮游在近海，逐渐蔓延，和奔涌的海浪相拥，没有咆哮，也不呜咽，那是大海的蓝眼泪，是幸福的眼泪。最后的光亮彻底不见的时候，海平面上没有了参照系，所有的坐标要么在导航仪里，要么在心里，肉眼再难寻觅。

海上的夜特别漫长，其实《军港之夜》里唱的只是水兵的愿望，而现实截然相反，舰艇上的人总是难以入眠，劈波斩浪之感也不全是豪迈，有时水与水的碰撞也像暧昧的拥吻，大海似乎在拒绝他们的打扰，藐视着这些乱入的陌生物种。可他们仍然要保持严正的姿势，凛然望向舷窗之外，在不被观照的角落，观照着自己和时刻风起云涌的世间，不是对未曾涉足的疆域好奇，而是只有一次次穿越神秘地带，心中才更了然大海没有尽头，船舶应该靠岸。当下一个夕阳像镶嵌在墙体里的壁炉，落在水面上，温热了冰冷，他们就迎着霞光骄傲地回家。

海风拂过，风向标逆时针旋转，旗帜和天线、观测台一起，奏响一曲曲乐章。驾驶室外部下侧悬挂着红蓝银三色相间的海警徽，船艏两侧是武江舰的编号，左右舷都有"中国海警""China Coast Guard"的字样，这艘舰艇隶属江淮海警局宁水大队宁岛工作站，不足六百吨的舰艇在宁岛港内看起来是庞然大物，可现在它却那么娇小，宛如一片树叶，随海浪跳着轻盈的舞蹈。

这已经是它在海上不间断航行的第十五天了。又一个深夜，舰艇上的人劳累了一天，都已经就寝，至于能不能睡着，全凭运气。担负执更任务的执法员冯蔚做好例行检查工作，"噔噔噔"从内底的平台罗经室爬上来，穿过后水泵舱、综合设备室、舵机间、主炮转运间等舱室来到了前甲板靠右舷的位置，他常常独自站在那里面对海平面，回溯往事或憧憬未来。他说过，那不是单纯地眺望远方，因为他的脚下已经是远方了。

船上的通道，冯蔚走了无数遍，闭着眼都能畅通无阻。他像一个从垭口走向山巅哨所的战士，不管雪雨漫天还是披星戴月，都能准时准点出现在他应该出现的地方。

这艘舰艇据说是东海舰队的装备更新换代后移交给中国海岸警备队（简称中国海警）的，算不得先进，但绝不落后，在海警的服役时间和冯蔚差不了多少，正值当打之年。洁白的颜色在深蓝之间包蕴着安宁特质以及和平的寓意，那是冯蔚从海警学院毕业以来赖以生存的地方。麻雀虽小五脏俱全，该有的生活设施一样不缺。饿了，有冷藏室、厨房、餐厅；病了，有医疗室、休养室；闷了，有文娱活动室、健身区；就算人狂心躁，通常意义上的手段解决不了了，没关系，还有禁闭室和看守室以供清醒反思。在这条长度不到六十米的舰艇上，足不出户就能解决吃喝拉撒以及精神困惑。几年来，冯蔚习惯了舰艇的颠簸，乍一回到陆地上，反而有那么一阵子会手脚不遂。那既不完全属于大海，又不被陆地所接纳的感觉，非常难熬。

巡航听起来潇洒，看上去很美，对于普通人来说可望不可求，可亲身体验才知道腻味苦闷至极，没有网络，没有新鲜事，没有陆地上的安稳以及亲朋好友的音讯，经常连续多日一成不变的景色，让他们和那海面一样，绝大部分时间波澜不惊，以平静姿态示人，时常会忽略内里潜在的激流。没有警情的时候，执法员习惯了沉默，因为他们早已对舰艇上所有人吹过的牛厌倦不已了，祖上几代的故事熟稔于胸，谁黄过几个对象，谁曾有过什么露脸的行为，干过什么丢人现眼的事情都成了陈词滥调，统统不稀得再听。他们之间没有隐私，他们都只是舰艇的一部分。

航通组、舰务组、机电组、枪帆（缆）组、炮筒组之间的配合只需一次巡航就能得到充分磨合，何况现在，他们记不清多少次一起出任务，紧要关头一个眼神、一个手势、一个口令，便能领会意图，然后即时付诸实践。常规执法规范化、流程化、信息自动化的时代，无须过多发表个人见解，所以"相对无言"不是用来解释尴尬或者某种情绪，对于巡航中的海警来说，是一种常态。犁波万顷，武江舰以十八节的经济巡航航速继续驶向深蓝。舰长李海疆面色严峻，笔直地站立在值班室的大屏幕正中，舰艇周边的画面一目了然，耳畔回荡着江淮海警局局长孙颜在巡航出征仪式上的讲话："东海维权形势趋紧，某弹丸小国觊觎我距温州市海域附近的海岛已久，他们关注《海警法》的颁布实施，蓄意炒作我方巡航主权岛屿的合法行为，叫嚣'不允许单方面改变现状'，并拉拢利益同盟打造遏华'包围圈'，在海上对我方施压设绊，导致争控持续高位运行，海上执法力量发生对峙甚至摩擦冲突事件的可能性存在。其多次对我方巡航舰艇采取航路管制、炮口指向等行动试探底线，制造矛盾，造成我方渔船驶入该岛领海作业受阻，海上维权难度加大。近期，我们获取情报，该国五名'右翼'分子计划于本月在巡视船护送下搭乘'高洲丸'号登上我方海岛进行侵权活动，企图以此宣示'主权'，为应对挑衅行动，捍卫领土主权，实现'持续存在、宣示主权、体现管辖、确保安全'的战略意图，我们报请上级批准，派遣舰艇前出目标海域，加强目标海域的维权巡航，粉碎目标人员登岛侵权企图。大家有没有信心？"

"有！有！有！"震耳欲聋的回答响彻海空，回荡在武江舰。

李海疆环视四周，海面辽阔壮美，舰艇动力雄劲，人员精神振奋，他的理想也更明晰起来，他满腔抱负，要带领他的执法员们，在每一寸中国海疆上留下航迹，对任何一个蠢蠢欲动的家伙形成威慑，随时做好迎头痛击的准备。

一条鱼从海里跃出来，正巧跟冯蔚撞了个满怀，把他吓了一跳，很少有鱼能跳这么高，他不知道有没有飞鱼这一物种，但眼前这条无疑具备了飞鱼的实力。他看见，飞鱼的眼睛在黑暗中发着光，没有惊慌之色，还与他有了短暂对视，那时候冯蔚好似突然看到了自己，这条鱼和他太像了，他们都是暂时脱离鱼群的角色，在享受片刻独处的时光。

然而，寂寞是一种日常，独处是一种奢望。这次巡航的第一个突发事件在毫无预兆的情况下降临了。航通值班员通过卫星云图和雷达监测发现前方两海里的位置雷达回波异常，一艘可疑船舶未行驶在航线上，而且这艘船似乎也发现了武江舰，开始疯狂逃窜，通过船体表征和航行轨迹，冯蔚判断，这是一艘休季休渔期间私自出海实施非法捕捞的渔船。

"执勤警报！执勤警报！"果不其然，舰艇上人员很快接到指令，他们迅速进入战位。李海疆请示海警局指挥中心之后，通报了情况态势，进行了登临检查部署。

武江舰加足马力追上去查缉，渔船则玩命加速，量的差别使距离在迅速缩小，直到两船并驾齐驱。面对武江舰极具压迫性的追赶，明知道躲不过，渔船竟然还是不停。这种情况屡见不鲜，对于渔船来说，开出来这么远，没日没夜地苦干多天，收获满舱，一船价值连城的珍稀鱼种，如果顺利运回去，一定能卖出好价钱，不说飞黄腾达，生活一定能得到极大改善，因此哪里甘心束手就擒。

他们是靠捕捞为生的人，想让他们放下到手的海货，相当于要了他们的命。此举违法，可在艰难的生活、膨胀的私欲面前很难做到目光长远，只能选择对休渔期的法规制度视而不见。这片海域刚刚投放了鱼苗，正是鱼类繁殖的时节，此时捕捞会破坏鱼类资源和生态平衡，海警历年来对此严厉打击，毫不手软，违法者一旦被抓获，不仅经济上受重罚，人也会面临牢狱之灾。所以船长下令，全速航行，绝不停船。只要海警不"跳帮"（跳船作战）登临制控，他们就还有逃脱的希望，尽管这个希望极其渺茫，极少有先例。不过休渔期出海捕捞本身就是一场豪赌，是满载而归还是一无所获，是胜利凯旋还是命悬一线，尚有极大的不确定性，会否被海警抓捕在他们看来反倒是次要的了。这些渔民祖祖辈辈搏击风浪，靠海吃海，信命、信神、信风水，唯独不信现状，选择在这个当口铤而走险的他们，都抱有很强的侥幸心理，都想当全身而退的赢家。海上环境变幻莫测，谁也说不清什么时候会有奇迹降临，毕竟出海就意味着冒险，通常意义上的思维逻辑，解释不了水面上许多奇妙事件的发生。

冯蔚用高音喇叭向他们喊话："我们是中国海警武江舰，立即停船接受检查！"声音极具穿透力，渔船上的人肯定听得清，可冯蔚连续喊了多遍，他们也不理会，反倒受了刺激一般，还群情激奋起来，布满血丝的眼睛里流露出拼死挣扎的凶狠，继续铤而走险。

冯蔚的老搭档刘岸根据舰长李海疆的指令，准备使用高压水炮冲击渔船，然而，他们还未出手，渔船自身却出了大问题。机舱内先是冒出一股股黑烟，紧接着有不易察觉的明火蹿出来，仔细观察，凭借经验，执法员可以得知主机发生故障。这是一艘至少二三十岁的老渔船，本已是强弩之末，疏于修缮，破败不堪，像一个人的耄耋之年，不用攻击已摇摇欲坠，现在满载活蹦乱跳的鲜鱼，又疲于奔命，超负荷运转，出问题实属在情理之中，但到了冒烟起火的程度还是出乎冯蔚的预料。

还有更危急的情况。此起彼伏、渐次加强的波涛中，传来渔船机电手绝望的呼喊："油水温度持续升高，主机瘫痪，船要爆炸了。"

船长带着哭腔："人为财死，这次果真连命也搭上了。敢跟他们硬碰硬，海龙王头上闹水，他们巴不得我们船毁人亡。这下省事了，都不用他们动手，我们把自己就干掉了。"船长认为执法员肯定会隔船观火，此时他们一脸讥笑，已经在庆祝胜利了。

大副非常认同船长的观点："这叫什么？一网打尽！我们打鱼还没一网打尽过，自己先被一网打尽了！"船上传来哭声，还有船员相互间的埋怨，甚至有人精神崩溃大打出手，渔船上乱作一团。

冯蔚仔细查过了，船上至少有二十名渔民，他们各异的表情牵动着他的心。他一边做好登临准备，一边恨铁不成钢地对刘岸说："他们的身份首先是同胞，尤其是在这遥远的深海上，有血浓于水之感，先救他们才是最要紧的，真是一点儿信任也没有吗！"

刘岸说："换成是我，我也跑，满船都是白花花的银子啊！"

冯蔚说："是涉嫌违法，但还有活下来的权利，即便定了罪，他们的罪责也应在法律规定范围内执行，而法律之外的，是每个人面对大自然的无奈与悲鸣啊！是或许早晚有一天厄运会降临到每个人身上的现实可能。"

刘岸说："他们不会听这些大道理，他们以为只有两条路，一条锒铛入狱，一条逃出生天。"

面对那惨烈的众生相，执法员心里其实已经突破了抓捕还是救援之间的界限。当时，渔民的所思所想与执法员的行事风格正好相反，冯蔚向指挥室请求跳帮，一门心思排除渔船主机威胁，并把渔民转移到舰艇上来。尽管这些刚才失去理智的渔民没把执法员放在眼里，但执法员不能不把渔民的命放在眼里。他们常年在海上投机取巧，被打击不是一次两次了，摔跟头一多，只会以为不幸运的缘由皆因海警所赐。

舰长李海疆虽然批准了冯蔚的请求，但他看着监控影像里的画面，想到之前俞瀚的壮举，心有余悸："这次海上情况太复杂，跳与不跳，你再斟酌，俞瀚音容犹在，我不想……"

冯蔚毫不犹豫，一挥手，五名执法员随他出动了，爬上了武江舰船帮。但此时的海况像刚才渔船突发故障一样顷刻顽劣起来，海风和暴雨接踵而至，一阵强过一阵，海浪持续翻涌，渔船主机损毁，失去控制，一次次撞击武江舰，一次比一次力道加重。渔船虽破，但吨位不小，汹涌的波涛让其也能依靠自重发出惊人力量，两艘船在电闪雷鸣和疾风骤雨中交织、缠绕、碰撞，好像随时会倾覆。

武江舰指挥员室里传出急促的动令："对方还在逼近，拦阻防护部署！左满舵！左满舵！"武江舰在尽量躲避渔船，而渔船却紧贴着舰艇，难舍难分。

冯蔚系好安全绳要跳到渔船上去，在这种环境下，难度太大，他尝试了几遍皆以失败告终，在高高的船帮上重重摔回甲板，刘岸想接住他，也被砸倒在地，久久爬不起来。可冯蔚必须要跳过去，他有应对主机爆炸的经验，那是当年他刚上武江舰的时候，机电技师俞瀚教给他的绝活。后来俞瀚不在了，接替俞瀚岗位的机电技师，也摸索出一套应急处置技巧，当然要比冯蔚这种业余选手厉害，但冯蔚认为目前来说跳帮的技巧要高于处置主机爆炸的技巧，而且在武江舰上，跳帮既跳得好，对主机也略懂一二的人，他是独一份。

一名执法员也能处置渔船主机的险情，这非比寻常，可这就是冯蔚的高明之处。当初，俞瀚之所以把独门秘技传授给冯蔚，是因为冯蔚刚毕业上了武江舰，谁的近乎也不套，专围着俞瀚转悠。

冯蔚心里跟明镜似的，俞瀚是这艘艇上最有个性的人，要想学到真本事，就要找这样的人。有人说，把所有人都得罪了，就谁都不得罪了，冯蔚很会举一反三，他认为能接近俞瀚，这艘船上的所有人他便都可以接近了。先走难走的路，剩下的都是坦途，冯蔚一来便要扮猪吃老虎。所以，俞瀚修艇，他递扳手，俞瀚来电话，他摁免提，俞瀚骂娘，他也跟着义愤填膺……但俞瀚是个怪人，宁和舰艇交流，也不和人多说话。他曾公开说，最破坏风景、破坏心情的是人，尤其是在舰艇上，到处是逼仄空间，想要心里敞亮，就别在他跟前儿晃荡。武江舰上，他资格老、年龄长、技术好，除了李海疆能给他派活儿，再没其他人愿意招他。时间一长，大家都颇有微词，刘岸也觉得这俞瀚脾气太臭，不通人情世故。但唯独冯蔚不认为俞瀚有什么问题，作为执行任务中排除过数十起重特大险情的舰艇神医，目中无人一些，可以理解。或者他本不是目中无人，只是他在意的东西与别人不同，别人在意的东西他难以入眼。在毫无新意的人眼中，不与平庸妥协的家伙，都是目中无人。

冯蔚俨然俞瀚的拥趸，没事就往机电集控室、主机舱钻，班长班长地叫个没完。俞瀚却像根狼牙棒，浑身带刺，没少给他甩脸子。

"看不见门口挂的牌子？"

"机房重地，非请勿入。"

"火烧腚了？"

"我真心来求教的。"冯蔚脸上堆笑，他相信伸手不打笑脸人的经验。

"撒泡尿照照，你配吗？"俞瀚没有给人找台阶下的习惯，并且他最讨厌无事献殷勤的人，看不惯谄媚的脸。

俞瀚一贯如此，冯蔚听说了，他不仅不教这种找上门来的，连领导托付来的人，他也不教。他不能拒绝领导在他身边安插学徒，但他可以对那人实施"冷暴力"，他那股冰消雪融的气场，很难有人顶得住，没几天自动就不干了。但冯蔚不觉得这有什么问题，所谓"关系"，是有"关系"的人推崇的东西，像俞瀚这种单凭一技之长混饭吃的人物，最痛恨"关系"，用"关系"不仅征服不了他，还能激起他的逆反情绪。想得到他的接纳，只能以心交心。同为穷苦出身的冯蔚深知这一点。

冯蔚没事儿人似的退出来，不一会儿又恬不知耻地回来了，举着俞瀚常抽的香烟，在门口磨磨蹭蹭。但他越是如此，俞瀚反应越激烈。

"我是老烟枪，但是谁见过我在集控室、主机舱抽过烟？不想活了？"俞瀚脖子里的青筋暴突。

冯蔚又吃了闭门羹，但他逆来顺受，锲而不舍，屡次有针对性地放出话来："我就是觉得老俞靠谱，人家耳朵胜过听诊器，眼睛赛过扫描仪，双手堪比手术刀，他看谁都像看出了毛病的机器一样，心里能得劲吗？"

这话必须得传到俞瀚耳朵里，冯蔚想方设法也要让这话传到俞瀚耳朵里。俞瀚不待见冯蔚不是一天两天了，有时候骂得过重，次数多了，总有于心不忍的时候，终于有一次，他看见冯蔚故作轻松地离开的背影，稍稍心软了。冯蔚虽然和当年的自己没有哪一点相像，但也不应该这么不近人情地对待一个新人，他倒不是担心冯蔚从此与他形同陌路，而是担心实打实地挫伤了他，有些人受点儿挫折，就会躲回自己构建的"蟹壳"里，不愿第二次在同一个人身上浪费时间。没想到他的担心是多余的，冯蔚不仅对他的脾气很适应，还继续以隔空传话的方式向他示好，而且冯蔚不光耍假把式，还会深研业务，在自己的领域表现抢眼，每次出任务都像小老虎，敢打头阵，有不服输的劲儿，一段时间以后，俞瀚试着接受冯蔚。

看似脾气又臭又硬的俞瀚，大部分时候难以接近，但一旦认准某个人，所甘愿付出的东西也是旁人无法比拟的。俞瀚可以永远与冯蔚无关，但接纳了他，就能掏心掏肺，这是这个军人的人际观。两人的交集，其实和某些男女结合一样，一开始只是为了各自表面的需求，相处久了才有深层次的共情，俞瀚毫无保留地把看家本领教给冯蔚这个门外汉，冯蔚大部分听不懂，但能听懂的那一部分，已足够他在海上处置突发事件中占尽先机。有了俞瀚的加持，多面手、全能型的执法员冯蔚百炼成钢了。冯蔚是千里马，他为自己探索最适合的成长之路，为自己寻找伯乐。

俞瀚终日与舰艇为伴，他的牺牲固然与舰艇有关，可与他的主责主业竟然无关，他不是死在机电集控室里，不是死在主机舱，而是死在了跳帮的过程中。他是舰艇上资格最老的同志，他丰富了冯蔚，将他培养成才，可自己却早早陨落。俞瀚实际年龄也就三十出头，但看起来比同龄人苍老很多，身体机能已经在退化。常年的海风吹弯了他的腰，舰艇内局限的空间，让他的脊背不再挺直，恶劣的生存环境侵蚀了他的青春，继续吞并着他的壮年，他已不再像当年一样生龙活虎了。

正逢中秋，月圆人安。武江舰在宁岛码头靠泊，舰艇上的人都到宁水市中心的海警局机关参加中秋晚会了，只留三个人值班，其中就有俞瀚。他尚未婚配，父母也因病辞世，万家团圆，他不圆，他就怕过节，一过节，努力维持着无所谓态度的他也会无所适从。他更愿意待在机电集控室里和他的专业书籍、舰艇模型为伴。

队伍临走前，李海疆吩咐厨房做了一顿丰盛的中秋值班餐，冯蔚兴高采烈地给俞瀚端过去。

俞瀚头都没抬："东西放下，人滚蛋！"

冯蔚习以为常，热脸继续贴着他的冷屁股："今天可不同于巡航路上，伙食硬极了，荤菜不必多说，芹菜、菠菜、空心菜、油麦菜、萝卜缨子、红薯叶子、豌豆苗子，应有尽有，您可劲儿造！这顿饭，比伙食标准最高的飞行员、潜艇兵还要好，别等放凉了再吃啊，绿叶菜放久了可就变黄了。"经常出海的人，能吃到新鲜蔬菜，给什么山珍海味都不换。

俞瀚不耐烦地说："再不走，我留你下来清洗机舱！"

冯蔚撒腿就跑，刚出去没多久，又折回来，探出脑袋说道："听说这场晚会很有诚意，可不是一帮光棍汉自娱自乐，海警局邀请了市艺术团的演员们一起联欢，美女如云。我可不白去，去踅摸个嫂子回来。"

俞瀚扔过来一只胶鞋，砸在门框上，黑着脸说："瓜娃子，自己一腔沟子饥荒，还笑我是个穷命鬼，赶紧把门给我带上！"冯蔚和前女友章梦佳分手不是一天两天了，至今处于空窗期，俞瀚了解他的情况。

女性资源对于一线执法员来说绝对稀缺，真有合适的，谁不先考虑自己，这可不是立功受奖，还能发扬风格，主动让位。武江舰是小舰，不像航母、驱逐舰、护卫舰，人家编配有女兵，从武江舰诞生到下水，来过的女性屈指可数，女人不上来，和武江舰的一个土规定有关，不知道何时何人定下的，舰上不允许女性入住，不光武江舰，几艘友邻舰艇也有这样的要求，女士们肯定认为这多少带些歧视意味，所以降低了好感，从根本上限制了舰艇的"客流量"。而且宁岛不是岛，它甚至算不上一个标准港口，这里难以停下巨型船舶，只是它的行政区划归一个叫宁岛的乡镇管辖，和最近的小渔村还有十几公里，周边荒草丛生，为了不占用商船渔船的位置，武江舰停靠的地方更偏僻。冯蔚他们拥有着广阔的海面，却失去了社交土壤，这对于一群平均年龄二十出头的小伙子来说是反人性的，但他们谁也不觉得这有什么不公平，毕竟不曾拥有才是普遍情形，更重要的是在很多人的意识中，战争让女人走开，航海亦然。

当然也有特殊情况，比如曾与武江舰并驾齐驱的一艘艘奢华游轮上从不缺女性。冯蔚他们曾与一艘造价不菲的大型游轮在海面上相遇，眼睁睁看着游轮甲板上堆着琳琅满目的美酒美食，一群穿戴华丽的男人身边，环绕着让人意醉情迷的比基尼美女，他们左拥右抱，劲歌热舞，恣肆纵情，很是逍遥，这种杀千刀的快活场面看呆了武江舰上的年轻小伙子们，感官神经受到严重冲击。那些人近在咫尺，却又仿佛隔着高压线，隔着刀刺网，看得再真亮，也各自处在各自的天涯海角，不会是同一个世界的人。

大海上有最绚丽的景色，可景色太美总显得如梦似幻，尽管游轮甲板上的大分贝舞曲时断时续地传过来，一直在提醒他们这就是人间真实。所以现在，他们一听说有晚会，这才是符合他们的真实，可以面对面感受滚滚热浪，能嗅到那些花枝招展的姑娘身上令人迷醉的芬芳，于是还没见到现场，光凭想象，已然心跳加速、面红耳赤了，即便不是为了择偶，只要身处那样的环境里，就挺得劲。

冯蔚习惯了俞瀚不屑的态度，能在他一贯冷冰冰的口气中，听出来背后的情绪如何，显然，舰艇进港，风平浪静，眼下没有值得他烦心的事儿，他十几年如一日，心理素质最硬，抗压能力最强，似乎全舰艇最不需要担心的人就是他。

最开心的当属冯蔚，刚刚结束一趟远航，表现出色，得到了李海疆的高度评价，现在他要暂别枯燥乏味的海上之旅，投身陆地文明，沾染人间烟火，心情好极了，他哪里能想到他刚刚送来的这顿饭，会是俞瀚的"断头饭"。

海上将会有一场来去匆匆的诡异无比的风暴，气象部门虽然发现了那场飓风，但来不及判断预警等级，形势刻不容缓，只得发出临时通知。海上船舶匆忙进港避风，一时间，宁岛港内乱乱腾腾，各类船舶像群居动物迁徙，顷刻间聚集在一起，船艏连着船尾，船舷挨着船舷，乌泱泱汇成一片，蔚为壮观。突发状况让这些熟悉海洋的人也乱了阵脚，货物吞吐量排不上号的宁岛码头很少如此热闹。

武江舰停靠在工作站外围的海面上，距离民船汇集地还有一段距离，但俞瀚看见海平面与天空之间卷起一簇簇一团团的乌云，那云一点儿也不美观，变换着具备攻击性的姿势，它们好像从暗黑的死亡之海里长出来的，又像从天上倾泻而下。航海经验越丰富，越知道反常天气有多可怕，不是胆子变小了，而是对大自然的敬畏变多了。俞瀚预感不妙，不敢掉以轻心，迅速检查了一遍舰艇的运行情况，密切关注着周围的一切。

在此之前，江淮海警局机关内的空场上，中秋晚会正开得热火朝天，前面几个节目中规中矩，乐器、歌舞、曲艺、杂技、魔术、武术套路，虽说也是精彩纷呈，但冯蔚总觉得还缺太多东西了，直到下个节目一出现，他终于知道到底缺了什么，那个节目是艺术团的女子现代群舞，女演员们穿着很省布料的舞蹈服，不该露的没露，能露的一点儿也没少露。她们的舞蹈动作热辣惹火，让冯蔚喉结加速蠕动，眼睛舍不得眨一下，现场气氛达到高潮，他的情绪被烘托到了顶峰。冯蔚心说，这个艺术团必火，领导体恤民情，编导水平一流，演员技艺高超，尤其是负责服装、道具和化妆的工作人员非常尽责，他们知道海上归来的兄弟心里想的是什么，情感上缺失什么，艺术审美点在哪里。那一双双白花花的大腿，和一张张毫无表演痕迹的笑脸，让冯蔚有被重视的感觉，除了武江舰上的管理层，还没有人这么重视过他，他扯着脖子喊得欢实，手掌心拍红了，被超强紫外线烧灼的黑红的脸上，倒映着舞台上闪烁跳动的五颜六色的灯光。

刘岸见冯蔚的表现过于夸张，挥舞的手臂几次差点儿打到他，气急败坏地问："你瞎起什么哄？"

现场声音分外嘈杂，刘岸伸长脖子也听不见，冯蔚只得大声回道："给谁鼓掌都像为我自己鼓的，我看哪个都像我女朋友嘀！"

冯蔚说这话的时候正巧音响出了问题，声音戛然而止，而他的后半句话还在操场上空飘荡，全场的人都听见了，齐刷刷望向他。他入戏太深，还如痴如醉，怔了一下，才发现应该害臊才对，刚才那振臂一呼的从容洒脱瞬间荡然无存了，羞得像大姑娘。刘岸被他波及，连忙装作不认识，脑袋埋在腿缝里。李海疆作为冯蔚的管理者，脸上无光，双眼冒火，有掐死他的冲动。

几人的表现，让在场观众忍俊不禁，但又不敢太过明目张胆，前排还坐着局领导孙颜等人。据说几乎没有不隆重闭幕的会议，几乎没有不成功举办的演出，如果让领导下不来台，那么这个规律就会被打破，所以大家嘲笑冯蔚等人没有太离谱，想笑不敢笑，忍得很辛苦，可唯独来自宁水艺术团的一个叫田毕雯的演员除外，那天她脚伤未愈不能上场，估计艺术团经费紧张，不养闲人，她轻伤也没下火线，上不了台，但客串了现场监督、场记、剧务、摄影助理等诸多角色。她当时就站在侧台的音响边，别人看演出的时候，她眼观六路耳听八方，不仅要关注台上演员的一举一动，还要密切留意观众的反应，必要的时候还得抓拍观众表情，以供后期剪辑花絮的人选用，所以她自然注意到了行为表情都较为浮夸的冯蔚，笑个不停，冯蔚一出丑，她更憋不住了，花枝乱颤，且不自知。她来自艺术团，这些年艺术团不景气，演出少了，为了能登上舞台，频繁走穴跑场，剪彩、典礼、团拜会、开业，甚至婚丧嫁娶、人体模特，只要能抛头露脸，她从不浪费机会。如此一来，便见多了脸皮比锅盔厚的油腻分子，像冯蔚这种看似张扬实则社交恐惧的小伙儿，反倒让她眼前一亮。

当时田毕雯银铃般的笑声虽然动听，但在冯蔚听来，如同猝不及防射来的暗器，全然戳中他脆弱无比的心脏。他偷瞄了角落里的田毕雯，看不清她的脸，他想当然地觉得这人一定是丑女，丑女多作怪，甚至不仅丑，而且面目可憎。

冯蔚恼羞地向旁边的工作人员打听："这人干吗的？"

工作人员说："艺术团最好的舞蹈演员。"

冯蔚问："她也不跳舞啊，干吗呢那是？"

工作人员揶揄道："有能耐自己去问啊。"

冯蔚属于"三无"产品，一无功夫二无勇气三无条件，问不了，不忿地说："就这还叫好的舞蹈演员？难怪文化产业日益蓬勃的今天，艺术团却越来越不景气了。"

在田毕雯"引领"下，大家被煽动起来。墙倒众人推，破鼓万人捶，那些本来麻木不仁的人从众心理使然，欢欣鼓舞地起哄，演出秩序遭到破坏。晚会总导演经验丰富，不仅没发愁，还灵机一动，借题发挥，既然冯蔚挺逗，符合晚会娱乐大众的定位，现成的好演员摆着不用，岂不是浪费资源。于是他提议安插一个即兴节目，让冯蔚这个活宝上台表演表演，不限题材，唱歌跳舞，打一套拳，哪怕是讲个笑话也是可以的。冯蔚听闻导演的馊主意，不认为自己能讲得了笑话，他认为自己本身就是个笑话。

冯蔚苦不堪言，他平时不拘一格，但一动真格就歇菜。他向刘岸投去求救的目光，刘岸躲闪不及，被冯蔚连拉带扯弄上了舞台。冯蔚并不是有意坑害兄弟，是因为他知道刘岸具备艺术家潜质，随身揣一把口琴，《香巴拉并不遥远》《尼罗河畔的歌声》《多瑙河之波》等名曲张口就吹，《大海啊故乡》《乌苏里船歌》《彩云追月》吹得那叫一个动听，冯蔚被他吹哭过好多次。

冯蔚和刘岸被赶鸭子上架推上台，站在聚光灯下。在阵阵排山倒海的欢呼声中，刘岸稳定心神，他见过此等场面，不止一次给大家吹奏曲子，是老乐手了。虽然以往并没有很多观众，只在执法员中间小露一手，但音乐一响起来，人多人少就没什么所谓了，反正在懂音乐的人心中，想要独处，就有一方净土，想要喧嚣，就有万马奔腾。音乐是他亲密的爱人，让他沉醉，给他勇气，所以他欣然掏出口琴，摆了一个舒适的姿势，把口琴放到嘴边，凝神运气。

那时候尴尬的人又只剩下冯蔚，他站在那里搓手抖脚，眼神慌乱，思考自己到底该扮演一个什么角色，不可能在别人吹口琴的时候干瞪眼，不懂艺术，不能糟蹋艺术，他受过教育，懂得礼仪。这时候连他都认为口琴吹起来的时候，若不伴个舞，在台上铁定是个多余的"物件儿"，还不如麦克风架子有存在感。想到架子，于是他盯着架子出神，突然，他清楚该干什么了，赶紧把麦克风从架子上掰下来，心安理得地当起了一根人肉麦克风架子，成功地把众人的注意力吸引到刘岸身上。冯蔚对自己的机智十分满意,他不认为自己碍眼,他认为自己和刘岸是一个组合,因为拿麦克风也是有技巧的,远了近了都不行,所以他觉得自己的地位作用很重要,直接影响着刘岸的吹奏效果。他自鸣得意地扫视了一圈台下那些准备看热闹却未得逞的满脸失望的人群,最后扫到了侧台的田毕雯,由于离得近,那时他终于看清了田毕雯的脸。幕后人员,没化妆,但素颜很漂亮,可能是舞蹈演员的缘故,他率先看到了她的大长腿,宽松的舞蹈裤也难掩那双腿的妙处,他想象着这双腿能跳出高难度的动作,有最美的观感。她淹没在人群中或者跑向远方的时候,也能一眼就认出她来。她的腰杆挺直,胸部高耸,但理性告诉冯蔚,那也是舞蹈语言的一部分,是形体上的优美,这个时候不敢有非分之想,或许以后也没有机会有非分之想,因为这样的姑娘只应存在于舞台上。他以前就经常纳闷,那些惊为天人的美女们到最后都嫁给了谁,为什么他在生活中几乎没有看见过一个,是自己活动半径太小,像井底之蛙,还是这个世界太大,美女们像兑了水的酒,被稀释了。现在他看到了她,他才发现这样的姑娘和自己也没那么遥远。然后他看到了她白皙修长的脖子,白天鹅般的既视感,那晶莹的皮肤透着光亮,让她在黑暗中犹如一盏白炽灯,连黑漆漆的音响和被阴影遮住的一部分舞美也明亮起来。他的目光最后定格在她长开了的脸上,五官很立体。如果她是一幅画,一定是一幅广为流传的名画,能和蒙娜丽莎或者披纱巾的半裸少女媲美。也许旁人看来,刚才上台的那些女孩都不逊色于她,可她的脸长在了他的审美上，就像他在丛林穿梭，处于四面楚歌的境地，已经伤痕累累，奄奄一息，而她才真正是那颗致命的子弹，开枪的人是谁不重要，重要的是他要和这颗子弹难舍难分了，所以他刚才积攒下的对她的怨恨刹那消失不见了。他已经忘记了爱情的滋味，章梦佳离开他太久了，即便他认识爱情，爱情也远去多时，所以什么爱情不爱情的，既然谈不起爱情，那就透过表象看表象，肤浅地判断爱的缘起和走向吧。冯蔚走神了。

如果不是还顾及台下有观众，冯蔚真想径直走过去，他把挂在嘴边的口水吸溜回去了，却没发觉麦克风早偏离了应该在的位置，刘岸要蹲下来，维持着一个骑山地车的姿势，才能保证口琴的声音能被收录进音响里，冯蔚的胳膊像一条拴狗的绳子，刘岸要跟着游走，表演效果可想而知，一场吹奏节目，活生生被他改成了情景喜剧。

冯蔚对此全然不觉，他只看见田毕雯也在盯着他，笑得让人想入非非。冯蔚觉得那不是嘲笑、讥笑、讪笑，而是一见倾心。越凭实力单身的人，越有偶像包袱，别人多看他一眼，他连孩子名字都起好了，冯蔚就是此类病症患者。刚才在台下的时候，他很兴奋，很久没见过这么多异性了，看哪个都有闭月羞花之貌，但具体为谁兴奋，尚不清楚，现在他看见了田毕雯，瞬间确立了目标，抽象变得具象起来。他下定决心，等节目一结束，他就下台找田毕雯要联系方式，但老天没给他这个机会。十四级大风，说来就来，吹乱了他积攒许久急需释放的荷尔蒙。

# 第二章

无法抓住不期而遇的情缘，就像与熟悉的过往也渐行渐远，我沿着海岸线一路走下去，仿佛随时看得见梦中那片银白的沙滩。

台上"尬演"仍在继续，大家对那些或中规中矩或翻来覆去的节目早就审美疲劳，看那千篇一律的节目不如回去刷短视频，而现在冯蔚和刘岸的这个不伦不类的节目，却让人耳目一新。突然台下的李海疆打破这其乐融融的氛围，从观众席中间突然站起身来吼道："执法员都有，起立！"声震九霄，引发音响的啸叫。

受邀前来的地方观众抖了三抖，错愕地看着他。武江舰成员可太熟悉这个声音了，不管上一秒在做什么动作，此刻"呼啦"全站起来，不知道发生了什么，也毫不拖泥带水。人员迅速收拢至舞台前方，速度之快，令人咋舌。

李海疆大步流星走上舞台，对准冯蔚的屁股蹬了一脚，冯蔚赶紧解脱般地推着刘岸站进队伍里。

田毕雯还在舞台边上发愣,看见冯蔚等人快速离开现场,表情里有钦佩、有失落、有不解,但在冯蔚看来,她只会幸灾乐祸。冯蔚作出一个挑衅的手势,田毕雯不仅不受影响,还撅起了嘴角。队伍经过舞台边,冯蔚把握时机,对田毕雯说:"你得意什么,害人精,真没溜儿,我回去后三千字的检讨是在所难免了。"

田毕雯还没来得及回他的话,冯蔚时间紧迫,要用最短的时间给她留下最深的印象,不留情面地说:"一个舞蹈演员,有本事用舞姿征服我,而不是傻笑,可恶的笑。"

作为一个舞蹈演员,竟然有人质疑她的舞姿,这确实让田毕雯气不打一处来:"你……你不配看我跳舞,土老登!"可冯蔚跟着队伍已经钻进夜幕里,田毕雯的话没有着陆点,放空了。说出的狠话,得不到回应,当然会念念不忘,她记住了那张脸,以及他对她的质疑,她隐隐觉得有一天他们还会再见。她应该让他对自己有改观,她想,我早晚给你跳一段舞蹈,让你闭嘴,让你的检讨写得物有所值。

雨下起来了,深秋也有刺眼的雷电,乌云像被狂刀砍中了,伤口外翻着,很瘆人。灯光、电光打在李海疆黢黑的脸上,他不怒自威。这主角那主角,灾难来临的时候他们是当仁不让的主角,当预知危险,一场热血沸腾的战前动员是最好的节目。晚会中断了,成为历史上为数不多的不圆满的晚会之一。

宁水市区距离宁岛港口有两个小时的车程，他们的汽车飞驰在大路上，恨不能长出翅膀。那时候天越来越黑，风躁狂了许多，雨水打在车玻璃上，噼里啪啦像爆竹阵阵，偶有塑料袋打着旋子飘过去，提醒人们这里仍是人间，可这人间已然混沌萧条一片，过去已过去，未来无未来，像玛雅预言里的存在，像大自然的衰老。冯蔚没有多么紧张，他还沉浸在刚才的局面里，尤其是田毕雯的脸在他眼前晃，他并非不具备专业素养，任务之中还三心二意地想着风流韵事，而是任务他见过，但田毕雯他第一次见。人们对于"第一次"总有执念，心里也会衍生出比平时更多的好奇心，此时的田毕雯对于冯蔚来说就是，所以他轻而易举有些难以自拔了。况且海上有风不足为奇，没风才不正常，他乐观地认为不会发生什么，这种妖风，一年不知道要遇到几次，对舰艇不会有影响，其他船舶只要引起充分重视，并作出防护措施，不会出事故。往回赶是因为有纪律要求，他们不只是守卫在那里，那里更是他们赖以栖息的地方。

冯蔚等人奔波在路上时，海面上已经异常汹涌了。俞瀚钻出机电集控室，在通信室和海图区，与另外两名值班员做了简短的交流，相互加油打气之后，他来到指挥室的大屏幕前，聚精会神地观察舰艇周边的情况。

十几分钟后，他最担心的事情发生了，以前他遇到过这样的情况，成功拯救过一艘失控渔船，今天相同的场景又要出现，一艘大吨位渔船径直朝武江舰驶来，没有减速征兆，虽然还隔着一定距离，但俞瀚已经感受到压迫。他用高音喇叭提醒对方抓紧调整航向，到合适地点抛锚。高音喇叭发出的声音在电闪雷鸣中回荡，然而对方置若罔闻。俞瀚在高倍望远镜里看清楚了渔船的情况，他们并不是不愿意把船停下来，而是尝试原地下锚链，好不容易成功了，可惜没维持多久，锚链就断裂了，渔船随波逐流，继续朝着武江舰漂来，有疑似船长身份的人挥舞着红色的旗子，把渔船的命运交给上天，俞瀚知道他们山穷水尽，主机舱已然失灵。

当时的情况和冯蔚现在所面临的情况虽说类似，朝俞瀚而来的那艘渔船还算给面子，不冒烟，更没有爆炸的风险，即便不去处置，也顶多会撞击武江舰，损毁了也还有修复的可能，不至于像冯蔚眼前的这艘一样，有可能烧得片甲不留，人也会被大火吞噬。但当时俞瀚并不这么想，一艘渔船是很多渔民的全部身家了，是他们的依靠，但凡出点儿问题，都相当于丢了饭碗。民生的事，没有小事，他有能力降低损毁程度，就不能袖手旁观。然而，他当时的窘境，想必后来冯蔚是绞尽脑汁也想象不到的。当时渔船终究是逼近了武江舰，它不是撞击一次就停止了，随着风越来越大，渔船在比它大好几圈的武江舰舰体上来回撞击，每撞一下，钢铁般坚硬的武江舰倒无大碍，可渔船就改变一次形状，并剧烈抖动，上面的人像被倒进火锅的肉丸子，在船舱内翻滚，俞瀚想要在这个节骨眼上施以援手，可他面对的是整个大自然的威胁。

俞瀚当了十几年机电技师，听声儿能辨别主机的故障在哪儿，但他却不是因此牺牲，而是跳帮的时候被夹死的。俞瀚想过要吊放摩托艇先期靠近渔船，但在极端天气里，风大浪急，大船尚难以承受，何况小小的摩托艇，他寄希望于渔船靠近武江舰的时候能够跳帮，或者持着绳子爬过去，让他们的发动机起死回生。可抛了无数次绳子，却找不到以供固定绳头抓钩的点位，即使找准了也没用，那么牢固的锚链都能断，何况细小的绳子。他只能选择跳帮，跳帮是每个执法员的基本功，俞瀚刚当海警的时候可不是机电技师，都要从普通执法员做起，他到舰艇上的第一堂课就是跳帮。那一课，上得刻骨铭心。

刚开始，他们这些登上舰艇的新执法员哪懂得跳帮，集训的时候听说过，也模拟过，可谁也没在深海区实践过，他们认为第一堂课应该是游泳，跳帮失败掉进海里，会游泳才能保命。

俞瀚是个直脾气，当时他向组织跳帮训练的副长欧潮提出了疑问："为什么不问我会不会游泳，或者游得怎么样？"

欧潮没好气地说："谁会问一名海警会不会游泳？"

俞瀚说："我是新同志，您这是不负责任，既然来当海警，我这个旱鸭子可是做了思想准备的，一定要先练好游泳。"

欧潮话说得干脆，不像在开玩笑："游泳还用练吗？扔水里，扑腾几天，什么旱鸭子、水鸭子，猪都会了，怕被淹？不喝够了水，不经历绝望，你不会真正学会游泳！"

俞瀚惊诧地道："您的意思是说跳帮失败了，就要被淹？"

欧潮一本正经地说："能不能救上来，看造化了，海训是有伤亡名额的,淹死了,那也不是事故,我不承担责任。"

俞瀚有些害怕了,欧潮问:"不敢跳了吧?不敢跳就回陆地上待着,别觍着脸到舰艇上添乱,这里没空余的地方供你消遣!找个晒不着的地方,趴着、靠着、撅着,喝酒、抽烟、打游戏,随你,混完几年滚回家去。别人问你这两年干吗去了,千万别说当过海警,海警丢不起这人。"

俞瀚看着说:"那我敢跳了再来行不行?"

欧潮不耐烦地说:"我给你一天时间,时间太长,我等不了!"

这是丝毫不留情面的羞辱,有尊严的人都会作出反抗。俞瀚喜欢舰艇,就像小时候见到梦寐以求的玩具,越是被制止,越想得到满足,更重要的是他相信副长一定会在他淹死之前把他救上来,所以他第一个跳帮。结果可想而知,他失败了,失败得相当狼狈,像条死鱼一样拍在了水面,扑腾了几下就沉下去了,他不知道下沉了多久,他根本无暇顾及海的深度,淹得七荤八素,灌了一肚子海水,喝进去的还有臭虾烂蟹,捞上来之后吐出来的东西够做一顿海鲜大餐了。这一顿淹,让俞瀚感受了处在生死边缘是什么感觉,他甚至没有机会痛恨欧潮,因为副长说到做到了,能把他救起来就烧高香了,像买东西赶上了丰厚的大酬宾,还让他赚到了。同时他也明白了一个道理,要想在舰艇上生存,先要敢豁出去,豁不出去连立锥之地都没有,何谈救别人。于是他很快成为那批执法员中跳帮跳得最好的,百发百中,无一失手。他之所以能当机电技师,不是因为进海警队伍前就会这一手儿,而是机电岗位属于技术工种,有高级编制，不是谁都能去，名额要从优秀的执法员中产生，这个名额便落在了勤学肯干的俞瀚头上。

当风暴掀起高潮，那艘渔船还在失控状态，再次贴近武江舰的时候，他重新化身为当年那个叱咤执法一线的勇猛小伙，他又站在了船帮上，瞬间就回到了自己的青春岁月，胸中有万千感慨，他感觉不到凌厉风雨的侵袭，听不见怒海的咆哮。继当年第一次跳帮失败后，他有成百上千次跳帮成功的经验，再也没有失败过，然而这次他失败了，依旧像第一次一样从船上笨拙地坠跌。不是因为动作生疏了，他甚至比以往任何一次表现都要好，他纵身一跃跳向渔船，渔船上的人仿佛看到了风停雨歇之后的彩虹，可突起的新一轮大风吹乱了海上的一切，所有的物体风吹草动般快速改换了原来的位置。俞瀚没能平稳地落在预定点位上，巨浪给他开了个玩笑，渔船没做好迎接他的准备，他落在了像搅拌机一样的两船中央，两艘船的船体极尽相互摩擦之能事，而俞瀚成为缓冲带，血当即溅满船舷。

狂风暴雨愈发凛冽，这次突然来袭的恶劣风暴到达了沸点，俞瀚的鲜血在海面上漂浮了一会儿便完全被兼容了。两位值班员站在甲板上呼喊他，收不到回应，只有海水腾起一个又一个瀑布，屡次制造新的高点。海面像大厨手里颠得正欢的炒勺，而那些船舶像被翻炒的大米粒或者荷兰豆，他们肉嗓子喊出来的声音，如同钻进了隔音棉，连自己也听不到，那个曾经可以供他们休养生息宁静的港湾也成了死亡之海。他倒是希望俞瀚从未来过,他没有出舱,没有跳帮,也没有和他们打过招呼,更没有给李海疆打一个请示汇报的电话,他仍然安静地待在他的机电集控室里,享受着孤独,并大快朵颐着冯蔚端给他的丰盛晚餐。可现在,机电集控室里那几盒一口没动过的饭菜,已洒满了他的工作台,那杂乱的颜色构成和不成规则毫无美感的图案,就像俞瀚留给这大海最后的影像。那曾是他最深爱的大海,大海曾赋予他新生,现在又要剥夺回去。

冯蔚等人赶到舰艇上时,那杀人的风魔也捉迷藏似的躲了起来,人们喜欢看大水漫灌蝼蚁的窝,或许就像这风魔喜欢看被摧残的人。蝼蚁之于世界有什么意义,蝼蚁不知道,人们之于自然有什么意义,人们以为自己知道。

大家听说俞瀚跳帮失败坠海了,立即展开搜救,还有一部分人去解救失控渔船上的人。冯蔚暂且把悲痛隐藏好,他相信在这艘舰艇上时间最长的俞瀚,不会被舰艇遗忘,也不会被大海吞噬,大海认识他,就像母亲永远认得自己的孩子。冯蔚穿上蛙人服,潜入海里,在氧气耗尽之前钻出来,然后再一次次潜下去,片刻也不停息,他觉得如果自己不惦记岸上的美景,贪图女孩的美色,兄弟们并肩作战,俞瀚一定不会出事,他的牺牲,自己有责任。船体碎片、海草海藻、生活垃圾、惊慌失措的海洋生物此时全来凑热闹,与冯蔚纠缠不清。

冯蔚像一艘鱼雷艇,在复杂的水域中辗转穿梭,无孔不入。最终,他精疲力竭,连哭都没有力气了,只能听到氧气罩里急促的呼吸，那时候大海仿佛睁开了巨大的眼，她不想让冯蔚空手而归，她要告诉冯蔚，这个世界会奖励赤诚的人，她要让冯蔚多少有所收获，或者可能俞瀚还留有一口气，他的手臂一直伸向舰艇的方向，所以他没有调转方向，没有顺着海流被冲出去太远。冯蔚成功了，他在浑浊的海水中，模模糊糊地发现了疑似俞瀚的遗体，为什么说疑似？因为他隐约看见了俞瀚的脸，那是他朝夕相处的人，他有很古怪的脾气，他通常以一张很臭的脸示人，可是此刻这张脸犹如一颗太阳，在黑漆漆的水里发出夺目的色彩，温暖着，光辉着。

冯蔚欣喜若狂，陡生一股蛮力，拽着俞瀚的上衣往上游去，刚游了几米，便感觉很不对劲，训练的时候，他拖过队友，也拖过一比一模拟的假人，但现在这重量与之太过悬殊，他不得不产生怀疑，可即便怀疑，他也要抓住他不放手，就像抓住救命稻草，一根可以让他得到救赎的稻草。

"哗啦"，冯蔚露出了头，他把俞瀚托出水面，试图将他举上快艇，却怎么也抓不到他的腿，再往上，甚至碰不到他的臀部，快艇上的刘岸等执法员也看蒙了，乍一看以为冯蔚只拽上来一件上衣，看清楚状况后，抢先一步，打着哆嗦把俞瀚放在快艇里。

冯蔚上了快艇后，遍寻不见俞瀚，因为刘岸等人有顾虑，俞瀚没有亲人了，冯蔚和他是最亲近的人，怕他一时承受不住，拖一会儿算一会儿。冯蔚却一秒也等不了，他脱掉蛙人服，摘下眼镜和面罩，露出泡发的脸，在狭窄的空间里，很快找到一张白床单，那底下盖着的物体一看就不寻常，他哆哆嗦嗦地掀开，看见了俞瀚，确切地说只看见了半个俞瀚，瞬间明白为什么在水里掂量出了他重量上的缺失，他的身体已经被拦腰截断了，腰部以下不知所踪，腰部以上血肉模糊，骨骼寸断，没有一处完整器官。他受两艘船挤压的时候，还不如掌心里被揉捻的麦穗。冯蔚哇哇地哭起来，头发上苦涩的海水掉进喉咙里，哑了嗓子，他失声干号，那声音像遥远的汽笛。刘岸去安抚他，只轻轻一碰，他就瘫软在地上了。

俞瀚走了，因为他低调，在与不在，很多时候好像并没什么变化，舰艇上似乎一切还是老样子，可冯蔚的心一下就空了。

多天以后，渔民在距离事发地点二三十海里外的海域打鱼，凑巧捞起了俞瀚残缺的下半身，他的追悼会，举行了两次，他破了纪录，他是唯一一个在同一家殡仪馆举行过两次追悼式的人，冯蔚都参加了。他泪眼滂沱地向俞瀚敬礼的时候，往事奔涌而来，心头的"堤坝"渐垮。他还注意到一个细节，现场的人都在暗自抽噎，没有哭天抹泪，他当然明白原委，俞瀚是个苦命人，父母走得早，那两个会跳着脚难过的人永远不会出现了。不幸中的万幸是他的父母不必承受两次此等暴击，而这种离别，冯蔚全程目睹。这算作他第三次直面死亡，这三次中，俞瀚占去了两次。他从文学、戏剧里领略过各种各样的死亡，但参与了死亡的过程，或者成为名义上的死神的帮凶，这是他年轻的生命中极其稀少的体验，关于死亡的定义，他还是一路浑浑噩噩，一路痛彻心扉。

他所经历的另一次死亡，是在另一个无名的港湾。那个港湾离宁岛挺远，宁岛港偏僻，而那个港湾更被人忽视。江淮省漫长的海岸线上，有无数个这样的港湾，若不是海警在这里布设有通信设施，冯蔚一辈子也不会出现在那里。那片海域刚刚遭受了燃油泄漏的污染，处于封控期，很少有人到那里去。一座几十户人家的小村庄与冯蔚、刘岸两个人组成的临时执勤点，沉寂的还不如海潮退去之后沙滩上的贝壳。这种沉寂中，所有活动的、热烈的影像也充斥着孤独因素，浪花与朝阳放慢了节奏，一切生物都是最好的伙伴。比如一条脏兮兮的流浪狗莅临他们值守的执勤点，在铁栏杆外面探头探脑。那条狗不过一岁左右，又瘦又小，还病恹恹的，眼睛上糊满了分泌物，蚊虫围着它飞舞，让它看上去一点儿都不可爱，没有人愿意靠近这样一条狗，冯蔚却收留了它，若是在以往，他是非常讨厌狗的。小时候被一只癞皮狗从村西头追咬到村东头的阴影一直笼罩着他，可现在，他看狗的眼神都不一样了，犹如见到了远道而来的贵宾。因为他和刘岸已经好几天没说一句话了，并不是闹了别扭，是真不知道再说些什么了，他们就像看见镜子里的自己，很少有人会对自己挤眉弄眼或者自言自语，多说一句话都显得矫情。旁边的村子里，青壮年早就离开，去城市寻找机会，留下来的都是老人，冯蔚曾试图跟他们凑近乎，但老人提出的第一个话题就是婚恋或福利待遇问题，开口即是终结，所以冯蔚很快就抑郁了，他想如果自己能调回舰艇上去，他就一路低姿匍匐、三拜九叩着去见李海疆。然而，这终究是个奢望，据说这片海域解封前，他们都要驻扎在这里，而距离解封，据说至少还要一年半载。

　　冯蔚像抱婴儿一样，一脸慈爱地把流浪狗抱回宿舍，他把自己和刘岸最爱吃的限量供应的东坡肘子罐头分给小狗，被刘岸数落了好几天。他担心半夜的海风太犀利，冻着小狗，将新发的还未舍得拆封的大衣取来给它盖上，刘岸挖苦他，你才脱贫没几年，就开始铺张浪费了，这辈子头一次听说给狗盖新大衣的。冯蔚听劝，第二天就到村里求爷爷告奶奶找来木材，"叮叮当当"敲打了好几天，给小狗打造了一座漂亮的小房子做窝，那栋小房子比他老家的砖瓦房还精巧别致，他惊叹于自己这个手工白痴也有超常发挥的时候。他每天把例行工作做完，剩下的时间就和小狗嬉戏，白天在沙滩上奔跑，夜晚坐在礁石上看星星，他总算找到一个不了解他又愿意听他絮叨的家伙。执法员队伍里，清一色直男，没有人像它这么细腻，所以他能把所有故事从头讲一遍给它听，讲他当执法员以来惊心动魄的经历，讲他和俞瀚的兄弟情，讲他和章梦佳的爱情与遗憾，讲到动情之处还会洒下不少"金豆子"。小狗不仅不嘲笑他，还"汪汪"地配合他，那叫声像温柔的安慰，像启明的星光，恰到好处。冯蔚相当享受，他憋在心里的不快，算是发泄出来了，至少小狗不像刘岸，专业拆台好多年，他所说的每一句话刘岸都能找到槽点。如果刘岸像他的"糟糠之妻"，了解他所有的不堪，这条小狗就是他的"新欢"，崇拜他的一切。他当然更愿意和小狗待在一起。

　　冯蔚给狗取名"麻溜"，尽管这狗根本不麻溜，相反还很迟钝，眼珠子直勾勾的，智商情商都不会超过平均线。但冯蔚从不悲观，他像一个望子成龙的父亲，认为"麻溜"长大了一定能麻溜起来，没有谁天生勇敢，只是需要时间。即便它现在形象不佳、精神萎靡，但他还是希望它像警犬一样训练有素、机敏勇敢……如果表现特别优异，以后说不定可以推荐它参加江淮海警局的警犬选拔，万一被选中了，那可成了名副其实的鸡犬升天，不再是普通一狗，而是和国家挂上了钩。如果进了警犬队，不仅可以吃肘子罐头，什么罐头都有吃腻的时候，伙食标准何止提升一个档次。如果他再争气一些，执行任务的时候在搜救、追踪、排爆方面有突出贡献，成为一条功勋模范犬，再也不是谁见了都敢踢两脚的流浪狗，而是颇受重视的香饽饽。警犬队还有很多品种名贵、身材一流、长相俊美、业务能力突出的母狗。届时，"麻溜"再努努力，或者它都不需要主动，不靠颜值靠实力，不靠外在靠内涵，博得某条有品位有身份的母狗的青睐，美美地配上一窝小狗，彻底一改自己癞皮狗的基因，成为狗生赢家，走上狗生巅峰。想到这些，冯蔚就很有奔头，他觉得"麻溜"虽笨，但笨狗有笨福，它在合适的时机来这边晃悠就证明它命好，冥冥之中有一股力量，牵起了他们之间的缘分，让他成为它的贵人。他一定不能辜负"麻溜"的期待，当主人的，使命在肩，必须把"麻溜"照顾好，让它实现逆风翻盘。于是，他专门向在海警学院当训导员的同学学习训犬知识，每天乐此不疲地训练"麻溜"。

"麻溜"好像知道自己的身世，很懂知恩图报，也明白穷丑就要多学习的道理，训练卖力，很快掌握了坐卧、越障、扑咬等技能。冯蔚看着脱胎换骨般的"麻溜"在沙滩上撒欢，乐得合不拢嘴。

夜晚结束训练，冯蔚一边继续给"麻溜"喂肉罐头补充营养，一边和"麻溜"唠家常。冯蔚指着大海和身后的宿舍说："你也算我的半个战友了，干我们这行的其实没多么高大上，无非就是守住地盘，看住财产，护人周全。听起来简单，但这其中的苦楚和乐趣只有经历过的人明白。你是我的兄弟，我给你掏心窝子说话，你不像我，我或许还有别的选择，但你只能一条道走到黑，以后不管能不能当上警犬，这都是你的必修课。记住这几点，并为之奋斗，你这辈子就不会感到空虚，我在与不在你身边，你都会是一条响当当的好狗。听明白了吗？"

"麻溜"叫了一声，算作答复，眼神澄澈，在黑漆漆的夜里也很分明，像月光洒在海面上，光亮了一片水域。那是冯蔚第一次发现狗的眼神单纯美好得令人着迷。

冯蔚确信它是听明白了，他很高兴，跟一条明白狗讲话比跟一个糊涂人讲话要舒服得多。于是他老毛病又犯了，开启了新一轮吹牛模式，他告诉麻溜："我当年刚上武江舰没几天，就有幸执行远航任务，没想到中途刮起了台风。风力一度达到了十七级，武江舰左右倾斜五十度，胃都快吐出来了，但我不害怕，还见缝插针地给兄弟们表演个节目，以缓解他们紧张的心情，你说我厉不厉害！"

"麻溜"没动静，冯蔚觉得这是它没意见的表现。他最满意

"麻溜"的善解人意，从来不让人尴尬。如果换作是刘岸的话一定又要揭穿他，那次他表演的节目是大叫"妈妈"，一直叫到台风走了之后，数不清叫了多少遍，声嘶力竭地喊，边哭边喊。事后翻看监控，大伙确实全笑了，笑得上气不接下气，勉强算他表演了个搞笑节目。

但这些有损形象的细节，冯蔚断然不会跟"麻溜"讲，他只概念化地挑亮点讲，他不认为这是有所隐瞒，他希望传达给"麻溜"的都是正能量，以此激励"麻溜"接下来一改往日颓态，有虎气，添底气，长脾气。

可"麻溜"第一次跟冯蔚出门，就没给他争面子，可能是领悟到了他故事后面的精髓，充分传承了他当时遇险后的狗屁样子。那天，冯蔚要进村看望一位老奶奶，老奶奶姓邹，孤苦伶仃，浑身是病。但出人意料，邹奶奶并非没有后代，她有儿子，名字叫高首，在澳大利亚读博，毕业后当了律师，开了家律师事务所，妻子也是同行，事业蒸蒸日上。不知是真忙还是太丧良心，总之好多年没回来了，忘了家里还有一个妈。据说是邹奶奶的儿媳妇从中作梗，精神控制了高首，导致母子形同陌路。至于更深层次的原因，家家有本难念的经，冯蔚懒得考证，反正他和老奶奶结成了帮扶对子，定期上门做些力所能及的活儿。邹奶奶每次都攥着冯蔚的手舍不得松开，冯蔚该走了，她那既想让他留下来又不得不让他走的纠结，让冯蔚也心里疙疙瘩瘩。

这次，营区添了新成员"麻溜"，冯蔚想趁此时机，把它给邹奶奶介绍介绍，一方面给她找点儿乐子，另一方面也带"麻溜"见见世面。"麻溜"异常兴奋，摇头摆尾一番，迈着警犬才有的步伐，神气活现地跟在冯蔚后面两步的位置，距离拿捏的十分精准。他们雄赳赳气昂昂地进了村子，看见街头树荫下聚集着好几个喝茶下棋的老人，"麻溜"感到新奇，它已经很久没见过这么多人了，误认为这就是繁华闹市，是中央CBD。最关键的，它还看见树底下卧着一条可爱的小母狗，跟它差不多的青春年华，毛色发亮，满眼桃花。它读懂了那满满的好感，于是"汪汪"叫了几声，刷了一波存在感，像个习武多年刚下山的小伙子，年轻气盛，免不了显摆显摆。

但人怕不低调，狗怕乱吠叫，它这一闹腾，从巷子里蹿出来一条大狼狗，那狼狗可能垂涎小母狗已久，见来了情敌，立即充满战斗力，它气势汹汹地逼近了他们。冯蔚看向"麻溜"，"麻溜"还没意识到危险，正处于一脸蒙的状态。

考验"麻溜"的时机到了，冯蔚问："怕不怕？"

"麻溜"意味深长地看了冯蔚一眼，估计是才反应过来，那条大狼狗是冲他们来的，它转身就往树下跑，想上树，可身材短小，功夫不精，爬了好几下也没爬上去。最后一次爬到一半掉下来了，摔得"准儿准儿"叫。冯蔚懊恼不已，抄起一根长树枝，与大狼狗对峙，大狼狗不敢上前，恶狠狠地看着他。

冯蔚朝身后仍然爬树不止的"麻溜"说："别跑，不要把后背留给敌人！越跑越惨！"

"麻溜"在又摔了一回后,接受了爬树无望的现实,又似乎听懂了冯蔚传授的心得,回过头来和冯蔚并肩作战。但它裹足不前,寸步不敢离开冯蔚,那条狼狗太大了,属重量级选手,而"麻溜"充其量算蝇量级,在绝对力量面前,"麻溜"的小伎俩着实搬不上台面。"麻溜"也懂这一点,它像初上战场的新兵,当炮弹落在身边,轰然炸响,满脑袋只会嗡嗡响,所学的战术早忘得一干二净,没尿失禁就不错了。

只听"麻溜"喉咙里"呜喽呜喽"个不停,冯蔚听得出来,那声音中掺杂着恐惧,它的尾巴穿过两条瑟瑟发抖的狗腿,贴到白花花的肚皮上去了。

# 第三章

*本已对现状别无所求,无奈连沉默都要与我分手。海风吹净了码头,就像凌晨时分你出走于我心头。*

对峙良久,大狼狗好像摸清了眼前这两个家伙外强中干,决定发动总攻了,冯蔚看见它眼睛里闪出一道绿光,真正的狼不过如此。这狼狗也懂得擒贼先擒王的道理,"麻溜"不在它的考虑范围,它径直跳起来扑向冯蔚。冯蔚已经想象到了"麻溜"的表现,刚才都萎了,何况现在,它肯定会在众目睽睽之下扔下他,头也不回地跑掉,用"抱头鼠窜"形容一点儿也不为过。他甚至想好回家如何训斥"麻溜":"你果然是孬种,这辈子都别想进警犬队。有些狗,天生只能是癞皮狗,不配被称为犬,更别提警犬!"

然而,他误解了"麻溜",它当然很害怕,如果狼狗扑向的是它自己,它可能会逃,可现在扑向的是冯蔚,它却毫不迟疑地迎了上去。结果可想而知,那就是以卵击石,狼狗依靠自重就不费吹灰之力地把它弹出去老远。"麻溜"发出钝的一声,摔得委实不轻。

狼狗不顾那些老人的喝止,转而继续扑咬冯蔚,冯蔚用树枝迎战,未伤到分毫。但"麻溜"不知道,它爬起来顽强地冲击狼狗,这次狼狗被激怒了,不再放任"麻溜"的搅局,轻而易举咬破了它的脖颈,抓烂了它的眼眶,扯掉了它的不少皮毛,它血肉模糊,无招架之力,只嗷嗷叫唤。

冯蔚用棍子猛敲狼狗的狗头,狼狗咬定不放松,冯蔚才知道狗头到底有多硬,正准备去掰狗牙,此时人群中有一个老头站了起来,喊了狼狗的名字,狼狗这才乖乖停止暴行。那老头应该是狼狗的主人,人们都叫他甲叔。甲叔一直不站出来解围的原因是一直输棋,憋了一肚子火,冯蔚和"麻溜"这时候来添乱,简直火上浇油,直到这边局势紧张到一定程度,他才开了尊口。事办得不地道,冯蔚才不感激他,而且他那副尊容,让冯蔚忽然明白那条狗不愧是他养的狗。

邹奶奶家也没去成,冯蔚抱着受伤的"麻溜"急匆匆地往回走,远远看见刘岸拎着一根电警棍狂奔过来。刘岸调看了村头的监控,发现了他们的遭遇,赶来解救他们,但还是来迟一步,仗已经打完了。

冯蔚安然无恙,多亏了"麻溜"纠缠住了狼狗,为他争取了足够多的时间,现在"麻溜"浑身是伤,他心疼极了,这里没有宠物医院,他也不能离开执勤点,只能亲手为它做手术。手掌长的伤口,没有麻药,全凭冯蔚一双笨拙的手,一针一线地去缝合,看着都疼,但"麻溜"没怎么叫唤,这让冯蔚泪流不止。

刘岸帮冯蔚在"麻溜"身上缠了一圈绷带,颇有感触地说:"这狗可圈可点,不是一般的通人性!我刚认识你的时候,你还没它聪明。"

这话属于人身攻击的范畴,让人不舒服,但冯蔚不懊恼,他认为刘岸说的是事实。当年他刚从乡下考到海警学院,一问三不知,什么事都需要刘岸指点一二,有时候若不是刘岸解围,他很难下得了台。和章梦佳分开后,郁郁寡欢了很久,也是刘岸开导他才走出来的。他自卑且无助的状态维持了两三年才彻底得到改观,如今乐观开朗的性格其实都是被生活硬生生逼出来的。想到往事,他认为自己真不如"麻溜"适应能力强。冯蔚能从"麻溜"身上看到自己当年的影子,说一条狗像自己,这不是贬低,人一旦和狗真正交了朋友,那些对于狗的鄙视,将成为对自己的嘲弄。

这次倒霉经历,让冯蔚看到了"麻溜"的潜力,对它刮目相看。他们待在一起的时间更长了,建立了更深厚的感情。在冯蔚的悉心照料下,"麻溜"的伤情一天天好起来,它的生活步入正轨,作息时间相当规律,俨然以警犬自居。它不仅听指挥,还心系执勤安全,平时只要发现可疑人可疑事,便第一时间到值班室报信。有一次还真让它碰上了一伙企图偷盗光缆设备的人,是它到宿舍叫醒了冯蔚,冯蔚和"麻溜"配合着摆平了那些家伙,人赃俱获。

从海警局领完奖回来,冯蔚美滋滋地把奖牌给"麻溜"戴上了,双手握着"麻溜"的前爪说:"你的功劳我不能独享,如实向上级报告了这场战斗的前因后果,该是谁的功劳,不能藏着掖着,你仁义,我必坦荡;你优秀,我必举贤不避亲。"

"麻溜"期待地望着冯蔚,那样子好像在说:"然后呢?"

冯蔚没有让"麻溜"失望,眉飞色舞地说:"海警局局长孙颜已经知道你的存在,听说了你的光辉事迹非常高兴,指示我好好关心你,更要严格要求你,全力备战下一批警犬招考。机会是留给有准备的人,我们的计划竟然得以实施,我们的梦想成真了!"冯蔚比当年自己接到海警学院录取通知书时还激动。

冯蔚取出一件制式的荧光衣给"麻溜"套上,他说:"这件衣服可是我托关系找门路,好不容易从警犬队熟人那里搞来的,你先稀罕稀罕。实话说,这是犯纪律的,但我相信不会有人跟一条功勋犬较真,反正早晚你也是要穿的,穿上它,你就是一条有身份的犬了。虽然还算不得真正的警犬,但也要规范自己的言行举止,要有组织有纪律,可不能犯错误,尤其是作风方面要把持住。小母狗再好也不属于你,它属于驻地的狗,这很容易搞出纠纷。这方面要注意,做事要高调,做人要谦恭。"

"麻溜"有了新装,如黄袍加身,感到荣耀,特意跑到镜子前转了几圈,看见威风凛凛的自己,自豪感油然而生,别提多满足了,甩着尾巴冲向海边,沙滩上留下它尽情撒欢的身影。冯蔚从没见过它如此高兴,心情变得舒畅起来,那些执法压力、生活难题、情感困惑、进步阻碍,在那个看似庸常的下午,统统消失。他认为总算找到了排除孤独与枯燥的法门,有人的地方,他可以人来疯、自来熟,没人的地方,以后还有"麻溜"。

冯蔚跟在"麻溜"身后奔跑,两串脚印延伸开去。那时候冯蔚跟在"麻溜"身后想,分不清是"麻溜"帮了他,还是他帮了"麻溜",或许他们是相互帮助。他感谢"麻溜"的陪伴,"麻溜"让他知道,不管是物品,还是生命,都会产生感情,感情里不管是付出还是得到,其实都由不得选择,只要是从中体味过快乐,那就是上天赐予的缘分了。然而好景不长,奇妙的缘分有时也会在奇妙的境地中消亡。当冯蔚和"麻溜"的感情日益升温之时,意外突然发生。

"麻溜"是在一个阳光灿烂的日子被电死的,那个时节万物生长,令人心旷神怡,不该藏污纳垢,不该容纳阴郁,但可爱的"麻溜"死了,让人难以置信的是竟然是被冯蔚亲手电死的。

冯蔚之所以选择用"电刑",或许是他认为把剥掉皮的电线绑在"麻溜"的脖子上,一头栓在远处的电门上,躲在暗处,连面都不露,一拉闸,一阵火花"滋滋啦啦"地冒出来之后,"麻溜"就离开这个世界,去别的地方寻求解脱去了。他不用亲眼看着"麻溜"死,这样自己会好受很多,毕竟没动用家伙事儿,也没见血。"行刑"的过程中麻溜也不会知道,少了思想负担,得以让"麻溜"留个全尸,这样一来,"麻溜"也会好受。

用什么办法弄死"麻溜",冯蔚想了很多种办法,历史上说得出的那些可以致命的阴招、险招、损招、烂招、奇招、怪招,他都想到了,那时候他无比痛恨自己看过那么多猎奇的噱头十足的影视剧,读过那么多居心不良的书,才会懂得这么多下三滥的手段。

"麻溜"可是他朝夕相处的伙伴,是为了他能够以命相搏的无言兄弟。刘岸最清楚,冯蔚给予"麻溜"的爱,比当年给予章梦佳的也差不了多少。然而那天,他却亲手电死了它。冯蔚永远记得"麻溜"的眼神,他听说过人会死不瞑目,"麻溜"也会。

当天,一切如昨,大家各司其职。刘岸回宁岛工作站汇报工作,一大早就走了。冯蔚要去巡查,这次他巡查的是距离执勤点三十海里的一个小岛屿,那座岛有个奇特的名字,叫蛋岛,也许是因为它只有鸟蛋那么大,也许它是个鸟不生蛋的地方,所以有人搞恶作剧,它真实的名字大家不愿意记,也不愿意叫。冯蔚经常在想,起外号这件事真是谁起得早谁受惠,如果他第一个登上这座岛,可能这里就叫鸡岛或者鸟岛了。蛋岛上有海警的通信设施,执勤人员每周都会上去一趟。"麻溜"留下来看家,说是看家,其实没什么可看的,秘密级以上的文件都被刘岸带走了,两人的警械器具都带在身上,宿舍里只留有生活用品。这里是封控区,除了村里行动不便的老人,没人会到这边遛弯,甚至很少有人知道这里有一个临时设置的执勤点。但看家护院是"麻溜"的本职工作,况且现在穿上了印着"警犬"字样的"制服",更需要彰显自己的魅力与能量。在接到冯蔚的命令之后,挺胸抬头地坐在大门口,一夫当关万夫莫开。

冯蔚摸了摸"麻溜"毛茸茸的头,告诉他,这一生要学会等待,要享受孤独。他根本没有意识到接下来会发生什么,他觉得这样叮嘱"麻溜"没什么不妥,此刻他是以训导员的语气说教"麻溜",他以为这只是一次再普通不过的告别。

冯蔚走到岸边,熟练地启动一艘摩托艇,来到海面上分波斩浪。那时候他心情大好,因为听说封控区马上要解封了,将有新的执法员来接管这里,不久,他就可以和刘岸回到武江舰去了,他不再是一个被人遗忘的看守员,他要做一个执法先锋,冲在一线。舰艇上虽然逼仄,但至少可以与更多的人打交道,生而为人,还是要活给人看,当时,他的思想境界只能达到这个高度。到时候,他当然要带"麻溜"一起走,把它寄养在宁岛工作站,等待海警局统一组织的警犬考核。

海风吹来,冯蔚尽情享受扑面而来的爽快,有成群结队的海鸟借助风力伴他驰骋。他陡生表演欲,耍了一个漂亮的甩尾,划出一道优美弧线,他相信"麻溜"看得见。果不其然,他瞥了一眼执勤点的方向,看见"麻溜"穿着亮绿的荧光衣,很是显眼,它的身体轻盈无比,一蹦三尺高,它以此与冯蔚遥相呼应,快乐着他的快乐。冯蔚在"麻溜"的鼓舞下,又做了几个不同姿势不同角度的漂移,一溜烟开远了。冯蔚要去的蛋岛,着实没什么稀奇,面积也就两个篮球场大小,荒草萋萋、荆棘密布、奇形怪状的树盘根错节,偶有几只小动物出现,也不能给那里带去多少活力,没什么风景可言，去一趟不想再去第二趟。

冯蔚在到这里之前，李海疆说蛋岛如同银河系里的一颗并不明亮也叫不出名字的星星，可它存在于中国的万里海疆中，只要它在那里，即便它只是个凸起的圆石头，也一定需要有人到达。那天，冯蔚扮演的就是那样一个角色。

冯蔚很快看见了蛋岛，它横亘在海面上，微微露出黑漆漆的脑袋，它的上面星星点点地分布着几块巨石，是海洋馆里被无情驯化的海狮，在进行着并不具备观赏性艺术性以及温情的顶球表演。

冯蔚嘟囔了一句："你知道你很多余吗？你简直了！"

牢骚满腹的冯蔚的好心情又锐减了一半，因为刚才的好天气也随之不见，天空上乌云压顶，像糊了一层陈年老锅灰。他没有带给养，如果遇到突发状况，延迟返程，那将是他的噩梦。他看了一眼卫星电话，幸好还能用。

冯蔚上了岛，举目回望，海岸线已然不见，只有辽阔蓝波，他曾无数次这样遥望过故土家园，他十分讨厌这种感觉，曾下定决心再也不要远航，无数次想调换一个陆地上的岗位。他甚至动过心思，花钱送礼，也成为基层微腐败的参与者，那是达成目的的捷径。他不是没有觉悟，是动辄四五千米的深海太让人绝望。经常遇到一连半个月睡不了一个囫囵觉的情况，深睡眠这件事他好久没有体验过了，倒是幽闭恐惧症时常侵袭着他；他还保留着和章梦佳热恋时的唯一见证品，一个刻着两人名字的玻璃杯。当初这个口杯花了章梦佳半个月生活费，对于他来说很珍贵，他明知道舰艇上不能带这样的玻璃物件，但还是抱着侥幸心理带上去了，他已经习惯了这个口杯，人非，但物是，他是个怀旧的人，所以采用了快递员的手段，给口杯绑了厚厚的泡沫。然而，即便做好了思想准备，第一天口杯就在强台风的侵袭下摔在地上碎成了渣，他和章梦佳的最后念想也没了；舰艇上工作超过一年的时候，他还没有克服晕船的毛病，他总结了，只要舰艇左右摇摆超过三十度，他就会晕船，恨不能把五脏六腑吐出来；晕船的原因还有很多，比如恼人的风浪、涌浪，比如他闻不了臭鱼烂虾的气味，可那些生物都是海洋的主人，那正是海洋主打的味道。比如他生长在干旱的鲁西北，而海上常年潮湿，衣服从来没干过，黏糊糊地贴在身上，皮肤难以呼吸，就像被扼住了喉咙……他儿时对海洋的所有美好想象，都毁坏于长期不适应的折磨。

　　现在他遥望大地，有一百个理由永远留在大地上，可踏上去没几天，他又开始遥望海洋，也许是一个命中注定的航海人，他给出的理由是他在海洋之上见过最壮美的景色。就像现在，他站在这里，愈发明白人们不是在自我升华的伟大之中才会有震撼之感，更会在意识到自己渺小的时候，为渺小而动容。

　　那个岛太不起眼，但足以暂且承载冯蔚漂泊的脚步，让他看见了难得一见的多漩涡龙吸水盛景：在那漫天厚重臃肿的乌云里，犹如生长出了一棵倒立的树，庞大的树冠直插进了海里，把鲜艳的海面晕染成了灰白的颜色；那又像一只长长的手臂，在竭力与海里的女神握手，天与地终于旁若无人、毫不避讳地结合在一起了，让每一个目睹过的人为之自惭形秽,并明白人世间的爱,不管是遮遮掩掩还是广而告之,都太过苍白。那一刻,大海在无限地给予,而天空更加深沉起来,它的空旷与浅薄,它的寡意与虚无,都在那一刻不见了,丰富而真实着。天空索取的水分,伴随了它的皱纹,塑造着它的形象,它终于感动不已。乌云的边缘如同眼眶的边缘,泪水挂在那里,或忍不住掉了来,也不会担心被谁拆穿,因为她就算承认了会偶尔脆弱,也一定不承认那是因为伤感导致的。

刚还艳阳高照,过了一会儿天就黑了,冯蔚借着闪电的光亮,看见风向太杂乱无章,使得风向标四处乱飞。那时候雨下起来了,从淅淅沥沥到猛烈,打在他的雨衣上,那不能催眠,那是警醒的声音,是每一个独自在海上的人都惧怕的声音。

冯蔚检查完设施,又围着蛋岛转了一圈,巡查就结束了,如此简单。他很清楚必须在海浪还很温柔的时候出岛往回赶,万一龙卷风刮过来,中心风速达到二百米每秒以上,蛋岛上无遮无拦,他会被吸到天上去,他可不愿意当一个有去无回的使者,老天可不懂两军交战不斩来使,因为老天和人类之间压根不需要来使。岸边还有"麻溜"眼巴巴地等着他,他还没结婚,还没尽孝,还没享受生活,他和俞瀚一样,又不一样,俞瀚心里的富足,他还达不到。

摩托艇在水面上摇摇摆摆,好像随时会倾覆,伞状的锚似乎要拽不住它了,冯蔚赶紧跳上去,启动发动机,推进系统开始运作,这次摩托艇没有划出弧线,海平面上像开锅了,水流各自有各自的主见,不再相互依存,和来时完全是两个概念。现在冯蔚属于顶风作浪，李海疆在教育执法员要遵规守纪时，会举一些反面例子，经常用到这个词。海水一轮一轮扑过来，天气越来越冰冷，尽管他抿着嘴，但还是有一只无形的大手撕扯着他，有海水钻进他的牙缝里，他的脸被打得生疼，风雨就是左右开弓的施暴者。可此刻，越疼，他越心安，只有疼，才能让他在黑暗中对摩托艇前进的速度有更清晰的感知。

一番搏击激流后，好在有惊无险，虽然平时只需要一个小时左右的航程，但他足足用了三四个小时，终于看见了沿岸灯火，现在就算落水，也能游到岸边去了。他放下心来，想到刘岸应该回来了，"麻溜"在翘首期盼着他。他身上凉飕飕，心里暖洋洋，仿佛已经闻到刘岸在宁水带回来的烧鸡和烤羊腿的香味。他打定主意，还要把库房里的烧烤架和木炭取出来，冰箱里存放着上次李海疆慰问时送来的一大块战斧牛排、半扇排骨，今晚要痛痛快快吃个全肉宴，满足"肉欲"。他有足够的理由当一个饕餮者，因为值得庆祝的事情可太多了。

幸运与好心情相辅相成，冯蔚在感叹生活美好的时候，风雨停了，天空出现了晚霞，海面上挂起绚丽的彩虹。

冯蔚停好摩托，向宿舍走去，远远看见执勤点大门口围满了人，他已经很久没见过那么多人了，一阵激动，他以为是武江舰的兄弟们来接他回家了，于是一路小跑着冲过去。

越接近越疑惑，那些人明显不像朝气蓬勃的执法员，倒像村头那些迟暮老人，在他们中间有叫骂声传出来，不堪入耳。是不是他们知道这片海域要解封了，担心接下来会有大动作，影响他们安逸的生活，正在与拆迁办或者环保局的人交涉？或者是有人搞了什么破坏，大家齐心协力、众志成城、惩恶扬善来了？到底什么事让他们如此大动干戈吗？冯蔚脑子里一团问号。

冯蔚跑到人群近前，看得一清二楚，不出所料，确实是村里的老人。他们围成一个圈，有的扛着铁锹，有的拎着木棍。冯蔚听见有人说："悔不当初啊，竟然出了这事儿，当初就不应该拦着，让甲叔的狼狗直接咬死它算了，不留隐患！"

冯蔚预感不妙，赶紧扒拉开人群，眼前的场景差点儿让他当场背过气去。"麻溜"蜷缩在地上，像一只被车辗轧过的刺猬，它被困在一只铁笼子里，笼子里外堆着石块瓦砾，"麻溜"满身是土，遍体鳞伤，一条腿骨折了，不受力，耷拉着。它眼睛一睁一闭，已奄奄一息，身上的荧光衣不再鲜艳，布满血迹，"警犬"字样看不清楚了。迷糊中，看到冯蔚来了，眼泪"唰"流出来，它很想动，却动不了。

冯蔚喉头一腥，感觉内脏破裂，要吐血了，他"啊啊"叫了两嗓子，扑在"麻溜"跟前，质问："谁干的？谁干的？"

"先问问这死狗干了什么吧！"一位老者这个时候像又红又专的造反派，理直气壮、扬眉吐气又气急败坏。冯蔚立马认出来了他，那位老者就是前段时间那条狼狗的主人甲叔，此时，他的表情和他家的狼狗一样咄咄逼人。

冯蔚一脸茫然。那时候刘岸从路口跑回来，他刚把一辆救护车送上大道。他只比冯蔚早回来一步，了解到了基本情况，原来"麻溜"把邹奶奶给咬了，伤势还不轻，村里人得知后都来了，"麻溜"被抓了个正着，快被打死的时候，刘岸赶到，乞求大家住手，"麻溜"归冯蔚管理，他回来一定会给大家一个说法。

甲叔说："咬人的狗还不打死，等着它再行凶作恶啊！"

刘岸说："'麻溜'不是恶犬，它从来不咬人，倒是经常被别的狗欺负，这中间有误会！"

甲叔说："管它误不误会，畜生而已，炖了吃肉最好。葱姜蒜、花椒大料，我家有的是。"

刘岸声嘶力竭，才让"麻溜"免于被继续群殴暴虐，但老人们闲来无事，喝茶下棋一整天了，正愁没处看热闹，他们不怕等，就想看看冯蔚回来怎么交代，这可是一种很好的消遣形式，真人出演，比瞎扯淡有意思多了。

冯蔚听了来龙去脉，捶胸顿足，他最清楚这其中的缘由，"麻溜"能咬人，全怨他疏忽了。冯蔚知道邹奶奶没有收入来源，会给她送零花钱，但她一次也没收过。冯蔚侧面了解，得知她经常捡废品卖钱，灵机一动，把执勤点里的纸壳子、罐头瓶子、破铜烂铁等不在账目的废品收集起来给邹奶奶送去，能帮一把是一把。送过几次后，邹奶奶说啥不让再送了，非要自己来取。过了些时日，送给养的车一走，院子里又多了些瓶瓶罐罐，冯蔚打电话让她明天来取，这第一次来取，就与"麻溜"正面遭遇。"麻溜"不认识邹奶奶，也不知道冯蔚和她有什么约定，它只知道看家护院，一块砖也不能丢。邹奶奶忘记了"麻溜"的存在,她只记得冯蔚说,如果我不在,只管拿走就是了,废品就在进门左转的小屋子里。

邹奶奶对冯蔚的话当然深信,气定神闲地进了院,"麻溜"第一时间发现了她,先是吠叫,发出警告,但邹奶奶没放在心上,狗不叫反倒不正常了,况且眼前的"麻溜"长得弱小,没威慑力,又穿着制式荧光衣,于情于理它都不会兴风作浪。邹奶奶思维惯性使然,她觉得海警是为民服务的,警犬断然没有向老百姓下嘴的可能。于是,她充耳不闻,自顾自地打包那些废品。"麻溜"叫得更凶了,它很不享受这种被忽视被侵犯的感觉,但保持了克制,它也知道自己是一条好犬,好犬应该具备好素质,没有贸然扑上去,它接近邹奶奶,加快了吠叫的节奏。然而,邹奶奶不以为然地看了它一眼,说道:"小东西,你可别叫了,叫得我脑仁疼。"

"麻溜"听了这话愣了一下,好像犯错的是它,而不是擅闯执勤点的人,它倍感屈辱。它本没有追求,可自从来到执勤点,它知道它有脸面,它要捍卫尊严。至此,它的驱逐手段升级,咬住邹奶奶的裤角往外拉,邹奶奶瘦弱单薄,背上还有筐,手里有废品,本就不平衡,被"麻溜"拽了个跟头,摔得不轻,"喔唷、喔唷"地叫。邹奶奶不得不抄起一张纸板,扇了"麻溜"一嘴巴子,说:"我一把老骨头了,跟我较什么劲,你可不像阿蔚那么讨喜。"

被打了,"麻溜"没生气,这句话它好像听懂了,这似乎触到了它的底线,嘴上的力道加剧了不少,"刺啦"把邹奶奶的裤角扯破了。邹奶奶下意识地踢了它一脚,这一脚激怒了"麻溜",它似乎要把"童年"受的委屈都发泄出来,它发疯似的对邹奶奶一通撕咬。邹奶奶老态龙钟,眼花耳聋,动作迟滞,没有抵抗力,伤口倒没有多疼,心脏先受不了了,捂着胸口,倒在地上,喊起了"救命"。正巧有村子里的人到沙滩上看日落,听到后把邹奶奶从"麻溜"嘴下救出来。以至于后来,冯蔚和刘岸最不愿意看到的一幕顺理成章上演了。

当时,冯蔚抱着身体在变凉的"麻溜"声泪俱下,让老人们得饶狗处且饶狗:"乡亲父老,不要赶尽杀绝。邹奶奶是我的帮扶对象,无仇无怨,这狗一时发昏,我会好好收拾它。接下来,有伤治伤,有病治病,所有费用我承担,甚至,我给邹奶奶养老送终,千万别对狗下手了!"

甲叔第一个表示不同意:"狗仗人势,那是因为人也好不到哪里去,红口白牙,我们怎么相信你?"他说这话的时候,没考虑他家的情况可能更符合他这套理论。

冯蔚说:"签字画押!"甲叔的质疑没有让他感到难过,他所有的情绪在面临死亡威胁的"麻溜"面前都不值一提了。生活往往如此,本没有错,却要痛快地去认。本来无瓜葛,却要上赶着难解难分。

那些兴师问罪的人走了之后,冯蔚打电话叫来了宠物医院的医生,好歹保住了"麻溜"的命。冯蔚马不停蹄地到了人民医院,邹奶奶也已转危为安,虽然她扭到了腰,摔伤了腿,一时半会儿下不了床,但这个结果已是不幸中的万幸。料理完一切,已是凌晨。

天亮了,冯蔚发现了"麻溜"的异常,它眼中的纯净换成了暴戾，它身上刚刚培养出来的灵气荡然无存。更可怕的是它只有待在冯蔚身边时才会安静，一有风吹草动或者外人靠近，它就狂躁不已，连刘岸也不认识了，它对冯蔚以外的所有人充满敌意，因为那些以前在它眼里和善可亲的人随时会露出狰狞的面孔，在他们伪装的外表下都有一颗恶毒的心。

"麻溜"惹不起那些人，所以它疯了，彻底疯了，一刻不停歇地折磨自己，它无法改变现实，便试图咬死自己。但它发现只有尾巴或许有希望咬得到，于是拼命追逐着自己的尾巴，那当然追不上，再努力也是徒劳，不过只是疯狂地转圈罢了，直到把自己转晕，然后一边抽搐一边吐白沫。等到好转一些，再次与自己抗争，与狗窝内的一切做斗争，若不是链子拴着，它会撞墙撞死、跳海淹死、被车轮碾死，它提防并痛恨着全世界。这是它最后一次决绝与狠毒，它的目标正是自己。

冯蔚心如刀绞，他懊悔，如果提早或者推迟一天去巡岛，如果不约邹奶奶来取废品，甚至，如果他压根儿没遇见过"麻溜"，"麻溜"依然没名字，它会被更慈悲更有实力的人收养，就不会遭此一劫。其实不当"警犬"挺好，当一只普通的狗，没有这么多条条框框，不会担起莫须有的责任，不用耗费精力体力去争取虚无缥缈的荣誉，平凡有什么罪过？出人头地也只是形式上的自我满足，不管是在人的世界里，还是在狗的世界里，生命都不是一个复杂的定义，简单才是高贵的存在。"麻溜"疯了，冯蔚也怀疑人生。

# 第四章

当亲手送你离开，瞬间残阳如血。我辜负了全世界，因为我找不到合适的语言与你道别。

祸不单行。刚过两天，邹奶奶的身体情况在好转的当口，有两个人强行给未痊愈的她办了出院，用担架抬到执勤点门口。这两个人正是她那对奇葩的儿子儿媳。多年不闻不问，老母亲一受伤，立马回国，听起来没毛病，但按邹奶奶的说法，没那么简单，全是阴谋。两人是律师，正对口，一门心思为追责索赔而来。

他们把担架放在执勤点门前的水泥地上，邹奶奶躺在那里，像头待宰羔羊，高首夫妇以此要挟冯蔚出来跟他们对话。冯蔚本来也没想躲，请求他们把老人送回医院去。他们当然不同意，要的就是博人眼球，引发同情，不管是不是要碰一个大瓷，这一招儿，都让他们站在制高点上俯瞰冯蔚，好一个制造心理压力的手段。

老人身上有伤，脑子清醒，痛骂儿子，要为冯蔚宽心，却让冯蔚更内疚。

冯蔚攥着她的手说："别骂了，他们来得正好，事情出了，应该尽早了结。他们是你的亲人，担心你，做出过激的举动都可以理解。"

邹奶奶说："我认他的时候，他不在，不认他的时候，他倒是回来了。"

高首西装革履，梳着猫舔的大背头，却对母亲恶语相向："这老太婆多糊涂，多不识好歹。我回来是维护你的权益的！"他说话的时候五官挤在一起，不得不让人怀疑他脸上长着功能超强的括约肌。

邹奶奶说："你别从我这里坑点儿东西走就谢天谢地了。"

高首说："小农意识！给你一个甜枣，就把自己卖了？善良不是愚昧，不是懦弱。"

邹奶奶说："你不是我儿子，我儿子可乖了，圆圆的脸，大大的虎牙。"

高首说："你说的是哪一朝年的事情了，烦不烦啊！"

邹奶奶说："从哪回来的回哪去吧，互不打扰，也挺好。"

高首说："就算你不认我，法律上，我还是你儿子。其实你不用激动，我为什么回来，你明白，确实不全是为了你，我们夫妻是律师，老母亲有了法律纠纷，不解决或解决不好，岂不是让人笑掉大牙，万一被人抓住话柄，传到了澳洲，谁还找我们打官司？"这家伙能回来，原来一肚子算盘。

冯蔚很气愤，邹奶奶倒是很坦然："我不懂法，但活了一辈子，老百姓的道理还是懂的，我原谅他们了，还能有什么纠纷？"

高首说："有些罪，受害者谅解了，法律还是会追究。"

邹奶奶脸色愈发苍白，气若游丝，冯蔚几乎听不见她说话了，但高首听得见。

邹奶奶说："老天爷看得见！"邹奶奶已经很难睁开眼，但一股寒光从她的眼缝里直射出来，高首不寒而栗。

高首作为一个靠嘴吃饭的人，输了理，不能输了嘴："道德层面的东西不在今天的讨论范围。"

邹奶奶说："那我也给你打个擦边球，从今天起，阿蔚就是我干孙子，'麻溜'我收养了，我现在就让阿蔚跟我签协议，还有什么可说的？"

围观的人越来越多，老娘不给高首留面子，胳膊肘往外拐得厉害，这在高首意料之外。他当然没什么可说的了，他的做法是不再听她的质问和咒骂，转而和冯蔚单独对话。那显然算不得沟通，而是单方面输出他的法律观点，不得不承认他的专业素养称得上高水平，冯蔚只有干瞪眼的份儿。

院墙里的"麻溜"似乎意识到了它唯一信赖的人正处于两难的境地，它用尽力气叫着，它不是"警犬"，但在表达一条"警犬"对"训导员"的支援。

高首像抓了现行："这是个什么狗东西？你能保证它不再害人？

你是保护人民的人，留着这样给人民制造危险的狗，违不违心？"

冯蔚有苦说不出。

高首趁热打铁："赔偿，你必须履行的，没有商量的余地，更重要的是这条狗已经疯了，应该有它的去处。"旁人只是觉得说得好，只有冯蔚清楚，他在赶尽杀绝，他要把这件本来已经没有疑义的民间纠纷办成"断子绝孙"案，有的名律师身上闪耀着人性的光辉，而有的名律师之所以有名正是熟稔斩草除根的本事，高首属于后者，他用每一次的片甲不留，来凸显并巩固在法律界的声望和地位。

刚才海面上散去的风又吹起来了，炎热的夏日里却像带刺的刀，刮着冯蔚的脸，诛他着的心。

在高首的煽动下，众人涌进院子里，来到犬舍前，冯蔚和刘岸没法拦。"麻溜"可不给任何人面子，它露出最凶恶的模样，向世人发泄不满，这正中高首下怀，他滔滔不绝地强调着他引以为豪的理论，那些话密集的让冯蔚喘不上气来，比第一次潜入深海的感觉还难受。

阳光全被遮住了，海上的龙吸水好像横躺着卷积过来，滚滚洪水般侵袭着冯蔚的内心堤坝。半晌过后，他的手高频率地颤抖，好像要把那薄薄的纸张抖出一首悲伤的旋律来，他在高首来之前就起草好的调解协议上签了字。他看似站在原地一动不动，其实他有过无数次这样的绝望，就像站在狂风巨浪频频袭来的甲板上，船舶每翻腾一次，他就下了一次地狱。

高首再一次要求把"麻溜"送走。冯蔚结识了"麻溜"之后懂得了这方面的知识，他知道"麻溜"被送走是什么下场，他们会给它吃各种杀菌杀毒的药物，会用最决绝的方式结束它的生命，到底有多疼，冯蔚认为那种疼比"麻溜"来到人世间以来所受的苦叠加起来还要疼。

前几天，冯蔚给"麻溜"打了疫苗，也做了血清，动物医生明确告诉他，"麻溜"脑部遭受了重创，精神受了严重刺激，它确确实实是疯了，不可救药，无可挽回。

冯蔚歇斯底里地说："不可能，我可以接近它，它还会安静下来，它有时候还会吃东西不吐，它对我没有攻击性，它还会在我怀里撒欢，我能在它的眼睛里看到温柔、眷恋和爱，它不能疯，疯了就得死啊！"

医生说："它还能嗅得到你的气味，这个气味能让它暂时镇定，再过几天，连最熟悉的气味也难以辨别了。"

冯蔚说："人疯了可以去精神病医院治疗，狗疯了，就没有再接受治疗的权利了吗？"

医生说："你已经治过了，无效不是吗？"

冯蔚说："还要治，还可以治，对不对？"

医生说："再这么下去，你也疯了！"

冯蔚说："求你就帮我一次吧，求你！"

医生说："我唯一能帮你的是及时把它处死，并把它的尸体深埋，撒上石灰粉，再喷一遍消杀剂，防止疾病传播！"

冯蔚骂道，滚你娘的！他刚一伸手，医生很不受力，四仰八叉地摔在地上了。医生连滚带爬地跑，边跑边说，都是疯子，都该被处死！

冯蔚好几天都在自我心理暗示，坚决不接受"麻溜"疯掉的事实，他完全做得到，他如同一个孩子的生身之父，为此可以相信一切，可以失去一切，他必然抗争到底，但"麻溜"时刻提醒他，何必这样做，如果我活得无比痛苦，就让我独自去寻找一片栖息之地。昨天，它还挣脱了项圈跑向大海，它奔跑的速度和姿势仿佛在告诉冯蔚，我再也不会回来了，再也不能见你了，永别才是最好的结局，那样谁也不会再麻烦谁了。

冯蔚追得好不辛苦，汗水和泪水一起湿透衣襟的时候，他总算把它抱了回来。现在，这么多人又要弄走他，他一万个不愿意。

当人声鼎沸，大自然便沉默不语。冯蔚像走进真空里，只听见心脏"怦怦"跳动的声音。他抬头看看天，有没有光线都刺眼得很，他看了看"麻溜"，它始终没有停止表达自己的爱恨，铁链子哗哗作响，拴链子的木桩剧烈摇摆，像台风中海滩上迎风飘荡的黑松树，有被连根拔起的可能。"麻溜"的眼球充血了，脖子里的伤口再次磨破了，红彤彤一片，它被打断的那条腿晃晃荡荡，难以支撑它的平衡，让它的躁动更添几分悲壮。它从没想过被怜悯，倒下了，还要再跳起来重新仇视眼前神色各异的人。

那位自诩懂狗的甲叔站出来，像紧要关头独当一面的勇士，他说："你们都怕了吧，以我几十年养狗的经验，我知道打狗打哪里最有效果,让我来敲晕他,不然你们带不走他。"他找来一把铁锹,慢慢靠近"麻溜",刚要扬起手里的武器,那根木桩突然被"麻溜"拽断了,朝甲叔猛扑过去,甲叔哭爹喊娘地跳上了墙头,平时走路都摔跤,这会儿像轻功了得的飞天侠客,根本看不出来已经七十多岁高龄了。"麻溜"追上去扑咬的时候,冯蔚及时把它拉了回来,冯蔚一出手,"麻溜"的力气一下子被卸掉了似的,不再具备攻击性。

甲叔蹲在上面,脚上的鞋不见了踪影,一双干瘪的脚板像煮过的鸡爪子,死死扣住墙头上的洋灰,脸上黑一块紫一块,直呼捡了一条命,他太知道被疯狗咬一口意味着什么,他再也不敢大放厥词,更不敢贸然动手动脚。

冯蔚把温顺了的"麻溜"重新找了一个木桩拴起来,看了看还躺在担架上的邹奶奶。她注视着冯蔚,缓缓摇了摇头。冯蔚却点了点头,又看了看群体性发抖的人们,紧闭了一下双眼,再睁开的时候,眼里的血丝也堪比"麻溜"了。他用几乎哀求的语气说:"不用大家担风险,别把他带走了,它最听我的话,让我来!"他说这话的时候眼泪哗哗地淌,刘岸也捂住鼻子,转过脸,看向别处。

聒噪的声音逐渐消失。那些人还领会不了冯蔚的意思,持续冷眼旁观。那时候,冯蔚在众目睽睽之下走向"麻溜",走向这个陪伴了他孤独的执勤生活、给他带来欢声笑语的生命,它以为他是来呵护它的,他以为他还可以呵护它很久很久。

冯蔚在"麻溜"身边坐下来,把它搂进怀里,像当初收养它时一模一样。他从口袋里掏出三角巾,给它做了简单的包扎,并说:"我在你身边的时候,你是幸福的,可是我不能永远在你身边,我但凡离开一下,你都要忍受铺天盖地的痛楚,我怎么忍心啊!"

"麻溜"与他对视着,他们拥有相同的目光。

冯蔚接着说:"你挣脱枷锁离开我,也是不想有这一天,但是,你不知道,那样也是自私的。分别的时候,也得好好拥抱,好好握手啊。"冯蔚抓过"麻溜"的前爪,它的腿毫无力气,它只能动动脖子,活像点了点头。

冯蔚说:"我留不下你,只能送你走了,可能会疼,但就疼一下,像上次打针一样,你坚持一下就过去了!"冯蔚泣不成声了,"麻溜"用脑袋蹭着他的下巴。

冯蔚说:"从来没有这么挫败,以前我以为我有无限可能,能与大自然抗争,能守护海疆安全,可现在,连你都救不了,还不如一束海滩边的毛瑞香,它开满花朵,芳香袭人,给人美的享受,而我却要亲手毁掉一切。"

甲叔余吓未除,所以余怒未消,他还蹲在墙头上,已经蹲不住了,吼了一嗓子:"有完没完了?!"

高首倒是不动声色,他的媳妇早不耐烦了,甚至都没看一眼地上的名义上的婆婆,拨开人群,径直走向了她的粉色豪车,关紧玻璃,静待高首和冯蔚这场戏的结局。

冯蔚眼里全无那些人,他只看见了邹奶奶和"麻溜",邹奶奶身体有轻微的抽搐,他知道再不加紧速度,邹奶奶快挺不住了,虽然是夏天的海边,还刚刚刮过大风,但不一会儿那黏糊糊的热浪就会扑面而来,地表温度再次急剧上升,现有条件不允许他再犹豫。

冯蔚最后告诉"麻溜":"尽管知道了我们的虚弱与渺小,但还是要认真地生活,我知道我们没有过错,知道你到底有多好。我承诺,在每一个同样的季节来看你,如果恰逢出海,我在深海之中暂时回不来,也会朝着你的方向呐喊。听得懂北纬和东经的数值吗?那干巴巴的数字,是每一寸陆地、海洋、山川、丘陵独一无二的名字,既然是名字,不被多数人所知道是再正常不过了,所以听不懂也没关系,不清楚我在哪里,我就无时无刻不在你身边了。"

刘岸听不下去了,哇哇地哭起来。他光听冯蔚的话已承受不了了,何况亲眼观战,他说道:"别说了……你如果不在,我就在,我替你看它,带上它最爱吃的骨头。快动手吧!我受不了了!"

冯蔚把"麻溜"放下来,亲了它的头,起身走向库房,不一会儿,扯出来一捆未拆封的电线,他熟练地打开薄膜,把一头的胶圈剥掉,准备系在"麻溜"的脖子里。"麻溜"嗓子里呜吼吼的,仿佛在与冯蔚对话,它很淡定,没有哀怨和恐惧,可能是不想让冯蔚继续悲天悯人,但那最后的赤诚,只能无限放大冯蔚从阴影里走出来的难度。

冯蔚选择用"电刑",觉得"受刑者"当时的痛楚比被电警棍击中还要严重。他以为这样可以不用看见"麻溜"被击中的惨状,不与死亡零距离接触,也不用听他不敢听的"麻溜"的临终遗言。当他试图把线圈套在它脖子上，摆弄了许久，却因为手抖得厉害无法成功，那时候，他知道他错了，这个办法听起来容易，做起来更残忍，比第一次砍人的刽子手几刀没砍中，脖子断了一半，却还能说话一样，揪心死了。

冯蔚终于在温顺的"麻溜"的脖子里系紧了电线，他说："谁做这件事，我都会对他恨之入骨，可我这样的身份，现实要求我不能对身边的人们充满仇恨，那就我自己来充当这个可恨的人，常悔比长恨要强，恨己比恨人要强。"

"麻溜"静静地听着，叫了两声，还象征性地摇了摇尾巴，那是强颜欢笑。它任由冯蔚触摸它的伤口。

冯蔚捋着电线一步三回头地往配电间方向走，通往配电间的路那么短，十几步也就到了，但这十几步跨度又那么大，每一步都像冯蔚这一路走来所遇到的大沟大坎，登天般艰难。

线圈逐渐变小，另一头正好够到电闸的位置，就跟之前有人特意比量过似的。

冯蔚把墙上的一个电闸拉下来，应急出口处指示牌上微弱的光芒，让墙角、走廊深处、梯口的氛围在大白天变得哀怨起来，正如冯蔚此刻的心情。断电让部分设备不工作了，如果这一刻大脑也可以不工作该多好，能够暂时在麻痹中得过且过，可此刻的冯蔚每看到一个画面，就镌刻脑海，挥之不去，每听到一个声音，都如雷贯耳，百转千回。他把线头缠绕在电门上，像有缰绳勒紧了自己的脖子，他是一个正被执行绞刑的囚徒。

那时候,在场的人才恍然大悟,有的表示叹服,有的如鲠在喉如芒在背,有的只是惊讶,很快就认为这是冯蔚机智,上演一出"苦肉计",好平息大家的怒火。

尤其是还蹲在墙头的甲叔,幸灾乐祸地说:"这是要搞烧烤吗?烤的狗肉还没吃过!谁知道怎么个吃法,蘸蒜泥还是撒辣椒面儿?不过可惜,疯狗肉,不能吃。"

听了这话,刘岸肺气炸了,三步并作两步冲到墙下,跳起来就打,甲叔吓得掉到墙外,挑了小道,屁滚尿流地逃跑。

刘岸追出去跳着脚骂:"亏你一把年纪,不如一条狗……"甲叔年老体衰,跑得并不快,但刘岸没有追,他知道甲叔要是不跑,他也不能对这个人下手,尽管他不地道,但还是老乡,而且这类人物沾上了就有数不清的麻烦。刘岸注意到一个细节,甲叔和高首不时有眼神上的交流,甲叔在场面上极尽卑鄙之能事时,高首红光满面,甲叔狼狈不堪时,高首灰头土脸。刘岸强烈怀疑,早年他俩就得到了彼此真传,所以高首熟谙甲叔的人设,抓住了他的弱点,不费吹灰之力就买通了他,如今他们必然沆瀣一气。

刘岸的骂声还未散去,只听院子里传出冯蔚的悲鸣,他喊:"再见了'麻溜',永别了好兄弟!"

冯蔚的右手使不上力气,这曾经是一只可以熟练控制缆绳和锚头的长满老茧的大手,可是现在连一只小小的电闸都扳不动,他要用左手抓住右手手腕,才能勉强合上电闸。两声脆响之后,紧接着传出"啪啦啪啦"的声音,像煤气灶在打火,大家循声望去,看见冯蔚和"麻溜"所处的位置各自升腾起一股轻烟,那两股烟隔着十几米的距离很快在空中交汇了,之所以肉眼可见,是因为冯蔚这侧是白色,而"麻溜"那侧是灰色的。那些人像站在中线两边观看羽毛球比赛一样,头一会儿扭过来,一会儿扭过去。随之焦糊味弥漫了整个院子,院子里里外外都安静了,没有鸟叫虫鸣,更没有牲畜发出的叫声,那些遍布角角落落的打鸣的鸡、群游的鸭、下蛋的鹅、暴躁的狗、叫春的猫也感知了危险,全老老实实缩进窝里去了。那里静得可怕,只凸显出远处此起彼伏的涛声,一如哽咽。

众人窃窃私语,心肠软的老太太掩面哭泣,老头红了眼眶,而邹奶奶似乎昏睡过去了,或者说她是担心自己如果还保持清醒的话,会因此而永不清醒。一大把年纪,黄土埋到脖子了,什么事都懂,什么事都左右不了,她只懂得如何蒙骗自己,今天没被气死,是稍年轻一些的时候把气都生完了。

冯蔚跑向身体已经僵硬的雪白的腹部朝上的"麻溜",它四肢伸展开来,包括那条不受控的断腿竟然也因为电流的冲击,伸得笔直,毛发像被梳理过一遍,整整齐齐。

冯蔚蹲在那里,觉得自己没脸见"麻溜",但又必须处理它的后事。"麻溜"没闭上眼,它的眼睛里还装着冯蔚的脸、执勤点的旗以及天上浮动的云,眼角有两滴硕大的泪滴淌出来,冯蔚擦了一把,滚烫滚烫。

高首露出一副心满意足的表情,他从不认为"麻溜"的死跟他有任何关系,毕竟"麻溜"终归是要死的。他只关心他再一次打赢了一场官司，如果还构不成一场官司，也是有史以来最成功的庭外调解，他曾经在澳洲遇到过类似的事情，被人用枪指着脑袋赶出过家门，现在他终于可以为自己平反了。

高首心情很好，这才想起还有个老娘再躺下去要被热化了，那么这次回来就得不偿失，他赶紧找人把邹奶奶往车上抬。岂料，他那雍容华贵的老婆嫌弃邹奶奶一身土、一嘴口水，刚才还大小便失禁了，一裤子秽物，臭不可闻，赶紧启动车子，加油门逃之夭夭。幸好刘岸刚才就打了急救电话，救护车随即赶到，刘岸对这个不靠谱的高首不放心，亲自护送邹奶奶去了医院。

主角走了，还剩下两个主角，一死一"伤"，戏演完了，众人一哄而散。执勤点内重新空空荡荡。冯蔚肝肠寸断，他想要把"麻溜"就近埋了，刚出门，看到那辆扎眼的汽车又倒回来了。

高首降下车窗对冯蔚说："最好埋远一些！"

冯蔚说："何为远近？我要是不呢？"

高首说："我是律师，现在却以国学思维跟你讲话，这是不祥之物，最好别出现在这个海边渔村。否则，这里又要被封控了，风气上的封控。否则，这事还是没完，我回澳洲了，还有甲叔呢！"说完，高首再次扬长而去。

冯蔚压抑到不能说话，被人欺负到命门上了，却没有反驳的余地，悲从中来已不能形容他现在的状态，他不想让"麻溜"像他一样再经历这肮脏烂人的纷扰，赶紧入土才为好，他思来想去，想到一个好去处，就是他今天刚去巡查过的蛋岛。他只能把"麻溜"带去那里，那里和高原一样，离天空很近很近。

天擦黑的时候，他把"麻溜"留在了那座巴掌大的荒岛上，他驾驶着摩托艇，和那座荒岛渐行渐远，回头望时，他仿佛又看见"麻溜"穿着鲜绿的荧光衣，蹦蹦跳跳地等着他归来，他默念："你独自守在这里吧，这里是国土、是前沿，至关重要。你已经不是一个单独的个体，你会成为这座小岛上唯一的故事、动人的故事。每当有人提起小岛，一定会提起你！那时，远行的人不迷路，远航的人不迷航。提起你，也就提起了这座岛，有了你，这就不是一座荒岛，再有人上来的时候，他们就不会害怕。"

送走"麻溜"的当天凌晨，已经从武江舰副长调任江淮海警局机关作战勤务科参谋的欧潮和李海疆来接冯蔚和刘岸回去，坚决不让他们再在这里多待一天。欧潮第一时间听说了执勤点发生的事情，害怕他们如果再在那里待下去，触景生情，精神备受折磨，早晚也会像"麻溜"冲出去咬人，尤其是冯蔚。

阔别舰艇半年后，冯蔚回来了，没人敢提及他的伤心事，可冯蔚逢人便讲，他不是讲"麻溜"，也不是讲俞瀚，他在讲这两个事件之后的自己。

他对李海疆说："俞瀚的牺牲，告诉我生命有多强悍，就有多脆弱；'麻溜'的死亡，告诉我生命有多少来由，就有多少无奈。"

李海疆唯有不停点头。

他问刘岸："你了解我吗？"

刘岸说:"我了解你胜过了解我自己。生肖蛇、AB型血、天蝎座。"

冯蔚问:"你知道这样的人有什么特质吗?"

刘岸不停地摇头:"净整些洋事儿,我可不研究这玩意。"

冯蔚说:"是自私,极度地自私。"

刘岸说:"你还自私?你身上的确有不少毛病,但也不能忽略了最大的优点,是正直。"

冯蔚说:"我如果具备正直,那就是高度正直的自私。"

他俩都很倔强,他们掰扯不出一个答案。那时候,冯蔚足够确信自己就是无比自私的人,他将永远活在不够坦荡的煎熬当中。

# 第五章

当找不到通向大地的路,我也不会无助,浪花里分明漂着你的祝福。

相同的离别,会衍生出迥异的价值,能加重对自我的疑虑,能促生新的奇迹。

就像现在,在武江舰于不间断航行的海面上,眼前的突发事件让冯蔚直面自不自私的问题。现实无时无刻不在考验、论证着他已形成的观点。他像当年的俞瀚,站在船帮上,面对更加紧急的情况,跳与不跳,迫在眉睫。渔船的油表、阀门、舵盘在无节制地摆动,到处都失灵了,船岌岌可危。

刘岸也深深记得俞瀚,生怕当年的悲剧重演,极力阻止:"已经有明火出来了,说不定有小规模的爆炸,再进去,风险太大。海上任务很多不可控,最大限度保全自己!"

冯蔚指指渔船上吓破胆的渔民说:"我们如果置之不理,他们要么坠入深海淹死,要么陷入火海烧死,必死无疑!"他这么说着,眼前快速浮过俞瀚残缺不全的器官、"麻溜"僵直的四肢,一幕幕像能量源,注入他的身体,让害怕的神经瞬间粗枝大叶起来。

冯蔚说:"我相信能做到。"

刘岸说:"你厉害,你高尚!"

冯蔚说:"和高尚没关系,深陷泥沼太久,想拔出腿来,走上一条大路,在还有得选时,做一个不会做噩梦的选择,因为我知道没得选有多么痛苦!"自从经历了两次死亡,他整个人都变了,表现得不尽如人意,没干过一件露脸的事儿。孙颜、李海疆、欧潮都找他谈过话,大意是如果再这样下去,只得换个岗位,如果还不行的话,就得考虑辞职了。执法工作太敏感,触及老百姓最根本的利益,稍一疏忽就能酿成大错,容不得出纰漏。

刘岸说:"你真他娘的是俞瀚的好徒弟,他当初也是这么想的!"

突然,风掀起一排排巨浪,海水灌进渔船船舱里,浓烟继续往外冒。冯蔚被海水再次打翻在地,但他第一个爬起来,他不能再等了,因为他看到渔民所面临的危险已不单是水与火的问题。

想到此,冯蔚果断跳下去,和当初俞瀚的姿势一模一样,但这次老天爷开了眼,东海龙王未发难,风浪没作妖,他顺利地以一个漂亮的滚翻平稳落在渔船甲板上,很成功的一次跳帮。冯蔚四下搜寻,总算找到一个安全的点位,将悬梯的一头固定好,用抛绳器将另一头甩给武江舰上的执法员，两方紧密配合，费尽九牛二虎之力，终于让武江舰和渔船实现了链接。虽然大家都知道，悬梯很容易被挤断、扯碎，但起码有了一个临时生命通道。其余执法员正欲沿着悬梯下来，冯蔚制止了他们，他的策略是让渔民先沿悬梯登上武江舰，而不是执法员都来这艘危险船舶，处理渔船主机的问题并非人越多越好，人多手杂，干不好技术活。冯蔚也不相信，生死攸关，这些船员还会傻到来抵抗他，他不是来抓他们的，是来救他们的。他是组长，此刻他说的话是命令，执法员们只得眼睁睁地看着他奔赴险境而插不上手，只能在舰艇上做好接应工作。

那艘渔船上的人绝对不是初犯了，有过被海警跳帮的经验，所以当看到身穿防火服的冯蔚，在剧烈的颠簸中竟然还下意识地抱头蹲下了。

冯蔚说："都什么时候了，先活下来再说！快离开这艘船，看到那道悬梯了吗？往死里爬，没有人帮你们，爬得上去就能活，爬不上去，自生自灭！"作为常年与大海打交道的冯蔚当然清楚，在这深海区，会不会游泳不重要，游泳冠军也难以在这惊天骇浪中坚持哪怕一分钟，就算没有风浪，那些落入大海的人，也几乎很难生还。这里是航道，如果不能被过往船舶发现并救起，要么体能耗尽，成为鱼虾的美食，要么被船底的推进系统绞死。而被过往船舶发现并救起的可能性，比中彩票还低。

见神兵天降，听了冯蔚的话，船员们愣住片刻，刚才他们还有打开救生筏逃跑的念头，有将"冒险"进行到底的强烈动机。现在冯蔚的动员，打消了他们的侥幸心理。

这时候，机舱里有零件烧坏了，发出巨响，火苗又高了一尺。船员们霎时回过神来，争先恐后往悬梯跑，像抢头炷香似的。冯蔚来不及替他们维持秩序，一头扎进主机舱里。

主机舱内烟雾缭绕，辣眼睛呛鼻子，冯蔚几乎窒息，摸索着前行。那些密密麻麻的按钮和仪表，平时尚且需要仔细检查审看，现在云山雾罩，视线受阻，更难辨认。幸好冯蔚早有心理准备，他拉下了氧气面罩，透过护目镜看见里面竟然蹲着一个人，那人剧烈地咳嗽，似是要把肺叶子咳出来。冯蔚走近后问清他竟然是船长，船长脸上已遍布油污，一边用扳手、钳子鼓捣着机箱，一边哭着念念叨叨，显然，他的努力毫无用处，他是船长并不是机电技师，机电技师早跟着人群跑出去了。

冯蔚说："你快走，这里交给我。"

船长看了看年轻的冯蔚说："我不能走啊。船没了，我也不活了。前几年就被扣过一条船，今年我刚掏出全部身家，借遍所有亲戚，又贷款几十万买了这艘船，一家老小全指望这条船了。"

冯蔚说："只要人活着，都还会有的。"

船长说："你不懂，有些痛，直接就痛死了，没有缓冲。"

冯蔚见说服不了他，只得争分夺秒地着手修理主机，他学着俞瀚的样子，使出看家的本领。那是一个堪比炼狱的环境，很快两个人大汗淋漓，几近虚脱。冯蔚拆卸着船舶的主动力装置，可那时候浓烟又蹿出来，船舱就像灶眼，海风正是鼓风机，不一会儿，火舌从船头蔓延到船尾，从内舱到达甲板。

"燃油管路破裂起火，泡沫水枪准备！"冯蔚用对讲机朝岸边喊了好几句。有大流量的泡沫从武江舰上洒落下来，只是治标不治本，内芯出了问题，泡沫只能顾及表面。就像云南白药永远治不了心伤。

冯蔚往外推了一把船长，急迫地喊道："主机水箱温度一百多度，早开锅了，机油温度九十五度，油水温度还在快速升高，这就是一枚定时炸弹，要死，就死一个。"冯蔚像无惧无畏的拆弹专家，不同的是，没有可以定夺生死的红蓝线，他看见仪表盘上指针像一根根表示严正拒绝的食指，在疯狂摆动。

船长仍不甘心，没了船，他就一切尽失了。冯蔚狠狠地蹬了他一脚，他滚出去好远，可很快又爬回来了。正要继续和冯蔚"并肩作战"，主机彻底崩溃，仪表指针全停，有红色的亮光从仪表盘里显现，那时候冯蔚知道，前功尽弃了，这艘船即将寿终正寝，他们要直面死神了。果不其然，他听到了那爆炸的前奏，犹如喷发前的火山，发出隆隆的响动，像夏雷由远及近。他赶紧拖着船长冲出船舱，向悬梯飞奔，船长还在较劲，冯蔚一拳将他打晕，扛到了船帮处，刚把保险绳挂在船长身上，后面的船舱就发生了一次大爆炸。冯蔚护住船长的后背，他想没有成功挽救群众的财产安全，那就挽救群众的生命，对得起身上的制服，对得起从十八岁开始就接受的教育，所以哪怕自己被冲击波震碎。

冯蔚晕过去了，刘岸在最后的爆炸到来时，终于将挂钩挂在了他的攀登腰带后面的扣鼻上，几人合力将他往舰艇上提拉。火光冲天，有溅起的零部件在燃烧，像节日里的烟花，漆黑的海面上有了绚烂的色彩，而这色彩是付出了覆灭的代价才形成的。很多看起来美丽的东西，其实都有一个蓄谋已久的来历，也大多积淀着残酷的悲怆。

渔船在倾斜，逐渐沉入水中，每艘船只有一次如此与大海真正交融的机会，同时这样的机会意味着与世界说再见，而冯蔚像一只折翼的鸟，他仰头朝后，犹如一个以独特视角观察海面的使者，他的双手还试图呈拥抱的姿势，却难以实现，努力了几下后便耷拉下去了。他紧闭双眼，和一名空中飞舞的杂技演员一样，享受着呼啸的风声，越过那并不能奈何得了他的火海。

冯蔚和渔船船长被救上了武江舰，船长失去了赖以生存的渔船，自然伤心欲绝、万念俱灰，但他竟然没有看一眼那艘急速沉没的船，而去关心了冯蔚的死活，他摇动冯蔚的身体，像在转动着舵盘。那一幕充满温情，执法员们感慨万千，他们或许在想，如果每个被营救的人，都能有情有义，想必他们对所从事的职业会更加自豪。

好在冯蔚被卫生员抢救了过来，只是渔船已不见了踪影，只有一团光焰鬼火般漂浮在水面上，像在宣告着什么。执法员和渔船上的人扶着栏杆，以同样的姿势肃立，排成整齐一排，沉默不语，像在参加一场告别仪式。船长带头哭了一嗓子，好多人都掉了眼泪，但这眼泪和汹涌的海水相比，着实算不得什么，很快就消融在空气里了。

冯蔚虽然没有救下船舶，却舍命救下船上的人。船长没有理由用绝望回馈他，他和他的船员们一起，乖乖地和执法员们待在武江舰上，继续航行，等待靠岸。当然等待这些违法捕鱼者的还有审判。

渔船上的人员数量，接近于武江舰上人员的一半。面对突然多出来的人，首先犯难的是炊事班，他们的食材储备有限，巡航还没结束，如果伙食供给不上，那就闹出乱子来了，要考虑提前结束任务，提前返航了。这种天候，直升机不便起飞，这种距离，就算派补给舰来接应，也得一顿好等。炊事班长清点了储藏室内的食品，发现如果继续按照预定计划巡航，那么大家的伙食定量一定会受到严重影响。

李海疆征求大家的意见，大手一挥，最后决定先让渔民们吃饱，剩下的，执法员再盛，饭菜不够，吃自热食品和压缩干粮，这些东西属海上必备品，久吃难以下咽，有的执法员吃两口就想吐，宁可饿肚子。

渔民们经过这一次惊吓，不仅脑袋蒙了，好像消化系统也吓到紊乱，抑或者不停地咀嚼能够给人带来安全感，于是他们到了舰艇上以后慌不择食，狼吞虎咽，把执法员们看呆了。李海疆以为这只是短暂的生理现象，没想到一连两天，他们的胃口不仅没有"收敛"，还越吃越凶，刚出锅的大肉包子，有些渔民一口气能吃七八个。此时，李海疆恍然大悟，前几天的惊人现象还只是假象——他们刚上舰艇的时候尚且保持了些许拘谨，稍一熟络了以后，才展现出真正实力，彻底敞开了肚皮。

餐厅里，冯蔚被刘岸搀扶过来，坐在了船长旁边，刘岸说："不巧，已经没饭了，回去热一袋香菇肉沫饭吧。"刘岸所说的"香菇肉沫饭"听起来诱人，吃起来可没那么可口。

船长右手拿着筷子，左手搓着脚面上的黑灰，很不好意思地告诉冯蔚："对不住你们，真是添乱。回去我跟他们说说，让他们克制克制。"

听了这话，冯蔚那耿直劲儿直接上头了，当场表示："千万别，我们这是弹药、粮草都充足齐备的舰艇，让你说的好像连饭都管不起了，传出去丢不丢人。"

船长说："实在过意不去。"

冯蔚说："船都没了，你已经不是船长了，有什么过意不去的，这是你该操心的事吗？我们这么大的舰艇，解决不了这点儿问题吗？"

船长看了看铁盘子里的饭菜，扒拉了一口，越品越没滋味，心里难受极了。

冯蔚说："你心肠硬得很，这个季节还敢来捕捞，你有没有想过那些鱼苗？还有那些正在休养生息的濒临灭绝的鱼种？它们刚缓过阳来就要被人吃掉，这是刨人的祖坟，是断人家的后路！你都没想过，现在知道伤心了？"

船长说："我……我……"

刘岸见船长脸涨得像紫茄子，再也难以下咽一口饭菜，赶紧把冯蔚拉到一边说道："他现在情绪不稳定，需要疏导，你却反其道而行之。"

冯蔚说："他不需要疏导，活不起也死不起的人，疏导也是浪费时间，敢每天和大海打交道的人没那么脆弱。"

两个人正聊着，船长出乎刘岸的意料，主动挪了挪屁股，靠过来说："不管渔船在不在，我都是他们的船长，我了解他们，得为他们负责到底，况且我和他们都是乡亲，不是一两年的感情。吃饭这个事，你们不好意思说，我去说，应该多少管点儿用，你们不用不好意思，能在休渔期间冒风险来捕捞的人是什么人，我最清楚，但凡家里生活还过得去，谁愿意来冒这个险？所以我们是财迷没错，但能吃苦也是事实。我那艘船上，每天吃的喝的都是最简单的，可以满足果腹的基本需求，哪有什么菜系、味道、营养可言，不饿死，有把子力气干活，就行了。"船长能这么说，冯蔚很欣慰，至少船长也算是有担当的人，并不像大家印象中通常意义上的鸡鸣狗盗之徒。

冯蔚点点头，肯定道："这倒是爷们儿说的话，但你这个提议我们不赞同，不管你们犯错与否，在这艘舰艇上，永远没有这种待人之道，先吃饱再说。你不要去说，我们舰长会有合理的安排，千万别把我们想得那么没有抗风险能力。"冯蔚打肿脸充胖子，阻止了船长，可是不当家不知柴米贵，他确实高估了舰艇上的物资储备。

不管船长有没有找他的渔民训话，到了第三天时，炊事班已经扛不住了，不得不向李海疆报告，原定可供舰艇人员吃到靠岸还富余的食物，很快就要见底了，而他们距离靠岸还有一周时间，眼下的食材估计最多还能坚持三四天。

武江舰已经积累了足够的远航经验，绿叶蔬菜虽然依然无法得到足量供应，但距离吃不饱吃不好的时代已经过去很多年了，没想到如今他们却即将遇到饿肚子的难题。李海疆给全体执法员开会，在补给舰到来之前，执法员们要发扬风格，多迁就渔民。第一次因为这种事情开大会，冯蔚意识到问题的严重性，后悔自己向船长吹牛吹早了。

海上不间断航行的第十九天，补给舰还没到，执法员们已经饿得头昏眼花，那些自热食品味同嚼蜡，实在难以下咽，对于这样的东西，从没有过食物恐慌、对食物的欲望已脱离了单纯充饥的年轻人宁可选择不吃。入夜，冯蔚饿得睡不着，走出甲板，从口袋里掏出手机，看了看时间，十点整。

深海，接收不到一格来自人间的信号，可冯蔚还是保留着不时翻看手机的习惯，他当然知道手机界面一定是空空如也。信息爆炸的时代，陆地上的人们被手机绑架，而冯蔚面对一个功能基本只剩下照明的手机，却也还没丧失期待，就像从没放弃对于爱情的幻想。上舰艇第一年的时候，第一次执行远航任务，当巨大的孤独袭来，他走上甲板，竟破天荒地听到了短信息的铃声，他以为是幻听了，掏出来一看，幸福到眩晕，他确实发现了一条未读短信。那条短信的效果可想而知，足以让他热泪盈眶，因为那如同在航行中发现一座岛屿、一个港口或者一条来自祖国的船只，而且那上面还有人在朝他们挥手。他激动地蹦起来，手机差点儿从手里滑出去，他紧紧攥住手机，像攥紧恋人的手，恨不能要把手机好好亲吻一番，那种惊喜，他体验过。在茫茫大海中，手机竟然也会有搜寻到信号的时候，当时，冯蔚记下了那里的经纬度，把那里当作他的福地，并且他认为那条短信一定能给他带来惊喜，尽管当他打开信息界面，看到的是垃圾短信，或者都是无关痛痒的只言片语，但他依然会兴奋不已。

舰艇构造严密，只要关上舱门，即便是在港口内，和繁华闹市近在咫尺，手机也还是没有信号，所以执法员们没事总喜欢到甲板上转转。尤其是冯蔚，刘岸最了解他，知道他不只是对执更巡查工作负责，更重要的是想看看手机，这个最寻常不过的动作，在武江舰上却要走出舱门，靠天意来实现。

现在冯蔚又出来了，他举着手机满甲板寻找莫须有的信号，显然，结果难出其右，他还是那个无数次兴致勃勃地搔首弄姿，又无数次异常冷静的男子，这次他依旧什么都寻找不到，他像一个追着自己的影子到处奔跑的孩子，屏幕的亮光映照着他伤痛初愈后暗黄的脸，还有那因为饥饿而发白发干的嘴巴。他正烦躁得无所适从，刘岸的口琴声传了过来，冯蔚熟悉那个旋律，是《忘忧草》。这首歌最火爆的时候，冯蔚还是个少年，那时候他以为"让软弱的我们懂得残忍，狠狠面对人生每次寒冷"，表达的是失恋者的痛楚、自我强迫以及暗示，许许多多张口就能哼唱这首歌的人普遍这么理解，他也不能例外。那时他刚刚升入初中，那个曾经大大方方让他抄自己的试卷、替他擦掉睡梦中一尺多长的口水、午饭时和他分享从家里带来的油香苤蓝咸菜的漂亮女同桌，一毕业就去了县城，而他还留在镇上，身边换了一个每天给他不少白眼、稍有不慎就向班主任打小报告的人丑事多的女同桌，那时候他觉得他的青葱岁月过早地结束了。他以为"残忍"就是与从前那个完美的她坦然告别、各自安好，就是静待从熟悉到陌生，就是适应从朝夕相处到突然杳无音讯。可后来，他才从那句歌词里领悟到或许连词作者都不曾领悟到的含义，那是写给一去不返的年华，那是写给深入骨髓的生死别离，那是写给不曾到访过的别人的世界。

　　刘岸吹得如痴如醉，海浪都消停了，何况冯蔚。这首听过无数遍的曲子，突然有了新的感动，刘岸这个一成不变的人，突然有了新的魅力。以前他觉得刘岸太文艺，不应该待在执法一线，应该去海警局的宣传科或文化站，和那个长得像电影明星，被很多执法员当作梦中情人的文化干事珠联璧合，搞搞文艺活动。女干事的名字叫连漪，他会吹口琴，她也有文艺细胞，他俩一定有共同语言，名字听起来也挺般配，因为再美的涟漪终究要沉睡在岸边，他俩说不定能擦出爱的火花。冯蔚知道刘岸有顾澜，可聚少离多，常年闹矛盾，两人都极为痛苦。作为一个受过情伤的光棍汉，冯蔚片面地认为"了断"比"虐恋"要明智。

　　冯蔚循着声音走过去。刘岸一曲刚好吹完，他望着漆黑的海面,听着舰艇二十节航速涌起的水流声,像有千万个乐手在给他和声,但那其实是一种寂静,一种血战之后的寂静。有人说大战之前最寂静,那是已无人在乎大战之后是否寂静。

冯蔚说:"再来一个。"

刘岸不耐烦地看着他:"你不是耳朵都起老茧了吗,今天哪来的雅兴?"

冯蔚说:"庆祝我死里逃生,庆祝你救了我,执法生涯中又有了浓墨重彩的一笔。"

刘岸说:"头一次听说,我救了你,我还要演节目逗你开心。"

冯蔚说:"这舰艇上也没别人会才艺了,你勉为其难,给演奏一把。"他用了"演奏"这个词,他觉得比"吹"要高雅多了,他想,刘岸应该能从这个名词中找到被尊重的感觉。

刘岸却说:"文娱活动室里有立体环绕的音响,曲库里有海量的歌,想听什么有什么。你去那里嗨,别在我这找乐子。"

冯蔚说:"那能一样吗?真人为我独奏,这是仪式感。"

刘岸说:"这个要求其实不过分,今晚我也在为自己庆祝,不差你一个。"

冯蔚问:"你庆祝什么?庆祝已经板上钉钉的立功受奖吗?"

刘岸说:"你会因此而庆祝吗?你可不是急功近利的人,也千万别被那些东西左右。"

冯蔚说:"我想不出还有什么别的需要庆祝,饭都快吃不上了。"

刘岸眼睛里的光消失了,他坐在栏杆下面说:"等完成了这次巡航，我要离开武江舰了，庆祝我成功上岸吧。我叫刘岸，我就应该生活在岸上。"不用再在舰艇上生活，意味着告别远航，告别封闭，可以像机关人员一样朝九晚五，回归家庭生活，听起来很惬意。曾有些离开舰艇的人把这样的转变媲美考上了公务员，再怎么庆祝也不为过。上岸，已不仅仅是字面意思，还代表着身份、精神世界、生活方式的转变，对很多人来说是求之不得的福利，有的人用尽浑身解数也达成不了。"

冯蔚没往深处想，以为刘岸像他一样，出来太久了，思绪难免会飞到灯红酒绿中去，偶尔在臆想中"腐败"一把，是可以原谅的，谁也不是圣人。他随口附和道："说得在理，等巡航结束，我也要离开武江舰，谁不离开谁是大傻子。我必须请个年假到宁水玩上三天三夜，夜市一条街的小吃，我挨个儿来上一份；小酒馆里的红白黄蓝等各种颜色的酒，我每样喝它一杯；漂亮妹子的联系方式，我每人加过去一遍……"冯蔚滔滔不绝，脸上泛着红晕，好像他已经酒过三巡菜过五味，牵着妹子的手，正在大街上吆五喝六地走着，整个宁水都是他的，满大街的人都羡慕他，他是当时当地最幸福的人。

刘岸一句话打断他，让他很久没反应过来："我是离开以后再也不上来了！"

空气凝固，冯蔚被冲击波造成的脑部震荡又隐隐作痛。他以为听错了，半晌后问道："是谁当初说要在武江舰上干到当舰长的？这话还在耳边，你打退堂鼓了？"

刘岸瓮声瓮气地说:"早晚也要上岸的。"

冯蔚不知道应该以什么情绪来面对他:"太猝不及防了,这是今年以来船上最大的新闻,比抓获了盯梢布控一年的重案犯、查扣了上亿元的物资、捣毁了走私集团还新奇。"

刘岸说:"既成事实。"

冯蔚有些恼怒,因为他和刘岸是搭档,他们从毕业以来就在一起搭伙执法,配合得默契;他们已经是江淮海警局耀眼的明星,上上下下都对他们评价很高;他们接替上级,成为武江舰的指挥员指日可待,刘岸如果真的走了,冯蔚就像瘸了一条腿。

冯蔚满头疑云:"给我一个理由。"

"顾澜打电话来,用卫星电话打的。你知道舰艇上的卫星电话何等重要,从不允许谈论家长里短。这娘们儿却用卫星电话来告诉我,她要离婚。去年领的结婚证,今年要离婚,我们没病没灾、无仇无怨,她百费周章、大动干戈,打卫星电话来跟我提离婚,你敢想象吗?"刘岸义愤填膺。

冯蔚欲言又止,他不能劝人离婚,尽管刘岸和顾澜的爱情的确让人窒息。顾澜是刘岸的高中同学,高考后一个进了海警学院,一个进了江淮医学院。两所学校的距离只有两站地,当时顾澜每天都到学校门口看一眼刘岸,腻歪一番,羡煞旁人,可这种琴瑟和谐的景况在两人毕业第二年就急转直下了。他们扛过了毕业即分手的魔咒,却扛不住世俗的羁绊与扭曲,结婚证书上大红印章的油墨还没干,他们就面临着领绿本的问题。关键是一方有重大过错也就算了，刘岸甚至连一次剧烈的争吵都没回忆起来，他不明白有些事情的结束为什么悄无声息，连明显些的预兆都难觅其踪。

刘岸到武江舰工作，顾澜是医学生，多读一年，本科毕业进医疗行业也没什么竞争力，又蹉跎几年拿了硕士学位，好不容易在宁水市人民医院谋得生计。顾澜非常珍惜那份工作，因为她的很多同学连社区卫生院都进不去，只能到私人诊所。顾澜没日没夜铆在岗位上，尽管工龄短、薪资低、患者多，但市医院在当地是为数不多的三甲医院之一，久负盛名，能到那里上班，社会地位、隐性福利不必多说，发展前景显而易见。

顾澜聪明伶俐，爱学会学，很快出类拔萃。由于父母是生意人，从小耳濡目染，察言观色能力一流，现在稍加磨炼，更有模有样，其实这套本事对于有所求的人来说并不难学，顾澜不仅有所求，还有野心。她要在宁水扎下根，不愿再回老家那个平均工资两千多的小城，在这里和刘岸共筑爱巢，过中产阶级生活，一步步实现更宏阔的人生理想。她处处先人一步，工作有声有色，不消一年，深得领导赏识。尤其是江淮省知名外科专家、科主任王泽光偏爱顾澜，人尽皆知，大会小会不吝表扬，优秀医生、先进个人、三八红旗手都往顾澜一人身上招呼。不仅如此，但凡有抛头露面的机会，王泽光总是力荐顾澜，比如保障大领导、大项活动医疗随诊、卫健委组织的卫生勤务活动等，顾澜一直排在名单第一位。她也经常跟着王泽光上手术台，作为他的副手，完成具有开创意义的手术，事后接受患者的追捧和媒体采访，赚足彩头，这样的好事连很多入职三四年的医生也难轮得上。顾澜真的优秀到让全科室的人只能眼睁睁跟在她后头喝西北风的地步吗？明眼人都看得出来，王泽光有私心。

优秀很多时候需要抵抗人类嫉妒的原罪，风言风语很快传出来了，很多人都说顾澜和王泽光有一腿但王泽光应对提出异议的人，有一套理论："通过牺牲优秀者的利益，达到名义上的平均主义，以此来调动后进者的积极性，是对优秀者的不公和亵渎，再有十项百项荣誉，我还是会给最突出的顾澜，别搞什么论资排辈，我这里只有论功行赏，谁有意见可以到纪委告我！"

本是硬气话，只想起威慑作用，不承想却提醒了一些人，他们很配合王泽光，等不到第二天，就依照他的意见向纪检部门递投了举报信，添油加醋、胡编乱造，杜撰出厚厚一摞材料，看上去很唬人。单看那些材料，都会觉得当事人问题严重到够得上死刑立即执行。

有知名专家被举报存在作风问题，这事太能引起关注了，桃色新闻比严肃的政治、社会时事以及单纯反腐的新闻更有联想和传播空间，纪检部门反应极其迅速，火速成立调查组，浩浩荡荡进驻外科，把那里掀了个底朝天。王泽光和顾澜被关起来，几方人马对他们轮番展开攻心战，连两人一年前在社交平台上相互点过赞、过年过节送过优惠券和几块糕点等芝麻绿豆的小事都扒出来。这些细节虽连道德问题也够不上，但记录在案仍可以恶心当事人。文革似的浩劫已远去了，可疑罪从有、无事生非、颠倒黑白、混淆视听的人性劣根从未有半点儿消弭。

然而，就算是怀着极大的热情，有着不达目的誓不罢休的钻研精神，呕心沥血地鸡蛋里挑骨头，捕风捉影的事情也不会神奇地成为现实。调查组最终也没有在王泽光和顾澜身上打开什么突破口，未得出任何结论，没有任何证据表明他们品行败坏，勾搭成奸，占组织便宜，损群众利益。而且王泽光倍加栽培顾澜，虽有刻意成分，但程序上符合规定，他并没有搞独断专行的山大王行径，大部分人员是赞成他的决议的，愿意站出来为他们作证。

调查组空手而归，他们大张旗鼓地来，偃旗息鼓地回去，来时万人空巷，掀起舆论狂潮，走时无人声张，也没有广而告之两人是清白的。这相当于扣了帽子却没给摘掉，陷害了忠良没给平反，看似王泽光和顾澜取得了这场防卫战的胜利，但谣言已然四起，查出问题，正合民意，查不出问题就会被认为有黑幕，宁可相信当事人买通了调查组或者有更大的势力压下来，也不相信别人的清白。

精神贫瘠的人们，总会对好戏散场耿耿于怀，对泼脏水情有独钟。这场闹剧归根结底，受伤的是王泽光和顾澜。

## 第六章

有多少壮志豪情,就有多少羽化成空,我在感情世界里的被动,一如那望不到头的漫长航程。

王泽光把顾澜当得意门生,甘愿为她承受压力,她很感动。她上次有这样的待遇还是读研时,导师连城对她的关照。但那份关照来自象牙塔,封闭环境下的产物,主观上的感动占一定比例,而王泽光的关照,来自水深火热的社会,没有这份关照,想要达成所愿,步履维艰。

王泽光年近五十岁,在宁水医学界算得上响当当的一号,各地邀约不断,除了本院坐诊,还奔波于外出会诊、讲课。一般学术氛围是形容环境,可在此人身上便能深切领略这个词语的精髓,可想而知多有派头,走在路上,连抖搂头皮屑都会让人误以为他又有了重大发现或者厘清了新思路。一个人成功,一举一动都能引发外界关于他优质高能的联想，放个屁也是具有化学意义的释放。抛却他的医学成就，外表委实值得褒扬，腰背挺直，五官周正，白大褂里总是西装革履，不进手术室时脚上的尖头皮鞋总是可以照出人影儿，然而这样讲究的人，感情上屡屡受挫，与第三任妻子的婚姻也名存实亡。等着他结束孽缘，想与他结缘的女性，比收费大厅里排队的人还多，他隔三岔五就会收到倾慕者的求爱，但好像无一感冒。时间一长，那些人衍生出既然得不到那就使劲糟践的恶意，明明心里仍在蠢蠢欲动，嘴上却散播此人有缺陷的言论。

顾澜像半路杀出的程咬金，撕碎了那些失败追求者的遮羞布，让她们关于王泽光中看不中用的论调彻底站不住脚，只能从自己身上找原因，而打自己的脸这种事人们虽然常干，但很难反思自己，只会归罪顾澜。明里讥讽，暗地诋毁。

好在王泽光是焦点人物，常处在舆论中心，如果没有定力，早变成了另一副模样，要么高傲到令人咋舌，要么猥琐到令人生厌，这样的事情他经历得多，泰然自若。他还常常开导顾澜，不仅是业务上，还有生活上，二人相互鼓励，抵挡住一些脏水。破了玻璃的窗户不久就四处漏风，难以撼动的堡垒长久地坚若磐石。来自外界的流言蜚语咬咬牙就挺过去了，顾澜最放心不下的是刘岸。她很担忧有一天谣言传到他耳朵里，他们待在一起的时间少之又少，虽在一个城市，却等于两地分居，如果生活在一个屋檐下，很多误会都能不攻自破，可他们这个婚姻状态，平地起惊雷的可能性更大。

越想隐瞒什么，什么就会张牙舞爪地蹿出来。武江舰上没有家长里短，可是刘岸总得靠岸。去年他巡航回来，迫不及待地赶回家和顾澜见面，一个长期缺位的爱人，自当利用好一切时间弥补。他的假期本来有两星期，可刚上岸就接到了冯蔚电话，临时有巡航任务，李海疆下令五天后所有休假人员返回，只剩下五天，但这五天，他攒足了劲想要过出五个月的长度。

那时候，刘岸打开他和顾澜位于宁水市中心的新家，贪婪地嗅了一口，想嗅到顾澜的味道，却嗅到了未散尽的油漆味。他看见房间内一尘不染，厨房里厨具的薄膜还没撕掉，冰箱里除了几听过期饮料，再无存货，由此可知，顾澜几乎没有在家开伙。他打开电视，想弄出几点动静，可屏幕全是雪花，连有线电视都欠费了，这里好像无人生活，这让刘岸一阵心酸。

一个人的饭不好做，一个人的日子不好过，已婚的年纪，不能再回看单身时的标准了，这个家没有烟火味是万万不可的。刘岸换上便装，扎上花围裙，戴上白套袖，顿时从精干执法员变身为家庭小能手。他认为干一行先要像一行，起码要有专业的行头，执法时有制服、宴会时有礼服，现在回归家庭，做个勤劳能干的"煮妇"，先得穿上家居服。

打扮上符合角色设定后，刘岸拎起菜篮子，跟在一群叽叽喳喳的妇女身后进入菜市场，佯装有经验，挑挑拣拣，为块儿八角的钱讨价还价，总算买齐了顾澜爱吃的菜。面对满满当当的冰箱，还有已经铺排开的锅碗瓢盆、油盐酱醋，刘岸才想起来，他没下过厨。

抓耳挠腮之后，他认为做饭和办案一样，没有发现不了的线索，没有啃不动的骨头。他深吸一口气，"呼哈"叫了一声，像上擂台前的运动员，给自己加油助威。他壮着胆子拎起菜刀，厨房里传出叮叮当当的声音，乍一听很像那么回事，看画面却惨不忍睹，他的刀功称得上稀烂，就像他的发型属于没有发型，他能摁住罪犯的头颅，却摁不住一颗土豆子，一刀切下去，土豆骨碌碌转圈，像在和他逗闷子。他以为西蓝花也是切出来的，切完了，越看越不像印象中该有的样子。

管不了那么多了，快到下班时间了，不能再等，哪还在乎什么品相，弄熟就不错了。他瞄了几眼菜谱，现学现卖，打着火、倒了油，听到"嗞嗞啦啦"的声音，更是手忙脚乱，也顾不得什么流程，食材作料混作一团，一股脑儿倒进锅里，奋力扒拉。一道菜还没出锅，急促的敲门声传来，他以为顾澜回来了，开了门，门露出一条缝，有一盆水兜头浇过来。刘岸抹了一把脸，脸上立即花里胡哨的了，可见沾了多少油，他错愕地看着眼前戴着红袖箍的陌生人。

"红袖箍"捂着鼻子说："你是要放火？"

刘岸没注意到房间里烟雾缭绕，像武江舰防火演习时设置的火灾现场，浓烟滚滚，并沿着门缝往外钻，刚才不觉得呛，经人一提醒，才咳嗽不止。

"红袖箍"没征得他同意，急匆匆进了屋子，那时候灶台上菜糊了，铁锅被烧得噼啪作响，墙上溅满油星子。"红袖箍"麻利地关了火，打开窗子，连珠炮般呵责："这辈子没做过饭吧，你知道抽油烟机是干吗使的吗？你这两下子，就别露一手了，再作，业主们报警了，到时候消防员来了，你家水漫金山，邻居家也跟着遭殃，你赔得起吗？有这个时间，你下馆子，实在不行我发动业主捐款给你埋单，别祸祸大家行不？"

好不容易回来一趟，别因为自己太蠢让顾澜在小区抬不起头来，这么一折腾，饭做不成了，刘岸只得听从"红袖箍"建议，决定等顾澜回来，二人手拉手去宁水电视塔上的旋转西餐厅来一顿浪漫的烛光晚餐。大学期间，他们就曾仰望着璀璨的电视塔，心向往之，刘岸郑重许诺过顾澜，一定要带她上去一回，体验一把人上人的奢靡生活。他说这话的时候嘴里的哈气飘到顾澜脸上，顾澜的脸朦胧起来，不知道是在质疑当下，还是在希冀未来。当时人均一千五的消费标准，是他们两个月的生活费，他们望而却步，作为渔民的儿子，刘岸艰苦奋斗、勤俭节约的好品德不允许他如此铺张浪费。顾澜曾评价刘岸的抠门："拉屎拉出个豆瓣儿来，都要放嘴里嚼了的主儿，抠门儿成精了。"后来经济条件允许了，却没了时间，今天万事俱备，务必要实现，刘岸暗暗发誓，一定要让顾澜对自己的固有印象进行改观。

左等右等，天黑透了，小区篮球场上，痴迷广场舞的大妈已经在和打球的孩子们抢地盘了，还没见到顾澜的影子。原本他不愿意给顾澜打电话，就想给她一个意想不到的拥抱。现在看来，她有可能在值班，有可能在做一台旷日持久的手术，干等可能等不到。她上学的时候就这样,能在阶梯教室硌屁股的板凳上坐一宿,参加工作了免不了也是工作狂。他忍不住拨了电话,无人接听。

刘岸换上制服,他要帅气地去见朝思暮想的妻子。刚走进医院,迎头遇见顾澜的闺蜜小斐,小斐也在这家医院就职,上次他休假回来,和她有过一面之缘,他们寒暄了几句,刘岸问,顾澜呢?小斐欲言又止,没说几句就借口跑掉了。

刘岸是执法员,小斐的不自然怎么瞒得住他,他跟了几步,看见小斐躲进角落,一边拨电话一边绕到后门,又进了医院。种种迹象表明,这里面另有隐情,她似乎要赶在刘岸前面通知顾澜什么。刘岸不能让小斐得逞,他奔向外科,径直来到顾澜办公室,看见顾澜正在充电的手机,没见人,挨个亮灯的房间找过去,一直找到主任办公室。当时小斐刚出电梯,火急火燎走出来,看见刘岸已捷足先登,赶紧撤回去,她以为刘岸没发现她。

那时候,刘岸没生气,只是心里失落,一心张罗着和顾澜的久别重逢,却看到了令人窝火的场景,那些美好的谋划瞬间成了空想,不难受是假的,不过除此之外,他没有别的想法。他透过虚掩的门,看见那间办公室里氛围融洽,斜对着他的应该就是顾澜经常在电话里提起来的对她很好的王泽光,他看起来比实际年龄要小不少。侧对着房门的是顾澜,她正和王泽光围坐在办公桌前,有说有笑地分享着外卖大餐,吃得满嘴流油,王泽光还体贴地给顾澜夹菜,乍一看,好像他俩是两口子。

这一幕,没有哪个正常老爷们儿愿意体验,但刘岸细致入微的观察力足以支撑他的理智，他看见两个人虽然距离近，但身体上没接触，眼神里没暧昧；更重要的是他们身上的手术服还没脱下来，脸上口罩的勒痕清晰可见，一看就是刚从手术室里走出来；他们谈话的内容积极向上，没有插科打诨，没有肉麻露骨，无非是交流手术心得。如果同事之间因为一起吃顿加班餐，就被质疑被深究的话，那满大街都是打翻的醋坛子了。

刘岸掩上门，悄悄退出来，他考虑顾澜的感受，如果贸然进去，免不了尴尬，那顿饭也就泡汤了，他干脆退到医院门口，平静地等着顾澜。

总有人要打破这种平静，小斐一直没走，此时她形同鬼魅地靠过来，神色慌张，一副有大事发生的样子，她上下又打量了刘岸一遍，像在确认他有没有携带杀伤性武器。在判定安全后，没等他说话，竹筒倒豆子："你别多想，不要冲动，我知道你都听说了，但一定要冷静，这些天发生的事，我最清楚，调查组没调查出什么来，他们是清白的，只是惺惺相惜的上下级关系，没动过花花肠子。她正等待一个机会亲口告诉你，主动和你解释，可是我想应该不是今天，你正在气头上，会谈崩的。你要是信得过我，先回去，等明天气消了，再和她好好谈。"

刘岸像听天书，脱口问："什么调查组？谈什么？"

面对刘岸的一脸狐疑，小斐才意识到问题大了，痛恨自己太浮皮潦草，知道随意揣测别人的思想并急于得出结论，到底有多愚蠢。刘岸什么都不知道，她却好心办了坏事，这下彻底失去主动权,反而说不清了,还可能引起刘岸对自己的误解,误解她想破坏他们夫妻的感情,小斐急得不知如何是好,被问急了便一走了之。

小斐这一搅和,刚刚平静下来的刘岸有些沉不住气了,脑子里浮现出很多画面,如果不是和顾澜有多年感情基础,他一秒钟也承受不起,可他不能像个怨妇,屁大点儿事就鸡飞狗跳,他在事业上帮不了顾澜,起码不能拖她的后腿,他期待顾澜亲口告诉他是怎么回事。

半小时后,顾澜从住院大楼里出来,摇身一变,从严肃的医生变为年轻美妇,她拥有让人羡慕的身材,能轻松驾驭刚换上的米黄色风衣,她的发箍已经取下来了,披肩长发随微风飘动,刘岸似乎能闻到她久违的体香,橙色高跟鞋让她的脚踝愈显雪白。她不疾不徐地走着,鞋跟敲打大理石地面的声音,在来来往往的人群中颇具辨识度,那脚步声里包蕴着自信从容。

出海几个月,陆上已几年。太久不见,顾澜更有味道了,举手投足间散发着成熟女人的风韵,并且她还是救死扶伤的医生,有颜值、有气质、有地位,再也不是当年懵懂的穷学生。刘岸心说,这样的女人,就算被王泽光觊觎也太正常不过。

他已经做到了传统意义上的得到,可仍感觉未曾拥有过她的分毫,这是危机感,应该有。于是他再次释然这场"晚餐事件"以及小斐"皇上不急太监急"的心态。

小别胜新婚,这大别,让刘岸重温了一见钟情之感。那时候,刘岸想到了五星好评,给顾澜五星还不足以形容对她的赞扬,如果可以不限数量，他要用上整个银河系的星星，才能代表无与伦比的爱意。至于她和王泽光之间还有什么不可告人的秘密，在美丽和欲望面前，都可以暂且不提。

刘岸没有接顾澜回拨的电话，他认为手机是个障碍，在给予人们快节奏便利的同时，一定程度上剥夺了爱的发酵条件，打乱了感情从仓促到斟酌再到成熟的积淀过程。他要赤诚相见，用肉嗓子喊出来，就像看一场不插电的话剧，远比隔着荧屏要更直接，他张开怀抱，已经酝酿好情绪，刚要喊顾澜的名字，倒霉催的王泽光在这个节骨眼上冒出来了，他毫无顾忌，好像满眼只有顾澜。刘岸穿一身制服，很是扎眼，他竟然没发现。他开一辆价值不菲的轿车，从后面追上顾澜，拥有一头闪亮分头的脑袋从驾驶室里钻出来，招呼顾澜上车。

内心太过强大或许不完全是好事，对抗世俗，却又无法脱离世俗，所以才会常常干出旁观者眼中的傻事，当活在理想状态的时候，那些傻事便不值一提，统统可以抛到脑后，可当与生活角力得有些痛苦时，那些傻事便仍然是负担。

王泽光笑眯眯地看着顾澜，那是一副难以让人拒绝的面容，但在刘岸看来他脸上笑出来的每一道褶皱，都爬满了苍蝇。

王泽光能当上科主任，和行政管理能力、为人处世能力没多大关系，主要是凭一手精湛的、驰名的医术。他给医院挣来不少荣誉，却也因为不会来事，惹了不少麻烦，院领导好几次有换了他的冲动，又担心专业人才流失，毕竟他是医院的一块金字招牌，所以他得以继续待在这个位置上,个中缘由,他自己也略知一二,可他改不了。

当时,刘岸隐隐约约听到了他们的对话,王泽光说:"你刚拿驾照,太晚了,不安全,我送你。"

顾澜说:"不顺路。"

王泽光说:"送你这样的优秀人才,去天涯海角都顺路。"

顾澜左右前后地环顾了一下,她也没发现刘岸,因为刘岸脱下外套,站在阴影里。

顾澜说:"不了,让别人看见又得说闲话,你知道我敬仰你在业界的能力,但是别人不知道。这是个在男女之事上特别无中生有的社会,吃瓜群众并不单指某一个群体,在这方面,不管是达官显贵还是贩夫走卒,都有天生的想象力。"

王泽光说:"管那些闲人怎么说,你可不是一个随便被旁人眼光左右的人,听风是雨的人太容易一步步跟着别人的节奏走了。你如果不坚强,早撂挑子不干,去另寻出路了,以你目前的实力,已然有很多选择,但我没看到你受影响,这次中级职称答辩考核,史上最严,你还是发挥出最好水平,只剩下最后一轮面试,对你来说小菜一碟,你一定会脱颖而出,成为大家羡慕的那个人。这个年纪就有了这样的成绩,除了基础素质过硬,再就是精神世界的丰盈,其实不瞒你说,我就是这样的例子,我们太像了。"王泽光为了"规劝"顾澜坐他的车,把开导病号、下医嘱的功力都用上了,临了还不忘夸奖一下自己,顺利引起顾澜的共鸣,刘岸在角落里听得咬牙切齿，这些话他是讲不出来的，因为他根本不了解顾澜的近况，他知道她在医院上班，但他对医院的组织架构、工作流程、职能划分、职称评定方式等一概不知。

看得出来，顾澜已有上车的打算，王泽光趁热打铁："每个单位都有几个'谣言集散地''绯闻情报站'，很不幸，我们单位还挺多，我看他们都来气，可你不负所望，有足够的承受力，不然早疏远我了，你没有，所以你前路光明，未来可期。"

顾澜说："那些恶意中伤别人的人，宏观来看，永远是少数，成不了气候。"

王泽光说："你能这么想，我太欣慰了。"

顾澜说："可是总蹭你的车坐，我过意不去。"

王泽光说："你要是愿意，随时随地，上车就走，一脚油儿的事。"

顾澜说："不全是因为这个。"

王泽光问："干脆的人，什么时候优柔寡断起来了？"

顾澜说："刘岸不在，我应该更慎重。这几天我估算着他要休假回来了，我还在思考怎么跟他说纪委来过的事。"

王泽光说："刘岸是执法员，每天乘坐大名鼎鼎的武江舰巡防海疆，相当有经验，他想得知事情的真相还不轻松？你担心这个，多余了。再说，他如果是小心眼儿的男人，你们怎么会走到一起？完全不搭嘛！"刘岸听了这话心里痛快了一些，但嘴上不承认，忍不住"呸"了一口。

顾澜架不住王泽光的热情，也不便在医院门前逗留太久，本来没事，反倒会引起注意，她说："盛情难却，恭敬不如从命了。"

顾澜麻利地上了车，坐在副驾驶位置上，刘岸看见王泽光殷勤地给她系安全带，那贴心的模样让人咬牙切齿。车子驶出大院时，王泽光好像瞥了一眼刘岸，又好像没有，让刘岸如同做贼，往暗处里站了站，好像他是第三者，车里那两位才是名正言顺的夫妻。他心里不是滋味，而且刚才他们的对话信息量太大，虽然没有敏感字词，但每一句好像又都在雷池边上，看起来顾澜不是第一次坐他的车，他们不仅仅是上下级关系，还带有师生的角色配置，甚至还有知己的属性，这样的关系，危在旦夕。

听他们的对话，步步惊心，顾澜拿到驾照，他却不知情，他甚至不知道家里购置了新车；顾澜正在参加职称考评，她有没有和他提起过，他忘得一干二净，他只对舰艇上的事儿上心，医院里的一切对他来说太陌生，陌生的东西，总是难以有效记忆；王泽光竟然已经知道了他是执法员，他曾经对顾澜三令五申，不要跟人提及他的身份，执法员实权在握，少不了有人求办事，直接说办不了，得罪人，说能办，却又帮不上忙，更让人看不起，所以还是不提职业为好，如果非要提，就说是跑船的船员，免得引来麻烦。可现在顾澜没跟他商量，私自对王泽光知无不言言无不尽，连他反复交代过的事情都当成耳旁风，还有什么不能遗忘的？王泽光甚至知道他在哪艘舰艇上，舰艇上的主要任务是什么，这让刘岸怒火中烧。刘岸相信了女人身上藏不住秘密的事实，一感性起来把底牌全亮出来给别人看，现在王泽光对他家的事了如指掌，一次次蒙在鼓里的愤恨积聚起来，让刘岸吃不消了。他从大海上归来，他以为胸怀已经变得和大海一样了，浩荡无边，可刚到陆地上才几天，他的心房又被挤压成了芝麻粒大小。

汽车开出大院，右拐时顾澜不经意看了眼车窗外，看见一个身影像极了刘岸，惊了一下，让王泽光停车。

王泽光只是问了一声："怎么了？"但车速并未减下来。

顾澜说："我好像看见刘岸了。"

王泽光说："你想男人想疯了吧。"

顾澜也开始怀疑，因为她再仔细看医院门口的时候，空无一人。

王泽光说："做了一天手术，精神恍惚了。"他有没有看到刘岸不得而知，但似有邪魅的笑浮上他的嘴角。

车子融进夜色，留下刘岸一人心乱如麻，他不知道该不该回家，万一回家看到不该看的场面，他是当场发作，还是当个孬种，毕竟就算顾澜有了新欢，也在情理之中。可是不回去，又能去哪呢？他连证件都没带，在这座看似车水马龙的城市里，他除了那个没怎么回去过的家，再没有别的栖身之所。

刘岸踢着脚下的易拉罐，飞起一脚把易拉罐踢到一部自动售货机上，发出巨响，从那后面传出叫骂声，一个衣衫褴褛的人从机箱后面露出头，怒气冲冲地盯着他。他打扰了一个无家可归的人，那个机箱后面是他的避风港。刘岸连忙给人道歉，那个流浪汉嘤嘤地说:"倒霉孩子,比我还倒霉!"

刘岸知道无家可归的人有很多,他就不要凑热闹了,于是招手打了一辆出租车,那时候顾澜的电话又打了过来,他接了。

顾澜问:"你回来了吗?"

刘岸说:"怎么知道的?"

顾澜说:"家里有你的味道。刚才你去医院了?"

刘岸说:"在楼下买东西,现在就上来。"刘岸边说边快步走进小区门口的超市,也不管是什么货品,闭着眼往篮子里塞,他买的不是东西,是借口。

几分钟后,刘岸出现在顾澜面前,顾澜惊喜,刘岸也装作惊喜,因为刚才他已经惊喜过了,现在的惊喜有表演的成分。他们拥抱了一会儿,顾澜很投入,刘岸也想投入,可很快出戏了。他等着顾澜主动和他讲讲最近发生的事。

顾澜看起来很激动,端茶倒水,发嗲撒娇,只字未提和王泽光的事,这让刘岸疑虑重重,又不能主动问,问了,代表不信任,不问,百爪挠心。

顾澜还没看出异常,一天的劳累因刘岸的凯旋一扫而光。她兴致盎然,哼着小调进了卫生间,焚香沐浴后换上一件露点的茛绸睡衣,黑色丝袜把一双腿衬托得很诱人,脚上穿一双带白绒毛的高跟鞋,婀娜地出现在刘岸面前,白里透着粉,粉中带着红的肤色,还未完全吹干的长发以及含情脉脉的眼神,让空气中弥漫着桃色芬芳。顾澜从未如此放得开,以往还需要刘岸费一番周折,油嘴滑舌地疏导几个回合，才会半推半就，今天却一反常态，可想而知之前经历了多少心理活动。她好不容易突破自己，想要惊艳刘岸，可刘岸却没有迎头赶上，选择退避三舍，人与人之间的默契是在一点点的错位中消磨殆尽的。

刘岸摆弄手机，顾澜始料未及，以前都用不着前面这些步骤，刘岸就可以一飞冲天，现在顾澜"技术活"来半套了，他竟然无动于衷。顾澜心说，这哪像从海上回来的，倒像是从庙里回来的，半年时间，修炼成佛了。顾澜娇滴滴地叫了声"哥哥"，连铝合金门窗和玻璃钢茶几都被麻酥了，这是她的杀招，百试不爽。以前她要是能来这么一嗓子，刘岸眼睛里都能喷出火来，可现在这一招没奏效，刘岸抬头撇撇嘴，似笑非笑。

其实刘岸哪里把持得住，血气方刚的年轻人，尤其是男人在性爱面前不需要脑子控制，身体全权交由性器官指挥，但也有特殊情况，比如今晚，刘岸欲壑难平，但还有更大的坑等着顾澜来填，这个坑如果填不上，她越是风骚撩人，刘岸心里越不是滋味。而顾澜还不清楚刘岸的积怨已如暴发的山洪，她还不疾不徐，以为既然是解释，就要打好腹稿，不愉快的话题，要三思慎酌，不适宜出现在这浓情蜜意的深夜。今夜不适合推心置腹，只适合水乳交融。

刘岸没买顾澜的账，顾澜虽然扫兴，但没多想："你舟车劳顿，我太唐突了。"

刘岸说："难得看见你如此主动，炙热得让我手足无措，我的反应应该是激动才对。"话是这么说的，可他又瞄了一眼她的装束，表情中满是狐疑，她下意识地低下头，搓了几下衣角，脸一下红到耳根子。这身装束如果不是出现在双方都进入情况的状态下，确实属于浪荡大于娇媚、猥琐多过情趣。

顾澜想立即在刘岸面前消失，捂住敏感部位向后退了两步，但鞋跟"咔咔"两声脆响，在客厅里来回飘荡，像石英钟报时，让她保持头脑清醒，在这最不该清醒的时刻，他们却都有着最敏感的感官体验。

那时候，刘岸还火上浇油："你这件衣服我没见过，款式新颖，大胆前卫，完美勾勒出你的身材，哟，还带蕾丝花边和腿带，性感狂野。"心里有疙瘩，看什么都有问题，他这么说，用脚后跟都听出来了，话里有话。

顾澜装作没听出来："特意为你准备的，不喜欢？"

刘岸没说喜欢，也没说不喜欢。

顾澜说："电视里都这么演，我有样儿学样儿。"

刘岸黑着脸："生活远比戏剧更狗血，但愿都能学个好样儿。"

顾澜问："你嘟囔的什么，几个意思？"

刘岸没言语，过了一阵子，顾澜恼羞成怒："你这趟回来怎么奇奇怪怪的？是喜新厌旧故意找茬，还是这山望着那山高，心里不平衡？"

刘岸说："你剖析的是我还是你自己？没有切身体会不可能分析得这么透彻，明说了吧，谁奇怪真说不好。"

顾澜怔住了，意识到问题所在，但她还是想冷静一下："你不喜欢我这么穿就不穿呗,你先睡吧,有什么事明天再说。"

顾澜伸出手,刘岸没接:"我最近鼻炎犯了,呼噜响,睡客厅。"他的意思很明显,什么时候真相大白,什么时候再重修旧好。他们恋爱多年,结婚一年,这点默契是有的,她总算弄明白了他葫芦里卖的什么药,一个人进了卧室。

已是凌晨,两人各自思绪如潮,谁也无心睡眠。顾澜趴在门缝处侧耳倾听,没有一声呼噜,只有"摊煎饼"的声响,而更煎熬的是她,刘岸每翻动一下,都像抛出一个致命问题。她在房间里走了两个来回,有窒息之感,她拉开厚重的窗帘,看见云层从远处飘过来,遮住残缺的月亮和不再闪烁的星空,没有光芒的暗夜,像一处只有一个出口的空间,却也上了锁。

顾澜深吸一口气,胸口像针扎了一下,那是一种痛觉,这种痛要几倍于外在的痛。

顾澜嘴里念念有词,像即将出场的诵读者或者辩论家,反复梳理发言内容后鼓足勇气推开门,向刘岸坦白这半年来发生的事,包括流言蜚语,包括恶意中伤。顾澜毫无保留,透着真诚,她的话入情入理,用客观的语气讲述自己的遭遇,说着说着掉下眼泪来,有失望有悲伤。

刘岸本就没实据,都是怀疑,生气的样子一多半是伪装,现在话已说开,当时就觉得愧疚了,主动揽责:"都是我眼界窄,在一个太过逼仄的环境中,看不到更广阔的幅面,对于情感的理解也越来越单纯,这单纯有时候好,有时候坏,总之对社会上复杂的人际关系越来越看不懂了，但我绝对理解，绝对支持你。我不在，你还不如一个未婚单身女性，至少她们有接受爱慕者追求的自由，而你既无法享受这样的福利，还要一人面对纷扰，已然用尽浑身解数，我再落井下石，太不是东西了。但你也不用太过委屈，要知道，真正爱，才会真正在乎，突如其来的怨念，是有足够的来由的。占有欲每个人都有，何况是我们这种人。"

顾澜抽抽搭搭地问："你们是哪种人？"

刘岸说："争强好胜的性格弊端很明显，但在我生活的圈层，仿佛极具褒义色彩，我们争抢着头功，争抢着荣誉，我们的生命中无处不争夺。我想，今天我也把这种习惯不由自主地推及到感情中来了，这给你带来伤害。原谅我，不是说原谅我的坏习惯，而是原谅我这饱含压力的爱。"

顾澜停止哭泣，献上热吻，刘岸热烈地回应了她，却犯了一个最令男人所不耻的毛病，百般不举，想象中的猛烈炮火全成了哑弹。顾澜表示理解，安慰说，正是体能素质最好的年纪，养精蓄锐一夜，第二天绝对重振雄风，我是医生，你要遵医嘱。

刘岸不得不表示认同，他也相信自己一定很容易找回男性尊严。他认为这事儿其实和打仗同等重要，输了阵地必须再夺回来，怎么在床上丢得丑，还得怎么在床上硬起来。

## 第七章

我像候鸟,一生都在追求温暖,可一生也在作别家园。

宁水街区,花团锦簇,蝴蝶兰和美女樱迎风颔首,绽放得如同一张张笑脸,习习海风从数公里外的海面上吹进早起的人群中,空气里弥漫着海洋的味道,那是外地人觉得呛鼻子而本地人甘之如饴、沁入肌理的故乡味。它们融进大海儿女的基因,也为这座城市贴上独特标签,时刻提醒着人们这是一座典型的海滨之城。生活在这里的人们靠海吃海,接受着海洋无私无限的馈赠,一代代人也继承了老渔民的传统,秉持着同样的感悟生死、对待情感的普世态度,当然他们也要忍受大海时不常的坏脾气,在肆虐的台风里学会镇定,在咆哮的浪花中懂得敬畏。

大海的触角一直保持着攻击的姿势,与大地纠缠,再握手言和,与遥远的远方和拼搏的故事相连,又偶尔无情地阻断航线,人们要无条件被洗礼，哪怕是最好的天气，也要默许高盐高湿高热的侵袭，以及出海即意味着只剩下两种选择，要么归来要么葬身大海，化作一条鬼头鱼，做到与大海共生。这座城市和这里的人们有着一脉相承的品格，对于守护或者与大海建立新型关系的外来户，包容而仁慈，承载了游子的伤痛与梦想，所以这里有无数个像刘岸一样的人，他们出走，他们凯旋，他们宿醉，他们一次次睁开惺忪的眼，沿着洒满朝阳光辉的海岸线走向各自的岛屿礁石。

顾澜向王泽光请假，她要陪刘岸过一过夫妻该有的生活，追忆最初的思绪、最好的思绪。他们穿上情侣装，手挽手出门。刘岸扫光了支付软件里的余额，登上心心念念的电视塔旋转餐厅，吃到了传说中的路易十三比萨、阿尔马斯鱼子酱、澳洲龙虾、法式鹅肝；到访了江南长城和东吴古迹，追溯了宁水的前世今生，感叹一个小城的文明；还去西山的龙泉峡谷完成了不敢尝试的情侣蹦极，八十八米的高度，让他们找回十八岁时才有的激情，留下刻骨铭心的体验。

日程安排科学，一整天精彩纷呈，天擦黑的时候，虽然意犹未尽，但刘岸着急回家。假期只有五天，现在两天已过去，和顾澜还没有亲热一回，留给他在床上逆风翻盘的机会不多了。他要和顾澜共赴巫山云雨，如果可能，这次他还要播好种，来年秋天就可以收获，有了孩子，感情更稳定，像他这种"神出鬼没"的职业，企盼着后方支持，而想要得到这种圆满，光靠物质填充远远不够，尽早造个幼崽儿出来，不只是他的主意，也是家乡父老给他提出的硬性要求，父母已经把这件事的严重性上升到国法家规的高度。想到这些，刘岸想马上进入正题，猴急的样子像第一次动心思要得到顾澜时一样，白天的烘托铺垫，只为了目的能够达成。

然而，汽车马上开进小区，顾澜的手机铃声大作，铃声是一首老歌《我难过》，这歌名着实应景，刘岸太难过了。

顾澜挂了电话告诉他，医学院的导师要退休，同学们为他办了一场晚宴，前几天通知了我，你一回来，我一兴奋，忘记了，现在都到齐了，就差我一个，他们兴师问罪，尤其是导师连城，当年对我最好，慈父般照顾我。这两年他身体不好，老眼昏花，颠三倒四，有神经科的同学说他极大概率会得阿尔茨海默病，今天我理应出现，不然会内疚。

枪已上膛，瞄了半天，顾澜却不许击发，刘岸郁闷至极："能不去吗？"

顾澜晃晃手机："你也听见了，说你回来了也没用。他们的婚姻生活只分三种，一种得过且过，一种互看生厌，一种老死不相往来，当年在他们婚礼上听到的海誓山盟，几乎没有一对践行到现在，但即便如此，我还是羡慕他们，毕竟他们是厌倦了之后才出现疲态，而我们还没经历过程。就算在相互揣摩中心力交瘁，也是精神上暂时的短路，外人理解不了我们有多需要如胶似漆，就像我们也讨厌别人动不动秀恩爱一样。"

刘岸说："他们不理解，你应该痛下决心引导他们理解。理解一次，以后就都理解了。"

顾澜说:"你是不用考虑他们的感受,可我还要在宁水立足,他们毕竟是我在宁水的关系网。而且现在我不仅没有余地,听说你回来探亲,连教授点名要把你一起带去,听说他女儿刚毕业,分到海警局工作,和你是一个体系,以后难免有工作上的交集,也许他有什么要交代你,我们更不能不出现。"

刘岸沮丧地说:"真是雪上加霜,不过我也没那么排斥,我们都是被社会裹挟的人,我们没有办法自己构建一座堡垒,还要生存在众人的目光中,即便我们嘴上说不在乎。"

顾澜说:"我们速去速回,什么也不耽误。你就迁就我一次,回来我怎么迁就你都行!"这话惹得刘岸想入非非,意乱情迷。

刘岸说:"即使一百个不情愿,也得去,两口子过日子的法宝可不就是迁就嘛!咱丑话说在前头,同学聚会到底是在聚什么,心里要有杆秤,而且带对象参加同学会更不是明智的选择,别被带跑偏了节奏。"

顾澜知道刘岸在人前树立的形象刚正不阿,骨子里自带小众艺术范,排斥这种场合实属应当,说道:"这次连教授是主角,有他老人家在场,老同学也蹦跶不起来,况且,我泼辣起来的样子,他们也见过,谁敢难为你。"

说归说,到了现场就由不得他们了。顾澜很优秀,当年即使知道她有男朋友,仍有不少男同学蠢蠢欲动,现在她是同学中发展得最好的,还和海警男友修成正果,成为一对对恋人中唯一没黄的存在。嫉妒的人更多,男同学的不忿可以理解,最严重不过是借着酒劲发一下牢骚，女同学可就大不同了，尤其是那几个生活不如意的人，见顾澜容光焕发，别提多闹心。当年一个屋檐下过活，都是佃户，谁也用不着笑话谁，一转眼，才两三年的时间就天差地别了，这上哪说理去。顾澜出场就是主角，左右逢源，侃侃而谈，忽略了刘岸的处境。

刘岸和连教授打招呼，连教授示意他过来，引见了身边一个年轻姑娘，那位姑娘衣着不起眼，下巴上还长了不少青春痘，很是稚嫩。她也是刚到，这会儿正低头整理座位上的拎包和帽子。刘岸打量着女孩，又见连教授骄傲的目光，意识到这个人的重要性。

连教授叫了她："看看我把谁请来了！"

姑娘走到刘岸近前，大方地伸出了手："你好，连漪。"

刘岸吃了一惊："你就是连漪？"连漪的名字早已响彻海警局，大家都听说局里来了个才女，能主持会写作，还会拍摄懂剪辑，一人挑起宣传科的文化工作和新闻报道。按说机关人员稳坐办公室就够了，但她待不住，深知闭门造车的害处，事必躬亲，坚持有调查才有发言权，经常下基层和执法员打成一片，大小舰艇都留下了她的身影，名气越来越响。海警局女性不多，她很难不成为许多小伙子的暗恋对象。

武江舰是她唯一还未涉猎过的舰艇，近来武江舰执行任务多，存在泄密风险，否则，她早登舰采访了。

连漪说："你知道我？你是？"连漪不是第一眼让人惊艳的那种，但多看一会儿才能发现她的美由内而外。耐审耐看的人，才算美出了层次。

刘岸回:"刘岸!虽然没见过,但久仰了。"

连漪听了刘岸的名字,表情和刚才的刘岸一模一样,随之眼睛弯成月亮:"半年了,只闻其声未见其人,武江舰上的中流砥柱。"

刘岸说:"过奖。"

连漪没有来由地和刘岸亲近:"我谦虚点儿好,毕竟登上武江舰已经在我最紧要的计划中,你是武江舰上的主人,能不能有个愉快的武江舰之旅,还得仰仗你关照。"

刘岸说:"能采访的,我全力做好配合,但武江舰上的要害部位,你可进不去,长得好看也不行。"

连漪笑:"基本常识,记者虽是无冕之王,但也有不少禁忌。"两人你来我往聊得火热。

连教授好不容易插上话:"你可是我得意门生的家属,我算顾澜的娘家人,给你布置个任务,不能驳我的面子!"

刘岸说:"尽管盼咐,顾澜能有今天,离不开您的栽培,一家人不说两家话。"

刘岸没注意到连漪听说他已经有家室时候的表情,但那种失落稍纵即逝。

连教授说:"我就不客套了,连漪刚参加工作,是单位里的新人,路途中的坑要亲手去平,生活里的苦要切身去品。我对你们的工作性质有了解,但具体内容一无所知,我已经帮不了她什么了,你进队伍时间早,干得出色,这是付出了辛劳、心血和勇气的结果。你是大哥,以后她有什么困惑,请你替她把好关、引好路。"

刘岸说:"有用得着我的地方,我竭尽所能。"

连漪说:"刘哥有家有业,我一般不添麻烦,但麻烦起人来,可是出了名的'鬼难缠'。我追求完美,比如要采访你,会打破砂锅问到底。"

连漪说话好听,或许是受连教授的影响,一字一句,不紧不慢,声声入耳,每个字眼都咬得很清楚,好像站在阶梯教室的讲台前,在和学者对话,这让刘岸对她好感倍增。也许是个人习惯,刘岸认为食物有口感,车有驾乘感,电子设备有触感,文艺作品有美感,而人与人沟通应该有"语感",交谈沟通的时候最先传递给对方的是语言,不管连漪表达的是什么意思,话从她嘴里说出来,刘岸觉得舒服。

刘岸对连教授说:"连干事是海警局的名人,今日一见名不虚传。以她的能力,在单位肯定如鱼得水,说不定我还得沾她的光。而且连干事虽然年轻,但起点高,刚毕业就进了机关,大小是个领导,我来自基层,严格来说是上下级关系。"

连漪说:"指挥领导基层,是党委首长的事情,我只是一个工作人员,应该一门心思为你们搞好服务。"

听他俩的对话,连教授很意外,他并不觉得太过世故是好现象,滴水不漏也不应该成为这个年纪的人追求的人设,刻板生硬落入俗套的沟通关系,缺少人情味,属于扭头就能忘的关系。多年的教学生涯，培塑了他求真的性格，他用半开玩笑的语气说："都是年轻人，咋没了锐气，听你们在这里假惺惺得互捧互吹，像听官僚主义分子凑在一起说套话。是不是我在这儿影响你们发挥了，我走，主场留给你们，拿出你们年轻人的精神风貌。以后你们是同志加朋友，这关系别拘着了。"连教授转身走了。

刘岸说："老爷子颇有一股子豪气，不愧是名教授，看来要在自己的领域有建树，还是要有鲜明的个性。"

连漪说："那是你没当过他的孩子，你要是生在我家，你就知道有一个鲜明个性的父亲压力能有多大。"

"但不管怎样，他教育出了一个好女儿。"刘岸伸出手道，"希望有机会并肩战斗！"

连漪说："纵使我没有资质和条件像你一样在一线冲锋，我也会给予你足够的尊崇和热烈的掌声。"

连漪握了他的手，凝视了他的眼睛。连漪的手是一双可以驾驭琴棋书画的手，他握得出来，因为他也算半个文艺青年，只是后来握枪、握绳、握所有能消灭敌人的武器装备，他的手异常粗糙了；连漪的眼睛，知性灵气并充满理想主义，只几秒钟，刘岸在连漪身上联想到了美妙旋律，有把口袋里的口琴拿出来为她演奏的冲动，因为他知道她一定听得懂，可人多眼杂，纵使还有交流下去的欲望，他还是下意识地看了一眼顾澜。不知道是好事者提醒了顾澜，还是心灵感应，恰巧顾澜也在看他们，刘岸赶紧撒开手。顾澜迅速转过身去，若无其事地继续和要好的女同学推杯换盏。顾澜掩饰得好，刘岸额头上却冒了汗。

连漪没有发现这些微妙的细节，像个求知若渴的孩子，主动要求和刘岸互留联系方式，追着刘岸打听武江舰历次远航中的种种事迹，但这时候场上局势发生变化，顾澜的同学见刘岸一个"外来户"刚入场几分钟就成了连教授父女眼中的焦点，他拿下了医学院的系花还则罢了，现在又和连教授的女儿打得火热，好事让他一个人占全了，一帮人越想越觉得脸上无光。现在连教授离开他的身边，他已失去保护伞，那些人聚起来一合计，端着酒杯把刘岸团团围住，男同学夸他神采奕奕，女同学赞他仪表堂堂，一句句吹捧，让刘岸后脊梁骨直发凉，他知道，无故献殷勤，事出必有妖，一群素不相识的人极尽谄媚之能事，伴随而来的很可能是轻重难测的伤害。

他们轮流向刘岸敬酒，刘岸病急乱投医，向连漪投去求救的目光，但连漪哪挡得住，不一会儿就被挤出"包围圈"。连教授也没有注意到这边的情况，即使注意到了也会不以为然，酒过三巡，场面越热闹，他越高兴。刘岸陷入了孤立无援的境地。

说是"敬"，更是"罚"，刘岸应接不暇，一口一个，连连干杯，很快喉头阵阵收缩，能不能撑住只是时间问题。在一个喘息的空当，他说："不能喝了，晚上还有任务。"

不说话还好，一说话正中某人下怀，当年最痴迷顾澜的男同学借题发挥："探亲还能有什么任务，无非是床上的任务，你和顾澜久旱逢甘霖啊。"

他一起哄，几个放得开的女同学干脆上手灌酒了。刘岸降得住犯罪分子，却挡不住这些自诩精英的人，三两回合败下阵来，苦胆都吐出来了。最终，刘岸是被顾澜背回家的，躺在床上，他大喊大叫，洋相百出。顾澜给他打了点滴，加了镇定药，这才消停了不少。很多人知道刘岸是硬汉，只有顾澜见过他虚弱的一面，她知道刘岸不能喝又敢喝，这符合他的职业素养，明知道有危险也要冲上去。都说酒品见人品，顾澜觉得刘岸更认同酒场如战场，输人不输阵。

醉酒拜顾澜所赐，但刘岸也幸得这个医生老婆的照料，躺了一天慢慢好转，晚上勉强喝下一碗稀饭，蜡黄的脸有了血色。曾经在海上与违法分子英勇搏斗光荣负伤，他药物过敏，在没打麻药的情况下缝了十八针，汗水湿透床单，但他认为都没有像今天这样痛苦。因任务而负伤是光荣的，因面子而喝倒脸面全无，就算喝死，也与正能量没有半毛钱关系，他声称这辈子再也不参加同学会了，尤其是蹭别人的同学会；发誓再也不喝酒，尤其是透溢着浓烈醋味的酒，堪比夺命酒。

转眼已到第四天，明天晚上就是归队时间，那时候刘岸眼睛直勾勾地盯着墙上的电子挂钟，几天来的影像填满他的脑袋，但认真搜罗整理，全是碎片，拼都拼不起来，说明这几天没干一件正事，但凡有一丝意义，凑也能凑出一个相对完整的故事。他的假期和氧气一样珍贵，只有在缺乏时和刻意呼吸时才能感知它是存在的。

顾澜给刘岸端来一碗酸奶羹，扼了一勺先尝了尝，从表情看，味道不敢恭维,她很懊恼,已为人妻,却做不好一道甜点。精通业务,但做不了家务,是很多年轻人的通病,但此刻顾澜挫败感严重,刘岸并不在意:"相思痛苦,更难的是相守。这快节奏里的聚合,让人无所适从。谁不向往辽阔,倾慕洒脱,我以为我天生就应该生活在海上,谁知道舰艇里那错身都困难的一间间狭小舱室占据了巡航之途的绝大部分时间。对于职责了解越深,对陆上事物越疏远,爱你的能力更是捉襟见肘。一晃好几天,我都还没来得及郑重其事地说一句爱你。"

顾澜说:"你不用解释什么,也了        我想你的时候,听你爱听的歌,也仿佛看见了你

刘岸说:"对不起,这趟回来,            我,还护着我。"

顾澜说:"大老爷们别这么            ,没有预见风险。"

刘岸说:"如果我们能            早晨一起上班,晚上准点回来,每天共处一生,    街上那些人似的心平气和,可以陪着你,坐在一起半天不   活,各做各的事情也不至于让对方认为受到了冷落。可我不一样,好像武江舰才是我的家,真正的家却成了驿站,武江舰上战友才是我的大老婆,你成了二房,你不抱怨,我也得抱怨。并不是我一个人这么认为,很多兄弟都有同感,所以我们每次回家都有错觉,是为了回来赎罪。所以我时间太紧迫,要把攒了半年的情绪、情话、情感以及想

为你做却还没来得及做的事情全部集中在这五天内去完成,现实容不得我不紧不慢,不允许我从长计议,我时刻都怕不能给你留下最好的印象,不能带给你愉悦的体验,我怕一不小心再回来的时候就失去你了……"

顾澜把头埋在刘岸的胸脯上:"我都懂,但还是劝你不要用力过猛,平淡一些没关系,我不是那种小鸟依人的女性。这么久了我没有打过退堂鼓,不差这一天两天。没听说哪对夫妻要一直如胶似漆,那多像两条寄生虫或者其他无骨动物,又哭又笑又打又闹才符合实际,过日子不是演偶像剧。而且,你没听网上那些情感专家分析吗?对待女人不能太好,太好了,女人就跑了。"

刘岸眨巴着眼问:"为什么?"

顾澜说:"没有挑战性了呗,人就是这种特质,要什么有什么,就索然无味了,不下一番苦功争取来的东西永远不会珍惜。我甚至鼓励你可以适当给我点压力,这样你不在家的时候,有别的男人向我示好的时候,我也不会变得神经质。就像昨晚那样,你跟连教授的女儿聊得投缘,我强烈感受到比以往任何时候都爱你。"

刘岸被顾澜后面这句话吓得一激灵,本来半躺,突然坐起来,他认识到这种事没有哪个女人不记仇,顾澜昨天没机会点破他,他还以为顾澜的格局远超自己,社会大染缸确实锻造人。没想到,还是大意了,这才隔了一夜,自己打嗝还带着白酒的味道,她就马不停蹄地来给他敲警钟了,前面铺垫了半天,只为抛出这个要点。

这种问题不说清楚会酿成大祸,刘岸解释道:"这话不能乱说，那只是正常社交，别把同志关系想得那么庸俗，我们一个屋檐底下过活，抬头不见低头见，我会尴尬的。"

顾澜调侃："一个屋檐？我们很尴尬？都称呼'我们'了，听听，还有伦理道德吗？这发展速度超乎想象。"

刘岸从床上溜下来，惶恐地看着顾澜，那模样很没风度。

顾澜笑得前仰后合："别掩饰了，外表可以骗人，其他器官骗不了人，你心跳得好快。我见过渔民用来拉鱼的拖拉机，启动机器后就是这个节奏。"

刘岸觉得不好笑，这属于恶人先告状："有些玩笑开着开着就成真了。别再提了，再提的话我就要提王泽光了。一直忍着没提，是为了顾及你的感受，没想到你反而刺激上我了。"他也不知道为什么如此敏感，笑容僵硬得打战。他自知这几句话很没质量，但脱口而出，也许是对之前的风言风语心存芥蒂，也许是怕顾澜继续借题发挥，所以要占据先机，率先堵住顾澜的嘴。

顾澜愣了两秒，脸上嬉戏的神态不见了，用怪异眼神盯着刘岸，随后勃然大怒："你为什么在这个时候提王泽光？是威胁吗？是机关算尽之后的杀手锏吗？"顾澜发火了，让刘岸想到了不遵医嘱的患者在接受她训斥的场面。

刘岸点燃了一枚"核弹"的引信，后果可想而知，他唯唯诺诺地道："我只是假设。"

顾澜满脸失望，看得出来，她在克制，但嗓门已然变调："我们认识多少年了？"

刘岸掰着手指头查数:"高中三年,大学四年,研究生三年,十年了,在一起也有七年多了。"

顾澜说:"七年零两个月!我以为婚姻才有七年之痒,没想到,这个痒其实从认识那一天就起算了。"

刘岸说:"别过分曲解我的意思,就算有七年之痒这个魔咒,我们中间有大段大段空白,待在一起的时间加起来不过两三年。"

顾澜说:"七年之痒是几十年前的说法了,那时候日子很慢,今时不同往日了呀。"她的声音低沉到几乎听不清了。

越是小心翼翼越会踩雷,以往打打闹闹甚至放肆也不会引发实质性矛盾,可现在他们的感情像有过裂痕的花瓶,无形的隔膜不时出现在他们之间,尽管他们能听到彼此的鼻息,却像在背道而驰。

## 第八章

我以为遮天蔽日的是通天巨浪，原来竟然是难以再走进她的心房。

房间内陷入死寂。话说解铃还须系铃人，但在夫妻关系中这句话屡屡失效，矛盾因两人而起，如果继续对话，只会愈演愈烈，这个时候不能不说话，说了更搓火，缓和需要契机，至于什么契机，听天由命。

男人要有度量，刘岸知道顾澜柔弱，但不软弱，尤其是在吵架这么"上纲上线"的严重问题上，大概率没有率先低头认输的可能。女性遭遇吵架，有的会使出五花八门的江湖绝学，掀起一场腥风血雨，有的善于冷战，不断在精神上施加压力，有的擅长暗箭伤人，旁逸斜出地给予肉体上的暴击。总之论吵架，这几乎是一场一边倒的没有悬念的战役，刘岸深谙个中真谛。于是他做出了很多尝试，入木三分地承认错误、鞭辟入里地驳斥自己、雷声大雨点小地掌嘴、绘声绘色地忆苦思甜。他晓之以情动之以理，还想用亲情感化，搬出了老家八十六岁的奶奶，想让她老人家帮忙做通思想工作，可当面锣对面鼓都不好使，何况隔着电话线……效果差强人意，顾澜不为所动，看来真生气了。

刘岸也沦落到以卖萌博一笑的地步。他给顾澜跳了一段在舰艇上缓解压力的心理健康操，由于原动作不够喜庆，还私自升级了这段舞蹈，造型夸张，以为这样博取同情的效果会更好，却同样以失败告终。只剩最后一招了，如果再不起作用，他就要放弃了。

刘岸从上衣口袋里掏出了口琴，那是他的看家宝贝，许多骑虎难下的时刻，他是凭这个独门秘笈度过的。他站在窗台前，背对着光，以至于无法看清他的五官，他不想让顾澜看清他的脸，这样就可以全身心投入进去。他曾为了如何布控、查缉、抓捕、审讯而绞尽脑汁，今天看来处理好与爱人的关系需要耗费更大的心神，对待那些穷凶极恶的犯罪分子，偶尔来两句国骂实属正常，可回到家他要做回一个暖男。他吹了一曲，曲声悠扬，把眼泪吹出来了，他从来没吹这么好过，今天超常发挥。

可顾澜无情地打断了他："人吃饱的时候听这个，是享受，家里快揭不开锅了，还卖弄，真多余。"

刘岸很执着："忽略我这个人，专心听曲子。"

顾澜说："此时此刻，只要是从你嘴里吹出来的，就算戴上防毒面具，也能钻进来一股馊味，忽略你太难了，你干脆在我眼前消失，最省事儿。"

气氛降至冰点，一切皆是徒劳，所以刘岸也无须坚持，他的好脾气消耗殆尽。他抡圆了胳膊，把那把银光闪闪的口琴从窗子里抛出去，口琴反射了刺眼的阳光，散发出一道道细小的如同彩虹的色彩，再美的意境，与残酷的现实相比更像一张正嘲笑别人的脸。风灌进口琴，呜呜地响，渲染凄迷的时刻，也正好代表顾澜的心情。刘岸坐在飘窗上胸脯一起一伏，似是找回了英雄气概，可后来，他撅着屁股，费尽九牛二虎之力，在草丛里把口琴找回来，那时候再回看他现在的这个"壮举"，不仅没给他加分，还啪啪打脸。

事情看似已然无解，顾澜是铁板一块，不可撼动，再纠缠下去也无甚意义，那里没可供刘岸目光投射的空间了，他只能瞄向墙角的行李箱，那个孤零零的容量只有十几升的小皮箱根本不用整理，拉起来就能走。

多少习惯漂泊的人都有这样的体验，上一刻还在温柔乡，以为某地就是家园，可以承载被颠沛流离侵扰的心灵，享受难得的安稳，然而下一刻却不得不快速转场，去往他处。他曾屡屡被迫迁徙，当然不差这一次。

他缓步走向行李箱，心里还残存幻念，如果顾澜能在这个时候叫住他，他会不假思索地把顾澜拥入怀抱，以前他这么做过。顾澜是知书达理的人，从不胡搅蛮缠，印象中她从没有歇斯底里，生气的时候还能讲道理，并提供解决办法，这个习惯一直保持至今。唯一有过一次伤筋动骨的争吵，起因是刘岸有一个离开武江舰到宁岛工作站工作的机会，刘岸没和她商量，想都没想就放弃了。顾澜知道了这件事,认为刘岸不尊重她,这么大的事情,涉及前途走向,与家庭生活息息相关,能给他这对刚刚脱贫的贫贱夫妻带来实实在在的好处,毕竟上了岸见面方便,照顾家庭的时间多,天天在领导眼皮子底下晃悠,提拔晋升的可能也大大增加,表现得好还能顺理成章进入江淮海警局,那里架构大,编制多,相对自由,发展空间无限,早上岸早受益。然而,这么好的机会竟被他拱手相让,简直是作茧自缚。顾澜质问他脑袋是不是有病时,他毫无悔改之意,还"大言不惭"地告诉顾澜,工作站那些事务性的工作不是我擅长的,我也不喜欢,至少现阶段不是。我对武江舰有感情,就像对你有感情,怎么能说换就换,年轻人还是到一线去,不仅在海警系统,纵观全行业,哪一个有所成就的人不是来自基层,没有基层磨炼,很容易说出"何不食肉糜"类似的话来,将来如果侥幸走上高位,不懂基层,被人牵着鼻子走事儿小,损害一群人的利益事大。你别觉得我放弃这次机会是吃亏,其实这是荣誉,这是一笔宝贵财富,很多人求之不得呐。

刘岸辨析得头头是道,外行也能听懂,可顾澜有自己的角度。旁人觉得刘岸的选择属于壮举,符合主流价值观,具有榜样的力量,应该被善待,值得大书特书,合适的时机还应站上舞台,在镁光灯下接受顶礼膜拜,可旁人不用跟他一起过日子,只看得到他无畏的一面,从不在乎他无奈的背面。追求高尚,那么他背后的人不管愿不愿意,都要承受因为他的执着而带来的苦痛。

刘岸见他的理论难以说服顾澜,接着说:"不信你去请教一些有识之士,问问他们怎么选。"

当时顾澜冷冷地说:"收起你的官腔,屁大的职务,话说得像比舰长还气派。我没见多少有识之士,倒是见了不少'圣母婊',那些家伙擅长对别人的生活评头论足,熟稔地利用舆论左右别人的行为,习惯怂恿别人往刀山火海里钻。唱赞歌谁不会?自己又不会少半块肉!可如果你这个角色一旦换成他们,让他们设身处地,保证立马换一副嘴脸。不是亲眼所见,非亲身经历,担子没扛在肩上,说得比唱得好听,有什么用!我不信有识之士,我信自己,这是咱俩的事,我的意见胜过千百个有识之士!"

往深处考虑,顾澜认为刘岸之所以选择舰艇而不是陆地,没那么伟光正,他有不成熟的地方,也有私心,他一边标榜着什么,一边逃避着什么。多年的航海生活,让他对家庭生活极为陌生,他在一定程度上把她当成累赘,他属于理想主义,文艺青年之心不死,张口闭口还能提诗和远方,说他纯净也行,说他傻也可。所以他们争论不休,继而闹起离婚。

那是他们第一次闹得那么凶,也是仅有的一次。他们甚至分割好了财产,签了恩断义绝的协议。冷战之后,刘岸像今天一样,穿上制服,把大檐帽戴上,可怜兮兮地准备转身离开,临别寄语是:"记得给我手机留言,我在海上等你回心转意的消息。"

等刘岸真正要走了,又说了如此煽情的话,顾澜心里却突然被什么东西揪了一下。那句话说得漂亮极了,只要心中还有爱的人,断然不会拒绝这份深情。在刘岸快要消失在视野时,她反悔了,她猛然醒来,哭哭啼啼地拽住他:"你仍然迷恋大海,如果因为这个原因我提出分手,我会被唾弃的,你现在周身都是耀眼的光芒,而我却站在阴影里。"

刘岸问:"你的意思是?"

顾澜说:"即使要离,我也不能因为男人有梦想而离。"

刘岸乞怜地说:"那你还想以什么借口跟我分手,现编都行,我都听着。"

顾澜说:"我生气是因为你放弃了一些东西吗?我没那么讨人厌,病根儿在于你有事不跟我商量。"

刘岸说:"我知道你不会同意,而我又坚持自己的想法,明摆着商量不通,商量没意义。"

顾澜说:"同不同意是一回事,商不商量是一回事,别混为一谈。"

顾澜的语气冷静下来,刘岸知道这事儿有缓,就坡下驴,检讨了自己的问题,庄重做了表态,表示在武江舰上再历练一年半载,一定申请调离,回来过正常的日子。分手事件逐渐平息。

刘岸认为聪明人都会遵循规律,她做出过一次让步,就会有下一次。所以,他在走向行李箱途中,等待顾澜像上次一样开口,不管是挽留还是责备,哪怕骂人都行,都能成为他留下来的切入点。可直到他把行李箱拖到门口,顾澜也没再说一句话,还尾随而来,替他打开大门,一条胳膊伸出来,一条胳膊背在身后,那是酒店门童送客的姿势,非常有礼貌,却丝毫不带情感。

刘岸一条腿刚迈出家门，门就被顾澜掩上一半，就在大门完全关上的危急关头，刘岸一把撑住门，灵机一动，借口毛巾、口杯没带。顾澜太明白他是拖延，变戏法似的变出了那两样东西，断了刘岸后路；刘岸再出杀招，借口充电器也忘拿了，顾澜又闪电般拿出充电器，还赠送了两万毫安的充电宝，充八个手机都够了。

分道扬镳已成定局，但按惯例，他俩的缘分还未尽，至少故事不应该到此就结束，不然七年多的感情太经不起推敲，这离别太过浮皮潦草。他们之间的僵局注定要被打破，而这个及时雨般的人物是冯蔚，他掐着点儿似的打来电话。

冯蔚问："在家吗？"

刘岸说："算……算在家吧。"

冯蔚说："在就在，不在就不在，什么叫算在？你要是不便，我等会儿再打。"

刘岸斩钉截铁地说："那在，那在，在！"

冯蔚说："待着，哪儿都别去，有个重要的事情要当面通知你。"

刘岸在心里给冯蔚鞠了一大躬，心说这是真兄弟，好像知道他处于水深火热中，电话来得太及时。他眼珠子一转，打开免提，把手机朝空中晃了三晃："奇怪，今天信号太差了，运营商放假了吗？"然后假模假式地对着听筒对冯蔚说："再说一遍！"

冯蔚重复了一遍，刘岸确信顾澜听清楚了，这样他就可以顺理成章地留下来了。

刘岸问:"你不在舰艇上,到市里来了?"

冯蔚那边一阵杂音,听起来好像正在路上,他气息不稳地说:"见面就知道了。"

挂了电话,刘岸神清气爽,瞄了顾澜,顾澜说:"冯蔚跟你穿一条裤子,你俩串通好了吧?!"

刘岸说:"怎么说话的?别把串通这样的词语用在庄严的执法员身上好吗?刚才咱俩战况那么胶着,哪有机会碰手机,这全是天意!"刘岸边说边大摇大摆地进了房间,顾澜无可奈何,她不是刁蛮之人,这时候不能再赶他,毕竟这里还是他家,单位来人了,多少要留面子。

刘岸靠在沙发上,跷起二郎腿,泡了一壶茶,"嗞嗞咂咂"喝起来,根本不关心冯蔚带来的是好消息坏消息,只关心能否利用冯蔚无意中为他争取到的时间。当后院起火时,那些说过的豪言壮语都像被抽筋脱骨,没有了力量,处理好后方事宜,尤为重要。

不大一会儿门外传来敲门声,顾澜一个箭步冲上去打开门,门外站着一群人,个个表情肃穆,有穿制服的,有穿便装的,胸前都别着党徽,一看都是有身份的人,尤其冯蔚,眼里放光,指着顾澜说:"没错,就是她,刘岸的爱人!"

这操作惊着了顾澜,冯蔚指得很生硬,像执法员在确定目标。顾澜心里七上八下,飞快捋了一遍近来有没有做违法乱纪的事,确定没有之后,还是忐忑,谁被人这么指认都得心虚。没等顾澜说话,"嘣嘣"两声巨响,顾澜"啊啊"叫了两声,下意识地躲进刘岸怀里。刘岸不怕，心安理得地搂住顾澜，淡定目视眼前的人们。是有人拧响了礼炮，彩带纷纷扬扬地飘落。顾澜追溯，上次有这待遇还是在婚礼上。

众人开始鼓掌，十分卖力，一位富态斯文的具备领导派头的中年人一马当先，因为两条胳膊用力的缘故，一脸肉抖动起来。现场的热烈程度不亚于欢迎宇航员着陆或庆祝祖国统一，要不是考虑到扰民问题，估计他们会把锣鼓队和鞭炮组也安排上。

大家蜂拥而上，将顾澜包围，有的为她挎上绶带，有的塞给她奖杯和信封，有的敬献鲜花，顾澜手里满满当当。那位中年人走上前来激动地握住顾澜的手："向你致敬，以前刘岸的军功章有你的一半，今天这个奖是别样的军功章，你占百分之八十。"领导作报告喜欢用数据说话，今天把这一习惯带到了顾澜家。

顾澜全程愣神，茫然看向刘岸。刘岸也不明就里，两人同时看向冯蔚。冯蔚只顾维持秩序，没来得及与他们对视。刘岸在人群中看见了海警局的两位干事，他们忙着拍照录像，也无法进行眼神交流。刘岸只能靠自己寻找线索，他扒拉开花束，看见奖杯上写着"最美家庭"字样，瞬间明白了。

正如刘岸所想，上周宁水市开展"最美家庭"评选活动，海警局有一个名额，领导考虑到武江舰是今年远航次数最多的舰艇，舰上人员离岸时间最长，这个名额在武江舰上产生最合适，而武江舰上已婚人员有三个，李海疆、刘岸和侦察员彭敖。李海疆首先让出这个名额，他说自己和爱人关系凑合，但爱人和他母亲关系紧张，明争暗斗已呈白热化，活脱脱一出宫斗剧。他只要往家里打电话，听到的一定是两个女人相互贬损，导致他有阴影了，不到万不得已，轻易不敢和她们通话。她们都有吃苦耐劳的品质，为家庭付出太多，但婆媳不睦这个硬伤太致命，他们家要是评上最美家庭，宁水老百姓都向他们家看齐，跟风效仿，那多讽刺，说得严重些，届时江河日下、鸡零狗碎，宁水都不得安宁。如果自己为了这个好名声，置评审委员会的脸面不顾，良心过不去，那已属于对党不忠诚不老实的范畴。

而彭敖，父亲跑了一辈子船，攒下殷实家业，坐拥好几艘轮船，彭敖含着金钥匙长大，传承了父亲基因，满脑子生意经，凡事都从价格价值着眼。

当时李海疆让他填表，他开口问："有没有奖金？"

李海疆回道："你差钱吗？荣誉能用金钱来衡量吗？"

彭敖嗤之以鼻："你说得太对了，荣誉值几个钱，荣誉换不来金钱，金钱却可以买来荣誉，比如不会演戏的人能当影帝影后，这才是现实。"

李海疆气得脸色铁青，指着他的鼻子骂："你啊你……"

彭敖说："舰长，我不是新同志了，干巴巴的教育课触动不了我了。"

近来，彭敖不是第一次以这种语气和李海疆对话了，这正是他想要的效果。他曾放出话来，你们都力争上游，我恰恰相反，我尽力给你们留下坏印象，只要能上岸，背处分都行。

李海疆批评他："油盐不进的人我见多了，你是代表。"

李海疆对彭敖向来不薄，这次让他两口子参加"最美家庭"评选，还是想激励并挽留他，彭敖都明白，他说："不是我不识好歹，事是好事，我不想掺和还有别的原因，你早知道我有多想调离，心不在舰艇上了。我知道深海很神秘，武江舰很神圣，执法员很伟大，远航很拉风，当初我加入队伍不仅是听从了父亲的建议，还源于从小的理想，哪个男孩对这样的职业不着迷。可现在，我不这么想了，这里的枯燥和孤独远非想象，即便如此，我付出了青春，履行了职责，船到码头车到站，天下没有不散的筵席，是时候换一种活法了，我想回到岸上去了。所以，别跟一个消极的人谈积极的话题，那是自讨没趣。"

李海疆厉声道："组织没批准你的离职申请，你父亲财大气粗，你也执拗不过他，既然没实力，说话还是要谨慎！"

彭敖说："留下来是别人对我的期许，可我都三十多岁的人了，应该为自己的行为负责。"

李海疆说："这些话你在我面前说说就算了，千万别再向大家传播了。我再问你最后一遍要不要申报，你确定不报，我马上走，没工夫和你逗咳嗽！"

彭敖拒绝了，扬言道："闷声发大财就够了，我家可不当典型，防止被人围观，而且我能不能跟我媳妇过一辈子还不知道。这个奖就像紧箍咒，看起来金光闪闪，对我来说却弊大于利。"

李海疆说："看把你能耐的，还有这花花肠子，离开武江舰是一种选择，无关道德伦理，可动了歪心思，我就看不起你了！"

彭敖不再言语，李海疆见他实在烂泥扶不上墙，干脆不再搭理他，舰艇党委开会一研究，全票通过报送刘岸家庭。由于时间急，刘岸又不在，他们家的事迹材料还是冯蔚帮忙写的，冯蔚使出吃奶的劲，搜刮干净肚子里的墨水，根据对刘岸一家的了解，洋洋洒洒万言。从刘岸与顾澜恋爱，到他们一路写到相濡以沫经营好小家庭，文笔感人。据冯蔚吹嘘，这比刘岸本人来写还要生动。没想到，这份材料递上去之后，一路绿灯，高中榜首，所以才有了眼前这一幕。

此刻，顾澜和刘岸的房子里，冯蔚发话了，他挨个介绍了一圈身边的人："这是市政府、民政局的领导，今天特意来祝贺你们来了。"

中年领导朝前迈了一大步，如同迈上了主席台，他清了清嗓子，笑容可掬地说："恭喜二位获此殊荣，这是宁水市唯一一个获奖家庭，这个奖含金量很高啊。刘岸会有海警局的领导来表扬，今天我着重表扬顾澜同志。前方打胜仗，后方搞保障，幕后工作者的辛苦有目共睹，甘于付出的女性最值得尊重。多年前，中华民族内忧外患，无数英雄儿女奋起抵御，母亲送儿上战场、妻子送夫打东洋的故事感动了一批又一批人，今天这样的优良传统仍然没有改变，在你的身上得到了很好的体现。你克服困难，默默支持丈夫的事业,不仅独自撑起家,还没耽误医院工作,杏林春暖、大爱仁心、救死扶伤、无怨无悔,听说你还是市医院的先进工作者,这个奖授予你太合适了。你给广大女性树立了榜样,我们需要这样的典型。下步希望你与刘岸互敬互爱,担起宁水市最美家庭的称号。最近市里还有三八红旗手、巾帼文明奖、市双拥模范的评选,我认为你很有竞争力,我强烈支持你参加评选。奖励只是手段,重要的是以点带面,为创建精神文明城市提供有益实践才是目的。今天,这里光彩耀眼;今天,你们感人肺腑……"

领导滔滔不绝,还配以大开大合的手势,在顾澜家里展现出了在全市会议上作工作报告的气势和风貌。十分钟过去了,他还没停下的意思,刘岸和顾澜站在众人的对面,点头如鸡啄米,不知道是温度升高所致,还是越听越觉得自己名不副实,顾澜的脸红彤彤的像光照充足的红富士大苹果,但她也非池中之物,多少见过点儿世面,所以努力整理出一些套话,回应领导的材料式致辞。

顾澜说:"我俩一定比翼连枝,不负领导期望,继往开来,再接再厉。"

顾澜笑着看向刘岸,刘岸反倒很拘谨,表现得很保守,于是她一把抓住他的手。刘岸正求之不得,做出回应,打好配合,营造出妇唱夫随的和谐景象。如果不是领导在场,他还想深度发挥,做几个亲昵动作,喝个交杯,来个舌吻,不在话下。

隆重的"颁奖仪式"在欢声笑语中落下帷幕,众人散去,冯蔚最后一个走,他说:"同样的年纪,你看看你们,再看看我,没有可比性嘛。"

转眼间，顾澜收起了刚才的热情，瞬间冷若冰霜，堪称变脸王。她甩开刘岸的手，对冯蔚说："有什么好的，你看到的是表面现象，金玉其外败絮其中的人不少，他们陷入自我预设的人物形象中无法自拔，只顾凹人设不顾亲人死活。有些真相想必你比我还先知道，你压根不是羡慕，你只是和他太相似了，有一样的三观而已。"

顾澜这么说，就差揪着冯蔚耳朵来痛陈刘岸的罪状了。冯蔚听话音儿就大概了解不愉快因何而起，他看了一眼鼻子不是鼻子脸不是脸的刘岸。刘岸向来讲究，很少有这副狼狈相，看来今天遇到坎儿了。他很心疼兄弟，不过他没有替他辩解，那样只会适得其反。

执法生涯中，少不了与诡计多端的犯罪分子周旋，过硬素质和执法智商是硬性条件，但关乎任务成败的要素中，心理攻势也占相当大比重，一名优秀执法员首先得是一个心理专家。冯蔚听得懂潜台词，看得明白趋势，果断反其道而行之，先与顾澜发生共情，再顺着她的话茬儿说开去："我所说的羡慕，可不是羡慕婚姻，有没有结婚，和什么样的人结婚，都是个人选择；婚姻美满幸福与否，同样没有衡量标准，也没有衡量的必要，在别人的关系中寻找存在感，多肤浅，是空虚乏力的表现。我只羡慕你们的情感，或许当下你们产生了隔阂，但至少刚才在人前还维护着彼此的体面。顾全大局，保持克制，从这一点上来说，你们之间的问题远没有达到不可挽回的地步，只是憋了一口气，发出来就好了。"

顾澜知道冯蔚和刘岸的关系，刚才还频繁挤眉弄眼，一看就是来为兄弟伸张正义的，呛道："听起来头头是道，但讽刺的是，你一个单身汉聊什么婚姻与家庭，搞得像妇女之友似的。你要真能弄明白，章梦佳不至于被你弄丢了。你哥俩儿一丘之貉，都该反思。"顾澜敢这么数落冯蔚，是因为他们是老相识了，大学期间，冯蔚见证了她和刘岸的恋爱，很多时候还充当"通信员""邮递员"的角色，帮刘岸打了不少圆场，替他挡枪，为他蹚雷。除却了解刘岸，顾澜当然也很了解他。人性使然，两人一旦熟络，文明程度就会降低，素质涵养的展现是分场合分对象的，关系越好，交流起来越口无遮拦。顾澜不怕他生气，所以流露出真性情。

冯蔚听了顾澜颇具攻击性的话不仅没生气，反而看到了希望，她让刘岸反思很说明问题，有挽回的余地才会让人反思，没有余地的话，反思明白了也是别人受益，所以此时冯蔚替刘岸高兴，他回道："婚姻和恋爱有本质上的不同，但相同的是皆为男女之间在寻找和平相处的路径。你们经历过的，我大多都经历过，甚至有些事情经历过后，酸楚的程度有过之而无不及，我想我具备发表个人见解的资质。那些创作过优质科幻作品的人，一定去过外星吗？那些将角色饰演得入木三分的演绎者，一定有过和原型同样的生活经历吗？我未婚，却太懂已婚的苦，不说章梦佳，毕竟我们没领那张具有法律效力的纸，就举我爸妈的例子：小时候他们两天一小打、三天一大打，南墙根儿底下堆满了摔碎的碗碟杯盏，托他们的福，家里没有一件像样的家具和电器，唯一一台十四英寸的黑白电视机只有一半的屏幕会显示。也就是说二十多年前我就用上了七英寸屏幕的电子设备，而今天你们也是对着七英寸的手机爱不释手，如此想来，人们没进步多少……"

冯蔚侃侃而谈，刘岸装咳嗽，提醒冯蔚别扯太远，卖惨可以激发女性的同情心，但对夫妻和好起不到促进作用，很少有女人会在伤感中欣然接受什么。同情对有些人是奢侈品，对有些人来说一无是处。

冯蔚心领神会，话锋一转说："父母那代人打打闹闹一辈子不提分开，以前我一直以为是贫穷导致的，没得选择，一旦分开，再难找下家，也担心身败名裂，被人耻笑。可现在，当我目睹一对对情侣越来越令人大跌眼镜的分合，自己也面临谈婚论嫁，才知道这么想多无知。我们总以为时代发展到今天一切都是必然，观念、思想、行为都在滚滚向前，新的东西是进化的结果，新的就是好的对的，从不认为和前人相比，在科技上有突破，情感上反而萎缩了。感情是喊口号，感情是秀恩爱，感情离不开物质，甚至物质大于感情。我们很难再在当下找到古时候那些妇孺皆知的感情故事了，而虚构杜撰的爱情，感动不了人，也就没有广为传颂的力量。其实越贫穷，分开越没有成本，他们担心的不是分开之后各自的生活，而是他们压根就没觉得婚姻是一道选择题，就像无法选择身世、姓氏和命运，就像东西坏了，修修补补接着还能用，他们依然遵循着不宰跪地牛、不吃看门狗、不弃结发妻的祖训，那是他们的信仰。而我们呢？生活勉强步入富足，情感却愈发贫瘠。你们俩人，一个找到了真爱，一个嫁给了爱情，多难得，如果还不珍惜，我看了痛心。狂虐单身狗是以这种方式来实施的吗？"

冯蔚越说越激动，几乎捶胸顿足，没有表演痕迹，可以推断他这番话有可能是发自内心。刘岸和顾澜像两个没做作业的小学生，比肩站立，刘岸一只脚在碾地板，顾澜在揉搓手指。

冯蔚说到最后，义愤填膺起来，指着奖杯奖牌作了结束语："这个荣誉给都给你们了，没听说可以退货，你们看着办，不要伤害了对你们好的人。现在，你们不是你们自己了。"冯蔚大步流星地走了，为了将自己刚才的完美表现保持在两人心里，他连电梯都没坐，"噔噔噔噔"下了步梯。走在小区里，冯蔚回头看了一眼刘岸家温馨的灯火，客厅没拉窗帘，他看见两个人影依偎在一起，于是快步走远，在大街上，他苦笑，心说其实顾澜说得没错，我一介孤家寡人，用得着咸吃萝卜淡操心吗。那时候，他感到了孤独。

房内，刘岸和顾澜你看我我看你，脑门上排列着细密的汗珠，刚才屋子里人挤人，他们都没如此紧张，被冯蔚一通说教，却红了脸出了汗。刘岸担心冯蔚语气过重，激化矛盾，没想到顾澜还挺受用，默默为冯蔚叫好。顾澜在想，因为莫须有的出轨，吃了飞醋，还大张旗鼓地闹别扭，太幼稚。

刘岸趁顾澜不注意，抱住她，两人贴在一起，温存很久，天渐渐黑下来，他们心里却透亮了。

良久，顾澜仰头盯着刘岸："不闹了吧？"

刘岸说："都最美家庭了，还闹什么闹。"

刘岸抱起顾澜进了卧室，顾澜枕着刘岸粗壮的胳膊，刘岸双腿夹着顾澜白皙的小腿，听着彼此均匀的呼吸，不一会儿便睡熟了，那是酣畅的一觉。

## 第九章

我对她的守望,胜过光芒照耀海疆。可我如此孤独,一如草长莺飞中的荒芜,一如心花怒放时的惆怅。

吵架比干活还消耗能量,刘岸和顾澜是被饿醒的,已是子夜时分,窗外月朗星稀。刘岸醉酒引发的虚弱感一扫而光,顾澜的情绪也高涨起来,她下床做了几道小菜,刘岸哼着小曲儿打下手。

饭菜端上桌,刘岸关了大灯,点燃蜡烛,开启红酒,借着月光,高脚杯碰撞在一起,在悦耳的余音中,他们吃着舒心的夜宵。酒足饭饱,两人满面红光,似是找回了第二春,此时到了思淫欲的时刻。

刘岸有经验,他知道两口子之间,解决问题其实并没有那么复杂,大部分麻烦只需要一次满意的性生活就能迎刃而解。

突然顾澜放在床头柜上的手机丁零作响,划破私密空间,犹如墨色天空骤然而起的闪电。顾澜的职业性质使然，平时担心门诊太吵，设置的铃声是大分贝的，十分响亮。凑巧，刘岸对铃声非常敏感，舰艇上人员高度分散，平时大事小情都靠铃声提醒，舰艇上的铃声意义重大，那时，在他最投入的时刻，却有铃声传来，直击他的脑神经中枢。

刘岸哆嗦了一下，停下来了。那时如果是一声铃响还则罢了，结果又响了一声，再响了一声，还要继续响下去，短短十几秒，他判断应该有十几条信息之多。这接连的铃声，让刘岸有回到舰艇上的错觉，有提起裤子出门集合的冲动。他明确感觉自己原本充血的性器官本是一朵怒放的花，顷刻间被疾风暴雨侵蚀成了残枝败叶、七零八落。他怒火中烧。

顾澜也痛恨这铃声的搅局，拿过手机，关了静音，然而为时已晚，刘岸再也无法重振雄风了，懊恼地盯着那部手机，像盯着一枚手雷。

刘岸看看表，凌晨一点，他竟然被人挑衅了，气急败坏地问："这个时间段，谁精力比我还旺盛？"

顾澜说："应该是病人遇到了问题，经常有这样的情况，对病情不了解，忧心忡忡，来我这儿求安慰来了。"说着，她把手机潇洒地拿给刘岸。心里没鬼，所以没顾虑。刘岸本不想看，但顾澜快把手机怼到他脸上了。顾澜自己也没想到，屏幕上"王泽光"三个大字晃得刘岸眼睛生疼，他想不看都难。看见这个名字，刘岸差点跳起来，王泽光在他心里还没有消除嫌疑身份的人，敏感的关系，敏感的时间，每一样都不得不让刘岸忧心，但他还抱着一线希望，毕竟科主任给医生临时布置任务也属正常。

刘岸说："难道这个人就是你的病人，就是他需要从你这里得到安慰？"

顾澜满腹狐疑地拿回手机，看见界面上"王泽光"的名字，说道："瞧你那副唯恐天下不乱的样子，如果今天这条短信没问题，请你永远收起这副嘴脸，别再贼心不死，破坏社会和谐。"她当着刘岸的面笃定地打开对话框，几行字赫然出现在眼前，她的血压"噌"一下飙升了上来，大脑嗡嗡不止，差点儿从床上跌下去。刘岸更是虎躯一震，喊了一声嘹亮的"操"，那时候他不知道是屈辱还是愤恨，不知道该不该发作，发作之后有没有收拾残局的能力。那时，他的身体跟不上大脑活动，只得僵住。

界面上写着："睡了吗？他快走了吧？科里没有你，运转受影响，我缺了你，也不快乐。明天晚上来我家吃饭，尝尝我的手艺。你肯定想不到，我不光手术刀拿得稳，锅铲也耍得溜，你只管带嘴来就行。"

几行字像闪着寒芒的刀刃，疯狂进出刘岸的心脏，他好像听见滴血的声音。而顾澜更难过，几行字，字字戳中要害，说是模棱两可也行，说是极尽暧昧也对，她跳进黄河也洗不清了。

可洗不清也得洗，这是误会，顾澜捧着刘岸的脸道："他这是喝了多少假酒？请客吃饭可以，为什么半夜三更发通知。他总是这样作出一些让人摸不着头脑的事情，但我相信他没有那些花花肠子，你可别见怪。他这几条信息你就理解字面意思即可，千万别深挖一口井。"

刘岸急火攻心，声音瞬间沙哑："其他的我不在乎，但他问我走没走是几个意思？"

顾澜只得想当然地分析："可能是如果你没走，邀请你一起吧。"

刘岸说："那你回复他，就说我没走。"

顾澜说："你非要测试一下吗？这时候不管他说什么，你看了都别扭，咱还别找不自在了行吗？"

刘岸突然吼起来："我已经很不自在了，不怕更不自在，你只管发！"

顾澜心里也没了底，半推半就地回复了王泽光，她祈祷王泽光千万别冒傻气，这时候但凡说半句露骨的话，就触碰了刘岸的底线，像老虎屁股，非引发一场恶战不可。

万幸，王泽光回复道："没走的话正好，一起来，招待你的家属，这样的机会可不多，我们哥俩儿是时候好好认识认识了。咱们之间理想的关系，就应该像一家人。"

王泽光的话说得亲切，顾澜松了一口气，刘岸听了却心惊肉跳："一家人？谁和他一家人，家贼最难防！本来我对这家伙没意见，了解过他的情史以及他这两天不着调的表现，越来越觉得他不是一头好蒜。"

顾澜理解刘岸的心情："只要我和他理清工作与生活的关系，

他私底下是什么样的人，与我何干？明晚我也不会去的，你不在家的时候我更不可能去！"

没想到刘岸却有不同意见："去，必须去！人家真心实意地请，我们大大方方地去，他是你的顶头上司，需要维护关系。他没有非分之想最好，如果有，我更要会会他。"刘岸不像开玩笑，说得心平气和，顾澜听了喜忧参半，喜的是刘岸做到了换位思考，没有耍愣头青脾气，忧的是她无法判断刘岸这话里有几分诚意，带有几分怨气，如果遵从他的意思去了，明晚会发生什么，她拿不准。

天明以后，顾澜醒了，刘岸不在床上。顾澜到客厅回看了一下智能监控，发现他五点多钟就出门了，顾澜脑子里浮现出很多画面，刚要给他打电话问个明白，刘岸提着大包小包回来了。

刘岸说："去主任家里不能空着手，我起早到市场上买了海鲜和水果，面子要给足。"

刘岸的表现出人意料，顾澜感动不已，所有担心一扫而光："我目光多短浅、格局多偏狭，你比我细腻周到，这才是我心目中无可比拟的完美老公。"顾澜献上热吻，那时她对刘岸的爱意加深几分。

晚上二人如约而至，见到一副居家好男人形象的王泽光，王泽光热情地把他们迎进屋，他们看见桌上摆满美食，可见王泽光花了不少心思。

寒暄过后，先后落座，王泽光殷勤地介绍菜品，给二人夹菜倒酒，给刘岸留下较好印象。刘岸以单纯的认知去判断，这人还不错，不是想象中的怪人，心生几分歉疚，于是面对王泽光的敬酒，频频举杯。

大家相谈正欢，从门外又进来三名膀大腰圆的男子，都是陌生面孔。王泽光解释说："我也约了他们，没外人，都是我的好兄弟。"

压在顾澜心里的石头落下去了，她居高临下地看了刘岸一眼，悄悄说："庸人自扰，人家本来就没单独约我，一开始筹划的就是好友聚会，这下我算洗白了。"

顾澜的话并没引起刘岸共鸣，而是瞬间提高戒心，他观察了那三名男子，眼神怪异，谈吐中透着警惕。不可能三个人都怕生，总得有个外向开朗的人才对，可他们表现得出奇一致，能有这股气场，绝非单纯来吃吃喝喝那么简单。刘岸轻易便能辨别他们不自然的背后隐藏着什么。他想，肯定是王泽光做贼心虚，生怕一言不合动起武来，请来"保镖"壮底气，他这是留了一手。

刘岸说："一开始就奔着好友聚会去的？这都几点了，他们才来，有个家伙腰里的甩棍都露出来了。"

顾澜说："你是有被害妄想症吧？"

气氛变得微妙，变化最明显的是王泽光，刚才小心翼翼、谨言慎行，刹那间精神振奋、高谈阔论起来。言多必失，他的话越说越出格，原因或许有二，一是酒精作用，二是有人撑腰。对于王泽光的冒犯，刘岸都忍了，几次提醒顾澜早走为妙，顾澜却秉持既来之则安之的心态，说道："要么不来，刚来就走？正好借这个机会打开天窗说亮话，我行得端坐得直，我都不怕，你怕什么！"

顾澜的想法很美好，可王泽光没有按照她想象的剧本演，他醉眼惺忪，舌头打着结对刘岸说："我和顾澜相处的时间，比你和她相处的时间都长，我了解她，这么好的女人，你要珍惜啊。"

刘岸说："有劳你费心，多亏你照顾，她才有今天。"

王泽光戏谑道："你不珍惜，可有大把的人替你珍惜。"他嘿嘿干笑几声，让这难为情的话听起来没那么生硬。王泽光的三个"同伙"也跟着笑，他们的笑推波助澜，加重火药味，那并不是王泽光想看到的，但酒后的局面已非他一个人能够掌控。

一个真正的男人究其一生都在捍卫自己的领地和女人，而那时，刘岸的这两样东西双双受到挑战，处于爆发的边缘，但他仍然保持定力，不愿再给顾澜惹麻烦，要让顾澜看到自己已经从当年那个毛头小子成长为一个真男人，在外是执法员，对内有能力给她安全感。

刘岸受不了王泽光的碎碎念，借口第二天要归队，起身要走，被那三名男子强摁在座位上，其中一人举杯拱火："走可以，再打一圈车轮战！"

刘岸为了尽早离开，远离是非，忍气吞声接受他的建议，敬了满满四大杯，他认为总算结束了，那时候王泽光补了一句要命的话："你只管回到舰艇上去，顾澜交给我，我会把她当亲人，保证让她开心快乐，做幸福的人。"

这话很不要脸，算是骑在头上拉屎了。刘岸不能再退避三舍，他重回餐桌旁，说道："你不如直接告诉我，你要替我行使一个丈夫应该行使的权利义务。你们之间还是保持正常的工作关系就好，无须添加感情色彩。"

王泽光眼神很值得玩味："随你怎么理解。"

顾澜意识到局势剑拔弩张，说道："今晚就到这儿吧，感谢主任款待。"

王泽光说："我是主人，我没说散，这宴席暂时还散不了，我看刘岸兄弟兴致正浓。"

刘岸说："要有自知之明，别越俎代庖，该你做的事情高调去做，没人拦你，不该你做的事情，一个手指头都别乱动，容易吃大亏。"

三个朋友中的其中一个站起来指着刘岸："什么意思？！"

刘岸拍了拍他的肩膀，先把他安抚住："别激动，跟你没关系。"

王泽光让那位朋友先坐下："他嘴上逞能，算不得本事。"

这下刘岸打消了离开的念头，决定要在今晚让王泽光明白花儿为什么那样红。他重新坐回座位上，佯装夹菜，碰倒了顾澜的杯子，饮料洒在了顾澜的白长裙上。她"啊呀"一声站起来，刘岸抽了纸巾递给顾澜，连说对不起，很是卑微。

王泽光说："小兄弟真是不小心，毛手毛脚的。"他起身指着最里面的一间房说道："那里有吹风机，快去吹干。"

顾澜离了座，穿过王泽光家异常开阔的客厅，经过一条长长的走廊，进入主卧，卫生间的门关上了，似是有大功率吹风机的蜂鸣传来。那时候刘岸确认顾澜远离漩涡，他释放了压抑许久的屈辱，猛地掀飞了桌子，接着一拳把王泽光打飞出去好几米，椅背贴地，王光泽越过椅背跌落在地面，左脸着地，地上有碎了的玻璃碴，搓掉了他的一块脸皮，破相严重。王泽光四肢朝上，有轻微痉挛，像在抓握什么，像只翻不了身的乌龟。他的三个朋友面对刘岸突然的发作，一时反应不过来，他们没想到刘岸面对明显的劣势还敢"顶风作案"，按照以往屡次群架的经验，凭借他们的身板，还没有遇到过这么不识时务的人。片刻后三个人"腾"地站起来，一字排开，挡在刘岸面前。

刘岸做了一个手势："一起上，准备了那么久，都别白来。"

三人还以为刘岸蒙在鼓里，原来人家早就什么都知道了，他们心虚地相互看看，各自亮出了器械，一齐朝刘岸袭来，刘岸展开搏斗。他的身手固然敏捷，打斗经验丰富，但当代已无武侠，打架斗殴难有胜者，对手也不是吃素的，其中两人受过专业训练，拳脚功夫有模有样，接得住刘岸的进攻，还能有防守反击动作，尽管他们的功夫都在刘岸之下，但加在一起，武力值不容小觑。几个照面下来，刘岸虽然暂时削弱了他们的战力，可自己也挨了不少下，前胸后背全是脚印，脸上挂了彩，鼻子里有血汩汩地往外冒，牙齿也掉了一颗。

又是几回合，三人倒在地上，刘岸看见其中一人在摸索脱手的甩棍，他锲而不舍，试图重新再战，有股子不服输的劲儿，还有一人拨通手机，看来想打电话"摇人"。刘岸已是精疲力尽，如果再有人来，肯定不是对手，而且顾澜还在房间里，他不能把顾澜置于危险境地，得抓紧脱身。

刘岸对伤势不轻的王泽光说："下次你就没这么好运了。"

王泽光不敢从地上爬起来，但也不忘逞强，骂道："鲁莽、野蛮、放肆，亏你还是执法员！"

刘岸说："我连媳妇都护不住的话，还执什么法！尊严是第一道法规。"

王泽光说："我替顾澜感到不值，你配不上她。"

刘岸说："不要贼喊抓贼，你这些戏码在我眼里是笑话。"

王泽光露出阴森的笑："真是引狼入室，不过你先动手，你就输了。"

刘岸说："公道自在人心，如果你觉得受了委屈，随时动用你的手段，我敢承担后果。"

刘岸不再理会王泽光，一瘸一拐来到主卧，敲了敲卫生间的门，吹风机的响声停了，顾澜从里面出来，看见鼻青脸肿的刘岸以及客厅内混乱的场景，头皮发麻。她是医生，不是因为血腥而惊恐，而是她意识到接下来的烂摊子远比眼前的烂摊子更烂。

刘岸拉着她走了出去，身后四个人在呼喊，王泽光在喊顾澜的名字，此时他的酒全醒了，吐字清晰："顾澜，这个人是酒疯子，一言不合，砸了我的家，毁了我的局，太过分了！看在你的面子上我不追究他,但我要提醒你,跟着这样的人不会有未来,你好自为之。"

王泽光痛哭流涕,上演了一出以德报怨的把戏,这招歹毒,让顾澜误以为全是刘岸的错,她有回去道歉的冲动,但刘岸不让她犯傻。

刘岸拉着顾澜来到了大街上,那时候路上一个人影也没有,只有路灯笔直地站成看客,从街头到街尾,默然注视着眼前两个心乱如麻的人。刘岸觉得没必要解释,也没有心情解释,他感到浑身剧痛无比,背上被甩棍击中的部位鼓起了大包,嘴唇肿成肉肠,余光都能看到它的轮廓,口鼻中还有血在淌,浸湿了前襟。顾澜处于虚空的状态,她甚至忘了帮刘岸止血,她一路上都在问:"为什么会搞成这样?"

刘岸说:"如果我不这么做,他还会得寸进尺。"

顾澜说:"可是你这么做了,我们连退路都没了。"

刘岸说:"这是我能想到的最好的办法了,我问心无愧。"

顾澜问:"疼吗?"

刘岸说:"不疼,我宣示主权了,扬眉吐气,只高兴!"

顾澜问:"接下来怎么办?"

刘岸说:"我明天回舰艇上去,他如果找你麻烦,随时告诉我。"

顾澜问:"现在去哪儿?"

刘岸说:"家是回不去了,他不追究,但看他朋友那架势,不会善罢甘休。"

空荡的马路上，灯光拉长身影，刘岸想去拉顾澜的手，发现手上黏糊糊的全是血，只得作罢。他们走了一段路，刘岸感到眼前阵阵发黑，在马路牙子上坐了下来，顾澜陪在他身边。

顾澜说："你变了，你爱我的话，不会不计后果，你的怒火，也许只是为了你的颜面，与我的感受无关。"

刘岸说："你的话与事实相反。"

顾澜说："我知道你的实力，可是又能怎么样呢？你了解这个社会吗？我努力到今天，在一群蝇营狗苟的人中间好不容易找到了位置，取得了很多人再过十年都无法达到的成就，看到了曙光，我们要改写命运了，可是今晚一夜回到解放前。"

刘岸说："你认为今晚全是失去，没有得到吗？"

顾澜说："全世界都不相信我，只要你相信我，我就有坚持下去的理由。"

刘岸说："我相信你，但是我不相信男人，男人心里怎么想的我太清楚了。"

顾澜说："我洁身自好。"

刘岸说："这不是你自己的事，是我们两个人的事，我不能当一个旁观者。"

顾澜说："你还是不相信我。"

刘岸擦了一把血："不讨论了，就当是我错了。"

时间仿佛静止，那些豪迈的以及粗俗的语言在刘岸的耳边划过去，像一闪而过的流星，那些快乐的以及悲伤的桥段在他眼前溜走，像逐渐散去的云。那时候，天空昏黄，柏油马路昏黄，他们的心境昏黄。初秋夜晚的凉风从远处吹过来，吹拂着刘岸的伤口，他的伤口无比灼热。

刘岸脱下血迹斑斑的外衣，想给顾澜披上，被顾澜推开："谁他妈的冷！"

刘岸说："走吧，找个酒店住一晚。我离开之前，只想抱着你，谁也休想打搅我们，这在以往天经地义，在今天竟然也成为一个愿望，真是笑话。别的夫妻轻易可以实现，对我们来说，为什么这么难？可我不信邪，天地之大，总有一处供我们温存的地方。"

顾澜说："你都这副模样了，还想着温存？酒店敢让你进吗？跟我去医院。"

刘岸说："这算不了什么，我们剩下的时间不多了！"

顾澜恼怒："你想干什么？这不是男子汉气概，这是睚眦必报，是病态，是怪癖，是应激反应综合征！我受不了这样，没有几个人受得了这样！"几天来，顾澜像坐过山车，频频受到惊吓，心情大起大落，已是神经衰弱，这感觉从未有过，所以她难以掌控情绪。

刘岸眼里还放着光："我只是想让这次回来得有价值，不然就白回来了。我们要个孩子吧，这是我的规划，规划好的事要执行。"

顾澜反应激烈："大错特错！这只是你的规划。你还是如此自我，丝毫没改变。我们不是时间不够，相反，时间充裕得很，只是被你一次次无知地浪费掉了。"

刘岸攥住了顾澜的手，生怕她跑掉了，眼里充斥着的不知是渴望还是欲望。顾澜看见他发红的眼，那不是一个让人心生欢喜的男人该有的眼神，她突然对他厌恶不已："我不想跟醉汉说话，松开我！"她甩开手，他们变得陌生。

远处有虫鸣蛙叫传来，逐渐清晰，又蓦然遥远。顾澜还没走，但若即若离。

刘岸低下了头，口鼻里的血落在地面上，一滴接着一滴，汇聚在面前，并扩大着范围，他失血太多，有眩晕感，当衣服贴在身上，皮肤无法呼吸，他才知道窒息与空间大小无关，心灵与身体的共存共处其实也不需要有必然性。

顾澜与刘岸并排坐在一起，久久不语，他们都不知道再从何说起。时间一分一秒过去，转眼到了凌晨，世界一言不发，远处的渔火正与潮水相爱，而这个熟悉的城市陌生的街道上有两个失意的人。

一颗流星划过，刘岸想起他和顾澜曾经的种种，那时候不管说什么，都如同在表白，而现在不管说什么，都要小心翼翼，那些刻骨铭心的情感好像突然不值一提了。

刘岸指着流星消失的点位说："那不是陨落，那也是它追求永恒的方式。"

可顾澜故意不接他的话茬儿："我再问一次，要么跟我一起去医院，要么我自己回医院，休想再有第三个选项。"

刘岸没作答，顾澜脸上已无失望，失望这样的词语，一般还与希望相连。当希望耗尽，随之而来的便不是失望那么简单。她站起身，把刘岸的头抱进怀里，柔软的手轻轻摩挲了他的头发，然后决绝地往远处走去了。路灯的照耀中，她的轮廓和形状仍然一直清晰，直到转过街角，还像近在眼前。她穿着一身白色素衣，可刘岸仿佛看见了彩色的裙摆，而且耳畔响起了老旧的旋律和重新谱写的歌词。于是在风中，他依旧能与她回到最初。

刘岸以为天亮以后，她气消了，还会露出灿烂的笑，恋人之间不过是一场捉迷藏，不去翻箱倒柜地找，躲藏的那个人也早晚会出来，如果一直找不到，那就不是一个有意思的可以流传的游戏了。他倔强地自言自语："有本事从今往后，都对我不管不问，那样，从那一刻起我就又长大了许多。"那时候，他并未有孤独之感，还有秋风、晨露，都像连绵不断的浪花，掠过他的舷窗，伴随着他半梦半醒的远航之夜。

然而，左等右等，刘岸没有再等到顾澜的只言片语，他去医院找她，她也拒绝见面。直到上车前的最后一刻，他哑然失笑，那时候他确信，这次休假遍地狼藉，损失惨重，一枪没放，一炮未打，却伤痕累累。该做的都没有做，不该做的，全摊上了。

刘岸给顾澜留言告别，顾澜只回了一句话："我们都冷静。"

刘岸再没等到回复，却等来连漪的电话，她带着哭腔说，父亲突然发病，正在去往市医院的救护车上，身边连个搭把手的人也没有，不知道他是否方便，帮帮忙。连漪是宁水人，亲戚朋友在宁水，刘岸不是唯一的人选，但确实是合适的人选。顾澜就在市医院工作，协调事情方便，她没有顾澜联系方式，只能打给刘岸。刘岸自然不能推辞，让司机改道去医院。

刘岸把连教授推进手术间，办完手续，雇完护工，准备离开。走之前嘱咐连漪，如果再有什么事情，尽管去找顾澜，不需要我再特意交代。刘岸知道顾澜对他避而不见，不想再惊动她，本无可厚非，可接下来他才知道这个决定有多错误，隐瞒行程，丢了大丑。

连漪送刘岸出住院大楼，在一楼大厅，连漪表现出迷茫，连教授虽然身体不好，但从来没昏迷不醒过，往后应该怎么办，她全无经验，说着说着，哭得像个泪人。刘岸耐心安抚，并拥抱了她。

这一幕却恰好被刚从电梯里出来的顾澜尽收眼底。众目睽睽下，此刻应该出现在武江舰上的老公，在自己的工作单位搂着一个姑娘，眼里充满爱怜，而自己全然不知，像蒙在鼓里的傻子。这狗血桥段，哪个女人也绷不住。

为确认身份，顾澜还专程走近了看，可不嘛，那是如假包换的刘岸，脸上还挂着彩，一张嘴，那颗掉了牙齿的黑窟窿像在为这充满讥讽的场景作着注脚。

刘岸发现了顾澜，赶忙推开了连漪，刚刚伶牙俐齿地开导连漪的他，瞬间变得语无伦次，这一结巴，真的也成了假的。

顾澜抬手就是一巴掌，声音清脆得让人声鼎沸的大厅安静了，继而大厅里回荡着顾澜的咆哮:"刘岸,你个王八蛋!满脑子龌龊事,歪曲我和王主任的关系,怀疑我不清白,原来你才是这样的货色。清晨还在琢磨着如何发泄兽欲,半天时间没到就换了美娇娘,你要是挑个私密的地方秀恩爱,我也敬你是个合格的海王,在老娘眼皮子底下调情,演技太拙劣了。"

连漪想插嘴,顾澜更不可能给"小三"机会,扭头离开大厅,留下两个人在一众医护人员和病患中间被指指点点。

解释不通了,欲消除误会,刘岸寄希望于顾澜早晚会知道连教授的病情,然而,焉知非福,连教授手术很成功,很快就出院了。连漪照顾父亲心切,没时间也不知道该怎么向顾澜说明情况,仇怨在顾澜心里发酵了几天后,刘岸俨然成了陈世美。

为了不被人诟病,与刘岸分手分得更理直气壮,顾澜从市医院辞职,和王泽光划清界限,扬言背水一战,誓与刘岸一刀两断。离开市医院后,虽然也有很多医院向顾澜抛来橄榄枝,但地基要重新打,在市医院积累下的资本荡然无存,事业陷入低谷,她把这些遭遇统统归咎于刘岸的莽撞和负心,即使后来得知王泽光对她有心术不正的成分,刘岸和连漪之间并没有发生什么,还是抹不开面子,无法原谅。刘岸的哑巴亏不吃也得吃。

后来,没有了顾澜这层关系,王泽光也没必要再展现出本就莫须有的度量,把当时刘岸在他家大打出手的监控视频上传到了互联网平台,引发恶意炒作:"人民公仆争风吃醋,私闯民宅殴打情敌；公职人员酗酒闹事，法纪意识淡薄，实属害群之马……"一批添油加醋的造谣帖子铺天盖地地涌现网络，网络舆情部门监控到这些帖子的时候，谣言已经发酵一段时间了，影响恶劣。

不管刘岸有什么难言之隐，都引发了负面舆情，于是"喜提"记大过处分一次，原本年底晋升的机会，也白白葬送。而发帖的王泽光因造谣诽谤，被革职查办，并拔出萝卜带出泥，被查出拿回扣、收红包的问题，这么一折腾，竞争对手不费吹灰之力便取代了他的位置，医术再高超也没能保住行政职务，王泽光成了众矢之的。顾澜有先见之明，提早离开市医院，免受牵连，但宁水市说大不大，风言风语如风暴过境。不过在新单位，顾澜位卑言轻，不引人关注，这个层面的人不配有绯闻和黑料。总之，这个故事的主角们无人获益。

其实在此之后，刘岸还有过一次挽回的机会。回到武江舰上，刘岸心不在焉，工作水准一落千丈，一次抓捕行动，因分神引发失误，犯罪分子抢了他的枪，对执法员开火，刘岸及时补救，避免酿成大错，但自己被弹片划伤。事后，李海疆得知他家后院起火，特批几天事假，亲自陪他回家调解。可那次回去和上次一样，误会像滚雪球，越滚越大。刘岸和李海疆在顾澜的新单位守株待兔，终于等到她出现，在李海疆干预下，两人推心置腹地谈了一下午，有起色，李海疆便回去了。前脚刚走，连漪的电话又来了，这次直接打给顾澜。电话里她告诉顾澜，连教授的病情恶化，手术后恢复得不好，又脑出血住了院，现在神志不清，胡话连篇，念叨了好多人的名字，尤其是顾澜的名字。如果顾澜能看看他，也不枉师徒一场，连教授看到顾澜，说不定对病情有益。

顾澜当然要去，刘岸也自告奋勇，表示连教授的事情就是他的事情，做人要懂得感恩。到了医院，作为医生，顾澜找到连教授的主治医生了解病情，刘岸先进的病房。

顾澜从主治医生处回来，在门口听到里面的对话。连教授口齿不清，但说的话句句入耳，他说："我做梦都想有个这样的女婿，感谢你为我们家做的一切，我太感动了，关键时候才能看清谁奸诈谁仁义。我可能时日无多，以后连漪交给你照顾了。"

连漪和刘岸没有反驳连教授的话，还纷纷应和着。

连漪说："他就是我找对象的标准，能找到这样的男人，是修来的福分。"

谁都知道他们是为了讨老人欢心，逢场作戏，但顾澜心里不是滋味。顾澜透过门玻璃，看到连教授把刘岸和连漪的手攥在一起，脸上露出满足的笑容，然后沉沉睡去，床头的监测仪发出令人心慌的声音，弯弯曲曲的波浪线正像她此刻的心情。她知道连教授病糊涂了，担心女儿的将来，可刘岸不应该糊涂，他还牵着连漪的手没有松开的意思，看样子很享受其中。当时，她觉得没有必要再进去了，黯然离开了医院。

刘岸左等右等没等到顾澜，事后才知道发生了什么。有人说，关于他们的情感，最显著的特色是"误解"，后期"误解"遍及他们的情感历程，左右他们婚姻的走向。或许只有刘岸和顾澜明白，他们的感情与外力无关。时间可以封存一切，让美好历久弥新，时间也可以氧化物质，在不知不觉中濒临衰败，接近腐朽。

　　这是刘岸冗长、多舛的爱情往事，当刘岸收起口琴，望向远处的大海，海浪摆出的姿态仿佛也诉说着悲哀。冯蔚全明白，顾澜来不及等他靠岸就要跟他提离婚，理由委实太充分。刘岸会不会忙，是否安全，有没有靠岸，都不再是她惦念的东西了。

## 第十章

眼泪汇成水路,我逆流而上,假装你还是我的姑娘,假装你并非别人的新娘。

弹丸国右翼分子,忌惮东部战区一系列演习演练、海空巡逻等行动的威慑,迫于海警连续多日的武装巡航,缩在老巢,没敢轻举妄动。武江舰接到通知,事态平息,处于返航途中,此刻它渺小飘摇,但又那么振奋人心。

如果没有突发事件,按预定计划,一周以后他们能够看见蛋岛的轮廓。一提到蛋岛,冯蔚心情本来是舒畅的,可以再次与"麻溜"的家园近距离,他太久没去看望它了,到时候他可以向李海疆申请临时停靠蛋岛,和它讲讲一路上的新鲜见闻。可是现在刘岸未卜的情感让他如鲠在喉,难以高兴。他看见刘岸的眼里似乎有泪,为了不被冯蔚察觉,仰望天空,可那时候天空像一贫如洗,没有一颗星星,舰艇上明亮的灯光,照不出海的深邃,还遮住了天空的浩荡。

安慰一个人最好的办法是与之共情,冯蔚却认为大可不必再对刘岸说些什么宽心的话,因为他的情感经历与刘岸相比,各有各的辛酸,甚至他与章梦佳的恋爱经历要比刘岸和顾澜的分分合合还要残酷。

冯蔚说:"既然选择了大海,见到了大部分人看不到的深海盛景,当然也要承受生活的缺憾。"

刘岸说:"少来,心灵鸡汤!"

冯蔚说:"这可不是概念化的,有实例证明,比如我的名字。"冯蔚解释,我生长在鲁西北一个贫瘠的县城,读海警学院以前甚至没见过大海,我一直以为父母给我起这个名字,是为了表达对蔚蓝大海的向往,希望我有海一样广阔的胸襟,成为大海之子。我对这个名字非常满意,虽然父亲曾明确告诉过我,名字中的"蔚"与大海无关,是有着浓重官本位思想的太爷搞来一部字典,从头翻到尾,发现这个字能与衙门挂上钩,具备官场气质,直接取太尉的"尉"不够含蓄,加个草字头,内涵又有意境。我极度排斥这种解释,每当有人问起我名字的由来,我都会赋予我的名字以新的含义。这说明什么?海是神圣的,我们的选择也是神圣的,除了我们自己,没有人能替我们找到理由和勇气。

听冯蔚这么说,刘岸的伤感情绪暂且被分解,好像发现了新大陆,他大言不惭地说:"巧了,我的名字也有玄机。"

冯蔚惊喜地发现一番信手拈来的瞎掰言论竟然有了效果,比江湖骗子的忽悠话术还起作用,趁热打铁:"别附庸风雅,逮着机会就要跟我一决高下,你这破名字能有什么玄机?"

刘岸表示不服:"我生长在海边,父亲打鱼,我深知每一个驾船出海的渔民最大的渴望是什么。"

冯蔚说:"还用说吗?最大的渴望是满载而归。你这名字听起来就挺懒,出海为生的人老想留岸,怎么过上好日子?"

刘岸说:"错,渔民最大的渴望是平安归来!其实那些靠海吃海的平凡人没有饿死的,只有葬身海底的。'留岸',初听带着人间烟火气,再听包蕴夙愿,多么浪漫又极具悲悯的符号。"

冯蔚说:"有道理,但你这副小人得志的样子我不是很喜欢。"

刘岸擦了擦口琴上的口水,放回口袋,扬长而去,显然,他认为这一回合又赢了,全然忘记婚姻亮起红灯的处境。

冯蔚的目的达到了,他笑眯眯地看着刘岸走进舱门说:"顺杆爬的本事打娘胎里带来的,可不是爬桅杆练出来的。"

刘岸像听见了,探出头来说:"为了让我开心,编了个我们都没听过的故事,用心良苦了。"

冯蔚说:"未来怎么样,只有到了未来才知道。说不准的才叫未来,未来有无限可能嘛。"

海面平静得听不见水流,只有舰艇航行带来的风吹拂着冯蔚收起笑容后没有表情的脸,此刻他仿佛拥有了大海的品格,可以将任何情绪吞并。刘岸走了,剩下他一个人,他从不害怕一个人,但怕明明心里也在隐痛，还要欢笑着装成有优越感的人，私底下却要独自承受双倍的痛楚。

那时候甲板上的冯蔚形单影只，他的思潮排山倒海。刘岸提及顾澜，导致他怀念章梦佳。那个与他没有任何矛盾，仍然彼此深爱着却不得不分道扬镳的姑娘。与太多因为世俗裹挟而劳燕分飞的情侣不同，章梦佳没有因为聚少离多而见异思迁，也没有因为冯蔚当上海警却仍然贫穷而另攀高枝，她无比忠贞，依然相信爱情，她以为青梅竹马两小无猜是最稳固的能够白头偕老的关系，可是她没有和他走到最后。没有嫁给爱情并非最痛苦，最痛苦的应该是那个没有能力阻止原本属于自己的女人往火坑里跳的男人，而当时的冯蔚却不幸对号入座，成为这样一个"窝囊废"。

冯蔚住在冯庄，章梦佳住在章村，听说往前推一百年，两个村本是一个村，叫冯章村，村东全部姓冯，村西全部姓章。这个村地理位置极其偏僻，铁路、高速路修到这儿的时候，却绕过去了；曾有考古和石油勘探的队伍来过这里，工程师只看了一眼地形就直摇头，表示这样的村子八辈子也搞不出名堂；搞蔬菜种植、水产养殖的帮扶政策下来后，全乡各村都受益了，唯独冯章村还是被遗忘的角落，有人向县里反映问题，得到的答复话糙理不糙，你们冯章村离城最远，条件最差，群众素质最低，投给你们钱也看不见水花，不如把有限的经费用在本就有潜力的村镇，到上级巡察的时候，我们也有宣传的门面，不然就太尴尬了。

冯章村是后娘养的，总不受待见，已经不是一天两天了，可风水轮流转，只要年头够长，耐得住寂寞，事情定能发生转机。不久后章家祖坟上冒了烟，出了个叫章凤鸣的高考状元，颇有能力，一路高升，官至地委一把手，这下光宗耀祖了。章凤鸣在市区的家，不管节假日还是平时皆是门庭若市，前来溜须的人络绎不绝，但章凤鸣只享受了几天功成名就的快感，很快就意识到了问题，这么大张旗鼓地搞下去早晚要被告黑状，干脆贴出"告示"，闭门谢客，一律不接待，堵住了一片行贿的人。刚开始他家确实消停了，可上有政策下有对策，过了一段时间，一些善于钻营的官迷见不到他的面，绞尽脑汁琢磨着曲线救国，想到了章凤鸣的老家冯章村，他们从根儿上入手，再不吝惜经费，为章凤鸣老家建桥修房铺路，做了不少实事，美其名曰搞扶贫济困，发展后进村落，实则是向章凤鸣示好，用公家的钱办了自己的事，符合政策法规，章凤鸣不用有心理负担，群众还感恩戴德，这个办法可谓天衣无缝。

外村人都没意见，最先有意见的竟然是章家人，他们认为是章家改变了冯章村贫穷落后的面貌，冯家什么都没干，跟着沾了不少光，而冯章村村委成员中却没有章家人，太不符合章家人现如今的身份，于是联合起来递交了一份意见书，大意就是要让章家人当冯章村的带头人。然而冯家人虽然没有得势的，但架不住人口多，对于章家的这个提议誓死不同意，冯家认为做人做名气，即便穷死，也要捍卫冯家在村委的地位。两家互不相让，听起来是个难题，可对于那些有能力巴结章凤鸣的人来说简直太小儿科了，有人大笔一挥,直接把冯章村一分为二,这样便又多出一个村委,章家人如愿以偿自己领导自己,冯家人的利益也未受损。

但这样的设置明显只是冯章两家的自娱自乐而已,对于那些抱章凤鸣大腿的官员来说不过是折中之计,随后看个笑话罢了。冯章村名义上是分开了,可两个村子世代为邻,我中有你你中有我,冯家娶了章家的闺女,章家招了冯家的女婿,水源来自同一口井,日用品要去同一家供销点购买,还耕耘着同一片的地。就连后生们也上着同一所小学,什么都没有改变,所以冯蔚和章梦佳还是有机会当同桌,并且这个座位格局一直保持到上初中,即使中间偶有被调开,最终冯蔚还是会想尽鬼主意创造出条件和章梦佳坐在一起。

冯村和章村因章凤鸣有了起色,可好景不长,章凤鸣很快倒台。柏油路建成了,房子修缮了,村容村貌好看了,群众却并没有掌握致富密码,那些被补贴的种植养殖户,常年依赖扶持,一夜之间失去照顾,抗风险能力为零。没有出路,仍然是村民的主旋律。

那时候冯蔚家没有余粮,章梦佳家也异常拮据,两人都排行老二,属于超生儿,那是计划生育最严的年份,他们两家日子都不好过。章梦佳家原本日子还过得去,穷的原因是章父响应号召养了一批奶牛,开始挺挣钱,后来没有了章凤鸣的影响力,定期上门收购牛奶的商户就不老实了,把奶价压得死低,由于缺乏合作渠道,赔本也得卖,这还不算完,后来牛奶市场整顿,不成规模的散户养殖卫生不过关,食药所三天两头来检查,麻烦事一大堆,收购商干脆不来了，赔本卖也没人要了，没有冷链，保质期又短，不得不往阴沟里倒，倒奶和抽血一样，搞多了也受不了。那时候冯章村的孩子每天能吃上鸡蛋就不错了，谁家也没有喝牛奶的习惯，靠零售给村民简直是杯水车薪，章梦佳家的十几头奶牛成了累赘，只得低价处理，不出一年处理到只剩下一头了，还欠了一屁股饲料费、医药费。

听大人说章梦佳家很困难，小冯蔚觉得应该对这个可爱的同桌好，他见过章梦佳哭，眼睛水汪汪的，很惹人疼，他不能再让章梦佳哭，应该像个爷们儿，担起责任。那阵子他天天琢磨着挣钱，比如到棉花地里帮棉农抓虫子，抓一只一毛钱；或者到小树林里逮金蝉，送给食客家里也能换钱；甚至还去镇上的小饭店当勤杂工，只要给钱，他不怕脏累，过了段时间还真攒下不少毛票，他准备当面送给章梦佳，可担心自立自强的章梦佳拒绝，思来想去有了好主意，他每天拎几个输液瓶子到章梦佳家去买牛奶，算是支持她家的生意。章梦佳很感激，年纪虽小，但也了解冯蔚的底细，知道他是打肿脸充胖子，知道那满满的都是爱。一个清晨，为冯蔚装好牛奶后，章梦佳截住了冯蔚的去路，拽着他的衣角进了自己闺房，冯蔚心花怒放，以为章梦佳有羞人的悄悄话跟他说，心怦怦跳得厉害，喉咙发紧，需要不停地咽吐沫来保持湿润。

冯蔚深呼吸，努力稳定情绪，章梦佳贴着他的耳朵说："明天早一个小时来。"

冯蔚以为有什么好事，激动地问："为什么？现在就告诉我吧,不然我可睡不着觉。"

章梦佳说:"只告诉你一个人,你一定要替我保密。"

冯蔚紧张到手心冒汗,期待着章梦佳说出电视剧中女演员才会说的那种肉麻话,他声音发着颤:"你……你说啊。"

章梦佳神秘地说:"以后你早来一个小时,那时候牛奶刚挤下来,最纯,要是来晚了,我爸可掺上水了。"

冯蔚咂摸着嘴说:"怪不得喝你家这奶和我家的大米汤味道差不太多呢。你说完了吗?还有呢?"

章梦佳说:"没了。"

冯蔚大失所望,不过还是为能收获章梦佳独一无二任的信任而感到温暖,她没有直接说爱,但这个秘密就堪当定情信物,因为如果被别人知道章梦佳家的牛奶弄虚作假,可就坏了她一家人的名声。闭塞保守的村子里,无所事事的村民们茶余饭后最爱干的是嚼别人的舌根,最怕的就是别人嚼自己的舌根。

升入初中,不再同班同桌,无法朝夕相处,冯蔚知道什么叫思念、什么叫喜欢、什么是占有欲。为防止那个地痞流氓般的学渣杨磊再围着出落得亭亭玉立的章梦佳瞎转悠,他学着"古惑仔"电影里的桥段,满世界宣称章梦佳是他的"马子"。这话传到章梦佳耳朵里,章梦佳竟没有排斥,还照常把家里带来的辣炒过的苤蓝咸菜、豆油芥菜丝、卤水豆腐皮或者黄豆酱偷偷塞给冯蔚,以解决冯蔚一周五块钱的菜金根本不够用的尴尬。捧着瓶瓶罐罐,冯蔚感激涕零并乐不可支。

那时候他们虽情窦初开，但对男女之事的理解还朦朦胧胧，甚至以为亲嘴就能怀孕，他们只是单纯地享受着相互重视的感觉。可，爱是无师自通的。有一次周末返家，章梦佳的自行车掉了链子，人仰马翻，摔出了猪叫声，当时冯蔚正巧经过，车子可以掉链子，作为一个男子汉不能掉链子，他赶紧施以援手。十几岁的孩子，动手能力颇为有限，捣鼓了半天也没修明白，满手油污，一头大汗，尽管笨手笨脚的没有成效，但能够让女人着迷的还是他的认真，章梦佳不禁掏出雪白的手绢为他擦汗，他嗅到一股兰花的香气，顿时迷醉不已，他感觉自己穿着雪白的衬衫，带着白衣飘飘的姑娘徜徉在花海，追赶着鸟雀，在一个柔软的草丛旁，突然扑倒在地，和她并排仰躺着，看晚霞和云朵，它们变换着形状和色彩，像漫天的烟花，他的幸福感在那一刻达到顶峰，并长久不会消逝。荷尔蒙的分泌难以掌控，他猛地抓住章梦佳的手，那只手柔嫩无比，像涓涓的水流在肌肤上不间断淌过去，又像过电一般，麻酥酥的。他的眼睛里有火，如果不是那个神出鬼没的杨磊再次出现，聚拢来一帮坏小子瞎起哄，彻底惊扰了他的好事，他可能真的会扑倒她而不自知。

章梦佳赶紧抽出手，一把将蹲着的冯蔚推倒，她脸红得像夕阳，拉起还未修好的车子，飞奔而去，很快消失在冯蔚的视野里，速度堪比车坏以前。冯蔚从车筐里抓起一把水果刀，边骂边把搅了他好事的杨磊追出去几百米，然后一屁股坐在马路上，把刚才抓章梦佳的那只手放在鼻子底下贪婪地嗅着，他从浓烈的机油味中嗅到了章梦佳的体香，继而他坐在马路边嘿嘿笑个不停。那时候他明白了这可能就是爱情，这可能就是肌肤之亲，以后他不再是孤家寡人，是有牵挂的人了，男孩长大的标志就是有了牵挂，所以他是个爷们儿了。

周末两天，冯蔚每时每刻都心神不定，一直在筹划。熬到周一，一进校，冯蔚就给章梦佳送去一张小纸条，约定晚上熄灯后在宿舍区西院墙外的第二畦玉米地地头上相见。他准备当晚向章梦佳表白，他认为爱一个人一定要表白，表白和订婚一样，都属于一种仪式。

是夜，月如钩，天清冷，冯蔚偷偷溜出宿舍，贴着墙根儿走出宿舍区。他很清瘦，身板还不如一棵幼年的杨树宽，像极了风儿吹过便晃晃悠悠的玉米秸秆。他蹲在地头上，等待着章梦佳的出现，足足等了两个小时，把月亮都等跑了，把远处星星点点的灯光等灭了，除了晚睡的蛐蛐为伴，谁也没等来。他又像一簇顽强生长的杂草，在植被的掩映中只看得见一双闪亮的眸子若隐若现。又等了半个小时之后，腿都瘀血了，还是没人来，那时候他心灰意冷，想到自己的种种不堪，家境一般，学习一般，还其貌不扬，除了当过章梦佳的几年同桌，没有一样能竞争过有钱有颜且已经发育的杨磊。杨磊身高已达到惊人的一米五，打起来没有胜算，这也是冯蔚长期在车后座夹一块板砖的原因。冯蔚想，也许他们能够相恋只是错觉，章梦佳给予他的只是同学间的关爱罢了，想到这些，冯蔚起身要走，这时章梦佳踩着点儿出现了，蹑手蹑脚地走过来了。

　　章梦佳只要来，这事铁定准成，说不定还能偷尝禁果，在他的概念里，禁果就是相互看一看好奇已久的隐私部位。冯蔚一边这么想一边大步流星地迎上去，很快两人贴得很近了，能听到彼此的心跳，感受到鼻息带来的微风。冯蔚看见章梦佳穿了一件碎花睡衣，艳丽的图案和顺滑的材质让他有摸上去的冲动，她的胸脯已隆起，圆鼓鼓地"横亘"在他眼前，既阻碍视线又虹吸荷尔蒙。她脚上穿了一双深色的拖鞋，让那双脚雪白发亮。他们没有独处过，以前就算有短暂的相处，地点也是在嘈杂的人群中，所以冯蔚从没有这么观察过她，那时候蛐蛐不叫了，让他毫无掩饰的空间，他感觉自己呼吸越来越困难，有黏糊糊的东西从鼻腔深处流出来，不知是鼻血还是鼻涕。他像章梦佳的自行车似的掉了链子，头脑空白，准备了三天的台词一句也背不出来，平时能说会道的嘴巴像年久失修的下水管道，堵得一塌糊涂。那时他才知道那些粗制滥造的电视节目拍起来也不容易，演员不是只会背台词就可以的。既然台词全忘了，手上的动作却不能停，冯蔚掏出一枚玉佩，那是他的母亲在他未出世之前到泰山极顶上的碧霞元君祠求来的，众所周知元君祠求子颇为灵验，冯家人深信当年能要到冯蔚这个儿子，全凭那次泰山之行，所以冯母从泰山斥"巨资"带回来的那枚玉佩一直放在压箱底的地方，视若吉祥富贵之宝。

　　冯蔚翻箱倒柜没找到一件拿得出手的东西，直到盯上了玉佩。想到前院冯三叔当年娶不到媳妇，到云南大山里花三千块买来一个媳妇，而今天他不用有此等担忧，凭自己本事就找到了媳妇，以后自己家的东西全是她的，顺走一个玉佩算什么，早给晚给都得给，所以他毫不心疼地带来给章梦佳。

现在那枚玉佩沾满了冯蔚的手汗，但仍在暗夜里透溢着绿光，他拉过章梦佳的手，将玉佩塞进她手里，耗光了他所有的勇气，转过身去，想马上钻进玉米地里。

章梦佳开口了："我知道你喜欢我，我也喜欢你。说出来就痛快了。"

冯蔚背对着她，捂着脸说："你看我表现吧。"

章梦佳说："你要想表现，就抓紧时间，我怕这世界变化太快了，说不定明后天会是什么样子，人真的很脆弱哩，有些话现在说，比明天说要好。"

冯蔚赶紧说："只要你愿意，我把心掏出来都行。"

章梦佳捂住了他的嘴，壮着胆子亲吻了他的脸颊，冯蔚感受到前所未有的湿润和柔软，身体为之一颤，尤其是下体发生严重变化，好像没穿衣物一样，瞬间凉飕飕的了。

他们坠入爱河，他们有恃无恐，他们是手拉手大摇大摆回到宿舍区的，看门的老大爷半梦半醒，蒙眬中觉得好像有两个学生从铁栏杆间挤进来，但也选择不相信，他值夜以来还没有这样的情况发生，他只认为是眼花了。

那天以后，他们的关系急剧升温，早恋公开化，但没人能阻止他们，因为连那些人都相信，他们要好的程度不容置疑，他们一定是奔着结婚去的。在那个年代的那所乡镇中学里，辍学的人比比皆是，之前有不少先例，因为早恋辍学的男女，没几年就结婚生子去了，不得不承认那都算修成正果，如此看来，冯章二人也会很圆满。他们自己更是坚信不疑，尤其是冯蔚，没有得逞的杨磊五次三番讽刺他和章梦佳是逢场作戏，长久不了，冯蔚还和他大打出手，捍卫自己的领地。

冯蔚沉浸在甜蜜中，学习成绩不温不火，干什么事都提不起兴趣，一门心思对章梦佳好，有人说他是媳妇迷，这样下去不行，将来也要走那些辍学学长们的弯路，无非就是进厂拧螺丝，打工一辈子，改写不了命运，章梦佳跟着他也难享福。冯蔚听不进去，他认为只要在一起就是幸福，以后的事以后再说，船到桥头自然直。

如果照这个路子发展下去，冯蔚确实不会有突破，现实是他在某一天突然受到了严重暴击。他和章梦佳的恋情一直持续到高二。高二下学期，冯蔚一连好几天没见到章梦佳的身影，心急如焚，旷课去了章梦佳家，当他推开章梦佳的家门，眼前的一幕如晴天霹雳，他的身心都被撕扯，如五马分尸。

章梦佳家门口停着一辆挂着大红花的面包车，地上铺满了新鲜的炮竹残片，院子里围着一些人，拨开人群，冯蔚看见章梦佳穿着鲜红的衣服，一头长发盘了起来，脸上涂抹着并不让人赏心悦目的胭脂水粉，正朝北屋前正襟危坐的父母磕头。

冯蔚当时感觉脑袋炸开了，站在跪着的章梦佳旁边眼白中顿时布满血丝："为什么不上学？这是要干吗？"

章梦佳一看是冯蔚,眼泪哗啦哗啦地流下来,接着跑进了里屋。这时蹿出来一个邋里邋遢的跛脚男人,头型似鸡窝,脸像榆树皮,死鱼眼,朝天鼻,一口烟熏牙,年龄四十岁以上。

此人不是冯章村人,冯蔚印象中章梦佳家也没有这么个亲戚,这人没拿自己当外人,不让章梦佳躲进屋子,很是粗鲁地拉扯她,但无奈腿脚不好,没拉住。仪式还没完成,他不甘心,守在门边叽叽歪歪。冯蔚想进屋问个究竟,他必须要得到答案,不然死不瞑目,而跛脚男人应该是知道他和章梦佳的关系,死命拦着。

冯蔚明白了大概,情绪失控,大吵大闹,摆放在八仙桌上的烟酒糖茶被他掀翻在地,滚得满地都是,酒瓶摔碎了,有浓浓的酒气飘散开来,让那时的场景像醉梦一场。见冯蔚如此搅局,跛脚男人和章父只得将其暴揍一顿,下手很重,冯蔚躺在地上像一条细狗,而他有股子驴脾气,他一定要当面问清楚。章父好说歹说没有用,实在没辙了,扑通给冯蔚跪下了。这个苍老的男人,眼含热泪指指墙根儿底下嘿嘿傻乐的那个看热闹的男子,又指指跛脚男人,向冯蔚道明原委。

冯蔚当然认识那个傻男人,那是章梦佳的哥哥章坚,本是个帅小伙,就在前年,到县城畜牧市场售卖家里最后一头奶牛,换钱娶媳妇用,路上飞来横祸,三轮车被大货车挤压成一团,他的脑袋遭受重创,经过抢救保住了命,但精神状态时好时坏,早定好的亲事也散了。

章父不仅仅是赌气,也是看不得章坚打一辈子光棍,到处找人说媒，一般人家的闺女肯定看不上章坚，章父心里清楚，只要能找一个，两人搭伙过日子，条件好孬都是其次。时间一长，这样的人家还真找到了，邻村杨庄就有这么一家人。哥哥杨荣才患过小儿麻痹，一条腿不方便，而妹妹杨荣倩长得水灵白净，干活也利索。美中不足的是小时候爹妈外出给哥哥看病，把不会走路的她放在炕头上，她醒来发现身边没人，大哭不止，滚来滚去，掉下炕，摔进柴草堆里，老母鸡从门缝里挤进来找食，把杨荣倩忽闪的大眼睛当成毛毛虫，啄下来吃掉了。苦命的兄妹俩也正愁找对象。杨荣才正是眼前这个跛脚男人，此刻正虎视眈眈地看着冯蔚，虽是初次见面，却像有不共戴天之仇。

当初，章父托人到杨荣才家提亲，没想到杨荣才了解章坚的情况后一口回绝了："我妹妹二倩虽然一只眼睛看不见，可心地善良，干活一把好手，你家章坚是个二傻子，阴晴不定，还有暴力倾向，我妹妹嫁过去太委屈。"

事情看似无解，但那媒人是人精，三番五次拉锯大战之后，她给两家人出了个"万全之策"，仍然让杨荣才的妹妹嫁给章坚，但是章梦佳要同时嫁给杨荣才，说白了就是换婚。村里女孩越来越少，为数不多的女孩几乎全去大城市讨生活去了，四肢康健的小伙子尚且难娶媳妇，更别提像杨荣才这样的残疾人，如果章梦佳跟了杨荣才，两家谁也不吃亏，还亲上加亲。这不是馊主意，以前，这种模式在当地不稀罕，只是近年来年轻人不婚主义盛行，叫响宁缺毋滥的口号，这种事逐渐凤毛麟角起来，不幸的是还是发生在章梦佳身上。

章坚如果清醒的话，不会同意这两门荒唐婚事，可他现在神志不清，这个难题就抛给了父母，想到自己家本来就家徒四壁，给章坚治病又雪上加霜，如果能和杨荣才家结为亲家，他们不仅不要彩礼，还不要车不要楼，打着灯笼都难找，错过这个机会，章坚可能要打一辈子光棍了，将来他们老两口撒手人寰，留他在世间无人照顾，那真是叫天天不应叫地地不灵。

几夜未眠，老两口青丝变白发，想不出更好的办法，心一横，听从了媒人的建议。他们把这个消息告诉章梦佳，做好了章梦佳会对他们发作的准备，"禽兽、黑心人、丧尽天良、自私自利"等标签都不足以发泄章梦佳心中的悲苦，都不足以形容他们的狠毒。他们希望女儿哭过骂过闹过之后能够接受这不公的待遇，走进他们为她搭建的生活。

然而，章梦佳一言未发，眼泪没掉一颗，对父母说："为了哥哥的下半生，搭上我，也没么让人难接受，况且就算我念书好，你们也供不起，翻身的机会都没有。其实这世上本来就没有十全十美的事，一大家子人，总要有一个人不如意地活着，心甘情愿地、坚强地活下去。"

章梦佳瞬间成熟了，那不像一个十七岁的姑娘说出的话，她越是如此，老两口越受不了，再重男轻女，章梦佳也是身上掉下来的肉，他们抱头痛哭，但那哭声中也不全是惭愧，也有解脱。没过几天，这两门奇葩婚事定了下来。章梦佳还不够结婚年龄，暂时领不了证，但媒人告诉章家，按不成文的规矩，在杨荣倩嫁到章家之前，她必须先要与杨荣才圆房。

今天，杨荣才就是来接章梦佳去杨庄的，此一去，章梦佳的命运就改写了，定型了。本应发生在封建社会的故事，却真实地发生当今社会。但这不违法，大家你情我愿，谁也没逼谁，外人更说不出不是。

冯蔚听完来龙去脉，五雷轰顶。有几只丑陋的鸟飞过去了，叫声很难听，像来自天空的哭泣，那一轮血色的太阳，照进他的眼睛里，眼前遮了一层红布，那红布如烧红的烙铁或者打火的高压线，那是他与章梦佳再难逾越的屏障。

只要章梦佳还没离开这个院子，这事就还有缓儿，冯蔚对章父说："这个傻哥哥，我来照顾他，好不好？你让章梦佳跟了我！"

章父摇摇头说："想法不错，我也感激你，但是你同意，你爹娘能同意吗？"

冯蔚说："我保证，说到做到。"

章父盯着冯蔚一根毛都没有的嘴唇和下巴说："你拿什么保证，你连自己还养不活。滚回去吧孩子，叔就不送你了！"

章父的神态十分坚决。他泣血做完了这个决定，岂是冯蔚一个毛头小子三言两语就能更改的，他每一句话都击穿冯蔚的灵魂，让冯蔚觉得自己就是个瘪三，渺小如沙尘。冯蔚的手伸进口袋里，连一根卷烟也掏不出来，倒是还有花剩下的两元五角钱，没有那三张纸币其实更好，此刻摆明了在提醒他，他太可笑了，小绵羊装大尾巴狼。可是他不见棺材不掉泪，只要章梦佳还未走出院子，他就不能放弃，他伸长手臂，指了一圈，目标是院子里每一个看热闹的人："这都什么年代了，还搞这一套，竟然让章梦佳去当童养媳，违背妇女意志，是犯罪！我要去县里告你们，警察把你们都抓起来。我就要把这事搅黄！"

章梦佳这样的漂亮姑娘让杨荣才捡漏了，他生怕夜长梦多，一刻也不能耽误了，晚走一会儿就有可能鸡飞蛋打，于是揪住冯蔚的后衣领，稍一用力，冯蔚的双脚就离地了，像被提溜起来拔毛待宰的土鸡。杨荣才虽然腿脚不便，但庄稼汉有一身蛮力，轻而易举把冯蔚扔出大门。

杨荣才恶狠狠地道："你告到北京也没有，这是婚姻自由，谁阻挠谁犯罪，识相的快点儿滚！"

马路对面是供销点，有公用电话，冯蔚连滚带爬地来到供销点，抓起电话就打，供销点老板掐断了电话线，遗憾地说："孩子，好好念书去。你再胡闹，我都要揍你了。"

冯蔚不服气地说："一丘之貉。"

老板说："你怎么知道章梦佳那小妮子跟了杨荣才就不幸福，跟了你就幸福？"

冯蔚说："我卖肾也要让章梦佳过好日子。"

老板哈哈大笑起来，笑岔了气，双手扶住门框，歪着头，露出一只轻蔑的眼，还有一只喷着"哼"的鼻子："你瘦得这死样儿，还不如我家那只病猫。等你屌毛长齐了，再来跟我说大话！"

既然这帮人都说不通，冯蔚再次冲进院子，他试图找到源头，去感化挽回章梦佳，只要她反悔，谁说了也不算。可那群人哪里给他机会，一次次像丢沙包把他丢出来，他又一次次冲进去，百折不挠。

有人通知了冯蔚父母，两人带着笤帚疙瘩来的，看到儿子伤痕累累，失声痛哭，这一哭，冯蔚冷静下来，为了不让父母和在场的人起冲突，一步三回头地跟在父母身后往家走，那时候章梦佳提着红裙子跑了出来，喊着冯蔚的名字，喊了好多好多遍。

# 第十一章

离开不是为了忘记,我在孤独时分想念你,我在纷扰之中更想念你。

人群分立两边,像有人集合整队一般,嗑瓜子的妇女也停了下来,都伸长脖子,看得入迷,只有地上的瓜子壳顺风翻滚。鸳鸯本来是一对,可从古至今,棒打鸳鸯却成就了一出出经典好戏,向纯粹泼脏水、给真诚贴标签……诸如此类,都是人们的爱好。有人信奉没有矛盾冲突就没有吸引力的法则,是直接承认人们的恶趣味,向猎奇和庸俗妥协。如今现实版的分别再次上演,他们烘托出这样的氛围,再正常不过。

那时候,冯蔚和章梦佳四目相对,久久说不出话,人群中开始骚动了,像在表达对电影中途插播广告的不满。

冯蔚扒着章梦佳的耳朵说:"我们私奔吧,这世上有我们的一席之地。"

章梦佳说:"你以为我没这么想过?能想的办法都想了。以后不管怎么样,都记得我有过理想。"

冯蔚说:"我们都在给自己设限,在画地为牢,迈出那一步没有想的那么难。"

章梦佳说:"可我不能迈出那一步。我去了杨庄,只赌上自己,我跟你走了,赌上了所有人。"

冯蔚说:"还是不够爱。"

章梦佳说:"正因为很爱。"

冯蔚说:"我只需要你一句话。"

章梦佳说:"以前有你,我是幸运的,以后只有羡慕你的份儿了。好好念书,考个好大学,那时候你会遇到更多好姑娘,走吧!走啊!"

冯蔚好像看穿了她的心:"这能是真心话?我还不了解你?"

章梦佳说:"就算我们还有将来,你也要先去实现生存的梦想,那样才有机会多一种选择,否则都是白日做梦,我们什么也改变不了。"

冯蔚说:"那我们要分开很久很久,我怕回来一切都不一样了。"

章梦佳说:"你有这种担忧,那才是真的不够爱!"

冯蔚说:"你刚才的话算数吗?"

章梦佳深深地点了点头:"但愿我能撑到那个时候,但愿你出人头地。"

冯蔚说："那你给我等着！"他扭头就走，走得斩钉截铁。

章梦佳嘴角带着笑，那个翘起的弧度刚好拦住了眼泪的去路，她看不见那些略显失望的人群，她只看得见两旁的鸢尾还开着，铺满了冯蔚离开的路。已近中午，却仿佛有夜的流萤环绕在她的身边，给她昏暗的世界带来一缕缕光芒。初秋、朝阳，鸟叫虫鸣，旧城、故人，久别难逢，远风、微尘，耳畔最后响起了彼此的呼唤声。凝视一会儿，她突然走向了那辆面包车，一脸的不留恋，杨荣才一看，喜上眉梢，殷勤地拉开车门，驾驶员赶紧发动汽车，车子一溜烟向南开走了。

章梦佳从车窗里露出头来，朝后看了看，光线从她的前方照过来，照进了她的发梢，冯蔚抬头看了看天上的云，于是他们隔着很远很远的距离，站在一起了。

那天之后，冯蔚改头换面，发愤图强，如饥似渴地学习，没有任何外力能干扰他朝着目标挺进。夺回章梦佳是他好好念书的动力，他从不拔高自己的动机，有明确的动机总比没有动机好，哪怕那个动机一点儿也不"高大全、伟光正"，并且还有违约定俗成的乡土逻辑。

每个男孩瞬间的长大成熟，一定源于突如其来的刻骨铭心的阵痛，冯蔚就是活生生的例子，他猛然明确最缺什么、想要什么，并为之不遗余力，付出便更容易得到印证了。果然后来他高考发挥突出，取得了好成绩，供其挑选的好大学就多了起来。一番筛选之后，他最心仪的去处分布于三个省份，甘肃、江淮和福建。继续综合衡量比对，想到大西北就不去了，虽然西部大开发正如火如荼，但既然正开发但还未完成，说明仍落后，他出生在穷窝，对沾"穷"边的地方有天然抵触心理。而福建似乎也不理想，他熟读地理，知道那是沿海发达地区，但潜意识里，到达那里太过遥远，要跨越一条条江河、一道道山岭，这对于一个活动半径不过五十公里的孩子来说，除却好奇，只剩下忧心。那里的人们有着截然不同的生活和交流习惯，听电视节目里的闽语，好像比英语还难懂得多。那是一个在他心里毫无概念的地域，他担心自己会被当成异类，更关键的是如果去了那里，就背离了他的初衷，他不想离章梦佳越来越远。

只剩下江淮了，不论是地理位置还是人文环境都相当理想。但位于江淮的高校名单中，只有宁水市的海警学院较为亮眼，与冯蔚的成绩更匹配。对冯蔚关爱有加的班主任也强烈推荐，告诉他上了这所学校既能圆大学梦，还能圆从军从警梦，入学即有军籍，毕业即有执法权，既能学习科学文化知识，还能实现好男儿保家卫国、惩恶扬善的理想，能文能武，一举两得，何乐不为？海警学院到底是一所什么样的高校，冯蔚对它的了解还十分有限，但仅凭一点，就是他非去不可的理由，因为校名中的"海、警"两个字都是他未曾涉猎但心向往之的存在，很少有人对这两个包罗万千的字不丧失抵抗力。

然而，真正让他坚定想法毫不动摇踏上征程的，还是章梦佳。

高考成绩一公布，冯蔚喜极而泣，他认为和章梦佳的距离又缩短了，他即将有能力去寻找光明，鞭挞黑暗，给操蛋的从来没有做过主的人生还以颜色。他觉得他有资本去见章梦佳了，接受她的祝福，同时给她信心，也让自己安心。

一个安静的午后，冯蔚骑车到了杨庄，冤家路窄，在村口恰好碰见杨磊，他开着一辆三轮车，拉着一车厢鸡饲料往县道上走，他的车是"敞篷"的，两个人很容易看清了彼此的脸。杨磊落榜了，此时在气势上矮了半截，他加油门想逃，冯蔚把自行车横在路口处，他只得停下来。

杨磊说："给我留点儿面子，以后你是大学生，我成了养殖户，咱俩井水不犯河水。天高任鸟飞，海阔凭鱼跃，别来杨庄这穷酸地方显摆了。"

冯蔚说："都过去了，我不是来羞辱你的，是来看章梦佳的，你们一个村，抬头不见低头见，先找你打听打听。"

杨磊叹了一口气："当初章梦佳要是跟了我，我说什么也不能让她便宜了杨荣才，我有这个实力。可惜，她没跟我，我没资格干预，眼不见心不烦。"

冯蔚说："凡事没有如果，不能重来，务实些吧。"

杨磊说："明说了，别去，我看了都糟心，何况是你。"

冯蔚攥着拳头说："你就告诉我她过得不好就完了，在我预料之中，我去跟杨荣才拼命！"

杨磊说："你这手无缚鸡之力的，别说你不中用，就算你打得过他，可两口子过日子何谓好坏，打架拌嘴的，谁瞎掺和谁冒傻气。你算干吗的？你以什么身份替人家出头？别因小失大，万一人家报了警，你这不占理嘛！好不容易考上大学，开学前再把你关进去，寒窗十年全白费，这点儿账你算不明白？我相信你的情怀，别让我怀疑你的智商。"

冯蔚的声音是从胸腔里发出来的，有人说唱歌要胸腔、口腔、鼻腔三共鸣，其实憋屈到极致的时候也是如此，他的男低音撞击着杨磊的耳膜："那我袖手旁观？甘当一个孬种？去当一个我们当初最看不起的人？一个没有感情的人，考上大学又有什么用，哪怕功成名就又有什么用！会猫在自己的豪车豪宅里耻笑自己吧。"冯蔚拍着自己的脸，想让杨磊明白他的脸多值钱，殊不知杨磊比他世故得多，他早就明白在当下这个社会上过活，最不值钱的就是脸。

杨磊轻描淡写地说："虽然咱俩曾经干过仗，但我挺佩服你，你比我重情，但重情也要一分为二地看，很多时候视而不见，不代表得过且过，与过去妥协，和以后成交，你怎么知道保持现状或者任由发展，不是最好的安排呢？"

冯蔚说："她在受罪啊，她曾经的成绩比我们都要好，她本应该有更好的前途，而不是窝在这里成为一个毫无光泽的村妇！"

杨磊轰了两下油门，甩下一句话："等你有能力不让她受罪，你再说这种话，我还会佩服你活得通透。你没有能力嘛！你跟愤青有什么区别？！"

车尾弥漫过来一股股黑烟，笼罩着冯蔚一无是处的脸。在车子即将起步的当口,冯蔚却强行给他弄熄火了。

冯蔚说:"你帮我一个忙,你去她家比我去合适,把她叫出来。"

杨磊一想,如果不帮这个忙,以冯蔚的性格,肯定独闯杨荣才家,免不了一场恶斗,为了不搞出人命,爽快地答应了。

杨磊"诡计多端",冯蔚终于见到了多日不见的章梦佳,他们没有想象中的激动,尴尬成为主题。冯蔚注意到章梦佳目光闪躲,不停地揪着衣襟,浑身刺挠似的。冯蔚抱她,她"哎唷"叫了一声。明明没有用力,怎么就弄疼了?冯蔚疑惑地看着她,发现她的手腕上有瘀青,撩起她的袖子,看见大片的勒痕,一直延伸到不便再看的地方。冯蔚什么都明白了,心如刀割,考取功名的喜悦荡然无存。

章梦佳却笑着说:"庄稼人没那么娇贵,这都是小伤,过两天就好了。"

冯蔚说:"我真想杀了他,谁对你不好,谁就是我的仇人。"

章梦佳说:"以后你该注意自己的言行了,你不再是一个还在青春叛逆期的男孩了。"

冯蔚说:"我这是嫉恶如仇,我要去的海警学院,也会教育我们要有鲜明的性格,等我毕业以后,我的工作内容就是惩治恶人,眼里揉不得沙子。"

章梦佳眼前一亮,高兴地说:"真是振奋人心呐,我现在已经想象到你穿上警服时帅气的样子。别再想着杨荣才的不是了,好吗？他也是被命运捉弄的人，我不怪他，没有他，我们家也好不到哪去，还是多想想自己吧，四年一晃就过去了，那时候你羽翼丰满，陌上花开，可缓缓归矣，我一直在这里等你的好消息，等你回来接我离开这里。"

其实章梦佳无比明晰自己应该充当一个什么角色，冯蔚的情绪应该在她的掌控之中，他的冲动与激情因她而起，她有这个责任，她必须再次平息冯蔚的怒火，让他以积极的态度去迎接即将到来的灿烂时光。只有她自己知道，一边迎合冯蔚的心理，一边擎画着未来的美好画面，这都是缓兵之计，只要让冯蔚安心踏上求学之路，她就大功告成了，所有的伤痛也就愈合了，此处遗憾，还能看到他处圆满，对她来说，已经足够。书上说，真正的爱是双向奔赴，互相成就。从目前来看，她能顺顺利利地送他这一程，不妨碍他的脚步，已是天大的恩赐，她再无任何奢望。

在那个树影婆娑的午后，杨叶像一枚枚珍贵的邮票，带着惦念与祝福从高远处蜂拥而至，层层堆积，如同他们要把往后不相逢难诉说的话装帧结集。秋风把那条满是车辙印记的土道吹得雪白，所以他们赠予彼此的礼物只是薄纱般的尘土，微弱的阳光也相当于停电夜晚的蜡烛，依稀可见，也像如日中天。那时，他们谁都没有潮红眼眶，他们都很笃定，能够安然度过那四季，并尽快等来风恬浪静的消息。

冯蔚孤身奔赴了前程，带着他个人的使命。院长组织召开新学员见面会，和他们谈心，问每一位新学员对海警的印象，对维权执法的认识，尤其谈到为什么选择海警学院。

院长说："海警属于高危职业，当然，说是职业不完全准确，更是一种义务，牺牲奉献贯穿海警生涯，你们做好准备了吗？如果没有，现在退出还来得及。牺牲奉献说起来容易，你们是否明白意味着什么？可以用金钱来衡量的话，多少钱能买到以命相抵？这个问题很尖锐，但我想你们都有自己的答案。"

院长之问，较为煽情，学员们的回答积极正向，个个心怀抱负，满腔热忱，发言和媒体上宣传报道中出现的那些慷慨激昂的话语如出一辙。

刘岸了解大海，而且从小崇拜军警，院长问他因何而来，正好问在了他掌握的非常熟悉的知识点上，答案他每天都在背诵，滚瓜烂熟，此刻张口就来："我生长在海边，是渔民的儿子，记事起我就知道海上遇到困难找海警，大多数人只知道岸上有'110'，不知道海上还有'95110'，他们同样救人民于水火，是海上的守护者。当年我父亲出海打鱼，途中渔船发生故障，漂流三天，水米耗尽，差点儿困死饿死，幸得巡逻的海警舰艇发现并解救了他。海警是我们家的救命恩人，没有海警就没有我们家的幸福生活，这是什么样的感情啊！想必不用我多说了，那不仅仅是尊崇和爱戴，还有追寻和希冀。"刘岸一脸享受，如沐春风，辅以大开大合的手势，试图把现场气氛推向高潮。

刘岸接着说："长大后我就成了你，不是一句口号，多么浪漫，那就是我的心声。我无时无刻不在为了这个目标而努力，很幸运，今天终于实现了，即将成为海警队伍中的一员，我万分激动。承前启后，继往开来，这里将是我腾飞的起点，我要在这里留下坚实的足迹。"刘岸流下幸福的泪水，大家都被他感染了。

他三言两语把大家代入进去，不像其他学员对海警还是一知半解，而他截然不同，海警看着他长大，他见证海警壮大，这是天然的无可比拟的优势。刘岸的表现出乎院长所料，他以为眼前这堆生瓜蛋子还处于稚嫩期，难以出彩，不加以锻造，绝对称得上垮掉的一代，想不到其中竟然藏龙卧虎，于是笑容可掬起来，不停颔首，表示对刘岸的高度赞赏。

当即，刘岸受到了莫大的鼓舞，发言早已经超时了，他也不理会，学员队队长悄悄示意他差不多了，可以坐下了，他也装没看见。紧挨着刘岸落座的下一个发言者是冯蔚，他煎熬无比，也希望他早点儿结束，挺直腰杆坐太久的滋味委实不好受，然而平时少言寡语的刘岸今天打开话匣子，像触发了某种装置，一发不可收拾。他愈发情绪饱满，用播音嗓、朗诵腔，表演痕迹很深地说："海强则国强，海兴则国昌。我们的祖国地大物博，有漫长的海岸线和辽阔海疆，陆地安全为基，海疆安全为本，中国近代的战争史屈辱史，无不是从被外敌打开海上大门开始的，一个大国强国，必然需要依靠强大的海上武装力量维护海洋秩序，海警应运而生并发展壮大。众所周知，海警被老百姓亲切地称为第二海军，与人民海军相比，兵种不同、职能不同，但宗旨一致、精神共存。海警的巡逻、维护领土主权、打击海上违法犯罪活动、维护海上治安和安全保卫、海洋生态环境保护、海上缉私、渔业管理，和老百姓的日常生活息息相关，可谓养兵千日用兵千日，地位作用太重要了。从'黄水'走向'深蓝'，大洋之上励精图治，深海之中建功立业，海警梦，我的梦！"

刘岸对自己的发言相当满意，虽然曾经的一头秀发入校时被强行剃掉了，但他还是保持了习惯性的甩头动作，没有刘海的甩头让他看起来具有艺术气息。有艺术气息的人给人的印象也是分两面的，懂艺术的人很喜欢，不懂艺术的分分钟想踹上两脚。院长对他满意，虽然他抢了自己不少词，但有些话从新学员嘴里说出来比他说的效果要好很多，他带头鼓起掌来，于是现场爆发出了雷鸣般的掌声。当然，很多学员和院长的想法背道而驰，他们认为那些宏大的书面化的东西领导讲述起来毫无违和感，而乳臭未干的小白脸涉世未深，凭什么掌握这么多，咋听咋不协调。前半段还凑合，后半段概念化的语言，网上都能查得到，并不是他的原创，很多人觉得如果早知道有这样的场合，早也去好好背诵一番了。那掌声很大因素是院长鼓了，自己不得不鼓，所以当时学员们的表情各有千秋。

不愿鼓掌的人中就有冯蔚，他就觉得刘岸的发言虽然挑不出毛病，但不鲜活，没有感情和生命力，属于死记硬背。轮到冯蔚发言了，院长同样问，你因何而来？冯蔚把和章梦佳的故事讲了一遍，最后说："我说这些，你们不要觉得我是为情所困，我如果连眼下的事都解决不了，谁也不会相信我能当得了救世主吧。"

冯蔚的这些家长里短，院长听了面无表情，不知道是喜欢还是不喜欢，他伸出一只手上下晃动着说："是个情感丰富的小伙子，说得好，坐下吧坐下吧，下一个！"冯蔚其实还没有说完，是被迫坐下的，他没有刘岸的待遇。

刘岸对冯蔚说："你不能这么说，就算事实如此，也不能这么说，要拔高、要升华，你这印象分啊，全没了。"

冯蔚说："我要什么印象分，有一说一，我要分数干什么！"

刘岸向冯蔚竖了大拇指。

冯蔚说："你虽然挺能装，但冲你愿意提醒我这一点，说明你是善良的。"

他们冲对方简单点了点头，算是初识了。他们的大学生活由此开始。海警学院开设维权执法系、船艇指挥、侦察指挥、航海技术和管理等专业，与其他高校不同的是海警学院要求的是一专多能的人才，各专业相互之间都有密切的联系，所以冯蔚和刘岸从此形影不离。冯蔚急切又粗糙，刘岸文艺又专注，颇为互补，在朝夕相处中建立友谊。

冯蔚人生理想的转变，是从实习那年才开始的，实习前有几天假期，冯蔚忍不住又去了杨庄一趟，他必须亲口告诉章梦佳，他马上要参加工作了，成长为一名正式的执法员，谁也别想再欺负她，他最懂得如何利用法律的武器。然而那天他乘兴而去，却扑了个空，杨荣才家大门紧闭，他问遍了认识的人，却得到一个惊人的消息，章梦佳失踪了，更确切地说应该是私奔了，因为杨庄同时失踪的还有杨磊，一年多了，下落不明，很显然他们是一起走的。冯蔚当然不接受这个事实，那几天他像丢了魂，无头苍蝇般横冲直撞，漫无目的地寻找，他幻想着像以前一样，章梦佳总会出现的，可惜这一次，茫茫人海，哪里有她的影子。

冯蔚亲眼所见，宁水其他院校的大学生相对自由，翘课、游戏、恋爱，只要不是太过分，都能被容忍，而海警学院大相径庭，有严格的一日生活制度，学习训练任务非常重，个人空间极其少，他以为他上了个假大学，刚开始难以对其喜欢得起来。在身心双重疲劳的时候，他会在心里默唱他们唱过的歌，那时就充满力量，强迫自己去喜欢一个不喜欢的环境。而现在一切证据线索都表明，章梦佳中途放弃了他，他的精神支柱轰然倒塌。

从没想过章梦佳会背叛，尤其在黎明的曙光即将到来的时刻违背承诺。他曾诅咒，曾愤恨，撕心裂肺一段时间之后，与自己和解，与章梦佳和解，他想通了，他没资格责备章梦佳，要责备就责备自己，要责备就责备狗日的莫须有的爱情。

对现状无法掌控时，当断则断，想放下一个人，就在心里堆上另外一个人或者一群人，冯蔚试图从一个极端走向另一个极端，他也想报复，可是只有他自己知道，他是迫切想遗忘。

这是冯蔚比之刘岸更加落魄的爱情故事，至少刘岸和顾澜的爱情履历较为充实，该走的程序一样没少，中国式婚姻中的琐碎在他们身上具体而形象，而冯蔚和章梦佳却什么都没发生，没有开始,没有名正言顺过,他的回忆越饱满,他们的现实越干瘪。他以为他已经走出来了,其实年少时失而未得的东西,会不经意跑回脑袋里,冲击感官神经。嘴上不承认,可身体的每个细胞都在提醒他,你空虚,你失败,你用什么证明你已经是个顶天立地的人了?就像今晚,在又一次独自面对大海的时候,在舰艇与海浪的协奏曲中,他回顾了往事,每回顾一遍,都像重回现场一次。刘岸的口琴声犹在耳边,乐声中的人和事忽近忽远,风景和光线忽明忽暗,他在自我营造的另一个世界里的形象忽高忽低。

武江舰保持着十八节的经济巡航航速,沿海域边线前行。昨天舰艇终于等到了补给舰,获取了食物,违法捕捞的人员被移交给了补给舰,将押回宁岛工作站的岸上执法队作进一步审讯,武江舰恢复了往常的工作生活秩序,他们要按照原定路线,继续完成接下来的巡航。

冯蔚看看表,已经凌晨两点,海风风干了他的眼泪。他取出水壶,倒在手上,抹了一把脸,让自己看起来精神些,轮流值更的人员马上要来了,他留给大家的印象一直是乐观洒脱,他要维护好那个人设。那时候,他的对讲机突然响了,传来值班首长李海疆的声音:"我们在经过一条航道,过往的各类船只较多,两点钟方向三海里处有一艘轮船,难辨属性,频频脱离航道,密切观察!"

冯蔚取出带有夜视功能的望远镜,搜寻到李海疆描述的那艘船,他判断那艘船吃水量在三千吨以上,相当于五艘武江舰那么大,如果把两艘船摆在一起,武江舰会显得萌宠可爱。那艘船船体上没有任何标识物,雷达组没有接收到他们发出的信号,破译工作还在进行。信号破译之前,这艘船国籍不明,也不知道它的来路去路,从外形特征中也看不出是货船、游轮或者是否带有军警性质。四年学院模拟实践,四年执法生涯,冯蔚曾多次遭遇这种情况,如果对方无意冒犯,只是雷达信号暂时出了问题,那么多做提醒,不必跟踪,巡航很快就能结束,可对方存心挑衅,有意试探舰艇的底线,那将是一场旷日持久的旅程,谁也不知道到底要到什么时候才能结束对峙。

李海疆命令侦察员彭敖抵近侦查,通过光电取证设备,发现轮船甲板上有不少人来回走动,形迹可疑,李海疆下达口令,抢占有利阵位,继续对嫌疑船进行抵近,同时不间断进行光电取证。以往嫌疑船发现海警,皆是唯恐避之不及,而今天这一艘竟主动靠过来,很快和武江舰并排航行,中间只有一个船体的距离,且没有停下的意思,继续挤占武江舰的航线,李海疆用高音喇叭向对方喊话:"调整航向,亮明身份!"

声音碰到巨大的嫌疑船又反射回来,飘散进海里,对方居高临下不予理睬,继续我行我素,对武江舰呈碾压之势。侦察员彭敖启用无人机,画面显示船舱里有不少异国面孔,分析来自东南亚。

冯蔚等人迅速着装,整理执法法律文书、调查取证设备以及相关装备。在距离目标船舶约"3链"后,李海疆对目标船舶进行喊话:"我舰为中国海警武江舰,正在我管辖海域例行巡航,现对你船进行登检！你船人员立即全部在甲板集中！"

然而，不管李海疆怎么喊，嫌疑船都不为所动，并持续逼近武江舰，直到船身触碰武江舰右舷，武江舰摇摇晃晃，发出刺耳的摩擦声。显而易见，这是来找茬儿的，尽管武江舰在吨位上对抗嫌疑船属于以卵击石，但武江舰上的人可不是好惹的。

李海疆一边要求驾驶员左满舵，同时指挥高压水炮操作手进行射流转换，水炮喷射出壮观的水柱，目标船受到攻击，剧烈颠簸。为避武江舰锋芒，他们调整了航向，武江舰暂时宣告安全。与此同时，冯蔚和刘岸做好了登临制控、抓捕首恶的准备。当然，对方是有备而来，既然挑衅，势必要触碰底线，因此他们也动用了高压水炮，两道水柱交叉在一起，像两条角力的胳膊，两艘船的舵盘都在极速飞转，驾驶舱内驾驶员使出毕生功力才能保证船能听使唤。

十几分钟之后，第一个回合结束，未分高下，目标船消停了一会儿，又靠了过来，这次撞击，武江舰灵活地躲过了。目标船带着满满的恶意，敢与海警舰艇硬碰硬的绝非一般选手，大概率有涉外背景，为尽量避免国际争端，武江舰人员首先保持克制，不到万不得已不先开火。最稳妥的办法就是登临制控，了解对方意图，掌握其真实实力。冯蔚、刘岸请求出动，可对方多少人，是否持有武器，万一发生交火，己方人员可否全身而退，综合考虑之后，李海疆选择继续观望，先采取攻心威慑，而这一方案明显不适宜目标船，目标船气焰愈发嚣张。

高音喇叭的啸叫溶解在空气里，目标船继续猛打舵，再次进行了猛烈撞击，武江舰躲闪不及，实打实地挨了一下，瞬间横倾角超过了四十度。一般来说横倾角超过三十五度已经属于一级濒危状态，随时有可能倾覆，现在武江舰的航行出现问题，可以用蠕动形容，急需救援，如果目标船再来一次撞击，武江舰一定会沉没。

这下惹恼了李海疆，一边安排后舰指挥员吊放小艇，一边向海警局请求开火。海警局机关接到了武江舰报文，局领导立即召集对口科室及执法人员对现场态势进行研判，并火速提供了处置意见。

卫星电话中传来孙颜局长的指示："命你部署小艇继续对目标船舶进行绕行，加强取证、警戒工作，同时派遣执法员登临目标船舶，摸清对方船内情况，有条件内部瓦解。如果目标船继续一意孤行，可实施火力打击。"

孙颜挂了电话，向作战值班席上的作勤参谋欧潮点了一下头，欧潮同时接通了三艘也在该海域附近巡航的舰艇电话，声若洪钟："上级指示，周边巡航的武尚舰、武云舰、武忠舰，迅速向东经一百二十三度零零分、北纬二十六度五十八分集结，全力支援武江舰。"

三名舰长闻令而动。不久，欧潮面前的显示屏上代表三艘舰艇的红色信标在缓缓向事发海域移动。

武江舰上拉响了一级战斗警报，所有人员进入战位。李海疆指挥主炮间人员调转主炮筒，机枪手操作机枪对准目标船，吸引了目标船的注意力，制造了紧张气氛，起到掩护作用。冯蔚和刘岸早已恭候多时，如离弦的箭冲到舰艇边缘，翻出护栏之外，登上小艇，乘坐小艇前往目标船舶附近。航渡期间，冯蔚通过洋流、目标船舶状态等因素对登临位置进行了分析，并将计划登临位置报舰指李海疆；刘岸对目标船舶特征、当前海面态势、目标船舶甲板面人员情况等方面内容进行摄录像取证工作，并向李海疆口述了时间、地点、任务类型、当前态势、目标特征等要素，李海疆将信息发回陆地海警局指挥中心进行研判。

一支烟的工夫，冯蔚和刘岸劈波斩浪，乘小艇到达目标船下沿，用索枪发射软梯，挂梯成功后开始攀登目标船，目标船底部与甲板的距离有二三十米，且船舷光滑无比，攀登起来颇为困难，两人费尽气力终于到达目标船甲板边缘的栏杆处，但栏杆处设有环形刀刺网，稍不注意就得皮开肉绽。差最后一哆嗦了，硬着头皮也得上。

冯蔚和刘岸相互配合，利用破拆工具将刀刺网剪开一个豁口，钻了进去。为不浪费时间，减少被敌人发现的概率，豁口剪得并不大，凸出的茬口尖利无比，划破了防弹衣和工作服，割伤了他们的大腿和手臂，鲜血淋漓，疼得二人龇牙咧嘴，但也一声不吭，强冲强闯。

海上风云突变，风暴说来就来，海浪一浪更比一浪高，风中夹杂着硕大的雨点打在冯蔚和刘岸的身上，冲刷着伤口。两人挂在栏杆上东倒西歪，可他们心里却在叫好，因为环境愈是恶劣，现场情况愈是复杂，他们的隐蔽性越高，越不易被发现。

千难万险登上甲板，刘岸一个没站稳，打了趔趄，一脚触发了红外线报装置，警灯闪烁，警笛大作，目标船上的人如惊弓之鸟，快速行动起来。冯蔚眼疾手快，三步并作两步，带刘岸爬上了桅杆，不一会儿果然从船舱里冲出十几个人，分散开来沿着船体搜寻可疑目标，他们的注意力都在四周船舷，没人想到执法员已爬到了高处。就在冯蔚以为高枕无忧之际，天空划过一道闪电，壮丽异常，可在他俩看来，那更像一张血盆大口，它太吸引眼球了，有个船员正好经过桅杆底部，不禁抬头，清晰地看见了两对穿着作战靴的大脚，眼珠暴突着要扯开嗓子呼唤同伙，冯蔚拔出麻醉枪，一枪正中他的喉结，用时不过半秒。那人翻着白眼瘫了下去，留下一声软绵绵的呻吟，淹没在风雨中。

虚惊一场，两人赶紧落地，进入舱室，舱口的警卫中了一枪，但这一枪出意外了，不知是药劲不足还是此人对麻药免疫，麻醉弹竟然未发挥作用，他一嗓子吼出去："快来人啊！"这下惊动舱室里的人，全冲出来，挤满走廊。

两个人敢硬闯巨轮，没有趁手的装备没这个胆量。刘岸朝冯蔚使了一个眼色，冯蔚心领神会，拉下防毒面具，刘岸翻转枪背带，从身后取出三十八毫米口径的防暴枪，发射了一枚催泪弹和一枚烟雾弹，走廊里顿时浓烟滚滚，他们趁乱进入舱室深处。这样的轮船构造，难不住他们，他们至少熟悉几十种轮船的内部结构，机缘巧合，尤其是现在这艘，当年在海警学院的训练舰艇大队里就靠泊着一艘一模一样的，他们曾在那艘船上实操过无数次，如今又像身临其境，紧要关头还勾起一波回忆，他俩熟门熟路挨个房间搜寻"匪首"。

来到船长室，没有船长的影子，但是冯蔚看到门上挂着船长"加旺"的姓名牌，也知道了这艘船名叫"海松号"，房间墙上还挂着加旺的照片。职业习惯，冯蔚拍下加旺的照片和其他有价值的资料，传送给彭敖。

# 第十二章

迎着风出击,就要和你背离,但我必须汇入海浪。当你回想我,就微笑着眺望,我也必须出现在你目之所及的地方。

雷电交加,狂风巨浪,海面像沸腾的锅,咕咕嘟嘟。一大一小两艘船,剑拔弩张。船头透出微弱混乱的光,象征意义大于实际意义。那时分不清海水雨水,它们灌进被子弹打穿的舷窗里,腥味咸味扑鼻扑面,那是死亡的味道。

抓到加旺就能结束战斗,但谈何容易。巨轮上保守估计有几百个普通舱室,突击的价值在于速战速决,每一间都搜过去不现实。

什么是散兵游勇,什么是威武之师在紧要关头一目了然。冯蔚的对讲机内传来侦察员彭敖的声音。彭敖平日吊儿郎当,对什么都提不起兴趣,天天嚷嚷着转业回家,但作为一名老侦察员,在队友性命攸关的时刻不敢马虎,冯蔚经常都能得到他的助力,他也没有让一线执法员失望。

此时他正密切关注海松号动向，收到冯蔚的求援信号，带领助手启动多架无人机，操纵无人机直抵海松号。无人机成群结队，像海鸥群，一波接一波涌过去，很快与每个舷窗零距离，在窗外忽上忽下，好似挑逗窗内的人，敌人可以把无人机的零部件看得一清二楚，可想而知有多近。暴露在对手眼皮子底下，谁都会陷入窒息，他们无处遁形，忍不住破窗击落无人机，可此无人机非彼无人机，有闪避功能，比人的手脚还灵活，他们弄碎了玻璃也拿无人机没办法，还给无人机进入舱室提供了便利条件，赔了夫人又折兵。

无人机机身上的摄录系统精准捕捉到各舱室内的人像，传回彭敖的数据终端。他先期输入了冯蔚发回的加旺照片作标本，终端自动比对筛选人像。

与此同时，冯蔚和刘岸把海松号内部搅得一团糟，敌人对他们展开层层围剿，形势渐趋危急，那些人率先动用了杀伤性武器。

冯蔚说："就等这一刻了，这下性质变了，武装抗法。"

刘岸说："他们不仅不投降，还胆敢向我们开枪！"说着，刘岸收起麻醉枪，取而代之的是自动步枪。

冯蔚说："还有雅兴引用先辈名言呢！快想想加旺在哪里，再找不到他，我们和武江舰就永远留在这片海域了。"冯蔚躲过一轮攻击，看到有大批敌人围过来，前后都没了退路，于是冲进火控台，破坏了消防装置，水流喷射，现场乱成一团。他招呼刘岸趁乱钻出舷窗，往上攀登两层。两人像长臂猿在风中悠来荡去，他们没系安全绳，但千万次训练，让他们有惊无险，没被狂风卷走。

加旺指挥手下不断缩小包围圈。对方人员众多，冯蔚感觉自己像玩打地鼠游戏，消灭一个，又冒出来一个，源源不断，他们配备的弹药快耗尽了。那时除了躲闪，已没有能力寻找加旺，他们看似走投无路。

雪上加霜的是两艘船的距离在风浪中已经拉开，增援人员如果再想登上来，要吊放摩托艇、气垫船，而海松号靠近武江舰一侧的围栏上站满荷枪实弹的人，他们正虎视眈眈地盯着执法员的一举一动，摩托艇被敌人子弹封锁，无法前进分毫，要想正面登上海松号，异常艰难。

既然摩托艇不能发挥作用，只能潜水迂回到海松号另一侧登船，这个过程比刚才他们上船更危机四伏，水下非安全之所，风暴以及海松号发动机带来的巨大乱流威胁着执法员，但支援队友心切，执法员们没有一个打退堂鼓，他们脱下迷彩服，露出蛙人服，拉下氧气面罩，一仰头，背摔入海。

冯蔚的耳麦里有时断时续的信号传来，李海疆说："坚持住，等待增援，他们下海了！"

冯蔚扭头对刘岸说："要尽快活捉加旺，早一分钟，兄弟们就安全一分，否则我们提前登临海松号的意义何在！"

刘岸说："你说得都对，但主攻的方向在哪儿？像无头苍蝇。"

冯蔚说："彭敖再不回复，我们只能铤而走险，到驾驶室解决他们的舵手。"

刘岸说："解决舵手有什么用？会开船的人太多了。"

冯蔚说："这庞然大物和汽车也没什么两样，开走，门槛很低，可精通大轮船驾驶的不多，知道怎么撞击效果最好、自身损害最小的更不多。"

这不是一个好办法，刘岸预见牺牲，可目前来看，这是最具可行性的办法，比干耗强。凭着之前在此类船舶上训练留下的记忆，他们很快摸到驾驶室附近的机电集控室，那里算最佳的观察驾驶室的位置。

冯蔚抹了机电技师的脖子，并帮他合上了眼："我关于机电集控室的认知基本来自俞瀚，他也是机电技师，我对机电技师有好感，但你很不幸，你上错船了！"

刘岸说："你啊你，这是应该抒发感情的地方吗？！"

冯蔚找了个舒服的位置，往外看，驾驶室是核心要地，有重重把守，如果要接近，没有快速精准射击水平和狗屎运，几乎难以实现。一边是出生入死的兄弟，一边是即使丧命也无法击毙或控制的目标，两人在作思想斗争。当时，海松号仍在竭力靠近武江舰，如若不是风暴干扰，新的撞击很快就重新酿成。

冯蔚压着嗓子说："干吧，到了舍生取义的时候了！"

刘岸附和，其实也是在给自己打气，以往他们碰到过不少危急情况，但远未到生离死别的情况，他打着颤说："不白死，这一枪打下去，驾驶室肯定乱套，能给增援的舰艇和海下的兄弟们争取到时间。"

冯蔚坚定地看着他："哪怕就半个小时，也是黄金半小时。"

刘岸说："我冲出去吸引火力，你看准机会对驾驶员开枪！"

冯蔚说："我是组长，我冲出去！"

刘岸目光犀利起来："凭什么每次都是你，这次把机会留给我，如果立了功，肯定是头功，那时候我是大功臣，谁敢说我的不是，尤其是顾澜，再怨恨我，也得憋回去。"

冯蔚露出一口白牙，尬笑也是他缓解紧张的方式："你们百分百离不成，这事儿我知道，女人只要还跟你作，就还有戏，打卫星电话过来提离婚，世所罕见，一定是想念了，恨也是想念的一种。如果你仓促选择铤而走险，顾澜却回心转意了，那才是最遗憾的事情。我就不一样，我没有误判的概率，章梦佳和杨磊木已成舟，就随他们去，就也随我去。"

刘岸说："太不公平，不能专挑一人坑！"

冯蔚头上有水"滴滴答答"掉下来，冲刷过脸上深深的划痕，打湿凝固的血，其实火辣辣地疼，但他的话却说得洒脱："格局大一些，这事儿就想通了，从来没有公平可言，认清这个事实，把爱和快乐都匀给你们，就成了我的价值所在。"

冯蔚拍了一下刘岸的头盔，唤醒并激励他的斗志，然后把剩余的一个弹夹也给了他，褪掉他最后一丝文艺范儿，刚要冲出去，又想到什么，停下来，像弥留之际要向子孙后代交代未尽事宜的家长："以后如果见到章梦佳，告诉她，她怎么选择都没错，要好好生活。"不等刘岸回话，他掏出一颗手雷，拔腿往外跑，差几公分就冲出墙外,暴露在敌人面前了,耳麦恰逢其时地响了,加旺的位置确定了。

就在冯蔚和刘岸对话之时,风力加强,无人机被吹得东倒西歪,彭敖努力控制无人机不被吹进海里,终端机突然警灯闪烁、警笛鸣叫,显示人脸比对成功,加旺浮出水面。

在彭敖锁定加旺之后,所有无人机不再各自为战,统一都去搜寻加旺。几分钟之后,实时画面呈现,加旺位于左舷窗小艇前的会商室内指手画脚。虽然无法捕捉到他的声音,但彭敖根据其身体动作和唇语判断,他是在作部署,可能是指挥轮船继续撞击武江舰,同时向海水中的潜水员开火,彭敖将这一情况同时报告给李海疆和冯蔚。

彭敖特别对冯蔚强调:"会商室内有三个人,都配有短枪,注意安全。"彭敖的任务还没有结束,他仍然密切关注着船上的动向,生怕漏掉一个细节。

和驾驶室的安保水平相比,三支短枪的威力太小儿科,冯蔚差点儿乐出声来,暗叹自己武断了,公平从未走远,霉运不会围绕一人。

好消息接踵而至,潜水而来的执法员兄弟已陆续成功登船,外面响起枪声,那枪声如号角,振奋人心。武尚舰、武云舰、武忠舰越来越近,最近的武尚舰距离事发地域只剩下五十多海里。

刘岸长舒一口气,红着眼圈说:"真应了那条铁律,最厉害的武器是豁得出去。"

摸清了敌人头目与指挥中枢所在，冯蔚和刘岸马不停蹄，悄无声息地接近加旺。敌人的火力被后续而来的蛙人兄弟吸引走了，他们行动起来轻松了许多，很快突入会商室，解决掉加旺身边的两个副手，加旺连枪都没拔出来就被捕了。但加旺挣扎拒捕时踢了会商桌底部的警报器，全船都知道加旺出事了，当时会商室产生虹吸效应，被蛙人吸引走的人群又全被吸引了过来。武江舰上的人看得清楚，每一层每一个过道都是奔跑的人，像贪吃蛇越聚越长，武江舰上能听清楚他们焦急的喊叫。

彭敖盯着实时画面对助手说："看来，加旺不仅是金主，还是精神领袖，如果他出了事情，群贼无首，这一趟劳务费打水漂事小，丢了命事大啊！"

李海疆指挥海松号上的部分蛙人去驾驶室，其余人干扰会商室附近的敌人，最大限度为冯蔚和刘岸创造条件。显然那只是他的美好愿望，因为人数太过悬殊，蛙人执法员根本接近不了会商室。

而驾驶室旁的敌人也并未减少，彭敖观察分析发现加旺还有一个副手叫康利，是这艘船上的大副。这个人有定力，盘踞驾驶室未移动半步，在警报大作时，也稳如泰山，可见之前就和加旺做好了分工，即使有一个被控制，另一个仍然可以指挥。此刻康利注视着已倾斜四十三度的武江舰，命令海松号继续逼近，那架势是铁定要把武江舰撞沉。

海松号会商室里，冯蔚把触发警报的加旺暴揍一顿，加旺满脸是血，仍咧着嘴笑，那是藐视，这让冯蔚很不悦。冯蔚的枪口抵住加旺的脑袋,押着他走出会商室,一路走到驾驶室,期间现场除了他们,画面像静止了,那些人大气不敢喘,唯恐冯蔚枪支走火。

冯蔚押着加旺进到驾驶室,关紧舱门,那时候只剩下加旺、康利、驾驶员和冯蔚、刘岸五人。

冯蔚命令加旺:"让驾驶员调整航向!"

加旺"视死如归":"没想到你们有这本事,我甘拜下风,但既然栽了,撞船也是死,不撞也是死,那就别让我一个人死,大家有个伴儿。"

冯蔚向刘岸使了个眼色,刘岸一枪击毙驾驶员,可轮船被加旺设定程序,驾驶员在与不在,都不会停止航行,除非输密码解锁,冯蔚和刘岸一时难以破译。海松号持续和武江舰保持并排航行,逐渐挤靠过来。

海松号拨开水面,水面推送来海浪和风阻,武江舰倾斜的角度继续加大,主机、副机、操舵装置的正常运转都发生严重问题,有的位置轻微进水。李海疆指挥舰员展开自救,启动泵浦排水,防止继续进水,迅速关闭所有水密阀门,关闭甲板开口处通往机舱、装备舱、执法员生活区的道门、通道,包括通风设备和空气管等;同时,指挥驾驶舱将主机转速降至只能维持舵盘效能的航速,竭力改变航向;李海疆用调整油水舱位置的方法来纠正舰艇倾斜角度,还向舰艇高舷一侧压水舱压进足够的压载水,按先双层底舱后边舱的原则逐步进行。一系列措施后,武江舰侧倾情况减轻一些,但还是不能高枕无忧,即使没有海松号的再次撞击,超强风浪也带来足够大的威胁。

此时,海松号上康利拔枪指向刘岸,两人对峙。门外上百个黑洞洞的枪口,窗边即是惊涛骇浪,而海松号还在逼近武江舰,现场气氛压抑到极点,人们的神经承受力已超负荷。

彭敖的无人机趁着风势减小,像蜂群一样聚集到驾驶室外围,"嗡嗡"鸣叫,乱人心弦,密集的小红灯像狙击手的激光射线,让敌人后脊背发凉,能清晰地感受到太阳穴、颈动脉的鼓动。

李海疆紧急部署,安排蛙人爬上驾驶室顶部,并向刘岸说明情况,刘岸精神抖擞:"我准备好了,你可以出击!"

刘岸喊话时,身体一动不动,目光如炬看着康利,康利心惊肉跳,眼睛乱瞟之际,有蛙人拽着绳索从天而降,他的战靴上装有尖利的破窗装置,踹碎了驾驶舱前的玻璃,顺势把康利蹬翻在地。

刘岸迅速下了康利的枪,但康利和加旺一样,见过风浪,轻易不松口,停船密码一时难以获取。刘岸在蛙人的配合下用绳子捆了康利,将他挂在船帮上,像个丑陋的补丁。刘岸说:"好好想想吧,到时候这群人被抓了,你连报酬都拿不到,就算有人侥幸逃脱,也会把你的那份儿据为己有,你们本来就是为钱走到一起来的,始于钱终于钱。可怜了你的娇妻爱子,与你阴阳两隔,却还在等待你回来的消息……"刘岸喋喋不休,那是一种何等的煎熬,只有康利可以体会,但所有人都屏住呼吸,汗透胸背。海风把康利的五官吹变了形,武江舰上的环形刀刺网像龇着獠牙的怪兽,在等着他的到来,他两腿乱蹬,如秋后的蚂蚱。在海松号左舷前端还剩十米就触碰到武江舰的时候,康利崩溃了,鬼哭狼嚎地报出一组数字。

刘岸输入电子屏,瞬间制动,他急速转动舵盘,巨轮改向,随之发动机停车,失去动力。

武江舰上爆发出欢呼,海松号上哀号一片。冯蔚和兄弟们以为大功告成,等待武尚舰到来,轻易就可以把这些人绳之以法。武尚舰是重火力大舰,收拾此类船舶,易如反掌。没想到,加旺留了一手,倏然咬了一下衣服上的肩袢,有"刺刺"的声音传出来,不一会儿上衣烧着了,冯蔚闻到了糊味和火药味。

加旺在得知冯蔚、刘岸已登船的时候,为以防万一,提前在身上绑满了炸药,但他没想到这断子绝孙的一招竟然这么快就派上了用场。

加旺还出言讥讽:"三十秒内必炸,你们快,还有更快的,'快'很多时候是贬义的。"

这里面的人不能全死,全死了,此次海上处突的真相至少缺失一多半,深挖扩线,一定还能挖出背后的秘密。冯蔚眼疾手快,不顾李海疆紧急撤退的指令,抄起灭火器对其喷射,粉末飞溅,加旺奋力阻挡燃点,灭火器失效。既然没有办法扑灭火源,就连人带火源一块儿消失,不容多想,冯蔚猛冲向加旺,推土机似的,"铲"起他冲出驾驶舱,两人打着滚从海松号上摔了下去。

冯蔚和加旺砸出高高的浪花。刘岸知道冯蔚以前是个旱鸭子,这几年水下功夫虽然进步不少,但和他相比还有差距。他跑到栏杆处往下看了一眼，风暴还在持续，什么也看不见，他担心冯蔚到水里被加旺反制，于是开枪破坏海松号的机电系统，让这个庞然大物陷入瘫痪。他请求李海疆送一艘接应摩托艇之后，穿上救生衣也跳下了大海。

那时还挂在船身上的康利喊叫着："开枪，开枪，全给我开枪。"他也顾不得水下有他大哥，可见兄弟两人的感情值得商榷，他只想把那个逼他疯狂的刘岸置之死地而后快。

海松号上的敌人持续受到惊吓，一直噤若寒蝉，此刻亟待释放，响应康利的号召，数枪齐射，有鲜血漂上来，浸染了一片水域，但那水很快又恢复成深蓝的颜色。

武江舰人员又和对手爆发一轮激烈的枪战，对手信心严重受挫，当听说还有海警舰艇在赶来的途中，而海松号只能坐以待毙时，一些人当即缴枪投降，枪声渐歇。

加旺的炸弹在水中没能爆炸，自己还被手下的子弹击中，沉入海底。冯蔚肩部中了一枪，不是致命伤，但活动能力受限，被及时赶来的刘岸拖上了一艘摩托艇。

康利被未投降的亲信救上甲板，好不容易捡回一命，不是见好就收，而是有仇必报，带着他的三个亲信，驾乘两艘摩托艇追击冯蔚和刘岸，他认为他前半辈子都在和大海打交道，比刘岸这毛头小子要熟悉海的习性，船上战斗可能略逊一筹，但贴近海面的战斗，孰高孰低，还说不准。那时刘岸带着受伤的冯蔚，为避开海松号上射来的子弹以及康利的追击，选择先往事发地域外围驶去。李海疆派两艘快艇跟上营救，海上展开一轮飙艇大战。

刘岸专心驾驶，康利等人向他们射击，冯蔚躺在摩托艇里，用三角巾作肩胛包扎后，开枪还击，然而本就所剩无几的子弹彻底耗尽，他们除了躲避，再无他法，眼睁睁看着康利打出风格，打出精气神，耀武扬威。那仿佛是他们的至暗时刻，可他们并未预见接下来他们要面临的生存困境远超想象，那是他们有生以来经受的最残酷的考验。

当时，李海疆已经能看到武尚舰的轮廓，他认为这场战斗胜利在望，不用等到风暴结束，他们就能顺利返航，冯蔚和刘岸只要能安全回来，这就是一场毫无悬念的胜仗，除了武江舰部分受损需要修复外，几乎没有伤亡，等武尚舰把武江舰拉正回直，弟兄们就光等着回去吃大餐了。

武尚舰等三艘增援舰艇加大马力，以四十五节的最快航速驶来，那时候他们的焦点都在武江舰上，谁也不会注意到在距离事发海域百余海里的地方有三艘满载冻品、原油、香烟的大型商船在暗度陈仓。原来海松号只是诱饵，加旺只是马前卒，在把附近海警舰艇引过来之后，满载集装箱的商船切断雷达信号，越过监控区，穿过风浪区，朝宁水港开进，他们甚至不用到达宁水港口，在海面上与前来接驳的货轮完成转运，一场走私活动悄无声息地实施完毕了。

刘岸越跑，康利越兴奋，他边开枪边恶狠狠地说："游戏没到最后，谁也别提前庆功，真是越来越刺激了。"

风暴还没停止，已是北京时间早上六点，海上的能见度还是不足百米，几艘摩托艇在搏击风浪。看起来，康利一方是优势方，因为他们还有弹药，其实那时候的子弹还不如风浪有杀伤力，剧烈颠簸中，根本难以击中，反倒是摩托艇随时要被大海吞没。

刘岸说："我们现在有两个敌人，一个是康利，一个是风浪，在风浪面前，这康利不值一提。"

他的话马上得到验证，有一个七八米高的巨浪奔腾呼啸而来，犹如天上降下一道幕墙，想要逆流而上，难度堪比攀登天梯，摩托艇不是玩命高手的冲浪板，他们被裹挟着一次次折返回来，和康利的两艘摩托艇撞在一起。

海浪从他们头顶上扑过去了，康利的摩托艇被打翻了，另一艘摩托艇直接不见踪影，应该是去见龙王了。

幸好，刘岸在海浪叨扰他们之前提醒冯蔚："抓紧了，别松手！"两人咬紧牙关与大水抗衡，像置身滚筒洗衣机，天旋地转，周而复始。终于挺过这波海浪的席卷，他们的摩托艇没有被冲走，激流中，他们竟还将倾覆的摩托艇翻转过来，且发动机还能打火，他俩精疲力竭，他们悲喜交加，他们成为这一回合的赢家。刘岸不再辨别也辨别不清方向，先避开虽在水中扑腾着但手里还持有武器的康利才是硬道理，他把油门轰到底，摩托艇咆哮着又蹿出去。

三分钟后，冯蔚提醒刘岸别再给油了，快停下来从长计议，因为身后的场景让他不寒而栗，李海疆派来营救他们的快艇，一艘也看不见了。冯蔚的对讲机、耳麦全都不知所踪，刘岸的倒是还在，可已失灵，他们联系不上任何人，任何人也联系不上他们。

康利穿了橙红色的救生衣，冯蔚和刘岸看到他像一簇鬼火在海面上浮浮沉沉。这个倒霉蛋已是自身难保，海水钻进他的七窍，他不能呼喊，呼喊也得不到回应。从他绝望的眼神中可以知晓，刚才的斗志荡然无存，他应该是体会到了偷鸡不成蚀把米的悲怆，他一定后悔不如当初乖乖待在船上，耐心等待被抓，至少能多活几天，现在"海之骄子"成了"海之弃子"。既然是遗弃，当然要遗弃得彻底，所以那抹橙红色渐渐消融于大海中，化作浩瀚水平面上的一条波纹。大海的每一道波纹都藏着一个故事，这些故事可以归纳总结为一个故事。

坐标全无，信号尽失，除了怒浪狂水，除了大自然的嘶吼以及摩托艇发动机的声音，海面上只剩下这两个渺小的人类。他们在风暴中又随波逐流了漫长的一段时间，风力海浪有所减弱，紧绷的神经刚松弛下来，冯蔚却更加惶恐不已，他对刘岸说："不仅看不见武江舰和海松号，连康利都看不见了，本以为脱离他的纠缠就安全了，现在看不见他我倒害怕了，没有他还挺孤独的。"

刘岸猜不透他葫芦里卖的什么药，虽然疲惫，但仍觉得可乐："你还怀念上了，抓人抓出感情来了，兄弟，这也不是该动感情的场合！你这细腻的情感啊，随地可见啊。"

冯蔚哭丧着脸："这真由不得我，现在更大的问题出现了，你还没意识到?同志,我们迷航了,找不到回家的路了!摩托艇上没有定位装置,雷达检测不到我们,东海龙王也不知道我们在哪儿!"

刘岸还沉浸在处置了一起重大事件的喜悦中,挠挠脑门说:"这的确是个问题。"

冯蔚忿忿地说:"但愿你接下来也还有精力说这么多废话!"

刘岸乐观地估算:"这没跑出来多远,油表显示还有半箱油哩,想回去还不简单?"

冯蔚气得翻白眼:"就算这东海里的海水也能当油使,又有什么用,海上迷路和陆地迷路不是一个概念。"他一拔嗓子,肩胛骨剧痛无比。

刘岸看到冯蔚真慌神了,这才重视起来。他将摩托艇熄火,油料省一毫升是一毫升,他抹了一把液晶屏上的水,说:"别急,这艘摩托艇我很了解,油箱容量七十升,加满能跑两个多小时,最高时速三十五节,刚才发动机一直保持四千转,达到最高时速,说明现在我们距离武江舰最远不超过三十五节,因为我们并不是走直线,而是一直和康利兜圈子,依照我丰富的航海经验推断,我们现在和武江舰的距离顶多二十海里。"

刘岸的推断有理有据,几乎挑不出毛病,但冯蔚对他自诩"丰富的航海经验"嗤之以鼻,俞瀚的话犹在耳畔:"一定要对大海心存敬畏!"

的确如此,经历过各类远航上百次的执法员大有人在,他们尚且不敢说出经验丰富这种话,刘岸轻松说出来了,冯蔚觉得不是好兆头。

冯蔚掏出指北针研究了一会儿，对刘岸说："没你想的那么简单，风这么大，武江舰和海松号都没有条件下锚，船舶就算发动机停车，还是会漂浮移动，位置不会一成不变，我们说话这工夫，他们或许已经改变了航向，这风暴中的风向，没个准数儿，说不定漂到哪里去了。"

刘岸的骄傲被严重摧毁，怯怯地问："这可该怎么办？"

冯蔚说："再等等。"

刘岸说："等可以，再来一个刚才那么高的巨浪，估计要顶不住了，胳膊使不上劲。"刘岸晃了晃握把，捏捏手刹，表现出虽不屈不挠但耐受力有限、如果出了问题怨天不怨人的姿态。这种姿态原意是想释放一种美好的期许，是不希望再来巨浪，可不得不说，刘岸的嘴像开过光，他的话刚说完，又是一个大浪袭来，和上一个一般高一般猛。两个人一次次被打翻入海，一次次爬上来，不仅他们不能沉下去，摩托艇更不能丢，那是他们唯一的逃生工具。

与迷航的哥俩儿相伴的这艘摩托艇四缸四冲程，重三百多公斤，在近海玩耍嬉戏，拥有这种装备着实拉风，处置一般的海上治安事件、登临小渔船小商船也够用，但在此等气候条件下，当他们的身家性命与这个摩托艇捆绑在一起时，这个摩托艇显得特别单薄。即便如此，他们还是像守护战友一样守护着它，他们被食人鱼咬掉一个器官都可以，但摩托艇不能掉一颗螺丝。

冯蔚让刘岸等等是有道理的，他生怕摩托艇越开越远，那样只会让搜寻他们的人更难找到，从而错失营救的黄金期，他相信有时候不变胜万变，不动就是不自作聪明，他相信武江舰上的兄弟们一定在想尽一切办法找他们。想到这里，他就冷静多了，他眼中的风浪变小了，流失的体温也回归了一些。

诚如冯蔚所想，当时李海疆用对讲机呼叫不到他们，便让彭敖用无人机追踪，可无人机的活动半径太短，超出极限直往海里掉，这招未奏效。李海疆把能用的手段都用了，也无济于事，他让除了各要害部位值守人员之外的人倾巢出动，摩托艇不够，连海松号上的摩托艇、气垫船也全征用了。他在情报台、通信室、报务区、海图区来回穿梭，一刻不停，一遍遍问值班员有没有最新消息，得到否定答复后，立即致电武尚舰，武尚舰上配备有直升机，他请求直升机搜寻。武尚舰当即响应，但遗憾的是直升机尝试多次都没敢起飞，有一次趁风小下来起飞成功了，没一会儿又不得不折返降落，因为直升机在空中摇摇欲坠，飞得高看不见，飞得低有危险，飞行员表示无能无力。

李海疆寻人心切，在卫星电话里向武尚舰王舰长发了脾气："什么破直升机，平时投入大，有事的时候用不了，要你们何用！"

王舰长理解他的心情："李舰长，兄弟们的命都值钱，不能为了一个不确定的结果，搭上我们的兄弟吧。"

李海疆思想上承受不住，更激动了："什么结果不确定？一定能找到他们，我们不找，他们自己也能回来，我就是这么确定，一千个一万个确定!"

王舰长委屈至极,率领舰艇风雨无阻来支援,却被好一顿臭训,副长都看不下去了,打抱不平:"这李海疆什么揍性,犯得上跟我们来劲吗?!"

王舰长说:"都是风浪里摸爬出来的,我理解他。如果换了是我,我比他还失控,自己的执法员自己知道多心疼!"

副长没有再言语。

# 第十三章

我是末日里的一棵树,有人抱着我哭,那也是我的幸运。我注视着每一道伤痕,如果还能感到疼痛,那也是我的幸运。

岸上的人比大海里的人更煎熬,等待的人比迷航的人更揪心,离别的瞬间比并肩战斗的过程漫长得多。

大家心急如焚,冯蔚和刘岸这边也急需改变策略,他们可以等,但大海不给他们余地,风力持续,大浪反复,前面都扛过去了,不过不会每一次都幸运,他们饥寒交迫,长时间高负荷运转,精神、体力都在告急。冯蔚身上有伤,海水渗进伤口,钻心地疼,他们再也经不起大浪的冲击了。

冯蔚不忍眼睁睁看着刘岸再受折磨:"走吧,不靠实力靠命运的时候到了,顺我手指的方向,尽情驰骋,希望武江舰就在不远处。"

刘岸早巴不得如此，好像被松了绑，浑身得到解放，他重新启动摩托艇，并给自己壮胆："武江舰！我来了！我嗅到了罐头的香味，眼前浮现着舱室内舒服的板床，太诱人了。我来了顾澜，要离要如何，我全答应，给你面子，给你自由，但这一切的前提是我得先回来！"

冯蔚在后座，看似一心一意摆弄指北针，以保证摩托艇走直线，而免于绕弯子，其实刘岸的话全说到他的心窝里，那时候已经不能单单用酸楚来形容。

黑色的波涛中泛起白色泡沫，那可不像母体里的羊水，更不是沙漠中的甘露，那是温柔、博远、宽容的地球的另一面。摩托艇一起一伏，他们脆弱不堪又如钢浇铁铸，他们异常渺小又如定海神针。

刘岸信誓旦旦地说："坐稳了，半箱油还能跑一个小时，我不信一个小时还找不到他们，况且这个时候武尚舰也到了，那些舰船聚集在一起，多大的目标啊，眼珠子瞪圆，瞧好喽！"

冯蔚选择坚信："我感觉他们就在我们身边，我仿佛听到了武江舰熟悉的轰鸣声，听见兄弟们整齐嘹亮的口号，他们在欢呼雀跃地欢迎我们回家！"

刘岸说得没错，不仅武江舰和武尚舰完成了会合，武云舰、武忠舰也到了，齐整地靠泊在一起，四艘舰艇内的执法员分布于海面上，拉网式搜索。然而，海上和空中一样，时时事事都有极大的不确定性，但凡哪一个环节出了问题，连补救的机会都没有。

时间到了上午八点，仔细感受，风暴又有所减弱，但摩托艇的轰鸣声在这无边无际的大海中还是太微不足道，好像一只濒死小猫小狗的呻吟。冯蔚不时调校着刘岸的航向，刘岸保持着一个姿势，追着风，躲着浪，溅起的水珠打在他的脸上，火辣辣地疼，但这也让他清醒，他与那些在海水浴场找乐子的摩托艇骑手不同，他们是在找刺激，而他只想过回平凡的生活。

注意力太过集中，冯蔚的眼睛都看花了，鼓胀酸涩，他像活动麻木的关节一样活动了眼睛，紧闭再睁开，反复几次，毫无作用，眼前仍是模糊一片，这个敏感的器官不再敏感，像有人强行给他佩戴上了万花筒或哈哈镜，视觉中全是幻觉，把连绵的波纹看成草场，把昏沉的天空看成树荫，把海天相接处的那条笔直的线看作通往家园的大道，那里车水马龙、人声鼎沸，是他日思夜想的舒适区，曾承载他休养生息，那里的梦都带着清甜清香，天公从不一乍一乍，总是和风细雨，万物萌动，一切都在静谧安然之中，他还在一个刚刚消散的巨浪之后，看见坑坑洼洼的水面上盛开了一朵朵的花，每朵花上都站着他可亲可爱的人。他最想得到、见到的人和事物都出现了，那幸福的奇观只出现在濒临绝境、一无所有的时刻，那不是回光返照，而是他所有的留恋，是他渴望让大海聆听的一声祈祷。

冯蔚真以为他看到人了，他兴奋地喊叫着："我天，在那儿，就是那儿，还有那儿，哪哪都是人呐，太热闹了，太感人了……"

刘岸还清醒，不清醒的话早就把摩托艇开翻了。他顺着冯蔚不安分的手指头看去，海面上空空如也，如果平时冯蔚搞这名堂，他一定损到他满地找牙，可是现在他有嗷嗷哭出来的冲动，他在想，如果他也能像冯蔚这样快乐地无中生有，他也将是快乐的，而现在却需要他一个人来承受这残酷的现实。他腾出一只手来摸冯蔚的额头，没有太阳的海上气温堪比隆冬腊月，他们穿的是秋装，潮湿的身体几近生出冰凌，可冯蔚的额头竟火炉般烫手，而他的嘴唇又白得吓人，像偷吃了一把炒面，但他的眼睛却发着光，灿烂而热烈。刘岸知道冯蔚的身体机能出现了异常，他现在满嘴胡话。刘岸同样冷得瑟瑟发抖，但还是脱下了防弹衣，把外套风干后，扔给了冯蔚。

刘岸配合着冯蔚，不忍扫了他的兴致，说道："是啊，好多人啊，我们这就去与他们会合。"

刘岸的衣服丢过来挡了一下冯蔚的视线，这一下把他拉回了现实，他不好意思地说："我就像一个得了相思病的光棍，是我脆弱了，我检讨！"

刘岸说："动不动检讨可不是个好习惯，对的对，错的也对，那才像样儿！都这个时候了，谁都是英雄，让瓜屁见鬼去吧。"他是一个喝了一肚子风的英雄，从科学角度来说，他再这么喝下去，能达到起飞的标准。

冯蔚再冷也不能占用刘岸的衣服，他让刘岸把衣服穿上，两人让来让去的时候，冯蔚摸到了他口袋里的对讲机，作为组长，冯蔚常年在随身携带的背包里放一个充电器，而他清楚地看到摩托艇仪表盘下面配有充电口，刚才与康利和风暴周旋，把摩托艇上能充电这个情况忘得一干二净，现在生机乍现，他欣喜若狂，赶紧搭线充电，竟然没出现意外，顺利成功。

冯蔚看着那枚亮起的红色的小小指示灯，却犹如海上灯塔，价值意义不言而喻，他调整着对讲机的频道选择器："专业特制海上对讲机，是普通对讲机有效范围的两倍，达到了十六公里，如果我们和武江舰的距离在十六公里左右，我们就能联系到他们，雷达就能检测到我们。"

听闻这个消息，刘岸的世界升起一轮太阳，有暖流传遍全身，他领略到心里霎时明亮起来是一种什么样的体验，赶紧停下摩托艇，小心翼翼地看着冯蔚摆弄对讲机，一动不敢动，好像这个能救命的东西会长腿跑掉似的。

对讲机的扬声器里发出"嘟嘟"声，冯蔚努力控制不让手抖得太厉害。他捧着对讲机，像捧着一个刚出生的婴儿，如同在举行一场声势浩大的仪式，隆重地摁下了PTT键，脸上的肌肉都在抽动，那是全身都在用力的结果，他意图把所有的能量都倾注于这台对讲机上，像运气发功，以祈愿对讲机能不出毛病，多正常运转一会儿，他带着颤音说出了他曾无数遍报过的李海疆和自己的无线代码："两洞幺（201）两洞幺，我是拐幺勾（719）我是拐幺勾！"

每喊一遍距离下一遍的中间，冯蔚都会等待十几秒钟，他认为这相当重要，要给信号留足赶路的时间，要给所有人留足反应的空间。可他终究是错付了，他自己的空间和时间却被压榨得精光，他得不到只言片语的答复，对讲机也辜负了他的期待，扬声器从始至终保持缄默。

江淮海警统一设定的频道接通不了，冯蔚又调整到ＶＨＦ１６频道（国际遇险、安全、通信频道），仍然无济于事，最后，他认为广撒网总能捞到鱼，于是把每一个频道逐个都试了一遍。

冯蔚重复着："我是中国海警执法员，收到请回答，收到请回答……"直到双眼发黑、口干舌燥，可还是白费力气。

此时冯蔚失望透顶，头痛欲裂，情绪渐渐失控："来舰艇的时候，我们是被他们敲锣打鼓迎上来的，而现在没有一个人在意我们，我们被遗忘了，我们和那些臭鱼烂虾没区别，就应该被大海吞噬，那些生死与共的铮铮誓言现在听来都是鬼话，我再相信任何人，我就是贱皮子，下三滥的货！"那时候，他幡然醒悟，他记起来这就是现世报，因为他曾经就是这样对待"麻溜"，"麻溜"拿他当最亲近的人，可他冷血地杀了它。他无比怀念它，但为时太晚，现在再假惺惺地想起它，对它是一种亵渎。现在他比"麻溜"可怜，被所有人一脚踹开，被当做垃圾处理掉，这成为他的宿命。

冯蔚捶胸顿足，他把刚才视若珍宝的对讲机像丢破砖头烂瓦片一样用力撇到一边去，要不是刘岸用脚踩住，差点儿滚进海里去了。刘岸理解冯蔚，冯蔚是身体心灵上都受到了创伤，而他只是疲乏,所以他理应要比冯蔚冷静,他觉得有必要抢救那部对讲机,因为它虽然现在看起来毫无用处,但它曾经带给过他们希望,"希望"这可望不可求的东西,有过就可以了,能不能实现,得另说。就像他的婚姻,结过就够了,能不能白头偕老,太难说。

刘岸其实也被冯蔚所感染,他也觉得今天这个坎是过不去了,但两个人之中总得有个人相对保守,不然也不能长久共事。在柴米油盐酱醋茶的世界里,人们的浪漫主义情怀不自主地被世俗同化中和,而真正需要升华精神层次的契机,反而是在逆流之中,那时候刘岸已经宽慰不了冯蔚,他还是要说:"每个局部都有生命诞生和消亡,埋进土地是一种姿态,浮游深海是一种选择,我们把被动理解成主动,就释然多了。让禁锢去坐拥认为禁锢就是禁锢的子民,把自由还给希望自由拥有原本形状的我们……"

那些没头没脑的话,冯蔚一句也没听进去,他让刘岸快闭嘴,愁苦时,听什么都是诅咒。

冯蔚把头盔拉下来,盖住脸,他想在所剩无几的时光里,尽可能少地目睹这无情的世界。摆烂放空,往往这个时候,离奇迹出现就不远了,因为哪怕一丁点儿进步,都如莫大的奖赏。

突然,对讲机扬声器里传来电流声,冯蔚扑过去又把对讲机抓在了手里,比刚才还诚惶诚恐,他竖起耳朵听,隐约听到李海疆的无线代码,尽管似是而非,但他的眼泪已奔涌而出,像滚滚浪涛。

当时,武江舰通信室的电台有感应,机械指针大幅度、高频率摆动，李海疆迅速示意所有人停止动作，不要发出响动，每个人的姿势瞬间定型，李海疆冲到电台前，像个排爆手，屏住呼吸，贴近目标。外面狂风大作，舰艇左右摇晃，而通信室里鸦雀无声。

可惜，武江舰始终没有再接收到任何信号，他抓起手持麦克风，高声呼叫冯蔚和刘岸的代码，代码不够直抒胸臆，他违例呼叫了他们的名字，那急切的样子和当时冯蔚呼叫他一模一样。

冯蔚说："一定是他们，他们就在十六公里左右！"

刘岸说："海上的十六公里，"

简短的几声电流，在平时被称之为噪声，但已经让冯蔚对自己刚才失控的表现愧悔不已。

所以，冯蔚听到的电流声，真的来自武江舰，他们之间的距离确实也不过十七八公里。可在那方变幻莫测的大海上，不光有无垠的广度，还有千余米的深度，它的神秘大于外在，在那里想要得到什么易如反掌，谈到失去什么，也在分秒之间，那时候一切理论，都不足以解释为什么遇见又为什么遍寻不见。

他们终究没有再听到彼此的讯息，不久，那台对讲机进水连电了，一股白烟之后，彻底沦为一堆废塑料，别说电流声，连指示灯也不亮了。

活下去的希望降临过了，却转瞬即逝，一条光明大道重新被堵死，刚燃起的雄心壮志被浇灭。但冯蔚已是判若两人，不再怨天尤人，因为刚才他们收到了信号。他们知道，看不到武江舰，不代表武江舰就不是他们引以为傲的存在了，它仍是精神上的坐标，它如同故乡，故乡之所以称之为故乡，是因为它始终在别处。

刘岸尴尬地看着冯蔚说："哭吧闹吧，你再发泄发泄，可能会好受些！"

冯蔚摇摇头，目光从躁狂转为深邃："即使武江舰搜寻无果，不得不撤出风暴区，我也高兴，他们能早点儿靠岸，不正是我们拼死拼活想要达成的心愿吗？就像章梦佳，我挖空心思想想让她摆脱桎梏，早些过上好日子，如果她已然过上了好日子，我还纠结什么呢，还何必舍近求远呢？如果当初那个目的是单纯的，达到了就可以，不管在这个事件之中我还是不是主人公，不让追求成为枷锁！"

刘岸说："我们心里有，他们就一直都在，即使他们现在就死去了。"

冯蔚说："说'死'还为时尚早，接下来指望自己吧。"

光靠指北针不够精确，趁风暴趋缓，冯蔚找出一张已被浸湿的海图，用标尺左量右测，再伸直胳膊，亮出大拇指，对准四个方向，横比画竖瞄准，像一名专业的测绘工程师。他搜肠刮肚，穷尽这些年所学的所有航海知识，好一阵子忙活，大概算出了名堂，把胸脯拍得咣咣响，笃定地说："左校三十度，顺我手指的方向，直开，信我，误差绝对不大！"

刘岸面露难色，但还是照做了，摩托艇再次飞驰在水面上，他开出了冲锋陷阵的观感，可九点多钟了，摩托艇又连续工作了一个多小时，油料早就所剩无几了。

冯蔚察觉到了刘岸的表情细节，基本猜到了问题所在，伸长脖子去看油表，液晶屏被刘岸捂住了，他不想让冯蔚被频频打脸，他要维护维护他的尊严，毕竟他们有共同的尊严。

刘岸问冯蔚："兄弟，害怕吗？"

冯蔚说："说实话，从海松号上跳下来的时候没想过怕，因为他们都看着我们呢，这会儿确实有些怕。"

刘岸说："我名字可是叫刘岸，我应该留在岸上，还有很多很多重要的事等着我去处理。"

冯蔚说："恐惧不是坏事，会让人忘记疲惫，忽略疼痛，抗争、奔逃也是从恐惧开始的。"

刘岸说："我听说过很多海上死里逃生的故事，今天我们也当一回主角。"

冯蔚说："很幸运，我们还有个说话的人，不至于独自面对，我现在怎么看你这个家伙怎么顺眼。"

刘岸说："我也从来没觉得你这家伙这么招人稀罕。"

两个人一唱一和，说着废话，像生怕再也说不了话了，抑或是怕对方撑不住，从摩托艇上跌落下去。

冯蔚说："还能跑多远？"

刘岸说："能跑多远跑多远吧！"

摩托艇像听见了他们的对话，很是争气，大约蹿出去了一百米，就气若游丝了。冯蔚听见发动机的动静越来越小，转速越来越慢，以为刘岸松了油门，其实即便刘岸不松，发动机也必然罢工,他们最想逃避的事情发生了,油表指针已然到底。

冯蔚四下看了看环境:"我们动了吗?刚才狗撵兔子般一通狂跑,停下来一看,好像纹丝未动,仍在原点。"

刘岸说:"这是常识,假如再让我们跑完一箱油,我们也还会以为是在原点,你看看,除了水,还是水,哪儿哪儿都一模一样!"

刘岸拍了拍摩托艇的油箱,像拍一个老伙计的肩膀,神态坦然:"你的使命结束了,现在跟我们一样,什么也做不了,但我们感谢你,我们还需要你,你在,阵地就在。"摩托艇上不足两平方米的地方就是他们的阵地,那阵地未免太小了。

冯蔚说:"你也动情了。"

刘岸说:"是时候了!再不动情,连动情的力气也没有了。"

摩托艇燃油耗尽,身上的全球定位系统、夜视仪、探测器、高倍望远镜、强光手电、便携电台等器材,得不到电能供应,毫无用武之地。两个小时前他们还认为自己是紧跟世界潮流的、武装到牙齿的优秀海警,技能先进、装备精良,无所不能,转眼间,就告别了当代文明,回到了农耕社会。冯蔚看着浪花中跳跃翻腾、逍遥快活的鱼儿,它们的动作与平时相比花哨了不少,难度系数堪称四点一(跳水最高难度系数)。他在观察它们时,看到了浓浓的幸灾乐祸的成分,他却不能生气,还会羡慕不已,因为鱼儿本就属于大海,而他们永远是外来物种,只是以为自己属于大海罢了。在大海的一次严厉锻打和拷问中,他们很快就会露怯、现形,休提什么意志力。他们对找到武江舰或者武江舰找到他们已不抱希望，他们还剩下最后一个主动的机会了，但那个机会想想就可怕，轻易不敢尝试。

冯蔚说："征服大自然是痴人说梦，大自然要征服我们也没那么容易，我们应该庆幸，毕竟还没到别无选择的时刻！"

刘岸很好奇："除了干瞪眼，还能有什么选择？"

冯蔚说："可以选择承受，以前心安理得地接受大海的给予，现在就要心平气和地承受来自大海的折磨，挣扎是多余的，继续让风暴洗礼我们。没有干粮，没有淡水，饥渴难耐，烈日暴晒，黑暗包裹，创伤发炎，感官系统失调，口眼歪斜、体液乱淌，在一息尚存、知觉仍在的时候，面对鱼群，选择是被食人鱼瓜分蚕食，还是被鲸鱼生吞，或许它们会嫌弃我们这两团臭肉，对我们不屑一顾，可我们也难逃一死，会在海水的浸泡中发胀、浮囊、溃烂。我们甚至能听到尿脬爆裂、胃肠粘连、骨头腐蚀的声音，直到消陨前的最后一刻。而这个过程，我们全程目睹感知，反复体会，不会漏掉一个环节……"

刘岸听得毛骨悚然，身体产生反应，干呕不止。他急需从冯蔚嘴里听到几句好话，于是启发性地问："都这般境地了，还这么沦丧，强行喜庆一点儿吧！第二种选择呢？你倒是说说看啊！"刘岸迫不及待。

冯蔚眼神落在海面上说："还有就是自行了断了，我们现在就跳下去，省略掉那些程序，直接要结果。那样，我们留在这世上的最后的样子，仍然体面，不至于面目全非，到了那边认不出对方来。我们不当俘虏，现在这恶劣的环境就是我们的敌人，主动跳下去，就不算束手就擒！"

刘岸呼出一口长气，好像攒在胸膛中的积郁消散了，他听得明白，冯蔚这是处心积虑卖了个大关子，看似无限悲情，其实这才是最好的开解，胜过所有流于形式的说教。

刘岸说："也许还有第三种选择，坚强地活下去，活成一条鱼。"

冯蔚说："你自己信吗？"

刘岸说："我相信会有曙光，只是早晚的事，我们不能连这艘摩托艇都不如，一定要撑到最后一秒，人一生都在等待，不差这一次。"刘岸的意思是没有任何一场风暴不会过去，等海面上平静了，太阳升起来，能见度提高，那时候阴霾散去，眼前豁然开朗，该看见的都能看见。

冯蔚说："我不相信，但我相信你。"

说着，冯蔚从口袋里翻出了一张纸，那是一封遗书，那遗书是过塑的，一看就是海上勇士的专利。这样的遗书，他们每次远航前都要重新做一封，因为随着时间推移，心境一直发生着变化，每写一遍都不一样。遗书的内容删删减减，增增补补，早已与当年写过的第一封遗书大意相去甚远了，但不管怎么变，那里面都饱含着对亲人的牵挂、对人世的留恋。

冯蔚朝刘岸晃了晃遗书，撕开塑封口，抽出纸张，撕得粉碎，举起手，摊开手，纸屑随风飘散，撒向大海。

刘岸说："你疯了，每写一遍，都像死过一遍，怎么说毁掉就毁掉了？那可是你最后的心声！"

冯蔚说："人活着，我以此明志，清除最后一丝懦弱，必须活着回去！"

刘岸说："靠撕遗书就能找到力量了？是犯纪律的！"

冯蔚说："纪律是给活人制定的，半死不活的人要重新给自己制定一套纪律。"

刘岸摇头又点点头，也把自己的遗书掏了出来，越看越矫情，犹豫片刻，学着冯蔚的样子同样撕碎了扔进海里。他们紧握着手，给予对方勇气，做好了死磕的准备。

要利用一切现有的条件，尽可能延长生存时间，他们翻找摩托艇上所有的储物空间。果然有惊喜，一边收入囊中，一边赞叹老一辈海警的高瞻远瞩，想得太周到了。储物空间内果然有料，两件救生衣、一个小型充气船、几包压缩饼干、一根鱼竿、一包饵料，还有一个药箱，里面装着双氧水、龙胆紫、医用酒精、纱布和简单的医疗器材。

物资虽好，数量有限，几包压缩饼干吃不了几顿，但对于穷途末路的他们来说，有总比没有要强太多。药箱底下是两瓶葡萄糖，对于喉咙已经冒烟的两人来说，是生命之水，他们如饿狼看见鲜肉。冯蔚动作快，抓起一瓶，拔掉瓶塞，咕咚咕咚灌下去两大口，还想再喝，突然停下了，把嘴里还没咽下去的那一口又吐回了瓶子里,不好意思地说:"太草率了,一口气喝完怎么行。"他用手指量了量剩下的小半瓶:"省着喝,能喝两天。"

刘岸受了他的影响,抿了一口,那一小口只够浸湿干裂的嘴唇,他把剩下的倒进水壶,用力拧紧盖子,冯蔚能听到他的手皮与瓶盖摩擦发出的声音,可想而知,他有多担心这生命之水挥发。

有了水的滋润,冯蔚略显神清气爽,模糊的双眼清晰了,心慌气短的情况有所好转,不为生存所累的人才有资格抬起头向远处看看。那时候冯蔚觉得自己有资格了,他抬头随意看了一眼,风暴中的天空别有韵味,判明不了方位的大海又多了几分神秘。

他们各自狼吞虎咽地吃掉一块压缩饼干,恢复元气后,开始展开自救工作。把救生衣紧紧系在身上,用标配的打气筒给充气船充满了气,把充气船的一端固定在摩托艇后拖钩上,如此合二为一,拓宽了活动半径,丰满了视觉效果。目标变大了,被人发现的概率也能随之提高。

冯蔚坐在充气船上,打开医药箱,把酒精、纱布、棉签、镊子取出来,抽出腰间的匕首,对刘岸说:"来来来,现在流行跨界,你也跨一次!"

刘岸看见他的表情很是凝重,手上的匕首寒光闪闪,很是不解。

冯蔚并不言语,自顾自地忙碌起来,他削掉了葡萄糖容器的瓶嘴,倒了点酒精进去,用打火石点燃,将匕首和镊子伸进去,在火上翻来覆去炙烤。刘岸明白了,冯蔚这是让他跨界当医生,给他动刀，把肩胛骨里的子弹剜出来，这个跨界跨得着实有点儿大，刘岸血直往脑门上涌。

在刘岸的注视中，冯蔚解开了血已经凝固、白色变为褐色的三角巾，露出一个杯口大的创面，骨头外翻着。朝里看，烂肉包裹着硬币大小的弹洞，看不到弹头，应是嵌入很深。想把弹头取出来，再高明的医生也要下一番功夫，何况是一窍不通、毫无经验的刘岸。

刘岸说："我看过电影，那些人在野外从身体里取出弹头，轻松如探囊取物，当时我佩服得五体投地，现在同样的情况摆在面前，光瞄一眼，四肢都发硬了，怎么可能做得到？这般想来，那样的人或许只会在电影里出现。"

冯蔚说："不，今天我们就要让电影照进现实，我们就是素材提供者。"

刘岸嗫嚅地说："这不是清理排气管子，这是专业性极强的人体手术！"

冯蔚说："修人和修车有什么本质上的不同吗？你就把我当成你爹拉鱼的那辆倒骑驴。"

刘岸说："倒骑驴早散架了。"

冯蔚说："我不怕。"

冯蔚把肩膀亮出来，是想让刘岸别有思想负担，放开手脚，刘岸却本能地往后退了退，他每天都和刀枪打交道，并非不敢把刀握在手里，而是他知道只要这把匕首握在手里，就再难脱手。如此恶劣的环境，不具备医疗条件，没有麻药和针线，弹头能顺利取出来最好，若取不出来，造成二次伤害，导致终身残疾，刘岸担不起这个责任。如果伤口发炎、病情恶化，丢了命，到时候他要是有幸得救了，关于冯蔚到底是困死病死的，还是被他害死的，长一百张嘴也说不清。刘岸越想越难过，铁血男儿，还是过不了血淋淋的一关。可冯蔚催得紧，他无处可逃。

刘岸问："你受得了吗？"

冯蔚说："别婆婆妈妈，做得好与不好我都会感谢你，你不会落埋怨！"

刘岸说："你受得了，我受不了，我现在耳朵边儿就萦绕着你瘆人的惨叫声了！"见过大场面的刘岸，对自己的兄弟下不了手。那是一种精神折磨。

冯蔚说："我保证，一声也不叫！"

刘岸还在磨磨蹭蹭："没有医生资格证，动手术属于非法行医。"

冯蔚说："没时间让你再贫嘴，下一个大浪说不好什么时候来，到时候把眼前这些东西都卷走了，我就真没机会了。我要活下去，就得先过这一关。我知道，你过这一关比我过这一关还要难，但我还有更好的人选吗？你如果不动手，我自己也要动手，颇多不便，你不愿意看着我搞砸了吧。"

思忖再三，刘岸咬牙接过了烧变色的匕首："疼就叫出来吧，你要是不叫，我会以为你昏死过去了，到时不能一鼓作气，搞个半截子工程，罪也受了，毛病还没解决，多糟心！"

冯蔚说："我尽量争取叫得动听一些。"

滚烫的匕首一接触到创伤部位，嗞嗞作响，焦味弥漫，刘岸联想到了以前和顾澜一起吃过的炭火烤肉和铁板烧。刘岸双手抓住匕首，挑掉碎骨渣，像剥下老墙上的石灰皮，里面的土坷垃无法再附着，哗哗落到地上。冯蔚脑门上、脖颈里，甚至手臂上皆是青筋暴突，汗珠子砸在充气船上，他咬住了防割手套，让声音听起来不尖利，可那声音还是从胸腹中透出来。他像一只已经被摁在案板上的野猪，那声音无孔不入，异常沉闷，却有十足的穿透力。刘岸甚至在他转着调门的发泄声中听出了旋律。

冯蔚在渡劫，刘岸更甚，每做个动作都像对至亲开了一枪。对罪恶开枪，快意恩仇，错指方向，就大不同了，他觉得在干一件极不光彩的坏事。他撅着屁股形象全无，双手持匕首，在冯蔚的身体上开垦挖掘，猛一看，像偷地雷或掏鸟窝。

总算清理干净了，弹洞赫然眼前，刘岸取出镊子，去夹弹头，屡试屡败。

冯蔚带着颤音说："弹洞挖大一点儿，不就出来了吗？你没下过地吗？土豆、地瓜怎么挖，你就怎么挖。"

这话说得很形象，让刘岸想起不少田间地头的童年往事，那些往事都是快乐自由的，所以他接受了冯蔚的建议，他凿开洞口，使出八成气力，把刀尖往里捅，撑开弹洞，子弹稍微松动，用镊子几番拉扯，弹头"当啷"落地。

刘岸像难产的孕妇,千难万险,终于生下孩子。而冯蔚精疲力竭,面色苍白,瘫在船上。

到了清创环节,怎么个清创法,刘岸凭着有限的战救知识,把剩下的酒精倒在创面上。霎时,冯蔚从船上弹起来,生理防线全面失守,哇呀呀胡乱喊叫,效果直逼武江舰上的高音喇叭,分贝达到上限。

刘岸心说,这个声音一发出来,除了他,如果还是得不到其他回应,那么他们是真正远离了人间。

几分钟后,冯蔚停止叫唤,上下牙床生长在了一起似的,嘴唇像两片漏风的窗户纸,难以消停,有几下他翻着白眼,鼻涕口水淌得到处都是,身体里像装了电动马达,筛糠不止。而他对自己如此狼狈的形象一无所知,他只知道这如同在鬼门关来回逛荡,那感觉是灵魂绝路,已达极致黑暗。

# 第十四章

你们是否重获安宁，我已下达结束的指令；你们是否听见我的呼喊，我一直张着怀抱，站成一道海堤。

那时候他们经历的一切，和仍在持续的海上风暴一样，颠覆认知，续写苦难。风暴总会结束，他们的痛苦也该告一段落。冯蔚平静下来，刘岸以为总算结束了，他们一夜没合眼了，可以小憩一下了，没想到冯蔚睁开眼，看了看面前还摆着一瓶双氧水和龙胆紫，又有新想法。

冯蔚说："这些不要浪费，都给我招呼上，做完这些，就再没有伤痛能击垮我，我是无坚不摧的英雄。"

刘岸说："受罪也上瘾？见好就收吧！"

冯蔚说："消毒要彻底。看似自虐，其实是惜命！"

刘岸说："你惜命可以，却搭上我！"任凭冯蔚再怎么花言巧语、"道德绑架",他皆不为所动,装作看风景,实则眼里空无一物。

冯蔚只得自给自足,他把双氧水和龙胆紫悉数倒在自己肩胛处,药物与伤口产生化学反应,隆起一簇簇白色泡沫,发出碳酸饮料泡沫崩裂的声音,冯蔚翻来滚去,嘴里有血流出来,可能是咬破了舌头,他的双手在空中挥舞。

刘岸本想躲得远远的,但实在看不下去了,又鬼使神差地接近了他,四肢并用控制住他,生怕他再伤了自己,还把手臂伸出来给他咬。冯蔚也没客气,一口叼住,那时候两个人缠绕在一起,发出神同步的哀号。

他们拿下了这一回合,悲喜兼而有之,抱头痛哭。

冯蔚问:"你哭什么?"

刘岸说:"哭劫后余生,你哭什么?"

冯蔚说:"哭人间美好,哭山海日暖,哭情谊无价!"

他们聊着,坏天气好像知道他们得空得闲,又如影随形地赶过来捣乱。坏天气和坏人一样,看别人过得舒坦就难受。冯蔚和刘岸此刻也分不清东南西北了,反正顺着摩托艇的挡风板上沿望出去,正前方的天空上乌云压顶,厚重得让人喘不上气。此时,正呼呼地朝他们这边飘过来,那明显是积雨云,不出意外,一场滂沱大雨又要劈头盖脸而来海上的雨和陆地上的雨有云泥之别,乌云飘过来后,会把海天调换个位置,海中有天,天上有海,海水即雨水,雨水也是海水,从那里到天边没有阻隔,好像宇宙本来就是浑然一体，只是人无知地、一厢情愿地给做了划分。

他们紧急行动，仔细巡视了摩托艇和充气船，检查各处是否还有被遗漏的物资，那个境地里，除了人类社会中最不可或缺的金钱百无一用，什么都有可能派上用场，一个塑料袋、一个塑料瓶都弥足珍贵。全收拾妥当后，他们盯着乌云的运动轨迹，多希望乌云别这么直来直去，能够大发慈悲，绕道而行。

无神论者冯蔚对着乌云念念叨叨："真心不喜欢你，不要靠近我好不好，咱俩以前没有感情，以后也不会有的，你换个人祸祸好不好？！"

单身汉冯蔚，正在享受自己这套分手词，突然看见乌云并不是一无是处，它还有可能夹带着惊喜，在乌云与海面相交的位置，不知何时出现了一个小黑点，愈来愈明显，像白烧饼上的一粒黑芝麻，像沙漠上的一棵骆驼草，都是精神贫瘠、环境贫瘠中的大点缀，让人不得不注目。

冯蔚语无伦次："那……那……那是船啊，那是人啊，那是什么呀？"

刘岸被他吸引过来，也看见了，用十倍瞄准镜再观察，确信那不是鲸鱼、黑鲨或者其他的什么漂浮物，因为它长时间保持一种形态，并以非自然力的速度在移动，刘岸眼里开始发光，表情中含蕴着渴望，那模样和在中秋晚会上看见大长腿舞蹈演员时颇为相似。

就刘岸这副尊容，他还不忘提醒冯蔚："千万保持冷静，别白高兴一场,因为一激动,能量消耗得就快,如果我们看走眼了,刚才吃的那块压缩干粮就浪费了。"

冯蔚推开刘岸不经意间捏住他受伤肩膀的手,忍着疼痛说:"咱俩到底谁更激动?不会走眼的,我走眼了,你也走眼了吗?那何止是小黑点,那是生命的火焰,那是自由的桥梁。你现在务必胸有成竹地告诉我,那就是武江舰的兄弟们,他们到底是来了,我们看得见他们,他们一定也能看见我们。"

刘岸说:"我承认,我期盼的和你一样!可是我胸有成竹有什么用?他们坐的是大大的气垫船,我们是小小的充气船,不是一个概念,我们能看见他们,他们不一定能看见我们。"

冯蔚站起来挥手,跳着脚呼喊,可无济于事,他们得不到回应,那个小黑点还有变小的趋势,他们逐渐泄气,从狂热到冷却。他们觉得此时他们堪比两只黑乌鸦,人们都知道他们的存在,但没人愿意看见他们,不愿意听见关于他们的任何消息,他们之于人类,不是祥瑞之物。

冯蔚接过瞄准镜,看见那个小黑点在镜头中仍然大不了多少:"保守估算有七八海里,但就算是七八十海里,有了目标,我们也要放手一搏。动手吧,让我们荡起双桨!"

冯蔚取出充气船上的碳纤维桨叶,扔一根给刘岸,两人左右开弓,像皮划艇运动员,搏击海流,他们辅以呼嘿的号子,越划越起劲,掀起的水花像提前庆祝胜利的烟花,可忙活了一阵子,他们发现有些不对劲儿,总感觉是在原地刨水,充气船压根儿没怎么动。冯蔚回头一看，才知道是摩托艇拖住了他们。摩托艇没动力了，被他们榨干了最后的价值，现在成了累赘，他们要想走得更远，就得抛下它。谁去解开那条绳子呢？冯蔚看向刘岸，刘岸扭头看海，他们谁也不愿意面对这个事实。

冯蔚也怕被摩托艇记住他此刻可憎的脸，脸转向别处："我们要抛弃摩托艇了，纵使它曾经为我们付出所有。"

刘岸努努嘴，意思是他像下不去刀一样，下不了手，这个薄情寡义的负心人，要让冯蔚来当。

冯蔚看看天空，看看小黑点，最后目光落在摩托艇上，此刻摩托艇停在那里，晃晃悠悠，像坐着摇椅的迟暮老人，它如果有灵性，一定知道自己要被扫地出门了。

最终，他们给摩托艇举行了一个告别仪式，冯蔚用衣服袖子，把摩托艇从头到尾认认真真地擦了一遍，边擦边絮叨着，像出远门之前给孩子洗一把脸，换一身新衣裳，并嘱咐孩子照顾好自己。

冯蔚眼泪无声滑落着："小艇，海深浪急，一切难料，要告别你了，你曾陪伴我们渡过生死关卡，我们永远感恩，但现在我们必须留你独自在这里，我们要去奔赴希望之地，等我们活下来，有条件一定会回来接你。如果我们回不来，剩下的日子，请随风飘荡，尽量朝着与我们离开时相反的方向走，总有一天你会回到岸边，回到需要你的地方……"

话说完了，他们来不及太过伤感，因为他们大概知道，以后这种场面只会越来越多，不止他们，所有人的生命旅途上，舍弃的、作别的，永远比收获的、占有的，要多得多。而且那些看起来属于自己的东西，其实从来只是与自己产生过联系而已，当最终不得不连自己也舍弃了，那些虚无缥缈的联系也只存活于某个人的记忆里，并随着时光流逝，逐渐变得不再重要。

手起刀落，冯蔚用匕首割断了摩托艇与充气船的连接绳，充气船借着风势一下子蹿出去好几米远，摩托艇伫立在那里，静观其变，相对无言。花谢花开，人来人去，它都是同一副面孔，它像在家乡田垄上送别远去的游子，知道游子的使命就是远行。

冯蔚和刘岸把哽咽和眼泪都糅进桨叶里，和着更响亮的船歌号子，向着小黑点疯狂划桨。充气船在移动，比照摩托艇的速度差远了，但这是他们唯一可以采取的方式了。

冯蔚和刘岸没猜错，那个小黑点确实是一艘武江舰上列装的标准气垫船，距离有七海里左右，乘员有李海疆、彭敖以及其他两名执法员。

李海疆亲自驱动气垫船下海之前，在指挥室里收到成百上千条线索，可没有一条真正有用，心越来越凉，冯蔚和刘岸像人间蒸发了。

虽然大海茫茫，辽阔无边，可仅凭一艘摩托艇，还能跑出去多远呢？他想过最坏的结果，无非是两人已然坠入深海，但这个想法刚冒出来，他就开始否定自己，科学技术发展到今天，老早就宣称可上九天揽月可下五洋捉鳖，如果连两个刚刚走失的大活人都找不到，太难以自圆其说。

雪上加霜的是，李海疆一筹莫展之际，岸上指挥中心的作勤参谋欧潮又打来电话，他知道李海疆的脾气，传达上级指示的时候措辞婉转："如果两个小时之内还找不到，希望你们能暂时驶离风暴区，不是放弃不找了，主要是站在高角度上通盘考虑大部队的利益，是为了降低大家的风险，避免更大的损失。等风暴过去了，指挥中心会协同多部门联合行动，投送更先进高效的救援设备，扩大搜索面积……"

李海疆没等他说完就急了："你懂不懂救援黄金定律？能不能体会他们有多绝望！亏你还当过武江舰的副长，刚离开舰艇没几天，尾巴翘起来了？大班椅上一坐一天，有吃有喝，冻不着饿不着，不懂人间疾苦了吧，也能讲'何不食肉糜'的笑话了！两个大活人现在还在附近，救援起来虽然有难度，但还有希望，要是我们撤走了，就真难说了。"

李海疆永远不承认他俩会失踪，他总感觉他们就在不远处，可指挥中心有指挥中心的考虑，这会儿最委屈的还是欧潮，他只是代为传达孙颜局长的指示："舰长，你怎么挖苦我都行，我愿意当你的出气筒，可话说回来，我不急吗？他们也是我兄弟，我们曾朝夕相处，现在他们迷航在海上，我的心也跟着去了海上，别这样质疑我们之间的情感，太伤人了。之所以先撤离，是因为据云图显示，还会有一轮更大的风暴来袭，你们的船吨位不大，又遭受撞击，漏水的部位急需修复，现在存在安全隐患。冯蔚和刘岸的命必须救，但也不能将武江舰和武江舰上的其他执法员置于危难之中。"

欧潮的话句句在理，李海疆也不是胡搅蛮缠的人，作为一舰之长，他当然应该站在全舰艇的高度思考问题。

李海疆说："对不起，我偏激了，给我几分钟，让我好好想想，还会有更好的办法……"他看着外面持续翻腾的海水，眉头紧锁，陷入两难。一边是受损的武江舰和仍在海面上搜寻目标的执法员，一边是杳无音讯的冯蔚和刘岸，那是他相当得意的两个手下强兵，少了他们，就像少了左膀右臂。他心里很清楚，下一轮风暴将至，武江舰这样的大船能不能经受住尚且是个问题，更别提小小的摩托艇，必翻无疑，他们定会落入大海，或者他们会转移到充气船上，可充气船听起来就不堪一击，不耐冷不耐热，甚至扛不住带有锋利牙齿的食人鱼，时间一长，跑气漏气在所难免，照样满盘皆输。

李海疆作了决定，向欧潮提出一个请求，他亲自带人再去找一圈，找得到找不到，都会撤离风暴区。这不是一个非分之请，于情于理都应该满足他。欧潮向孙颜局长作了汇报，获批，但时间有限定，超一分钟都不行，气象部门已经发来了好几次预警信号。

欧潮语重心长地说："去吧，尽力了，心里能好受点，即使找不到，将来也不会受煎熬。"其实，欧潮和大部分人的观点是一致的，冯蔚和刘岸已经不在了，有过先例，也有数据支撑，人员在风暴深海区失踪之后，基本是找不到了，即使找到，也只剩下残骸。眼下，那么多执法员都找不到冯蔚和刘岸的蛛丝马迹，李海疆去了就能找到？这不符合逻辑。但欧潮还是鼓励他，如此，并不是毫无意义，至少面子上过得去、情感上过得去、道义上也过得去。

李海疆明白他的意思，颇为不满："咱俩搭档多年，你还是不了解我。如果可以，我愿意跟他们换，我知道你怎么想我，但冯蔚和刘岸永远不会这么想，因为如果我只是为了心里好受，本质是在作秀，那么当初他们也不会义无反顾地跳入大海。"

欧潮脸红到了脖子根儿："这就是我没有从副长升任舰长的原因，本来我也是优中选优的，可在你面前，我总显得局促又狭隘。"

欧潮还在反思，李海疆早扔下了没有挂断的电话，气垫船已经驰骋在海面上了，约莫五十分钟后，他们进入了冯蔚的眼帘。

冯蔚和刘岸把桨叶划得飞快，像两条飞毛腿，在空中和水里来回交错，眼花缭乱，可小充气船像质量不高的孩童玩具，形式大于内容，而且他们逆风航行，速度比海龟快不了多少。

号子渐歇，频率渐缓，他们的胳膊像被浇筑了水泥，正待风干塑型，他们的汗要流光了，脸上挂着结晶的盐粒子，手一搓，哗啦啦掉下来，够炒四个菜了。他们的眼前又开始出现幻觉，那些美好的场景又来轮番占领他们迷蒙的双眼和思想舞台，比如酒绿灯红，比如轻柔话语，比如皓月当空、繁星点点以及祥和夜空下的温暖怀抱。可悲的是，幸福和苦痛交替出现，东一榔头西一棒槌，让他们一度意乱情迷一度心如止水，刚还躁狂，瞬间又受了伤，情绪起伏不定，头脑杂乱无章，直到头痛欲裂，身心承受力达到极限，每摇一次桨叶，都像冲入一次刀山火海。但可喜的是，他们终归接近了，那小黑点有变大的趋势，那是支撑他们仍然向前的最大动能。

李海疆的气垫船上，彭敖的专长又得到极大发挥，他的高倍望远镜、热成像捕捉仪、无人机等装备全得到应用，在一架无人机掉入海里，他拍着大腿惋惜的时候，他的热成像捕捉仪有微弱信号传出来，他连忙确认方位和数值，然后透过望远镜在海面上扫视，他也看见了一个小点，那堪比哥伦布发现了新大陆，激动得咿呀怪叫。李海疆凑了过来，见此情景，比彭敖反应还夸张，叫好声俨然是咆哮，他让驾驶员调整方向，船速飙升到了极点，直奔那个小点而去。

广袤大洋上，两艘船在接近，像历经长征的两路人马在会师，可能人数并不多，但仍然不能否认那是足够壮观的人间奇景。那时候，冯蔚和刘岸的划桨动作已经严重变形，越是拼尽全力越滑稽，体力不支，又想努力做动作的样子活像两个酩酊大醉、手脚不遂的酒鬼。

冯蔚说："眼睛……眼睛看不见了，我们……我们方向……还对吗？"

刘岸的回答非常吃力，一字一顿，语气极重，像是以此来唤醒他们麻木的神经："别问，划就是了，我只知道划，一直划，给我玩命地划啊，你个驴球马蛋，划你娘的！"他们的动作已经机械化，他们像被植入了程序代码的工具人，活着的意义就是划船，至于划去哪儿，划去干什么，已经不重要了。

对向，李海疆看清楚了，那是一艘小船，小船上有人在动。他的嘴唇剧烈颤动着，眼里噙满大颗的眼泪，喃喃地道："是他们，快、快、快！天助我也！"

李海疆提到了天，天帮助他重拾信心，也能重新毁掉他的希望。那时候，天空中并排划过好几道粗壮蜿蜒的闪电，一直延伸到海面上，像要强行将这世界分成若干板块，又如同给期待见面的人设置藩篱，形式上如同柏林墙和三八线，但又完全高于人为障碍，在大自然面前，所有的罪恶和恩惠都是庸人自扰。

积雨云还是来临了，不偏不倚，正正好好朝着那对垂死挣扎的人而来，与之不约而同气势汹汹结伙而来的，还有旷古烁今的龙卷风。那股邪风再次引起了"龙吸水"奇观，那景象人们只在荧屏里见过，那时或许会感叹，乃至雀跃，根本不会想到会出现在现实中，尤其会出现在自己身边，就像传说中的龙或者麒麟，如果真的重现人间，受惊吓才是第一反应。

乌云笼罩了冯蔚和刘岸的脸，密闭压抑，无处可逃，他们已没有精力去恐惧，他们也看清了气垫船的轮廓，甚至看清了那些人脸的轮廓，所以竟然露出笑容，尽管那笑容倦怠得像枯萎的花朵，干瘪、灰暗、了无生机，可在那样的境地中，笑容远不止笑容本身。那时候所有漩涡和狂流都不在眼中也不在话下，积雨云是温暖的棉被，疾风也如春风，脚下是一片深海，而幸福正在此间。

李海疆一队人马，集体目瞪口呆，他们从船上站直了身体，在颠簸的船舱中站成一尊尊石塑，他们远远地看得清楚，在疑似漂流着冯蔚和刘岸的所在地，在本该骄阳正烈的正午时分，乌云遮住海面，水呈墨色，浪尖汇聚成圆柱，像大漠孤烟或者广场前的华表，但不管是规模还是形状，在陆地上绝难找出替代品。圆柱体有巨型甩干机的功效，把一切生物卷积其间，并揉搓碾碎成一团一团。

雨水倾覆而下，狂风加剧怒号，李海疆的呼唤还没喊出口就被封进口腔里，气垫船也被反作用力推离风暴辐射圈，驾驶员等不到指令，也不得不自作主张调转船头，加足马力向来时的方向"逃窜"。即使目标近在眼前，唾手可得，但李海疆不能让驾驶员再往风暴中心冲，明知是火坑，还让其他兄弟往里跳，迂腐而残忍。作出正义的决定并勇敢地付诸实践或许是一种美德，裹挟所有人为自己所谓的美德买单则是无耻行径。

李海疆眼睁睁地任由气垫船在风暴的追赶下落荒而逃，目睹分别又即将重逢的人再次在眼前消失，而这次消失，意味着永别，很难再有反转。好运之所以珍贵，一定是因为限量的原因，同样的遇见，怎么可能还有第二次。他抓在船沿上，半个身子探出去，伸长手臂似要抓住什么，可他只能抓到犀利冰冷的风雨。

冯蔚和刘岸被卷进漩涡，吸至半空，在那个偌大的空心水柱中反复转圈。没有抓手，却也无法下落，他们还不如漫天飘扬的残叶，也不如坠入深渊的碎石，不是什么动物飞向天空都像鸟儿一样自如，他们的四肢被迫摆出夸张难看的造型，由于呼吸不畅，且有不知名的海洋生物剐蹭袭扰，他们伤痕累累，神魂颠倒。

二人还在高速旋转，已经眩晕瘫软，再这么转下去，很快就会完全丧失知觉，于是大脑不由得飞速运转起来，像一台中毒失控的计算机，程序代码一排排显现着，每一条都代表着他们经历过的往事、爱过的人、停留过的地方，那些记忆瞬间重回他们的生命深处。那时候他们身体上虽然吃着巨大苦头，心中却并没有太大的波澜起伏，屡次绝望，已然把死亡当作即将到达的终点站，活下去反而在意料之外，眼泪流过了，恐惧消退了，该来的人见到了，没有遗憾，可以放心地走。勇敢是一种选择，结局如何无非两种，不管怎样，知足便是对自我的尊重，他们在最后的时刻学会向一切妥协，他们不认为那是懦弱，不接受命运的安排，从未思考过转变，思考过却无力转变，也实属正常，可只剩下怨天尤人，那才是懦弱。

李海疆的时间到了，他承诺过了，行与不行都要赶回武江舰复命，带队伍暂时离开，他要履行承诺，对更多的人负责，他哇哇哭起来，一边哭一边给驾驶员打撤离的手势。他们在规定的时间回去了，擦着再度来袭的风雨和大浪进入安全区域。从武江舰到海警局指挥中心，所有人都陷入悲痛之中，他们的神经变得异常敏感脆弱，好像集体失语了。

实话不中听，欧潮也担心犯忌讳，但又心疼老舰长，人越是茫然的时候，越应该一五一十地说实话，哪怕和李海疆闹掰了，或者被他暴揍一顿，他也要冒天下之大不韪，干一件看上去惹人生厌，实则体贴入微的仁义事儿。他心一横，对李海疆说："你没有食言，指挥中心当然也会兑现承诺，最慢两个小时之后，风暴就会有区域上的转移。航通、侦察、潜水的精锐以及各大专业打捞队已经在距离事发区域最近的安全地带集结，三架直升机齐上阵，随时赶赴目标区，展开大海捞针似的行动。虽然有找到的可能，可我要提醒你，做好思想准备，按照以往经验，即使找到了，活着的概率为零。况且找到的概率不比活着的概率大多少，别抱太大希望，免得失望之后又上蹿下跳，破坏了自己遇事成熟稳重、游刃有余的形象。明年，你舰长任期就满了，当下体制内鼓励重用年轻干部，你这个年纪，何去何从尤为关键，别在这个时候给自己挖坑、设障！拿下海松号，立了大功，有伤亡太正常了，眼睛别只盯着不足不放，要懂得放大能摆得上台面的那部分，以前你这方面就欠缺，所以一直不温不火……"

李海疆说："不知所云，说重点！"

欧潮压低声音说："这个时候我建议你稍微回避回避，专业的事让专业的人干，吃力不讨好的事，能避就避一避，责任全推给联合搜救指挥部吧……"

这话李海疆听着异常刺耳，越咂摸越生气，直到暴跳如雷。他今天吃了枪药，要把积攒了好几年的坏脾气全发出来，欧潮又撞在了枪口上。他对欧潮一顿臭骂："按照以往经验？你吃过几年盐、看过几本闲书、走过多少航路、培养过多少执法员？你他娘的什么狗屁经验！你身边那帮只会指手画脚的人就真有经验了？有的是削尖脑袋往上爬的经验吧。不要用你们的三观来揣摩别人，我不懂表演，不会踩着兄弟肩膀往上爬！"

说完这话，世界都安静了，李海疆以为电话是被挂断了，看了看通话时间，还在走字，说明欧潮是被刺激到了，一时语塞，在努力克制情绪。

李海疆意识到话说得过激了，如果不是欧潮，换作其他什么人，这种掉脑袋的狠话分分钟可能传到领导耳朵里，引起不必要的误会，如果遇上心眼小的领导，免不了给李海疆穿小鞋。欧潮曾是他的搭档，心无旁骛地为他好，伤害亲近的人成本最低，所以他敢毫无顾忌地发作。现在，在欧潮的宽容中，他认识到这一点，语气当即缓和下来："你们身经百战，战斗经验丰富，但谁正身处基层，谁对基层最有发言权，不是所有事情，都能用以前的标准生搬硬套。这个法治日驱健全的时代，执法办案，对待嫌疑人，尚且要有温度，对待兄弟，更不能双标。让我放手不管，多势利才能做得出来。"

欧潮嗫嚅地道："我是考虑到你的成长进步问题。"

李海疆说："你说得对，谁也不是圣人，既然选择这条路，就不能免俗，我当然在乎提拔晋升，但现在提这些不合时宜，我满脑子都是冯蔚和刘岸，他们还在挣扎。"

欧潮说："摸清海松号的犯罪动机同等重要，海松号主动挑衅武江舰绝非表面这么简单，背后一定隐藏着秘密。围绕人员身份信息，船舶类别及持有证书情况，货物来源、单据，通信联络内容，所处位置，发挥您的谈话技巧，做好笔录、案卷，也是当务之急。内行人心里都有数，深挖扩线，还能有更大的收获。那时候，冯蔚和刘岸的血就不白流了。"

李海疆说："这些确实重要，我当然要做，但不是现在，让调查取证组的人先上海松号，我熟悉事发地域环境，去参与搜救更合适。我要亲眼看到冯蔚和刘岸登上直升机或者舰艇。"

欧潮说："要是看不到呢？"

李海疆说："闭嘴吧！"

欧潮的建议，李海疆一个也没采纳，他一番好意，却碰了一鼻子灰。两人的对话无疾而终，李海疆向指挥中心申请加入联合搜救指挥部，来不及喘口气，又往事发地域赶去了。

同为作勤参谋的老胡可看不下去了："江淮海警局出了名的轴人李大犟，脑子多少有点儿问题，不知道头轻蛋重，好心当驴肝肺，你以前还能跟他搭档好几年，太了不起了。你也别伤心，对这种人，你只能顺毛捋，他说啥是啥，惯着他，等他吃了大亏，后悔就晚了。"

欧潮摇了摇头："我根本不伤心，相反还很感动。"

老胡说："你们武江舰出来的，是不是都不正常，被人一顿呛，还在帮他说话，他当年救过你的命还是给过你多大的恩惠？你不难过就算了，还感动上了，匪夷所思！"

欧潮说："如果有一天你失踪了，有一个人为了你，放下名利，不受蛊惑，一门心思找到你，你感动不感动？"

老胡说："你还别说，能这么对咱的人，屈指可数。"

欧潮说:"屈指可数?"

老胡说:"说实话吧,这种感觉,有过,但久违了。"

欧潮说:"你如果是武江舰成员,他也会这么对你,有他在,你不管迷失在哪里,还能不能回去,心里永远亮着一盏灯,眼前总也开通着一条宽阔大道。"

老胡说:"别说了,我收回刚才那些话,我相形见绌。"

两人湿润了眼眶,他们同时抬头看向卫星云图,承载着搜救团队的舰艇化作一枚红点在屏幕上闪烁。东海再辽阔,舰艇再渺小,总有人勇敢地愚公移山般地去丈量它,哪怕距离心中的目标依然遥远,或者根本无法到达。

冯蔚和刘岸仍在"龙吸水"的中心被蹂躏,脑袋里早成了一团浆糊,海水和风暴形成的圆柱体不只是在原地转圈,还变换着方位,让搜救工作的难度再升级。

冯蔚感觉自己快要死去了,那时候他对李海疆还在搜寻他们坚信不疑,但对能否搜寻得到已是信念全失。他的七窍被海水灌满,身体被海浪撞击到麻木,听觉味觉触觉失灵。迷糊中他想到,既然今天难逃此劫,死在哪里也是未知数,那么就最后拼一把,尽量离刘岸近一点儿,省得到了另一边,喝了孟婆汤,一同赴死的兄弟也形同陌路了。而离刘岸近一点儿,只需要记住,过了鬼门关以后,谁第一个出现在他面前,谁就是前世的刘岸无疑了。

冯蔚奋力挥舞手臂,他不知道那有什么用,但他认为那是唯一能做的。终于，他触碰到了刘岸的脚踝，紧紧抓住，绝不松手。刘岸感受到了他的力量，受到鼓舞，屈身迎过来，两只手紧紧握住，他们像生长在了一起，那是他们有生之年最后一次努力，并且成功了，所以在那濒死的边缘，他们仍然感到幸运。

也不知道过了多久，可能是第二天，也可能是第三天了。之前的天空混沌一片，分不清白天黑夜，现在风暴终于结束，完全换了一个世界，这是他日思夜想的世界，海浪去往别处，阳光普照大海，生机洒满世界。连漪一圈圈散开，像一双双抚慰心灵的大手，画面很治愈。

水流淙淙，似是有人慵懒地敲响了铝板琴。大海收起了尖嘴獠牙，恢复了它温柔的一面。

# 第十五章

当你一无所有还充满信念地活下去,于是云彩洁白如玉,于是冰海燃起火炬。

已不是原来那片海域,在一个不知道北纬东经数值的地方,有两个橙红色的东西分外突兀,那是两件救生衣,里面包裹着两个人。因为水的冲击,他们的救生衣没有穿在合适的位置,像有外力在拉扯拖拽他们,他们的脑袋耷拉着,紧闭着双眼,他们喝够了海水,肚皮圆滚滚的,此刻在水上浮浮沉沉,像两粒快爆炸的皮球,裸露在外的皮肤已经被浸泡得发胀煞白,不加以辨认,根本看不出本来面目。

鱼儿成群结队,从他们身边悠闲地经过,没做片刻停留,它们对这两个垃圾袋般的物体丝毫提不起兴趣。海鸟低空飞行,把粪便排在他们身上,以此表达对丑陋的厌恶,他们与这里的美景太不协调了。

阳光逐渐浓烈起来，超强紫外线似乎能融化一切，它穿透了冯蔚的眼皮，让他漆黑的世界中看见光斑，那光斑让他很不舒服。他的眼皮动了动，难以睁开，也不敢睁开，因为他以为此处已是阴间，可能到了下油锅的环节了，而那炙热的阳光便是熊熊烈焰。他的耳朵动了动，听见了鸟叫，也以为那就是地府规定的普通话，是大鬼小鬼们在阎罗殿的台阶上谈论家长里短。

一条鱼飞到他的脸上，滑溜溜的，不停跳跳。他脸上有伤，痛感不会骗人，真切又深刻，这吊足了他的胃口，好奇不已，对天堂与地狱的概念产生了怀疑。他张张嘴，很自然地喷出一股股水柱，像设置了定时开关的喷泉，齁咸的海水刺激了他的口腔、舌头和咽喉，随即他咳嗽不止。他的双腿本能地蹬了几下，身体便移动起来，这套动作做完，他的鼻腔打开了，大海特有的腥味、清新的空气以及干冽的阳光扑鼻而来。他终于睁开了沉重的眼睛，映入眼帘的是他所熟悉的一切。

冯蔚晃了晃昏沉的脑袋，第一个念头是找到刘岸，他环视四周，刘岸就在他左后方不到五十米的位置。他喜极而泣，铆足了劲儿喊，发出的却是沙哑的男低音，太久没有淡水补充，胸口和喉咙肿痛难耐，呼吸道都要闭合了，没有失语已是奇迹。冯蔚摸了摸水壶，竟然还在，拧开壶盖，喝了一口，全身的经络都通畅了。那口葡萄糖比琼浆玉液还要香甜，冯蔚不禁发出满足的呻吟。

冯蔚划水的动作笨拙滞重，他朝刘岸游过去，尽管很慢，但每前进一分，冯蔚都在感谢上苍。

十几分钟后，冯蔚才游到刘岸身边，他摇晃刘岸，刘岸的头丝毫没有了支撑力。掐人中、人工呼吸、海姆立克急救法都试过了，刘岸仍没有反应，冯蔚把手指放在他的嘴唇上，鼻息全无，又摸了他的颈动脉，感觉不到任何跳动，捧着他的脸，使劲摇晃，然而皮肉摁下去竟然无法回弹，身上也一样，一掐一个坑。人是有弹性的，现在他还不如一块海绵，冯蔚认为他已经死透了，华佗在世也难起死回生。

海上只有他们两个人，确切地说现在只剩下他一个人了。当海警以来，他用尽方法，学习战胜孤独的技能，数次远航，他有信心有能力去对抗孤独、驱散孤独，至少也能对孤独习以为常。可现在，孤独卷土重来，紧紧包裹了他，扼住他的喉咙，让他逃无可逃、退无可退，孤独比灾难还要可怕，一口就能将他吞噬，连挣扎都是奢望。

望着纹丝不动地仰躺在水面上的刘岸，冯蔚愣了好久，做不出动作，也无表情，人在极度难过的时候，哭也发不出声音，冯蔚只能"啊啊啊"地喊，沙哑的嗓音好像出自魔鬼之口，渲染了萧瑟，加重了悲恸。

冯蔚说："你为什么要随我从海松号上跳下来，跳就跳了，可你是来救我的呀，你怎么能先死！如果我来驾驶摩托艇、不让你帮我动手术、把葡萄糖都给我喝、压缩饼干都给你吃，就不会提前消耗光你的能量，你就不会走在我前面了……"

时间一长，为防止海浪冲走刘岸的救生衣，导致他下沉，冯蔚把他救生衣的绑带系紧说："也好，你不知道走在后面的人有多苦，这个苦，应该轮到我来承受了，你安心地睡吧！"

漂在水上和吊在空中没什么两样，都是无着无落，停着不动也在快速消耗体能和热能。冯蔚想，这样下去只需再来几个海浪，他就撑不住了。他还有梦想，梦想仍然当好一个守护者，以前豪情万丈，体内奔腾着无惧无畏的血液，感觉自己无所不能，可以守护万里海疆，保障群众利益，而现在他只需要守护好刘岸，但凡还有一口气在，刘岸的遗体就不能受到损害。他抱着刘岸，心中不乏豪迈，天边落下一道彩虹，而他站在彩虹的一端，那是一条走不通的桥，却可以带着他的思想回家。

冯蔚举目四望，有意外惊喜，他看见水面上有零星的散落的装备，其中最显眼的就是他们的充气船，就停在不远的地方，像一只漂亮的海鸟，在优哉游哉地觅食。有船就省劲多了，他要尽快游过去将充气船拉回来，又怕刘岸漂远，以往最信任的大海，现在连一个水花都不值得相信。他解下腰带，把刘岸挂在自己身上，两个人合二为一，去迎接他们的生命之船。

冯蔚一人尚且乏力，背着刘岸凫水，更属自讨苦吃，可他乐此不疲，他还安慰毫无知觉的刘岸，因为寒冷，他的牙齿打着颤，他说："兄弟，我不嫌麻烦，你也再受受累呵。事到如今，还能再背着你赶一趟远路，也值得庆幸，其实要感谢每一件让我们感到麻烦的事情，在麻烦中刷刷存在感，在浑身不自在中真实地活着，这有限的生命所剩无几了，但还是要活出层次和肌理。充实了，就感觉死去不会那么快来临。"

充气船失而复得，他把刘岸托了上去，给他摆好一个舒服的姿势。那时候，任何一个微小的改观，冯蔚都认为是天大的恩赐，断然不像平时，人们总有各种各样的不满，凭空也能捏造出种种对现实的怨念来。

上了充气船，阳光很快把他们身上湿漉漉的衣服晒干了，温暖由外而内透进来，冯蔚不再冷得直打哆嗦。他坐在刘岸身边，看见刘岸的肚皮从外衣下面露出来了，呛了太多的海水，圆滚滚的像十月怀胎，表面晶莹剔透，血管清晰可见，每一根都鲜绿得扎眼，那已不像个肚皮，而像羊皮筏子或者大号水袋。他抚摸着他的肚皮，絮叨个没完，似是要把以前他们经历过的事再重现一遍。那真是一个大工程，三天三夜也说不完，但冯蔚以此给自己壮胆，打发等待的时光，虽然到底在等什么，他压根不知道。

冯蔚面对大海，自顾自地讲："现在才知道，以前大家拼命想逃离的地方其实那么好。如果再给我一次机会，我主动请缨，去那些大家唯恐避之不及的地方，待一辈子都行。废弃的海港、待移交的舰艇、被人遗忘的荒岛、杳无人烟的执勤点等等……那些地方原来是世外桃源，至少可以让我们站稳脚跟，让我们做回一个人，而不是像现在，人不人鬼不鬼，连鱼都嫌弃我们，生怕我们成为它们的同类，玷污了它们的种群。我们总是这山望着那山高，在海洋，想回到舰艇，在舰艇想回到陆地，在陆地上又想去闹市，不甘寂寞，永不知足。现在我们什么都没有了，才知道应该对什么爱之如命。活着多美好啊，我们一直的座右铭是不怕牺牲，可敌人已经远去了，为什么还要牺牲呢？我想活下去！我们应该活下去的！我知道你怎么想的，即使你先行一步，你还是会支持我活下去的想法，只要我活着，我们就还有可能到达想要到达的地方……"

冯蔚讲到动情处，抚摸刘岸肚皮的手法和频率也倾注了感情，或许是他的手法赶巧了，歪打正着发挥出了一位顶级推拿师所能达到的水平，恰到好处地点中了刘岸的某穴位。那时候刘岸的手指头抬了抬，有轻微痉挛。他还做着呕吐状，水和胃液般的黏稠的东西从嘴角汩汩流出来。

在大海难得的寂静里，在万物沉默不语时，观感触感异常敏锐，像饥饿时嗅觉会变得异常灵敏一样，所有的风吹草动，都能尽收眼底。不经意的余光中，冯蔚察觉到有情况，但一开始不敢想是刘岸有了反应，缓缓扭头，他都没看向刘岸，而是搜索船上有没有送上门来的鱼。一无所获后，他自言自语："现在谁来，谁就是我的亲人，我保准不会吃掉你们的。"

刘岸又动了一下，冯蔚这才警醒，猛地转身，看向刘岸，刘岸好像知道引起了冯蔚的注意，又吐出来一大口水，生怕冯蔚又忽略了他似的。

冯蔚脱口而出："俺娘嘞！"继而眼泪狂飙。他扑过去，给刘岸做心肺复苏，只胸外按压了几下，便像打开了刘岸的开关，让他嗷嗷吐个不停，吐出来的海水，快把充气船装满了，他的肚皮眼看着小了下去。这么大流量的呕吐，很容易脱水，冯蔚把两个人的葡萄糖兑在一起，全给刘岸灌下去，不一会儿，刘岸的呼吸明晰起来，而且越来越匀称。但光有水分是不够的，没有食物补充，还是阳死不活，连开口说话都是一种负担。

冯蔚刚才光顾着抒情，来不及也没有力气去捡拾充气船周边其他散落的物品，现在刘岸起死回生，他忘记了自己也是个刚从死亡线上爬回来的人，那会儿浑身充满力量，他"扑通"又钻进海里，可扑腾来扑腾去，只捡到一根鱼竿，还有一包压缩饼干，别的东西早就漂得无影无踪了。冯蔚心说，没有空手而归就好，至少这顿饭有了着落。陆地上的人们追求舒服一秒是一秒，而他们的愿望就单纯了不少，多活一秒是一秒。

冯蔚兴致勃勃地往回游，距离充气船还有十几米时，他忍不住耍起了贫嘴，一来纯属邀功，二来的确难以抑制喜悦，他说："看，我的好兄弟，这是什么？这是压缩饼干啊！但这不是你印象中味同嚼蜡的压缩饼干，那只能满足充饥需求，而这是世界上最神奇最美味的食品，能救命，能解馋，且意义大于实际。你掰开了吃，它如同烤鸭，回味无穷，你囫囵个儿吞下去，它就是鹅肝，入口即化，你竖着塞进嘴里，它就是炸鸡，酥脆可口，你横着唑摸，它就是烤串儿无疑了，浓香四溢，你能想到什么它就是什么，吃掉它，你马上就能鲤鱼打挺站起来，一个猛子能扎三里地……"冯蔚如此渲染一块压缩饼干，是要凸显最后一包压缩饼干的弥足珍贵，并试图把它的功能发挥到极致，他的目的初步达到了,刘岸半边脸贴着船沿,还在吐水,这会儿吐的,不是海水,一定是口水。

然而,冯蔚的语言表达能力太出色,把索然无味的压缩饼干描绘成人间珍馐,不仅诱惑人心,连水中生物听了也受不了。

冯蔚挥舞着举过头顶的压缩饼干,像打了胜仗归来的英雄,他一只胳膊也能游刃有余地拨水,马上就碰到船了,快把饼干递到刘岸手里的时候,乐极生悲,鸡飞蛋打。一条庞然大物以迅雷不及掩耳之势从水里钻出来,速度之快,闻所未闻,它直接从冯蔚和刘岸中间掠过,随即钻进海里,不见了踪迹。后来他们分析那是一条食人鱼,足足有三四十斤重,它有锋利的牙齿,坚硬无比,在阳光下闪着寒光,它不仅不惧怕人类,还对冯蔚露出颇为戏谑的眼神,它一口就稳准狠地叼走了压缩饼干,顺带啃掉了冯蔚手上的一块肉,鲜血淋漓。

很长一段时间里,冯蔚都没反应过来,也没感觉疼,他依然举着手,保持着刚才那个"嚣张"的姿势,但眼神变了,茫然无措,怀疑人生。他直勾勾地看向刘岸,再看看空无一物的烂手以及毫无波澜的海面,像受了欺骗的孩子。当时他一定在想,卑鄙下流的诈骗团伙也不如那条鱼狠毒,它们还熟谙心理学,懂得花言巧语迷惑人,能与人产生共鸣,让人在神不知鬼不觉中沦陷,虽然受了欺骗,但如果自己不公之于众,就不会丢面子。而眼下他面对的这个情形就截然不同了,让他从一个极端到另一个极端,从高峰跌落谷底,刚才吹了多大的牛皮,现在就要用多厚的脸皮来硬撑死扛。

血蔓延开来，浸湿衣袖，疼痛感来袭，加之饥肠辘辘，意识时而清晰时而模糊，冯蔚万念俱灰，索性号啕大哭，大风大浪没有击垮他，九死一生他也没有气馁，现在他恨不得当场溺死自己，但虚弱的刘岸陡生神力，竟把他拉上了船。

很多时候，哭，是因为有观众，而现在没有，等冯蔚哭到无聊哭不下去了，刘岸发话了："一包饼干就是一包饼干，哪有那么神奇，你说得天花乱坠，他也不过一包饼干而已，不吃就是了，无须自我折磨。"

冯蔚说："那不只是一包饼干，那是希望，希望你懂吗？现在希望破灭了！"

刘岸说："歪理！谁吃掉了饼干，你就把谁抓回来吃掉，那才算爷们儿。"

冯蔚兴致一高起来，上刀山下火海也甘之如饴，可情绪一旦低落下来，眼前的世界都灰暗了，干什么都提不起兴趣，凡事都表现在脸上，名副其实的直肠子，有人说他阴晴不定，有人说他性格鲜明。

此刻他又忧愁上了，说道："用什么抓？我们爪干毛净了，只有被吃掉的份儿，哪还有一丁点儿主动权。"

而刘岸正好相反，喜怒不形于色，很难被外界所左右，有人说他沉着冷静，有人说他优柔寡断，所以他俩能有效互补，成为多年的黄金搭档。那时候，刘岸不动声色地掀开冯蔚的上衣，拔出了他刚才在海里捞起来,别在腰间的那根收缩鱼竿,说道:"航海常识,当不慎迷失了航向,一时无法得到救援,身边的任何一件物品都有可能派上用场。海警学院和武江舰教给你的东西都抛之脑后了?你忽视了比压缩饼干更重要的东西,授人以鱼不如授人以渔,有了这个,我们就饿不死。"

"可没有饵料啊,这不是姜太公钓鱼,愿者上钩。"冯蔚看看自己受伤的手说:"也不是没办法,鱼喜欢血腥味,不行就从我这只伤手开始,割下点儿肉来挂鱼钩上,肯定能钓上来。"

刘岸说:"就算能割,咱俩这两三百斤够割多久?坐吃山空。"

冯蔚说:"用消陨生命的方式来延长生命,这着实是个新鲜提议。"

刘岸说:"这样钓上来的鱼,谁敢吃?"

冯蔚说:"你敢吃我就敢割。"冯蔚抽出了匕首,话说得义正辞言,不像是开玩笑,刘岸深信他真能干出此等傻事,赶忙夺下了匕首。

刘岸说:"这不是人吃人的社会了,你活在什么年代啊?"

冯蔚说:"有改变过吗?我们面对的困境其实从来没有变过。我们是不是以为大饥荒是上个世纪的事儿了,我们已经脱贫了,实现了全民小康,忍饥挨饿、生命垂危、孤立无援的事情断然不会再发生,可现在我们还不是又正面遭遇了?没关系,死过好几次的人,现在多活一天都是赚的,拿身体当筹码又算得了什么,当下以这样的形态活着的人还在少数吗!"

刘岸说:"眼下还没到绝境。"说着,刘岸打开了臂兜,摸索出了一个亮闪闪的物件儿,冯蔚定睛一看,那是他一直随身携带的视若珍宝的口琴。

冯蔚问:"怎么着,还有雅兴吹奏一曲?真佩服你们这些艺术家,半截入土了,不,半截入水了,一屁股饥荒,还注重精神享受,真浪漫,真摇滚。这把破琴但凡能换来一粒米,我必须都得顶礼膜拜一番,把你的艺术理念奉为圭臬。"

刘岸默不作声,神秘兮兮地指指大海。

冯蔚不解地问:"哥们儿斗胆推测一下,你的意思是这海里头有懂音乐的鱼,听着你的小曲儿晃晃悠悠就上钩了,这些鱼的故乡莫非是在维也纳或者塞维利亚(世界音乐之都)?"

谁挖空心思求生,谁在这里就是主场,刚才冯蔚挑了大梁,现在轮到刘岸当东道主了,他一脸得意地说:"你很有创意,不过猜得不对,胡咧咧可不是好习惯。"

冯蔚说:"以咱俩现在的条件,就别玩什么冷幽默了。"

刘岸说:"这事急不得,你好好看看,看到了什么?"

冯蔚说:"口琴。"

刘岸问:"什么样的口琴?"

冯蔚不止一次目睹刘岸当着他的面使劲稀罕这把口琴,所以冯蔚对口琴和对刘岸一样熟悉,他说:"明摆着的,这个玩意不当吃不当喝,但说实话,是挺好看的,钢琴烤漆里糅合了五彩缤纷的颜色,说不清是蓝是红是绿还是荧光黄,因为兼而有之,很是耀眼夺目，而且摸上去有质感，看上去很昂贵。你每次把它掏出来拿在手上，连你都在闪闪发光，比戴了块世界名表还引人注目，你也从一个执法硬汉，瞬间变身文艺型男，在后方如此，在战地一线亦然，当它悦耳的旋律响起来，硝烟好像也消散了，烈火随之熄灭，在枪林弹雨中它也有让人安静下来的功效……"冯蔚滔滔不绝，越说越离谱，刘岸再不不制止他，他能继续无限拔高，有高级黑的嫌疑。

刘岸说说："得，打住，差不多够用了，再夸，你说的就不是我这把口琴了，怎么听怎么像描述的一枚东风导弹，具有杀人于无形的威力。"

冯蔚说："确实好，我当然不吝赞美之词。"

刘岸问："顾澜花了两个月生活费给我买的，导致那段时间吃糠咽菜，日子过得非常紧巴。唉，说来还是很怀念那段青葱岁月，多么单纯美好，没有私心杂念……"刘岸陷入回忆，很是煽情，冯蔚被代入进去，也要感慨一番，被刘岸话锋一转又拉回了现实，刘岸道："不说了，跑题了，再难忘，也是以前，我们要往前看，而去往前方的路上，需要一座桥梁，这座桥梁需要它来搭建，现在到了体现它价值的时候了。"刘岸晃了晃手里的口琴。

冯蔚说："说到价值，这玩意以前还能愉悦身心，挂到网上也能卖个好价钱，可现在能有什么价值？跟破铜烂铁有区别吗？我可没工夫听音乐，我饿！"冯蔚的肚子咕咕唱着歌，刘岸的肠胃也被唤醒了，两个人腹部此起彼伏地叫起来。两人黢黑的脸上，挂着一层密密麻麻的虚汗，那是低血糖导致的。

眼前阵阵发黑，刘岸竭力控制，说道："我刚说过，在海上不要小瞧任何一件不起眼的东西。知道它是什么材质的吗？"

冯蔚眼睛又花了，他不得不用双手捂住眼眶才能看清楚眼前的东西，他说："看起来不像金银。"

刘岸点点头。

冯蔚说："PVC还是TPE？"

刘岸说："是复合材质，和假饵的工艺一模一样。"

一听到"假饵"这个词，冯蔚眼前一亮，一拍脑门说："见谅，我脑子生锈了，当初海上生存的那些知识点我也死记硬背了，一到实践阶段却忘得精光，还是你有心啊。你一提醒我全想起来了，只要把这个口琴制作成仿生造型，贪吃的鱼儿一条也跑不了，假饵比真肉还好使。"此刻，冯蔚垂涎欲滴地看着那把口琴，他一个不识谱、五音不全的人，顿时真正悟到了这把口琴的奥秘，看它就像看梦中情人，火辣辣的。

在冯蔚热切的目光中，刘岸抽出匕首，准备拆解它，将它打造成小鱼的形状。刘岸刚把匕首插进了口琴琴格与上簧板相接的地方，冯蔚心里突然疙疙瘩瘩，越想越别扭，他一把抓住了刘岸的手腕，说道："慢着！"

刘岸疑惑着，冯蔚说："你真要朝它下手的时候，我意识到我的自私，不能光站在自己的角度考虑问题，这是顾澜送给你的信物，你睡觉都搂在怀里，它陪你度过了多少寂寞的夜晚，我都知道。你毁了它，我们也许可以钓上鱼来，但我们真的还能坚持到活着走出深海吗？我看未必。这会儿你觉得阳光和煦，微风正好，再过一天、两天、八天呢，我们会被晒成了干尸。我们可以没有健全的身体，没有完好的装备，就留下一份完美的情感寄托吧。别拆，给它留个全尸。"

刘岸说："你是担心会亵渎了顾澜对我的情感？如果她知道我们的处境，会哭着求我们拆了这把琴的，别上纲上线了，你什么时候变得比我还磨叽！"

冯蔚说："你说得没错，在孤立无援的境地里，任何东西都能派上用场，但任何东西也随之有了生命，这时候所有的情感都会被放大，意义也蓦然显现，它们就像一直在身边却从未被我们重视过的伙伴，突然有一天，在我们遇到危难的时候，给予了我们莫大的帮助，我们才知道我们之前是有多势利眼，我们应该以什么样的态度对待身边的事物。"

刘岸说："你无须自责，也不用再劝我，劝也没用。我们是海警，应当了解水的习性，我包括属于我的一切，也要具备水的秉性，流向哪里，就要和哪里交融共生，就要成为那个地方的形状和姿态，随遇而安，也是一往无前，不动声色，也能日行千里。既然你说到意义，信物的意义只是为了让人们记起什么吗？我想或许也是为了让人们忘记什么。我忘了顾澜，忘了音乐，我们就能填饱肚子，然后面对下一片全新的海域，才能在渴死、饿死、冻死、晒死、淹死、被扑咬死、病情恶化而死等种种死法在他们身上变为现实之前，眼前能出现海市蜃楼，或者梦想中的桃花岛。"说完，刘岸正式动手了，理直气壮、气势汹汹地开始了他的拆解工作，冯蔚眼见制止不了他，上手夺他的匕首。

刘岸摆出了格斗式，气呼呼地说："你再这样，我就不客气了。咱俩不是没掐过架，一般都是忽有损伤，但这次我一定全面压制，因为我占理，你格局小了。"

冯蔚说："收了你的神通吧，没那么严重，我决定同意你拆解了，但在此之前，可否答应我一个请求。"

刘岸并没有放松戒备："快说！"

冯蔚说："再吹一曲，算作跟它告别，算作跟我们所有的留恋告别。"

刘岸这才舒了一口气，这其实也是他的心愿，之所以没敢说出来，是担心让感情已经泛滥的冯蔚更加一发不可收拾，现在冯蔚主动提出来，他十分欣慰，他问道："吹什么呢？欢快还是悲伤，抒情还是叙事，颂歌还是进行曲？"

冯蔚说："《太阳照常升起》！"

刘岸说："好寓意。"

在东海深处还是渤海、南海深处已经不重要了，总之那里遥远的几乎无人涉猎，于阳光之下，一艘渺小如沙的充气小船。两个刚刚死里逃生却仍然随时面对死亡威胁的人，他们曾是威严的海警、勇猛的执法员、努力的好孩子、值得深交的好朋友，可现在他们的身份只有一个，逃亡者。在血腥中，在痛楚里，他们不忘诗意一把。口琴在刘岸的嘴边来回滑动，他发挥超常，思维逻辑无比清晰，没有曲谱，却没吹错一个音符，没有演奏土壤，却把每一段都吹出了最佳水平。情绪饱满，抑扬顿挫，他从没有如此深情地演奏一首曲目，直到这生命的边缘，才更深层次地理解音乐到底意味着什么。他把这次演奏当作最后一次，所以这是遗乐，也如遗言，代替了他们撕掉的遗书。遗书是纸面上的，而这是精神层面的，只有精神可以跨越任何阻碍，缩短漫长的路途，与氧气、候鸟、清风一起，从深秋里走去，挨过严冬，到达想要到达的春天和彼岸。那时候，海面上倏然生长起了大树小草，蔚然成林，那里有风筝和儿童，尽情地奔跑着，那里开建着能承载他们漂泊的灵魂的大房子，门前有肥沃的田地和悠然自得的家畜，最重要的是所爱的人笑逐颜开地走来，向他们张开了怀抱。乐曲的结尾意味深长，从温馨的语境中释放出宏阔的激情，于是，他们还看见了焕然一新的武江舰和整齐列队向他们敬礼的执法员兄弟，从警为了什么，一下子像当年最初时一样神圣起来。乐曲吹毕，仍萦绕在心头，萦绕在他们的理想之上，曾屡次被消耗殆尽的锐利和执着，再次填满了他们的胸襟，一直想说却不敢说也说不出来的话语呼之欲出，跃然海面。

　　曲终并没有人散，此时冯蔚已泪水涟涟，难以自已。当他擦干眼泪，刘岸已经把口琴拆解完毕，三两下折成了一条鱼的形状，惟妙惟肖，上面还设置了倒钩，和之前见过的实物别无二致。刘岸把它拴在鱼竿上，甩进海里。

那时，其实他俩都很忐忑。冯蔚想，要是不管用，白瞎了刘岸的东西，属于偷鸡不成蚀把米；刘岸担心，要是钓不上鱼来，太阳不会照常升起了，刚才那首曲子对于他们的激励，就成了笑话。

也许是倾注了心血的东西便被赋予了灵气，鱼钩刚下到海里不过几分钟，浮标便在水面上不见了，有咬钩的鱼在奋力挣脱，从力道来看，肯定小不了，刘岸一个人拽起来很是吃力，差点被鱼拉下船，冯蔚及时施以援手，两个人像插秧的老农，撅着屁股，好一通忙活，总算把一条大鱼拉上了船。那条鱼几乎和冯蔚的身高一样长，一打挺，小船都要晃三晃，他俩全力抱住那条鱼，生怕他跑掉，鱼毫不屈服，与他们展开角力，那时候小船上的场景，看起来既心酸又滑稽。

最终，三个生命体都疲惫不堪了，尤其是大鱼，离开了水，风光不再，很快没了力气，冯蔚这才倒出手来，一刀插入了大鱼的七寸。大鱼慢慢停止了扑腾，两个人气喘如牛，比解决掉一个敌人还要费劲，现在他们欣喜若狂，不仅是因为战胜了一条鱼，更是因为掌握了谋生之道，活下去不再是奢望。冯蔚慢慢欣赏着这条肥美的大家伙，竟越看越眼熟，这条鱼很像刚才抢走他压缩饼干的那一条，但他随即又否定自己，因为认人尚没有过目不忘的本领，何况是认鱼。

饿急眼了的刘岸，把一切抛之脑后，率先从大鱼最肥厚的中段部位割下一块肉，连鱼鳞也来不及刮，直接丢进了嘴里，津津有味地咀嚼起来，吧唧嘴的声音让冯蔚心旷神怡。这不文明的就餐习惯，如果是在舰艇餐厅里，一定会被值班员批评，若是李海疆心情不好，还有可能被赶出餐厅或者站着吃完一顿饭，但眼下在冯蔚看来，刘岸吧唧得越响越过瘾，那代表着饱腹的满足感，那是活着的象征。

刘岸接连吃了好几块，打了个饱嗝，这才想起冯蔚的存在，也给他割了一块。冯蔚捧在手上，发现这鱼肉质粗糙，而且腥气扑鼻，生长在鲁西北地区，从小只见过鲤鱼、泥鳅等为数不多鱼类的冯蔚，没有吃鲜鱼刺身的习惯，他可不像渔民的儿子刘岸，吃得美滋滋的，这时候尽管饿得前胸贴后背，要吃下生鱼，仍然需要酝酿一番。

刘岸说："你还是不饿，真饿了，别说是刺身，连作战靴和皮带都得吃掉了。"

冯蔚说："得让人适应一下嘛，凡事有个过程。"

刘岸说："别后悔，再不下嘴，好吃的部位都被我独享了。"刘岸又从鱼的脊背上割下了一块放进嘴里，嚼得津津有味，并很有经验地说："这个部位的肉最劲道最丰厚。你观察去吧，平常宴席上吃鱼的时候，凡是第一筷子直指这个部位的人，一准儿出身优渥。"

冯蔚在刘岸的刺激下，舔了一口生鱼，那味道一言难尽："我看我还是吃靴子和皮带吧……"

冯蔚还在做思想斗争，刘岸不再搭理他，专心致志地吃起来。

## 第十六章

你说我们永生依存,所以我是发光的水,所以你是明亮的星辰。

大海是世界的起源,也是终点,包蕴着关于诞生与顽强生长的传奇,微波荡漾开去,如同地球的年轮,那一道道纹路,俨然是自由之路,也是覆灭之路,能将遗憾和忧愁推向岸边,也会无动于衷地看着生命从开始到结束。而不管人们在其间做出多么轰轰烈烈的壮举,关于他们的故事终会化作涟漪。风起时,这些涟漪和五花八门的讯息一起,终将消融于他们栖息的大地。

刘岸狼吞虎咽着,不一会儿那条食人鱼的中段几乎被他吃干净了,他意犹未尽,调转鱼身,继续开膛破肚。突然,他竟然发现鱼肚子里另有玄机,他挑开鱼的肝脏,一包压缩饼干露了出来,饼干在它的肚子里还没开封,是被囫囵吞下去的。不用想,就是刚才冯蔚被抢走的那包,造化弄人,这都能失而复得,刘岸啧啧称奇。他把沾着鱼胆和鱼肠子的压缩饼干扔给了冯蔚,令其哭笑不得、百感交集。他恍然大悟,怪不得刚才越看这条鱼越眼熟,原来是冤家路窄,又见面了。真是无限轮回,善恶有报,互为因果,谁干了坏事也别想装作没干,老天有眼,大海有魂。

冯蔚喊了声:"恁娘!"随之凶狠地把鱼大卸八块,比拼刺刀还卖力。他胡乱地抓起一块放进嘴里,吃相比刘岸还粗犷。在刘岸的加油喝彩声中,一阵风卷残云,大鱼的另一面也进了冯蔚的肚子。

冯蔚说:"这是我这辈子吃过的最难吃的东西,也是我吃得最过瘾的一次,吃出了复仇感。"

刘岸说:"站位要高,原谅一切吧。也许大鱼还有恩于我们,看我们过得实在凄苦,给我们找点儿乐子,看我们可怜,把抢你的东西,包括自己,连本带利都献出来了。"

冯蔚说:"开什么玩笑,你自己信吗?"

刘岸说:"我信,不信也得信。这么想,心里就没那么难过了,还陡然生出无限动能。"

冯蔚百无聊赖地平躺在船上,像一摊黑乎乎的海泥,他两眼无神地望着天上变幻不定的云彩,就像他的现在,说它虚无,却的确存在着,说它真实,又随时会消散。厚厚的一层血污和盐粒子像伪装面罩糊住了他的脸,他也无所谓,他太累了,懒得对刘岸所说的胡话干笑一声,便沉沉地睡去了,梦中,想要的东西都能拥有,相见的人都会出现。

刘岸斜倚在船壁上，上下眼皮打架，但强迫自己不能睡着了，总得有一个人保持清醒，一分清醒也可以。尽管他们沦落至此，可还保持着在舰艇上时的习惯，二十四小时都应该有人站岗放哨、保持警惕。有海警的地方，一定少不了一双警惕的眼睛，这观念已经根深蒂固，镌刻在了骨头里，转化成了行为习惯。

冯蔚不知道睡了多久，他即将醒来，是因为一泡尿醒来的，当时，迷迷糊糊中，他以为快下雨了，因为好像有水点儿溅在他脸上，紧接着，他怀疑是海鸟在朝他小便，因为空气中弥漫着一股尿骚味，虽然他全身脏兮兮的，和乞丐差不多，无所谓卫不卫生的，但士可杀不可辱。他想，我很脏，你也觉得我脏，但我只是看起来很脏，你不能因为我外表脏，就无冤无仇、无缘无故地朝我泼脏水、丢垃圾，这是道德问题，是心里脏，我忍不了！他骂骂咧咧地睁开眼，爬起来一看，见识到不可思议的一幕，哪有什么鸟，是刘岸的"鸟"在作祟，刘岸站在船边，裤子褪到腿弯处，干瘪的屁股露在外面，他一手拿着水壶，一手扶着命根子，一看架势就知道他正往水壶里尿尿。冯蔚回过味儿来，刚才的水点子一定是刘岸没扶稳命根子就尿了，洒出来的液体被海风吹到了他脸上。

冯蔚批评道："太过分了，就算没有观众，你也不能没有羞耻感，这也太放飞自我，尿尿不背人就算了，还跟水壶过不去，这水壶以后还能用吗？莫非，莫非，你还有闲心搞恶作剧？"

刘岸收回了"作案工具"，把水壶盖拧上问："你渴不渴？"

冯蔚脱口而出："渴得快自燃了。"

他联想到刘岸贮存的尿，吓了一跳，斜着眼质问：“你……你不会是要喝这个？疯了吧！吃生鱼，我克服了，这个我做不到，渴死也不喝。”

刘岸说：“别嘴硬，过不了多久，你的不够喝了，还得求我匀给你，所以我刚才尽全力，多挤出来点儿，便于和你分享。”

冯蔚说："不不不，不至于，这次你得看我的，假饵是你研究的，你解决了吃的问题，采集淡水的重任就交给我。"

刘岸说："我们学过把海水转化成淡水的技术，可需要工具，我们真没有可以利用的东西了。"

冯蔚说："瞧好吧，为了不喝尿，我也得用上毕生所学了。"

刘岸翻了翻身上，又上下打量了冯蔚，对他的自信表示怀疑，而冯蔚不疾不徐地摘下头盔，抠干净了里面的棉絮和内衬，舀了一头盔的水，脱下上衣，给头盔做了个窝，以保证水不会洒出来。

刘岸说："我知道原理是蒸发，可塑料薄膜呢？你去哪里弄？"冯蔚并不回答，在充气船四周的缝隙里摸索着。

刘岸忧心忡忡："你不会在打充气船的主意吧，我是万万不会同意的，这是橡胶的，属PVC材质，而塑料薄膜是聚乙烯成分，两者相去甚远，你别自作聪明了，我知道你想表现，但搞砸了还不如不搞。我们家徒四壁，没有条件供你折腾，没有容错率啊，任意一次失败都会导致灭亡，我的哥……"刘岸絮叨的本领可比冯蔚厉害多了，活像诲人不倦的唐长老。

冯蔚并不理会他，这是两个人特有的默契，正如这个时候，他们十分清楚对方为什么会成为话篓子，并不是不支持，因为他们总会无条件支持对方，而是不托底，时刻提醒着对方，并迫切想要得到一个肯定的答复罢了。

在刘岸的"督促"声中，冯蔚摸到了他想要的东西，充气船尾部船舷与坐垫连接的地方粘着一个透明塑料袋，里面装有充气船的使用说明书，说明书不是重点，塑料袋才是。冯蔚把塑料袋拉出来，沿着塑料袋口，将其平切下来了，塑料薄膜应运而生，这个薄膜就成了蒸发采集淡水的绝好工具。

冯蔚把塑料袋展开，铺在头盔开口处，塑料纸不大不小，刚好罩住头盔。冯蔚将其一侧高一侧低放置，在低的一侧留一个凹槽，蒸发的水就能顺着凹槽流进水壶里。

刘岸心服口服，絮叨声戛然而止，他看看冯蔚这个装置，再回想刚才自己的操作，顿感是多此一举，手里的水壶实属有些膈应人了。

准备工作就绪，但实际情况差强人意，尽管阳光明媚，采集条件出奇地好，但无奈器皿太小，采集量很是局限，这项工作无法做到立竿见影，不像刘岸捉鱼，当时就能饱餐一顿，现在他们只有等。而蒸馏水嘀嗒嘀嗒地流进水壶里，那节奏漫长得令人窒息，眼看着太阳快要落下海平面了，冯蔚晃了晃水壶，淡水也只漫过壶底而已，仅够两个人浸湿干裂的嘴唇。可这是唯一的办法了，他们只有等，等到石泐海枯、地老天荒，也得等。

太阳还是落下去了，冯蔚把水壶递给了刘岸，刘岸又递了回来，就那一口水，不超过四十毫升，他们推来让去，谁也舍不得多喝，就像志愿军手里的苹果。

冯蔚说："你赢了，照这个速度，我们虽然不会那么快渴死，但这也远远不够，每一滴水都是珍贵的，尿也不能浪费，保不齐，明天我也要采取你的办法了。"

刘岸神采奕奕地说："这方面，我有经验，我来跟你谈谈心得。"

冯蔚不耐烦地说："你省口唾沫吧。"

他们有一搭没一搭地聊着天，那些话题都是陈芝麻烂谷子，他们的耳朵都磨出了老茧，可他们还是要不时发声，以确认对方还活着，他们不是一个人。直到阳光渐渐沉落，晚霞映照天空。可福祸相依，他们饱餐了一顿，也多少摄入了一些水分，他们基本度过了迷航以来最轻松的一天，但海神可不想如此便宜了他们，又要和他们过不去了，海上起了雾，并逐渐加重，很快又辨不清方向了，甚至船首看不见船尾，雾气团团围住了他们，他们再次陷入无边的黑暗中。

他们都两只手抓紧桨叶，那是在掌握生命的舵盘，随时准备躲避风浪以及各种意料之外的风险。他们双目炯炯有神，好像能穿破迷雾。一分钟也不敢再打盹，因为冯蔚分析了海图，这里有可能是太平洋上非常著名的一条航道，海至少有两千米深，从马六甲海峡、台湾海峡而来的商船络绎不绝，那些船都是万吨以上的大船，在大船面前，他们不如一只蚂蚁，太微不足道了，大船激起的浪花轻而易举容易就能把他们淹没。如果被撞上了，或者被绞进螺旋桨，他们会走得很安详，纵有通天神力，也无一丝回旋余地，任何挣扎都是徒劳。

冯蔚说："我盯着，你睡会儿，你已经很久没合眼了，铁打的也受不了。"

刘岸说："怎么睡得着啊，总感觉会有事情发生。"

冯蔚问："好事坏事？"

刘岸说："我们已经身处死亡谷底，没有比我们眼下更坏的事情了，以后我们提到的事情都将是好事情。"

冯蔚说："那就别吞吞吐吐的了，快说快说！"

刘岸说："我们已经漂到大轮船的航道，一定会有船经过的，今晚，生死在此一举，我们要么被大船发现并救起，要么被海流冲离这条航道，那样我们离故土家园就真的越来越远了，再难有返航的可能。"

冯蔚说："后者算什么好事情？"

刘岸说："没有希望，就不会失望了，我想，那时候我们反倒是平静的，因为航海常识，超过有效时间，我们的身份就不再是失踪失联了。即使我们还在未知的海域漂流着，在不知情的人们眼中也已然是烈士了，多好啊，荣誉、信仰、梦想，全实现了，没别的想法了。学会了'摆烂'，不论年老年少，每时每刻都像在安享晚年。"

冯蔚赶紧说："那不能，那不能！后者挺好，我还是选前者。

活着,有几个人能做到心如止水。心如止水要么是圣人,要么是死人,我不想那么平静,还是再拼一下吧。"

肚子不算饿,也不渴,他们全神贯注地盯着海面,守株待兔。一个时辰后,天色渐暗,薄暮刚至,黑不黑白不白的时刻容易产生幻觉,但他们果真看见有一条大船鸣着汽笛排山倒海般驶来,之所以能在时而稀薄时而厚重的雾帘中知晓货船的来临,是因为货船的船头有两束灯光,红灯和绿灯,船尾只有一束红色灯光。他同时看到了红绿灯,说明那是船头,船正向他们驶来。他们赶紧翻转桨叶,充气船缓缓移动着,在可靠安全的距离内,他们尽可能地离大船近一些,再近一些。

那艘货船,满载集装箱,轰轰的声音像天边的闷雷,它迎面带来了大风,它激起了海浪,当浪袭来时,两人必须让船头慢慢调转,抵挡几米高的浪花。如果是船身迎浪,船很可能会翻过去。

货船终于进入了他们所认为的有效距离,就像他们练枪时,靶子进入了有效射程一样。那时但凡货船上有人正巧往下瞄一眼,就可能会发现他们,他们肾上腺素急剧分泌,打了鸡血般地振奋,他们等待着能有这样一个人出现。他们看见货船的甲板上亮着灯、船舷一圈亮着灯、很多舱室亮着灯,他们很久没看见灯了,灯之于他们的意义就是家。

货船里一定有很多很多的海员,他们忙完了一天的工作,到了茶余饭后的时间,在抽烟喝酒,载歌载舞,用不少的娱乐活动填补出海的枯燥,他们在用熟悉的乡音插科打诨,嬉笑怒骂。这是他俩几天来第一次和人类如此接近，他们闻到了自由的味道。他们手脚不仅没有被束缚，活动区域不仅没有被禁锢，反而想干什么干什么，想说什么说什么，这里没有武江舰上纪律，也没有执行任务的压力，可他们认为这和自由又相去甚远。回到大船上，回到陆地上，回到人们中间，不管是好人中间还是坏人中间，不管世事纷扰还是爱恨情仇，那才是属于人类的自由。

货船又近了不少，小船却因为货船带来的外推力自然倒退，挥动桨叶也无法抵挡扑面而来的压迫感，他们跳起来挥手，把橙色的救生衣绑在鱼竿一头来回挥舞，一大一小两艘船的对比之下，有螳臂当车的既视感。他们撕心裂肺地喊叫着，不知道喊的是什么，也无所谓喊的是什么，因为不管怎么喊，声音都被轰鸣声完全盖住了，他们的影响力远不如一只蚊子嗡嗡。那艘大轮船径直开走了。

雾气散了很多，天却越来越黑，船上没有灯，头顶没有星光，一船的凄凉，他们不得不一屁股坐下来，缩成一团，因为刚才太过激动，出了一身汗，现在风一吹，又湿又冷，他们穿的是秋装，里面穿着长袖体能服，外面是并不保暖的制服和防弹衣。冯蔚把上衣往上提了提，只露出眼睛。

晚上海面不安稳了，浪一直打进充气船里，他们需要用头盔往外舀水，一头盔一头盔地舀，那是个反复又繁琐的工作，刚舀一半，第二个浪打过来，船舱里的水便又快漫出来了。他俩为了避免充气船沉下去，得跳进海里，扒着船边往外舀水，最恼人的是刚舀干净准备上船，下一个浪又来了，再次灌满了船舱，他还得重新舀一遍，无休无止。

整个上半夜，他们都在舀水，等到没有海浪了，他们瘫软在船舱里，一边说着胡话，一边还在空中比画着舀水的动作，肌肉已经形成记忆，一时"刹不住车"了。

货船来时没地方躲，就要跳海。他们刚躺下，一只轮船直愣愣地冲着他们的充气船而来，如同一头狮子在扑向猎物，他们从船舱里弹起来，飞速划桨，擦着货船的船舷，漂离了险境，总算躲过一劫。

昼夜交替，黑夜和白天像哼哈二将，又像黑白无常，轮番跑过来叨扰他们，有惊无险的一天之后，又是全新的挑战。第二天凌晨时分，黎明的天色依然苍白，一艘货船从海面驶来。那是艘拖驳运输的船只，船底的四根柱子插入海里，正在作业。

充气船离它只有三四百米左右，他俩看到那艘船的甲板上有人穿着橘红色的工作服走来走去，清晰无比。这次，他们能看见那些人的五官，他们在下面一直挥手、喊叫，可那些人工作一丝不苟，各司其职，没人注意底下有人，或许他们是根本不敢想象底下有人。冯蔚急不可耐，这是目前为止离获救最近的机会了，他要跳下去，游到大船的底下，有可能的话还要爬上去。刘岸拉不住他，只得把身上的救生衣脱下来，给他穿上，两件救生衣浮力更大，相当于上了两道保险。

冯蔚跳进海里，往那艘船游过去，一百米，两百米，越来越近，游到离它最近时只有一百多米左右时，眼前的这条船看起来无比高大。

刘岸注视着冯蔚小小的身影，喃喃道："他是一粒尘埃，而它是高山！"

很显然，冯蔚的铤而走险以失败告终，那艘船外壁光滑如石，没有抓手，爬上去简直是痴人说梦，除非像海鸟一样长了翅膀。那艘船越开越远，没有停下来的意思。冯蔚的速度根本跟不上。

冯蔚在海里漂了一阵就支撑不住了，海水拔凉，他的身体越来越沉，四肢僵硬无力，开始不听使唤。大约半小时后，他才好容易游到船边，如果不是刘岸助力，他很难爬上船。一个人的话或者中途就体力透支了，爬不上船就只能沉到海里，事后，他越想越害怕。

刚才在水中，他的腿被边缘锐利坚硬的垃圾划出一道长长的口子，又挂彩了，新伤老伤一起折磨着他。祸不单行，常年生活在海上，关节炎、痛风、湿疹的老毛病全被唤醒了，一齐找上门来，冯蔚整个人都要炸裂了。

冯蔚是刘岸的镜子，刘岸是冯蔚后天的孪生兄弟，两个人的痛苦是相同的。

刘岸又钓上一条小鱼来，收拾妥当，给冯蔚补充能量，冯蔚刚咽下去就吐出来了，与难吃有关系，但这几天他已然接受了那种味道，真实原因在于倦怠过头的人第一需求并不是吃。

刘岸说："吐，也得吃。"

冯蔚说："吃也白吃！"

刘岸说:"活着的终点是死亡,直接死算了?"

冯蔚说:"你又说服我了,你总能说服我,其实我也是这么想的,可我做不到,你是我不愿意做也要去做的动力,我吃,我他娘的必吃!"冯蔚一把把地往嘴里塞生鱼,腮帮子鼓得像气球,嘴上因干燥缺水而裂开的口子更大了。他一边塞一边忍不住掉眼泪,他说那不是绝望的眼泪,是自然现象,与海有浪花、天有云雾一样,刘岸认为他说得对,因为他也在跟着哭,继而他俩抱头痛哭。哭完了,眼巴巴地等待下一艘货轮的到来。

有新的货船经过,他们重复之前的动作,四周没有其他船的影子时,他们蜷缩在船舱下,轮流眯一会儿,他们要对货船保持警惕,也要对那片寂寥的深海保持警惕,大海曾是他们值得信赖的朋友,赖以生存的根基,但此刻,它随时可以吞噬他们。

殚精竭虑,穷尽所有,在航道上逗留到第二个晚上,他们终于消耗光了最后一丝力气,实在动不了了,从可以依靠桨叶调整方位到只能听天由命,再有货船来时,他们无法再躲闪,只能眼睁睁看着周围的货船来来往往,它们看不见他们,他们也无法再去看它们,他们已经做好了大船会直接从他们身上碾过去的心理准备。海面上只有货船的汽笛在断断续续鸣响,此刻那汽笛存在的意义与陆地上的截然不同,陆地上的鸣笛是为了告诉对方:我来了,你让开!而大洋深处的汽笛是为了诉说:我来了,你在哪儿?我很孤独,你正在孤独吗?

他俩拱肩缩背并排躺在船舱里,上下眼皮之间仅仅留有一道缝儿,那是他们留给自己的空间,那是出口也是入口,愿望从那里输入,怨念从那里清除,如此一来,似乎生命之灯永存不灭。他们认为即便躺着不动,也还有机会被大船上的人发现。关于活着的经验失去用武之地时,等着撑着赖着……是最后的倔强,正如一个勇士飘摇的风烛残年,即使衰败苍老、发秃齿豁、行将就木,眼里依然有光,说不出的话仍在胸膛里流窜,如果可以触摸,一定非常滚烫。

然而,周边渐趋寂静无声,他们的小船终究扛不过浪潮的不断冲刷,他们必然会与那条货运航道渐行渐远,漂向下一个同样陌生的海域,直到再没有一艘货船出现。

连续两日阴天,没有太阳,他们就无法汲取到淡水,连尿都没得喝了,他们守着汪洋大海,满眼是水,却没有一滴可以入口。当时温度不高,可冯蔚浑身燥热难耐,他感觉自己是一块刚刚燃烧过的木炭,遍体焦糊,还冒着余烟,哈一口气,似乎就会有火星子喷出来。他产生了幻觉,他觉得再躺下去会把刘岸点燃,会把充气船烤化,他"啊"地喊了一声,从船舱里摇摇晃晃地站起来,解开了救生衣,张开了双臂。风掠过他的耳边,他听到了挽歌。

刘岸问:"你要干什么?"

冯蔚说:"我需要被冰镇一下,或者干脆结成一块冰。"

刘岸说:"巧了,跟我想法一样。孤掌难鸣,我一个人也别蹦跶了,你只要敢跳,我'哞'都不打一个,跟着就下去,独当一面费劲,甩手掌柜自然是省事了。"

冯蔚不回答他，梦游的人不能被叫醒，所幸他并没有醒。他一只脚蹬在了船沿上，那时候他仿佛蹬在了武江舰的船沿上，而蹊跷的是有人竟然已经领先于他了，那人双脚都离地了，他扭头一看，那是他的第一个伯乐俞瀚，俞瀚从来没有回来过，这个时候回来了。俞瀚的外表没什么变化，和他们第一次相见时一模一样，脸上沾染风霜，眼中长存惆怅，好像千斤的担子压在肩上，年纪轻轻历经了亲人的别离以及生活的苦难，难怪他只能以这副沧桑的模样示人。他也看见了冯蔚，还是一如既往地不苟言笑，像只刺猬难以接近，可冯蔚和他对视，眼前一下子就浮现出当年刚上舰艇时的场景，紧张枯燥，却踏实。

久别重逢，好像一切就在昨天，冯蔚激动得明显慌乱，像位新同志面见首长，下意识地整理了着装，给俞瀚敬礼，邀功请赏般地说："您回来了！您一定是听说了我的事迹，忍不住千里迢迢来看我。没错，我没给您丢脸！我成了武江舰的主力，就是前几天，又打了一场漂亮仗，制止了海松号歹徒的逞凶作乱，虽然迷航至此，但功绩有目共睹，不可磨灭，我终于成了你！你是不是很欣慰？欣慰的话表扬我两句呗，别老板着脸了……"冯蔚嘿嘿笑了两声，伸手不打笑脸人，他记得以前他就是这么厚着脸皮和难以接近的俞瀚套近乎的。

可俞瀚这次没被他带跑节奏，冷冰冰地说："你成不了我，我是执行任务而死，你不是，你是贪生怕死、逃避现实。"

冯蔚认为这显然是误解，辩解道："您这话说反了呀！我也是执行任务才造成了目前这四面楚歌的局面,进无可进、退无可退,我不浪费时间了,只能勇敢地作出选择。跳下去,也不影响我是一个优秀的执法员。我不是失败者,不是逃兵,就像您当年勇敢地跳下去一样。"

俞瀚说:"没有价值的勇敢赴死,还不如贪生怕死。"

冯蔚心里的小九九被俞瀚明察秋毫,他的脸"唰"就红了,不得不如实交代:"和以前一样,我这拙劣的伪装技能还是会被一眼戳穿。我确实走投无路了,哪儿哪儿都是绝境,这个环境比穷凶极恶的罪犯更难对付,弹尽粮绝、伤痕累累,还能怎么办?"冯蔚摊开双手。

俞瀚说:"我到底是死得其所还是死有余辜,取决于你啊。"

冯蔚问:"怎么说呢?"

俞瀚说:"当时那样危机重重的天候,我完全可以不跳帮,但还是跳下去了,跳下去不是为了让你学习如何去作无谓的牺牲,我跳,则你们就不用再跳。"

冯蔚说:"可我们面对的挑战是一样的,你走过的路还会原封不动地摆在我们面前,我们还要重走一遍。"

俞瀚说:"你从我那次跳帮中所看到的不应该只是跳帮本身,因为那次跳帮已然失败了,你应该获取对待生活的态度。总要有人去不断丰盈自己的灵魂和体魄,去应对生活一直以剥夺者的姿态降临我们的世界这一残酷的真相。"

冯蔚若有所思:"我想我大概能明白,让我好好消化消化。"

俞瀚说:"你没有多少时间了,你终究会成为我,你又不可能会是我。去见证一个不一样的海警时代,海警也会塑造一个不一样的你。没有不散的筵席,我必须走了,不会再回来,祝你好运,执法员同志!"

冯蔚泪眼滂沱,他不知道该说什么,他去挽留俞瀚,可他知道有时候看似泡影,却真实存在,而有时候再真切,也只是泡影。

此时站在高处的俞瀚做好了分别的一切准备,在那个悲伤萧瑟的时刻,他破天荒地朝冯蔚露出了笑脸,雪白的牙齿像一排启明灯,让冯蔚眼前一亮,心头一热。那时他才知道俞瀚并不是只会苦大仇深,没有谁不是在努力寻找轻松快乐的途径,而现在他终于找到了,他的笑容治愈了自己,也拥有治愈别人的能力。

俞瀚伸出了布满老茧的厚实大手,冯蔚大跨一步,紧紧握住了,生怕俞瀚挣开。可时间到了,俞瀚像个即将登机登车的旅客,挥挥手转身消失在他的视野里,和当时跳帮的姿势一模一样,毫不衡量得失,毫不拖泥带水。

冯蔚再次失去了俞瀚,他才发现自己一直抓着的手,只是自己的左手在抓着右手。俞瀚没来过,俞瀚也来过,因为冯蔚俯身往下看的时候,明明看见一条美丽的加吉鱼在撒着欢游走之前,似乎还回头深望了他一眼。

冯蔚把踩着船沿的那只脚撤了回来,接替俞瀚而来的是他的第二个老师李海疆。李海疆嘴里叼着一个哨子,"哔哔哔"吹了一波,冯蔚条件反射般地立正站好,没有队列,只有他一个人,他仍然在向右看齐，战靴仍然在敲打着地面。

李海疆对准他的胸口打了一拳，问道："武江舰上的口号是什么？"

冯蔚铆足劲儿喊道："听国召唤、身先士卒、听令出击、不怕牺牲！"

李海疆问："听国召唤，你听见召唤了吗？"

冯蔚支支吾吾地说："报告，我……我没有。"

李海疆说："听令出击，你听令了吗？"

冯蔚说："报告，我没有。"

李海疆问："身先士卒，是让你做表率，你做好表率了吗？"

冯蔚扯着嗓子喊："报告！我没有！"

李海疆说："居功自傲还是船到码头车到站要等一等靠一靠了？还是不是个合格的武江舰成员了？武江舰精神还能不能在你身上得到延续？我们要战功，更要执着，我们从未放弃，你为何要放弃！你是武江舰执法员的代表，别告诉我，这还是一个刚刚转隶的集体，是处于发展期的队伍，没多少人了解这个鲜为人知的新警种，还有职权范围需要界定、还有诸多细则需要完善；别告诉我，我们身处不为人熟知的角落，不会有人在意我们的举动，大错特错！即使无人知道，但是你知道啊，你身体里流淌着武江舰执法员的血液，我们是一个整体，你去哪儿，就把武江舰的尊严带到了哪儿，你如何输出关于海警的观点，海警就有了新的定义，你如何描绘对于海警的理解，海警就成为什么形象。如此一来，你还有勇气自以为是吗，你还有轻易做出决断的权利吗？！"李海疆边说边大步流星地走开了，转瞬间走出去了很远。

冯蔚想去追，而脚下才是他的阵地，他依然没有听见召唤，也没有听见命令，所以他不能动，李海疆刚刚说完的话还飘在空中，不能就当成了耳旁风，所以他只能喊："舰长！报告，报告，我报告……"他有一肚子话要说，要让李海疆明白，他还是那个无所畏惧的男子汉，可无人回应，他面前并没有一个人。

## 第十七章

我的生命大概已近黄昏,我面前空无一人,我面前又站满了人。

冯蔚以为结束了幻念,一切将过去了,可是该面对的现实压力一丝也没有减少,一个浪打过来,他低头躲过去了,海水还"哗哗"地响着,像是起哄的掌声。月亮出来了,星星眨着眼,天空明亮起来,照着他无尽沮丧的脸,他仿佛又置身于聚光灯下,面前是人山人海。那些人哄然大笑,一如中秋晚会时的场景,他又被无情地推到了台前,去表演他并不擅长的节目。但是他知道,这次他不再是大家的开心果,他不值得同情,他像个偷了游客东西的猴子,抓耳挠腮地装成没事人,丑态百出还自作聪明,而大家的眼光和那月光一样,看似静默着,其实能够洞察一切,之所以现在他们的笑声中没有善意,而是羞辱,是因为他的懦弱昭然若揭。

冯蔚无地自容,脸更燥热了,俞瀚和李海疆激励他挺直腰杆,眼前的苦痛又让他矮掉三分。他在现实与理想之间左右摇摆，骑虎难下，他目光躲闪游离，直到落在了一位记忆犹新的女演员身上，那位女演员正是中秋晚会上把众人节奏带跑偏的始作俑者田毕雯，此刻她还是笑得没心没肺。冯蔚看得清楚，她的眼睛笑成了月牙，清澈透亮，没有杂质，甚至相隔那么远，在混乱嘈杂中，她的笑声还如银铃般准确无误地击中了他的耳膜，让他麻木的神经又敏感起来。当时，他对她的落井下石表示憎恶，可现在又对她感恩戴德，换了一个处境，同样的人，同样的过程，却有着不同的意味。

不像上次那样只过了过嘴瘾，这次冯蔚需鼓足勇气，因为他知道这是他最后的机会，人之将死其爱也勇，物质会随着生命而去，而情感不会因为生命的陨落而消弭，不计得失地表达是分离时唯一能做并且渴望要做的事情。

田毕雯好像很明白他的意思，径直走了过来，她衣着大方、神态自若、目光坚定地走过来，这和冯蔚印象中从不主动、故作娇羞的姑娘迥异。她站在了俞瀚和李海疆站过的地方，此时，她反而收敛了刚才的外向，安静得像一朵含苞待放的白莲，对视许久，她用袖口替冯蔚擦去脸上的血痂和油泥，冯蔚闻到一股扑鼻清香，温馨至柔，足以融化内心坚冰，他不知道那是否关于爱，如果是，他也不能草率承认。田毕雯身上的香气，是体香还是他无从知晓的香水品牌，他对此一窍不通，更勾起了他的求知欲。

那时候田毕雯只是看着他，笑而不语。

冯蔚磕磕巴巴地问:"你……你一句……也不劝我吗?"

田毕雯笃定地反问:"为什么要劝?"

冯蔚说:"像那些兄长同仁一样,劝我从容,劝我现实主义,而不是理想主义,劝我遵从强人的生存逻辑,而不是受难者的性格和命运逻辑。"

田毕雯说:"你心中早有答案。"

冯蔚说:"我可能已经混淆了所有的逻辑,几乎不省人事,错与对也只是一个概念了。"

田毕雯说:"你如果在乎错与对,还敢向我招手?万一我不留情面,转身就走了呢?"

冯蔚说:"你没走,你站在了这里,你为什么要站在这里呢?是因为这样能把我的缺点看得更清楚,然后,再转身就走吗?"

田毕雯说:"才第二次见而已,甚至还不知道对方的名字。所以无所谓优缺点,无所谓要运用哪种逻辑、哪种主义,在我眼里,你只剩下英雄主义了。像我这样的人好像还挺吃这一套的,此刻除了尊敬,有劝你的必要吗?"

冯蔚低头扫了自己一眼:"这副样子,算什么英雄!"

田毕雯说:"衣冠楚楚、斯文干净是一线英雄的鲜明特征吗?不排除有,但总体来说,不是。"

冯蔚说:"谢谢你,我以为是你让我难堪了,其实是你让我不至于太难堪。"

田毕雯说:"这是我从一个陌生人角度,所能表现出来的最大善意了。"

冯蔚说:"记下了。"

田毕雯说:"等我们再见的时候,再好好告诉我到底记下了什么吧。"

冯蔚说:"必然还会再见,那时候别忘了现在说过的这些话呀,一句也不能落下。"

田毕雯说:"我叫田毕雯,是个演员,确切地说,是个什么龙套都跑的演员,我总在念着别人写给我的台词,但是今天,这些话,从未有过地真实,它就活生生地出现在我的生命里。"

冯蔚说:"如果再让我回到那个中秋之夜,我会像今天一样,改变对你的看法,像你走过来一样,朝你走过去。"

田毕雯问:"是我给了你胆量,还是你给了自己胆量呢?"

冯蔚说:"这不重要,这真的不重要。我从没想过,去追求爱的胆量,其实也是对待世间万物的胆量。"

不劝胜过了力劝,一个有过一面之缘的女人,在他接近死亡之前,却带给他思考和鼓动,冯蔚对这事颇感蹊跷,但解释不通的,就用缘分去解释。

这场神交的结尾,还是以冯蔚独自的念念有词收场的,他说:"如果那无关爱情甚至无关痛痒,就当我说给了大海听。"

既然连田毕雯这个曾经的过客都已出现,并依依惜别一番,而那个真真切切深爱过的章梦佳当然也会来的。有可能她是最早来的,她就一直坐在角落里,不动声色地看着冯蔚灵魂出窍,在自导自演一出出悲欢离合的戏码。

等到潮水落下去，眼前亦真亦假的人群纷纷散去，章梦佳怯生生地映入他的眼帘，她还穿着款式老旧的衣裳，和当年的寒酸装扮别无二致，与冯蔚后来所见的那些花枝招展的女人们相比黯然失色，如果将她置身于潮流之都宁水，也会显得格格不入。她好像来自于上个世纪，来自于重新没落的冯章村，她的生活不仅没有起色还会愈发艰难，她才是真正被遗忘的人。

章梦佳盘起了高高的发髻，脸上长了暗黑的雀斑，那是岁月的痕迹，带着不如意的表征。她本来有着和冯蔚一样高考的机会，并且相较于冯蔚，更有希望跳脱农门，去做个时尚靓丽的都市女性，然而一夜之间她的命运就被改写，造成她快速泯然于众人，甚至过得还不如其他农妇。

冯蔚曾对她的"背叛"难以释怀，可现在看来他没有资格苛责什么，她哪有什么过错，她有主动选择的权利，她不是被动等待买卖的货品，如果她衣食无忧、家境殷实，她用不着颠肺流离，也不用迷茫明天到底应该躺在谁的怀里，去哪儿求得一张床位。

此刻冯蔚只剩下心痛，他问："为什么不再等等呢？是杨荣才逼你了，还是杨磊威胁了你？"

其实这个问题很苍白，即使章梦佳等他到现在，他也依然没有让她过上安稳日子的能力，甚至还有让章梦佳守活寡的风险，如此看来，章梦佳反倒是明智的，她如果等下去，就是坐以待毙。

章梦佳说："是我自己的决定，这是我一直以来的想法，从最初到现在，压根儿没变过，说你愿意听的话，才能打发你走，让你心无杂念地踏上征程！"

冯蔚说："我们有爱的啊，那爱不会也是假的吧？"

章梦佳叹口气说："爱不是妨碍。从踏入杨家大门那一刻起，我就是残花败柳了。"

冯蔚说："都什么年代了，大家很少再有这种情节，你为什么还有？"

章梦佳说："我们也算青梅竹马两小无猜了，到头来，也应该是那样的状态才对。我是完美主义者，容不得瑕疵，生如蝼蚁，却添了个这毛病，就把美好回忆永久保存在记忆里吧，别变了味儿。"

冯蔚说："这也是说辞而已。"

章梦佳一改温柔，严肃地说："你要往前看，老盯着脚后跟，没出息，还摔跟头！"

冯蔚眼泪涌了出来："我不知道如何感谢你的用心良苦，但这不是我想要的啊。"

章梦佳说："你是真的不知道你想要什么吗？这么多年了，你接触的是什么，而我又接触的是什么？我们早就不在一个层面了，身份地位不在一个层面，精神高度更不在一个层面，与其到一起之后各种不匹配、不适应，不如干脆不要再开始了。"

冯蔚说："这是什么狗血剧本？就算要放弃，不都是男的先开口吗？怎么到你这儿，就反其道而行之了？让观众怎么好接受？我们是拉开了差距，可差距越大我们离成功就越近啊，这是之前我们就为了达成目的而约定好的啊。你知道我在最艰难的时候是怎么过来的吗？每当我有了动摇之念，一想到你，我就还能再坚持下去。"

章梦佳说："人在每个阶段都有不同的追求，你应该到了有新追求的阶段了，其实你早应该察觉自己有了新的追求，只是打心眼儿里还不想承认而已。骨子里不允许你做个薄情寡义的人，你要兑现承诺，这着实比旧时那些考取了功名就立刻抛弃糟糠之妻的人要好太多了，这很高尚，应该得到颂扬，可我不认为这么做有多合适。可别觉得那些人冒天下之大不韪做出绝情之事是脑子进水了，不论把他们放在以前还是现在，那妥妥的都是精英，他们有头脑，更知道怎样能把资源利用到极致，把风险降到最低，权衡了利弊，才敢于挣脱道德的束缚，宁可被世人唾弃也要少走弯路，这不是辜负、不是解脱，这才是负责任。另说着，一个被精英抛弃的女人，想必也不会找不到别的出路吧，如果她寻死觅活，反而是动机不纯了，一门心思嫁入豪门，也不掂量掂量自己能不能把握得住，人还得往通透了活。这个浮躁的社会不提倡陈世美式的了断，但也不像古人了，已经不避讳不批判了，这一定是一种进步。"

冯蔚说："这是道德沦丧、朝三暮四、始乱终弃，这如果是进步，何谈信仰！你不要揣摩我的立场，别站在我的立场上替我发言，这会极大地贬损到我。"

章梦佳说："随你怎么说吧，反正我已经走了，你找不到我的，现在的我只是一个镜像。这个薄情寡义的坏蛋角色让我来做，这个欺世骂名让我来背。"

冯蔚说："我要找到你。"

章梦佳说："找到我又能怎样呢？一堆黑料，别玷污了你光辉的履历，我从不当绊脚石，请给我们平凡人一条自由的路。"

冯蔚说："不是我亲眼所见，谁说什么，对我都没有参考价值，你在我心里永远不染纤尘，你永远都在为我守身如玉。"

章梦佳说："我亲口所说，就不会有假！我怀了杨荣才的孩子，却因为他的虐待而流产，并因此失去了生育能力。杨磊倒是对我很好，可他离不了婚，我只能以姘头的身份跟他去当流民。没学历没技术，好工作找不到，差工作受欺凌，底层人总和底层人过不去，这是现状，偶尔得做些见不得光的事才能维持生计，这还是不染纤尘吗？这都糟烂透顶了！"

冯蔚说："别说了！你这样只会让我更羞愧难当，更想马上去找你，你当面让我死心。"

章梦佳说："何必呢！"

冯蔚说："我至少要知道你还活着。"

章梦佳说："你说这话有底气吗？你瞧瞧你现在。"

冯蔚"咣咣"跺了两脚说："底气现在就从脚板升上来了。"

章梦佳说："真相与谎言是相悖的，你和我也是相悖的，我存在的意义就是让你明白，相悖着，永难同行。"

章梦佳走了，和当年她被杨荣才掳走一样，和她与众人不辞而别一样。他们的镜像相见无疾而终，章梦佳为什么出走，是不是私奔，她仍只字未提，冯蔚仍一无所知。长存于冯蔚心中的章梦佳，曾激励他奋勇争先，现在她音讯全无，种种迹象表明，他们已经是过去时了，可冯蔚还耿耿于怀，以前是为了找到爱，现在标准降低了，只求找到人就行了。

要找别人先要找到自己。那时候冯蔚身体一软，瘫坐在充气船船舱里，他已经渴到了极限，他摸了自己大约三厘米长的胡子，有的打了卷，有的打了结，拨拉几下，掉下来一大把，全白了，胡子好像都因为缺水而旱死了。这时候，有人真正将他从思绪中拉回来，这个人当然是真实的刘岸，这次他不是用尿，而是用雨。

雨从哪里来，刘岸在"发功"。冯蔚听见身后的刘岸在碎碎念，他以为刘岸的状态也出了问题，也到自我构建的精神寰宇中神游了一遭，正胡话连篇着，转头看见刘岸有过之无不及，摆出了让人看不懂的阵型。

刘岸跪在船舱里，磕头如捣蒜。他的面前摆着一条刚钓上来的龙利鱼，他把鱼平均切成了三段，整齐地摆放在船头，像是在上供。

冯蔚好奇地问："你这是在演什么节目？很是新颖啊！"

刘岸把食指放在因为干渴而严重龟裂的嘴唇上，"嘘"了一声后说道："别说话，别影响我求雨，我很快就跟雷神雨神对接上了。"

冯蔚哭笑不得。想哭，是刘岸玩世不恭的态度，竟然还有心情搞恶作剧；想笑，是龙利鱼属暖温性近海大型底层鱼类，这表明目前海水的深度在变浅，连日来的漂流，他们离陆地并不是越来越远，而是越来越近了。可至于到底还有多少海里，冯蔚一点儿也不乐观，因为当时他跳下海的区域距离靠岸保守还有七天的航程，那还是在乘坐武江舰的情况下，而充气船时而在疾风狂浪中如脱缰的野马，时而通过他们的桨叶龟速前行，很大部分时间在随波逐流，主动动力太过有限。

冯蔚冷眼旁观，略带调侃地说："省点儿体力吧，你一个执法先锋，怎么能干出这事儿来？封建意识作祟，腐朽观念不死！日后万一我们活着上岸了，媒体纷至沓来，以你的性格和操守，你不得不如实提起这段经历，但那就糟了，那属于传播迷信思想。"

刘岸对冯蔚给扣的大帽子表示些许不满："只知其一不知其二，'心诚则灵'算不算迷信？'有志者事竟成'算不算迷信？'精诚所至，金石为开''求爷爷告奶奶''功夫不负有心人'算不算迷信？你们这群人，看不上中华民族的传统美德，对待舶来品的态度却一百八十度大转弯，你告诉我结婚穿旗袍和穿婚纱哪个好看？汽车按键上用英文还是用中文？别那么双标！在中国的领海上，中国的仪式必然管用，这是一场隆重的祈愿仪式！"

冯蔚哑口无言。

刘岸问："你心里就从来没有为了什么而祈愿过吗？"

冯蔚说："有过，这样的情况还真不少！"

刘岸问："你渴不渴？如果不渴，你就只管添乱。"

冯蔚说:"废话,渴得像沙滩上被晒得两头翘起的死鱼,像灶膛里烤爆皮的鸡蛋。"

刘岸说:"那不就得了!这雨是给我一个人求的吗?是我们共同的雨。你也要贡献一份绵薄之力,学着我的样子,跪下,念叨……"

冯蔚问:"念叨什么?"

刘岸说:"你对着流星许愿的时候怎么念叨的,现在就怎么念叨!"

冯蔚想喝水,又想不出比刘岸更高明的招法,不得不死马当活马医,半推半就地照做了,但面子上过不去,心里不服气:"要是能求来,以后你当小组长;要是求不来,你在我面前少说话,我可不想再听你那些冠冕堂皇的言论。"

刘岸说:"这种事情哪有十拿九稳的,全凭个人造化,请不要认为我的额外工作是理所应当的。"其实刘岸对会下雨这件事,心里大致有数,因为刚才冯蔚梦游的时候,他仔细研究了海图,确定了风向,船儿再往西北漂一阵子,就进入雷电区了。他并不是盲目跳大神求雨,之所以费这么大劲搞这些名堂,完全是为了转移冯蔚的注意力,顺带着提升一下自身魅力,让冯蔚在他身上能多得到一些安全感。这万分艰险的海上漂流,如果不适当增加点儿调和剂,精神很容易就崩溃了,乐观已经不足以祛除排山倒海而来的压力,那就只能想点儿歪招,或许能有出其不意的效果。

冯蔚专心祈愿的时候,刘岸却憋着笑,于一旁跷起了二郎腿,尽管他身体机能严重退化，难受的程度可想而知，但他还是要摆出这个姿势，虽不惬意，但也要假装惬意。

十几分钟之后，冯蔚的嘴巴像缺了机油的发动机，快抱死了，几乎说不出话来，没有一个雨点落下来，他才开始反思自己这种行为是不是很呆傻，当他睁开眼扭头看见说好"并肩作战"的刘岸在独享清闲时，有种被愚弄的感觉。

冯蔚问："你怎么歇了？你是主力啊！"

刘岸说："这方面我修行在你之上，我发功结束了，你不能跟我比。"

这话乍一听挺有道理的，冯蔚也尝试着选择相信，却越想越别扭，干脆撂挑子了，问道："雨呢？雨总会来的，如果是明天来、后天来，你怎么证明和这次跳大神般的求雨仪式有关系？"

刘岸说："两个小时之内没有雨，我任打任罚。"

冯蔚揪着刘岸的脖领子说："我有力气打你罚你吗？你是不是逗傻小子呢！"

刘岸不敢再接话，但戏要做足，他学着他们村"刘半仙儿"的样子，故弄玄虚地掰着手指头，聚精会神地望向天空。

又过了好一会儿，周围没有丝毫变化，刘岸也心虚了，心说，时间应该到了，怎么还没进入雷电区。从风向来说，不该出现这种情况。这要是搞砸了，在冯蔚面前难收场不说，喝不到水，可是致命的。

冯蔚气鼓鼓地靠在了船沿上，一动不动了，刚开始还能看到胸脯一起一落，渐渐地幅度越来越小，在旁观者看来，近似失去了呼吸。刘岸拉了拉他的袖子，他没有反应，这把刘岸吓了一跳。

刘岸声泪俱下："你别死啊，雨就要来了，你再等等啊！刚才那一波瞎折腾，占用了你残存生命的四分之三，你死了，我这玩笑可就真开大了，开出人命来了。如果你要原谅我，就得等到下辈子了，这个罪过我担不起，我受不了！"

冯蔚还是没有反应，刘岸一边哭一边真的磕上了头，他刚才是演戏，现在如假包换的情真意切。其实冯蔚感知得到，只是他无法回应什么，他的手抬了抬，又掉下去了，他的面容十分安详，其实他在心里说："我死了，也是因为与大自然的抗争而死，如果是因为兄弟的善意而死，那可太没意思了。"

刘岸越哭越凶，有大滴的眼泪掉在冯蔚的脸上，还有的掉在他的嘴唇上，他咂摸了一下，并不咸，和海水比起来，犹如甘露，甜滋滋的。那泪水越掉越多，好像刘岸是个水龙头，被拧了开关，可这就不科学了，刘岸身体里的水分也已干涸，怎么会有这么多眼泪呢？刘岸更惊讶，他相较来说清醒一些，也察觉到了异样，马上止住哭泣，擦了擦眼睛，可豆大的泪珠越擦越多，落在冯蔚身上，还落在充气船上，噼里啪啦地响，并且溅起了水雾。刘岸心说，难道是老天看我太过分，让我化成水，去拯救兄弟？

直到水珠变成水流，打湿了充气船，浸湿了他们的衣服，他们才同时反应过来，是雨下起来了，"求雨"行动胜利了。从淅淅沥沥的小雨变成瓢泼大雨，这雨下得酣畅淋漓。这雨再姗姗来迟，此时来讲，也都是救命的及时雨。

他们等来了生命之源，来不及高兴，尽情地吮吸着，从船头吸到船尾，又从船尾吸到船头，像沙漠中被风暴掩埋蛰伏数年的沙球，一遇到水，瞬间就能破土而出，绽放开花。光靠肚子装水远远不够，还要考虑接下来几天的淡水问题，他们摆好头盔、水壶，甚至脱下了战靴，把一切能够装水的物件都用上了，尽可能地多地储存这珍贵的雨水。

喝了个水饱之后，他们还要把雨水利用好，他们脱下衣服，像两只黑乎乎的光腚猴，在大雨中陶醉地舞蹈。雨水冲刷着干渴的他们，他们做着搓澡的动作，灰黑的泥巴化作泥汤淌下去，青春的脸庞和满身的腱子肉重现天光。多天以后，他们以为要相互失去的时候，他们却看清了对方，一直模糊的世界顿时明朗了起来。

刘岸蹦蹦跳跳地说："活了，又活过来了，原来，死只有一次，活可以活很多次啊！"

冯蔚抹了一把脸，嘴里的雨水还没咽下去，含混不清地说："真好，好极了，所有人都好，世间万物都好啊！"

刘岸不忘邀功，骄傲地说："我说什么来着，我灵不灵？"

冯蔚被雨水一浇，不再是那个浑浑噩噩的傻家伙了，他当然明白了前因后果，但现在他沉浸在活下来的喜悦中，谎言也美好极了，戳穿谎言就是煞风景。所以他不再做一个令人生厌的大直男，看破不说破，配合着刘岸，让那时的气氛妙不可言。大雨持续了二十分钟左右，但这二十分钟给予他们前二十年也未曾感受到的兴奋和快乐。

然而，有水、有食物就能等到上岸的一天吗？好像也只是理想而已，他们与陆地之间的距离仍然无尽遥远。人不是海上生物，心理顽疾、病毒感染、细菌侵蚀，高盐、高湿、高热、高寒以及水中凶猛的生物，每一样都能夺取他们的性命。快乐之后随之而来的一定有低潮，刚才的快乐有多振奋人心，接下来的失落就有多深入骨髓，尤其是暗夜里，面对面也看不见对方的时候，冯蔚和刘岸相互抱着脚感知这个世界上还有生命存在。

继续漂在海上，可能是第十天，也可能是第十一天，他们在黑暗中感觉到了早晨的来临。几只海鸟在觅食，它们之间有对话，在冯蔚和刘岸听来，好像是在讨论这两个奇怪的人类还能撑多久。那是海鸟的哀鸣，也是死亡的序章。

冯蔚和刘岸失去联系的第七天，搜救人员来了一拨又一拨，专业的搜救设备换了一批又一批，找遍了那片海域，一无所获。专家得出结论，希望不可以说很渺茫，而是可能性几乎为零了。搜救团队不得不撤回，李海疆纵有万般不舍，心里永远不接受这个事实，可也不能由着性子，毕竟这是团队行动，涉及太多人力物力，武江舰成员以及他的意志，只占很小的比重了。

武江舰靠岸检修，李海疆和兄弟们进入宁岛工作站休整，可他一天囫囵觉也没睡过，他总感觉自己还漂在海上，脑海里一直浮现着最后的救援画面。他们曾如此接近，他们在向他招手、在呼救，可他被困住，寸步难行，什么也做不了，这个时候他便从梦中惊醒，呼吸困难，如坐针毡。

江淮海警局的总结大会李海疆也拒绝参加，他不认为有什么好总结的，阶段性的总结也完全没有必要，这事远远没有结束，他守着通讯电台一发呆就是一整天，只有电台一响，失魂落魄的他才能精神一会儿，因为他感觉那就是冯蔚和刘岸发来的求救信号。

这天，电话响了，从邻近的大屿村传来消息，有渔民在海上作业时捞上来两个人，大致描述的体貌特征与冯蔚、刘岸极为相像，李海疆越听越觉得就是他俩。但对方表示两个人正在抢救，生命体征已经很不明显，抢救回来的概率微乎其微。说白了，他们是让李海疆去辨认尸体。

李海疆紧急驱车，看得出来他很兴奋，尽管那兴奋中更多的是忐忑，他招魂似的说着话："一定能抢救过来，对不对，渔民无所不能，他们最熟悉对溺水者的急救手段！冯蔚和刘岸身体素质最棒，曾经有在水里待三天三夜的训练记录，他们会留一口气等我们的，对不对？你告诉我对不对……"副驾驶位置上的彭敖说："对对对，吉人自有天相，高手定然脱险！"他注意到李海疆扶方向盘的手哆嗦个不停，坚决要求把他换下来。

来到大屿村的沙滩上，李海疆越过警戒线，以百米冲刺的速度往目的地跑，彭敖铆足了劲儿才不至于掉队，可在距离两具遗体还有五六十米的地方，李海疆停止了奔跑，每走一步都沉重不已。彭敖明白，他是不想过快承认眼前的一切就是现实，看不见则还有希望，看见了即成定局。他跟跟跄跄向前走去，沙滩上留下毫无规律的两行脚印，他越走越慢，可那两具遗体还是赫然眼前。彭敖去扶他，他却推开了，他说："闪开，别扶我！"彭敖立即收手，蹑手蹑脚地跟着他，他明白，此刻的李海疆如履薄冰、心惊胆战，好像周边有什么风吹草动，就会吓跑他的好运，结果就会朝着不好的方向发展。

李海疆掀开了盖在两人脸上的衣服，发现是两张陌生的脸，他怔住了，到底应该庆幸还是悲痛，一时不知所措，他哀悼眼前两个不幸的人，又因不是冯蔚和刘岸而保存着来前的期待，失落、愧疚、难受的表情交加，在几秒钟内缠绕并裂变，那纠结的样子让人不忍直视。

刚过了不到一天，已是子夜时分，彭敖接到一个电话，不出所料，还是让李海疆去认人。这次更让人揪心，一具尸体已经被送进了市医院的太平间，之所以将此人和失踪的海警联系上，是因为打捞队将他打捞起来的时候，同时还捞上来一件海警的帽子。

去太平间认人，还不如自己去闯鬼门关，那是多大的心理折磨，想想就悲痛欲绝。彭敖向欧潮建议："换个人去吧，人老这么受刺激，会出大问题。"

欧潮说："你能说服他吗？"

彭敖说："不能，干脆就别通知他，我们替他去。"

欧潮说："瞒着他？如果让他知道了，不仅他会受刺激，我们更得受刺激，全海警局都得受刺激。他是一舰之长，舰艇上大大小小的事情，哪个能瞒得了他，不是冯蔚和刘岸则已，万一是，咱俩都没好果子吃！"欧潮说得句句在理，彭敖赶紧第一时间通知李海疆。

汽车在高速上飞驰，医院院长向李海疆电话描述基本情况，彭敖听得心惊肉跳。院长说："请你们做好心理准备，你们要辨认的遗体不够完整，较为血腥，头部已经缺损一部分，是被船只挤压所致还是被鲨鱼啃掉的，不得而知，送来得太晚了，待天亮组织尸检后才能判明。你们自己决定要不要这个时间段去辨认，或许熟悉死者的人能够从他的身体特征上发现线索，但我对能否辨认出来持保留意见，我更建议后期通过DNA比对验明身份。本来我不建议你们前来辨认，但鉴于上级有要求，涉及重大案情，只得破例了。你们来就来，还挑这个时候来，恕难陪同。到现场后，请务必控制好情绪，别给工作人员添麻烦。"院长话里话外都体现着抗拒，对他们的辨认工作并不欢迎。

但向来执行力一流的李海疆一刻也等不了，这时候他可不会顾及什么人情世故，他说："如果真的是他们其中的一个，不管缺损成什么样，我一定能辨认出来。"随后挂了电话。

李海疆说的没错，他的兄弟，朝夕相处，赤诚相见，谁是罗圈腿、谁身上的哪个部位有疤痕、谁有特殊体味儿、谁肌肉发达、谁精瘦但有力量……这些他如数家珍，他曾对执法员们说过："我跟你们待在一起的时间，远远多于跟我爱人在一起的时间，我对你们的熟悉程度，也超过了我的孩子。"的确，他的孩子正在发育，几天不见就大变样了，人群中能不能一眼认出来，真还得两说。

对于院长的话，李海疆不以为然，彭敖却听得脸色煞白，这大半夜的，院长讲了一个比鬼故事还吓人的真实事件，让他联想到了之前执行任务时，那些曾在心中留下阴影的惨烈画面，虽然他具备侦察员素养，见过不少限制级场面，但现在他还是不自觉地咬住了后槽牙，可越是强装镇定，身体越发冷、僵硬。

汽车里的气氛压抑起来，彭敖两手紧抓方向盘，双目直勾勾盯着前方，脑门上全是汗，路边一个电源接触不良的灯箱一明一暗，一家饭店招牌上的喷绘布不知是没有装好还是年久腐蚀而垂了下来，在风中摇摆着，一个刚下夜班的女工，穿着白色的制服，在街角一闪而过……那时候，彭敖看哪里都阴森恐怖，只得猛踩油门，机械的轰鸣声并没有给他增添胆气。

李海疆说："别怕，去见自己的兄弟，怕什么！"

彭敖说："正因为是自己的兄弟，我才怕，以前目睹过死亡，可只是目睹而已，总觉得离自己很远，可今天我也成了主角之一。"李海疆一只手搭在他的肩膀上，他心里镇定了一些，可还是忍不住打战。

宁岛港距离宁水市医院有四五十分钟的车程，车子停在了医院门口规划的停车位上时，时针已指向凌晨一点，时间关系加上天气原因，医院里一个人影也没有，月亮掩映在乌云后面，几盏昏黄的路灯不能让院区看起来亮堂多少。空气中飘浮着消毒水和福尔马林的味道，让彭敖本就糟糕的心情更不美丽。

没有人接待他们，一位看上去年近七十的保安揉着惺忪的眼睛，颤巍巍地走过来，询问他们的来意。他们亮明身份，保安面无表情，也许有表情，但被满脸褶子遮住了，他走路脚下没根，看起来轻飘飘的，这也让彭敖倍感诡异，说什么也不敢往前走了，他自己摁响了自己的手机，佯装接通后说道："对，是这个号牌，是我的车！什么？挡着你家车了？好嘞，马上来挪！"

放下根本没有来电的手机，彭敖借口说挪车，灰溜溜地走出医院大门，坐在汽车里，锁上车门，看着李海疆一个人顺着保安指引的方向走过一栋栋高楼，向医院最角落里的一栋平房走去，直到夜幕完全吞噬了他。

李海疆当时没多想，事后才回过味儿来，他记得清楚，凌晨一点多，汽车停在停车位上，车位周边空空荡荡，一辆车也没有，哪会有挪车这个环节，全是彭敖杜撰的。可他不怪彭敖，他是真的怕冷柜里冰冻着的人是冯蔚或刘岸，上次之所以敢去，是因为两人或许有救，即便没得救，至少观感上好接受一些。

## 第十八章

找不到你,即使是鲜花绽放的时节,我仍然身处草木凋零的世界;即使黎明辉映双眼,我仍然不在清晨,而在寒风彻骨的深夜。

李海疆独自来到太平间外,平房是用砖墙围起来的,有一道铁艺门,门上挂着一条链子锁,没上锁,李海疆一拽就开了。平房最东边的一间屋子拉着窗帘,里面亮着一盏二十瓦的钨丝灯,发出橘黄色的光,那光并不能令人感到温馨,还加重了周围的黑暗。偶有几声虫鸣,也是来烘托寂寥的。

满院子落叶,李海疆踩上去哗啦啦响,动静很大,像放爆竹似的,可即便如此,也没有一个人出来看一眼。他心说,也对,谁会到这里来偷东西或惹事情,这里无疑是最安全的角落。

李海疆连叫了几声:"有人吗?有没有人!"

亮灯的房间,门吱嘎开了,还是一位耄耋老者,披着一件破旧不堪的军大衣,佝偻着背,不比门口的保安岁数小,也难怪,这种岗位,年轻人干不来。

老者打开手电照了一下,看见了李海疆铁青的脸,问道:"干什么的?"

李海疆说:"我来认人。"

老者糊里糊涂地问:"认什么人?什么认人?认人什么?"这个三连问把李海疆问出一肚子气来。

李海疆耐着性子说:"我来认一个疑似海警的人,执行任务失踪了,说是这里刚送来个人,能沾上边儿,你们院长知道这事儿,没有通知你?"

老者并不回答他的问题,自顾自地说:"海警?你是海上讨生活的?"

李海疆说:"严格来说是执行打击海上违法犯罪活动、维护海上治安和安全保卫的。"

老者一脸茫然,若有所思,仍没有给他开门的意思,嘟囔着:"海警?什么海警?"

李海疆认为有必要向他普及一下国防知识,不然这太平间的门还真不一定能进去,大半夜的打电话找人疏通也不礼貌。他强压住焦躁,解释道:"海警是一支新型海上武装力量,在其诞生之前,在海上拥有行政执法权力的部门包括海监、海事、海关、渔政和公安边防等。这一局面被老百姓戏称为'九龙闹海',多头管理,产生了很多弊端,尤其是从对外的角度,无法形成拳头重击侵害我国海洋权益的行为，后来国家统一了执法力量，统筹了人力财力物力、装备、基础建设和行政资源，建立了中国海岸警卫队，也就是现在的我们。"

老者眼里有光闪过，可能是被李海疆的讲述吸引了，说话认真靠谱了不少："嗐，我想起来了，听说过，我听广播，报道里经常提到你们又破获了几起重大案件，很是神勇哩，出海的老百姓都得感谢你们呢。你可能看不出来，我年轻的时候当过海员，太不容易了，危险不说，经常受欺负，没少被吃拿卡要。我想是那时候没有海警的缘故，有了你们，现在再去海上发财，应该好过多了吧？"

老者的话很朴实，也是事实，李海疆从他浑浊的老眼里看到了他对于大海的情感，说道："我们就是为此应运而生的。"

老者只是啧啧称赞，好像忘记了李海疆到底是来干什么的，在李海疆殷切的目光中，他嘴巴张了又张，终于问道："你来干什么的来着？"

李海疆这才理解医院的安排，聘请如此一个稀里糊涂、前言不搭后语的老人来看太平间再合适不过了，他连刚经历过的事、说过的话都忘得一干二净，哪里还能记住太平间里住的是人是鬼，他不会有恐惧，他也很难在乎什么东西。

李海疆尽量保持轻声细语："我可以去认人了吗？"

老者又重复了三连问："认什么人？什么认人？认人什么？"

李海疆启发式地说："海警，我刚说过，海警嘛！"

老者如梦初醒，朗声说："去吧！门没关，这里的门都不用关。"说完步履蹒跚地要回屋。

李海疆赶紧叫住他："你不带我一下吗？"李海疆怀疑这老者不是看门人，他是从太平间的冷柜里跑出来放风的。

老者说："带什么？"

李海疆放弃了对老者的期待，说道："最后一个送进来的遗体停放在哪个冷柜里？"

老者说："嗐，推门进去，一眼就看到了，靠墙的那个就是！"老者打着哈欠进屋了，李海疆悔不当初，心说，早知道这样我还找你干什么，自己就把事全办了。

李海疆进了太平间，一股极寒之气扑面而来，他打了个寒战，在门边的墙上摸索了一会儿，拉亮了电灯，墙上的温湿度计显示零下二十度，他扫视了一眼屋内，顿时傻了眼，冷柜不是分门别类摆放的，也没有贴标签、作标识，而是挨着墙整整齐齐摆了一圈，没有哪一个不靠墙。老者所说的靠墙，等于没说，到底是哪一个呢？李海疆可不敢再去找那位老者，再和他纠缠，一定会平添更多烦恼。

于是只能靠自己了，他把冷柜一屉一屉逐一拉开辨认。那是一个说出去都没人敢信的自虐行为，因为每拉开一个冷柜，都要经受一次灵魂上的洗礼、视觉上的冲击和情感上的煎熬。雪上加霜的是，这是家大医院，"客"流量不小，床位紧张，冷柜位也紧张，"座无虚席"。

冷柜里的人可不像活人有棱有角，表情丰富，精神饱满，容易辨认，他们都光溜溜的，肌肤塌陷，五官萎缩，看久了眼睛就花了。就像长时间盯着一个字看，就不认识那个字了一样，同样的道理，人盯久了，好像也都一样了，男的女的都一样，老的少的都一样，好像一个模子刻出来的。这不科学，但事实却是如此，侧面说明，除了极少数的人能被铭记，绝大部分的人，如出一辙，别无二致。什么风格、地位、形态，于旁观者的角度，皆是荡然无存。

李海疆抽拉着冷柜，工作量很大，那么低的气温中，他竟然出汗了。他每拉开一个，发现不是，就恭敬地三鞠躬，表达对死者的尊重，一晚上到底鞠了多少躬，他也忘记了。很不走运的是，直到拉开最后一个，他才找到应该找的那具遗体，因为他的身边摆着一顶印着海警标志的帽子。

那具遗体确实惨不忍睹，肠子要不是有纱布包着就淌出来了，脑袋缺了半块，能看见白花花的脑花，有点儿像生猪脑或者被人刻意搅碎的豆腐脑。李海疆永远记得那个画面，后来一想起来肠胃里就会翻江倒海，导致再也不敢碰那两样食物了，看一眼都不行。

当时，尽管那具遗体毁人三观，可李海疆还是面对他肃立了很久很久，其实李海疆一眼就辨别出来了，那不是冯蔚或刘岸，但他还是拔不动腿。好像不作停留，真对不起那一整夜的连环打击。

动静之间，只隔着一个十分细微的临界点，看着看着，李海疆崩溃了，多天来积攒在心头的负面情绪一瞬间爆发，他号啕大哭，喊着："你们，你们到底在哪儿啊，求你们，回来了，回家吧！"

黎明很快就要到来，可李海疆的世界仍处于至暗时刻，李海疆哭着走出太平间，在台阶处剧烈呕吐起来，那声音比哭声还大，回音四起，震荡人心，可是没有人关心他因何至此，甚至连露出头来看一眼的人都没有。因为这是医院，在这里每天都在上演生死离别，听见哭声的人们，或许只是心头一紧，然后蒙上被子嘟囔一句："又走了一个！"仅此而已。

李海疆吐光了能吐的东西，斜倚在铁栅栏门前，他眼前阵阵发黑，他不知道何去何从，因为明天再没有他俩的消息，按照程序，就要为他俩准备后事了，不管还有没有奇迹，追悼会一开，名义上就被宣告死亡了。到时候再有无人认领的遗体，在没有检测出来之前，相关部门也不会再通知他们了。

彭敖左等右等没看见李海疆出来，心慌意乱，他隐隐听见了哭声，听音是李海疆，心里"咯噔"一下，莫非真的是两人中的一个？那时候彭敖再也不觉得有什么恐惧，兄弟都送命了，他不能因为害怕而龟缩在驾驶室里，平时害怕是常情，有些时候不害怕是底线。他拉开车门往太平间方向跑，边跑边哭，到了地方，看见瘫坐在地的李海疆，问道："是吗？不是吧？你倒是说话呀！"

李海疆说："不是。"

彭敖长舒一口气："不是，你哭什么？这把我吓得都心律不齐了。"

李海疆说："不是，可我们也要和他们渐行渐远了。"

彭敖云里雾里："我听不明白，没有结论呢嘛！"

李海疆说："半个月过去了，即使他们还活着，陆地上的人们也等不了了，人就是这样的物种，总急着对一件事情盖棺论定。"

彭敖问："为什么？谁等不及，是谁？！"

李海疆说："每个人，谁也难以免俗！有了结论，人们才能找到所谓的心安，才能各自开启各自的下一程。人们不想压着一块石头前行，不想在履历上留下不光彩的一笔，没有后顾之忧，才能轻装上阵。"

彭敖说："都他大爷的要什么结论？什么结论我们不承认，他们就一定还活着！"

李海疆点头又摇头，他从地上爬起来，身形并不矫捷，站在那儿像一棵枯槁的树。或者此刻他只想成为一棵树，和身后那盏橘色的钨丝灯一起熬走最后的黑暗，一直到清晨，站立出难以名状的顽固。那时候，他要为此英勇，回避清欢，放下成见。

他说："可确实应该往前看，如果我们不想重蹈覆辙，就要厘清事情背后的逻辑，揪出幕后黑手，暂且接受必须要接受的，但以后的每一天随时都要有重逢的底气。现在起，我们的斗争才刚刚开始，一刻也不能得过且过，放任自流。"

迎着黎明，李海疆带着彭敖直奔江淮海警局宁水大队的看守室，目标直指海松号上的嫌疑人。

船长加旺命丧大海，大副康利已经被打捞上岸，宣布了死亡，他的弟弟康迪是二副的身份，属于海松号上目前职务最高的人了，他自然掌握了最多的秘密。想知道海松号冲撞武江舰的真实意图到底是什么，必须撬开这个头号攻坚对象的嘴。执法员们利用毕生所学，启用谈话技巧，轮番对其展开心理攻势，可惜康迪表面看上去人畜无害，实则内功深厚。

康迪四十出头的年纪，性格和哥哥康利截然相反，稳重内敛，沉默寡言。他戴一副金丝眼镜，没有穿二副制服，而是西装革履，西装口袋里装一只手帕，没事就取出来擦眼镜，那副眼镜在他手里比较像文玩，随时都有盘上一盘的需求。康迪举手投足很是儒雅，从被羁押开始，不吵不闹，谦逊有礼，让人有种他不是罪犯，而是位远道而来的客人的错觉，来宁水大队只是来体验生活的。提审的时候，他对所有人彬彬有礼，毫不冒犯，压根儿无法将其与犯罪集团的主要头领联系起来，他不应该出现在看守室，而应该出现在上流社会的交际场。抽烟品茗、觥筹交错，或者他应该待在工作室里搞搞艺术、做做学问，此次他的角色应是受宁水大队的邀请，前来给执法员上礼仪课的讲师。

李海疆到来之前，很多人先行提审康迪，欧潮也不例外。欧潮参加工作十几年，既有基层历练，又有机关打磨，经验不可谓不丰富，难啃的硬骨头见多了。他最不担心嫌犯有戾气，戾气的由来，归根结底是对人和事没把握，防线更脆弱，越是凶狠的人越对现状不满意，迫切想得到改善，而"迫切"这个特点在执法员看来就是缺陷。然而，像康迪这样的家伙着实少见，他不动声色，找不到破绽。都说最好的防守是进攻，他进攻的套路很奇葩，一涉及关键问题，就能完美避开。

欧潮把一沓材料往审讯桌上一扔，信心十足："说说吧！"

康迪也不含糊，自报家门，流利地说出自己的基本情况。欧潮的材料最上方摆着一张表格，坐在审讯椅上的康迪压根儿看不见表格上的内容。通常情况下都是欧潮问一句，嫌犯答一句，可现在无须欧潮引导，康迪回答得相当主动全面，欧潮只要按照他说的顺序填上去就行了，丝毫没有误差，这让欧潮惊讶不已，天天手填这张表格，也不一定有他记得牢靠。欧潮提前调阅过康迪的档案，他没少被执法部门打击，但蹊跷的是前几次都全身而退了，可见不容小觑。

康迪自称一多半血统是中国人，还有一小半是F国人，他当然熟稔中方办事规程，了解传统文化，不仅按照表格内容如实供述，甚至还自由发挥了，连生辰八字都没落下。康迪的完美表现，让欧潮意识到不妙，他能从康迪的"顺从"中明确地读出他的洋洋自得，却又无可奈何，只能面对滚刀肉暗暗叫苦。

康迪是这么结束自我介绍的："欧先生，咱们的民间文化中，有'女怕属羊，男怕属鸡'的说法，好巧不巧，敝人属鸡，刚得知这个说法时我很不开心，但随之一想，我多幸运，我并非中国籍，用不着往你们约定俗成的东西上靠，如果硬要给自己定一个属相，我想你们的十二生肖中并不囊括，我偏偏属第十三个！"

欧潮竟然被他吊足了胃口："你属什么？"

康迪说："我属海鲜，生猛海鲜！"他旁若无人地大笑起来，乍一看，倒像个心无杂念的爽朗之人，可那笑声在欧潮听来充满挑衅。

欧潮当然能听出来他的意思，他既表明了自己的外籍身份，又强调了不怕被拿捏的风格，话虽隐晦，态度明确，他是在告诉欧潮，我不走寻常路，一般手段能省则省吧，别在我身上浪费时间。

欧潮当然不会轻易认输："生猛海鲜？生猛吗？你怕是没想到，在宁水人人都是海鲜料理的专家，不管是什么品种，在这里无一不会被吃掉。"

康迪收起笑脸："有的海鲜体内有剧毒，想吃进肚子，要经过九九八十一道工序，即便每一道工序都做到位，不是顶级大厨的话，也不敢百分百保证吃了会不会有事呢！"

欧潮自打进来就被带走节奏，至今还没切入正题，他直抒胸臆："海鲜的事儿以后再好好跟你聊聊，我现在想知道海松号冲撞武江舰的理由。"

康迪表情无辜，滔滔不绝地给欧潮"背诵"起了二副职责："我是海松号二副，您问的问题不在我的职权范围。我听从船长和大副的调遣，主要履行航行和停泊值班任务，主管驾驶台设备，还有无线电航海仪器、气象仪器、操舵仪、天文钟、船钟、罗经、国旗、号旗、号灯、号型及航海图书资料等等，每天与二管轮互换正午报告，靠离、移泊时在船尾指挥。我哥康利不能履行职务时，我代理他的职务，但自从我到海松号上以来，他还没有不能履行职务的时候，所以我一直没有机会体验大副有多威风，不失为一种遗憾……"

康迪词儿背得滚瓜烂熟，欧潮必须阻止他再说下去，他一口流利的普通话，听得出来理论功底扎实，如果让他继续，他能把繁琐的工作流程全部陈述一遍，再审两个小时，也无济于事。

欧潮打开身后的电视，画面上出现另外两间审讯室的图像。一间关着三副苏伦，一间关着水手长希尔，苏伦的手铐已经被打开了，正吞云吐雾，表情很是舒展，希尔还是一筹莫展。康迪看了一眼，脸上浮现一丝难以察觉的慌乱，但稍纵即逝："你想说明什么？他们说什么，我就得顺着他们说吗？"

欧潮放出音频，康迪听得出来那不是剪辑合成的，确实是三副苏伦熟悉的声音。

苏伦该承认的全承认了："康迪是海松号三位头领之一，海上每一个行动的指令都是他下达的，他不可能不知道内幕。"

康迪伸长脖子，想继续听下去，欧潮却见好就收，关了音频："劝你放聪明点儿，你应该了解，海警转隶以来还没有悬而未决的案子。海松号上几十号人都被控制，你不说，我们也会通过各种人、各种渠道弄清原委，我是在给你机会！"

康迪从眼镜上方盯着欧潮："谢谢您给的机会！"

欧潮在等待，他以为能有突破，没想到康迪反过来做起了他的工作："是要告诉我坦白从宽抗拒从严吗？之后鉴于我有立功表现，从轻处罚？连你都知道，我一个二副，命运捉弄，不幸成为海松号的老大，但凡海松号有问题，我的责任最大，我还立功，我立给谁看？！为了让你们揪出我的罪证，自我揭发、自我出卖，立一个搞倒自己的大功吗？这是本年度听过的最好的笑话了，立得功越大，死得越快！还是把立功机会让给我的手下吧，他们比我需要！"

欧潮说："听这意思，你是准备好打持久战了？"

康迪说："不会太久。你也知道海松号上几十号人，一半以上是外籍，这已经不是我和你乃至海松号和中国海警之间的事情了。我只需耐心等待，国际舆论会告诉你答案，一次普通的撞船事件，为什么非要上升到国际纠纷的程度？"

欧潮说："铁证如山，至少四次冲撞，这事件还普通吗？"

康迪说："不知道欧先生是否了解海松号，电子元件不比你们的舰艇少，但论航行纪律、操作水平、心理素质，和你们没有可比性，而且电脑发生故障的概率是有的，这时候考验技师排除故障的能力，我一个二副，没有三头六臂，一旦技师黔驴技穷，我也无力回天，建议你去提审技师，而不是问我。"

欧潮冷笑："电脑故障？我看是人脑故障。"

康迪仍旧不急不躁："这话要谨慎，中国海警不会诬陷一个好人，这个还需要双方都调集专家团队认认真真、仔仔细细调查论证。我提出一个设想，咱们来探讨探讨？"

欧潮说："什么设想？"

康迪好像有了重大发现，测算出新的定理，难掩兴奋："您说有没有可能是你们的舰艇发生了故障呢？你们船小，速度快，机动性更强，比大吨位的轮船有更多可能性。如果是舰艇的问题，估计届时一定不方便对外界公布,但公众又有知情权,我保留追诉的权利喃!"

欧潮嘴唇发紫,怒目圆瞪。康迪很是照顾欧潮的情绪,听起来像在缓和气氛:"只是设想,您别介意,我对武江舰的设想,就像您对海松号的设想一样,都不成熟,不成熟的人不可信,不成熟的想法要及时摒弃。"

这还被他倒打了一耙,明知道从他嘴里说出来的都是谎言,却不得不听,欧潮防不胜防,自控力到达临界点,他从牛皮纸信封中抽出一沓取证照片,甩向空中,照片纷纷扬扬洒落,雪花一般。欧潮看见照片上呈现的是海松号上的物品,有枪支、毒品、烟草等等,不一而足,琳琅满目。

面对难以辩驳的证据,康迪也有应对办法,让气息稳定地质疑:"是海松号上的?怎么证明是海松号上的?会不会是被栽赃?"

欧潮说:"全程录像,要不要看一遍?"

康迪说:"那倒不必,但有些东西我知道来龙去脉,有些我不知道,亲兄弟明算账,我哥不会把一切都告诉我,就像我们兄弟俩要娶两个老婆,而不能娶同一个老婆,还是有区别的嘛!"

欧潮说:"说说你知道的!"欧潮乐观地认为,这些物品中几乎都是违禁品,他只要承认一种,就可以顺藤摸瓜,逐个击破了。

康迪说:"我知道的品类,都是合法的,在你们领海内,有可能是违禁品,可按照我们的法律,就不一定了,比如我们允许轮船配备安保队,安保队员能配枪,你们是否允许就不得而知了。"

欧潮拔高嗓门："幸好我抬头看见了国徽，低头看见了海警标志，不然真以为是在你的地盘，还差点儿被你说服了。你到了中国境内，就要遵守中国法律。这里是一百多年前的中国，每天还在面对多重威胁；这里又不是一百多年前的中国，今天我们有底气有力量消灭任何强盗。"欧潮的话余音绕梁，在审讯室里回荡。

康迪气焰弱下去了："别动怒，我们有违规的地方，但不至于这样喊打喊杀的。"

康迪的防线固若金汤，欧潮火气已经冲到了头顶，他"腾"地站起来喊："已经死了不少人了，我们还有两个执法员兄弟在海上没有回来，你还敢如此轻描淡写！"

康迪眼睛都没有眨一下："你的执法员，是兄弟，你们有感情，你痛惜他们，而康利虽然违背了你们的意志，但他就不是我的兄弟了吗？血浓于水啊！"

欧潮说："你们值得同情吗？你也有感情？"

康迪说："康利和加旺看着我长大的，能没有感情吗？"

生而为人，有感情就好，就怕麻木不仁，能笑对亲兄弟死去的家伙，猪狗不如，也别试图在这样的人身上获取什么了，因为他已然一无所有。

欧潮以为审讯还会产生突破口，事情还有转机，没想到康迪的伤感只维持了一秒，即刻收起了追忆的表情，接着说："海上生存，每天都在绝地求生，我每次上船，都做好了死亡的准备，他们只是先行一步了，我早晚也要步他们的后尘，没什么大不了。但鸡蛋不能放在一个篮子里,我们兄弟也不能都死在你们手里!"

欧潮内心全线失守,势大力沉地拍了桌子,半边桌角断裂,应声落地,发生清脆的响声。康迪非但不惊恐,反而像看了一段胸口碎大石的表演,对欧潮的内家功法表示赞赏。在没有硝烟的较量中,不是谁的声音大谁的力度强谁就是胜者,欧潮的举动并不能改写自己的颓势,"败局"已定,审讯毫无进展,几个小时白白浪费。

欧潮屡次被康迪牵着鼻子走,康迪打太极的能力很强,再问什么,要么听不懂,要么不知道。康迪的优势在于对于欧潮并不感兴趣的内容,知无不言言无不尽,对于欧潮一门心思想要弄清的问题,他可以选择性听不懂。他表示,虽然我懂中文,但中文博大精深,你们都不一定全懂,别苛求我了。

欧潮想再努力一把:"我们已经和F国警方取得联系,你们也是他们重点关注的危险对象。"

康迪反而眼前一亮:"那就更好了,我只愿意接受他们的审判。"

康迪不再说话,闭目养神,欧潮始终注视着他。许久以后,他疲惫地看了一眼手表,整整一夜,早已超过预定的审讯时间,他丢尽面子,只得让人把康迪带离审讯室。临走时,当着看守员和其他执法员的面,康迪还是很有绅士风度,向欧潮连连鞠躬:"您公正廉明,粉身碎骨浑不怕,要留清白在人间,您辛苦,您费心!"那谦逊的样子,好像在谢别恩人,然后转过头满面春风地向看守室的硬板床走去，不用看守员搀扶拖架，回家似的轻松愉悦。到了床上，他盘腿打坐，瞬间入定。反观欧潮，目光呆滞地坐在椅子上，审讯没有进展，他不会自我否定，他是在自责，他想到了很多对他充满期待的人，尤其是冯蔚和刘岸，想到了他们在一起的时光，也想到了他们失联以后，他的自我溃逃。很久以后，他才灰溜溜地从审讯室走出来。

天刚亮，欧潮看见大雨下起来了，雨点儿连成线，争先恐后地落在水泥地面上，激起漂亮的雨花，它们个个有回响，时时有形状，在低洼地带汇聚成小溪，以涓流的姿态去向四面八方。天地之间有了融合，每一条路径与草木之间都有了纽带，"发生"与"消逝"也全部恢复了联系，呼吸是风在流动的线索，薄雾是困顿在苏醒，然而，只有空虚的他站在空旷的门厅里，找不到任何头绪。

欧潮一头扎进雨里，他一边脱着瞬间湿透的外衣，随手丢在草坪上，一边往楼前的四百米操场上跑去。雨水妨碍着他的视线，但阻挡不了他的脚步，他越跑越快，一圈又一圈，嘴里还嘟囔着冯蔚和刘岸的名字，他觉得冯蔚和刘岸也在雨中，这大雨是他们从海上捎来的信息，在洗刷他的不堪。

李海疆的汽车开进了大门，正好看见欧潮，追上去，把他拉回门厅，问清了原委，面色凝重起来。

李海疆和欧潮曾是多年的搭档，李海疆审讯的风格，欧潮最清楚了，一唬二吓三耗，从不按套路出牌。如果"三板斧"还不奏效，他就有爆粗的冲动，要不是有他在身边及时制止，好几次估计就犯错误了。所以李海疆来了，欧潮非但没有像吃了定心丸一样安心，反而更忧心了，眼前的困局，连他这种谨慎的性格都无法驾驭，何况是李海疆。欧潮眼前已经浮现出李海疆火冒三丈、暴跳如雷的景象了，他生怕李海疆被康迪气出个好歹来，做些出格的事。以前他勉强拉得住，这次情况不同，他看见了李海疆眼里的杀机。

李海疆快步走进监控室，目不转睛地盯着集成监控系统，彭敖和欧潮站在他的身后，大气不敢喘。

监控显示，有人给康迪送进去了白粥和咸菜，康迪结束了打坐，欣然享用，养尊处优的他并不嫌弃粗茶淡饭，胃口大开，看起来吃得还挺尽兴，像在品味一顿丰盛大餐。吃光抹净之后，他伸伸懒腰，开始做操，活力四射。

欧潮见他这副德性，像受到了侮辱，心说，这是来度假来了？李海疆还算淡定，仔细观察着他，至于观察什么，别人不得而知，可能是一个老执法员在凭直觉断案，在揣摩对手的思维逻辑。

康迪好像知道有人在看监控，突然停下来，看向摄像头，隔着电子眼在和李海疆对视。他俩一个抱臂，一个揣兜，纹丝不动。那是一场不曾见面已经展开的博弈。一个在明，一个在暗，一个是审讯者，一个身处囹圄，在旁观者看来，此刻弱势的康迪其实更胜一筹，因为他看不见对手，却像满眼都是对手。

最后，康迪对着摄像头露出了职业性的微笑，但在李海疆眼里，那是绵里藏针。

李海疆问:"他一直这样?"

欧潮身上的水还在滴滴答答,懊恼地说:"从见他第一眼起,他就这么让人捉摸不透,一条有用的线索也没问出来。"

李海疆说:"没有笔录,就只能干瞪眼。多等一天,他背后的犯罪集团就会加紧动作,造成更严重的后果、祸害更多群众。"

欧潮和彭敖连连点头。

李海疆问:"你们有没有从他身上看出什么特点,或者异常?"

欧潮说:"不在乎。"

李海疆问彭敖:"你呢?"

彭敖说:"冷静、沉默,他全程冷静、沉默!"

李海疆说:"嫌犯为了对抗审讯,努力做到心如死水,惯用伎俩是沉默,这不足为奇,还发现了什么?"

两人一头雾水。

李海疆说:"他和康利长得根本不像,也许就不是亲兄弟!"

细思极恐,彭敖嘴快:"难怪,他的兄弟尸骨未寒,他还笑得出来。不光康利,加旺也是替死鬼,他才是海松号真正的老大?"

李海疆说:"有这个可能!那就把苏伦带来,跟他关在一起,他们不可能不交流,眼神交流也可以。"

欧潮说:"不妥,他已经知道苏伦背叛了他,会不会发生意外?"

李海疆厉声说:"他敢怎么样?让你去你就去!倒要看看他有多能装!"

## 第十九章

美景去哪里了，再看那烟波无际、海风浩荡，皆是无尽悲怆，可是每一个关于你的细节，我都不会遗忘。

特定密闭空间，时间静止一般。正如大多数的人生，只是简单轮回，是一场毫无意义的重复。而有的人飞蛾扑火，寻找不同，哪怕无望无果，但不会无盼无念，仍像再造了满身的血液，去接近理想，那理想或许就是一次次与世俗爽约，与失散的自己重逢。李海疆暂时隐藏他的锋芒，在等待一个合适的契机。

苏伦被带进康迪的看守室，康迪又看了一眼摄像头，从面部语言来看，这一招明显出乎他的意料，但他一肚子心眼，猜得透对手用意。

无死角的监听监控，在看守室咽口唾沫，监控室内都听得一清二楚，所以康迪很清楚自己对苏伦该说什么不该说什么："我都知道了,但不怪你,都是为了生存。可是你真高看我了,我大哥挑你当军师说得过去,不会把亲弟弟卷进来,如果真的有大笔财富,当然要留一个自己人继承啊!"康迪说话的时候,一直擦着他的金丝眼镜,苏伦的精神压力可想而知有多大。

李海疆的算盘落空了,看守室里的两人像商量好了,再也没有对话传输出来。康迪先前说的话也像烟雾弹,没参考价值。

李海疆马不停蹄地来到指挥中心,了解了海松号每个船员的身份信息、盘点了货物来源和单据、翻看了通信工具的联络内容、查证了海松号半个月以来的航行轨迹,有些真相浮出水面,但疑点也不减反增。已知海松号冲撞武江舰的动机无非三种,一种是为逃避武江舰的打击而刻意制造海难;一种是吸引武江舰的关注,遮盖更大的丑恶;最后一种则是两者兼而有之。

如果只是为了逃避打击还好,一旦他们后面还有庞大的产业链,细思极恐,李海疆打破僵局:"走,登临海松号。"

欧潮提出疑问:"取证人员已经把海松号翻了个底朝天,所有的涉案品都登记在册、罗列在此了,还有上船的必要吗?"

李海疆说:"那点儿违禁品不足以支撑我们挖出背后真相。找线索和找对象一样,要亲身体验,不能让别人代为出场。"

他们又驱车来到宁岛港,海松号和武江舰都靠泊在港口。武江舰已经修缮一新,虽然吨位比不上海松号,但气势恢宏,威风凛凛,像一名尽忠职守的卫士,时刻对眼前的海松号保持着警惕。

三人拾级而上,进入海松号,里面一片狼藉,还是刚被押解回来时的样子。

李海疆说:"分头行动,一个小时后,舷梯集合!"他希望他俩能有独到见解,而不是人云亦云,坠入别人的思维定式中。

这是李海疆第一次登上海松号,却像若干次造访过,熟门熟路。作为一名老舰长,抓管理是行政要求,钻研船舶知识是自觉和热爱。他爱船懂船,每到一处,如果有条件,必去的场所一定是船舶展览会、船政博物馆、造船厂和船舶资料室。多年来,所做的海量笔记、搜集的图纸和模型堆积成山,连家里都摆满了,够办一个小型船舶展览了。长期如饥似渴地学习,让他几乎掌握了海面上所能见到的所有船舶类型及其内部构造。他对于船的感情,像对待一位熟识多年的知心朋友,不管这艘船是谁在操控,执行的是什么任务,在他看来船舶和人一样,万物皆有灵,存在于这世间,谁都不是单独的个体,而是互为因果。他理解很多船在下水前,船主会杀猪宰羊、上香鸣炮、磕头作揖的行为,因为在海上,能够顺利靠岸的因素有很多,人们的胆大心细是一方面,船舶的魂魄和运势也不容忽视。它受到尊重,才会愿意承载着人,顺利地去往想要到达的地方,并允许人们走进它的内心,感受独一无二的气场,探究不为人知的秘密。

李海疆直接越过了会商室、指挥室和驾驶舱等关键场所,都知道那些地方最有价值,可在他看来,当价值被过度开发、细节被过分关注,便不会再有新奇的、静待挖掘的东西蕴涵其间了。他要找到一个不同的切口,一个不轻易示人的部位,去重新解读解构。

穿过长长的走廊，两侧密密麻麻地排列着酒吧、桑拿房、游艺间、博彩场等游轮上才配备的娱乐空间，李海疆对这些地方也不感兴趣，他懂男人心理，尽管这种地方有吸引力，能让一些有钱有闲的人流连忘返、欲罢不能，但这是宣泄的地方，绝不是私密的去处，装修得再奢华，也没有谁会将其与放心、稳妥等属性联系起来。李海疆的目标显然不在此地。

到了住宿区，李海疆的脚步慢下来，那里留有枪战的痕迹，他抚摸着遍布弹孔的墙壁，看见爆炸产生的冲击波将铁门震出螺旋纹，像回到了当天激斗的现场，眼前浮现出冯蔚和刘岸的身影，他们的喘息、怒吼和惊呼在他的耳畔回响。他在加旺门前还发现斑斑血迹、几块作训服碎片和一只防割手套，那一定是冯蔚或刘岸留下的。李海疆心里一阵酸楚，不过现在不是感情泛滥的时候，他应该比平时更理智。

李海疆晃晃脑袋，走进康迪的套房，在房间站定，扫视房间内的摆设，这里没有被波及，一切完好如初，仍旧富丽堂皇、流光溢彩。与船舶打了这么多年交道，他还从没住过这么好的舱室。和这间舱室比起来，他的舰长室可以用寒酸来形容，小到只能放下一张一米二宽的床和一张狭窄的办公桌，而他的条件还是武江舰上最好的，执法员住得更逼仄，布局与火车卧铺相当，翻个身都困难，火车上是旅客，将就将就很快过去了，但执法员经年累月如此。那时，李海疆的关注点不在于此，不过难免不咬牙切齿一番。

李海疆排除干扰，翻动了衣柜、冰箱和被褥，没有发现异常。

在展陈架上，看到各式各样的象牙、鹿角以及其他野生动物的毛皮、骨骼制品，触目惊心，如果没有别的发现，这是唯一可以定罪的证据了，但如此证据，和他想要的还相去甚远。在床头柜里，有名表、数张黑卡以及康迪的全家福，照片上有男女老幼二十几口人，是一个大家庭。李海建仔细辨认，果然没有康利的身影，这初步印证了他的猜测，康利和康迪，名字相近，并不能说明有血缘关系。康利在国内没有出入境记录，他的档案材料是空白的，要证实他的身份，一时半会儿还难以做到。还有什么可以攻破康迪的防线？李海疆找不到方向。

心乱如麻了，便要转移注意力，而非急不可耐地刷存在感，当忽视了氧气的珍贵，氧气正充足，当目的性渐弱或者干脆忘记了，才能回头看见自己。忙得汗流浃背的李海疆强迫自己停下来，他坐在了床前的条形沙发上，寻找放空状态。

舱室里全景式的大落地窗半开着，海风吹进来，掀起白色窗纱，光线不明亮，带着阴郁。雨在下，有水珠簌簌地落在地毯上，很有节奏。空气中沛的水分润湿了他的鼻息，他嗅到一股说不出的味道，可能是古龙水混合海腥味所产生的化学反应。闭上眼睛，仿佛坐在了他的书桌前，面前摆着一本关于海洋的神话故事。那时候，他似乎听见了钢琴声，还有人在唱歌，他的弟兄们整齐列队，做着配合歌词的手势，那手势一点儿也不艺术，不具备审美观点，可他沉浸其间了，他很容易就能走到兄弟们中间，与他们拥有相同的情绪。歌曲唱毕，冯蔚跑出队列，询问他是否解散，他很不想下命令，可他们还是各奔东西。他在失落中睁开眼睛，面前空空如也，只有一张装裱好的照片挂在墙上，照片里康迪保持着标志性的笑，越看越诡异，让他起了一身鸡皮疙瘩。

那时候，一只燕鸥飞临窗前，叽叽喳喳叫着，它惊喜地发现了避雨的好地方，扑棱着翅膀钻进来，它灵气十足，明亮的眸子里有光辉。李海疆喜欢看它的眼睛，当然不管是什么样的眼睛，只要有风景存留其间，都是漂亮的。越来越多的人，眼里只剩下人，形形色色的人，眼里还有物体，能满足物质追求的物体，那样的眼神麻木不仁，近似形同虚设。

那只燕鸥，看见了李海疆，却没有害怕，还好像找到了一个可以栖息的地方，在他的身边盘旋了好几圈，最后轻轻地落在他的肩膀上。他们和谐共处，一同感受着那片刻平和的时光。

李海疆要抢在宣传部门对外界发布情况通报之前，有一个阶段性的成果，可时间所剩无几了，他对久久不愿离开的燕鸥说："雨停了，该走了，这里虽然舒适，但你是属于大海的，去属于你的领地，那里才有自由。"

燕鸥怡然自得，并不理会他，他抚摸了它的羽毛，它没有抗拒。

李海疆站起身来，说道："你不走，我也得走了，如果有机会，我们在大海上相见，如果有可能，请你带走我的牵挂，你的同胞遍布海洋，你一定比我知道他们的消息。"病急乱投医，求助无门，他甚至想到了求鸟。

李海疆要出去了，燕鸥飞起来落在了相框上，似是要在那里筑巢。

　　李海疆一只脚刚迈出舱门，身后传来玻璃破碎的声音，他回头一看，相框摔在了地上，墙上露出一个凹进去的暗格，里面摆着一块金砖。那里似乎对燕鸥有着致命的诱惑，它是吃鱼的小鸟，不是啄木鸟，却一直趴附在那里，尖锐的喙子将暗格的墙面敲击得叮叮当当，很是热闹。

　　只是一个普通的暗格而已，很多人都会有这样的小心思，但出于职业习惯，李海疆又退回来，不光是那块耀眼夺目的金砖吸引了他的眼球，而是那只虔诚的燕鸥，它本身就是来自大海的讯息，如今他还赋予它更为深刻的涵义，它不仅仅只是一只鸟。还有那个被钉在墙上，抠都抠不下来的相框，仅凭一只燕鸥的力量就撼动了它，这是玄学才能解释的。他觉得船舶与燕鸥都在挽留他，或许那块金砖藏着奥秘，要先看个究竟。他走到暗格前，燕鸥没有停止敲击的意思，好像墙体里镶嵌着它爱吃的鲱鱼或黑线鳕鱼。李海疆怕它受伤，驱赶它，但它并不理睬。

　　李海疆只得任由它折腾，自顾自捧起金砖端详，突然暗格竟然缓缓移动了，连带着燕鸥也在移动，其实是整面墙都在移动，他眼睁睁地看着暗格一直往右溜走了，快到窗边时才停下来。他看见地上有一条滑轨，那面墙像一扇巨大的推拉门，开启后别有洞天，一个大约二十平方米的密室呈现在眼前。

　　李海疆震惊不已，首先映入眼帘的是密室内靠墙码放的生活物资，有各类耐储食品。李海疆吸吸鼻子，倏然惊觉，刚进来时扑鼻而来的那股奇特的味道正是来源于此，这些东西保守估计能支撑一个人在这个小空间里生活三四个月以上。遇有突发情况，康迪便可以躲在里面吃香的喝辣的，李海疆啧啧称奇，心说，要不是执法员来得快，康迪还没来得及躲进去就被拿下，一旦躲进去了，真的很难被发现。同时他也明白让燕鸥产生共鸣的并不是他，他多少显得自作多情了，燕鸥只是饥饿难耐，满屋食品的香气是掩盖不住的，那充分调动了它的味蕾。

　　李海疆替它打开几罐罐头，燕鸥并不贪婪，叼起两块就满足了，临走又绕着他飞了两圈，钻出窗子，飞向它的领地，很快消失不见了。燕鸥的样子也突然模糊起来，它和任意一只海鸟都没什么两样，它可能来过，也可能没有来过，他不记得了，燕鸥也没有让他记住的意思，他的双眼被突如其来的惊喜所填充。

　　李海疆开始打量眼前的一切，在生活物资的后面，有三块屏幕。一块是海图，标绘着各种标号、象形符号和航海专用语；一块显示着密密麻麻的程序代码，在一行行有韵律地移动，看来是在二十四小时不间断工作。根据专业知识和多年经验，李海疆判断这块屏幕关联的主机的作用，和军事行动中标绘经过图的意义近似，可能是在收集目标态势、目标力量部署，监控目标行动阶段轨迹、终结态势、行动结果、损耗情况，友邻以及其他力量与本船舶直接相关的情况等。如果能分析透彻这台主机，一切都将浮出水面，它相当于飞机上的"黑匣子"，重要性不言而喻，但这是后话，破解难度相当大；还有一块屏幕上闪回着监控画面，海松号内部、外围以及周边的海情尽收眼底，电脑的旁边是一部电台终端，能随时与外界保持联系。李海疆还发现电台边摆放着的密语册，虽然看不懂，但凭直觉，每一组数字都代表着一艘船舶，李海疆数了数一共有三十组，说明海松号的背后至少关联着三十艘其他船舶。他倒吸了一口凉气，他取下手持步话机随手呼叫了一组数字，竟然接通了，对方报出代号后，没收到回应，便及时挂断了。

足不出户，纵览天下，这里无疑才是海松号真正的指挥控制中枢，李海疆异常兴奋，赶紧叫来了欧潮和彭敖。两人也是大吃一惊，彭敖在无线电专业造诣颇深，当时就验证了李海疆的推断，说道："这些数字代表的是船舶的名字，有海岩号、海飞号、海宇号……"彭敖取出随身携带的记录本，认真比对，肯定地说："有几艘能查到，是记录在案的大吨位货轮，极有可能就是同一个利益集团的成员船。"

李海疆让执勤人员保护好现场后，赶回去再次提审康迪。他并不明示康迪，让康迪自己领悟，为什么他突然撤离，又突然回来。若不是有重大发现，一般不会这么无聊。

依然是长久地沉默，李海疆已经从被动型转为主导者，他当然要打破沉默，他说："在明亮的光线下，在温暖的环境里，人才会更善良、更平静。"

康迪疑惑地四处看看，说道："这里条件不错了，我要求不高。"

李海疆说:"不,还能更好。"

话音刚落,一盏强光灯"啪"地打开了,那像手术台上的无影灯,把康迪的脸照得煞白,而且那效果堪比浴霸,令其大汗直流。李海疆还嫌不够劲,开启大功率的空调,暖风呼呼地吹出来,虽是深秋,但当日气温在二十多度,开暖风显然是非常规的,但没有规定不能开,李海疆说:"我觉得康迪会冷。"

温度持续攀升,康迪难受至极,可越挣扎,手铐越紧,他露出了痛苦的表情。李海疆和欧潮也一样,他们和康迪"有福同享",没有把他独自留在"温室"里,他受什么样的罪,他们全程陪同,这样才符合规定。李海疆也酷热难耐,但他一想到冯蔚和刘岸在海上被折磨得死去活来,酷热对于他来说已经算不得什么了,他只剩下冰冷的眼泪,他心如寒冰。

两个小时后,康迪精神状态严重受挫,他表达抗议,要喝水、睡觉、抽烟。"绅士"风度已然不见,并焦躁不已,嚷嚷声越来越大。李海疆不闻不问,盯着他像是在盯海上肆虐的风浪。

欧潮已经用掉了半包纸巾,他悄悄对李海疆说:"这合适吗?会不会犯纪律?"

李海疆说:"犯什么纪律?他享受什么待遇,我们就享受什么待遇,一视同仁,犯什么纪律!"

欧潮说:"我有所担心。"

李海疆说:"他是嫌疑犯,你是执法员,只有他担心的份儿,你顾虑什么!"

欧潮说:"别触到了刑讯逼供的红线。"

李海疆说:"你见过刑讯逼供,把刑也用到自己头上的吗?"

欧潮顿时被问住了,一脸不好界定的表情:"这确实没有先例。"

李海疆问:"你受不了?你受不了尽管出去。"

欧潮说:"规定两名执法员以上在场,我要是出去,不出五分钟,指挥中心一定会过问的,审讯就无法进行下去了。"

李海疆说:"那好办,换彭敖进来!"

欧潮说:"您又小瞧我。"

李海疆说:"你是上级机关工作人员,但现在我是主审,你有监督我的权利,事后也可以举报我,如果不能确定我违规,别干扰我!我没有扒了他的皮,打他个神志不清,已经保持了足够的克制。"

这话,欧潮最信,今天他算是重新认识了李海疆,他终于知道,一个人被逼到份儿上,对于人格人性人权人道的观点都是可以改换或升华的。李海疆的气场已经压倒了他,他只得把双手放在膝盖上,目视前方,再不做多余的动作,汗珠顺着发梢滴答滴答掉进衬衣里,背上已经完全湿透了。

康迪被灯照得睁不开眼,脑袋耷拉下来,梳得一丝不苟的头发失去了原有的造型。金丝眼镜错了位,像老人家的花镜,溜到了鼻子尖上,快挂不住了。脸上分泌了一层油脂,明晃晃、腻乎乎,此时的他像个倾家荡产的赌徒,亢奋之后是无尽的破落,已经不能把他和之前刻意营造的形象关联起来了。但他还在做挣扎,维护自以为是的残存的体面,他拔了拔调门说:"你们能,我就能!多年海上颠沛流离,谁都吃过苦,没那么娇气。"他的语气斩钉截铁,可声音中夹带着自我打气的东西,李海疆听得出来,现在康迪已经不能做到心如止水,要靠虚张声势来提高士气了。

李海疆说:"我又上了一趟海松号,认真查看了一遍,别忘了,既然是把戏,早晚会被拆穿。"

康迪抬起了头,他在李海疆的眼眸里看见了万千可能,随之又低下了头,他做好了心理建设,只要不是从他自己嘴里说出去的,就代表秘密还没有被发现,即使被发现,他也不相信能在这么短的时间内研究出什么东西,那可是世界上最高精尖的系统,层层加密,处处设防,失误一次,全系统瘫痪。

康迪说:"又诱导我是吗?我早就说过从我这儿问不出什么,我对你们这些不痛不痒的招法早免疫了。等你拆穿了再说吧,不过要抓紧,时间有限,我很快会被移交,那时候即使被拆穿了,我已经回到了我的领地,把戏也成了艺术。"

李海疆笑了,他知道康迪没有跟上时代,还停留在过去时,一句话堵死了他的后路:"移交?还沉浸在黄粱美梦中呢?!以前海警刚成立,海上维权执法职责、体制急需理顺,履行职责使命确实还缺乏系统充分的依据。新时期,我们在总结了海上维权执法工作实践的基础上制定了《海警法》,规范了海警机构开展海上维权执法的职责范围、权限措施、保障协作、国际合作和监督等,所以像你这样的人钻不了空子了,你的'光辉战绩'也将成为历史。做笔录,是程序,你认不认,签不签字,在大量确凿的事实和证据面前,也一样定你的罪。"

康迪顿时怔住了,他听明白了这段话的分量,隐隐意识到全新执法制度的强硬,对于此等改变,其实他早有耳闻以及思想准备。但他的侥幸心理可和所有非法捕捞的渔民不在一个档次了,不当面体验一把不会死心,肆无忌惮走歪路的人,宿命皆然,最后的晚餐是吃牢饭才懂罢休,那是必然。

说也说不过,走也走不了,只能装疯卖傻,在恶劣条件中,他失控了,像换了一个人,吐口水、尿裤子、骂脏话,从儒雅瞬间过渡到最顽劣的一面。

又半个小时过去了,康迪的能量所剩无几,几乎是在呻吟:"给我水!我要水!"

李海疆担心他因为脱水昏过去,拧开一瓶矿泉水走向他,他看到了李海疆骨子里的慈悲,可他不知道每个人慈悲的背后都隐藏着某种深意。李海疆好心喂他喝水,他却一口咬住了李海疆的手指,死不撒嘴,李海疆挣脱开,血流不止。康迪变本加厉,还想再来第二轮,李海疆顺势把瓶口塞进了他的嘴里,如同往油桶上插一把漏斗,他使劲捏了几下瓶子,水喷进了康迪的口腔,巨大的压力猛烈撑开他的喉管和鼻腔,呛得他剧烈咳嗽起来,没有尝到水的甘甜,尝到的是溺水的滋味。李海疆看见了他难受的样子,不仅没有报复的快感,还想到了冯蔚和刘岸,想到他们被榨干所有的希望再被水呛水淹的镜头,何其惨痛。现在罪魁祸首也在体验那种感觉,可对于康迪来说,未免太轻了,他应该付出更加沉重的代价,他应该在生命的最后一刻知道悔改。可李海疆不能唤醒他,而且有更多人也无法唤醒,想到这里,李海疆的克制也到了极点,他内心的野兽又要冲出来,多天来的压力如潮水般直往脑门子里灌。

欧潮眼疾手快,一把抱住他:"现在你如果对他动手,你口口声声所说的制度的完善、法律的健全、使命的神圣,都是大话、套话、官话、废话,还在冲动吗?还在用错误惩罚错误,怎么让人信服啊!这样能找回冯蔚和刘岸的尊严吗?"句句掷地有声。李海疆猛地回头看着欧潮,眼里的火焰熄灭了,他这才意识到自己的失态。在走进审讯室之前,他告诫自己要忍,不能在攻城略地的关键时刻自断经脉,差点儿就前功尽弃。

李海疆把康迪扶好坐正,给他松了松将手腕勒出血印的手铐,关掉空调和强光灯,把受伤的手指简单一包裹,坐回原来的位置。他这么做,反而让康迪云里雾里了。他们对视着,一眨不眨,犹如在进行一场旷日持久的角斗。

直到李海疆一字一顿缓缓念出了:"金砖、密室、电台、代码、海图、网络终端……"

康迪冷笑道:"你是个高人,竟然没能瞒过你的眼睛,但这说明不了什么,密室、暗格属于个人爱好,不犯法吧?我不信这么短的时间你还能查出什么,你们能给我定的罪名无非是从失误冲撞上来的,这方面我该负责任,但伤不到筋骨。"

李海疆说:"确实还没有更新的进展,不过,会一直没有进展吗？你耗得起？"

康迪说："我担心你耗不起。"

李海疆说："那就试试！你有庞大的家族背景、雄厚的经济实力，但应该想得到，如果我放出话去，你已经如实供述了情况，你们那些受牵连的利益集团成员会放过你的家族吗？财力越强，家族越大，目标越大，对你来说不是好事！"

康迪硬着头皮说："我听不明白！"

李海疆说："你现在唯一能做的就是配合我，说出你背后的人，他们会被纳入我们的视线，不会再有犯罪的土壤，那时候，你会受到打击，那些犯罪的人也会受到打击，但无辜的人绝不会受到任何威胁。"李海疆抽出一张全家福，康迪一看便知，那是他常年带出海的东西，看到它，就像回到了家以及亲人的怀抱，可现在他有不祥之感。

康迪说："放话出去，也要有真实可信的筹码，你有吗？你给谁放话？你去哪儿放话？"

李海疆说："线人，他们遍布在宁水、江淮、所有你去过的港口，只要我开口，他们无孔不入，很快渗透进你们的网络，他们的迷惑性，相信你也有所耳闻。"

康迪面如土灰："你不会这么干，你是海警，你忘记你的身份了？"

李海疆说："你把我放在眼里了？我尝试过以理服人，可你并不领情，那么正好，咱俩一起破罐子破摔，棋逢对手。"李海疆又晃了晃受伤的手,接着说:"对恶毒的人仁慈,是对世界的残忍。为了正义的事业,为了避免更大的损失与灾祸,偶尔破坏一下原则、多一种逆向思维,我想,可以被世人原谅,如果他们不原谅,我只求冯蔚和刘岸的原谅,如果他俩也不原谅,我问心无愧,也足够了。"

就怕"鬼探头"和"急转弯",李海疆不仁不义,绝非康迪可以想象,他瘫软下来,偃旗息鼓,恨不能抱李海疆的大腿,他在进行着激烈的思想斗争,语无伦次,听不清在说什么,好像在做祷告。

李海疆看到了转机,可那时候彭敖摁响了门铃,随后推门进来了,对李海疆耳语了一番:"孙局长来了,让你出去一趟,好像调整了策略,这个人留不住了。"

李海疆真想拍案而起,可他努力做好了面部表情管理,轻描淡写地对彭敖说:"你先出去,帮我挡一会儿。"

彭敖为难地说:"挡他无异于螳臂当车。"

李海疆说:"能挡多久挡多久!"两人的对话,康迪是听不见的。

李海疆意图等康迪交代了问题再出去,看得出来,康迪的话已经在嘴边,让孙颜等一会儿又何妨。可彭敖刚出去,李海疆的耳麦里就传来催促声,是孙颜本人的嗓音,如假包换,但他还是岿然不动,因为胜利就在眼前。他信心十足地回过头来,静待康迪和盘托出,可这一转眼的工夫,狡猾的康迪观察得细致入微,见风使舵的本事登峰造极,他读出了什么,恢复静默状态,任由李海疆怎么启发，再不开口说一句话。

如此处心积虑地引导，开花结果时宣告功亏一篑，李海疆不得不冲出门去兴师问罪。不怒自威的孙颜就站在门外，身后还跟着好几个领导，李海疆顿时矮了三分，一肚子憋屈无处诉说。

孙颜把李海疆叫到一边："是不是想不通？想不通回头好好想通。让你暂停审讯，不是我独断专行，这是局党委研究拍板的，自有局党委的角度。你现在就回审讯室，表现出你的窘迫，想方设法让他知道，我们什么新的发现都不会再有，除了他的笔录，无法再找到任何思路，让他真正放松对我们的警惕。"

李海疆不得其解："马上就拿下了，都弄清楚百分之八十了，拼死拼活快要攻下一个高地，人马快到山顶，敌人即将被消灭，这个时候你通知我撤回来？这就是自毁长城嘛！"

孙颜火上浇油般地说："不仅让你撤回来，还要把'缴获'的战利品还给他们，放他们走。"

李海疆说："放虎归山、引蛇出洞，我都理解，可要分对象，这家伙粘上毛比猴都精，一旦放走了，可没那么容易再上钩了，冯蔚和刘岸就白白付出了，我坚决不同意！"

孙颜说："李舰长，我了解你和冯蔚、刘岸的感情，那是你兄弟，何尝不是我兄弟，我是靠成百上千个这样的兄弟才走到今天的，失去哪一个，我能不心痛？如果只看重乌纱帽，而置他们于不顾，恐怕这个位子也坐不了太久了，就算侥幸有了更大的平台，也早晚会被反噬，我懂这个道理，所以我对我做的每一件事负责任。"孙颜的话很实在,李海疆对他的为人也一清二楚,可现在李海疆对什么都持怀疑态度,他潜意识里把每个人都当成对手,在探究别人是不是在说一套做一套,这是一个为兄弟做主的人该有的逻辑,无可厚非。李海疆眼神复杂地看着孙颜,那让孙颜很不舒服。

孙颜说:"心情可以理解,到嘴边的肉不让吃,谁都难受,但眼光要放长远,线索不能到这里就断了,这背后是通天的大案,别办成了见好就收的小案。谁不想走捷径啊,我也想,想快点儿看到水落石出,草草结案,可以手刃凶手,也能为自己的履历锦上添花,大不了把剩下的烂摊子留给下一任,再美其名曰给后来者留下立新功的机会,号称这是遵从了孔老夫子的教诲,属于活学活用了'利可共而不可独'的古训,历史上的烂账坏账都是这么形成的。但是你不能那么干,我更不能那么干!"

李海疆说:"怎么可能见好就收,我已经厘清了思路,摸清了一条源脉,只要深挖下去,谁也跑不了。请你相信我,我写下请战书,立下军令状,只要这个集团还有一个人没落网,我就在这个位置上干到老死。"

孙颜说:"就算你调查清楚了和海松号有关联的船舶具体是哪些,也才万里长征第一步。海松号一旦被扣留,现有的线索也就不是线索了,不会不知道树倒猢狲散的道理吧!"

李海疆说:"你们在下一盘大棋,而我更倾向于围点打援、各个击破,盯紧一艘击沉一艘。"

孙颜说:"你怎么知道海松号是中心点,怎么知道康迪是核心人物?万一只是导火索呢?"

李海疆还想说什么,孙颜厉声道:"这里不是你的武江舰,听令而行!"说完,拂袖而去,留下发呆的李海疆。

彭敖不敢上前,生怕引爆这枚"炸弹"。

# 第二十章

祈祷人间不存在如此的再见,为何一见如故以后便要此去经年。

李海疆站在那里已经五分钟多了。中间,雨停了,微风从门厅处吹过来,他像站在了武江舰上。眼前是蔚蓝的大海,耳边是执法员们嘹亮的歌声,他看见冯蔚和刘岸高举着鲜艳的旗帜走向高杆,他也看见他们在风浪中搏斗,有哭有笑,有不屈不挠,那个过程反复重演。他还看见他们当时守在单独执勤点时无人问津的场面,时而沉默不语,时而无端亢奋。那其实是他们拥抱理想的模样,而此路终归遥远,前行或者回望,都是同等的距离,所以理想的形状也是他们的形状,他们奔跑,风景就是疾风闪电,他们倒下,目标就盘踞在前方。时间哗哗流去,等待的时光很漫长,但只要听得见海潮,就等同于在瞭望星云高远,目击自由光彩。

李海疆转过身,突然问旁边紧张不已的彭敖:"我犟吗?"

"啊?"彭敖没反应过来。李海疆又问了一遍,彭敖下意识地点头说:"犟,除了武江舰,多少头牛也拽不回来。"说完这话,彭敖才猛然觉醒,认为这属于煽风点火,很容易引火烧身,补救道:"犟归犟,犟得挺像样,一舰之长,需要压住,要不什么风都敢往我们舰艇上吹。嗯嗯,犟就犟吧……"

李海疆压根儿没听他的絮叨,他抛出问题,并不在乎是否得到应答,早有了自己的答案。刚才孙颜说得句句在理,更重要的是他知道胳膊拧不过大腿,从这个角度再去说服自己,死胡同也照得进更多光亮。他想到,冯蔚和刘岸虽然和他朝夕相处,但当初可全是孙颜从海警学院挑选的人才,孙颜称得上是他俩的伯乐,他怎么会不把他们的事当成自己的事?

李海疆说:"是我的问题,肤浅、急于求成、多少带点儿个人恩怨。国恨即是家仇,家仇不一定是国恨。虽然两者难解难分,总会一同出现。"

彭敖说:"我听不明白。"

李海疆说:"你这就陪我去演一场戏。"

两人凑近了,耳语一番,李海疆垂头丧气地回到了审讯室,对精神状态已经恢复不少的康迪道:"到底说不说!"

这是非常土气、无聊且无效的问讯用语,康迪都乐开了花:"我看过不少这样的影视剧桥段,审犯人一旦出现这样的台词,就可以换台了,烂片无疑。"他在嘲讽李海疆低级,他认为这是李海疆走下坡路的表现。

果不其然，李海疆坐立不安，不时看表，情绪屡屡失控，拍桌子、瞪眼睛，审讯员黔驴技穷之后会犯的错误，他全来了一遍。越这样，康迪越高兴，以为眼前这个跳梁小丑可算绷不住了，以江海海警局的能力，也没办法实现技术攻关，迫于压力，不得不考虑他的假释、引渡，或者将他移交给更高一级部门，拖得越久，证据链越模糊，其间，舆论会发酵，也就不存在李海疆引导舆论的可能，他的利益集团就能做好各项准备，之前李海疆对他造成的威胁，就不会发生。

康迪正沾沾自喜，门外人声鼎沸，很嘈杂，他左顾右盼终于等来了他想要的："我掐指一算，大使馆派人来了，媒体是不是也到了？你那些所谓的改变还只是停留在纸上，制度是好的，人不行，白浪费了制度，辜负了这大好时代。"

李海疆说："口出狂言，荒谬至极！"

那时候，门开了，彭敖神色慌张地进来，耳语已经不能表达他的急切心情，他嚷嚷道："外面人满为患，适可而止吧！"

李海疆问道："什么人？"

彭敖说："各路人马，长枪短炮的。孙局长也作指示了，手头上的事放一放，把那些人打发走。"

康迪忍不住笑出了声。

李海疆说："给我轰走，反了天了！"

彭敖面露难色："那个顶个儿是难缠的主儿，我段位远远不够，你也够呛。"

李海疆断然不会告诉康迪，门外的人都是他让彭敖临时请来的，由机关大院里的厨师、保洁等人物领衔主演，"长枪短炮"是找宣传干事连漪借的，他们的妆容由彭敖把关，化妆是侦察员的强项，场面足以以假乱真。给自己施压，让自己难堪，壮嫌疑人的威风，也是有史以来头一遭。后来，使馆工作人员也来了，那同样是李海疆主动邀请来的，他们面见了康迪，表达了关切，但明确告诉他，在中国的领海，触犯了中国的法律，要无条件接受中国的审判，大使馆可以为他提供必要的人道主义援助，其他的要求一条也无法满足。使馆人员虽然带来了被动的消息，却反而更让康迪深信不疑。

正如康迪预期的那样，他"守口如瓶、誓死不从"，终于取得阶段性胜利，案件有了定论，海松号违法运载违禁品，为了逃避打击，企图撞沉武江舰，瞒天过海，未遂。康迪作为船上的核心人物之一，虽未直接参与加旺和康利的决策，但作为仅存的海松号头目，负有不可推卸的责任，责任较轻，羁押两个月后，同意他的保释申请。如此草草结案，在大家的意料之外，但在康迪的意料之中。虽然这次大使馆工作人员没起太大作用，也缺少一流律师团队的支援，但他的海松号升级换代了，没有露出破绽，查不到实质的东西，这是他再次有惊无险、逃脱制裁的基础。而且他每次顺利返航，很多人会得到丰厚的报酬，成为既得利益者，有太多的人在为他祈祷。祈祷本身是神圣的事情，这些都是他能转危为安的砝码。法治进步了，但在他的概念中，只要人不换，都是虚张声势，谁也别故作高尚。

然而，对于这次仍旧能安然无恙，康迪不会明白这都是表象。

在羁押康迪的过程中，孙颜正组织各部门加紧行动，首先是封锁消息。海松号出一趟海，最长要两个月，而这两个月就成为他们封锁消息的期限，此期限一到，康迪便重获自由，那时候再想收网，便难上加难。这两个月，他们要采取一切科技手段代替康迪不间断与其背后的货轮保持联系。其次，要尽快研制出新的隐秘程序，神不知鬼不觉地安装在康迪密室的系统中，以保证将来照单全收海松号传回来的信息，随时掌握康迪集团的人员和船舶动向。

康迪被押解转运了，李海疆远远地看着康迪的脸在警灯的照射下，忽明忽暗，像变脸王。他看见远远站在门厅里的李海疆，又诡异地笑起来。李海疆也笑，还朝他摆手，但康迪听不到李海疆后槽牙咬在一起，正咯咯作响。

送走康迪，那些技术类工作与李海疆关联不大，武江舰上也没有巡航任务，舰员都在休整，他一时无事可做。孙颜忧心李海疆想不开，滋生杂念，所以他不能让李海疆闲着，要让他时时刻刻有活儿可干，眼里没活儿，手上也要有活儿，忙起来就不会惹乱子，于是他给李海疆安排了一个新任务，为冯蔚和刘岸开一个追悼会。这个指示一下达，把欧潮和彭敖吓坏了。

彭敖忧心忡忡地对欧潮说："孙局长这是几个意思？大家唯恐避之不及，全都讳莫如深，他偏偏要往李舰长伤口上撒盐，还嫌这两天他的头不够大啊。"

欧潮也摸不清孙颜葫芦里卖的什么药:"现在最难的是我,孙局长让我当面通知他,还让我协助他操办,我敢张这嘴吗,很容易被他当场生撕活剥了!"

彭敖说:"随口说个失联,都能被他的眼神杀死,何况是直接开追悼会!"

欧潮说:"在李舰长心中,他俩一直都在,不会离去,他俩是他的影子,是他一直以来寄予厚望的执法员,就算平时没那么看重,从他们在海松号上跳下去那一刻去,他们已然如同他身上不可割舍的一部分。"

彭敖说:"可这都半个多月过去了,不得不接受现实了,他们不是八仙过海,也不是鲁滨孙漂流,现在所有人都已经认定了,他俩……他俩是真的离开我们了,只剩下舰长还当局者迷,迟迟不愿意不承认,再这么下去,就是自欺欺人了。这个追悼会该办还得办,受一次强刺激,也就放下了。"

欧潮欲哭无泪:"那也别让李舰长操持,随便换个谁都行啊,这让我怎么开口?孙局长打太极全打到我身上了。"

彭敖说:"过过脑子,这么大的事,瞒得住他吗?不让他参与,更没好儿!"

欧潮拉着彭敖一起去找李海疆,他本想身边有个人,能替他分散一下"火力",打打掩护什么的。他俩扭扭捏捏到了李海疆门口,彭敖自告奋勇、理直气壮、势大力沉地"嘭嘭嘭"敲了好几下门。欧潮心里正发出感叹，表达对彭敖的敬意，可意想不到的事情发生了，彭敖没有让他失望，他做回了自己，他又像上次到太平间门口一样，关键时刻突然临阵脱逃了，他扭头就跑，这次他的理由是跑肚蹿稀。

欧潮想叫他回来，彭敖以百米冲刺的速度转瞬就没影了，把欧潮晾在了门口，欧潮第一反应是学着彭敖的姿势，也跟着他跑掉，但为时已晚，李海疆打开了门，一把将他薅进了屋。

李海疆的屋子里烟雾缭绕，没有一条烟，抽不出那样的氛围，欧潮看见他的办公桌上有个罐头瓶，塞满了烟蒂，堆出了尖儿，最后一根没完全熄灭，还呼呼冒着烟。欧潮一口气没上来，差点儿被顶出门外。

李海疆想隐藏他的脆弱，他用一本封面印着船舶知识的书扇着风，试图驱散一些烟气，可杯水车薪。

欧潮见他如此苦闷，更不敢说明来意。

李海疆沏了一杯龙井端给欧潮，也不说话。

欧潮直发毛，手里的杯子与杯盖产生共振，叮叮作响。

欧潮心虚地说："就是……就是来看看你。"

李海疆说："现在都躲我都躲不及，没有要紧的事情，你不会来的，说吧。"

李海疆的眼神直射心魄，避无可避，欧潮欲言又止。

李海疆说："有什么好消息坏消息一次性说全了。我都倒霉成这样了，不怕再来风雨。"

欧潮不得不说了实情。他等待李海疆发作，还颇有预见性地提前把茶杯放在桌子上，防止李海疆用内力把它震碎了。

许久沉默后，传来李海疆清脆的声音："办！必须办，风风光光地办！孙局长不找我，我也得找他，这追悼会不仅要办，规格、档次、场面都要跟上，他们是优秀执法员，值得学习，要让全宁水广大干部群众都知道这件事，社会各界人民都可以自发地来参加，英雄的事迹必须发扬光大。"

这让欧潮始料未及，李海疆没有发火，本来是值得高兴的事，但从李海疆的话音里能听出来，他不只是举办追悼会那么简单，一定还有别的用意，至于是什么用意，欧潮猜不透。

欧潮从李海疆的房间出来，怎么想怎么不放心，又折回来，透过窗子查看李海疆的情况，李海疆坐在办公椅上，抚摸着面前的两个舰艇模型。

他认得出来，那模型是俞瀚做的，武江舰上的老执法员人手一个，大家爱不释手，摆在最显眼的位置。李海疆昨天去了冯蔚和刘岸的宿舍，把模型带回来，如果他认为冯蔚和刘岸还活着，他就不会动他们的物品，现在如此，说明他也在试着接受事实。

烟气萦绕在他的周身，阳光把烟气分成一条条一道道，赋予它们形状，它们翻滚缠绕着，轻抚李海疆白发生长的鬓角。欧潮看见李海疆眼里有大颗眼泪落下来，用双手抹了一把，身子往后一靠，闭上沉重的眼睛，仿佛尘烟犹在，但尘埃落定。

李海疆在屋里哭，欧潮在外面哭，他不忍再看下去，要抓紧去落实李海疆刚才的部署，广发讣告。刚走出去几步，碰见连漪，连漪的眼睛也哭肿了，他是来找李海疆要说法的，等明天讣告发出去，会有络绎不绝的人来找他讨要说法，那时候难以想象李海疆是什么样的心情。欧潮摇头叹息。

连漪是局机关一枝花，是很多单身男青年的梦中情人，欧潮也不例外，但连漪好像对他们都不感冒，唯独对刘岸的事情上心，他不止一次听见连漪公然夸赞刘岸，毫不避讳对刘岸的感情，刘岸做出新成绩，刘岸去巡航，刘岸又抓捕了犯罪分子，都能成为她津津乐道的话题，总之有关刘岸的一切，都能调动起她盎然的兴致。这让其他男青年不平衡，欧潮认为如果他没有离开武江舰，也冲在一线，刘岸所做的那些，他能做得更好，他甚至经常有调回舰艇上工作的冲动。

当时，连漪哭哭啼啼地来找李海疆，不用想，欧潮知道是为了什么，他说话并不客气："有什么事情问我，别给李舰长添乱。"欧潮很不友好，这在以前是不可想象的，嘘寒问暖，百般殷勤，仍觉不够，在心仪的异性面前甘愿成为一个无原则的小丑，这是大部分人不自觉中会扮演的角色。

连漪顾不了欧潮，她一脸憧憬："我不相信刘岸牺牲了，敌人遇见我们只有逃跑的份儿。临出发前我给他送行了，我们说了好多好多话，说不完也说不够，我从来没想过，那是最后一面，那是结局。"

连漪这话很暧昧，但想到刘岸，欧潮生不起气，他也陷入悲伤："谁也不愿意相信！"

连漪说："可是我还在等他回来，他答应我的，回来后跟我讲海上的故事，讲我所没见过的魔鬼鱼、大鲸鱼，还有绚丽的海上奇观，他说得信誓旦旦，他一定会回来。"

欧潮羡慕刘岸，又为眼前的情形感到心酸，他也思念，他也嫉妒，他想劝她，却是个钢铁直男，脱口而出的话无来由地生硬，心理素质不好的，听了后当场就要撞墙："我知道你们两个平时聊得来，像亲兄妹，但我不得不说你一句，刘岸有老婆，他和顾澜还没离婚，他死了，遗孀也是顾澜，你和他关系再好也只能是普通朋友，你要真心为刘岸好，好好安慰一下顾澜！"

连漪停止啜泣："大家都这么认为？连你也这么认为？"

欧潮点头。连漪仍保持着难得的天真，她年龄小，但有准则，她不认为爱就是在一起，就会夺人所爱："欣赏抑或者无端想念，是不是爱，可能是，我不否认，但这没有错，谁也不能阻止别人去爱慕。爱慕是权利，就像我有睁开眼看这个世界的权利一样，我不会把美景据为己有，好看的，属于大家。"

欧潮说："我们的风俗、习惯、道德都如此要求我们，结婚了，就别爱了。"

连漪说："我知道他有家室，刻意保持了距离，但距离到底要多远才是合理的范围？如果没有我，他和顾澜就会和好如初了？就会一直恩爱下去吗？他们的感情早就有间隙了，有没有我，都已经出问题了！不要把一个明明会发生的情况，怪罪到一个未有所动作的人身上，即使她有主观故意！我坚决不愿意用莫须有的道德束缚，搭上我自己的好感，去验证那无聊的结果。别说之前还没达到爱慕的程度，就算有，别人也没资格议评，我无法控制别人，就控制我自己，不听不信。我以前不知道什么叫爱慕，现在他走了，我想他，与日俱增，如果这是爱，我承认，到他的坟前去表白，到他的追悼会上去宣布。"

欧潮为刘岸感到欣慰，同时为自己感到难过，他这还没有通知任何人要为刘岸开追悼会，连漪似乎已经感应到了，难怪人家和刘岸能有共鸣，而自己只是暗自欢喜，在心里和连漪谈了八辈子恋爱，实质的动作却一个也没有，甚至连句肉麻的话也没说过，这怪不得别人。

欧潮喃喃地道："可他现在真的走了，只能缅怀他了，有爱慕，也藏在心里吧。"

连漪被劝返了，她失魂落魄地离开了欧潮，欧潮能听清她离开时说的话："不管世俗的眼光，当逢人就在说他好的时候，其实我就知道自己想要什么了。"

欧潮比连漪更失落，但他不能吃"已故"兄弟的醋，单身多年，缺爱到了一定地步，对爱情反而会越来越理智，该爱的爱，不该爱的，摆在面前，也要装看不见，最大的冲动就剩下旁敲侧击了，而从不会像他执法办案一样杀伐果断。

欧潮说："如果有一天，他回来了，你怎么办？"

连漪说："我大声地喊出来！"

欧潮说:"喊什么?"

连漪说:"喊爱,比你们喊打喊杀还要勇敢地喊一声爱!"她有了足够的泼辣,那是不负责任的表现,然而对于她这个年纪,太过负责任其实是一种浪费。她不被外力所迷惑,她烛照了自己的内心。

欧潮多想说一句,那我呢?可哪敢说出口,避免被伤害的最好策略是不表态,不透露想法,就永远无懈可击。刘岸似乎已经远去,连漪后知后觉,激发了忘我的能力,已经给他作出了很好的表率,可他并没有从中吸取经验,他的潜台词还是错过,他的属性仍只是单独的一个自我。

欧潮站在空旷的大院里,看着连漪孤独柔弱的背影,似乎那个时段每个人都和秋天的草木一样萧条,冷风、落花、寒潮,蓦然四起。他尴尬地笑笑,那是笑给自己看的,他听见无奈的情绪化为实体,呈现在眼前,咧着嘴龇着獠牙,就像他被无情拒绝,内心的拒绝远比口头的拒绝更刻骨且不容篡改,他收起了笑,满心的惆怅,还是要按照李海疆的意思去打好下手,和宁水市宣传部门做好沟通,在宁水各大媒体发布新闻,在各地标、主干道、街心、商场等人流密集处投放广告,阵仗之大,不亚于一年一度的"两会"。一时间,两名执法员执行任务时消失在东海,明天要在市殡仪馆举办追悼会的消息像风一样刮遍了宁水市,宁水全城人尽皆知,都被这则消息感染牵动着,一个城市的目光聚焦在这件事身上。党政军、企业、学校、医院等各行各业都派出代表,做好了送别英雄的准备。

　　天气阴沉，昨夜开始降温。田毕雯从艺术团出来，骑自行车到市体育馆参加彩排。明天一家房地产公司楼盘竣工，需要造势，邀请了几个过气明星，搞了一场演出。她不是明星，但肤白貌美，穿上露肉的舞蹈服，跳一支撩人的辣舞，也能让人血脉偾张。重要的是有一千五百块的出场费，艺术团好几个月没演出了，只发基本工资，那刚够吃饭，这一千五百块，够她半个月的房租，面试的时候，她想都没想就接下来了。以前她最看不上这种走穴，彻底商业化了的浮躁场合，跟她心目中的文艺没有任何关系，那些猥琐的男人带着色眯眯的眼神，像在洗脚城挑选一位符合口味的技师，或者是在畜牧市场挑选一头品相较好的母猪或者骡子。那些庸脂俗粉，有的窃窃私笑，有的横眉冷对、品头论足，毫不关心她来自哪里，她的身体语言在诉说什么，她要达到什么艺术理念，她和夜总会里一千五块一个晚上的有偿陪侍没什么区别。非要找出什么不同，就是一个在众目睽睽下搔首弄姿，一个关上门有伤风化，且她的身上没贴号码牌，那些臭男人，不能说点就能点到。田毕雯很反感，那不是在享受舞台，是被架在火上炙烤，摁在地上摩擦，每分每秒都是对她多年艺术理想、艺术追求的诋毁与玷污，可现在她还是选择下水，是主动求爷爷告奶奶下水的。她发现，如果没钱，吃煎饼果子都不敢加鸡蛋，饿得前胸贴后背，何谈理想追求，何谈审美观点，谈资只剩下西北风了。

　　田毕雯身材纤细高挑，穿舞蹈鞋，灯笼裤，披一件米黄色外套，梳着丸子头，干净清爽，落落大方，她路过宁水市世纪广场的大屏幕下，在人群中颇为亮眼，路人频频侧目。田毕雯视而不见，就像她在接倒胃口的商演时，对观众视而不见一样。

那时候，大屏幕上播放着化妆品广告，一个妖娆的摩登女郎举着口红吧嗒着娇艳欲滴的大红嘴唇，飞吻的手势做到一半，大屏幕突然熄灭了，花花绿绿的光线倏然不见，广场上的氛围陡然肃穆起来。过了一会儿，大屏幕重新亮了，播放的内容被冯蔚和刘岸的证件照取而代之，照片下滚动着他俩的个人信息以及简要事迹，快速流动的人潮减缓了频率，纷纷驻足，他们指指画画，交头接耳。

"才二十多岁，多好的年华，太可惜了！"一个四十多岁的女人红了眼眶，用卫生纸擦着眼角。

"长得多精神，长得和我弟有几分相似呢。这些狗日的走私犯！"一个中年男子咬牙切齿地道。

有人感慨万千："和平年代，也有牺牲，就是他们，是他们替我们担下所有。"

有人并不感冒："一份职业而已，危险的工种多了，蜘蛛人、水鬼、电工、矿工，谁不是提着脑袋谋生，凭什么他们就要占用公共资源，那是他们的选择而已，抢功抢出人命来了，没什么好说的。"

也有事不关己高高挂起的，一个年轻小伙子一脸悲壮地问身边的女孩："如果我去海上了，执行危险任务，你会担心我吗？万一出了意外，你能为我守寡多久？"

女孩白了他一眼:"趁早断了这个念想,你妈舍不得让你去,我更不能让你去。再说就你这熊样,到了海上,不是英勇赴死,是晕死吐死委屈死寂寞死,咱不丢那人,乖!没事在家打打游戏,挺好!"

这些话萦绕在田毕雯耳边,不堪其扰。她仰头看向屏幕,一眼就认出了照片上的人是冯蔚,她和他不是一个世界的人,除了那次晚会,再也没有相见的理由,没看见这张照片以前,他是个再普通不过的路人,是不值一提的过客,可现在他赫然出现在她眼睛里,温热了她,继而刺痛了她,眼泪浑然不觉滚落了下来。

那是她前所未有过的经验,信息泛滥的时代,耳边时常充斥着戏剧性的生离死别的故事,现在真切地发生在身边了。这个辨识度很高的男子,第一次见面时,还是个阳光大男孩,他的青春青涩,她记忆犹新,没想到第二次见面,已是永别。照片上冯蔚身穿制服,头戴大檐帽,阳刚干练。他笑得灿烂,一口白牙和他黝黑的皮肤形成对比,和中秋晚会那天局促紧张的笑不一样,这个笑有穿透力,如果不知道他已经牺牲了,也会多看两眼。现在知道斯人已逝,只有无尽的惋惜。

那时候,她开始后悔,当初不该带头起哄,应该及时帮他化解尴尬,早知如此,她愿意拥抱他,无论如何都要单独给他跳一支舞。可是,他们甚至没留一个联系方式。

如今,他就这样微笑着看她,似是在跟她对话。她鬼使神差地伸长了手臂,像是要去触摸。可摸不到,什么都做不了。

田毕雯看了一眼手机，排练马上要开始了，那时候天黑下来，智能街灯还没亮起来，大屏幕的光刺激人们的眼睛，那光线倒映在能照得出人影的大理石地面。天上地上，便全有了他们的形象。

　　她的身边已经有人在谈论明天去参加追悼会的事情了，她也动了心思，可追悼会开始的时间，和明天演出的时间重合，那可是一千五百块报酬的大活儿，以前她的出场费维持在八百块，现在翻了一番。有了一千五，才能有一万五、两万五。那时，她决定要走了，看大屏幕的眼神不像刚才那般投入，而是偷偷摸摸。

　　她朝大屏幕鞠了一躬，表示遗憾，就匆匆离开了。

　　毕竟是两条人命，是有过一面之缘、心生好感的人。当天的排练，田毕雯精神不能集中，屡次出错，若不是给她介绍这个活儿的经纪人朋友说情，她差点儿被主办方撤下来。排练结束，她又路过世纪广场，为了不乱了心绪，绕着大屏幕回的家。

　　第二天，走在路上，她内心再次备受煎熬，因为有汽车停下来在鸣笛，公交车车载电视上播放的内容和大屏幕上一样，道路两边有拉着条幅行走的人们，打开手机，一条短信又跳出来，说的还是这个事。到了演出场馆，满身铜臭味的主办方负责人在节目开始前倡导在场的人默哀三分钟，那真是太阳打西边出来了。

　　场馆内布置得花里胡哨，舞美、彩旗、灯箱、海报琳琅满目，可田毕雯一眼扫过去，好像所有的画面和昨天大屏幕上的内容一样。她挤了挤眼睛，没什么变化，冯蔚的笑容在眼前挥之不去，她意识到自己再难集中精力了。候场时，还是浑浑噩噩的。轮到她的节目了，主持人在报幕，念了她的工作单位和姓名。她看了看舞台，干冰散出的雾气铺满了地面，有腾云驾雾之感，音乐的前奏也响起来了，那时候她应该踏上台阶，摆出起始的舞蹈动作。她又看了看台下，人头攒动，热闹非凡，丝毫看不出他们受了默哀的影响。那时候她知道，刚才的默哀是走一个过场，那虚构的怀念很快就会淡化，毕竟即使是发生在人们身边的悲剧，尚且有眼不见心不烦的自我安慰，何况是陌生人，即时就会被风化被稀释，那些值得铭记的日子、值得珍惜的人，都会被遗忘。但田毕雯觉得不应该这么快，至少这场娱乐性质十足的演出不应该进行下去了，载歌载舞，显然是过分了。

田毕雯看见了电子屏上的时间，追悼会快要开始了，她心跳加速、呼吸急促，有种第一次上场前的紧张感，但她知道那不是因为演出导致的，她不能再等，痛下决心，来不及脱掉那件挂满亮片、露胸、露大腿的舞蹈服，放在更衣室的白色风衣也没披上，只拿了手机，冲出侧台。大家见她迟迟不上场，到处寻找。他们突然听见台下有人起哄，循声望去，人群中分开了一条小道，田毕雯正在其间向外"奔逃"。她的朋友、主持人、负责人急得跺脚，都在喊她的名字，她假装听不见，她只有一个念头，送别冯蔚，去弥补中秋之夜时留下的遗憾，否则小遗憾会成为大遗憾，且永远无法补救。当时，她没有时间去想，她放了大家的鸽子，造成较大的演出事故，这是演员的大忌，一传十十传百，圈里几乎没人再敢用她，以后接私活儿会十分艰难，属于她的舞台似乎越来越小。

低温中，田毕雯以白花花的胴体迎击寒风。她刚才一阵剧烈运动，身体并不冷，可裸露在外的肌肤已经冻麻木了，现在停下来，反而有灼热感。她接连拦了几辆出租车都没成功，司机师傅均是惶恐不已，变道绕开她，加速驶离，估计是把她当成了拉客的小姐或者受到某种刺激寻短见的人，能不能收到车费已是其次，还有可能被讹上。

这里离殡仪馆有一段距离，演出已经放弃了，结果不可逆，不能再错过追悼会，情急之下，田毕雯打开手机，亮出了冯蔚的照片，这才有眼尖的司机停下来。坐在车上，看到十几个未接电话，和痛心疾首的短信，都和这场演出有关，她才意识到自己闯了祸。她调整着呼吸，强迫自己冷静。没有人理解她，她要自己理解自己，人生中难免有顾此失彼的时刻，但应该做一次连自己都敬佩自己的选择。一次敷衍，如果没有受到谴责，没有产生不好的效果，惯性使然，在下一个抉择时刻第一个念头也会是得过且过。生命的有限长度里，经不起几次沉沦的填充。就任性一次，"任性"有时候是褒义词，字面本身就充满力量。这是一次正向的我行我素，是与自己较劲，不舒适才是舒适的温床，但愿这是一个好的开端，像一缕美丽的霞光照进悲催的生活，在以后的日子里，每当想起来，都尽可能地坦然。她现在就坦然地坐在后座上，油然生出了兵来将挡水来土掩的气概。

# 第二十一章

从今往后,我所有起舞的冲动都是因为你,我用淡漠世俗的举动铭记你的名字,我用顾盼生辉的眼光诠释唯一的主题。

在宁水最显著的位置上,多元色彩被素黑素白笼罩了,伤感情绪从四面八方汇聚。哭声飘扬至城市上空,田毕雯是其中一个因子,她是个漂亮的姑娘,她的大爱与冲动,也是这个海滨城市的漂亮注脚。而在不被人注意的角落,还有一个外乡来的女人,没几个人知道她,她和这个城市也格格不入,她曾试着接纳这个城市,一段时间以后才发现,简直多虑了,她只有不被城市所抛弃的份儿,她没有接纳或者不接纳的权利,她备受生活摧残,本应怨恨社会不公,可是她从未抱怨,如果非要叨咕两句,她会告诉他的男人,所有的事都是命中注定。过得卑微,可还健康地活着,这对于底层人来说,已经是最好的情形。然而,就是这个对于世界唯一的微不足道的要求，也在突然之间被打破了，冯蔚死了，在那个夜晚，她也犹如死去了，她支离破碎。这个外乡女人正是销声匿迹许久的章梦佳。

当年，章梦佳的哥哥章坚失足掉进粪坑淹死了，有人说，是杨荣倩和情夫合伙设计害死了章坚，因为章坚死了没几天，她就离家出走了。章父打听过她的下落，没有结果，没有一技之长，还经常受到不劳而获风气的影响，八成成为灰色产业链上的一员了。冯章村有很多这样的故事，有很多这样的人，杳无音讯，无疾而终。没有人再去追究，毕竟章坚的病越来越重，活得太难了。很多人曾给章父"献计"，别给他治病了，不能让他一个人拖垮了一家人，他死后或许比活着要快乐。章父把说这话的人痛骂一顿赶出家门，可时间一长，当他不堪重负的时候，偶尔竟然有赞成那些人看法的意思。现在章坚死了，他悲伤过后释然了，就算是被害死的，他也不想追查，哪怕花费巨大的代价找到了杨荣倩，她也是苦命人，又能得到什么，有仇必报或者必须水落石出的思路，有时候之于对生活毫无余地的老农来说行不通。他不敢想象表象背后的逻辑，不配想不敢想，只能看着在这个圈子里那些有着无尽纠葛的人莫名蒸发，所有的往事便也消散于烟云。

杨荣倩是两场婚姻的核心，她不在了，章梦佳也没有理由生活在杨家，她甚至有如释重负之感，她第一时间逃离了杨庄。那时候大混子杨磊刚结束了第二段婚姻，他比章梦佳还最先想到了章梦佳的出路，当他问章梦佳要不要走的时候，章梦佳三下五除二就收拾好了行囊，都没回头看一眼生养他的地方，更不会看一眼毫无共同语言的杨荣才。她挎着杨磊的胳膊，没有过渡，就踏上了南下的火车，他们如此自然而然地发展成情人关系，他们之间没有爱，他们有共同的身份，这个身份是生活的流民，也是感情上的流民。

宁水是华东最有经济活力的城市之一，就业机会多，当时杨磊执意带着章梦佳来宁水，是听说很多老乡来宁水后日子过得不错。因为冯蔚的缘故，章梦佳不太愿意提及这座城市，可也正是因为宁水至少有个冯蔚，偌大的中国，她唯独对这里产生了莫名的好感。天下之大，除了家乡，哪里都是陌生的地方，等真正到了宁水，章梦佳明白，有没有好感与否，有没有冯蔚也罢，都多虑了，在这个拥有千万人口的城市中，有她没她一个样，有没有冯蔚也一个样，没人认得她，她早应该收起那可怜的存在感。

杨磊稍加培训去当了水手，经常出海，一走就是几个月。章梦佳是在她当服务员的饭店从客人嘴里听说冯蔚名字的。那天晚上，饭店来了一桌客人，看起来这桌客人都是附近厂子的员工，刚开始聊的都是电子厂、流水线、三班倒之类的话题，章梦佳在电子厂干过，身怀六甲被开除了，对电子厂没好感。

酒过三巡，那些人开始聊社会热点，其中一位客人是船长，章梦佳是这么判断的，因为他们每谈论一个热点话题之后，这位客人都要做个评说，以"当年我当船长的时候"开头，显然，他对以前在海上的表现十分满意。

后来，他起头聊到执法员的牺牲。海警是较冷门的职业，大家各抒己见，好几个人表示当年也有一腔报国志，要是有机会上一线，保准也不怕死云云。这个话题，章梦佳很敏感，因为冯蔚是海警一员，她竖起耳朵来听，连后厨喊她上菜也差点儿没听见，还被店家一顿臭骂。

上完菜回来，那桌人还在继续刚才的话题，章梦佳模糊听见了冯蔚和刘岸的名字，心里一惊，以为是听错了，忍不住要确认一下。此时船长已经上头，没来得及回答她，可能他联想到了当年在海上的时候死去的兄弟，触景生情，失声痛哭，哭毕，东倒西歪地站起来朝众人抱拳行礼，一个挺严肃的事情被他表演得很滑稽，逗得大家哈哈大笑。接着，他斟了满满一杯酒，朋友们以为他要敬大家，没想到他一杯敬月光一杯敬死亡，把酒杯举过头顶，然后全倒在了地上，溅了邻桌光头一身。他们吵吵闹闹，已经引起了邻桌光头的反感，现在属于火上浇油。

光头指责道："滚回家去，丢人现眼，脏了老子刚买的'阿玛尼'！"

这话说完，船长其实还有心道歉，不料光头接着骂道："你爹死了都没见你这么激动，给别人号丧挺起劲，跟你有什么关系！"

这下船长被激怒了，借着酒劲，摇摇晃晃走到光头大哥跟前，对准大哥打过蜡似的锃亮大脑袋，铆足了力道，抬手一巴掌，"啪"一声脆响，压住了满屋子的喧嚣。举座震惊，大家一时忘了做动作，饭店里好像按下了暂停键，只能透过店门看见外面汽车的光影。但见光头大哥的光头，当时便肿起来了，那个红彤彤的印痕，甚是丰满，且还有继续发育的趋势。

短暂沉寂后，随着接连不断的叫骂声，两桌人展开混战，他们抄起所有趁手的物件互抡互砸，盘盘盏盏、凳子椅子满天飞，战况相当激烈。老板不知如何是好，只得抱紧了钱箱子，哭着说："应该把这些家伙送到海上打仗去，他们太猛了。"

船长喝得太多，站都站不稳，平日战力再强，这会儿也眼高手低。光头愤怒值爆表，照准船长的脑壳，一连开了五六个啤酒瓶，玻璃碴子四处飞溅，船长被彻底砸蒙了，直挺挺地倒下去，倒下去的时候波及了屡次试图拉架却插不上手的章梦佳，章梦佳也摔了个仰面朝天，她肚子里有孩子，四五个月了，哪经得起这种折腾，血当时就从身下渗出来了。

章梦佳已是两个孩子的母亲，大女儿才一岁多，她和杨磊都在打工，他们没有条件把孩子带在身边，干脆送回老家，由杨磊的爸妈抚养。为避免麻烦，杨磊半夜进村，把襁褓中的孩子放在家门口，砸门叫醒了爹娘，远远地看着老两口打着手电看了他留下的信，并把孩子带回家以后，才抹着眼泪走了。他哭了一路，他认为这也是一种遗弃，有的人把孩子扔给陌生人，有的人扔给父母，遗弃给的对象不同，但形式上没区别。

章梦佳肚子里这个孩子是他们的第二胎，没能力养，那就多生几个，反正生一个和生两个都改变不了捉襟见肘的窘境，不如多生，在气势上压倒别人。那相当于社会主义初级阶段的中国，缺乏经济科技支撑，不能再没有人，总得占一样，适时搞搞人海战术未尝不可，多一张嘴吃饭，不过是成本最低的投资。而现在，她的第二次投资可能要失败了，章梦佳下体血流不止，肚子剧痛难耐。

光头那桌人见情况不妙逃之夭夭，船长瞬间醒酒，孩子要有个三长两短，他就成了杀人犯，那罪过可就大了。船长算个爷们儿，没逃避责任，把章梦佳送进了医院，全程陪护。经过一夜急救，输了很多血，好在孩子保住了，但章梦佳虚弱不堪、憔悴不已，躺床上动弹不得。那时候，她最担心的问题是她又得丢工作了，本来新老板大发善心，允许她干到临近分娩，现在却浪费了这个机会，接下来杨磊一人挣钱养家，日子会更难。

船长万分自责，跪求原谅，章梦佳没心情怪罪他，她惦记着他昨天的话题："那两位执法员，叫什么名字？"

船长不知道她为什么这么问，但还是如实回答了。章梦佳听了后，看看床头的监测仪，曲线平稳，证明自己意识是清楚的，正因为清楚，所以她感到天旋地转。船长吓坏了，以为她的情况恶化了，正张罗着摁下床头的呼叫铃，那时候她声音发颤地说："给我看看！"

船长划开手机，界面上显示着公布出来的官方照片，章梦佳只瞄了一眼，便泪如泉涌，她咧着嘴，却哭不出声音。

船长不知道该为她那副恸哭的模样配上什么音效才合适，那根本不像他醉酒之后丑态百出的哭泣，那是平地起惊雷，那是从荒漠中倏然翻腾起的洪水。

船长想不到这个弱不禁风的女人如此爱国，对于牺牲，比他理解深刻，果然是人不可貌相。他站在床边，像小学生，等章梦佳哭声渐歇，问："你去过海上？家里有海警？或者这两个人是你的亲朋好友吗？"

章梦佳不停摇头，确实，冯蔚是她什么人呢？什么都不是。船长更对章梦佳佩服得五体投地，他继续询问章梦佳，她还没有从悲痛中缓过神来，问什么答什么，所以他了解到她的真实情况，得知她在宁水没有别的亲人，男人也不在身边，他痛心疾首，真是绳子专挑细处断，厄运专找苦命人。

船长拿出身上所有的钱，承诺："我会对你负责到底，你需要我怎么做，尽管提出来。"

章梦佳没听清他在说什么，心思没在这里了。窗外有汽车集体鸣笛的声音，她扭头看出去，天空灰蒙蒙的，就像她的心境，她当初忍痛选择为家庭牺牲，放下了他，而现在她只想见他最后一面，尽管她知道斯人已逝，找是找不回来了。

她说："让我一个人待会儿。"

船长问："我还能做些什么？"

章梦佳说："回饭店把我的东西拿过来吧，不能上班了，再去不合适了。"

饭店里哪还有她的什么东西，她连化妆品都没有，也无须化妆，每次上班无非只是混口饭，带走日结的工资就可以了，她可不像那些贵妇人，出门大包小裹，阵仗很大。船长却信以为真，离开病房去饭店，其实章梦佳只是要支开他而已，她很清楚，如果他在，不会让她下床。她举着输液瓶，在窗子望出去，看见船长走出医院大门，就立即拔掉针头，起身出了住院大楼。她的衣服已经被护士收走了，没有衣服可换，就穿着病号服，汇入人群，一路走向追悼会的现场。

田毕雯和章梦佳同样穿着"奇装异服"出现在追悼会，她们互不相识，但她们首先向对方投去同情的目光，随后是惺惺相惜。这样的场合应该穿得庄重，但没有人拒绝得了田毕雯这样的人，并且还会以为她比自己更应该的出现这里，这可能是殡仪馆最新推行的新项目，和那些穿着奇怪制服吹吹打打的乐队同属一个系列，很明显，请一个这样的美女来调动气氛，增添观赏性，更符合大众审美，她能给死者带来慰藉，或者能了却死者生前的某种遗憾，何乐而不为；更没有人敢拒绝一个病恹恹的孕妇，这背后应该是有一段荡气回肠的故事，她正是因为太难过，急火攻心而生病的，她才拥有真情实感。除却这些，也没人拦她们，所有人都有悼念一个人的权利，不管什么身份，来自哪里，和死者什么关系……尽管大家好奇于他们的装扮，但无人质疑，因为所有人的大爱、痛苦以及悲伤，都值得被温柔以待。大家只是看着她们，尽量退后，给她们让出一条宽阔的路。

不仅是与冯蔚有关的女人，刘岸的红颜也来了不少。稍早的时候，顾澜才知道刘岸失联的消息，并且是失联了十五天以上，没有回来的希望了，她是最后一个知道的。她知道的时候，章梦佳刚被推进同一家医院的手术室，而巧合的是她刚从旁边一间手术室走出来，顾澜还看了一眼浑身是血的章梦佳。她们并不相识，她没有打听这个陌生女人病情的欲望，一是因为这种场面每天都在上演，一是因为当时顾澜做了一台韧带重建的手术，在手术台上已经鏖战了十几个小时，看东西都重影了，走路打着摆子，要不是助手搀扶，她有可能晕倒。她没有兴趣关心任何事任何人，大厅里的电视上滚动播出着冯蔚和刘岸的消息，她根本没在意。

回到值班室，顾澜把自己扔在床上，醉酒般晕头转向。手机响了，对此时的她来说，连翻个身取一下手机都是一项大工程，想到近来每次半夜来电话都会沾一身骚，没事也惹出事来，还是别冒险了。她一动未动，但又睡不着，浑身不舒服，心说，难道得了豌豆公主的病？她干脆坐起来，吃一片安眠药，上次打卫星电话跟刘岸提离婚之后，精神损耗很大，神经科同事要求她适当吃几粒，她照做了，以往吃完倒头就能睡着，可今天连安眠药也失效了，她不知道哪里出了问题，一边想着明天还要去一趟神经科，一边顺手拿起手机，不经意看了一眼，倒吸一口凉气，十几个未接电话，有陌生号码，也有李海疆的号码。

李海疆没有重要事情，会指派冯蔚来替刘岸说情，这次舰长亲自来电，非同小可，她以为是刘岸承受不住压力，又动员身边同志向她灌迷魂汤来了。让刘岸不自在，她就达成了目的，这是冤家之间的标配内容。经过一段时间的冷静，她离婚的念头已经没有刚开始那么强烈，她想得清楚，离婚不是唯一出路，如果能改变刘岸，不管是改变他的性情，还是改变他的事业观，抑或者是改变他对她的身份定位以及关怀程度，都是他们婚姻关系的一大进步。实话说，连她自己都觉得还有挽回的余地，毕竟两个人都没有出轨实锤，一切都是臆想，他们有感情基础，远未达到那么决绝的程度。

电话接通了，顾澜很自信，料定是打圆场的电话，难掩兴奋又克制着兴奋说："舰长，不是我油盐不进，您别白费力气了，让他自己回来跟我说清楚，夫妻间的事儿，别人越掺和越乱。另外，关心下属生活不能光靠耍嘴皮子，应该做点儿实事，比如强制把他驱离武江舰。"顾澜的愿望很单纯，她说得很过瘾，虽然她知道这只能是过嘴瘾。

李海疆低沉地说："他回不来了。"

顾澜没意识到问题的严重性，她说："我还是那句话，如果他非要在舰艇上工作，我无话可说，回不来就回不来，但得有个时限，别总给我画大饼，这么多年了，大饼画了一张又一张，还不算完，还时不常地来上一次小怀疑，搞点儿小插曲，感情一旦失去了信任，就有了裂痕，这裂痕……"

李海疆说："不会再有大饼了，也不会有怀疑，他带着所有的亏欠，永远留在了海上。"

顾澜的声音顷刻发生变化，她想让李海疆收回他大放的厥词，她喋喋不休："什么意思？你在说什么？我理解能力这么好，我怎么听不懂了？"

李海疆咬着牙说："他和冯蔚执行任务的时候失联了，半个多月了,我以为能找回来,只有我这么认为。我们尽所能了!"

"啪!"手机掉在了地上,顾澜去抓,失去平衡,也摔在地上,就像乐极生悲,瞬间从云端掉落地面。

听筒里传来李海疆揪心的声音:"你怎么了?你没事吧,千万别激动!"

其实李海疆就站在医院里,他早就来了,却不敢面见她,但他也不敢走,怕顾澜想不开,他就透过窗户看着顾澜的影子,他要确信她能承受住这次打击。

顾澜怔怔地说:"死了?天杀的,让他回来他不回来,这下好了,永远别回来了!"继而,传来顾澜的笑,那笑声令人毛骨悚然。

李海疆把明天开追悼会的事告诉她,她才完全接受这个事实,她要把口是心非的本领发挥到极致,她说:"这是怕见我,干脆不辞而别了!你倒是一了百了,我呢?我乐得清净?你走之前也要留句话啊,非要我把离婚协议书带到追悼会上去?逼我成为一个心如蛇蝎的寡妇?"

李海疆说:"他是个英雄,你是英雄的妻子,你要坚强。"说这话的时候,他自己都难为情,谁能在这个时候坚强?这不是一个特别有信仰的时代,牺牲也是少数,刘岸有信仰,也不能要求他的女人有同样的信仰,即便他们是高尚的伉俪,这个时候说出这样的话,听起来冠冕堂皇,看起来道貌岸然。李海疆不得不这么说,这个电话,他不得不打。

顾澜说:"我不要英雄,我要丈夫,还我男人!王八蛋刘岸,你说走就走，你的道歉呢，你答应我的事情一件都没做……"接着是长久的啜泣，这些天来，她的隐忍和委屈到了临界点，终于爆发了。医院里会有各种各样的哭声，那晚，最凄凉的却来自医生值班室。

在似乎停滞了的时间中，顾澜保持了一个女人最后的倔强，她说："我才是世界上最后一个不相信刘岸会失踪的人，我不去参加什么追悼会，我就在这里等他回来。"

窗子里，顾澜的影子晃动片刻后定格了，那可能是她陷入了回想。李海疆更难过了，他看得出来她的刚硬，她嘴上说不去追悼会，其实比谁都迫切。他难以想象，明天她到达现场后会是怎样一番景象。他在外面站了一夜，顾澜的灯亮了一夜，那个单薄的身影在窗帘上蔓延开来，直到填满了他的眼眶。果然，第二天，顾澜在追悼会现场撕碎离婚协议书的时候，导致他如鲠在喉，悼词差点儿念不下去了。

通往现场的沿途有成片的青松翠柏，道路两旁站满了形形色色的人，他们穿着浅色的衣服，举着黑白的条幅，空气中飘着人被焚烧后的味道，海风吹过来，钻进树林里，也千回百转，发出呜呜的声响，辅以哀乐声，那氛围，很难不让人流下眼泪，当人们察觉到的时候已是双腮冰凉。好几辆考斯特面包车组成的车队开进了殡仪馆，打头的车前挂着冯蔚和刘岸的照片。他们一如真实地站在众人面前，英姿勃发，注视着眼前的一切。那时候，各式各样的哭声响起来。

而那几个女人谁也没有大呼小叫,她们互不相识,有的认识,却来不及哀怨,她们眼里心里只有悼念的人,而她们却成为全场的焦点。有人说,这是最后的属于冯蔚和刘岸的幸福,她们能够放下纷扰,到追悼会上送一束花,已然是一个男人的荣耀,这是人性的荣耀,爱恋的荣耀,与冲锋陷阵的荣耀不同,却在某种视角、某种意义上更加光芒万丈。

连漪也来送刘岸最后一程,她最早到达,最后一个离开,因为当着顾澜的面,她不能把刚买的新口琴放进刘岸的灵柩,她有足够的理由敬仰他怀念他,可直到他死去,她也要控制自己,活着的时候不便说,死后不敢说,口琴在她的口袋里攥出了汗。

没有遗容,可竟然还有瞻仰遗容的环节,连漪只能看到孤零零的大檐帽摆在本应该放头部的位置,灵柩里也没有刘岸的遗体,国旗底下鼓鼓囊囊,可包裹的是他在岸上时的所有家当,衣服、被褥、舰艇模型,还有书籍、笔记、奖章等,但是她似乎能听到他吹奏的每一首乐曲,依然动听,依然感人肺腑,依然遥寄思念。

场内声音嘈杂,章梦佳感到一阵阵疼痛,她抚摸着微微隆起的肚子,小心翼翼地挪着步子,跟着人群移动。她要护住杨磊的种子,也要祝福眼前不存在的人,再疼也要独自承受,似乎这世上最不重要的人唯有她自己。在灵柩前,章梦佳把手搭在冰凉的透明大盒子上:"你还在等谁?你还没有结过婚,也没有留下一儿半女,你怎么想的啊?!"没有人能回答她,她也不需要回答,因为这个问题没有答案。没有时间给她说太多的话,不一会儿,她被队伍裹挟着，走向了门外，她觉得远远不够，重新混进转着圈的人群，一遍一遍，去接近那个并没有冯蔚的空盒子，周而复始。

顾澜靠近了刘岸的灵柩："有本事你回来，你敢回来，我就敢和你重新开始……"

顾澜满心的后悔，她突然发现这个要求，比当时她让刘岸回岸上工作还要过分，她改口说："你不回来，我们也重新开始吧！啊，就像当年刚刚认识的时候一样，飞蛾扑火一般，没有人能成为阻碍。"

只有一顶大檐帽躺在那里，连这顶帽子她都不能带回家，何谈重新开始，那时候她陷于崩溃之中，她是被医护人员抬到急救车上的，吸了氧气才恢复。

田毕雯没在人群中间，她走出了队伍，一个人占据了那片摆满假花的空地，她要把这些天来排练好的那支新舞蹈跳给冯蔚。她刚刚给这支舞蹈换了名字，之前叫《飞临》，现在她决定叫《消融》。有人见田毕雯穿得太单薄暴露，给她递过来一件大衣，她拒绝了，她要保持冰冷的感觉，来刺激日趋麻木的神经。老师告诉过她，要在这个麻木不仁的世界里保持足够的丰富、敏感和细腻，要直面伤痛，要有发言发声的冲动，所以，她正视冯蔚的离去，拥抱眼前的黑暗。她相信，从今往后，当她再次走到台前，就会对生活和爱有新的感悟，可以应对各种刁难和冷眼，不再是一个患得患失的演员，可以永远保持一种状态投入到下一场演出、迎接下一次挑战。

大厅里鸦雀无声，号称全宁水最专业的乐队竟然忘了该怎么吹奏，那些围着灵柩转圈的人也停下来，注视着田毕雯，那个逼仄的不及舞台一角大的空地成了她的舞台，那如同一块飞地，有着巨大魔力，这是她见过最简陋也最隆重的舞台，没有聚光灯和干冰，不可能有掌声和欢呼，连光线都很吝啬，别的场馆可能刚进行完遗体告别仪式，有人被推进炉子里，门前那根长长的烟囱正呼呼地冒着黑烟，黑烟中夹杂这粉尘，烟气难免会钻进阴暗潮湿的大厅，一股焦糊与腐朽的味道掺杂在一起，钻进人们的鼻孔。

这里像还未被发现的沙滩，石头上长满青苔，到处是死亡的植被，这里从未有人光顾，也不会有人愿意光顾，而田毕雯光着雪白的腿脚，伴着不停吹来的寒风和气味摆出漂亮的姿势。她用舞蹈代替语言，在这里，那确实胜过了所有的呼喊。宁水的冬天过早来临了，那些裹着厚厚大衣的人尚且在打冷战，可她不在乎，她认真地做好每一个动作，她想象着他能看得见，于是周身便自带了光环；这是她跳过的最高级的舞蹈，《飞临》是跃升，去往更好的境地，但这个题目总带着离开的意味，而《消融》才符合今天的主题。冯蔚虽然永别了，但归根结底是与那片大海相融，与这片大地和这里的人们重新相遇，他是在远去，他却走进了她的生命。

田毕雯没有停歇的意思，一支跳罢一支又起。那时候，他成了她一个人的英雄。他以什么姿态接受死亡不得而知，也无人告诉她英雄应该是什么模样，她以一支女子独舞也无法描绘出那种模样，可她竭尽所能，不知疲倦地翻转跳跃，极力展现着四肢以及面部表情的种种可能，那是不屈，是一种精神，不论柔软还是坚硬，不论急速还是缓慢，她的舞越跳越流畅，越跳越忘我，人们仿佛看见她生长在了鲜花上，而那些以假乱真的假花也如应季的鲜花全然绽放了。

田毕雯能听到自己的喘息，那成为她为自己所作的伴奏，那伴奏如同挽歌，那也是她在和冯蔚对话。那时候，乐队指挥终于反应过来了，他挥舞着手上的指挥棒，他们追上了田毕雯的拍子，他们从没有在这样的场合吹奏过这样一首舞曲，曾经他们总以为只是混口饭吃，送走一个个肉身，能不能送走魂灵，他们不敢奢望，仅此而已，今天，他们在田毕雯身上，找到了乐队的灵魂。他们一个个鼓动腮帮子，吹得起劲，打击乐的乐手更是忙碌，手舞足蹈，手脚并用，场子热了起来。

当天，李海疆数次感动，可他不能保持在同一个状态，他不是装了控制系统的机器人，但现实却要求他必须收放自如，痛哭时也要提醒自己睁开机警的眼，这是反人性的，可如果做不到这一点，他只能是个合格的兄长，而不是一个合格的舰长。

他又回想起了追悼会前一天孙颜对他的嘱咐："人性？人性中有善有恶，你需要分清善恶，也要能掌握善恶，这样才能在层出不穷的新情况新问题中游刃有余嘛！"

李海疆说："我怕快精神分裂了。"

孙颜说："因为你要身兼数职。"

李海疆问："明天我只想像个普通人，好好送送他们。"

孙颜说:"可我们注定没有这样的待遇,别忘了我们的任务!等'国门利剑'净海执法行动圆满结束了,那时候再好好送别也不迟,给牺牲的人们送行,给勇打头阵的人们庆功。"

李海疆厌恶地说:"别提庆功,不合时宜,不相匹配!"

孙颜说:"长得五大三粗,还以为是铁石心肠,却总是柔情似水。"

李海疆说:"我是一员干将,演戏演得憋屈。"

孙颜说:"真打实练你从来不掉链子,可不管是生活还是战斗,哪里全是真刀真枪啊,动不动就被虚晃一枪才是现实!"

李海疆明白他的意思,送别冯蔚和刘岸固然重要,但任务远未结束,给康迪及其团伙下网的工作才刚铺开,仍不足以告慰英灵,这次追悼会大张旗鼓、规模空前,有很大因素是麻痹迷惑敌人。

田毕雯的舞蹈跳完了,顾澜刚从救护车里坐起来,身体虚弱的章梦佳就被送上了救护车,而哭哭啼啼的连漪要一边抹着鼻涕一边测试话筒是否好用,等待李海疆致追悼辞,所有人还沉浸在各自的情绪里,李海疆已经神不知鬼不觉地完成了好几轮"巡查"。

有几个身份不明的家伙,混进了追悼会现场,他们戴着口罩、帽子,躲过了人脸识别,但没有躲过李海疆鹰隼般的眼睛,他们百分之百是康迪集团派来打探消息的。他们的到来正中李海疆下怀,心说,该来的都来了,不该来的也来了,你们既然来了,就要把好消息带回去。

李海疆准备了两套追悼辞,一套官方正式且感情充沛,一套是专门讲给那些可疑人员的，后者避重就轻，增加了一些干货，放了不少烟雾弹。这套说辞，其他来宾听了很不解气，有的还会感到不适，但康迪集团的人听了一定欣喜，比如这次海松号撞击武江舰完全是个意外，对方并非罪大恶极，而是为了逃避登临检查，临时起意，危害没有那么大，影响没么恶劣；比如海松号相关人员已被绳之以法，得到了应有惩罚，很快会被驱逐出境，以后再也不允许进入中国领海，踏上中国领土；再比如，打铁还需自身硬，痛定思痛，执法员应努力提升本领，在未来执法中大显身手，占据主导地位，避免伤敌一千自损八百。另外，大家既要缅怀英烈，也要抬头往前看，日子还得继续过，愿明天更美好。这哪是追悼辞，倒有几分批判的意思，说明武艺练得不精，执法能力不强，仗打得窝窝囊囊，连典型案例都算不上，冯蔚和刘岸的牺牲经不起推敲……人走得轰轰烈烈，却还要被拿来当了反面教材，人群中有质疑的声音，可除了孙颜，谁也不会明白，当李海疆说出这些话时，他的内心最跌宕起伏，他的痛苦最难以名状。

不过，这场非比寻常的追悼会开出了效果，探子回去后，如实复述，康迪集团闻听后得意忘形，以为海警不过尔尔，这件事就这么过去了，中国市场的大门仍然洞开，宁水仍然想来就来，他们又可以像往日一样恢复正常的"生产生活"秩序，违法犯罪活动不减反增，但这都是暂时的。

追悼会举行的同时，也传来了振奋人心的消息，海松号上密室内的系统被破译，针对这艘母船的监控程序已研发出来，植入完毕。网络体系布设成功，电子布控开始运行，所有关联船舶浮出水面。下一步，康迪集团高层知道什么，江淮海警局就知道什么，甚至他们尚来不及知道的，海警局也能提前掌握，他们的行动轨迹一目了然。孙颜在海警局内部召开了"国门利剑"净海执法行动部署会，那时起，一场辐射面广的执法行动悄然拉开序幕，抓现行、扼全局、阻源头、灭苗头，势在必得，眼下所有的等待都是在酝酿、在经营。

# 第二十二章

多年前以为在海天相接之处，生长着我们的愿望，重回梦中的岛屿，却发现生命的回响来自当年出走的地方。

大海的未知让人望而却步，也让人期待同生共存。茫茫东海，到底有多少生命奇迹，就像它到底历经了多少日出日落,永远无从考证。

半个月的时间，陆地上的人们已然丧失信心，可漂泊在海上随时可能死去的人，身心都被折磨得支离破碎，已无须信心作为支撑，活下去是本能，就像许许多多所谓的爱情并不是用努力相爱来维护，而忍耐下去才是法门。

铁树开花，前所未有。陆地上正举行冯蔚和刘岸的追悼会，而海上的他们还残存着一口气。在很多人的认知中，他们可能死好几次的条件都客观存在了，连他们自己也这么认为。可他们还有知觉,虽然已不敏感,甚至时有时无,可他们真真切切地活着。那还是一片陌生的海域,不会有人想到,连大海可能也忽略了坚如磐石的他们还漂在那里,一动不动地蜷缩在充气船上,像一片枯叶上趴卧着两只快被晒干的虫子。

阳光照在水面上,大海泛起波光,一层一层,密密麻麻,灿若星河。银河与大海遥遥相对,可它们应是一对孪生兄弟,一个干白班,一个值夜班,释放着同样震撼的能量。那里大部分时间的昼与夜都美不胜收,涤荡灵魂,陆地上绝难看见,可在那美得令人心碎的景色中,两个在绝望与希望中不停切换着的人,九死一生,一生九死。他们没有别的心思了,身上溃烂的皮肤、化脓的伤口、被腐蚀的衣服以及臭烘烘的死鱼,填满了他们的视野,他们的目光只能到达手脚可以触及的地方。他们看不见,也没有看的心情,所以世间再无美景。

闭上眼,沉沉睡去就不会再痛苦,但他们还有一个念头,要感知痛苦,因为当下痛苦在给活着作证。冯蔚在稍早还有点儿精气神的时候说,我们不死,这一场仗就没有损失一兵一卒,就是大获全胜,我们不死,就对得起初衷和所爱的人们,更重要的是,不死,就总会离陆地越来越近。即使到达彼岸的时候已没有力气,也没人发现,会和被推到岸边的垃圾一样横陈沙滩荒野,但从生命的起源开始,坚强就是一个人的事情,没有谁能代替谁坚强下去,独自坚强是每一个生命体的最终归宿。

坚强下去,意味着要在地狱和大地的入口反复徘徊,活着成为一种抗争,抗争时没有半点儿舒适性可言,所以阳光雨露滋润不了快干涸的他们,海鸟的问候也不动听了,现在那里是一片不毛之地,是激战过后死伤无数的战场,那闪闪的波光也像轰炸之后还未熄灭的火焰,并不会带来生机,只讲述着毁灭。

充气船不像之前那么膨胀丰满,有的地方可能晒漏气了,发出刺刺的声响,它干瘪瘪地铺在那里,像贫穷人家火炕上一床经久不换的烂被子。但那已经是他们最珍贵的家当,它在无数个寒冷的深夜,不嫌弃他们,给了他们大大的拥抱。

但就是这个给予他们温暖乃至生命的朋友,也不得不说再见了。因为,海上漂流的第十五天,风和日丽,冯蔚听到远处有响声,一开始像虫鸣鸟叫,这无法提起他的兴趣。声音由远及近,越来越大,逐渐变为轰鸣,那不是大自然的声音,是机器发出来的,这十五天里,除了货轮,没有一种声音如此接近人间尘世,这让他心跳加快起来,他迫切地想看见到底是什么东西,却睁不开眼睛,他的眼睛被眼屎糊住了,人之将死,没有那么多语言,分泌物会增多,这是他的切身体验。他捅咕了刘岸,刘岸没有动静,他试图撕开眼皮,却粘连得结结实实,无奈,他奢侈地往脸上倒了一些淡水,浇开了眼睛。那时候他果然看见有一个物体出现蓝天上,像蝴蝶、像老鹰、像飞机,对,是飞机,还是一架可爱的直升机,它的飞行高度不算高,冯蔚能看见机身上的国旗图标。

冯蔚激动地叫,兴奋过度却卡了壳,就像梦中手脚总会被束缚。他摇了好几下刘岸,刘岸清醒了,但没给出反应,因为太多次热脸贴了冷屁股，一艘艘货轮就贴着他们的充气船驶过去，都没能发现他们，有的可能发现了，但不会为两个人停下来，见死不救的人太多了，他们现在就是那些被视而不见的苦苦挣扎的人，他们命如草芥，不救可能也就良心上过不去，救了，连生活也过不去了，刘岸不怪他们。

货轮尚且如此，何况一架于空中飞行的飞机，他们还不如一条鱼蹦得高，不如一个浪花显眼，飞行员有一万个理由发现不了他们，就算飞行员发现了他们，也无处降落，飞机上有悬梯，但以他们现在的身体条件，爬不上去。他们练过攀登和索降的课目，平时都很困难，更别提现在。他不想白费力气，不如躺着，多躺一秒，就能实现冯蔚多活一秒的宏伟目标。可冯蔚不这么认为，飞机上俯瞰，视角广阔，比轮船要方便得多，而且飞机上的雷达系统、飞行员各方面的素质要优于其他。他认为这是他们最后的机会，一定要抓住。他不管刘岸了，他爬了起来，脱下橙色的救生衣，朝上空挥舞着。他想，这次该轮到我这苦命的人走狗屎运了吧，再不被发现，天理难容了吧。

飞机驾驶舱内传出报警声，飞行员往下看，但他什么都没看到。底下能有人？那个年轻的飞行员不敢想，他当飞行员以来，飞了成百上千个小时都没遇到过这情况，这还处于他的认知盲区，他的第一反应是航道或者通信方面的问题。正如刘岸推测的一样，即使海面上真有情况，这架执行重要任务的飞机，最多能做到提供尽量精确的位置信息给救生船。保险起见，他们得判明原因再航行，不过警报很快消除了。飞行员说，警报时间太短，以前有过这样的现象，我们的警报器太灵敏，不相干的热源或者雷达信号也能触发误报，总之问题不大。机长也在海面上肉眼搜寻了片刻，波涛浪涌干扰了他的视线，并且冯蔚和刘岸确实太微不足道了。

飞机掠过他们之前，在充气船上空盘旋了一会儿，冯蔚顿时恸哭起来，涕泗滂沱，一边哭一边继续着手上的动作。

但飞机有飞走的预兆，那时候，冯蔚癫狂了，他的忍耐到了极限，他的生命中充满了错失和遗憾，在最后的关头不能再让自己后悔。他想起电影《一切尽失》里的镜头，一位孤独的出海者遇险，在把信号弹用尽也无法引起过往商船注意的情况下，不得不破釜沉舟，放弃最后的生命载体，点燃了橡皮艇，沉入海底。电影是一个开放式的结尾，出海者在氧气耗尽之际发现了水面上有人游过来救他，正是这个结尾，给冯蔚留足了想象的空间，当下，他必须如此这般孤注一掷了。他不顾刘岸的阻拦，把两人的救生衣绑好后，毅然拧下匕首握把上的打火石，划了几下，很顺利地把晒得十分干燥的充气船点燃了，熊熊大火直冲天际。这个方法确实奏效，机舱里，报警声再次大作了。刘岸惋惜的声音淹没在呼啸的大火里："冷血、无情，连充气船也舍得烧，下步就该烧我了！"

机舱内，飞行员很紧张地问机长："那……那是什么？着火了！你见过吗？鬼火吗？"

机长用望远镜边看边说："这里虽然距离陆地不远，但没有动力的充气船怎么可能漂到这里来？"虽然模糊不清，可那是人在挥舞，容不得不相信。

飞行员不耐烦地说："是海钓的吧，从哪来到哪去啊？总之真是吃饱了撑的！"

机长说："就算是海钓的，也是两条鲜活的生命。"

机长让飞行员降低高度，随后他大惊失色，上次有敌机挑衅，他也没有如此，他改口了："是橡皮艇或者充气船，上面有两个人，我的天，那真的是人！"

可那时候，他的无线电设备里传来任务文书，他无法要求飞行员继续悬停，他们必须继续赶路。临走之前，机长呼叫了指挥中心，汇报了这一情况，把一些生活物资投放到了海面上，至于精疲力竭的他们能不能享受到这些物资，能享受多少，对于熟悉空投的人来说，结果显而易见。最后，机长眼含热泪朝漂在海面上的两位勇士敬礼，不管是手掌还是目光，都禁不住在发颤。

机长说："救生船到这里需要四五个小时，希望他们能撑住。"

飞行员说："他们有救生衣，一时半会儿沉没不了。"

机长说："你还是不了解大海的凶险，海浪、风暴、章鱼、虎鲨，随便哪一样随时都能要了他们的命，而且不知道他们漂了多久，最可怕的是失温。看他们的动作，已经明显迟缓太多了，那是挣扎，不是跳跃……"

机长意识到自己说太多了，赶紧停下来，机舱里沉默了，那沉默就像海面上逐渐沉没的大火，那簇火红的颜色很快也化作蔚蓝，找不到存在过的痕迹。就像他们再努力回头看去，也找不到冯蔚和刘岸了。

机长担心这遭遇给飞行员留下阴影,尽管这已经在他自己心里留下了阴影,他故作镇定地说:"要相信科学,我们的定位足够精准,救生船已经出发,救起他们已是板上钉钉的事。而且,你看他们都那样了,还在努力,他们吉人自有天相,我们为他们祈愿,就像我们每次飞向蓝天,都有人给我们诚挚的祝福,你看引导员引导起飞的姿势,都是跪地竖起大拇指……"他的话虚虚实实,难辨真假,飞行员对他的话深信不疑,而其实他自己都半信半疑。他总结过了,不管是真话还是假话,即便是说错了,也要很有底气地说出来,不然难服众,不足以当一个管理者。

飞机在冯蔚和刘岸的头顶打了一个旋子飞走了,稍作的停留,是对生命的敬意,不过仅此而已。大部分的敬意不用付出什么代价,如果但凡要付出点儿什么,那些人连致敬都懒得做了,冯蔚这么想着。

飞机像一朵飞驰而逝的云,冯蔚何止是望洋兴叹,那是他搭上生的线索强行挤出的微弱希望,不过他闭上眼就笑了,昙花一现也胜过未曾出现,就像他所深爱的陆地依然萌生于深海里倔强的理想之中,每一个碎片在为拼凑完整的自己远道而来,每一眼新视野中的风景都是完美世界的佐证。

冯蔚和刘岸掉进水里后,躲避了着火区域,重新漂浮在水面上。他们不仅失去了充气船,那些绞尽脑汁、倾尽所有"发明"出来的钓鱼工具、淡水采集器全然不见了,他们只剩下身上的救生衣，他们泡在海水里，嘴唇的颜色已经发绿了。

冯蔚一脸遗憾地看着刘岸，刘岸的声音小得可怜，但意识还很清晰："不用尴尬，他们发现了我们，空投了物资。他们不会见死不救，他们会想方设法发出关于这里的讯息，你的努力没有白费，我们的努力都不会白费。"刘岸在头脑中搜刮着飞机之于他们的一切可能性，在肉眼可见的消逝中，他和冯蔚唯有捆绑在一起，所有的意见和不如意，都要遵从既成的事实，毕竟事实胜于雄辩，就算事实总是令人难以接受。

冯蔚望着那些近在咫尺却没有能力去获取的物资，以及重新恢复死般寂静的海面，还有命若悬丝的刘岸，说话节奏如同身体正处于氧气稀薄的高原："以后赖以生存的东西，只剩下一口气还卡在嗓子眼里了。一定要撑住，如果可以，我把这口气也给你，这样总有一个人能等到救援。"

虽然眼下这等境地，听什么都像煽情，但刘岸知道这是真心话，他们都是这么想的，谁能活着回到陆地上，谁就会代替另一个去做还来不及做的事情，那也相当于永生了，面对炙热和赤诚，他却无法再回答，连点点头都不行，因为就在刚刚他的一只脚被食人鱼咬了，血肉模糊，他一声没吭，他已感觉不到疼痛，但思想瞒得了人，身体却最诚实，短短几十分钟后身体就已如坚冰。等冯蔚发现不对劲的时候，刘岸没有任何动静了。

冯蔚靠近刘岸，他认为他们可以像以前一样，抱在一起取暖，可应付正推搡他们的海水已相当不容易，海水让他们去哪儿,他们就得去哪儿。他把两人的救生衣紧紧地捆在了一起,才能保持不被冲散,而不被冲散已是最后的渴望,远远大于虚无缥缈的救生船的意义。电影的结尾可以是开放式的,他们的人生只有一种结局。任凭冯蔚再怎么呼喊,这次刘岸没能像半个月前那样起死回生。这两个平时说过最多知心话的朋友,在最后一刻,却没有任何对话。

刘岸只有出的气没有进的气,一口一口粗重而长久,他的手指在动,好像还在努力控制节奏,从天空俯瞰,他给天空留下的语言是:"当你们看见我,我的亲人爱人,我还能呼吸,没感觉到疼,我还打着节拍,我在唱歌,唱温暖的歌。列为,世界,就这么再见!"

那时候海鸥汇聚在一起,瞬间铺满天空,遮住了如血残阳,像给冯蔚戴上了一层滤镜,缓冲他目睹的这一切,像给刘岸盖上了白被单,让这光天化日下的死去别太赤裸裸了。当海鸥也飞走的时候,冯蔚看见它们如同一颗颗流星,"嗖嗖"地消失了,带走他们所有的愿望。他再次摸了摸连接两人救生衣的绑带,结结实实,那是他最后的慰藉。

纵有百折不挠的意志,生命也不会延缓衰败。冯蔚的世界在天黑之前已经黑下来了,在又坚持了他认为足够海枯石烂的一段时间后,还是陷入了昏迷。

尽管冯蔚不会知道,但救生船到底如约而至了,可是老天好像有意要和众人兜圈子,当冯蔚和刘岸还有充气船、摩托艇、通信设备等种种装备,他们还能清醒地记起那些所学的与大海共存的知识时,成百上千的海警也没能搜寻到他们,何况现在他们连热能也所剩无几,他们还不如一条正在扑腾的鱼。

大海继续目空一切,它接纳什么也排斥什么,把一切带往陌生荒芜之地,又把一切推向它所认为的远方,那远方是前方,也是原点。

冯蔚和刘岸组成的"连体"人,确切地说一个回天乏术、一个几乎失去生命迹象的人竟然还有着陆的机会,他们没有被救生船救起,救起他们生命、重新承载他们灵魂的另有其所。他们不幸,却冥冥之中又如有神助。后来,冯蔚知道当时的奇迹,并非空穴来风,而是互为因果,每件事都有缘起。

他们不知道又漂了多少海里,遇到一座只有两个篮球场大小的荒岛。俯瞰那座岛屿,圆得像个鸡蛋或鸟蛋,那是它最显著的特征。

那是一个庸常的拂晓,他们静静地躺在荒岛的沙滩上,海浪每次造访,就把他们推高一点儿,像无数双大手在托举他们,他们距离一座孤零零的坟茔越来越近。坟茔上长满了一人多高的草,掩映着一块简陋的墓碑,已看不清字样。坟前摆放着不少烟酒点心,包装都褪色了,看起来是很久以前的祭品了,那应该是其他执法员上岸巡查时带来的。

一只松鼠从墓碑后面探头探脑地跑出来,它发现了那两个天外来客,它应该窥见过这样的生物,但眼下这两个却是崭新的面貌,它很清楚他们过得并不好,就像人们也能一眼看出流浪狗和家狗的区别一样。它决定一探究竟，毕竟能来这种地方的都是稀客，不管他们因何而来，只要不是杀戮，首先值得被尊敬。

松鼠一蹦一跳地来到他们近前，嗅嗅刘岸的伤口，端详端详冯蔚的脸，发现这两个生物没有攻击力，调头跑开了。很快，它呼朋引伴，组团来看热闹，一群松鼠在两人身上爬上爬下，叽叽吱吱。它们把野果丢在他们身上，把野草上的露水弄在他们脸上，那可能是它们接待客人的礼仪，事后冯蔚姑且那么认为。大概是它们的小爪子持续摩挲冯蔚的肌肤，刺激了他的神经，他在它们的歌声和野果子的香气中逐渐苏醒。他贪婪地囫囵吞果、舔着露水，舌尖、口腔、食道得到极大满足。

慢慢地，冯蔚的呼吸顺畅起来，昏花的眼睛看东西也聚焦了，僵直的腿脚活动的范围和角度刁钻了不少，大地不再像海面一样颠簸不定，他终于像一棵扎下根的树，有风袭来，也不担心被吹得东倒西歪，更重要的是他看见了土壤和沙粒，还有尽管横七竖八毫无美感可言的植被，这一切预示着是在人间。

冯蔚捧起一把沙子，精细、温热，带着阳光的味道，就是这捧沙子足让他热泪盈眶。当然，他以为是在做梦，这些天，他无时无刻不在做梦。尤其是，他睁开眼，看见了蛋岛，看见了"麻溜"的栖息地，看见了他亲手竖起的墓志铭，他忍不住怪叫了几声，吓跑了松鼠，周围又空荡荡的了，只有草木在迎风摇摆。他曾经多次在这里靠泊过摩托艇，这里距离他之前生活过的执勤点只有三四十海里……那个时候，那就是人间最不可思议的惊世骇俗的梦。但当他发现死去的刘岸，倏然就回到了现实，因为他听见心脏破碎的声音，每一块骨头都在"咯咯"断裂，有高空坠落般的痛楚，那滋味，他屡尝不鲜，那只有活着才会那么真切。

冯蔚长久地守在刘岸身边，半晌后开口说话："你睁开眼看看，那是沙滩，那是树，那是草，那是我们日思夜想的家，我们回来了！"冯蔚四处乱指，好像要把蛋岛全装进他的胸怀，他得到了就再也不愿失去，但双臂张开越大，越发现其实什么也拥抱不了，连他最渴望与之分享喜悦的人都不在了，所以，他有多喜悦，就有多悲伤，这竟然能成正比。

这座谁也不想涉足的荒岛，成了冯蔚最好的避风港，活命之余还有意想不到的收获，这上面有红、黄、黑、紫等颜色各异的十几种野果子，足以果腹，这里还有变色龙、松鼠、蛇、老鼠，它们是这里的主人，和陆地上的动物不同，它们不惧怕人类，更没敌意，或许因为伤害是相互的，冯蔚与这些动物和谐相处，它们也没有理由生出攻击性。以前冯蔚上岛巡查，这里荒凉至极，无聊透顶，没觉得蛋岛上原来有这么多奥秘，那时候他是过客，现在则大不同了。

一连几天，岛上阳光明媚，蛮荒之地如今艳丽了冯蔚的双眼，清风拂面，鸟语花香，正如世外桃源，好像刚刚度过的人鬼不分的日子已经是很遥远的事情了。蛋岛滋养着他，让他脱离生命危险，状态慢慢好转，他每天绕岛一圈，像以往一样检查通信设施。以前是不得不来，现在因缘际会，蛋岛无私接纳了他，他是个被接济的人，可不管是以什么身份存在于此，他在可以像个正常人一样活动的时候，就马上尽到自己的本分。这里没有人烟，那不是标榜什么，那是骨子里的自觉，并且他只有找一件有意义的事情去做，才能把头颅抬得更高，腰背挺得更直，才能为自己提供一个与蛋岛相依存的更好的理由，而不至于像个毫无信仰的猥琐肮脏的流浪汉。巡查后，剩下的时间就是陪着刘岸，一遍遍不知疲倦地讲着他们共同经历过的故事，他讲得动情，有时候眉飞色舞，有时候陷入忧伤，他能看见光辉环绕着他们，也会进入无边的黑暗，但他仍然不会感到孤独，好像刘岸全听得见。

每天这样也挺好，他在"麻溜"墓地不远的地方搭建了庇护所，有两个最好的朋友守在身边，和他们在一起，全世界都尽收眼底了。如果可以他愿意一辈子待在蛋岛。可这样下去不是办法，因为刘岸的遗体开始腐烂。

冯蔚想尽一切办法为刘岸"保鲜"，把庇护所搭建在最通风干燥的地方，用上了海盐和干净的细沙，试图降低海风海水的腐蚀，可这收效甚微，从脚上的伤口开始发出阵阵恶臭，接着是其他部位，都有不同程度的溃烂。如果继续这样下去，过不了几天，刘岸就会面目全非，那不能被容忍。在冯蔚心里，刘岸是个艺术家，刘岸经常嫌弃他太糙，告诉他艺术归根结底就是两个字——"讲究"，艺术家活着的时候有漂亮的羽毛，死了也不能那么狼狈。如果还是没有人发现他们，把他们带回宁水，冯蔚只有一条路可走，只能把刘岸入土为安了。可刘岸和"麻溜"不一样，他还有家人，他们不会同意他埋在这里，将来还会被转移到陆地上去，埋下去再刨出来，这一番折腾已是大不敬，活着的时候受尽了世间的苦累，死了再经受这么一遭，他于心不忍，可不埋，又没人上岛来，坏掉的躯体还很有可能被小动物噬咬，眼见刘岸逐渐衰败，他想象到了一堆白骨的样子，他心急如焚。以前执法员每周雷打不动都会上岸来巡查一次，如果他们漂到海上时，最差的情况无非是执法员前脚刚走，那么距离执法员下次再来就是七天以后，他掐指算着日子，现在已经进入了第八天，还是连个人影也看不见，他望眼欲穿。

是否改了巡查制度？或者巡查技术手段迭代升级了？冯蔚发现了岛上一些要害部位确实添置了新的电子监测设备，蛋岛实现无人化巡查不无可能，如果真的这样，他和刘岸该何去何从……冯蔚左右为难，他望着大海，本是视野极好的时刻，眼前却也白茫茫一片了，正如他的茫然，他对刘岸说，姓名是一个符号，代表着期望，可你反其道而行之，终究没有留在岸边，你如果听得见，告诉我一声，我真不知道该怎么办了！

没有人回答他，以前不管怎样，即便刘岸默不作声，冯蔚也知道他想的是什么，可现在他什么都难以领悟到。夕阳又落下去了，冯蔚确定了自己的想法，短时间内不会有执法员上岛了。

等不到救援，也不愿意掩埋刘岸，他急得咿呀乱叫，在蛋岛上漫无目的地来回走动不止，直到他看见了他守护的那些通信设备，驻足下来，头一次那么认真地分析它们，这些设备四通八达,连通了与世界的信号,承担无数人的生命之重,维护执法尊严,可却无法成为他与陆地的桥梁,他明明被信号包围着,却依然置身绝境。

他重回蛋岛,多年前他也是如此奔赴梦想,这里的星空璀璨如昨,礁石稳如泰山,他眼中的北斗正是心中的坐标,异常清晰。浅海的海流温柔了许多,生命的气息扑鼻而来,他以为距离久违的人群仅一步之遥,可他知道该如何出征、如何战斗,却未曾想过怎样面对以后的生活。暗夜与黎明没有界限,出走还是归来赫然眼前,他在等待一个合适的时机,因为那个时机本身就是答案。

冯蔚面对通信光缆陷入沉思,电箱上"破坏就是犯罪"的字样硕大无比。他曾经是光缆的守护者,可以为之劈波斩浪,但今天他要亲手毁掉它,就像当年亲手毁掉"麻溜"一样,因为他想到唯一一个能与外界产生联系的主意,那就是破坏光缆,那时候通讯状态会发生异常,指挥中心的故障灯就会亮起,通信技师会判断故障原因以及具体方位,那时候会有检修人员到达蛋岛,他们就能被发现了。

冯蔚看看光缆,再看看身体已经缩成一小团的刘岸,下定了决心。他知道怎么守护它,所以他也知道如何毁坏它。他找来一块趁手的长石头,咬着后槽牙砸开电箱,再将石头磨锋利,选中一个重要部位,"叮叮咣咣"埋头敲打一通,一边砸一边说:"这是犯罪!这是犯罪!如果'法'要把人逼入绝境,那我不得不犯'法'了!"

冯蔚没有想过以活命为目的的破坏活动会不会被追责的问题，他只为自己终于有办法能引起外界的注意而痛哭流涕。有些时候，换一种思路，目的轻松就能达成，并且效果超出预期，电箱内火花四溅，"嗞嗞"冒着青烟，好像即将爆炸，让人心惊肉跳。冯蔚看见电箱里很有节奏闪动的指示灯瞬间全灭了，他知道局域通信陷入了瘫痪。

正如冯蔚推测的一样，局机关指挥中心内警铃大作。

当时，欧潮坐镇值班席问："怎么回事？什么警情？"

通信参谋回道："局部通信设施遭到破坏。"

欧潮问："还能不能更精确？坐标在哪里，损毁情况严不严重？"

通信参谋说："故障出自蛋岛，判明是一个电箱，不太像设备故障，推测是外力破坏。"

欧潮嘀咕着："蛋岛？谁会登上蛋岛？不可能是野生动物，电箱的防护等级足以抵挡野生动物的袭击，渔民也没这个动机，走私船只更不会采取这么傻的手段逃避检查。"

那段时间，蛋岛的巡查任务又正值李海疆分管，欧潮第一时间通知了他，李海疆也没多想，带领通信参谋和彭敖乘冲锋舟赶往蛋岛。其实他大可不必亲自前往，让副长带两名执法员去查看即可，可他的心莫名飞上了蛋岛，那里似乎有一股魔力，也许是因为蛋岛曾是冯蔚和刘岸巡查次数最多的地方，那里还埋葬着他们无言的朋友"麻溜"，他们和蛋岛有缘分。爱屋及乌，听到蛋岛时，他衍生出了特殊情愫。不求在那里能有什么发现，只求可以接近他们，不管以什么方式，不管接近的是肉体还是精神。李海疆压根想不到，此一去，会有多么惊人的发现，往后的日子，他都会为这次前去感到惊讶，印证着冥冥之中皆有定数的经验。

蛋岛并不远，这次航行甚至算不上一次通常意义上的出海，还没有平时救生艇演练的路途长，蛋岛的轮廓很快映入了李海疆的眼帘，他迫不及待地用望远镜扫视着岛上的一切，平静如常，看不出有任何不同。

通信参谋说："我们是不是有些大惊小怪了，通信系统出问题很正常，我一年少说也要处理几十起，我一个人来就够了。"

彭敖知道李海疆的想法，悄悄拉了拉通信参谋的袖子说："舰长不这么认为，我们刚完成了重要岛屿的巡航，与走私集团打了一仗，今时不同往日，杯弓蛇影、如履薄冰不是神经质，代表着负责任的态度。"通信参谋心领神会，明白李海疆这是借出公差的名义睹物思人了。都说冯蔚和刘岸失踪后，李海疆性情大变，种种行为让人琢磨不透，还有人说李海疆再这么下去迟早要出岔子，一个好舰长将会逐渐葬送，大家千万不要在这个敏感时期招惹他。现在通信参谋领略到了，不敢再言语。

蛋岛上没有动静，不代表冯蔚对于他们的到来一无所知，相反，他比任何人都更早发现某一个点位有了不同，孤独太久了，终日接收相同的讯息，目之所及的一切景象深深镌刻在脑子里，再细微的变化都能立即分辨出来。就像适应了漆黑的人，对黑暗的免疫力越来越强,直至目光如炬,能看清别人看不清的东西。

他在一个不可思议的距离上看见了李海疆乘坐的船只,并第一时间认出那是海警制式的冲锋舟,他对那个型号了如指掌,那时候他呆若木鸡,不知道该做什么动作,也说不清是什么心情。他自打破坏了通信光缆以后,就待在事发现场,像等待自首的杀人嫌犯。他知道他们会来,并且知道他们会从哪个方向沿着哪个航线而来,那是他以前经常做的事情,现在换了角色而已。

在被毁坏的光缆旁边,冯蔚设想了很多种被人找到后可能会出现的场景,这些天来,他做梦都想看见除刘岸之外的人,只要是个人,他都能幸福到眩晕,他独自演练了无数遍,奔跑过去和他们拥抱,或者站在原地,敬礼再握手,或者高唱《海警之歌》,把活下来的原因与信仰挂钩,和责任关联,无限升华一名海警的使命自觉……每个环节、每个步骤他都想到了,他像参加一项盛大庆典的焦点人物,不得不在乎形象,且丝毫马虎不得。他还精心准备了一长串发言,辞藻华丽,感情充沛,堪比获得大奖后的致辞。他见过电视里那些被采访对象的风光,面前堆满麦克风,打扮得油光水滑的男男女女们满怀崇拜之情,眼里放着光聆听他们的讲话,冯蔚认为自己可能也要应对那样隆重的场面了。所以,在破坏了光缆后他异常忙碌,他像个等待被接亲的新娘或者即将走马上任的新官,用珍贵的淡水洗了脸,还整理了破衣烂衫,拔掉了几根过长的胡子,用自制的木梳给凌乱的头发设计了一个中规中矩的发型,学着那些被采访人的样子,清嗓子,挺胸脯,自说自话,慷慨陈词。他搜肠刮肚，竭尽毕生所学，不断修饰着用词，争取直抒胸臆又能体现文化素养，力求给众人留下重返人间后美好的第一印象，言谈举止要匹配他此时的身份定位，起码不能给刘岸丢脸。他们之前谋划过获救后的行动方案，现在方案终于要派上用场了，他要不打折扣地执行，刘岸仿佛正在看着他，他似乎听见安放刘岸的位置有掌声传来，刘岸活着的时候自诩艺术家，对于这方面眼里可不揉沙子，能得到他的认可，不是一件容易的事，所以他要比写毕业论文或请战书更呕心沥血。

可是"事与愿违"总会成为大概率的结局。冲锋舟在冯蔚的视野中慢慢变大了，船上的三个人清晰起来，冯蔚已经听到发动机的响动，同时他刚才所做的所有准备却在一点点被冲散，从忘记该说什么到忘记该做什么，直到一切都消失殆尽。他只会流泪，他只能流泪，他不想如此，失败者才会如此，他活下来了，是胜利者才对，刘岸虽撒手人寰，却也能魂归故里了，看起来一切都不值得遗憾，为什么要哭呢？像大海一样，也会有幸福的蓝眼泪吗？百思不得其解后，他要消除这种无力，他必须清楚地感知这人生中最值得铭记的时刻，而不是得过且过，这是他的资本，在老去的道路上，精神世界经常会无以为继，而回想这样的经历或许足以支撑余生的所以思想。

他抓起一根树枝，撸光上面的叶子。他知道这种叶子是蛋岛上最苦涩的东西，他把它们全塞进嘴里，疯狂咀嚼，像在咀嚼一把提神的辣椒，七窍都要冒出火来，这无疑可以刺激神经，他以为身体也会苏醒,器官就受控制了。可这招无济于事,当长久求之不得的东西突然间就要来临了,即便有再周全的准备,仍然措手不及,甚至想要逃离,就像文字,长时间盯着,就看不懂了。虚空方便产生联想,真切往往过于悲伤。

## 第二十三章

我们是蒲公英的种子,流离绝不是流放,终究会彼此重逢,哪怕我被颠覆于潮水,你被遗落在夕阳。

冲锋舟靠泊,人员登陆。金黄的阳光铺满沙滩,海浪趋缓,轻吻荒岛,不远处树影婆娑,鸟儿欢唱,不毛之地在那时却美不胜收了。海上看似都一样,而很多时候,又到处都有各自独特的景观。几个人身着干净整洁的衣裳,他们有着白里透红的气色,尽管心焦,但举止和神态依然自若,浑身透溢着的是冯蔚久违了的人间文明。

冯蔚只看了一眼他们,就胸闷气短,他显然已不适应这样的文明了。语言苍白,欢乐短暂,像个发现了天外飞仙的野人,茫然失措。他慌不择路,抱着刘岸,躲进灌木丛里,透过缝隙观察李海疆等人。

他就藏在那里，又哭又笑。

他抓着刘岸的手说："那是人，来人了，他们终于来救我们来了，但是我不敢见他们，那些好听的话我一句也说不出来的，我不知道怎么解释你的离去我的苟活，我不知道回到陆地，我是一个牛人还是一个反面典型，你看看我这副样子吧！"

刘岸当然不会应答，可那就是最有力的呵斥，他无声地唾弃了冯蔚的脆弱，冯蔚很清楚如果刘岸醒着，他会说什么，冯蔚耳边回荡着他临终前的话："早晚也要上岸的，去见想见的人，去做该做的事。别忘了我交代的事，我不在了，监督顾澜找个好人家，还有，有时间多去看看我的父母，他们看见你，就看见了我，难过也过去了，往后只会更好，他们是渔民，和海洋打了一辈子交道，告诉他们以后不要打鱼了，抚恤金够他们生活，我们家跟大海的缘分，就到这里。你振作起来，接纳一切，你就是我，你学会接受，我就没有牵挂了……"

那时候，冯蔚在灌木丛里由趴着改为半蹲，露出脑袋，那是他从死亡谷中勇敢地面对新生的第一步，他看见经验丰富的通信参谋直奔被毁坏的电箱而去，李海疆走向"麻溜"的坟茔。

通信参谋还没来得及取出维修工具，只看了一眼电箱就大叫起来："快来！快来！"

彭敖气喘吁吁地跑过去询问情况，通信参谋指着新鲜的茬口说："还用问吗，岛上有人，全是脚印，还是新鲜的，这电箱也是刚被打开不久，很拙劣的手法，门外汉都能轻松接上。"

彭敖拔出了枪，四下寻找目标，他紧张兮兮地喊道："给我出来！"然而周围寂寥无声，空空荡荡，让他的行为显得好笑。

彭敖呼叫李海疆，李海疆纹丝不动，他根本不在意他们那边发生了什么。刚才他脱帽向"麻溜"墓鞠躬，等起身的时候愣住了，他看见"麻溜"墓前干干净净，寸草不生，墓碑一尘不染，还油光发亮，这明显是有人长期打理才会有的效果，以前每当有执法员上来，都会到"麻溜"坟前走一走，说说话，可近期蛋岛已经实现了无人值守，至少有两个月没人上来了，眼前的场景不合常理。

彭敖还在叫着："舰长，舰长，快来看！"

李海疆不理会，又观察了一阵子后，突然扯开嗓子喊："冯蔚！刘岸！出来吧，我知道是你们，我终于等到你们了！"声音盖过海浪。彭敖和通信参谋被震惊了，他们得出了岛上有人来过的结论，但万万想不到会是早被"宣判"死亡的队友，李海疆的反应太玄乎，让人难以置信。

通信参谋瞄了一眼彭敖，联想到李海疆布满血丝的眼睛，心有余悸："他真是受刺激了，精神出了问题。早知道，打死我也不跟你们一起上来，太吓人了。"

彭敖也感到难以置信，但依照他对李海疆的了解，不可能凭空乱来，他说："别瞎说，你懂个球！"

通信参谋悻悻地和他们保持一定的距离，并悄声说："你懂，你最懂！这武江舰上下来的人，怎么都这副德行！"

灌木丛里的冯蔚当然听得清楚李海疆的呼唤，每一声都撞击着心中的壁垒，他曾经无数次这样呼唤他们，他们总要及时应答，而现在这个声音再次传来，多年来融入血液的习惯又重新惊现了，他倏地挺直腰杆，露出了大半个身子。但是他说不出话来，像一座雕像杵在那里，静静地看着东张西望的三个人，他动不了，但泪水像洪水，已经冲开情感的闸门。

李海疆的眼神像高速运转的探测仪，异常活跃，在一番找寻之后，他终于看见一个黑乎乎的东西出现在一个刁钻的位置上，那里他刚才扫视过，清楚地记得空无一物，现在是什么蓦然出现了，他要仔细分辨一番，毕竟这样的荒岛上有太多不常见的生物，认不出也不奇怪。他看了看彭敖，彭敖也一头雾水，随之汗水濡湿了后脊梁。

冯蔚保持着一个姿势，他以为他认真梳洗打扮过了，就能露出本来面目，不至于和当初的形象有太大出入，他哪里知道紫外线烧灼了他的皮肤，让他看起来像被火炼过一般，饥饿让他皮包骨头、形如枯槁，海风让他的毛发肆意生长，早已失去了应有的颜色与光泽。

彭敖把通信参谋拉回来，战战兢兢地问："你别走，你告诉我那是什么东西？"

通信参谋说："熊还是鹿？没听说过蛋岛上有这些物种啊？"

彭敖更紧张了："我在问你啊，别来反问句了行吗？"

通信参谋说："你是侦察员，见了多少瘆人的场面，怎么反而胆小如鼠了呢？你这样，让我很怀疑你之前的突出表现从何而来。"

彭敖说:"保持童真最好,那样的人看什么都是单纯美好的,你有所不知,侦察员的特质是丰富细腻、敏感多疑,所以侦察员是痛苦的。"

通信参谋说:"你这么说我大概理解,但你能不能别把你的毛病传染给我?"

彭敖问:"你也害怕了?"

通信参谋龇牙咧嘴地把彭敖的手从自己肩膀上掰下来说:"我是被你抓伤了。"

当时李海疆把目光聚焦在冯蔚身上,并径直往他的方向走,彭敖和通信参谋不再窃窃私语,再怕也得跟上他的脚步。

李海疆靠近他,嘴里念念叨叨:"是你俩吧,一定是啊,是的话,就答应一声,我来晚了,你怎么骂我都行,别不搭理我……"

看见最期待的人朝自己走来,冯蔚却有扑面而来的压力,他不得不往后退了两步,当看见地上的刘岸,干枯如柴的手软绵绵地耷拉在地上,手指却伸向他们走来的方向,他再也没有挪动脚步。

当预估李海疆已进入他的声音可以覆盖的范围,他竭力让自己保持清醒,再虚弱,也要扮演好一个执法员的角色,用尽气力道:"舰长,执法员冯蔚、刘岸完成任务,前来报到!"

李海疆担心脚底下哗哗作响的野草声干扰了他的听觉,他停下来竖起耳朵,确信那是他最熟悉不过的报告词,生怕这个焦炭似的兄弟再一次不能及时得到接应，再一次离他而去。冯蔚像一个海浪，人们无法给一个海浪做标记，等他重新融入海面，便到处只剩他的影子，却找寻不见了。

于是，李海疆嘶吼起来："入列！入列！入列！"他连滚带爬地冲向灌木丛。

当知道李海疆不是空穴来风，冯蔚死而复生不是天方夜谭，通信参谋瞠目结舌，而彭敖的形象更是与刚才大相径庭了，表面上前怕狼后怕虎的人，往往在某些时刻总有非凡的表现，他"嗖"地蹿出去，像狂奔的野兔，速度之快，几乎要超过李海疆。

彭敖要拥抱冯蔚，被李海疆一把拽住，拉到了身后，像怕他带来的一阵风波及冯蔚，脆弱的冯蔚，一阵风就能伤到他似的。李海疆何尝不想拥抱，但手脚像被施了法术，他做着拥抱的动作，却拥抱了面前的空空如也。他看见冯蔚已经脱相了，只有两只眼睛还能证明他的身上残存着的生命之光，那些天他到底经历了什么，超出了大家的认知。李海疆认为，他现在还能站立，完全是他还没下达下一步的指令，如果像往常集合后宣布解散似的，他早就倒下去了。他看见冯蔚眼睛里有幸福激动，有忧思惆怅，还有羞耻难当，但脸上的神态却是木然，他已经没办法做好表情管理了。

李海疆以为冯蔚断然痛恨他、厌烦他，甚至可能不愿意与他为伍了，这个时候冯蔚所有的表现都应该被原谅，自己所有的努力都很无力，他需要冯蔚的接纳。情急之下，他从彭敖手里取过枪，送子弹上膛，试图让冯蔚朝自己开枪，可这显然是个相当多余的举动，像个丢人现眼的醉汉，只有他认为这很炫酷，发泄着自以为是的坏情绪。彭敖和通信参谋阻止了他，那时候，他像个输掉了筹码的赌棍，不知道何去何从。

冷静下来的李海疆迫不及待地说："这就带你上岸，好不好？我们现在就回家！"冯蔚呆呆地望着眼前的一切，就像梦游，而后被惊醒。他倒下去了，像雕塑破碎坍塌，再也难以伫立，他唯一能控制的是倒向刘岸的位置，附着在他的身上。

李海疆这才发现被荒草掩映着的刘岸，比之看见活着的冯蔚，看见牺牲的刘岸，更痛到不能自已。他很多次想过，活要见人死要见尸，现在见到了，他却承受不住了，若不是现在他要扮演冯蔚的角色，要把兄弟带回去，他也有倒下去的欲望。他把外衣脱下来，盖住了刘岸的脸，敬礼，默哀。

李海疆给指挥中心报告了这一惊人的消息，坐下来跟冯蔚和刘岸说话，他俩都听不见他说什么了，可他坚持向他们"汇报"了"国门利剑"净海执法行动的布局、武江舰的近况、队友们的追思。

大概过了二十分钟，蛋岛迎来了最喧嚣的时刻。几架直升机从多个方位"包抄"过来，迎接上级观摩团也没有过这么大阵势，高规格演习也不过如此，这才是江淮海警局历史上的大事。如果说两名执法员失踪的消息尚需借助信息平台的传播才能广为人知，那么半个多月后他们奇迹般归来了，这样的消息才是喜闻乐见的谈资，就像长了翅膀似的，口口相传，津津乐道。

孙颜带领大批人员抵达，将事发现场围得水泄不通。随后，武江舰也开过来了，附近海域巡逻的冲锋舟也来了，执法员们不约而同地站成了人墙，为冯蔚和刘岸挡风，他们都在哭，比当时追悼会上流的眼泪要多，那眼泪是幸福与痛苦、振奋与失落的结合体。媒体记者也跟来了，但是他们发现无人可供采访，他们最感兴趣的冯蔚被医务工作者抬上担架，周身被监测仪、除颤仪、氧气包等医疗设备填满了。那些人看他像考古专家在看一具千年木乃伊，仿佛谁能把此人独特的身体构造研究明白，谁就是该领域的奇才了。

刘岸被裹上了一层薄膜，放进一个成人标准的保温箱，他蜷在里面，目测只占去了三分之一的位置，已经风化了一段时间，身体缩小了太多，如同从成人变回了少年，他们不忍直视，可是他们就当他是回到了那个无忧无虑的时代。当然，这只是人们的夙愿，是对眼前残酷现象的美化，人们总热爱把难以承受的事实，杜撰、编造、臆想到可以承受的层面，哪怕指鹿为马都不为过。

螺旋桨在盘旋，树木被刮得东倒西歪；冲锋舟发动机重新启动起来，随时准备拔锚出发；各组长在下达指令，所有人加紧了动作。各式各样的声音像从陌生又遥远的地方传来，汇聚在一起，没有让李海疆的世界更热闹。他独自站在原地，如一个外来客，当昼思夜想的结局呈现面前，却像突然失去了方向，没着没落。他或许是仅次于冯蔚和刘岸的主角，可这三个主角在这熙熙攘攘中却没有一点儿戏份。

那时候，李海疆明白，灯火辉煌、人山人海处，往往藏着更大的孤独。这是他想要的结果，又和理想中差着一大截儿，有人生有人死，本是一个老生常谈的话题，在他这里却成了永难逾越的沟壑。

彭敖发现四十出头的他好像瞬间苍老了十岁，鬓角多了几缕白发，一直挺拔的背脊，此刻佝偻下来，像一个大病初愈的人，短时间内经不起风吹草动、雨雪寒潮。

通信参谋看出了彭敖的心疼，宽慰道："刘岸也回来了，比喂了鱼强吧！你知道陵园里埋着多少空棺材，那才是最痛苦的事，每到扫墓时节，那些遗属就像在渡劫，他的亲人至少不会有这样的顾虑了。冯蔚还活着，他还会战斗下去，直到执法行动鸣金收兵的那一天。你告诉李舰长，这场仗还是赢得绰绰有余。"

彭敖听了这话，眼里露出凶光，他觉得刘岸尸骨未寒，这个场合说出"喂鱼"这样的词太没人性。通信参谋不这么认为，他说："这么说确实不近人情，但这是事实，你要让人说实话。"彭敖想了想，通信参谋有功，如果他们不来，只有通信参谋来了，他的功绩就更大了，他无权责备他。

孙颜也发现了李海疆的沉默，说："找不到，魂不守舍，找到了，还失魂落魄？"

李海疆不作声，眼睛定格在海平面上。

孙颜说："我批你的假，回去好好调整，你目前这个状态，不能胜任工作。"

李海疆不置可否，孙颜示意彭敖和通信参谋把李海疆搀上直升机，他不相信他受了这么大的刺激，还能在武江舰执法员们面前走出原来的气魄。那时,李海疆的眼神从涣散到积聚,从痛苦到仇恨,他不像冯蔚,拖着虚弱至极的身体还能站出标准的立正姿势,多年来,他的决心也不是通过这些表面途径传递给孙颜的,他看都没看孙颜一眼,指着彭敖说:"你也入列!"

他又像当年中秋晚会时,在所有人没有思想准备的情况下,突然吼出了口令,近乎咆哮,集结他的兄弟们,说道:"国门利剑行动开始了,康迪的团团伙伙一个也跑不了。"

李海疆大步流星走向武江舰,留下看似没有得到回应,其实已经接到请战书的孙颜。当时,孙颜并不觉得被李海疆无视很丢面子,这个时候在乎的不应该是礼节,而是行动,他频频点头,眼圈已然泛红。

喧嚣之后,再陷沉寂,沉寂的程度升级了,分量增添了,蛋岛恢复了比往日还要深入骨髓的荒凉。"麻溜"墓前摆满了鲜花,还有一摞摞它曾经吃过的最好的东坡肘子罐头,那是刚才彭敖等人代表冯蔚和刘岸给它留下的,这个不在编也从未入列过的队友,此刻犹如一个别样的精神图腾、一个不会消逝的坐标。"麻溜"就静静地看着人来人往,在世的时候,它被所有人驱赶,如今它却容纳着所有造访这里的人。当年冯蔚把它埋葬在这里,它成了守卫这里的岛主,人们往往会让它失望,而它从不会让人们失望。

当初唤醒冯蔚的小松鼠又从"麻溜"墓碑后面露出头来,它们排成一队,从一个树梢蹦到另一个树梢,划出漂亮的弧度,像在跳一支精心编排过的群舞,不知道它们是"麻溜"派来的,还是它们就是"麻溜"化身，总之它们在虔诚地送行。一只看起来年龄最长的松鼠，站起身来眺望远去的舰艇，眼里有璀璨的星光，像极了当时在冯蔚的训导下刚学会那些基本技能的"麻溜"。每个生物终生都在迎来送往，每段故事都关乎离去与归来。

回到了阔别已久的城市，空气中有浓烈的烟火味，那是人间的味道。可冯蔚无福消受，叫天天不应时，他要履行对刘岸的承诺，不求回到陆地，但求能为他遮风挡雨到最后一刻，当身边全是人，紧绷的那根弦就断了，他陷入重度昏迷，被送进重症监护室，情况很不乐观，几次下达病危通知书。

医院指定最有实力的医生担任冯蔚的主治大夫，听说是给受重伤的英雄治病，感到荣耀，表示激动，以前他就给某英模人物做过手术，这些人被社会广泛关注，给他们做一台手术比做一百台普通手术都能出彩。他有医者仁心，但断然不是悬壶济世的仙圣，这个环境不能只低头干活，也要抬头看路，评职称、竞岗位、打名气、争取经费，都需要这样的机会，所以他愉快地接手了。可一见冯蔚的样子，又听说了冯蔚这些天的经历，再结合他的临床表现，后悔不迭，还有点儿惊吓过度，导致眼冒金星。

他表示早知道是这种情况，坚决不能应承，这大概率是救不活的，到时毁了一世英名事小，被一些狂热分子暴揍也说不定，弄不好在这行就混不下去了。可他仍是个名医，现实的缘故，不得不沽名钓誉一些，但当年踏上求医之路，初心一定是救死扶伤，如果完全是为身外之物，连今天的这点儿小成绩估计也不会有。所以他还是全力以赴，使出浑身解数，但效果很不明显。从主治大夫日益隆起的眼袋和眼角积攒起来的皱纹可以看出来，这一关，太难过。

听闻主治大夫的牢骚，竟然没发火，或者说他有求于人，有火也没敢发，这一现象发生在李海疆这个暴脾气的人身上，简直难以想象，他知道主治大夫的难处，于是倾尽所能，协调多方资源把北上广的名医都请来会诊。

会诊期间，李海疆在做好对康迪集团的布控之后，每天都来看冯蔚。一朝被蛇咬，十年怕井绳，他生怕冯蔚再凭空消失似的，即使不能进重症监护室，穿着防护服隔着玻璃也要看见他还躺在那里才踏实。他就站在门口，活像各村头"信息情报中心"的老妇女们，不厌其烦地讲着家长里短，认真又投入，好像这样能把"内功"或"真气"传给冯蔚似的。

仔细听李海疆的话，能听清楚一部分："这海上的苦你都吃了一个遍，不，是千遍万遍，海蛇巨鲨、黑风孽海光顾多少次了，死神也没能拿你怎么样，你都挺过来了啊，到了该享受胜利果实的时候了，剧情应该这么发展，请给奇迹一个面子吧。从你失联的地方到蛋岛可是有好几天的航程，从重症监护室到普通病房只有一层楼的距离了！睁开眼看看吧，宁水的阳光还是那么明媚，空气中依然飘荡着樟树的香气，这里的人们淳朴和善，对我们也有着特殊的情愫，这是我们热爱的地方、为之奋斗的地方。走在街上，你一定能看见那条曾经铺满你梦想的柏油大路，从海警学院一直通向宁岛海湾。回到舰艇，你会发现我们又有了新的操控系统，配发了新装备，以后即使遇到庞然大物，比如海松号，在不动用武力的情况下，我们也不会有明显劣势。我知道你会醒的，你一定会醒，有可能还是笑醒的，因为在找到你之前，我们干了一件滑天下之大稽的傻事，给你办了追悼会，这应该能登上年度乌龙事件排行榜榜首，太荒唐了，不过也不是全无收获，也有浪漫，我看见你的朋友以及你那澄澈真挚的爱情，或者那即使不是爱情，也是最美好的情谊，她们为你而来，做出了感动全场的举动。很少有人还有机会回到从前，得知自己的身后人、身后事，你能有这样的体验多珍贵，就凭这一点，你也应该赶快好起来，让这个经历温暖你以后的人生……"

主治大夫站在李海疆的身后，也听入迷了，而且有继续听下去的冲动，可是电子时钟上的数字一直在跳动，提醒着他这个房间是医院最要害的部位之一，这里的时间是分秒必争的，容不得除工作人员以外的人逗留太久，他必须要把李海疆赶走了。

主治大夫说："舰长，您还是回去吧，时间太长了，你强烈要求进来，还找了院长的关系，我让你进来了，给足了你面子，现在该出去就得出去啊，你们是最守规矩的群体，这个时候更要发扬风格，重症监护室有重症监护室的严格规定，别让我难做。"

李海疆要做的事情谁敢阻止，通常不会有好果子吃，现在主治大夫是活菩萨，得罪不起，他一反常态、略显低三下四地央求着，但主治大夫很有原则，不为所动。节骨眼上，不知是他真有了新发现,还是缓兵之计,一惊一乍地道:"再给我三分钟。你看,他头歪向我一边了,刚才不是这个角度,他有知觉了,谁的话他都可以不听,我的声音对他能产生同频共振的效果!"

这位主治大夫在自己的专业领域是出了名地狠,动刀稳准狠,开方下狠药,医嘱更不留余地,从不懂报喜不报忧,习惯考虑最坏的结果,没有数据支撑的病例,在他眼中都是大放厥词,他最不信邪,不把头疼脑热说成绝症已经算仁慈了,他才不愿理会李海疆这临场发挥的话,但架不住他的一片火热之心,想到就给他三分钟,多一秒他都得急。他站到一边,但没有走远,显然他也想听下去。望闻问切,权当这也是了解病人病情的途径了。

"我跟你讲讲那个令人艳羡的场面吧,我从来没想到你小子还有这方面的才能……"李海疆绘声绘色地把那天现场的情况重述一遍,着重提到了章梦佳和田毕雯,他认为冯蔚对此一定感兴趣。如果什么手段都尝试了,还是不管用,那就不是医疗层面能解决的问题,还有可能是关于情感,关于对这个世界留恋。也许李海疆的孜孜不倦起了效果,监测仪上显示冯蔚的各项指标有轻微好转,李海疆看不懂,大夫当然一目了然,又是大吃一惊,他也认为这不是医学的范畴,多少沾点儿玄学。

过了几天,可能是海警方面请来众多名医加持,削弱了主治大夫的压力,有的人有压力才有动力,而有的人没压力才能挖掘出潜力,主治大夫属于后者。他针对冯蔚的情况醍醐灌顶般地研究出了新的诊疗方案,一试之后,技惊四座,事情竟出现了转机,两周之后，冯蔚转入了普通病房，虽然还是神志不清，行动不便，但脱离了生命危险。那时候，李海疆知道可以把心放进肚子里了，他们的新生都刚刚开始。

冯蔚情况稳定，能简单进食了，李海疆的听觉才灵敏起来。他听到门外有动静，轻掩房门走出来，看见田毕雯和章梦佳正在走廊上交谈，章梦佳发现他出来，快步离开了，让李海疆摸不着头脑。她俩其实早就守在外面了，刚才打了照面，还有一段精彩的"对垒"，冯蔚如果知道了不知会作何感想。

冯蔚起死回生的消息传到了田毕雯和章梦佳耳朵里，比当时得知他的"死讯"要快得多。喜极而泣之后，两人不约而同地想到去看望他，不知道他住在哪个医院，前后脚到宁岛工作站去打听，值班的正好是彭敖，彭敖肯定不会把队友的消息透露给陌生人的。她俩为了见面可管不了那么多，又不约而同地想到一个身份，都说是冯蔚的女朋友，而且都有充足的理由证明自己所言非虚。田毕雯亮出了证件，并能准确说出他们何时何地一起联欢过，还能准确说出武江舰领导的名字，这得益于上次作为晚会监督，手里有一份名单，来之前她好好温习过了，她说她与冯蔚是地下恋爱，不然不会在众目睽睽之下为他跳一支独舞。彭敖确实羡慕，如果有姑娘为他跳一支舞，他当场就可以幸福地死去，所以他认为田毕雯一定是冯蔚的正牌女友；但章梦佳更有发言权，她对冯蔚的了解程度甚至超过了彭敖，连冯蔚老家的门牌号，从小学到大学都在哪个班级，左肩膀右肋巴上长着几颗痦子都如数家珍，让人无懈可击。一下子冒出来两个女朋友，这可是作风问题，可不能毁了英雄形象，想到不管怎样都是冯蔚的朋友，冯蔚听到她们的声音说不定对病情有利，彭敫在让两个人写下保证书后，自作主张把地址给了她们。侥幸心理害死人，如果彭敫知道无巧不成书是铁律，她们正好一同出现在病房门口，还差点儿打起来，闹出笑话，他可不敢这么冒失。上次她们相见，是在两个人的追悼会上，不知道谁是谁的亲戚，没有较劲的必要，这次则不同了，狭路相逢，针尖与麦芒自然就对上了。

当时，她俩在医院大门口就相遇了，越看越面熟，忍不住多看了几眼，没得出有用的结论。进了住院大楼，又坐上同一部电梯，按楼层按钮时手碰到了一起，相互间微笑着点了点头。出了电梯，她们并肩走向冯蔚的病房，见病房内有人，看不见冯蔚的脸，于是心照不宣地坐在了同一张候诊椅上等待。

田毕雯较外向，往章梦佳这边挪了挪，主动询问道："是到这间病房看人？"

章梦佳问："你也找冯蔚？"

田毕雯说："我们是不是见过？"

两人谁也没有回答谁的问题，但又全揣摩明白了对方的意图。她们坐得很近，章梦佳认真打量，眼前一亮，认出来了："上次你吸引了所有人的目光。"

田毕雯说："职业特性使然，吸引别人的目光是我的工作任务。但那次不是，那次特殊的时机，让我突破了自己，也重新理解了自己的职业。"

章梦佳说:"你是舞蹈演员?原来当天那支舞你是奔着冯蔚跳的。"

田毕雯说:"我欠他的。"

章梦佳明知故问:"你们什么关系?"

田毕雯感受到了她的敌意:"我要说之前没关系,只有过一面之缘,你相信吗?"

章梦佳说:"我确实不信。"

田毕雯当仁不让:"不排除以后会发生什么,我对他印象不错,现在他有了这个事迹,我应该更愿意和他来往了。"

章梦佳说:"不止来往那么简单吧。"

田毕雯问;"你们又是什么关系?"她打量着章梦佳,从穿着打扮气质上来说,略显潦倒和土气,和冯蔚站在一起,并不协调。但女人都有好胜心,尤其是在争抢男人这方面,即便不爱,也要分出个高下,那高下与爱情无关,而是她们之间的高下。

章梦佳没言语,她知道论各方面条件自己完败,冯蔚如果能和田毕雯在一起,郎才女貌,她没有意见,也不配有意见。她站起身来想走,刚迈开腿,又改了主意,心说,我什么都帮不了冯蔚,现在有义务替他考察一下这个人,我那么了解冯蔚,他们能不能走到一起,试探试探也就是举手之劳。女人不能光看外貌,还得看品行,这个人一看就不是甘于柴米油盐的普通姑娘,她想要的,冯蔚给不了她,她到底图冯蔚什么呢?

没有来由地站了起来，又不便马上再坐回去，章梦佳趁机去了卫生间。

洗手台上，章梦佳把背包打开，里面有给冯蔚买的营养品，有套新衣服和精致化妆包，这些东西是她准备来见冯蔚之前，咬着牙花掉孩子的奶粉钱置办的。女为悦己者容，她也不例外，尤其是在冯蔚身心脆弱的时候，漂漂亮亮地见他，或许能让他感到温暖和愉悦，而且她想让冯蔚知道自己过得好，不用为她担心。但出门时之所以没用上，是又觉得浓妆艳抹本不是自己的风格，这么打扮，反而会让冯蔚不适应，朴素才符合真实的自己，还是坦诚相见吧。现在，她遇到了田毕雯，想法瞬间又发生改变，如果被田毕雯知道她是他的前女友，性质就不一样了，自己寒酸些不足挂齿，但不能给冯蔚丢人。

眨眼的工夫，田毕雯看见从走廊尽头走过来一个女人，她走路带风，高跟鞋的声音响亮而有节奏，她长发飘飘，风姿绰约，虽然小腹微微隆起，可不仔细看，不会一眼发现她已有身孕，她的美，让田毕雯一个女人都看得着迷。那人坐在了她身边，她才看出来是章梦佳，不过和刚才已判若两人。田毕雯心说，呦呵，这一眨眼的工夫就鸟枪换炮了，这是要来跟我叫板啊，本来只是欣赏冯蔚，这下把我的好胜心激起来了。

两人的眼神一对上，火花四溅，谁心里有什么小心思，已经领会得八九不离十了。这不是她俩的特异功能，而是女人的被动技能。

尽管章梦佳有点儿姿色,可她甩了一下头发,一股刺鼻的劣质香水味钻进田毕雯的鼻孔里,她的"胭脂水粉"涂抹得并不均匀,况且眼里的风霜和寒酸不是妆容能够掩盖的。

田毕雯说:"何必呢?"

章梦佳说:"其实我也想这么问你,何必呢,我觉得你之前的表现是哗众取宠。"

田毕雯说:"人的眼界、胸怀和审美,各不相同,我如果在乎别人的看法,我就不会那么做。"

章梦佳说:"你是个演员,不是在片场就是在舞台,他不是在远航就是在执法,以后你们怎么过日子?他是北方人,你是南方人,你们的生活习惯、受教育的环境天差地别,不合适吧。"

田毕雯觉得好笑,她从没说过半点儿要抢章梦佳的男人的意思,她护食的样子倒是挺感人,她觉得有必要给她上一课:"什么是过日子呢?老婆孩子热炕头是过日子,颠沛流离、漂泊四海也是过日子,大家看待生活的眼光不同,就像每一对情侣的爱情故事也不尽相同,且不提柏拉图式的爱情,就说现实主义,有些人的爱情是长相厮守,终日卿卿我我,当然也少不了吵吵闹闹;有些人的爱情是聚少离多,彼此遥望,但不乏温情;更为伟大的爱情,是为了理想和信仰,甘愿永生不见,比如我们那些可敬的先驱,你有未卜先知的能力吗?为什么评判别人的生活?看样子,你们是青梅竹马吧,却为什么没走到一起呢?"

章梦佳被戳中软肋,田毕雯的话轻松让她自卑。可她越自卑表现越强硬:"家庭的原因,我不得不这么选,不然你连摩拳擦掌的机会都没有。"

田毕雯说:"我不这么认为,如果不是自己的原因,所有的原因都是借口。"

章梦佳说:"你不了解我身世。"

田毕雯说:"我们谁都不了解谁,就不要乱下定义了,那是妄自菲薄。"

章梦佳说:"冯蔚这一路很不容易,如果你没什么把握,就换个人。"

田毕雯说:"你说的是天注定的命运,但你不懂人自行谱写的感情。"

章梦佳说:"他没有走弯路的条件了。"

田毕雯说:"没猜错的话,当初的弯路是你陪他走的吧?让他没有余地去作其他选择,然后再高风亮节地跳出来惋惜,都说好人难当,我看不然啊!"

# 第二十四章

无须朝拜，不必礼赞，我仰头向着新的春天，这本身就是我对你许下的诺言。

章梦佳感觉行人的脚步都慢下来了，都在盯着她看，来自走廊尽头的阳光一点点缩回去，能够和冯蔚相见的激动感全然消失了。本来想刺激刺激田毕雯，三言两语之后，却连招架之力都没了，章梦佳自知理亏，不论有过什么难处，既然曾经选择放弃，首先就不值得被原谅。从没开始过，还有无限可能，纠缠又奋力之后，反而就只剩下一种可能了。

章梦佳没有了刚才的理直气壮，她看了看自己的肚子，怀的孩子，是当年他最讨厌的杨磊的。接着她的目光停在了还没剪掉吊牌的新衣服上，那是刻意的装扮，多少年没这么漂亮过了，可是她知道自己努力维持的体面是假象，最多能骗自己一阵子，像田毕雯这种见过世面的人很容易就能看出她的窘迫。她真切感受到了，伪装是最累的一件事。如果面前有个镜子，想必她能看到自己滚烫的大红脸。她逃离故乡，当了生活的弃儿，是封建荼毒的对抗者，追求新生却被贴上私奔、逆反乃至放浪的标签。她仍然挣扎在贫困线上，终日还在为温饱操心，没有田毕雯的谈吐和青春了，生活的落魄或者光鲜不是浮于表面的，其实大部分来源于感觉，田毕雯当然有一百个不屑于她的理由。

章梦佳不敢再直视田毕雯的眼睛，她站起身来，走到病房门口，看了一眼冯蔚的病床。那时候李海疆挪开了位置，露出了冯蔚的五官，只一眼，章梦佳泪如雨下。那还是她印象中的冯蔚吗，黝黑、瘦削、缩作一团，好像刚经历了一场大火或者矿难。

那一幕，超出章梦佳的想象，她不知道他什么时候会醒，万一他这个时候醒来，她也不敢进去，他受的是内伤，不能激动，更重要的，她止不住眼泪，见他是为了让他高兴，如果这一条都做不到了，留在这里也没意义。而且她假冒的华丽，轻易就能成为泡影，如果冯蔚能开口说话，她更不知道该如何搪塞他。她把营养品摆在门口，灰溜溜地往外走。

田毕雯不知道她的所思所想，以为是刚才的话太尖酸刻薄，让她深受刺激。这不是她的本意，她无心伤害别人："留步，听我解释，我和冯蔚是朋友，甚至他都忘了有我这么一个朋友。我辩驳，不是要抢你所爱，我对他最多只是欣赏，远没有达到爱的程度，一见倾心确实存在，但我凭什么对他倾心呢？是因为他那时候的稚拙吗？不是的，我想是因为社会上这种人越来越少，我几乎没见过，感到新鲜。上次，包括今天，我来看望他，不仅仅只是看望他，我看望的也是在眼下乱七八糟的生活中跌跌撞撞的自己，我的理想越来越淡薄了，怕自己坚持不了多久。而他，没有灯塔没有坐标，依然能靠岸，他是怎么做到的，我好奇。其实我完全不用理会你，但你质疑我，面对质疑不解释，这种人内心很强大，可我没强大到那种地步嘛。"

章梦佳已经走到了电梯口，驻足很久，又折了回来，去抓田毕雯的手，把她吓了一跳，以为这个妇女恼羞成怒，要对她实施抓掐挠咬那一套了，这方面她可不擅长，靠脸吃饭的，万不可挂彩，哪怕这里是医院，受了伤能马上得到救治。她下意识地往后躲，但还是章梦佳速度快，攥住了她的手。

田毕雯很害怕："你想干吗？有话好好说！不然我喊人了！"

章梦佳不仅没有恶意，相反刚才的气势和对田毕雯的防备全然不见了，此时田毕雯仿佛是她的救星，是冯蔚的救星，她所有的遗憾，眼前这个漂亮姑娘都能替她弥补，她的话音中有乞求，眼泪又簌簌掉下来："你不如狠狠地爱他，你就爱他吧！"

田毕雯哭笑不得："这爱是强买强卖吗？刚才你还横挡竖拦的，这态度是为何天壤之别的？"

章梦佳说："我没受过多少教育，听不懂你所谓的理想、信仰，但我知道，仅凭新鲜好奇，是不可能对他心心念念的。世界这么喧嚣，人心如此浮躁，谁有闲工夫对一个和自己八竿子打不着的人这么好。好就是好，藏不住。"章梦佳的想法很简单，她隐隐觉得他们有戏，田毕雯的到来，除了让她酸，还能让她燃起危机感，这危机感不是来自占有欲，而是真正能成为现实的东西，才会让她有替冯蔚排雷的责任。

田毕雯说："有什么难处告诉我吧，也许我能帮忙。"

章梦佳道："你勇敢地去爱他，就是帮了我天大的忙！"

田毕雯当时就绷不住了，哽咽道："这种交易我真他妈头一次听说。"

章梦佳说："不是替我去爱他，是你自己的事，因为你真正知道他的好。"

田毕雯说："你这么说我压力多大啊，我如果伤害了他，岂不成了你最大的仇人？"

章梦佳说："月老负责牵线，没听说还管生儿育女，以后的事，再与我无关。"

田毕雯说："我终于知道为什么你俩青梅竹马，你们真是傻得可爱！这种事，让我怎么答应……"

她们还想说什么，李海疆推门出来了，田毕雯看向李海疆时，章梦佳已经走了。

李海疆问："是你？"

田毕雯不知道该把章梦佳追回来，还是和李海疆打招呼，他们都愣在那里。那时候，冯蔚竟然下床了，章梦佳的声音传进他耳朵里，他瞬间就清醒了许多。

冯蔚不知道那是现实还是自己病糊涂了，说着："章梦佳，是你吗？我是做梦吗？我听见你说话了。"

其实章梦佳还没走远，她也听见了冯蔚的呼唤，她在拐角处看见冯蔚露面了，那时候她忍不住哭出了声。当冯蔚在李海疆和田毕雯的搀扶下一瘸一拐地走过来时，她进了电梯，混进人堆里，再也找不到了。

冯蔚来不及对田毕雯的到来感到惊喜："是她吗？"

田毕雯笑中带泪，摇了摇头说："你听岔了，就我自己，没别人了。"

冯蔚无限憧憬地看着走廊的尽头："她如果来了，肯定会见我的……"

那天，李海疆离开病房，给他们创造了二人空间，田毕雯陪冯蔚聊天，他们一同回忆短暂的往昔，表达对刘岸的思念，当然还对现在低谷中的彼此进行了勉励。冯蔚对田毕雯的情况也有了了解，知道她过得表面光鲜，其实很不如意，已经沦落到四处求爷爷告奶奶的程度，经常低端地走穴，甚至一连很久没有舞台。病房里不止有长吁短叹，当然也偶有笑声传来，尽管那笑声中更多的是无奈。

李海疆不仅要照顾好冯蔚，这些天他也放不下顾澜。斯人已逝，活着的人更需要关注。那天，顾澜参加了刘岸的真正的送别会。

人都到齐了，顾澜迟迟没出场，这让大家很担忧，生怕她经不起二次打击。后来顾澜出现了，可能是分别越久情感越浓，精神上越出现更甜蜜的幻象。上次她撕掉了离婚协议书，这次她要更出格一次，更疯狂地表达追思。在她到来之前，还有一个小插曲。

连漪和顾澜之间的嫌隙大，但连漪是最对她放心不下的人之一，之前一段时间，连漪经常以个人名义去看望她。虽然她没给连漪说一句话的机会，但连漪还是一门心思想缓和她们之间的关系。这次送别会，顾澜迟到，她心急如焚，生怕她迷迷糊糊做出什么傻事。

连漪要去接她，被欧潮拦下来。

欧潮说："要去也是我去，这闭门羹的味道，那么香吗？你要吃到什么时候？心里没鬼就好，不用非等一个说法。"

连漪说："我不要她给我一个说法，我要给她一个态度。我把刘岸当大哥，她是我一辈子的嫂子。"

欧潮说："她没跟你撕破脸就不错了，你还幻想她对你笑？"

连漪说："我不需要任何人对我温柔以待，刘岸大哥正看着我，我不能让他失望。"

欧潮无话可说，其实他很欣慰，他总算知道连漪的性情与真心，他更愿意接近她，要和她一同前往。

连漪问："如果你真想跟我好，别问过往，别问现在，等这件事逐渐溶解在心里，我用崭新的自己迎接你。"

连漪走了，欧潮自言自语："听起来不公平，但这才是事实。"

连漪见到顾澜，顾澜在准备一套复杂的行头，一个人还穿不上，她正忙活得满头大汗，依然做不到时，连漪出现了，默默地为她拉上背后的拉链。

顾澜终于肯说一声："谢谢。"尽管还是冷冰冰的，但连漪似乎预见那是破冰的开始。

顾澜说："其实后来我一直想跟你说声谢谢。你不用再来了，我已经不怪你了，如果他活着的时候，多一个人爱他，他到了那边也不会感到孤单。"

连漪脸红到了脖子根："他有你就够了。"

顾澜说："这事就过去了。"

连漪问："以后的路还长，你还要开始新的生活，为什么把这身衣服再穿给所有人看？考虑过自己以后吗？"

顾澜说："当他跳下舰艇，他也没有考虑自己。"

连漪说："那是职责所系。他还有你，你却失去了他。"

顾澜盯着连漪的眼睛说："当时那所有自私与自我，时过境迁，就会成为一路想要救赎的根源。我总想完全占有他，却从未拥有他，他总在我的数落中想要靠岸，没想到却越来越远。我当时说过的每句要求他的话，看似在让他回来，却是把他推向深渊。我爱他，就要回到最初，当时他也是这样把我接回家，开始我们的小生活，现在一切都没变。嗯，就这样，就把这美好的时刻复刻一遍，永远地留在我们身边。"

连漪热泪盈眶："我也需要一套衣裳，我去去就来。"

很快，连漪回来了，当顾澜看见她的装扮，那些她曾最疑虑、最妒忌的东西瞬间化为子虚乌有了。

顾澜还没来，仪式不得不按部就班地往下进行了，就在这时顾澜和连漪出现在了大门口。顾澜穿着雪白的婚纱，胸前别着鲜艳的花朵，上面写着"新娘"的字样，连漪穿着伴娘的服装，替顾澜挽着裙子，她们共同把写着"新郎"字样的红花别在了刘岸的墓前。她们的行为比田毕雯的舞蹈更刺激眼球，更震撼人心，那种场所从来没有出现过这种打扮的人，她们却精心准备。

顾澜泪水涟涟，又笑靥如花，她看见刘岸真正回来了，不管这个人是否还存活于世，她都瞬间明白当时爱的出处以及怎样在心里扎根，她认为自己的决定无比正确，就是要以嫁给他的姿态来迎接他、珍存他，所以她自己诵读："无论贫穷、疾病还是死亡，我都愿意再郑重地嫁给你一次。"


一个多月后，冯蔚身体痊愈，回到舰艇。在"国门利剑"净海执法行动的网络部署图前，他杀气腾腾。目标船的信标如同他的靶心，随时要被他射穿似的。他迫不及待地等待李海疆下命令。彭敖不时偷瞄他一眼，感受到了一个被千锤百炼过的冯蔚重生了。

冯蔚说："舰长，布置任务吧，我一刻也等不了了。"

只听说过李海疆喜欢火上浇油，没听说他懂以柔克刚，他神秘兮兮地说："我确实有个任务要交给你，但你乍一听可能会感到意外，因为和'国门利剑'净海行动没有直接关联。"

冯蔚拍着胸脯道："任务之间是相辅相成的，执法员没有挑任务的道理，只要是任务，就保证完成！"

李海疆说："这任务简单，该吃吃，该喝喝，该恋爱恋爱，以前要求你们作风严谨，此一时彼一时，最近要求你们尽管自由散漫起来。邋里邋遢，我也不嫌；流里流气，我也不管。"

冯蔚挠着头说："您这是又唱哪出戏啊，这算什么任务？"

彭敖想不到也巴不得李海疆这么说，诚惶诚恐地问："这任务有我的份儿吗？"李海疆点了点头。

多年来，梦境竟成现实，谁能想到素以铁一般纪律著称的执法员队伍中，还会出现此等好事，打着灯笼也难找。要不就是李海疆真受刺激了，至今脑子里有泡。但李海疆的幽默从不与任务挂钩，他知道玩笑应该开在什么环节，此刻他眼神笃定，让彭敖相信了他确实没耍花招。

彭敖像中了大奖，说道："这种类型的任务请多分配几回！这可是以往我想方设法、绞尽脑汁去追求也求之不得的状态啊，您现在突然要求我这么做了，还真让人不太适应哩。"话音未落，他变魔术似的叼上了烟，甩开膀子，唱着酸倒牙的口水情歌一溜烟跑远了，连东西都没工夫收拾。宁水是他老家，他曾是本地出了名的"坐地炮"，冯蔚和刘岸所知道的好玩的地方和项目都是彭敖启蒙的，他还大言不惭地说，你们见的花花世界只是我眼里的冰山一角。可想而知，他多会找乐子，现在他像撒了欢的野驴，奔向他的沃野，满眼是花花草草，再也不只有呆板的蔚蓝。

冯蔚不可置信，他也觉得李海疆不正常，说道："你确定等他回来你不会处理他？"

李海疆说："你也放心大胆地走，让港口的人都看看，执法员有另一面，风花雪月的事也在行。"

冯蔚气呼呼地说："刘岸的脸就在我眼前晃呢，我大仇未报，哪来的心情玩耍，你这不是照顾我，是腌臜人。"

李海疆说："这是反人性的，你觉得按正常逻辑不会出现这种情况是吧？"

冯蔚点头。

李海疆突然厉声说："那就对了，康迪也是这么想的！"

冯蔚说："他早晚是瓮中之鳖，我们要靠这些花里胡哨的东西迷惑对方吗？"

李海疆说："目前我们掌握的内容，只有一个个代表他们船舶方位的红色信标，还不如鸡蛋大，而我们却在明面上，宁岛港口上形形色色的人都能看见我们的一举一动。别以为只有海警在布控嫌犯，嫌犯也在无时无刻不在监视我们。"

冯蔚不解地问："有信标就有方位，这等于上了保险，有什么好忧虑的？"

李海疆说："植入海松号指挥中枢的程序一时半会儿还很坚挺，但康迪并非省油的灯，再好的系统也源于人脑，他当然也会往人身上着眼，如果被他发现破绽，一旦放弃海松号，我们的布控网络就中断了。"

冯蔚说："这布控到底要持续到什么时候？如果他们再也不出

现了呢？既然称之为国门利剑，为什么不主动出击？"

李海疆说："等康迪集团真正放松警惕，等他们的船舶像以前一样倾巢而动，等，那就是我们收网的时机。"

冯蔚掰着手指头数屏幕上闪烁的红色信标，说道："十几艘船，这其中但凡有一艘不出航、不载货，我们就做不到全歼，哪怕跑了一艘船，行动也不算成功。"

李海疆说："说得对，但你有所不知，技侦部门已经分析了康迪集团近两年的出航数据，做了详密分析，他们每个月至少有一次大规模的集中走私，截止到海松号被扣押前已有这样的活动超过八次，走私利润超两亿美元。"

冯蔚很吃惊，一方面是案情之大，一方面是执法员们的效率之高，他说："我失联的这些天，你们到底做了多少工作啊？！"

"善良得让人心疼，自己小命都差点儿搭上了，还尊重着别人的付出。"李海疆不胜唏嘘。

冯蔚知道海警局在用缓兵之计，但他不知道到底要缓到什么时候，忧心忡忡地说："海松号刚被我们打击过，我还是对康迪的狡猾预判不够，难以想象他胆子会大到什么程度。"

李海疆说："你是对狂徒的野心预判不足。他们利令智昏，油水足够有吸引力的话，只会担心船舶不够调遣，哪还想得到保存实力和拉长战线。这叫什么来着？"

冯蔚说："贪心不足蛇吞象。"

李海疆说："正确。等吧，我这么急的性子都等一个月了，不差再等一个月。你踏踏实实执行我刚才的命令去。"

李海疆切换了画面，红色信标不见了，好像罪恶便也暂时被埋进深海，取而代之的是宁岛港上一派欣欣向荣的景象，但冯蔚像在看一场魔幻主义的电影。

李海疆说："心里惦记着事情，什么都看不见，等梳理好了心情，你才等于重回了人间。先放下吧，迈出腿去，果断先踢开那些阴魂不散的、能够干扰你心绪的牛鬼蛇神，忘记了垃圾，你才有工夫拥抱美好的东西嘛。就像阳光，拨开了乌云，才照亮了世界，就像那些对你好的人们，即使离开了，还时常萦绕在你身旁，但又在你专心前行的时候，偷偷隐匿起来，不会让你有不适之感，不让你坐立不安。"

那时候，冯蔚的眼睛终于聚焦在了实时画面上。宁岛港口，一眼望去，桅杆林立，货箱高叠，船进船出，也许是心理作用，冯蔚觉得这里从未有过的热闹，他看得眼馋，好像这里阔别多年，到处留有成长的印迹。他能叫上一些船舶的名字，认识他们的船长，他知道其中一艘渔船上的渔民开饭了，吃的是梭子鱼、八爪鱼、海螺、海蚌等等，这些东西不稀奇，在冯蔚看来，他们的吃法稀奇，海鲜卷大饼，以前他可不知道这种吃法，在他的概念里，大饼和大葱才是原配，没想到海鲜跟大饼成了一对。

有一次，冯蔚只是路过，那艘船刚靠泊做饭，香气四溢，他忍不住朝正挥舞锅铲的渔民竖了大拇指，就被他们簇拥着请上了船，也学着他们的样子吃了一回渔民的晚餐，至今回味无穷。最主要的,他抹着一嘴油水下船的时候,渔民们执意让他把两只帝王蟹带走,那时他还用利欲熏心的眼光来看待那些对他嘘寒问暖的人们,他以为他们这么热情,完全是因为自己穿了制服,套近乎罢了,若不然,一个个晒得像黑猴子,累得像无毛鸡,哪有闲情逸致来招待他。

似乎船长不光懂得判断鱼群的方位,也很清楚人的心思,憨厚地说:"小冯,这不算贿赂,这是群众的心意,千万别有压力,想来就来哟,明天主打菜,鲍鱼炖土豆、龙虾烀棒子、乌贼炒米饭!"

这几道菜路子更野,但冯蔚心思没在菜上,而是觉得船长此地无银三百两。很多事不说出来大家都不尴尬,可船长接下来的话让冯蔚羞臊难当。

船长朝已经走出去十几米的冯蔚说:"其实我们不偷不抢,遵规守法,一般不爱跟你们打交道,可我们为啥看见你亲哩?是俞瀚!我们都还记得他,看见你就跟看见他一样!请你吃饭,相当于也请他吃了。"

旗子哗哗作响,白云映照着他们质朴的脸庞,渔民的笑容中写满了庄严肃穆和沧桑,船上的人都在朝冯蔚挥手致意,那是送别,更是迎接,冯蔚"哇"一声就哭出来了。相形见绌,他后退了两步,他想,如果一失足掉进了海里,可再好不过,正好可以洗刷一下满身的俗气。

李海疆拍了拍冯蔚的肩膀,冯蔚回过神来,但还没有动作。李海疆说,你再不走我让人把你赶下去。于是,他受领了那个前无古人的奇特任务。当他真正明白了李海疆的用意，从心里接纳了那个看似无厘头的提议，他眼前终于浮现了大千世界，美食、美景、美人，都在诱惑着他，他在舱室里、在孤岛上做过很多欲望之梦，有些想起来甚至会脸红耳热。他突然记起自己还不到三十岁，是个朝气蓬勃的青年，固然背负责任，但更要有丰富多彩的生活，如果把自己弄成一个迟暮之年的模样，连自己都难以相信自己堪当重任。他蹦了一下高，摸了舱室的天花板，像刚起床用嗨曲唤醒大脑细胞，强迫清醒，直至兴奋，原来兴奋也能像挠痒痒，制造一种快乐的假象。

当冯蔚换上运动鞋和休闲装，噔噔噔下船，站在一尘不染的港口地面上，他突然发现高兴得太早了，所有他能想象到的事情，等到真正有时间去实现的时候，又突然觉得十分遥远。他一屁股坐在堤岸的石阶上，从成群结队的船舶中间望出去，满眼都是一轮硕大通红的太阳，太阳底下也有一艘船，不知道它是要靠泊还是去远航，就像现在的自己，不知道是在遥望还是已然在路上。汽笛传来，伴着海鸟的歌唱，他仿佛看见俞瀚又成功跳帮，听见刘岸又吹响了口琴，他们就站在那些喊着号子收网的船夫中间，一遍遍温热他的目光。

太阳逐渐高远，冯蔚像一只搁浅在沙滩上的海星，他的胳膊肘撑在大腿上，脸蛋晒得绯红，神情中有期待，如同盼望父母回家的留守儿童。他努力放空自己，远处出现一个特殊场景却让他的神经再次紧绷起来，一艘游艇上有人支起一架高倍天文望远镜，乍一看还以为是架起炮筒。既然到游艇上去，醉生梦死之外，当然要赏景，配备这种设备实属正常，但冯蔚发现那望远镜的镜头就没有移动过，方向始终对着武江舰。不少人对舰艇感兴趣，图个稀罕在情理之中，但冯蔚明明看见一个人像正式上岗的值班人员，不时前来观察一阵，如果不是冯蔚长时间没有挪动地方，一直密切关注着他，还真难以发现他有预谋有节奏。而且照此分析，这艘游艇上不止他一个人，不止一套单一的设备。他倒吸一口凉气，既然他们监视着武江舰，那么刚才彭敖和他走下舰艇，他们也一定了如指掌。他血流加速，他以为自己是个被遗忘的人，其实早成为别人眼中的目标。

冯蔚不动声色，掏出手机，配置的相机有一亿像素，支持五十倍变焦，那是他身上最值钱的东西，当初买来单纯是为了拍深海盛景，回来给没见过的朋友分享，没想到现在派上了用场。他摆出各种夸张造型，装作拍海浪拍码头拍旭日，玩得不亦乐乎，几组动作下来，发现不少线索，游艇内果然还有人。其中一个正专门盯着他，彼此的镜头对在一起时，那人立即躲进船舱，几秒钟后又鬼头鬼脑地钻出来，见冯蔚没事人似的，以为没露馅，安心了不少。

冯蔚又给自己增添了一个演员的新身份，既然大家都在演戏，就看谁演得更逼真，到底谁是盯梢的人，谁是被盯梢的人，已经分不清楚了。再好的戏都有散场的时候，温度开始降下来了，冯蔚逗留的时间太长本身就是疑点，再好的表演也挡不住自然规律，表演要配合时效和场景才对，他不得不撤了。那时候他在一个僻静处向李海疆报告自己掌握的情况，李海疆不意外，他在冯蔚之前便发现了武江舰周边的暗流，所以他要使用障眼法，要把冯蔚等得力干将临时调遣开。

正如他的推断一样，与此同时，远在大洋深处的康迪始终保持缄默，和当初在海警局审讯室里一样静如处子。他三令五申让他的成员船按兵不动，只把安插在各大码头的一级、二级、三级打手和下线利用起来，紧盯各大港口的海警舰艇，尤其是宁岛港，这个港口上的海警差点儿让他破功，毁了他一世英名。所以这里他安排的人最多，武江舰人员的出入情况，有时候他比海警局指挥中心知道得还要快。

当冯蔚和李海疆通话时，康迪也在和眼线头子对话，眼线头子说："一个多月了，无人布控，无人排查跟踪，我看好像都忘记了一个月前的海松号事件，我们不用东躲西藏，是时候开张了。"

康迪说："只管跟踪监视，不需要你下结论，你还没资格。"

眼线头子碰了一鼻子灰，诚惶诚恐地挂了电话。海松号三副希尔正在康迪旁边，加旺和康利死后，他是为数不多的元老之一了，他当然有随时发表意见的资格："最近我们分布在各个港口的船艇都启用了，手下也全员出动，这规模前所未有。"

康迪不无得意地说："今时不同往日，他们的执法套路竟然全变了，海上的买卖越来越难搞。不过，他们变革，我们就升级，猫有猫道鼠有鼠道，不能因为老猫生了新崽，老鼠就不吃粮食了，我们也要繁衍,我们更要壮大。没有人做过,我们做成了,那才有趣儿嘛!"

希尔说:"您的魄力毋庸置疑,但我另有考虑,很现实的问题,现在我们铺开的这个大摊子,需要一笔很大的开销,一个多月了,只出不进,虽然还有老本可吃,但和以前相比有云泥之别。过惯了好日子,稍微手紧一些,体验感千差万别,时间一长,我怕下面的人撑不住,其他船可都窝在港口里呢。听说,海岩号船长已经沉不住气了,他那艘船是大船,几个老人儿胃口很大,守着能生财的工具,却长期闲置,已经怨声载道了。是时候商量一下还有没有必要耗费这么多财力继续盯梢了。"

康迪说:"最近花的钱,相较于出一趟货来说,九牛一毛,但准备工作一旦出了岔子,就没有回头路走了!海岩号船长这个喂不熟的白眼狼,每次他的油水最肥,还敢发牢骚,我让他永远闭嘴。"康迪的凶相瘆人。

希尔说:"海岩号的事不用您劳心,我的话没说完,现在最主要的问题不是海岩号、海飞号等等沉不住气,而是几个最有实力的供应商不分青红皂白,屡次催促我们该接货了。如果我们再不步入正轨,他们会认为我们前段时间损兵折将,元气大伤,实力存疑了。咱们这一行,不是朋友,就是敌人,不会有第二种关系类型。我们不干,就有金盆洗手的嫌疑,我们暂时选择避风头,他们不会给我们时间空间。我担心再观望下去,他们会找麻烦。"

康迪放下手里的酒杯,猛嘬一口雪茄,烟雾缭绕,遮住他的脸，看不见表情，但希尔感觉得到他不像刚才那么淡定。他在等待康迪松口，这样大家都没有压力，这些天，他深受各方人马的困扰，那些人知道康迪不好惹，只得把气全撒在他身上，他深有体会，没有一种诱惑像金钱的诱惑一般，能以最快的速度瓦解人们的理智。

一支烟的时间过去了，康迪终于开了口，但说出的话和李海疆之前的话如出一辙："不差再等一个月。"希尔闻听，黑了脸，可不敢反驳，这么多年，全凭康迪拍板，才次次有惊无险，他虽然有出谋划策的能力，但也深知自己的定位应该在哪一层级。

宁岛港内，李海疆听完冯蔚的报告，没有夸赞冯蔚的敏感性，心里还五味杂陈，李海疆说："我早轰你下舰艇了，半天过去了，还没离开港口半步？你不是'麻溜'，不用一门心思看家，作为一个大龄青年，去看望章梦佳，去感谢田毕雯，去影院，去酒吧，去游乐场溜冰场，去书展美展画展，就是不要再留在港口了，去一切年轻人应该去的地方，求你了！"李海疆像个教孩子学步的家长，希望孩子走一步，再走一步，每一步都更远更稳，满是殷切。

冯蔚不得不快步离开港口，确定章梦佳真的在宁水，他马上查到了她的住址，正要动身去相见。恰好田毕雯来了电话，听说他的打算，东扯西扯地干扰并阻止他，因为她上次了解了两个人的情况，"纵容"他们相见只会徒增他们的伤感和对现实的失望，田毕雯完全出于好心。而且现在章梦佳和杨磊是夫妻，虽名不正言不顺但既成事实，不管杨磊有没有底线，是不是危险人物，只要冯蔚出现，他们铁定是对手的关系，好不容易从海上逃生回来，别再在阴沟里翻了船，那真成世纪闹剧了。

田毕雯怎能劝动一个一往情深的倔汉子，她不得不妥协，说："去可以，带上我，你大病初愈，身边应该有个人照应着。"说是这么说，其实她生怕冯蔚去了出乱子。

田毕雯的关心无微不至，超出了一定范畴，在此之前，其实他们连普通朋友都不算，第一次见面就搭讪无果，感情何时升温的，不得而知，冯蔚心存感激，当然也有疑问："别提英雄情结、家国情怀，那是演讲台上才能说得出来的话，抛开那些宏大的命题不论，你这么优秀，有的是追求者，方便告诉我为什么对我这么好？"

田毕雯听得出冯蔚的用意，她认为他在提示她，让她主动表达爱意。她虽然活泼开朗，但绝不是不矜持，有好感与有爱意，还差着十万八千里，她说道："你别骄傲，再严重一些，就是自恋了。如果换成别人有这么丰富的经历，有不算差的眼缘，又正好出现在我的生命里，我也会对他这么好。我心肠软，人间的疾苦听说了太多，都会难过，不过以前都是听说，现在就在眼前，当然不能坐视不管。"田毕雯说得义正辞严，冯蔚从她眼里看到单纯的善良和无限的美好，尽管这个回答让人失落，但这是最恰当的回答。

一路上，田毕雯旁敲侧击，透露章梦佳的近况，生怕他全知道了会受不起，同时又怕他不知道，见面后受刺激。

这个分寸，田毕雯把握得十分辛苦。但对于章梦佳，无须多说，冯蔚展开联想，就能猜个大概，做好了心理准备，可他俩到了章梦佳所在的出租房后，受到的待遇远比想象的更残酷，他们走近那个堆满了垃圾几乎无处下脚的小院，敲响了她的房门，她只看了一眼，"咣当"关上了门，没给他们任何机会。

隔着房门，章梦佳决绝地对冯蔚说："我们互不相欠，多说无益，快走吧。"

冯蔚说："你不解释一下？你要不想解释，给我机会解释解释，我做梦都在和你对话。"

章梦佳说："当年我们就都解释清楚了，你有更好的路，别走这条死巷子了。"

冯蔚说："我扛住所有压力，只为再见你，我快死的时候，你也在给我能量，让我不至于睡过去再不醒来，怎么能说我们一点儿关系也没有了呢？就算你有了家庭，我们也至少是朋友，很好很好的朋友。"

章梦佳说："别说了，我们如果是朋友，也只有我麻烦你的份儿，这样的朋友不要也罢。你不在，就没有人知道我的不堪，我就能心安理得地生活，虽然苦，但是平静。"

冯蔚和田毕雯在门外磨蹭良久，也没结果，再继续下去，也是多余。巷口有人摇摇晃晃地走过来，手里拎着酒瓶子，含混不清地吼着不堪入耳的粗野歌曲。虽然还有上百米的距离，但田毕雯已感到了煞气，直觉告诉她，那是杨磊，她催冯蔚赶紧走，别惹麻烦，与醉汉，尤其是还有这层关系的醉汉，一言不合就得起纠纷。冯蔚也一眼就认出那是杨磊，他从小都没怕过他，在两个女人面前更不想丢了面子，说想跟他做个了结。旁观者清，田毕雯的一席话让他更没面子。她说，你了结什么，血债谈不上，情债还不上，生活的苦，你一点儿也不能替她受，你倒是能和杨磊了结，但你凭什么跟他了结？无非是抒发你的愧疚和那自以为是的担当，有用吗？你要是真为她好，就走快一点儿，别让醉汉看见你，悄悄祝她幸福！以后她真遇到难处了，举手之劳帮个忙，这是我能想到的你能做到的所有了，其他的都是矫情。

句句扎心，不容置疑。冯蔚只得从口袋里掏出个信封，那是他出港口后取出来的钱，现在他把钱塞进门缝里，往巷口的另一头走，还没走出几步，信封被丢出来，"啪嗒"落在他面前，他又执拗地扔回去了。他觉得那个钱，就像他的心脏，在墙头上甩来甩去，脆弱不堪，毫无生命力。

那时，冯蔚真切地意识到他们已然是两个世界的人了，他哭着往外走，她倚着门涕泗滂沱。她突然又三步并做两步地跑出来，看着冯蔚的背影，以及他身边高挑的田毕雯，他们并肩走，越看越般配，于是猝不及防地破涕为笑了。

在另一头的巷口，冯蔚听见了杨磊清晰的叫骂声，他一定是在质问刚才谁来过了，那些钱是谁留下的。冯蔚也猜得到章梦佳一言不发的样子，肠子都悔青了，有些弥补不如不补。但他没有回去劝架，毕竟吵架也不影响人家在一个屋檐下过活，而他只是一个想要救赎却走投无路的过客。

# 第二十五章

你像一片原野,包容我被世俗碾碎的一切,让我不再以败退收场,而是以冲锋的姿势进入新的感情世界。

暮霭中,他们逃离那个脏乱差的城中村。头顶是纵横交错的电线,道路两旁是杂乱无章的店招,脚下是坑坑洼洼的道路,不时有一棵盘根错节的歪脖树,见证这里的老气横秋。空气中混合着青苔以及食材发酵的味道,永远不知道下水道和厕所分布在哪个出其不意的地方。行色匆匆的人们脸上没有笑容,都是一种愁苦的表情,他们"刺溜刺溜"钻进一个个黑乎乎的巷道就不见了。那是他们栖息的地方,和不远处现代化的建筑物格格不入,但破败中有一盏灯、有一声猫叫,就能让他们感到温暖。

那时候冯蔚觉得自己远不如住在那里的人们,他们至少都在回家,而他在漫无目的地出走。一座门楼之隔,他如同钻出了战壕,站在宽阔的主干道上,车灯浩浩荡荡,衣着时尚的人们来回穿梭,如同幸福的流水,连霓虹的闪动都有了规律,可这些并不能让冯蔚心情有所好转,刚才是闭塞憋闷,而现在是躯壳的无处安放。

冯蔚说:"让你看了笑话。"

田毕雯说:"任何人都有过或者随时会发生在任何人身上的笑话,就不可笑了。"

冯蔚说:"幸亏有你,在我冲动的时候,让我不至于出更大的丑。"

田毕雯说:"是互相陪伴,你感动了我,让我发现原来还能以别的形式发光发热。"

冯蔚说:"你抬举我。我能从海上回来,是因为人的本能就是活下去,我能来看她,是我以为人的本能也是爱下去,可是这件事不是一个人说了算的。天不早了,你该回去了,下次专程设宴款待。"冯蔚心不在肝上。

田毕雯说:"你要把自己找回来。"

冯蔚说:"不用找,废材一个,什么都不是。"

田毕雯听出了他的颓败,一开始她就预想到了这个结果,还是陪他去了章梦佳的住处,既然选择跟他面对这样的伤痕,抚平他的痛才算奉陪到底。当然,好言相劝肯定不起作用,最好的办法应是转移注意力。她教过小朋友跳舞,小朋友受委屈了,转移注意力才是哄好的精髓,这个经验用在大人身上也百试不爽。

田毕雯说:"你有价值,如果你想帮我,现在就有你的用武之地。没空就算了,我们就此别过。"

田毕雯的方法奏效了,见冯蔚愿意听下去,于是她告诉他,其实今天来找你之前,有个应酬等着我,宁水群英演艺公司的老板郑殊荣做东,外号郑老六,担任过十几部舞台剧、影视剧的总出品,在圈子里很有话语权。偶然机会,经人引见结识,他约过我好几次了。没什么交集却那么热情,殷勤得让人不踏实,所以我没赴约。为什么今天又想赴约了呢?原因就是上次临开场放了主办方的鸽子,坏了规矩,声名狼藉,把人得罪光了,宁水不小,但我这个圈子小,如果没人撑腰,以我的能力想翻身简直痴人说梦,被逼到份儿上了。女孩的青春就这么几年,属于我们这类人的好年华就更短了,再这么下去,可能要出摊儿摊煎饼去了。

田毕雯言之凿凿,这个行业里多少比她有优势的人一文不名,反之,多少比她差的人却风生水起,三百六十行,行行需要努力,唯独在她这个资源高度集中的行业,努力只占很小的比重。她前段时间,领不到工资,接不到通告,穷得只能吃泡面度日,却听说,当年艺术学院成绩垫底的闺蜜同学傍上一位老掉牙的制片人,出演了好几部叫座的剧,土鸡变凤凰;还听说,当年口口声声要为文艺电影献身的校草学长不再从事演艺行业,跨界去拉皮条,赚得盆满钵满。那时她的三观受到冲击,得出一个结论,在这个圈子里混,男的不出卖灵魂,女的不出卖身体,压根没有出头之日。当时她被这个结论吓了一跳,虽然现在仍不完全认同这个吓人的观点，但已经不那么心惊肉跳了。她不认为这是堕落，而是成长，是顺应大势。她甚至还在研究是否有折中的办法，不出卖身体，像求学时对待老师一样尊崇爱戴，靠一片真心，也能有出路，不求大红大紫，吃吃别人的残羹剩饭就够用了。收起不值钱的自尊心，先活下去，和现实苟合，以求支撑所剩无几的梦想。这个想法一直未付诸实践，到底有几分可行性，田毕雯试图今晚验证一下。

冯蔚问："我对此一窍不通，能帮什么？"

田毕雯说："你当护花使者。"

冯蔚本不习惯这种陌生人的场合，但田毕雯为了自己都能豁出去脸面，他跟着去蹭饭还推三阻四的太不合适，硬着头皮也得去。

到了郑老六的会所，现场只有田毕雯一个姑娘，不得不让人怀疑这个局就是郑老六处心积虑专门为她设的。郑老六派头十足，还邀请了三个财大气粗的中年男子，介绍完他们，更了不得了，个个都有代表作，网上一搜，所言非虚，可谓行业里有名有姓的翘楚，冯蔚不甚了解，从田毕雯的眼神中能看出来折服，她对郑老六的关系网佩服得五体投地。

郑老六见田毕雯带了跟班儿，略显不悦："这位是？"

田毕雯再有思想，在见人说人话见鬼说鬼话的环境中逢山开路遇水架桥，不自觉中习惯了场面上这一套，她还沉浸在对大佬的膜拜中，必须要照顾他的情绪，回道："好朋友，文艺青年，尤其喜欢我的舞蹈。"她明白,若是说冯蔚是男朋友,这场聚会马上得冷场。

"我还以为是男朋友,原来是铁杆粉丝,乱点鸳鸯谱了,自罚一杯!"郑老六瞄了一眼黑不溜秋、土里土气的冯蔚,断定田毕雯也不能看上他,脸由阴转晴,继而自顾自地笑,笑得冯蔚直发麻,他领会不到那笑里有几层意思。其实他对郑老六谈不上反感,只是对田毕雯的介绍感到不自在,虽然她介绍得没什么不对。

郑老六并非暴发户,应该还读过不少书,言谈有点儿水平,懂得留白和隐喻。喝了两轮之后,他拍着田毕雯白嫩的大腿撂下话:"只要咱俩合拍,我的资源就是你的资源。"这个"合拍"用得很巧妙,让人浮想联翩。田毕雯几次小心翼翼地把郑老六的手拿开,他总能找到合适的场景,配合以言语上的契机,很自然地重新搭上去。冯蔚全看在眼里,醋意愈积愈浓,他牢记身份,当仁不让,几次欲翻脸,被田毕雯暗中拉住。

会所里的水晶大灯炫得冯蔚眼晕,价格不菲的葡萄酒喝下去头晕,听他们谈项目也像听天书,那一盘盘的山珍海味像一个个深不见底的陷阱,他一筷子也不想动,要不是田毕雯不时扭过头给他个感激的眼神,他真以为走错场地了。幸亏那时田毕雯再次惊艳了他,第一次见面时是荷尔蒙使然,这次是内在魅力吸引,近距离看,她举止得体,谈吐大方,有超出年纪的沉稳,而且对人不吝赞美,和那些老江湖坐在一起丝毫不怯场,嬉笑怒骂也能打配合,荤段子还能接得住,时而豪放时而娇嗔,就像面前摆着一台摄像机，她有实时窥见并校正自己表现的能力。有的女人表现欲强，水性杨花，刁声浪气，有的女人故作高姿态、荒腔走板，反而适得其反，田毕雯统统避坑，难怪郑老六会对她念念不忘，只要是男人，十有八九对这种进退有度的女人没有抵抗力。冯蔚在想，如果田毕雯是个拜金女，很轻松就能与郑老六一拍即合，各取所需，他就真不配坐在这里，也没坐在这里的必要了，和这些功成名就的老男人相比，唯一让他感觉不自卑的是还算年轻。

郑老六是老手，觥筹交错进行时，句句都在红线上，听起来都是在撩拨田毕雯。他一边给田毕雯夹肉，一边着重强调是高价买来的进口牛肉，不料手一抖，肉掉进了骨碟里，于是向田毕雯道歉："老了，瞄不准了，不过不要看表面，我心可是少男心，有家有口也不耽误，身边一直没缺过女朋友，说明有所长、有所强，不然怎么会有那么多红颜知己嘛！"他的朋友随声附和，证实他的话的真实性。田毕雯也顺着说，郑总有红颜不足为奇，那是她们品位高。郑老六赶快澄清，有了你这个红颜之后，我就只剩一个红颜了，统统黯然失色；他高调端起酒杯又放下，对田毕雯说："我还是少喝点儿，虽然酒风还凑合，就是有个毛病，喝了酒就是另外一个人，会发泄心中泛滥的爱，看什么都是粉红色，我觉得这个颜色是男人的本色，但原形毕露总归不好，不好不好。"田毕雯起身上卫生间，酒精上头，乍一下没站稳，他比冯蔚还眼疾手快，搂住了蛮腰，说道："这间会所可不是只供吃饭的哟，保重凤体要紧，如果不胜酒力，感觉喝到位了，往里一走，就是豪华大床房，绝对私密，密码只有我知道！"郑老六在挠田毕雯的手心。

话题已经扯到床上去了，再扯下去该脱衣服了，冯蔚深知自己的孤陋寡闻，这种围猎女孩的方式，让他联想到当初他查封的涉黄游艇上发生的情节，他觉得郑老六不如一个嫖客，嫖客是在明码标价的基础上，确定目标，直奔主题，而郑老六属于边嫖还要边证明自己的合法性，赋予"衣冠禽兽"一个丰富饱满的形象，并且全程在添加感情色彩，这十分可耻。冯蔚忍着吐意，他担心自己再待下去就忍不住了，会掀桌子打人。动武、毁坏财产，大不了走法律途径，彻底断了田毕雯的后路可就麻烦了，他不能私自替别人做决断，他来保护她的人身安全，不是来帮她走入绝境。冯蔚几次示意田毕雯该走了。

田毕雯打着哈哈，不置可否，她趁机告诉冯蔚："这种老男人我见多了。他们实在得不到的话，身边有个年轻女人陪着，就有面子，过过嘴瘾也是在满足恶趣味，只要不动真格的，能维持目前这种状态，有什么不好？我看他一时半会儿还不敢怎么样，就算真有歪心思，也得有个过程，让你来，就是把这个过程拉长。"

田毕雯的狡黠在冯蔚眼里是策略，但在郑老六眼里或许只是小聪明，见冯蔚如坐针毡，田毕雯接着说："这是我最后的机会，似乎只有这一条路可以走了。你懂心理学，他怎么会真正喜欢我。他喜欢的不过是我对他的崇拜，家里有个母老虎，外头不得有个小可人啊；我又怎么会喜欢一个大我将近两轮的人，比我爹都大，我只是喜欢依附在他身上的地位、权势、钱，他如果没有这些，谁愿意多看他一眼，难道是为了数数他脸上到底有多少老年斑吗？我知道我这个观点很可耻，可求你别看扁我，我还有底线，秉持着一条准则，不出卖身体，装疯卖傻、陪笑陪唱、狼狈为奸都行，各取所需，也可以限定在某种范围内吧。也请你别惊讶，这个社会上不光我这样，多少人为了生计、为了一纸合同，不都如此吗！"

冯蔚目瞪口呆，未经他人苦，不劝他人善，他不知道说什么了，就像不知道田毕雯这些年遭受了什么，这不应该是眼里布满皓月繁星的姑娘说出的话。

田毕雯察觉冯蔚的身体不由自主往后退了退，那是要和她保持距离的表现。她生怕快要失去他了，越这样，越急于解释，越喋喋不休，越超出冯蔚的认知。她说："我先吊着他，把胃口吊足，我不犯傻，如果他想要什么就给他什么，还有什么吸引力？谁不会把没有吸引力的破烂货一脚踢开呢？我有筹码，却不抛掷筹码。"

虽然隐隐觉得哪里不对，又不得不承认田毕雯所说的很难推翻，尤其是把角色设定在她的处境之中。那时候，冯蔚突然明白，田毕雯让他来扮演护花使者的角色，其实连她都是矛盾的，这纯属临时起意，不过是怕他屡受打击，身心俱疲，闲生是非，带他来散心。他不来，她也早已打定主意今天必来。她既想得到郑老六在事业上的支持，又介意郑老六的索取，她希望和冯蔚共同渡过她的难关，又不希望他对她的选择抱有成见，她完全可以不让他知道她的涅槃之路是怎么走过来的，只让他看见羽化成仙之后的模样就可以了，可她还是心无杂念地把他带来了，她不知道是对是错，但她保有了坦诚,她认为这是对冯蔚的尊重,至于冯蔚怎么看,交给时间,交给缘分。如果冯蔚介意,酒局之后,大可一拍两散,从此互不相干。

他们在洗手台前面对面站立,门外是郑老六的催促声,那时候仿佛偌大的会所只有他们两个人,那里是冯蔚的甲板,是田毕雯的舞台,他们谁都不用掩饰自己,尽情展现着自己,透过心灵的窗户,他们无须找到一个确切的答案。

田毕雯说:"走,只有走出去才能知道,我想证明给你的,就在眼前,就在心尖上,那些不存在的,用显微镜找,也找不见的。"然后,她率先转身出去了,走得理直气壮,走出了飒爽英姿。冯蔚跟在她的身后,没有看到妖娆和放荡,只看见她挺拔的身影,心中的顾虑莫名消失了一多半,没有来由,全凭感觉。他回想起当初在病房里,田毕雯说她是一个相信上帝、相信爱情的人。既然她足够相信,冯蔚便也选择相信,有朝一日,就算她言不由衷、身不由己,她的灵魂也干干净净,她的笑容仍洁白无瑕。

临了,郑老六的目的实现了一半,田毕雯喝多了。可冯蔚始终陪伴左右,郑老六无从下手,他想支开冯蔚,但怎么可能支得开一名卫士。他又提出送田毕雯回家,有私事相商,也被冯蔚以再约抵挡过去了。眼看着煮熟的鸭子要飞了,反而便宜了这个"铁杆粉丝",郑老六当时的大脑转速堪比十二缸发动机,他听说冯蔚在船上工作,眼珠子一转,找到由头,提议把下次约会地点定在他的轮船上。他说,你们肯定没见识过我的夏昌号轮船,忙时载货,闲时游玩，那也是我的大本营，我要让你们开开眼。田毕雯强睁着眼，大着舌头表示坚决同意。不同意很难顺利走脱，田毕雯佯醉意不醉。冯蔚叫苦不迭，他可以预见，照这个形势，以后田毕雯还会参加郑老六的局，如果自己不在，她一个人很难抵挡郑老六的攻势，而他不可能每次都在，或者说，郑老六也会想方设法让他不在。那是后话，但冯蔚现在已经有无力感，一切正在发生，而他无法阻止。

冯蔚把田毕雯放在出租车后座上，刚还手舞足蹈的田毕雯瞬间不省人事，并且吐了冯蔚满身。冯蔚揉着田毕雯的太阳穴，她渐渐有了动静，嘴里嘟嘟囔囔，隐约能听出来，她讲的是一个个悲伤的故事。冯蔚想，她刚才吐的是酒，现在她吐的是一个单身漂亮姑娘、九线演员的苦楚。

田毕雯在呻吟，那种难受，冯蔚了解。为避免呼吸不畅，他把田毕雯的脸摆正，他看见了她虽然烂醉如泥仍然俊俏的模样，她躺在他怀里，那是一种从未有过的体验，没有哪个女人对他如此毫不设防过，那一瞬间足以打动他。而且她还叫着他的名字，叫得他心乱如麻，他不可怜她，是心疼，他更感觉到自己的无助渺小，把责任揽进怀里，像揽着她一样，他说："把不愉快都倒给我吧，还是因为我不够好，但凡我有足够的能力，怎么会觍着脸带你去参加鸿门宴，说是护花使者，全程都只能眼睁睁看着，而无能为力。"说完这话，他没注意到田毕雯淌下了眼泪，她含混不清地说："隔行如隔山，你不用有这样的能力，你有这句话，我就能上山下河，披荆斩棘，在所不惜。"

田毕雯的脸柔软温润，冯蔚真想狠狠亲一口，但他认为这个时间段，那不是勇敢，是乘人之危，是不道德，也无成就感，他想，总有一天，他要直视着她的眼睛亲上去。这是正常的生理冲动，但他没想到，这个机会来得那么快。

冯蔚把田毕雯背上楼，开了房门，送到床上，脱了鞋子，盖了被子，倒了白开水，全套功课做完，转身离开时，田毕雯却满血复活，一把从后面抱住他，从后面抱不解恨，又挪到了前面，脸对着脸了。田毕雯眼神热辣，鼻息吹到冯蔚脸上，他大脑空白，浑身酥痒难耐。作为一个男人，各项功能指标良好，他当然想过要得到她，但没想到就是现在。他不标榜自己多正人君子，一位漂亮大姑娘奔放地摆在终日不近女色的他面前，不可能还瞻前顾后、举棋不定，不可能还在思索是否应该注意形象注意影响，甚至是不是应该向李海疆作个汇报，这是他登上武江舰之后，唯一一件不需要让组织掺和其中的事情。相反，他的反应务必要比一般人更直接、炙热和强烈。

但在嘴封住嘴之前，他认为有必要有一场对话，因为他们远未达到只靠眼神就能完全领会对方情感逻辑的程度，郑老六都摸过她的大腿，他连手都没摸过，既然是谈恋爱，不是交易，总需要一个过渡，才名正言顺。

虽然激动得嘴挂不上挡，但冯蔚结结巴巴也要发言："你是清醒的吗？如果你还在醉酒，我算违背妇女意志。"

"你能不装吗?"田毕雯对冯蔚此时一步一个脚印的作风表示深恶痛绝。

"这么快的吗?"冯蔚嘴上冰清玉洁,手上的动作没敢怠慢,紧紧抱住了田毕雯,其实他生怕她反悔。

田毕雯说:"快?别以为我不知道,有的人喝多了迷糊,我喝多了听觉、嗅觉、视觉整体提高好几倍哩,我感觉你的口水几乎快滴到我脸上了。"

冯蔚说:"是嘀,月黑风高,孤男寡女,干柴烈火,不发生些什么,于情于理、于动物本能都说不过去。"冯蔚像在给自己加油助威,大有擂鼓开征的气势。但他嘴上万马奔腾,手上却像得了帕金森,问道:"你不会后悔吧?"这个问题让人笑掉大牙,这个时候的冯蔚还像在做笔录,认认真真,一板一眼。

田毕雯豪气十足:"来啊,动手吧。我们都是强者,强者会惺惺相惜,所以没有人吃亏。"

冯蔚的手哆哆嗦嗦地往上移,眼看就要冲破界限,又来了一波自我否定,他说:"到底是因性而爱,还是因爱而性?"他和章梦佳的感情就是因为没规划好,两败俱伤,作为一个舰艇上的人,谈一次恋爱,耗费的心血远多于常人,所以冯蔚的谨慎情有可原。

田毕雯说:"我们之间竟然能有交集,这种情况少之又少,职业毫无关联,性格云泥之别,成长环境迥异,观念上肯定有不少分歧,所以实话说,当然谈不上多爱你,而且,你这憨直的性格,哪个傻妞会看上你,毕竟没有外在的内在,很容易被忽略。哪有谈恋爱也这么规规矩矩的，如果按照教材来就能搞到对象，世界上还有光棍一说吗？"

田毕雯的话让冯蔚羞臊，他平时执法中先下手为强的气魄丝毫没有在床边体现出来。冯蔚听得懂田毕雯的意思，她在教他这个时候不能太理智。

冯蔚还在作思想斗争，田毕雯看不下去了，佯装想挣开他的怀抱，这下冲散了冯蔚的顾忌和束缚。人性使然，甲上赶着，乙却撑着不走打着倒退，等到甲要拒绝了，乙却倏然生出危机感。

但女人和男人是有区别，田毕雯体内的酒精也随着汗液挥发干净了，那时候她的大脑变得异常清晰，智者不入爱河，入了爱河的女人在那个时段也是智者，那时她像个科学家，她不求冯蔚懂得事情的起因和经过，只希望他明白他享受到的这一切并非凭空而来。

田毕雯说："男女之间，不爱，也可以如此，爱，甚至可以不必如此，但是今天我就想给你，想让你看看，女人如果想让一个男人得到，到底是什么态度。不想让人得到，又是什么态度。我用贞操，证明我的贞操，能不能洗刷清白。"

如此付出代价证明自己，犹如舍生取义，田毕雯这么做了。冯蔚消化着田毕雯带来的感动，他在田毕雯的眼中也见过这样的感动，是他在她意识不清的时候，一心照顾，未起邪念，她不经意地朝他一瞥，他下意识的举动，给了她最大的慰藉，让她可以放心地把自己交给他。那时候，他们都明白爱的起源，并不是拼命展示自己的美好,而是在彼此面前不由得高大起来的瞬间。那就像沙棘破土而出,对万物生长有了更敏锐的感知。

田毕雯说:"你还敢有意见吗?还对我在郑老六那里的表现耿耿于怀吗?"

她把最珍贵的东西给了冯蔚,冯蔚不能得了便宜还卖乖,他说:"那是逢场作戏,但我还是认为这样的戏能少则少,不是对你的责备,而是对未来的希望。"

田毕雯作出承诺,必然拿捏好分寸,那是一条不归路,上了贼船,想下来可没那么容易了。

她说:"你是和船打交道的,以后我这艘船驶向何方,你要格外用心了。"

尽管李海疆命令冯蔚自由活动,但冯蔚不愿把每天的例行性工作让别人代替完成,与田毕雯再难舍难分,也要先回舰艇。从田毕雯的住处出来,冯蔚春风得意,走路都轻松了许多,不由哼起欢快的歌,一个与浪漫不沾边儿的人,只需要一个夜晚,就变得诗意了,那是热恋的功效。一路上,他满眼桃花,心神荡漾,给田毕雯发语音不止,他说:"今晚天边明明有皎洁的月亮,银盘一样挂在那里,我却感觉大雨声由远及近,快要打湿我了,再听时却什么都没有,仔细一想,是我对你的思念滚滚而来,心里大水漫灌。"这种话,以前刘岸倒是有可能发挥出来,刀架在冯蔚脖子上,他也断然说不出来的,但现在他觉得远远不够表达自己的心境。

田毕雯回复得很快,应该是也毫无睡意,她回:"我透过窗子望出去，黑漆漆的，但也看到了如火的天空和漫天的云霞。"田毕雯的文艺是与生俱来的，和她从事的工作不违和。

回到舰艇上，明明要在签到簿上写下自己的名字，却看着白墙傻笑了起来，又忍不住与田毕雯分享心得："我心里装着你，我看墙，墙上也盛开了漂亮的花。"

田毕雯回："年度最佳情话。"

冯蔚回："这样的话，看见你就能自然而来，所以第一著作人是你。"

田毕雯回："有一天，希望没有分别，我们一起去一个不需要这么对不住自己的地方。"

既然够文艺，她一定有向往的净土，冯蔚想当然地问："去哪里呢？新疆？青海？西藏？"

田毕雯回道："并不是地理上的位置，而是心里的位置。如同磕一个长头，五体投地的那种，我们这么看着就好，从对方的眼睛里就如同转了一趟神山，是冈仁波齐，还是卡瓦博格，也不那么重要了。你什么时候再来？你若不来，我看见水杯上掉下来的水珠，都像我的眼泪。"

冯蔚回："从现在起，我又是一个有血有肉的人了，我不只是为了一个抽象的精神图腾而活，有了具象的你，这太神奇。"

田毕雯从不乏追求者，对无感的人，一句刻意的问候也肉麻不已，而今天，两人的对话再不食人间烟火也很受用，她不认为这是恋爱脑，没有这个过程才是人生一大缺憾，但人们在美好境地中总觉虚幻,会担心是南柯一梦,毕竟这样的经验往往与真实的生活存在落差,有人说细水长流才是长久之计,所以一旦在乎起来,就患得患失。

田毕雯回:"我们这样会不会太油腻了?突然让我想起了郑老六,不是想起他的优势,而是他也张嘴闭嘴谈知己,不知道对多少人说过,但说起来便以假乱真,你以后不会成为他那样的人吧。"

"油腻猥琐男喜欢用'红颜知己'证明自己的品位,以便把'耍流氓'粉饰得崇高和纯粹,他们已经把'知己'这个角色玷污了、搞臭了,我得给它正名,给它做人工呼吸……"冯蔚义愤填膺,俨然净化爱情的使者。

他们情话有来有往,没完没了,那时他更能体会刘岸与顾澜的不易。在刘岸睡过的舱室里,冯蔚告诉他,终于苦尽甘来,我找到爱情了,正是那年中秋让我们出了大糗的姑娘,现如今阴差阳错,她却让我笼罩在荣光里,做梦也想不到,一定是冥冥中,你给了我无尽的祝愿,为我铺设了道路,牵线了这段情缘,我想,这件事你比我还先知道,但我还是要和你分享我有多快乐。

以强大意志力著称的冯蔚被田毕雯轻而易举融化了,他一直处于兴奋中,而且他认为只要好好经营,这种状态是可持续的。他脑海里已经有了远大的规划,将来与田毕雯双宿双栖,是他宏伟蓝图中的重要组成部分。他还认为,海上逃生归来以后,再不会有比之更大的难题需要他去解决,或者旁人眼中的大事在他眼里自然而热地变成小菜一碟。天时地利人和,他只管阔步前行,全世界都会为他喝彩。然而这显然不是他的宿命。

在他们最浓情蜜意之际，情况陡然出现变化。田毕雯回完一条语音后，戛然而止，任凭冯蔚如何呼叫也一声不吭了，这如同把冯蔚的心架在火上炙烤。他手上翻着案卷，脑海里不停作出假设，比如这是田毕雯的小心眼，既然她懂得吊郑老六的胃口，又怎么不会吊一吊他的胃口，以防得到了就不珍惜了，网上有不少不怀好意的恋爱教程，教人如何处心积虑拿捏对象，或许她是受了那些污浊东西的启发，故意押着他，但冯蔚当即又否定了这个想法，刚刚相互间建立的信任，不能如此不堪一击，顷刻瓦解，就算她熟谙掌控心理的技巧，那也不应该是现在，否则也太残酷了；他也在想，是不是田毕雯突然有了来之不易的演出任务，没时间和他打招呼，而且现在很多场合不让用手机，不方便可以理解，但半天时间已过去，饭要吃，厕所总要上，马拉松也能跑好几个来回了；他还在想，是不是郑老六贼心不死，正纠缠她，她失去了自由，难以脱身……设想被一一排除后，冯蔚也有自尊，他一会儿想，既然不搭理我，我也不低三下四，感情应该公平，岂能卑微，一会儿又想，我是男人，照顾她天经地义，跟她较劲，以此获得更多主动权，太小肚鸡肠了。

一个大浪翻涌而来，扑在武江舰上，水花四溅，像开了锅。冯蔚把手上的工作交给彭敖，狂奔向田毕雯的住处，而她家房门的锁被破坏了，里面一片狼藉。

# 第二十六章

理想在潮涌之中润泽,现实在潮退以后干涸。欲望有多么可观,生活就有多么难堪。

窗子洞开,白色窗帘起舞,像一面挂在树上的风筝,升上天空或者掉在地下都会留下瘢痕。那里没有明媚的光线,他们在此营造的温暖也被寒风侵蚀了。冯蔚站在门口,脑袋嗡嗡响,大海上有无休止的风浪,而这人间有千奇百怪的声音混作一团,争先恐后地往他的耳膜里钻。

冯蔚打开随身小手电,脸贴在地板上,随着光照望过去,看见杂乱无章的鞋印,那不是女式拖鞋留下的,这里不止一个人来过了。昨天晚上田毕雯打开衣柜取睡衣,当时冯蔚无意扫过一眼,凭记忆,他认定衣柜里没有被翻动的痕迹,说明田毕雯都没来得及换衣服。地上还有打碎的茶杯、花瓶以及散落的绿植。独居的漂亮姑娘、抛头露面的演员、安保差劲的小区……冯蔚开动脑筋，以求发现更多有用的线索。突然身后有人拍了他的肩膀，他一个过肩摔将那人撂翻在地，三两下反剪了双手，死死控制住。

"别动，干吗的？"

"我问你干吗的？有大病吧！"那人的声音比冯蔚还响。

"这家人呢？"

"救护车拉走了。我是对门的，你赶紧松开我！"

确认身份，一场误会，冯蔚连连道歉，询问田毕雯被拉走的原因，邻居说田毕雯上吐下泻，几乎晕厥，我下楼梯时听见她房间有异响，踹开门看见她躺在地上，帮着叫车，送到医院，现在回来替她修门，一片好心，却莫名其妙被揍了一顿。冯蔚懊悔不迭，表示改天专门负荆请罪。好心人也自然大度，没有纠缠他。

知道田毕雯只是食物中毒，冯蔚稍稍心安。他赶到市医院，那里人满为患，连下脚的地方都没有，病房全住满了。他还不知道，这是一次大规模的食物中毒，不光市医院，宁水好几家医院都是这个情况，启动应急预案仍捉襟见肘，连一些私人小诊所都挤满了人。冯蔚是在消化内科吵吵嚷嚷的走廊上找到田毕雯的。她独自躺在靠近安全通道的一张铁床上，身边没有照料的人，医护人员虽多，但病患更多，已严重超负荷了，不能兼顾到每个人，田毕雯脸色铁青，嘴上还残留着秽物和白沫。看得出，周围的病人都是一个症状，有的正在剧烈呕吐，有的大小便失禁，空气中弥漫着酸腐的味道。

药液点点滴滴流进田毕雯体内,她还是那么美,病倒了也不像落英,而是亟待绽放的花儿,冯蔚呆呆地看着她,尽管人潮拥挤,遍布杂音,但只要她在,她就有让他平静下来的能力。过了一会儿,她醒了过来。冯蔚问她吃了什么,她说从郑老六会所回来再没进食。冯蔚来到护士站,查看了病员分布栏,上面果然也有郑老六的名字。显而易见,食物中毒和昨晚的饭菜有关,但不是郑老六有意为之,不然他自己不应该也中了枪,他和田毕雯第一次见面,下迷药也不会下毒,没有动机。冯蔚之所以没事,是因为田毕雯不得不对郑老六夹给她的牛肉表现出浓厚的兴趣,津津有味,大快朵颐,连嚼不烂的脆骨也咽下去了,还举着大拇指夸赞那是这辈子吃过的最美味的进口食品……田毕雯捧郑老六臭脚的行为让他胃口全无,桌上的菜,一口没动。现在想来,真是歪打正着。

群体性中毒非同小可,严密的排查行动铺天盖地,北京方面派来检验检疫团队展开调查,疾控中心很快公布了化验结果,宁水市卫生健康委员会召开新闻发布会向全社会通报情况,病人都食用了同一家市场购买的牛肚、牛筋、牛胸脂肪等变质冻品。

事不宜迟,海警局孙颜立下军令状,调遣全区海警,迅速查清了这批冻品属三无产品,是走私入境的。落地数量保守估计也有三千余吨,除库存的还未流入市场,已经卖出去了千吨左右。商家接到这批货后,利令智昏,对来路心知肚明,仍八仙过海各显神通,大部分商家选择低价处理,少部分胆子大路子广的商家竟然还加了精美包装,混在高档进口产品里,使其摇身一变摆上高价柜台，所以这次中毒的人群中既有寻常百姓，又有郑老六这样的倒霉蛋。

宁水的重大食品安全问题，扰乱了市场秩序，一时间肉价暴跌，养殖企业一夜之间倒闭无数，养殖户闹翻了天。

从个体商贩，到市场管理处，再到港口，海警追根溯源，顺藤摸瓜，一艘名为"宁运号"的大型货轮浮出水面，进入视线。孙颜命令武江舰启航追踪，务必将宁运号货轮押解至宁岛港码头。

冯蔚和彭敖等执法员的幸福时光刚过了两天就被召回执行这项任务。冯蔚安顿好田毕雯，应声而来，很快进入角色，但彭敖很排斥，他认为舒服的日子太短暂，还没享受就结束了，极度煞风景，他是气呼呼回来的。

李海疆通报了案情，听到"宁运号"三个字，谁也没发现，彭敖一直黑着的脸唰地变绿了，他犹如被晴天霹雳劈中，眼前阵阵发黑。案情通报结束，大家分别走向各自的岗位，彭敖一出门就瘫坐在地上，冯蔚正在他身后，赶紧把他搀扶起来，问怎么回事，他死活不说。冯蔚权当他这两天彻夜狂欢，透支了身体，交代了几句也没继续过问。

武江舰鸣响汽笛，即将拔锚出航，按照作勤值班室提供的定位，驶向宁运号货轮。彭敖眼前是翻腾的浪花，心里的涌浪也一阵强过一阵，他难以正常呼吸，他猛力捶打左胸，想要透出气，却不能如愿，因为此时他心里藏着一个天大的秘密。海上一望无际，却如万朵愁云堵住他的去路，他面临着一个生死抉择。

彭敖之所以对"宁运号"异常敏感，是因为这艘货轮正隶属于他父亲彭国友的公司。那是他家最大的船，每当彭敖心情不悦或遭受挫折，一想到家里有这么一艘船在给他撑腰，他的底气就能足起来，有恃无恐。然而，现在这艘船竟涉嫌走私，这相当于他的精神牌坊轰然倒塌了，不仅如此，他曾拥有的一切都将烟消云散。

彭国友什么时候开始走私，之前的财富是否也是靠走私积累的，彭敖对此一无所知。如果彭国友是惯犯，或者披着合法的外衣，干了多年不法的勾当，那么，彭敖当海警，也是他布的局。

彭敖掏出手机，屏幕光照着他惶恐的脸，只需要一手指头按下去，他就可以拨通父亲的电话，彭国友得到他的消息，就能开溜，时间上绰绰有余，想去哪儿就去哪儿。可如果他不打这个电话，财富将化为乌有，从小到大被人唤作"公子哥""富二代"，将成为笑柄，他的父亲将锒铛入狱，被钉在耻辱架上，还可能被塑成跪着的雕像放在景区门口，任人唾骂。

可供彭敖考虑的时间不多了，只要武江舰驶出宁岛港，舰艇上的信号屏蔽系统就随之运行，到时除了专用的雷达卫星信号，其他通信方式一概失效。他的手像装了电动马达，剧烈抖动起来，一不小心碰到了拨号键，他惊慌不已，飞速挂掉，他是经验丰富的侦察员，最清楚通风报信、串供、对抗审查的后果，如果宁运号货轮只是替罪羊，父亲也不是头号幕后主使，或许只需要承担次要责任，他一个电话，会毁掉所有。再推及自己，家里出了这么大的事，不知情、未参与，最多引咎辞职，如果有牵连，性质则完全不同了，必将鸡飞蛋打，万劫不复。

多年来，他虽没有傲人的战功闪耀的光环，但始终有边界，沿着一条笔直的线路前进，与罪恶势不两立，将邪门歪道的人绳之以法，而现在他正站在向左向右的岔路口。一边是巨大利益和至亲安危，一边是头脑中的高压线和度量衡，这种条件下，没有人能做到潇洒自如，反而令自己更加骑虎难下，眼睛都充血了。他眼里的世界依然辽阔，他还身处功勋舰艇之上，他的身份还代表着正义，只要他愿意，头上的日月星辉丝毫不减，可是能把人摧毁的从来不是磨难，而是落差。他不得不向众生祈求，谁能快速作出决断，谁有这方面的经验，谁能给我出个主意……就连大海都沉默不语。

不经意一瞥，他看见了铁锚，随机生出一个念头，算作保留曲目，也是最绝的一招，就是把那个铁块块绑在身上，从武江舰上跳下去，三十多岁的年纪就画上了句号，不必再面对此等煎熬，世事纷扰都将成为过眼云烟。

当他一步步走向铁锚时，冯蔚出现在桅杆的阴影里，问道："马上就出发了，你在干什么？"

彭敖说："不用你管！"

冯蔚看出了他的不正常："出什么事了？你相信我吗？愿意告诉我吗？"

彭敖绷不住，哇哇哭起来了，他说："我爹都不能信，我连自己都不信！你信不信？"

冯蔚不知道他何出此言，但读得懂他的万念俱灰，说道："看不到希望，并不说明只剩下了绝望，就算走投无路，就算信念全无，也别急着自我了断啊，支撑你生活下去的还有本能，还有命运。我有发言权，我是死过的人！"冯蔚近乎喊叫。一个死过的人现身说法，告诉他这么死太扯淡，让人笑掉大牙，这是全新的体验，不得不让他重新思考死去的意义，他一时不知所措。

彭敖看了看表，距离武江舰开动的时限快要到了，舰艇上的准备工作皆已就绪，除了他俩，人员各就各位，他和冯蔚的位置并不算隐蔽，集成监控前的值班人员稍细心一些，就很容易发现他们。启航前的铃声响了第一遍，他不再彷徨，他下定了决心，因为他的荣华富贵、他自打产生离开武江舰的想法之后就挂在嘴边的常存思想深处的对自由的渴望、他随时享受着的社会上那些男男女女的追捧，很快都会化为泡影。由奢入俭难，往后的日子是灰色的，是比舰艇上枯燥生活更让他无法忍受的凄惨，他退无可退，所以打定主意，奔向护栏，只需纵身一跃，便不必面对纷至沓来的悲凉，可以维持住他的光鲜，让生命的记忆停留在富足安逸的每一刻。

冯蔚眼疾手快，箭步冲上去，阻止他一意孤行。精神失控的人，要比背水一战的人还疯狂，那时的彭敖豹头环眼，力大无穷，和冯蔚激烈拉扯，冯蔚任凭他脚踢手撕牙咬，顷刻间颈部脸部伤痕密布，但他死不松手。他们都发出极限角力时才会有的发自胸腹的声响，那胶着的令人汗毛直立的声响被启航的汽笛遮住了。

彭敖想逃，逃出他所认为的炼狱，既然是逃，名不正言不顺，内心虚空的成分占据了主导地位。且不说冯蔚代表正义，他就站在光亮处，每一道光线都是他的盟友，所以阳刚一定能将暴戾倾覆，所以彭敖率先体力不支，被制服在船舱里。

"撒开，撒手，你别管我！"彭敖像一条刚被钓上来摔在地上的鱼，以为拼命挣扎就还能回到水里去。

"不想让我知道也没关系，用不着去死啊，你知道多少濒死的人想活下来，不管漂到哪里，不管活成什么鸟样儿，活下来就心满意足了。"说完这话，冯蔚泪如泉涌，啪啪地掉在彭敖脸上。彭敖没见过冯蔚这么哭，他以为冯蔚是为他而哭，是见不得他这样对待自己，其实他不知道，面对一个死活不听劝的人最多是惋惜，万万不会感动。冯蔚是在这一瞬间，想到了刘岸，想到他当时快晒成了"人干儿"，都没轻言放弃。他像一根杂草，占不了方寸的空间，却仍然不被世间所挽留，如果他那种精神真能够感动上苍，给他哪怕一个小小的容身之所，现在，冯蔚也不会痛哭流涕。再看看彭敖，有着端正的五官，却让他觉得十分丑陋，有着一身的蛮力，却传递不出一丝能量。

彭敖当然感知不到冯蔚的想法，他只知道当失去大大超出心理预期，活着就成了负担。他倒不如从一开始就穷困潦倒，就比如冯蔚这样的人，起点低，目标也不高，把眼前事眼前人看得无比重要，所以李海疆随意的一句鼓励的话，都能让他上紧发条，发起新一轮冲锋。

铃声响了第二遍，彭敖看到他的手机就在两米开外的地方，屏幕亮起来了，竟是彭国友打来的。爷俩真是心有灵犀，可能彭国友也在心神不宁，其实彭敖只要接起来，说句"快跑"，武江舰必然扑空，他这个阔少爷就可以继续当下去。但那时，他不仅看得清手机，周遭的一切都成倍放大了，尤其是冯蔚的脸以及因他而来的伤口，殷殷渗血。还有他的眼泪，如同那汪洋大海，大海可以把人淹没吞并，而他的眼泪散发着璀璨的光芒，像一座灯塔，随时召唤并迎接他的回归。全武江舰的人都小心翼翼地维护着冯蔚，绞尽脑汁让他走出阴影，而他又捅了大娄子，这让他于心不忍。

和人家冯蔚有什么关系，刚才却伤及了无辜，如果再从他眼前跳下去，岂不是又在他伤口上撒盐，他的老伤还未结痂。无论怎么沉沦，都不要让善良的人给你垫背，这是一贯自私自利的彭敖突然间想到的。

彭敖说："放开我，你只管走，就当没看见。你是功勋舰艇上的功勋人物，我一身毛病，原来引以为豪的东西都是镜花水月，连老底都不干净，你别惹祸上身！"彭敖因为冯蔚的压制，缺氧了，脸像紫茄子，但仍真心劝诫冯蔚远离他，好像他是一粒毒品，沾上就能毁一生。

彭敖的话已经说出了一半，冯蔚分析可能是彭敖家投资失败、家道中落了，这个怎么劝，冯蔚没经验。因为自己家从来就没起来过，一贫如洗何谈中落，这个层面的打击，他压根没资格去遭遇，所以只能围绕彭敖劝他撇清关系这一点找切入点。

冯蔚掐着彭敖的脖子，上下摇晃："你睁开眼看看，我们是一起的，打断骨头连着筋。刘岸走了以后，我之所以还有勇气留在武江舰上，就是因为还有你们嘛！我不怕睹物思人了，不怕有更大的风险和威胁在前头等着我，只怕你们之中再离开任何一个，那眼睁睁看着兄弟死去却无能为力的滋味，比刀割还难受，我承受不起第二次，你懂不懂？"

彭敖被掐得脑部供氧不足，提前领略到死亡为何物，那滋味太不好受。但这个时候他又有了新发现，他想不到冯蔚的反应会这么大，如果换作是他，喊上几嗓子，把其他人叫来，一起对付他就可以了，但冯蔚没有，他不光救他，还要维护他的尊严，这不是随便一个粗枝大叶的老爷们就能做到的。以前在彭敖眼里，冯蔚虽然优秀，但他并没有真心看得起他。冯蔚喜欢表现，爱出风头，不过是穷怕了，被人当枪使惯了，绞尽脑汁要出人头地，干什么都是有目的。李海疆是管理者，正好需要一个这样的人来引领风气，以达成不费吹灰之力坐享其成的效果，他们并没有多高尚，都是一颗有价值的棋子罢了。但现在冯蔚在不被关注的角落仍然保持着一片丹心，对一个关系并不亲密的人，也发自内心地珍惜，这让他羞愧不已。因为冯蔚不过是对正在发生的一切倾注了全部的情感，彭敖做不到，以为他也做不到。

试图以谈感情的方式让一个一心求死的人回心转意，几乎等同于冒傻气，但冯蔚不遗余力。他想，如果彭敖还不接受，他只能把他勒晕，扛到看守室去，等任务结束，再来收拾残局。想到这里，冯蔚要裸绞彭敖。可在此刻，在武江舰正式起航的最后一刹那，在手机屏幕即将熄灭的瞬间，彭敖说："你松开吧，我保证不动。"

冯蔚半信半疑地放手，又不敢完全放开，手掌还摊开在半空，以保证彭敖始终在触手可及的位置。

彭敖没有食言，他坐起来，目光空洞地说："完了，全完了！"

"什么完了？"冯蔚很诧异。

"宁运号是我家的船，我们家要完了，我也完了。"彭敖一句话说清楚了，冯蔚大吃一惊，也一屁股坐下了。心说，难怪反应那么大，按照一般人的理解，他家的资产够别人家赚一百辈子都不止，所以死一百次也不多。

良久，冯蔚说："过早下定论太不成熟了，家里的事，你知道多少？"

彭敖说："我只知道要钱与花钱。"

冯蔚说："宁运号货轮归你家公司不假，是叔叔亲自管理运营的吗？如果不是，你岂不是白作了？"

彭敖说："如果就是呢？"再缺乏感情交流，也还是父子，彭敖深知父亲的特点。他白手起家，野心大，敢冒险，结合之前种种表现，因此判断就是父亲所为。

"那还要查清从什么时候开始的，走私额有多少，上线是谁，构成什么罪名，扣押后，他还需要你的鼓励，需要你帮助他争取宽大处理，这些问题都不考虑进去，枉当侦察员这么多年！对别人的问题明察秋毫，对自己的问题如坠烟雾、茫然无措！"冯蔚说。

彭敖还在犹豫，冯蔚说："我知道你看不起我，也瞧不上我们现在的工作，你一路都在逃避，成了习惯，但你要对得起自己。你是聪明人，聪明人应该知道不能选择出身，但可以选择归宿；不能选择走留，但可以选择直面当下；不能选择谁会出现在你的生命里，但可以选择用什么姿态迎接他们的到来！"

"走，快点儿走还能争取到更多主动权！"冯蔚提到了聪明，于是彭敖的聪明恢复了。

"往哪儿走？"冯蔚心有余悸。

"找舰长，老子出错，儿子不能再犯糊涂。"彭敖直奔舰长室。这转变之快让冯蔚震惊，一时间两人的状态好像调换了，彭敖的脚步铿锵有力，冯蔚尾随在左右，抓耳挠腮，像护送彭敖去取经的猴子。

冯蔚难掩喜悦之情，说道："你考虑清楚了没有，要不要再考虑考虑？"

彭敖看都不看他一眼："舰艇已经离开港口，通风报信是不可能了，有你这个跟屁虫，死又死不成，还考虑什么？没得考虑了！我是被逼的，被逼着上大学选专业，被逼着上舰艇，被逼着结婚生子，现在又被逼着去揭发亲爹，没有一件事是自己决定的。"

冯蔚说："不，你如果没想明白，还有很多机会动手脚，比如登临宁运号货轮之后，比如叔叔被羁押以后，你还有很多便利条件。"

彭敖停下脚步说："不了，你刚才说我看不起你，其实在这艘舰艇上，真正被大家看不起的是我，你们夸我捧我赞我，不过是因为你们觉得这种人不多见,很有趣。我自命清高,恃财傲物,不愿和你们在一个频道上,生活条件高于你们,便认为思想境界也远高于你们,别以为我不懂,其实我就像动物园里的一只狗熊,好吃懒做,使性子,耍脾气。你们非但不会生气,反而更稀罕,这符合逻辑,看客怎么会和一只狗熊置气……"当家财即将散尽,彭敖幡然醒悟,最在意的东西往往会成为最锥心的存在。

冯蔚否认:"我不知道怎么解释,但一定不是你想的那样。"

彭敖说:"不用解释,让我慢慢消化吧。"

冯蔚看着彭敖走进李海疆的房间,默默地说:"希望以后你不会怨我,祝你好运……"


武江舰加速,行驶了大约五十海里后,发现宁运号货轮,宁运号货轮上的人都很清楚捅了多大的娄子,知道大势已去,没有逃窜,在近海,逃窜只会引来更多的舰艇,丢更大的人。李海疆将执勤报文报值班首长孙颜,命令武江舰成员登临。

登临打头的人员竟然是彭敖,他登上自己家的宁运号,充当了向导,见到了自己的父亲。当执法员要给彭国友戴上手铐时,他提出的唯一一个要求,是亲自给他戴上,像他小时候,父子玩警察抓小偷的游戏,他们都知道怎样反剪对方的双手才不会导致疼痛或者脱臼。

彭国友还不到六十岁,已是满头白发。他走在彭敖旁边,说道:"事情是我做的,既然他们找上门来了,必须承认,但我没有利用你。或者利用了你，你也毫不知情，从最开始，就没想让你牵涉其中。"

彭敖一言不发，他不能说话。靠近宁运号货轮之前，他从李海疆办公室出来，就给自己定下了规矩，一概不问，一概不说，他只是看着瞬间老去的父亲，眼中藏着万千感慨。涉及近亲的案件是要回避的，登临宁运号之前，彭敖主动要求李海疆隔离自己。李海疆说，那是脱裤子放屁，你如果能威胁到办案进展，你就不会走进我的房间。李海疆没给彭敖作任何指示，对待他的态度，看不出和之前有任何不同，彭敖热泪盈眶。

冯蔚等人将宁运号货轮以及船上的一百多名船员押解至宁岛港码头。在审讯室门口，彭国友读得懂儿子的怨，父子要分别时，他说："多年来，我踩着红线，捞着偏门，最清楚财富从哪儿来，它们越积越多，而我对法律的忌惮也越来越深，我痛恨这样生活，又不得不鬼使神差地继续下去。被抓是早晚的事儿，也明知道一切都是海市蜃楼，但在此之前，又不可能放得下，那种滋味比身陷囹圄还难受。所以，不要怀疑，没有一个当爹的，会教唆儿子走上连自己都痛恨的老路，当年送你上舰艇，是真心希望你去做一个堂堂正正的执法者，做一个与我截然不同的人。"

彭敖忍不住问道："那你为什么偏偏让我选海警？但凡选个别的职业，也不至于今天咱们父子以这样的方式相见。一个执法者，一个阶下囚。"

彭国友说："就像田鼠仰望雄鹰，落叶羡慕飞花，人们也一样,想要达成的愿望往往与熟悉的人和生活有关。每天待在海上,打交道最多的就是海警,我们经常在海面上相遇,尽管我的货轮要大上很多,是居高临下地看着他们,但总感觉舰艇像一颗穿云破雾的导弹,指哪儿打哪儿,体内蕴涵着强大的力量,他们的旗帜像一轮火红的太阳,海上只要有太阳,风暴就不敢来袭,那是安全的象征。你加入了他们,就和我泾渭分明了,就能完全得到庇护。"彭国友为彭敖构建了一座理想王国,而他没有思考这样分明的对立,会给彭敖心里带来怎样的阴影。好在有李海疆和冯蔚的疏导,才让他在关键时刻避免坠入深渊。

两天后,由于彭国友的高度配合,案件取得突破性进展。首先,宁运号货轮对接的上线浮出水面,正是康迪集团的海岩号,海岩号完成这单生意后,一刻也没敢多逗留,火急火燎地驶出中国海疆。

康迪集团全员静默,不敢轻举妄动,海岩号却兴风作浪,其实早有端倪。周边各国海上走私活动猖獗,唯独专注中国市场的康迪集团悄无声息。康迪耐得住寂寞,但他的手下不都是有底子的人,养家糊口也好,鬼迷心窍也罢,各色人等,总有冒泡的,其中最蠢蠢欲动的就是海岩号船长诺卡。此人好色,近来又嗜赌,康迪下令停船后,他放飞自我,要么徜徉于三宫六院,要么就在赌桌上,短短一个月就败光了积蓄。没有钱,度日如年,诺卡打起了单干一票的主意。

希尔向康迪汇报过诺卡的情况，康迪担心他坏了集团的大计，想杀人灭口，被希尔挡了下来。毕竟诺卡只是在逞口舌之快，并没有擅自行动，没给集团造成实质性的损失，此时做掉他，难以起到杀鸡儆猴的作用，还有可能引起各船的不满，得不偿失。于是康迪决定先留着他，派人盯紧了他。

但诺卡并未预知凶险，或者他明知康迪的残暴，但与入不敷出的窘迫相比，一切都不在话下。手底下还有一群阿猫阿狗嗷嗷待哺，他选择把康迪的话当成耳旁风，主动联系老客户，私接了一单冻肉生意，驶向深海。海岩号是万吨巨轮，它的周边聚拢起大大小小的千吨以上的走私船，这些船是走私链条上的最后一环，下家中的下家，他们与海岩号在深海上完成交接货，其中就有宁运号货轮。

暂且不提海岩号走私的事很快露出了马脚，被康迪逮了个正着，诺卡被抓回去后就处死了。那些满载冻品的其他走私船在驶入中国各大港口前均被查获，宁运号却成为漏网之鱼，顺利过关，这里面暗藏玄机，如果不是群体性食物中毒事件的暴发，宁运号至今都会安然无恙。

宁运号货轮能在层层关卡下把走私冻品运上岸，彭敖没有提供任何帮助，但要说毫无联系，也不严谨，因为一周前，宁运号货轮进入海警舰艇巡逻范围时，正值武江舰兄弟舰艇武云舰当班。武云舰执法组组长鄂非是彭敖的大学同学，与彭敖关系铁，与彭国友关系更不一般，但这件事彭国友知道，鄂非知道，只有彭敖不知道。

彭国友能和鄂非结识，是碰巧的，源于一次正常登临查缉，并没有人牵线。半年前，宁运号装了一船农产品过关，那次手续是齐备的。不难理解，是彭国友的障眼法，偶尔要干几单正经买卖，不然一艘大货轮常年没有纳税，经不起推敲。担负登临排查任务的正是鄂非，他性格外向，每次登临货轮都喜欢和船员拉拉家常，见鄂非这么好接触，彭国友乐不可支，以前的关系人因为受贿锒铛入狱，现在急需发展新的关系人。正求之不得、焦头烂额之际，鄂非送上门来，就像天上掉了馅饼。彭国友见过风浪，目光毒辣，仅和鄂非打了一个照面，就觉得这个人可以"深交"。

"看到你就亲切，咱们是一家人，我儿子也是海警！"彭国友套近乎。

"喔？哪个局的？"鄂非很感兴趣。

"江淮海警局彭敖。"

"就是那个风流倜傥、自由不羁的彭敖吗？平常看似漫不经心，侦察办案却堪称一绝的传奇人物，出了名的天赋型选手。"鄂非很吃惊。

"过奖了，彭敖正是犬子，你们认识？"彭国友窃喜，感觉这就是上天安排的。

"何止认识，当年他就睡在我旁边，呼噜震天响，我没少半夜朝他扔枕头扔瓶子。我还得揭发他一个黑料，有一次这家伙梦游，把我的床头柜当成了小便池，大抽屉被他尿得满满当当，好悬没溢出来。我半梦半醒间还以为是下水管爆了。"鄂非讲得绘声绘色，两人开怀大笑，距离一下就拉近了。

鄂非说："我有快一年没见彭敖了，很是想念，不过看到您就跟看到他一样。真不敢想，海上货轮这么密集，还能遇见您，看来跟你们一家子都投缘。"鄂非说的是实情，虽然在一个大单位，但各有各的远航执法任务，一年半载见不着一面的情况再正常不过了。

彭国友说："我见他一面更难，我们之间交流最多的话题是打钱的数额。"

"幸福啊，我也想有个只谈钱的爹。"鄂非说。

彭国友看着鄂非的肩章说："你进步比彭敖快多了，这小子身在曹营心在汉，天天嚷嚷回家子承父业，我怎么会让他现在继承我，我干什么去呢！"

鄂非说："此言差矣，他嘴上那么说，暗地里使劲，舰艇上的工作一样没落下。"

彭国友谦虚道："他能吃几碗干饭，我心里有数。"

鄂非说："回头我就把这次神遇告诉彭敖，让他高兴高兴。"

彭国友说："不要告诉他了，这孩子有忌讳，生怕我跟他同事拉关系。"

鄂非说："理解理解。"

彭国友说："不过不让他知道，不代表我们就断了联系，要常来常往，撇开彭敖的关系不说，江湖规矩是老子儿子各论各的，咱俩慢慢处，老叔有好吃好玩的都给你预备着。"说话间，彭国友把鄂非拉到背人的地方，掏出早就备好的卡券往他口袋里塞，鄂非拒绝，彭国友说，你是小辈，不管当多大的官，管多大的船，在我面前也是孩子，就当这是压岁钱了。"

都是明白人，彭国友说出这些话，鄂非一听就明白他的用意，而且他还懂得彭国友所说的"好吃的、好玩的"可不止棒棒糖、摇摇车那么简单。

"全程录像中，请谨言慎行，对大家都好！"鄂非指指胸前的执法记录仪，一本正经，言辞铿锵。彭国友赶快收手，厚礼没送成，但对于接近鄂非，他心里已有几分胜算，因为他在鄂非脸上没看到愠怒和鄙夷，相反还有对于人情世故的把握，这和以前铁面无私的上纲上线的执法员迥异。多年来，几乎没有送不出去的礼，只有不适宜的时机和场合，彭国友的信心来自于他的宝贵经验，今天既然混了个脸熟，以后换个角度，不信没有挖不倒的墙脚。

鄂非完成对宁运号的检查，没发现问题，皆大欢喜，他还要查验其他货轮，匆匆告别。但这显然不是结束，有些关系，扭头就忘了，或者明明记得，也没有旧事重提、死灰复燃的必要。成年人的世界更多的是互不打扰，而彭国友牢牢记住了鄂非，他觉得有利可图，要打通这个关节，和鄂非建立常态化联系，以备不时之需。如何打开突破口，难不倒有心人，不过是付出代价大小的问题。彭国友的副手曾提出疑问，花费那么多精力财力，还被人手握把柄，担着风险，为何放着现成的彭敖不用，自己人多放心。

彭国友骂道："榆木脑袋，不可救药，你再不开窍，我考虑换人了。首先彭敖是普通侦察员，无权无势，而且他志不在此，对海上的事漠不关心，跟上级的关系也不紧密，别说钻营，就是正常社交都懒得维护。其次，我们那些事见不得光，他不介入最好，万一哪天出了问题，彭家还需要这根独苗。"彭国友心里的算盘珠子扒拉得噼啪响，他把风险转嫁到鄂非此类人身上，给自己留一线，说不上高明，但绝对够损。

打那开始，彭国友指派副手，什么活儿都不用干，还拿丰厚报酬，任务只有一个，专门跟踪研究鄂非，鄂非的老底被他们刨了个干净，在看似统统稀松平常的海量线索中，彭国友刁钻地发现了属于鄂非的那本难念的经。

鄂非结婚三四年，夫妻二人感情不错，工作都很稳定，唯独没有一儿半女，问题主要出在鄂非身上，当年他在化工燃料泄露的某港口驻守过很长一段时间，医院病历显示，他精子没有活力，基本失去了生育能力。小两口不甘心，做了人工授精，岂料女方的身体也有毛病，流产、宫外孕、早产夭折，折腾了好几年，要孩子的希望越来越渺茫，钱也全搭进去了。要不到孩子，大不了向丁克看齐，但现实不放过他们，鄂非三代单传，他九十岁的爷爷有老年痴呆，什么都记不住，偏偏记住了续香火的事儿，每天到鄂非家里催闹，如果不生儿育女，他就喝敌敌畏。逼死了老头，那是全家族的罪人，他们不堪其扰，身心俱疲，唯一的解决办法还是生。上海、香港的专科医院都去过了，专家给他们的答复是具备怀孕条件的，但价格极其昂贵，是否能承受，要好好考虑。

彭国友掌握了这个情况，一拍大腿，对副手说："不用考虑了，必须生！谁能想到，行贿有时也是行善，我们给他这笔钱，既救了老头，又创造了新生，两条人命，何乐不为。"

那天，鄂非和爱人因为生育的事大吵一架，灰头土脸地从家里出来。彭国友制造了一次偶遇，陪鄂非喝了顿闷酒，临了告诉他，我知道你的难处，我可以帮你。不为别的，就因为你和彭家有缘，就冲你这个人。

对于彭国友的话，鄂非没太往心里去，以为只是客套，毕竟这年头画大饼、瞎许愿的情况比比皆是，但当晚刚回到家，卡里就收到了一大笔钱。鄂非第一次见那么多零，吓得一激灵，连忙致电彭国友："好意心领，不能收也不敢收！"

彭国友问："钱重要还是命重要？"

鄂非说："都重要。"

彭国友说："那咱就都要，有钱也有命！"

鄂非说："要一条小生命，就得丢了我这条老命。"

彭国友说："哪能啊！"

鄂非想想爱人急赤白脸的样子，心动了，说："要不，当我借的。"

彭国友说："借什么借，为了生孩子，欠了一屁股债，你俩那点儿工资，还要还房贷，这笔钱也分期三十年还我？还有出头之日吗？我就光明正大地给，合理合法，保证查不出来！"

鄂非说："明天就有人来查我，谁都知道，大额款项进账，税务部门必查。"

彭国友说:"相信我,我做事,保证不让你有后顾之忧。"彭国友想了一会儿说:"你家有什么老物件儿?"

鄂非问:"什么是老物件儿?"

彭国友说:"有年头儿就行!"

鄂非围着自家两室一厅的房子转了六圈也没发现一个值钱的东西,正准备回复彭国友,突然看见了鞋柜边摆着一个老娘从乡下带来的腌咸鸭蛋的坛子。咸鸭蛋吃光了,坛子看起来很碍眼,放在门口是准备丢掉的,鄂非不觉得这个东西有什么用,随口说:"最老的东西可能就是这个破坛子了,比我岁数大。"

彭国友欣喜不已:"就它了,就是它!可不比你岁数大嘛,而且大得不少哩,明代的,官窑,我收藏了!"

明代,还官窑?鄂非以为听错了,他印象中那玩意是他爹娘结婚的时候在屯子东头懂陶艺的孔铁蛋家买的,但彭国友又确认了一遍:"稀世珍宝,何止百万,你吃点儿亏,卖给我,明天我就把合同寄给你,流程正规,手续齐全,谁也说不出不是来。"

鄂非说:"指鹿为马啊?"

彭国友说:"指什么就是什么!"

鄂非问:"这能行得通?"

彭国友说:"不止我们搞收藏的,你留意看,那些场面宏伟华丽的地方,你看那个个溜光水滑的人们,越是他们,越不存在你的顾虑,只有看得清与听得懂,有吃得开与拿得下,有玩得转与用得上,有装得像与跑得溜,唯独没有行得通行不通这个选项。我们随大流,就往这些人堆儿里钻,准没跑儿。那些大老虎都没事,谁注意我们小虾米。有人说在这污浊中保持清醒头脑,要有独到见解,要有清晰定位,都没错,前提是要有话语权,况且能做到以上几点的哪个混得差,不是空谈风骨,胡乱地独善其身,那些拉着饥荒、喝着西北风对这个时代指手画脚的人,不被扭送到精神病院就烧高香了。"

鄂非抱着臭气哄哄的破坛子,站在窗户边上,甚至不敢发出声音,更不敢做出动作,他怕楼下推着板车喊着"收破烂"的老人,随时会给他一个大白眼。

## 第二十七章

又一次事与愿违,你依然对我倾尽所有原谅。你以为奔赴的是山海,山海徒留的是影像。

鄂非的难题就那么解决了,彭国友给他出的难题才刚刚开始,他就是这样上了彭国友的贼船,一步步走到了原来的对立面,对彭国友走私的事儿睁一只眼闭一只眼。后来,不管宁运号能不能提供合法证件及所装载货物的相关合法来源证明、检验检疫证明,都不会被查扣了。

当初副手还是纳闷,一个小小的执法组长,权限不高,管辖范围不大,何以次次确保他们能够瞒天过海,不会碰到联合执法或者其他执法组吗?彭国友的办法很简单,和鄂非率先沟通好,专等鄂非当班的时候才进入待查区,所以无一失手。群体性食物中毒事件惊醒了他们的黄粱美梦,不出事则已,出了事,不论签的什么合同都是废纸一张,哪有什么免死金牌,那份合同反倒成为专案组打击他们的有力证据。以往的年代,犯罪是因为不懂法,而时至今日,太多人认为自己很懂法,试图披着法律的外衣给自己炼上一颗定心丸,殊不知,炼出了砸自己脚的石头。

拔出萝卜带出泥,彭国友被抓获,鄂非当然在劫难逃。审讯结束后,两人又打了一个照面,这个照面和最初那个照面遥相呼应,给他们之间的交易画上了圆满的句号。

彭国友以为两人见面必然是仇人了,他拉鄂非下水,鄂非不怨恨他才怪,但鄂非从他面前走过去,竟然出奇地平静,甚至面带微笑。在那个阴郁的午后,窗外有疾风,树枝摩挲着窗棂,鄂非的笑是那里唯一的一抹亮色。也不难理解,他的爱人怀孕几个月了,就在鄂非被抓获的当天,又刚刚做完产检,指标正常,医生打包票可以顺利生产。

鄂非在家门口被押上车之前,对怀孕的妻子说,命里没有,我们非得要,那么也要做好失去的准备。以后,教育孩子,告诉孩子,每个人都会被命运左右,有路的时候,接受命运相信命运,命运会让人难堪,也会给人加冕;没路的时候,也别认为只剩下了死胡同,往回走,出口还在那里。

怕什么来什么,回避世界回避一切的彭敖,却躲闪不及。看守室和彭敖单独居住的房间隔着楼层、隔着铁门、隔着来去匆匆的人们,似乎也隔着千山万水,可出门上个厕所的工夫,就迎头撞上正被移交的鄂非。当初无话不谈的兄弟,现在已无话可说,只有一道道关卡一把把铁锁打开又关上的声音，回荡在彭敖的耳朵里。那仿佛是从他们的青春年代传来了歌声，那歌声还带着朝气，只是渐行渐远了，那是往昔记忆的尾声，也是他们友谊的尾声。即使他们再选择彼此怀念，也不会再有一个平台一个机会，让他们握手言和，回归最初的思绪。鄂非竟和彭国友臭味相投、同恶相济，他们还能做到让彭敖一无所知。这比爱情上的背叛还让人吃惊，爱情有很多种走向，背叛就是其中之一。司空见惯了，而眼下这种背叛却没有数据支撑，很难作出定义。他让彭敖开了眼界，彭敖真不知道该夸他谢他，还是厌他骂他。他们乍一对视，鄂非的从容消失不见了，低下了头，用衣服下摆遮住了银光闪闪的手铐。彭敖也不敢看他了，居高临下地审视，他于心不忍。在他的印象里，他们嬉笑打闹，仿佛就在昨天，现在他们站在一起，却恍若隔世，那短暂的擦身而过预示着一段美好光阴的泯灭。他们百感交集，一个走向通往门厅的走廊，一个走向没有阳光的班房。

后来，纵使李海疆和冯蔚百般挽留，彭敖还是引咎辞职。李海疆苦口婆心地劝说："你不用担心连带责任的问题以及往后的政治审查，只要你能调整好心态，对你没有影响。"

彭敖说："我一直抵触爸爸对我的安排，但他是我爸，我们的父子关系我永远也抵触不了。人在江湖，不是自己的江湖，总有太多依附，不可能把自己择得那么干净，那不符合现实。"

李海疆说："得承认，你爸是有先见之明的，他始终维护着你的单纯，就是为了这一天到来的时候，你不被牵连。"

彭敖说:"我还怎么去执行任务,当看到一些丑恶行径,就会想到我爸也这么做过,我面对不了你们了,也面对不了犯罪嫌疑人了,因为严格来说,我也曾是嫌疑人。"

冯蔚心痛不已:"我看见你,心里踏实,犯罪嫌疑人看见你,闻风丧胆,有你的执法行动,我就像有了千里眼,你有多重要你知道吗?"

彭敖不再正面接他们的话,苦笑道:"以前每天都想脱下这身行头,离开舰艇,炒了你们的鱿鱼,现在好了,我已经在怀念在舰艇上的日子,开始怀念你们。"

谁也劝不住彭敖,所有人维护着他的单纯,但他要维护武江舰的单纯,他认为他走了,就不会有人为他而蒙羞。他说,这也是在总结舰艇生涯之后,搞明白的处世之道。

彭敖家的别墅被查抄了,他只能回到出生地,一个破落的小渔村。那是彭国友发迹之前生活的地方,彭敖几乎没回来过,他很忐忑,生怕被家族意识、领地意识很强的乡民唾骂甚至赶出来。他褪下牌子货,换上地摊货,打了一辆摩的回来,逢人就鞠躬,好在虽然江河日下,但那些人也变得越来越宽容了。小渔村里还保留着一艘彭国友年轻时出海的渔船,出于对它的情怀,彭国友没舍得处理掉,没想到现在派上了用场,彭敖将它修缮一新,照样能出海驰骋。他出现在滔滔东海上,迎着黎明的微曦,重新开始,他要替彭国友把出海的路再走一遍。

冯蔚经常打听彭敖的近况,生怕他离开彭国友的支援,连吃饭都成问题，随时准备接济他，可他准备好的救济金一分也没送出去，这当然是他希望看到的。鄂非有鄂非的命运，彭敖也有彭敖的命运，似乎老天也习惯了他是个有钱人的人设，没让他遭太多罪，就让他淘到了第一桶金。他靠着当侦察员时积累下的航海知识，驾船捕捞，每次选点位都异常精准，神奇地遇见鱼群，大获丰收，几趟下来就换了新船。他一次都没有捕捞过，却比经验丰富的专业捕捞团队还吃香，这不是科学能解释得了的，内行也只有羡慕的份儿。或许，从第一次出海开始，就注定了彭敖是个航海人，不管他有怎样的向往，他终究没能离开大海，他想要陆上的歌舞升平，却离宁水的霓虹越来越远。他想要莺莺燕燕，却被海上的万千日月替代。就像他替代了他的父亲，他走的是老路，又是新路，归根结底是心路。

宁运号的故事看似告一段落了，其实只是彭敖父子与鄂非的故事结束了，冯蔚要经历的事情，还远不止此。宁运号案件牵连着彭敖的亲爹与好兄弟，更让人目瞪口呆的是宁运号的涉案人员中竟然也有冯蔚的熟人。这个熟人虽然不是他的直系亲属，但却曾是他的同窗，和彭敖与鄂非的关系类似，不同的是彭敖和鄂非曾经好得穿一条裤子，而这个人却曾是冯蔚的梦魇，从来就不对付。他不良嗜好缠身，没让她过上富足快乐的日子，冯蔚实在想不出这个人哪一点好，但也想不出他哪里不好。很多人还不如他，至少他把女人带出了所谓的苦海。他在努力活着，给女人和孩子一个相对安宁的家。这个人是杨磊。

杨磊来宁水,带来了怀孕的章梦佳,当了船员,上了货轮,经常出海赚钱。这些统统不足为奇,可冯蔚无论如何也想不到,杨磊应聘上岗的货轮竟然是宁运号,而且他还挺争气,干到了水手长的位置。如果不是水手长,只是水手,问题没那么严重,拘留几天或许就放出来了,可带了"长",性质就变了,大小是个领导。和彭国友沟通频繁,他们是劳动者,是船上的最基层,很多具体工作都由他指挥水手实施,是不是走私,他始终知情,所以他可能会被追究刑事责任。

当时,冯蔚在嫌疑人花名册上看到了杨磊的名字,没在意,全国叫这个名字的人太多了,普及率仅次于王强、李明或者刘刚,哪怕这本花名册上同时出现了两个杨磊,冯蔚也不会多思忖一秒钟。

半个月了,有关宁运号货轮的后续工作还在紧锣密鼓地侦办中,程序繁琐,进展缓慢。海岩号全身而退,倒是干净利落,但这些在冯蔚看来不全是坏事,都在给康迪释放着他们不过如此的信号,康迪一定喜上眉梢,蠢蠢欲动,不久就该卷土重来了。接下来就是"国门利剑"净海行动的总攻,他要漂漂亮亮打完这一仗,替刘岸清算他们,也给自己一个总结,那时候,功德圆满。想到这里,他满脸幸福。斜阳掠过舷窗,舰艇随海浪摇曳,他感觉躺在了芭蕉树下的吊床上,有人在亲吻他,他听见了爱人亲人甜蜜梦中的呢喃,那都是他从未有过的经验。他以为毕业后就能走上人生巅峰,没想过一路都是炮弹坑,那悲惨日子与美丽人生之间有休止符,明天就到达分水岭。

与康迪决战之后的快意生活,已然充斥脑海,其中最活跃的当属田毕雯,她又跳起了最擅长的舞蹈,让他这个水货也文艺起来。他突然萌生了离开武江舰的想法,他惊奇于自己突然想通了,不是倦了累了,也不是海上再不会有新的挑战能调动起他的肾上腺素,正义与黑暗的较量不会停止,但较量是为了维护内心的秩序,更是为了情感能有着落,再有冲劲,也要遵循自然法则,给别人留一席之地。从他离开舰艇开始,天大的案子也是新的故事了,会有新主角去创造新奇迹,一切美好或者苦难,都是身后事,后来人。他的履历虽然还要续写,但他的爱与自由应该马上开始了。

他要把这个大胆的想法抓紧告知田毕雯,让她高兴高兴。没有一个女人会告诉她的恋人或者孩子,去吧,去拼命吧,你会成为英雄!女人崇拜英雄,为勇猛和力量而感动,但女人断然不会精神抖擞、振奋不已地说出来,真正的崇拜和感动是说不出来的,她们更希望英雄是归来的英雄,而不是远去的英雄,他们能在她们的目光中,在她们能够触摸的地方。

从想通并可以实现那一刻起,他可以每天给她当护花使者,当一辈子,不是零零碎碎的一阵子。他还要做通田毕雯工作,以后尽可能接济章梦佳,帮助她的孩子,与爱情无关,与年少时的得到与失去有关,那不是施舍。然而,当头一棒,他还没见到朝思暮想的田毕雯,章梦佳先找到了他。当他知道了章梦佳为何而来,他才明白想象时有多么鼓舞人心，实施起来就有多么虚无缥缈，尽显理想主义的弊病。

冯蔚是在进入田毕雯租住的小区门口时见到"鬼鬼祟祟"的章梦佳的，第一眼压根没认出她来，和上次相比，她臃肿了太多，肚子更圆了，看上去好像随时都会分娩的样子。她穿一件不合体的军大衣，在初冬犀利的寒风中来回走动着，她动作笨拙，像企鹅一样。

她知道田毕雯住这个小区，上次她们前后脚去打听冯蔚住在哪家医院，彭敖让她们都登记了个人信息，她只扫了一眼就记住了田毕雯的小区名字，但这个小区有成百上千个单元，具体是哪一间，找是找不到的，只能等。她早上就来了，一直等到日头偏西，她相信一定能等到他们，今天等不到，明天再来。

冯蔚与她擦肩而过，可能还碰到了她的大衣，但没认出来，她并不失落，因为他们一路都在擦肩而过，一次比一次心酸，不差这一次。

她刚要上前拦住冯蔚，田毕雯从楼道里跑出来，他们热烈地拥抱，腻歪地叫着彼此的昵称。那时候她觉得自己的破大衣太煞风景，于是抓紧缩到一边，把大衣脱下来叠放在花圃上，理了理凌乱的刘海，刚转过身，大衣就被流浪汉顺走了。她看见了，想喊，不敢喊，怕被人发现她有多窘迫，她要去追，也不敢跑。她留在劳保店的够买一件新大衣的押金不要想着退了，这虽然和她今天来找冯蔚关系不大，但加重了愁苦，给阴冷的环境增添了伤感。

天越来越冷，刚攒的一股热乎气儿全散光了，章梦佳冻得脸色煞白。好不容易等两人亲热完了，她晃了出来。先向田毕雯点头示意，和上次要和田毕雯在冯蔚面前平分秋色不同，这次她完全低人一等，脸上堆满歉意，因为她知道现在的冯蔚属于田毕雯，田毕雯如果不同意，他们甚至没有对话的权利。好在田毕雯并不是那样的人，也给她打了招呼，然后识趣地走开，给他们留下空间。

　　冯蔚错愕不已，心说，我刚在路上还想着到底用什么办法去帮助你，什么时候再去找你，还没理出个头绪，你就主动找上门来了，这是天意。

　　冯蔚问："怎么在这里？什么时候来的？"

　　章梦佳如实回答。

　　冯蔚看着她瑟瑟发抖的样子，心疼极了："傻不傻？为什么不到单位去找我？上次你去过啊！"

　　章梦佳说："上次敢去你们单位，是要到医院看你，谁也不能有意见，这次我是来求你办事的，又不是什么好事，怕给你造成影响。"

　　冯蔚当时就哭了，他只听说过这年头鸡毛蒜皮的事情都能闹到大庭广众之下，唯恐造不成影响，像章梦佳这样的人不多了，这让他想起了母亲，也是这般时时处处怕给他造成影响，生病瞒着，不顺心的事也不说，永远以一副坚强的面孔示人。

　　听说章梦佳需要他的帮助，冯蔚不觉得麻烦，首先是开心，他巴不得为她多做些事情，只要她肯接受。

冯蔚说:"我们之间没有姻缘,但你在我的生命里扎根了,你从来不是可有可无的人,我能走到今天也跟你有关,你就像我的亲人,你的事就是我的事!"冯蔚说得激情澎湃,生怕章梦佳反悔,或者生怕章梦佳以为他会拒绝她。

对冯蔚的言行,章梦佳并不意外,她说:"正因为知道你会为我不遗余力,所以我轻易不能开口。"她的确做了好几天的思想斗争,但实在没有办法了,她下过决心,如果杨磊有个三长两短,她和未出世的孩子或许也能独自生活,可前天,她身体本来就不好,又心事重重,一夜失眠,没撑到天亮,剧烈宫缩,下体流血。无人照应,那时她感到前所未有的恐惧,不是为自己恐惧,她在很多叫天天不应的当口已经预演过死亡过程。死亡是安逸者的对头,却是她这种人的损友,她很想与其断交,可死亡却时不常地跳出来骚扰她一下,总有几个瞬间会让她放弃防备,被死亡占去了便宜。明知道死亡是个大混蛋,但也控制不了会想象它,并妄图尝试接受它可能存在的美好的一面。所以,她的恐惧完全是为还未出生但即将出生的孩子,既然孕育了孩子,就要把他带到这个世界上来,从他着床、长成胚胎开始,他就是个有尊严的生命体了。

冯蔚说:"尽管开口,我对你也有信心,既然向我开口,一定是我能力范围内的,就算办不了,也会调动我的资源,想方设法去办。"冯蔚好像赌棍在押宝,红了眼,也不管"答应人要犹豫、拒绝人要干脆"的厚黑学,一股脑儿承诺着,好像只要章梦佳不让他去杀人放火,他都愿意效犬马之劳,并甘之如饴。

"你有多重情重义,我甚至比你自己都清楚,不用靠什么来证明自己,年少时你说过的那些话,其实都在现在的你身上应验着,不管我们各自生活在哪里。"章梦佳说。

冯蔚说:"大胆说出来,急事急办,特事特办,如果不是一时的事,那我就用一生去办,你找我就对了,找别人那是看不起我,是对我最大的否定,我承受得了很多打击,对你没有任何抵抗力。"冯蔚眉飞色舞,循循善诱,踌躇满志地鼓励着章梦佳,谁都能看出他的期待。

章梦佳被他的情绪感染,跟上他的节奏,难以启齿的话能说出口了,顾虑和尴尬烟消云散,冯蔚不是出尔反尔的人,所以她把心放进肚子里,选择充分信任:"杨磊被抓了!"

"谁被抓了?"

"杨磊。"

"被谁抓了?"

"被你们抓了。"

"我们是谁来着?"一时间,冯蔚被这个爆炸性的新闻给打蒙了。他没往这方面想过,刚才初见章梦佳,已飞速分析过她可能遇到的困难,无非穷困潦倒的生活、鸡飞狗跳的感情、对社会的迷茫和与各类"奇人异士"的矛盾等,他甚至想到最坏的结果,如果杨磊移情别恋,又和别人私奔,他也应该能想到解决的办法。可是章梦佳一开口就震碎了他的防线,波及他头脑中从未被开发过的领域。

"就是海警抓的！正关在你们的看守室里！"章梦佳说。

"不可能，这不是神话传说，世间有这么凑巧的事？小时候杨磊就阴魂不散，我到了海上，他追到海上来了，我到了这么冷门的部门，他居然也住到海警大楼里去了？是不是太久没他的消息，太想他了，做梦梦到的事情，醒来就当真了！"冯蔚不敢信，不能信，他摸了摸章梦佳的脑门，确认她是否处于清醒状态。

章梦佳说："我骗过你吗？"

冯蔚说："不止一次，有生以来，你给我撒了最大的谎。"

章梦佳无话可说。

冯蔚问："你哪来的消息，可靠吗？"

章梦佳说："我去过好多次彭氏集团了，给杨磊送吃送穿，每次都不忘给看门的大爷带点心，慢慢就熟络了，他不会瞒我。"

冯蔚仍心存侥幸："这么大的事，能让看门大爷知道吗？万一是道听途说，或者老糊涂了呢？"

章梦佳说："看门大爷是彭国友的亲舅，他造外甥的谣，图什么！"

冯蔚说："会不会还有第二艘宁运号？杨磊是不是刚上船不久，还蒙在鼓里？那样的话，他何罪之有？"这话说出来，冯蔚都觉得自己很业余。

章梦佳说："你是专业人士，同一个辖区内，存在船舶重名的情况吗？注册都过不了吧。而且杨磊来宁水以后，没跳过槽，从普通水手干到水手长了，他算主犯之一。"章梦佳不打马虎眼。

句句入理,冯蔚眼前发黑。他记起来,确实在花名册里看见了杨磊的名字,他盯着章梦佳,像盯着从未见过的深海生物,刹那间变换了好几种表情,惊诧、质疑、故作轻松、戏谑,直到陷入低沉,那是充满了无尽的自责,刚才有多亢奋,现在就有多萎靡,他体验到自掘坟墓的滋味。

冯蔚给李海疆打了电话,确认了杨磊的基本信息,与他所认识的杨磊完全吻合。冯蔚的高调一去不返,他小心翼翼地说:"真……真是他,你的意思是?"

"把他捞出来?"章梦佳壮着胆子问,直抒胸臆是对冯蔚的尊重。

冯蔚头重脚轻,还没挺着大肚子的章梦佳站得稳,他吞吞吐吐半天,不说行也不说不行,但章梦佳当然知道那就是不行的意思,章梦佳再不懂官方流程,再不了解内幕,也能看出他在作难。

"你给他们求求情,争取轻判总可以吧?"章梦佳降低了标准,像主动降价的商家在挽留客户。她并非不知道这是非分的请求,可不仅恋爱脑会智商为零,当眼看着平静生活即将被大水漫灌,希望的大门慢慢关上,谁也无法保持理智,那时候就算有人告诉她月亮是可以摘下来的,她也真心愿意让人试试。可是冯蔚给了她发挥的空间,又把她锁在那个空间里,并开始抽出那里面的氧气。

一退再退,退无可退,章梦佳像在遵循"贼不走空"的江湖规矩,既然厚着脸皮来了,总得有进展才对,她说:"那你带我去看看他，孩子快要出生了，还没个名字，让他给起个名字。另外，这个时候他肯定很害怕很孤独，我也该好好关心他，虽然他有很多毛病，可是给了我一个窝，让我不用颠沛流离，不用被人挖苦奚落，我在心里感激他。他落难了，我做不了什么，说几句暖心的话，是人之常情吧？"

每一次追问，都是对冯蔚的灵魂暴击，让他痛不欲生。他真想告诉她，在审讯完毕之前，杨磊不能被探视，防串供，防意外，不容更改。可是他说不出口，两人在寒风中长久对立，田毕雯接了一个电话，没打扰他们，直接打车走了，他们都没发现。

章梦佳说："如果杨磊被判了，我的生活真不知道该怎么过了，我现在没有劳动能力，孩子出生后，我一个人带，失去了经济来源，宁水待不下去的，还是要回冯章村。我能想到那时会发生什么，杨荣才不会放过我，会有人往我家院子里扔破鞋，光棍会拦住我的去路，摸我的屁股，孩子会被人骂杂种，没有小伙伴和他玩，他将有一个悲惨的童年，想想就喘不过气来。那里可以解决我的吃喝拉撒，也能给我带来灾难。"

冯蔚刚要说话，章梦佳噎住了他："你肯定会说给我钱，保障我的生活，你同意，我不同意，你身边的人更不能同意，你也有父母，将来也有家庭，他们都需要你，而我不明不白不清不楚，算什么呢？我今天来只有一个目的，就是为了杨磊。"

冯蔚的脑袋里像住了一群妖魔鬼怪，正张牙舞爪，把狰狞的面孔给他看，他睁着双眼，却做着噩梦，七嘴八舌的声音从四面八方传来,他好像从村头晒太阳的大爷大娘中间路过,数落、诋毁的言语将他淹没。他抬头透过狭窄的楼间距望出去,没看见星月,连天空也没看见,那里只有好大一块黑幕。

时间不早了,章梦佳想听的话一句也没听到,她急躁起来,她试图叫醒像在装睡的冯蔚。

她说:"看在同乡一场、同窗一场、情人一场的分上,救救他,他人不坏,只是被生活所迫。"

冯蔚接近崩溃:"我给他请最好的律师,同时我去当面跟他谈,我懂这里面的道道儿,让他少踩坑,多避雷。"他知道这些都改变不了杨磊坐牢的结局,距离章梦佳的要求相去甚远,她刚才提出的诉求一个都没得到回应。可是他的路被堵死了,嘴巴被封死了,眼睛被遮蔽了,他又如同回到了死亡之海。站在平坦的地面上,却与浮沉在滔天巨浪之中无异。

既然已到了把人逼入绝地的地步,章梦佳干脆再最后努力一把,她说:"帮是情分,不帮是本分,靠着当初那几年的交往能支撑起一辈子的情感吗?夫妻尚且做不到,何况我让你去帮的人曾是你以前最不对付的人。"

冯蔚沉默,章梦佳还没放弃,她说:"我能拿什么回报你,我好好想想!"

章梦佳迅速整理了思路,发现自己一无所有,还带着拖油瓶,别提回报,不膈应人就不错了,但没人是真正不求回报的,她以为拿出态度,冯蔚能答应得痛快些,她说:"我以后给你当牛做马,肚子里的孩子长大后也给你当牛做马,我们随时听你的话,干什么都行,你只要帮帮杨磊,仅此一次,下不为例。"她低声下气地求着,他们之间的高度相差突然不止一座大山了,他再也无法把她和当年那个漂亮清纯的姑娘联系起来。连她自己都认为自己像低贱的仆人,是个有话痨毛病的老妈子,她一文不值,卖给东家,东家也会嫌弃她是累赘,可她不在乎,她只求男人能回来,还能有个家。

冯蔚做梦也不会想到,那珍藏在心中的崇高的爱情,在今天就如此跌落山崖,粉身碎骨,而这场事故的肇事者不是章梦佳,是他自己。如果他能放下所谓的操守,她就还有操守,他能想象她依旧美丽的样子,她像一朵白莲花,盛放在真空里,永远不会被污染。她是个无忧无虑的女子,享受着杨磊日渐增多的财富,在光洁的室内,骄傲地展示着瑜伽动作,她有条件一直优雅下去。像那些贵妇似的,端坐在燃烧正旺的火炉前,享受温馨,捧一杯咖啡,百无聊赖地翻看一部装帧精美的书。内容倒是其次了,不用为书中的惨烈而落泪,不用为俗世的苦难而忧心,不管谁撑起时代的脊梁,更不在乎谁引领时代的奋进,一切都无关痛痒,只关心夜晚美梦的主题。

直到最后,冯蔚也没说出只言片语,他像被阉割了,说什么都有气无力,不如不说,说出来要被笑掉大牙。章梦佳从自我陶醉中清醒过来,也到了必须醒来的时刻,她本来是来求助的,在明确知道自己是被拒绝了以后,她要负责结束这场谈话,并且主导这场谈话最后的气氛。

章梦佳抱歉地说:"你不敢应承是为我好,我鬼迷心窍了,他犯了法,就应该承担,我只想着自己过得舒不舒服,那些食物中毒差点儿丢了命的人会咒骂我的,所以还是给孩子多攒点福报。其实,其实就算他进去了,我活人也不能让尿憋死,回冯章村又能怎么样,风言风语算什么,我们都在承受与我们不匹配的评价,人啊,受得住夸,就得经得起骂,让那些污水都泼过来,全身上下糊满污渍,时间一长,那就坚固如铠甲,我什么都不再怕了。"

在空旷的大道上,每一盏昏黄的路灯都拉扯她的身影,好像她走到哪里都有人陪同,但这并没有让冯蔚心安,以前有她的地方总是色彩缤纷,而现在,只要是她走过的地方就变得异常冷清了。那是属于章梦佳的孤寂,而他的切身体会是寒从脚下起,刹那间,深海处失温之感重又袭来。

烤红薯的摊主收摊了,推着车子挡住了章梦佳的去向,她消失在他的视野里,再也看不见。他像一颗铁钉镶嵌在原地,寸步难行,因为送别毫无意义,该做的做不了,该说的都说了,再多作一分纠缠,都显矫情。

# 第二十八章

人们纷至沓来于我的灵魂前夜,那些遗憾像海水注入我跌宕起伏的命运,于是那时汹涌的波涛就是我沸腾的鲜血,我遥指天空中代表我的那颗星,照耀我笔直地站在前列。

章梦佳小鸟依人地重回他身边,他有权有势、财大气粗、扬眉吐气……这种梦境曾给冯蔚带来无限动能,年少时与被葬送的爱情先行告别,发誓干出事业,拯救恋人。今天,想象中的桥段似乎即将照进现实,距离实现夙愿仅一步之遥了,这是他走进社会,成长为传统意义上的有为青年之后,代表家乡人民的章梦佳第一次来验证他的虚实,然而,他还未衣锦还乡,已经失去资格。

他第一次知道原来附加在个体上的元素越多,对于依然单纯的人来说,禁锢禁忌只会越来越多。

心中有愧,等不到第二天,当晚,冯蔚就替章梦佳去见杨磊,那是他唯一能做的，尽管他去见面，也要层层审批。好在孙颜网开一面，特批了他的申请，不过规定了时间，限定了话题，并指派欧潮全程现场监督。

欧潮为冯蔚打开通往看守室的大门，他对冯蔚和杨磊之间的关系有了一些了解，话说得很笃定："这个家伙嘴严得很，从进来开始，一句话也没说。你只有十分钟，从现在开始计时。不过冤家路窄，或许两分钟就够了，我想，在这种场合，他最不想见到的人就是你，他更不会开口的，大眼瞪小眼没什么意思。"

冯蔚同意欧潮的意见，不抱什么希望，他只想告诉杨磊，章梦佳和孩子的近况，然后把他的情况带出去，照搬给章梦佳。他做好充当传话筒的准备，只记录客观事实，不添加主观色彩，与一台冷冰冰的机器无异。

这里关押的人很多，时常有被提审的人路过，没有人能引起杨磊的兴趣。冯蔚走到那个房间门口，隔着铁门，看见了杨磊。栏杆的阴影映在杨磊的脸上，一如当年他挂着棍棒在放学路上拦住别人的去路。他手里举着外套，正看外套的某一局部看得出神，欧潮警觉，质问道："干什么呢？"

杨磊从硬板上弹起来，手忙脚乱地把衣服穿好了。欧潮不依不饶，开门扒下他的衣服，仔细检查，发现是一张胎儿的四维彩超报告单，杨磊把这张纸做了防水处理，缝在衣服上，走到哪儿带到哪儿，居然躲过了办案人员的检查。在海上的大风浪中，想必他也是如此睹物思人，犹如看到了自己的孩子，从而忘却恐惧。

那是精神寄托，被欧潮抢了，杨磊情绪失控，挥拳开打，冯蔚大喝一声："杨磊！"

杨磊一停顿的工夫，被欧潮铐在了铁栏杆底部，关上了铁门。他趴在地上，看见一双制式皮鞋，再往上看，和冯蔚四目相对，惊得目瞪口呆。

突然，杨磊大笑不止，笑得身体颤颤悠悠，等停下来，说道："够看笑话的了，奸夫落在原配手上，不死往哪跑儿。宁水这么大，偏偏栽在你面前，这是报应。刚挣了几个糟钱，还没来得及享受，这贱命，天注定。"

冯蔚说："事在人为，都是自己选的。"

杨磊说："没本事没学历，干什么才能过上好日子？我没时间了，必须冒险！"

冯蔚说："所有人都这么想，还不得天下大乱啊！但我今天不是来教育你的，我没有这个义务，我是来看你的。"

杨磊说："别废话，要杀要剐，回头，你一句话的事儿，别假惺惺地来炫耀你的优越。"

欧潮厉声说："怎么说话的，注意态度！"

杨磊说："人心不就是这样吗？你以为他会可怜我？我拐跑了他的初恋女友，他除了来寒碜我，我想不出第二个理由。"

冯蔚说："章梦佳找过我了。"

杨磊问："你说什么？"

冯蔚说："章梦佳找过我了！你很可怜？可怜的是她们娘俩

儿，可怜到来求我，求我这个她最怕再沾上的人，求我这个最有可能看不起她的人，多少年都躲我，今天却挺着大肚子来求我！"

杨磊讥讽："求你再续前缘吧！我刚进局子，她就找好下家了是不？我没看错，当初我能把她拐走，她就还能被别人拐走，的确是个薄情寡义的浪货！她是不是找你商量引产的事儿？然后干干净净重新做人！"

冯蔚一脚蹬在铁门上，几乎蹬出火星子来，杨磊的脸正贴在铁门上，结结实实挨了一下，"妈呀"一声倒下去了，要不是有手铐，得摔个大跟头。他趴在地上，半天没动静。那时全走廊都在哐啷作响，各个房间里的人，都试图探出头来看，看守人员全冲了进来，要把冯蔚拖出去，欧潮好说歹说，才保住了他仅剩下的五分钟。

欧潮以为杨磊疼晕过去了，刚要上前查看情况，他的身体动了，继而传来哭声。

杨磊说："我知道她去找你干什么，我能不知道吗？她是多好的女人，你难说知道，我跟她在一起这么久了，我全知道啊！"

冯蔚说："那你还污蔑她，别人还没有说三道四，你先往她身上泼脏水，心肠烂透了吧。"

杨磊哭得满脸的尘土灰渣直往下掉："我只能这么想，才不会痛啊！我犯了天大的罪过，几年内很难再见到我了，她应该流掉孩子，再找个人家，这是我最不想看到的，但这是她唯一的出路！或者，你会收留她对不对？你有办法安顿好她对不对？"

冯蔚转过身去，飞快地抹了几下眼角的泪说："还说了解她，你根本不了解她。她肯定会等你，你只有坦白，把知道一切都说出来，争取早点儿出去，这是你的出路，也是她和孩子的出路，你们只有这一条出路！"冯蔚还要说什么，看守人员又来了，把计时器在冯蔚和欧潮眼前亮出来，不用拖拽他，他也必须要出去了。

冯蔚走出去几步，回过头，对着把脸卡在栏杆里的杨磊说："她让你给孩子起名字，你好好想想吧，我找机会再来。"

尽头的门关上了，走廊恢复宁静，杨磊躺回到硬板上，耳朵里回荡着彭国友的训诫。彭国友不老实，他和宁水几个有实力的企业家存在利益往来，并结为攻守同盟，不管谁落网，都能保全一部分财产。武江舰执法员登临宁运号货轮之前，他就启动预案，告诉杨磊等，他给每个人存了一笔钱，他们只管闭嘴，出狱以后就能把钱取出来。所以杨磊有理由一直守口如瓶，现在他的耳朵被冯蔚的话填满，眼睛里都是章梦佳的脸，还有即将出世的孩子的哭声，这些都盖过了彭国友的诱惑。与自由、团聚相比，卡里的数字比手铐更冰冷。

外面照进来的光在他脸上缓缓移动，不知道是车灯还是手电的光，总之一瞬，明亮洒进心田，他像回到故乡，穿过树荫，去往温暖田野，他听见了小孩童真的歌谣，那是他梦中的园地。他猛地坐起来，叫叫嚷嚷，把看守人员引过来，像小学生似的举着手说："政府，领导，我要汇报！"

当晚，冯蔚和章梦佳对话时，田毕雯匆匆离开小区，谁也没有惊动，是因为她接了一个十分重要的电话。放下电话，她便预感属于她的春天终于来临了，等了这么久，总算拨云见日，宁水演艺行业又有她的出头之日了。那个电话是郑老六打来的，希望她江湖救急，只要她顶上了当晚舞台剧的空缺，从明天开始，就源源不断地给她上大戏的机会。那是天赐良机，能咸鱼翻身，她正求之不得。

毕竟幸福来得太突然，田毕雯当然也有一丝顾虑，问："都没有彩排，临场换人加戏，为什么这么急？"

郑老六说："你懂这个圈子，哪有正常人啊。策划人不按套路走很正常，让你小试牛刀，无非是他们在测试你的积极性、忠诚度！"

田毕雯思来想去还是直奔现场。郑老六所言非虚，果然安排她上场，而且亲自在台下"领掌"，给她莫大鼓舞，表明要捧她的决心。田毕雯下台后，见风使舵的主办方、经纪人们见郑老六对一个女孩如此有雅兴，都心知肚明，一窝蜂围上来合影、要联系方式。作为一个名不见经传的小人物，这辈子第一次体会到什么是众星捧月，那快感着实让人美滋滋。

冯蔚回到田毕雯的住所，见她还没回来，打电话问询，许久她才回复："马上该我演出了，郑总安排的，放心，安全！"田毕雯匆匆挂了电话，冯蔚心里像压了一块大石头。

市艺术团是个自由的单位，田毕雯更是个自由的人，用舰艇上的标准要求人家，还得时时刻刻汇报行踪，搞得像特务，显然行不通，用不了几次，就得把她吓跑了。冯蔚想，不宜追得紧，索性放宽心。

冯蔚又来到章梦佳租住的院子，把和杨磊见面后的情况一五一十地跟她复述了，还表示会持续关注案情的进展，并在条件允许的情况下提供必要的援助，如果杨磊茅塞顿开，有重大立功表现，那非常值得庆贺，会有意想不到的收获。章梦佳听了很感动，有消息总比全靠猜要强多了。

冯蔚刚和章梦佳告别，就接到了欧潮的电话。欧潮兴高采烈地说："真有你的，你刚走，杨磊撂了，把我们掌握的没掌握的，连同彭国友交代的没交代的，竹筒倒豆子，全交代了。康迪集团不光与宁运号货轮有关系，和宁水不少知名大老板都有利益往来。你赶快回来一下，了解了解案情通报，对'国门利剑'行动有帮助。"

冯蔚赶到机关，看见杨磊写下的名单，不看则已，一看倒吸一口凉气，上面有郑老六的大名。

"郑老六居然也是康迪集团的下线之一，难怪从他的言谈中能听出来对航海生活非常熟悉，还说过到他的夏昌号轮船上聚会。此人从一文不名到迅速崛起只用了短短几年时间，果然，哪有那么多一蹴而就，全是来路不正！"冯蔚边嘀咕边回忆，那天在郑老六会所时，听郑老六介绍另外几个老板，他隐约还记得他们的名字，好像也在那份名单上。

欧潮问："你认识郑老六？"

一句话惊得冯蔚从椅子上跳起来，桌上的茶杯被他碰倒了，水洒满了电脑键盘。天杀的，何止认识他，田毕雯此刻就在他的手心里，他想对她下手的话，比杀鱼宰鸡还简单，他顿时毛骨悚然。

"他是知名人物，认识正常，但不管怎么认识的，心里都要有条红线。这份名单还处于机密阶段，刚才你也听到了，孙颜局长作的指示，行动之前，不得向任何人透露此次案情通报的半个字，烂在肚子里！"欧潮皱着眉说。

从机关出来，冯蔚在惶恐不安中撑到天亮，田毕雯仍然未归，又是大半天过去，她压根不着急回来，电话倒是接，但说不了两句就挂，再打就烦了，强调她在工作，千万别再打了，后来干脆关机。从一个业内无人问津的弃儿，转眼工夫成了宠儿，档期排得满满当当，简直不可思议。是他在海上待久了，孤陋寡闻，严重脱节，还是这一行着实与其他行业大相径庭，冯蔚不得而知。他把田毕雯可能遭遇的后果都想了个遍，越想越难过，不得不在这个敏感时期，冒着被处分的风险主动接近郑老六，到他可能出现的地方寻找田毕雯。

正欲动身，田毕雯兴冲冲地回来了。她看出了冯蔚的不悦，她虽然嘴上连声道着歉，但所有迹象都流露着掩饰不住的兴奋。作为演员，她懂得表情管理，可此刻她眉飞色舞，那是超越了一贯承受能力的表现。

"你敢想吗？"田毕雯眼里放光。

冯蔚注视着她，在气头上，不愿作答。他承认自己小心眼，对于彻夜不归且还不允许多问的女人，他没遇到过，正处于尝试接受的阶段。

田毕雯没这个意识，她被突如其来的彩蛋冲昏头脑："你不敢想！连我都不敢想！我天天做梦这么想，看到别人一夜成名，也这么想，一冷静下来就不敢想了。何况是你，想破脑袋也想不到吧。"

"到底是多么伟大的事业，说来听听。"冯蔚认为应该配合她，别人扯淡的时候如果当场揭穿，是非常没有修养的行为，比偷走正在上大号者的手纸还缺德。

"我成了大红人，体验了一把什么叫前呼后拥，被人追着叫老师，请教无聊的问题。想坐，有凳子，想喝，有茶水，想走，车接车送，周围都是笑脸，听到的全是好话。以前拍马屁的是我，现在我是被拍的人，被拍可真舒服。从一个极端到另一个极端，只需要有个郑总。"田毕雯得意洋洋地说。

冯蔚留心到她从"郑老六"改口"郑总"，可见郑老六的迷魂汤起了作用。冯蔚沉吟不语。

田毕雯说："多亏了你，给我壮胆，我才去赴了郑总的约，开了好头。这人还挺讲究，没有食言，给我安排了角色，虽然还不是主角，酬劳也不多，但这是好兆头。"

冯蔚却后悔不迭，他不仅不觉得这是好兆头，相反看得出郑老六在用温水煮青蛙，他"大发慈悲"给田毕雯安排的两场戏就像地主给拉磨的驴吃了一根萝卜，对他来说九牛一毛，易如反掌，对田毕雯来说却是大恩大惠，往后她要不付出点儿什么，鬼都不信。或许田毕雯在巨大的诱惑面前,终究会被同化,随大流,不再出淤泥而不染,甘愿沦陷,看淡操守。那么,他也无话可说,但现实对他不公平不是最大的问题,最大的问题是郑老六已经上了黑名单,她若跟他走得太近,就是往火坑里跳。郑老六迟早会被抓起来,在对劣迹艺人零容忍的年头,她想成为公众人物的路径才真的被堵死了,而且现在被捧得越高,将来摔得越惨。这对于冯蔚来说是明摆着的,可他眼睁睁地看着她正接近覆灭,却不能明说。

田毕雯哪有心思考虑这些,她只认为好运眷顾了她,沉浸在对未来的畅想中:"资源有了,以后我不能只满足于普通舞台,我也要'触电',跑片场、进剧组、上节目,遍地开花。"

听到"触电",冯蔚一哆嗦,想到了触电而亡的"麻溜",霎时悲从中来。现在田毕雯这副模样让他触目惊心,他不能再听之任之,兜头一盆冷水泼下来:"你不能再去见他!果断拉黑,断绝一切联系。"

这没头没脑的话,让田毕雯觉得他是在逗咳嗽,一方面是吃醋了,一方面是让她注意吃相,不要一门心思扬名立万,被郑老六掐住软肋。

田毕雯乐呵呵地说:"别闹,过了这村没有这个店儿,我再把握不住,宁水市就真的彻底抛弃我了。"

冯蔚说:"如果这里没了出路,可以换个城市发展,难道只有宁水有这个土壤?"

田毕雯说:"宁水是娱乐之都,在这里都混不下去,还想去哪儿混？更重要的是，宁水有你，你能说走就走吗？"

田毕雯说得都对，冯蔚怔了一下，他看到她坚定的模样。

"我不让你再去找他，一定有我的理由，但还不能说出来。"

"你还是不相信我，跟你说了好多遍了，只要我把住底线，他不能对我怎么样。我不是你的金丝雀，不应该被你关在笼子里，我是独立女性，请尊重一下我好吗？"田毕雯有些愠怒。

"你如果听我的，百利无一害。"冯蔚苦口婆心。

"待在家里确实安全，可也会碌碌无为，平平无奇，那种生活不是我想要的。我宁可以身试险，不要再劝我了，谁都挡不住。"田毕雯说。

"我要是坚决不让呢？"冯蔚步步紧逼，他知道他做的绝对正确的，可田毕雯不是一根浮木，会随波逐流。

"你过分了！明确告诉你，万一，我是说万一，万一我和郑总有了更亲密的关系，那也是我自愿的，自愿的就不会受到伤害，你满意了吧！"田毕雯赌气道。她仍然认为冯蔚面红耳赤的劝阻是男人占有欲的体现。

冯蔚说服不了她，当天，两人的谈话进行不下去了，争论的结果是，田毕雯不仅要和郑老六保持"合作"关系，而且明天晚上还要上他的夏昌号轮船，赴他们上次定好的约。这次登船，明眼人都能看出来，是郑老六驾驭田毕雯的开始，比签合同还正式。

"我答应过郑总，你也会上夏昌号，你说过会一直做我的护花使者，对不对？"田毕雯试图通过让他亲睹她和郑老六的交往过程，以此打消他的忧虑。

"对……可是……你要知道像他这样的人，我们很难了解他的底细，如果他是犯罪分子，会害死你的。"明知道郑老六涉案，还要说得模棱两可，冯蔚拿捏得非常辛苦。

"职业病这么严重，看谁都是犯罪分子，这是病态，是自负！"田毕雯觉得冯蔚可笑又可怜。

"我要怎么样你才听我的话呀？"冯蔚发现自己弄巧成拙，和田毕雯的关系出现裂痕。

"为什么要听话，就算是夫妻，遇事也应该沟通协商，并非谁是谁的附属，谁臣服于谁，你太大男子主义了。"田毕雯用审视的眼光看他，似是忧心未来，又或者在重新考虑他们是否应该继续发展。

"在这件事上没有商量的余地！"冯蔚使用了强硬的口吻，他经常如此与新分配到舰艇上的执法员对话，那些人可不敢有意见，只会听令景从。

田毕雯可不管他这一套，比他还强硬："明天傍晚六点，响石码头，你爱来不来！"

"你若还执迷不悟，我只能用离开表达我的立场！"冯蔚痛心疾首。

"你给我滚！"用放弃作威胁是最狠毒的挽留，所以田毕雯绷不住了。

站位迥异，各执一词，一拍两散。

冯蔚离开了田毕雯的家，走在嘈杂的大街上，形形色色的人们走出家门，汇入街道，或扎堆或分布在明快的地方，他们接近人间烟火，他们也是人间烟火的一部分。在那片都市文明中，冯蔚听见了吵吵闹闹，听见了欢声笑语，当然也听见了哭声，但那些哭声不论多花哨，大部分都是企望引起注意，并得到慰藉与回馈的响亮哭声。而他的哭声却沉积在胸膛里，钻进肉里、骨头缝以及眼眶的深处，他的无奈和悲情，无人知晓，也不能被人知晓，况且不会有人愿意倾听，因为他知道所有人的幸福都很短暂，只是他的幸福短暂到来不及爬上脸庞，更来不及吆喝一声，就蓦然而逝。他以为分开就意味着躲开了，其实怒气冲冲地转过身，从来都不是一个潇洒动作，他有决断的勇气，却没有收拾残局的能力，他仍然沉浸在愈发强烈的惦念里。

两个月时限早过了，该排除的异已经除干净，该避开的风头已避过去了，康迪发现新时期的海警也不过尔尔，打掉宁运号货轮，纯属小打小闹，伤不到他分毫。就算彭国友等人把他供出来，最多只知道他的名号，没有证据落在海警手里，他们掌握的无非是彭国友与海岩号船长诺卡之间的纠葛，现在诺卡被清理门户，死无对证，海岩号换个船身颜色，改个名字，又能重新入列，担当大任。而且，他在宁水培植的企业家们发挥了很大作用，以郑老六为首，腐化拉拢了几个政法圈官员，随时给他通风报信。最沉得住气的康迪也认为吉时已到，可以不用再龟缩着了。

康迪躺在海松号甲板上晒太阳，希尔跑过来激动地禀报："这几天我刚向供货商透出口风，他们就心奋不已，等待多时，迎来井喷。集团组建以来最大的一批原油生意，正在向我们招手，预计现有的船都不够用，可能还要买或者租。"

康迪身未动，早知天下事，他岔开话题，不急不躁地问："像我们这种一心求横财的人最信什么？"

"海神！每次行动，不论规模大小，都要搞仪式，是我们的传统。"希尔老练地回道。

"我们也有信仰，海神当然要拜，这一条不能变，但你要看到什么在变，干一行爱一行，怎么爱，务必跟上形势。"希尔看不见康迪墨镜后面的眼睛，即便看得见，也从来摸不清这老小子的路数，总是在最后一刻才能了然他的意图，他干脆不作答，躬身静听。

"我这些天都在思考，昨天才想明白。如果海警想要掌握我们的行踪，除了安插内鬼、撬开我们下线的嘴，还会做什么功课？"康迪问。

希尔眉头紧锁，望向海平面，窥见荒岛，搜寻陆地上可能会激发他灵感的特征，想破了头，仍一脸迷惘，还不承认自己的愚笨，活像听不懂课的学生在老师注视下不得不佯装下着苦功。

康迪叹了口气说："你啊你啊，态度始终不错，能力着实一般。好在你对我忠心耿耿、言听计从，让人恨不起来。平时你容易被忽略，其他人都死得差不多了，显出你来了，这是你的存活升迁之道吧！没有从政的命，官员的窍门倒掌握了不少。"

希尔面无表情，对一个没有自我，眼里只认钱的人来说，夸赞与打骂并无差别。

康迪拿他没办法，只好自己解答自己的问题："别舍近求远，答案就在眼前，是科技。科技时代，科技先行。海松号被海警扣留过挺长一段时间，我不敢保证是否被动过手脚。出发前，把所有船舶检查一遍，尤其是电路和软件。"

希尔不敢怠慢，立即花高价从国外请来顶尖信息专家团队，把此次即将参与活动的船舶翻了个底朝天，重点是海松号，重中之重是康迪密室的终端系统，专家们费尽九牛二虎之力的确发现了异常，但一时半会儿无法断定问题出在哪儿，破译难度可想而知。希尔提出一个大胆的想法，直接拆掉终端，被康迪当场否了，那样虽然干脆利落，可物理隔离，杜绝隐患，但同时也失去了对其他船舶的控制，作为老大，岂能如盲人摸象，他坚决不允许此类情况发生，诺卡就是活生生的例子。专家团领队也有大胆的建议，就是所有船舶全套更换系统。这条建议让康迪大为光火，在未确定是否被海警植入监控监听程序的情况下就全盘更换系统，费时费力费钱，更不省心。他心说，我要愿意这么做，还花巨款找你们来干什么。

不拆除终端，到底何时能放心出发？货款已经给付，原油已然装船，与所有下线都约定了交货时间，形势刻不容缓，如果一直拖着，损失惨重不说，不用海警出马，康迪集团也会在圈内覆灭。要知道，被海警抓获至少不会累及家人，如果被同行残杀，老窝都会被吞并。祸不及妻儿源自江湖，江湖人士能遵守的却很少，连电信诈骗、网络贷款的家伙都懂得把受害人信息群发给他们的亲友，更何况他们，更懂得人性的弱点，所以所谓的江湖规矩也只是社会人对社会人的期望罢了。

领队兼任翻译，康迪拿枪指着他的脑袋，告诉他："告诉你的成员们，还有二十四个小时，如果破译不了，也必须出港！多亏还有不短的航程，在此期间你们还需继续工作，只要在进入海警打击范围之前取得突破，大家就还有余地。如果没有进展，只能送你们喂鱼去了。"

一天时间显然不够，领队把络腮胡子都急白了，也没理出头绪，十台主机、一整排显示屏同时工作，一行行代码在飞速翻滚。领队想放弃又不敢，急得呜呜哇哇喊叫，康迪见他这个倒霉模样，很是生气，想要让他当场消失，但正是用人之际，无法另请高明，他强忍住了。

第二天，海上风大浪急，船内人心惶惶，康迪不愧见过大世面，顶住压力，大手一挥，十余艘满载原油的大型货轮纷纷离港，驶向深蓝。康迪留了一手，租了三艘万吨巨轮作为替代船舶，跟在船队后方，以备不时之需，这个保留曲目连希尔也不知情，雷达监测到那三艘轮船始终跟着船队时，他还惴惴不安地问康迪是怎么回事，康迪说了一句"不要草木皆兵"给打发了。

当时，江淮海警局指挥中心内警笛大作，准备下班回家给女儿过生日的孙颜局长刚脱下制服，旋即穿了回去。一众领导齐聚中心会商室，紧急磋商"国门利剑"净海行动具体事宜，大幕即刻拉开。大屏上代表康迪集团船舶的红色信标像一颗颗已经拉了引信的炸弹，正朝着江淮海警局"责任田"飞驰而来。

武江舰等舰艇静静地停泊在宁岛港，为保密，高层会议结束之前，连执法员对行动进展也一概不知，与平时状态无异。

冯蔚对田毕雯使了激将法，不仅没起作用，还把自己逼入进退维谷的境地。他是从市区失魂落魄走回宁岛港的，一路上脑袋里都是和田毕雯缠绵悱恻的画面，他曾以为他们可以厮守到老，不承想只撑了一个回合，就被"读秒"了。之后的一整天他都在进行思想斗争，他想不明白田毕雯除了不是本地人，各方面条件都优渥，又正值青春年华，怎么走都走得通，为什么非要走那条拥挤的路，就像别人也想不明白他对大海难以割舍一样，只是他没站在这个角度上想。

要说田毕雯有功利心，冯蔚第一个不同意，不然当初她不会在商业表演现场"临阵脱逃"，去给一个只见过一面就"牺牲"了的执法员送行，就不会导致现在走投无路。可要说她不功利，她现在表现出来的状态就像在吸食精神鸦片，对郑老六画的大饼深信不疑。或许那张饼真可以吃，已有香气冒出来，但只要是个人，闭着眼，用脚后跟也想得明白，想吃这张饼，需要豁出去灵魂和肉体。

急功近利是人们的通病，能悬崖勒马的永远是极个别，钻进牛角尖的田毕雯劝是劝是劝不回来了，面对冯蔚的阻挠，她质问他，为什么你每天脑袋别在裤腰上我都支持你，我只是和郑总走得近了些，你就大动肝火，这是只许州官放火，不许百姓点灯。"

在田毕雯抗拒的目光中，冯蔚萌生自卑感，担心田毕雯会认为他此举是内心孱弱的表现，是怕她移情别恋，委身于金主。冯蔚在否定自己，可能确实杯弓蛇影了，天马行空、感情用事是人家艺术工作者的鲜明特点，不能只站在自己的角度看待眼下这个问题。另外，即便郑老六是罪犯，田毕雯没有参与其中，也未必会受影响，犯不上这么计较。

傍晚五点，武江舰下午的工作结束了，远远地，扩音器里传出《海警之歌》，冯蔚对这个声音敏感，瞬间清醒。他刚把自己劝得心宽一些，突然又被这旋律打败。这些年，他所受的教育训练不允许他麻痹大意，凡事会往坏处想一想，工作中这可能是优点，但生活中却会带来无尽烦恼，比如现在。而且，他的身份时刻约束他要与发生的或即将发生的不良现象作斗争，他存在的意义是为了惩治罪恶，但首先应是威慑。就像他打掉了那么多犯罪团伙，维护了近海安全，但从未被群众当面感谢，打击海上犯罪，不会得到额外的好处，可他的心里时常涌动着喝彩，那喝彩就来自这风平浪静的大海，来自安全归来的渔船，来自身后宁水市已经亮起的灯火。田毕雯不给机会就听之任之了？以后海上维权执法难度越来越大，就不干了？

港口内，沿路都有渔民给冯蔚打招呼，他也没听见，他只盯着表，已经五点一刻了，如果还不去响石码头，和田毕雯的缘分就算尽了,以后大路朝天,各走一边,是福是祸,各安天命。如果去,他的心灵还要受一次重创。

他要出港口,耳边响起田毕雯的话:"不要狭隘,世上好人多,别杞人忧天。"

他要登上武江舰,试图把糟心事抛之脑后,又突然发现一个细节,监视武江舰的游艇不见了,虎视眈眈的"望风者"也不见了。什么情况下,会撤走眼线?要么犯罪头目良心发现,金盆洗手,要么有新任务,人手不够,让这些人补缺去了。前者概率几乎为零,后者才是重点。过不了多久,就会出大事,可能是两天后,也可能是三天后,冯蔚如此判断,当时,他还没想到大事就在今夜。

冯蔚向李海疆报告了港口内的变化,李海疆说:"我已经和欧潮沟通过,上头没明示,既然他们不急,我更不急,趁舰艇仍在港口,去处理自己的事情吧,有情况我第一时间召你回来。"执法员的难,李海疆最清楚,所以他尽量给冯蔚开通绿色通道。

黄昏里的响石码头略显荒凉,除了夏昌号轮船,还有几艘不成气候的渔船靠泊在那里,加重了萧瑟感。破落的码头,与人去屋空的老村一样,带着伤感,但这样的地方,往往也藏着别样的故事。

刚才,郑老六邀请的各路宾朋已经陆续登上舷梯,进入轮船,则是另一番景象。外面天气阴冷,里面温暖如春,男士西装革履,围坐在摆成一圈的大沙发里,手里端着各式各样的酒具,谈笑风生，一群身上挂着三点式"布条"的女人，带着花柳香，一亮相立马进入状态，伴着短视频平台上流行的口水歌，拧腰抖胯，搔首弄姿，白花花、松垮垮的皮肉，像刚成型不久的嫩豆腐，随舞姿来回摇晃，看到那场景，才知道"吃豆腐"一说，是来自具象的感官体验。女人们和那些男人的裤裆部位若即若离，他们血脉偾张，忍不住摸上两把，蹭上几下，也不用有所担心。这些男男女女上了船像上了天，瞬间能忘记陆地上的条条框框。在这里，不用学习，就很容易掌握新规则，人们天生是这种动物，吃喝玩乐是唯一不用敦促便都会自行下功夫的学科，此学科的重要程度不亚于活着。

郑老六从女人堆儿里钻出来，脸上无笑意，明显对这群花钱请来的俗粉庸脂不感兴趣，他今晚的目标只有一个，就是田毕雯。常玩花钱的，这不花钱才有资格成为主菜，而那时的田毕雯略施粉黛，戴着银光闪闪的首饰，美得不可方物，她还站在码头入口处，磨磨蹭蹭不上来，他略有不悦，但不能发作，因为还没到六点，六点之前，田毕雯只是万花丛中的一只肥美的大白兔，再好的猎手也不敢保证定能将其收入囊中。

当晚，在郑老六的概念中，六点是个分界线。

# 第二十九章

我们的轨迹一个山南一个海北,即便你正在我身旁,但我还会守护你的选择,就像守护心中壮美的海疆。

月亮悄悄爬上天空,目之所及的整片海域里便都是月亮了。就像冯蔚离得再远,其实还充盈在田毕雯心里,他们在谋求事业发展的理念上有分歧,不代表他们的爱也是假象。星星闪烁,每一颗都有自己的语言,都像她和冯蔚春宵一刻之后彼此的诉说。这本该是一个团圆的夜晚。

田毕雯越来越不淡定,距六点只剩下十分钟了,这意味着要么她和冯蔚的感情还可以无限延续,要么就只剩下十分钟了。过了这十分钟,就算事后还能挽回,可以被原谅,也不如在此之前,一切都完好如初来得圆满。

她感到不安,甚至后悔,不应该也用激将法来回馈他的关心。

生活中难免种种伤心,可由关心引发的伤心,堪比腊月奇寒,比直接伤心有更强的破坏力。

郑老六站在舷梯上:"别等了,那小子不会来,船就要开了。"逆光中,郑老六的脸带着冷笑,他的潜台词是黑瘦的冯蔚算什么,就算再来十个保镖也没用,这船上都是我的人,我想得到的女人还没有逃出手掌心的先例。

田毕雯张望码头的入口,一左一右两盏路灯把那里照得雪亮,就是有只飞蛾飞过,她也能看得清清楚楚,可那里空空如也,海边的夜晚从来不会那么冷清。她叹了口气,她知道这符合冯蔚的性格,死亡之海都没摸清楚他到底有多倔强,一般人更难理解,但那时候她真切地感受到了,他决绝地转身,就是想让她决绝地回头。可已经由不得她了,郑老六正带着两个马仔往下走,看那架势,她要不上去,他们也得把她掳走。

有那么一瞬,田毕雯想逃离,奔向那两盏明亮的灯,那是她保持纯净与选择沉沦的界限。但她迈不动腿,舷梯之上的灯更眼花缭乱,那灯光能随着舞曲变换频率和色彩,那正是她一直向往的秘境,那是镁光灯、白炽灯、柔光灯等等与表演相关的光线,都是她所热爱的,是一直苦苦追寻的东西,这些东西真正到来的时候为什么要退缩呢?她停下脚步,看清了郑老六的脸,没那么讨厌,中年成功男人的优点他身上都有,看起来还挺魅惑,她承认自己在努力说服自己不要排斥他。

田毕雯拾级而上,那舷梯又高又长,高过这些年来她迈过的所有坎儿，长过她走过的所有弯路，也如同她的情路，她不乏追求者，有过不少男朋友，动过真情的有几个。她没有情感洁癖，无须通过忘记他们来表达对新一段感情的忠贞，她当然也还记得和他们的海誓山盟，但今天她眼里却只浮现着冯蔚的脸。因为从现在起，说得好听些，是职业生涯中有里程碑意义的转变，说得难听点儿，叫堕入风尘，这历史性的时刻由冯蔚一个人见证。尽管他不在场，但只有他知道来龙去脉，所以她耳边都是冯蔚的劝告声，每上一级台阶，似乎冯蔚都喊了一下她的名字。她就是在那样的煎熬中走完最后一级台阶，登上轮船的平地。

"田毕雯！田毕雯！"那两声叫得清脆，她听得真亮，整个响石码头都在回荡着那个声音，盖过船舱里的音响。她倏然回过身去，发现不是幻觉，冯蔚就站在舷梯下面。当时他从宁岛港跑出来，好不容易拦了一辆出租车，出租车司机嫌响石码头又远又偏，只把他送到距离码头还有两公里的省道边上，他是一路冲刺过来的，鞋都跑开胶了。

田毕雯喜极而泣，曾自我标榜理智的她失控了，要跑下船去，投入冯蔚的怀抱，而郑老六拉住了她，换了一种语气："你要知道这一切有多么来之不易，在宁水像你这样的姑娘少说也有十万，要么在远郊要么在城中村，有的比你优秀得多，她们都在等一个机会，现在这个机会就摆在你面前，你只要往前走一步，成功就来了，往下走一步，以后永无出头之日，除非我不在宁水。"田毕雯僵住了，泪像冻住了，不能再淌下来。

冯蔚就站在夏昌号下,一只脚踏在舷梯上,他在做最后的努力,他伸出手,露出微笑,所有的动作都在告诉田毕雯,别有压力,不要怕被我看扁,你现在下来,就当什么都没发生,感情继续,连重新开始都算不上,最初的美好还在。

然而,夏昌号的起航汽笛卡带了似的,在田毕雯耳朵里循环播放,还有郑老六的催促声,她整个人都处于凌乱中,差点儿忘记自己是怎么来的,来干什么。

郑老六碎碎念:"我们这个圈子的规则,你是清楚的,你如果无所求,根本不会来。而且想在这个圈子混得开,首先就要斩断情丝,你不成功,哪有什么爱情,有的话,早晚也会被葬送,还不如一开始就做个明白人,省得以后麻烦。"田毕雯知道郑老六说得对,在这个浮躁的圈子里,爱情是奢侈品,滥情倒是唾手可得。

郑老六重新点燃了田毕雯的欲望,半晌,她嗫嚅地对冯蔚说:"对不起,你回吧,这趟海,我还得出。"说完这话,田毕雯像是签了卖身契,在走上青楼之前,送别自己的男人。

郑老六对田毕雯的表现相当满意,他势在必得,和田毕雯搞在一起的画面仿佛已经跃然眼前。他对冯蔚说,小兄弟,你也是跑船的人,对船要有起码的尊重,我们要起航了。你要上来,抓紧时间,你要是走,恕难相送。

既然田毕雯执迷不悟,自己不能也跟着犯糊涂,他说:"重在参与,既然来了,就跟着你们见见世面吧。"冯蔚几下就爬到了船上,舷梯随即收了起来,郑老六的笑容也收了起来。

郑老六是场面人，在座的男人都是他的狐朋狗友，他们大体有着相当的财富、相同的爱好，他们比较的不再是车房和票子，而是哪位大老粗又在他们最没有发言权的领域取得"新成就"，比如涉足政界，混了个一官半职，或者某协会会长，又或者猎艳了一位高质量女性，以此来凸显思想文化修为的提升。田毕雯的到来，正是如此，让郑老六脸上有光，就像钓者收获一条足称的大鱼，忍不住要显摆一番。

当大家玩兴正浓之际，郑老六关了舞曲，拍着巴掌让大家停下来。他站在高处，居高临下地向大家宣布一个决定，他说，论跳舞，我的这位田小姐是科班出身，能一个人撑起几百平的大舞台，你们都是半桶水，不要班门弄斧、贻笑大方了。下面我提议，由我亲爱的田小姐为大家献上一支独舞，让你们看看什么是专业，什么是舞蹈语言。

掌声四起，夹着唿哨，田毕雯并没有准备，被强推进了舞池，在一群不怀好意的人当中，难免慌乱。

冯蔚当然不能让田毕雯难堪，站出来说："我看没这个必要吧，这是派对，别让一个人抢了大家的风头啊，况且，田小姐今天身体抱恙，并不在状态，望体谅。"

说着，他要去把田毕雯拉回来，他已经碰到了田毕雯的左胳膊。那时，郑老六眼疾手快，抓住了田毕雯的右胳膊，他们像抢亲一样，这让冯蔚想起来当年也是这样和杨荣才抢自己的初恋章梦佳，何其相似，真是三生有难，这狗血剧情全让他赶上了。

郑老六压迫性十足："你怎么知道她没做好准备，你又怎么知道她身体抱恙，你算干吗的啊？"

冯蔚被怼得神情恍惚，说来令人心碎，自己到底是个什么角色，他一时也不敢下结论了，他说："我是……"

郑老六打断了他："不管你是谁，是不是应该尊重田小姐本人的意愿？没钱没地位，也要有绅士风度，风度不分阶层。"

田毕雯夹在中间，像一摞筹码，到底归谁，她很明白，上了贼船，赚到的永远是东家。她不敢看冯蔚，嗡嗡地说道："即兴来一段也不是不可以。"

那时，冯蔚能听到心在滴血的声音，却无法勃然大怒，因为他知道田毕雯不是无可救药，而是没有饭吃，而爱情的确不能拯救她的饭碗。

郑老六的下巴比冯蔚的头顶还要高，他太得意了，不光是因为和冯蔚相比，他占了上风，还因为这足以验证他稳扎稳打的策略是有效的，这是他得寸进尺的又一个新开端。他一步步瓦解田毕雯的自尊心，让她从抵触到崩塌，直到不懂拒绝。

田毕雯确实想过拒绝："我这服装不适合。"

郑老六说："有！你只要跳，我什么衣服都有！"他打了一个响指，有人送上来一套和刚才那些女人一样还没手掌大的衣服。田毕雯竟然接过了它，并从容地走向了更衣室。当她从暗处走来的时候，雪白的身体让全场黯淡了，她的光芒对应着冯蔚青紫的脸以及郑老六的红光满面。

冯蔚退到舞池边,蹲下来,双手捂住了脸。当初在中秋晚会上他看到露大腿的女人目不转睛,垂涎三尺,现在却不忍直视了。他再一次明白,人们喜欢分享,不过是分享别人的,如果是分享自己的,那是锥心般难受。

众目睽睽下,田毕雯等同于被扒光了衣服,虽然其他女人都穿成这样,但不同的是她们只能靠漂亮的容貌和皮囊争奇斗艳,那正是她们的工作,他盼望着能快点儿挨过去。

郑老六和他的死党们相视淫笑,像锁上门在偷摸"赏析"好不容易从黑市上捣腾来的三级片。那时,田毕雯唯有如是想才能坦然面对龌龊,并发挥出她应有的水准:我是个舞者,生来为舞蹈,多在意舞姿吧,在意关心肢体语言与灵魂表达的朋友们,我用诗意的一招一式、一颦一笑和赤诚的人对话,冷漠的人看得到热烈和奔放,失意的人能感知温暖与友善。我既然进入这一行,就不应惧怕亵渎的目光,如果不能刺破黑暗,眼里失掉黎明的微光,我追求的所谓理想终究是一团粪土,直面打击、干扰与凌辱,所以我翩翩起舞,迎着丑陋、卑劣、欲望,所以我翩翩起舞,我眼里挂满彩虹,光脚踩过的地方,都会成为净土,我勇敢面对的空间,就是圣洁的天堂,像风席卷了一切,雨洗涤了尘埃,还这个世界以原本的模样。

田毕雯越跳越有感觉,周身闪耀着自信的光彩,半赤裸也如披上随风飞舞的薄纱,令人聒噪的暧昧红也像天边绚烂的晚霞了。

女孩们嫉妒不已,唯独不会羡慕,她们认为这里一转眼就成了田毕雯的主场，"头牌"的位置算是被抢走了，再努力狐媚，也只能成为衬托。她们都在纳闷，这娘们儿在哪里混的，以前怎么没听说过名媛圈、游艇宝贝圈有这号神人。那些满身铜臭味的男人们倒是会羡慕，羡慕郑老六艳福不浅，同时在盘算着多少价码能拿下这样的货色，急需找郑老六取取经，明后天也上手一个，上手一个中意的人和上手一件古董玩器一样，或者等会儿私下里就跟郑老六商量商量，能不能共同享用。他们搓着手，像在灶台边等待揭开锅盖的饥饿饕餮。

而冯蔚渐渐放下手，忘记羞恼，一个不懂艺术的糙汉，竟完全被田毕雯带进了节奏，在他以前的意识中，大庭广众之下，展示身体，怎么说都少儿不宜，艺术区那些赤身裸体的雕塑都能让他不自在。但现在，田毕雯用飘逸舒展的动作接近他，她有几下来到了他跟前，他感受到了她呼出的热气，他认为她是有意为之，她看似在给所有人表演，其实只是在和他隔空交谈。他相信，时间长了，他能读懂她所有的表达，不然他们不会莫名其妙地走到一起，并且一步步进入她这个完全陌生的圈子。

他仿佛回到了他们初识的场地，回到了他们厮守的温床，当她再过来的时候，冯蔚站起身来，给了她一个肯定的眼神，告诉她，我永远都在。那时候，他们都哭了。她在为被理解而哭，他感动于一位优秀女子在这种行业环境中的无力，一不小心就可能沦为牺牲品，但她不畏世态炎凉，仍然开垦这片蛮荒之地，坚强和柔弱都在她身上体现得淋漓尽致，分寸、边界与好胜心自相矛盾，却成为她亮眼的属性之一。

曲毕，田毕雯以一个高难度的收势动作结束表演，灯光亮了起来，现场静悄悄的，那些轻浮的家伙从没有在这种场合见过有人如此走心，他们可以不尊重田毕雯，但再落伍的土人也知道什么叫专业。他们迟疑了好久，继而掌声雷动。

田毕雯要去换衣服，被眼睛已经乐成桃心的郑老六拦住了："就这样挺好的，你要融入她们，你不搞特殊就已经鹤立鸡群。"

"这个要求我不能满足你，台上台下应该有区分。"田毕雯刚刚出了彩，有了底气，拘谨一扫而光，更敢表达，她兀自推开郑老六，进了更衣室。

郑老六非但不生气，还得意地对身边人说："百依百顺屡见不鲜，这超然脱俗的性格最拿人，你们都学着点儿。"

穿回自己白色风衣的田毕雯被郑老六勾肩搭背拉到酒桌上，和各位所谓的大佬混脸熟，代价是转着圈地喝酒。冯蔚要挡酒替酒，皆无机会，退而求其次，盯着不让人往酒里下药成为唯一力所能及的事情。

其实田毕雯有心眼，刚才执意换回风衣，原来就等着这时候派上用场，喝进去的酒，趁人不注意，稍一侧脸就吐进了立起来的领子里。冯蔚很欣慰，偷偷给她竖了大拇指。

可再会伪装，也架不住车轮战，酒不可能全吐出来，没机会吐掉的那几杯对不胜酒力的田毕雯已然影响不小，一轮下来就上头了。

冯蔚必须强行制止，与郑老六针锋相对，发生肢体接触。为照顾郑老六的面子，冯蔚只使了一招很隐蔽的擒拿手，不费吹灰之力，郑老六就缴械投降了。见识到冯蔚的厉害，郑老六起了疑心，这不像一个普通船员该有的身手，他悻悻地躲进船长室，不知是否去排兵布阵了。

趁这个空当，冯蔚才把田毕雯拉到一边醒酒，还没消停五分钟，手机震动了，这一看，冯蔚汗毛倒竖，是李海疆的召回短信，短短几个字而已：国门利剑，即刻行动。

冯蔚倏地望向田毕雯，看见她绯红的脸和迷离的眼睛，更心急如焚："马上跟我回去，一分钟别耽误！"

田毕雯脸上挂着大大的问号，心说，你喝多了还是我喝多了，这是大海，虽然隐约能看见宁水市的灯火，但已然是深海了。

冯蔚说："明确告诉你，事态非常严重。我有紧急任务要走，这船有问题，船上人更有问题，你不能一个人待在这里。"

田毕雯说："就算我愿意回去，夏昌号开出来少说也有几十海里了，咱俩游回去还是让夏昌号返航？你瞧瞧郑老六那样子，明明才刚开始兴奋嘛！"现场嘈杂一片，男男女女正释放原始冲动，满场发浪，自行配对。

冯蔚说："轮船上都配有救生艇、气垫船或冲锋舟。"

田毕雯说："我不能走啊，走了就前功尽弃了，这关系肯定维持不了了。"

冯蔚厉声说："不走，命都没了！"

田毕雯说："船上不只有我一个女的，我能照顾好自己。你今天能来就够了,不管待了多久。"

冯蔚苦口婆心:"现在不是说这些的时候,不要再找理由,收拾东西走!"

田毕雯还没有意识到问题的严重性,胸有成竹地说:"我喝不多,有解酒药。"她把药瓶拿出来晃了晃。

见田毕雯油盐不进,冯蔚火蹿出来,一把打掉了她的药瓶,药丸滚了一地,他紧皱眉头低吼:"要么跟我上岸,要么你就跟郑老六好去吧,现在就选!"

这也没镇住田毕雯,她还捏了一下冯蔚的下巴:"真爷们儿,一船的人,就你最爷们儿!我慧眼识珠,当初就是这样在人群中发现了其貌不扬的你。"

冯蔚知道她是真醉了,苦笑了一下,不再征求她的意见,转而找到郑老六,客气地说出要回去的想法。

郑老六指指那群姑娘说:"别急啊,明天一早我正好有个大项目,也必须返航。来都来了,入乡随俗,换换口味,船上这些货色,你相中哪个,哪个就是你的了。"郑老六所说的大项目是去公海上接应康迪集团的走私货物,明天把船上的人卸下去,再调头去拉货,时间安排得紧密又妥当。

冯蔚说:"我要走,而且田毕雯必须跟我走。"

这是命令的口吻,郑老六认为受到了挑战,已经很久没人能对他造成威胁了,一个年轻人敢用这种语气跟他说话,这让他很不开心:"较劲是吧,想什么呢?这不是你家后院,要回自己回,休想带走任何人！"

冯蔚没时间了，狠狠地说："我如果非要带她走呢？"

气氛骤然紧张，冯蔚和郑老六用眼神在博弈，他知道冯蔚身手了得，单打独斗肯定会被他弄死，好在他能混到今天，靠的是脑子。他退后一步，张开双臂，似是环抱了他的轮船，展示了他的人马，吆喝道："闻所未闻，装蒜装到老子头上来了，不看看这是谁的天下！"

郑老六趾高气扬地拍了几下掌，余音绕梁，从大厅外面钻进来十几号打手，个个浑身腱子肉，气势汹汹，像刚从笼子里放出来的饿狼。他们手上都持有器械，一看就是长期培训的打手，一个合法商人养这么多咬人的狗，更让冯蔚确信郑老六的身份。

郑老六不懂武术懂战术，像只老鼠钻到环形沙发后面去了，生怕被冯蔚劫为人质。而那群游艇宝贝没见过这阵势，花容失色，尖叫着跑开。郑老六的大佬朋友们跷着二郎腿，稳坐"钓鱼台"，互换着心仪的雪茄，吞云吐雾，不亦乐乎，他们显然见多了这种场面，对郑老六过度自卫指手画脚，表示嘲笑。可接下来他们就没这么潇洒了，冯蔚一人折腾出来的动静太大，想象中的群殴演变成以一敌百，差点儿波及他们，纷纷鬼哭狼嚎，和郑老六争抢起了桌椅板凳下面有限的空间。

执法生涯中，冯蔚当然遇到过被犯罪嫌疑人包围恐吓的情况，但都有队友并肩作战。这次他孤身一人，身后醉眼惺忪、战力为零的田毕雯不能为他加持，还是他的软肋，但那也是他不服输的动力。

这注定是一场打不赢但必定要打的恶仗,被动不如主动,冯蔚有备而来,从腰里抽出警棍,打破了对峙局面,喊一声为自己打气,然后冲向离他最近的一个人,一棍将其抡倒,形成心理震慑后,满场狂奔,以分散人群,防止包围圈缩紧。他边跑边打,且退且战,棍法精准有力,打倒一片人,但郑老六的打手太多,雨后春笋般又冒出来,连船员和厨师都愿意为他拼命,可见跟着郑老六确实有利可图。他们一窝蜂涌上来,冯蔚终究失去了打游击战的空间,纵有三头六臂,也不够他们打。

血腥的场面,田毕雯酒全醒了,他看见冯蔚腹背受敌,拳脚棍棒雨点般地落在他身上,那让她想起宁水老街上打糍粑的场景。那时她全想通了,她要跟冯蔚回去,只要冯蔚好好的,什么艺术、理想、名气、钱财、地位,都毫无意义,但为时已晚,她的哭喊声淹没在打斗声和咒骂声中。

冯蔚伤痕累累,再无还手之力,像当年"麻溜"躺在乡民的棍棒下抽搐,像俞瀚被两艘船的船舷碾碎,像刘岸在风雨雷电、波峰浪谷间耗尽体能……

田毕雯跪爬过来,摇着郑老六的手,像孩子在摇大人的手。孩子无非是要一根糖葫芦,她求他给冯蔚留条命。

郑老六把责任推得一干二净:"是他先动的手,惹了众怒。而且你不知道,刚才他怎么对我的,弄疼我了,有没有骨折还不知道,你也不关心我一下,满脑子是他,我也要面子。就算他这么不懂事，我没动手，是我那些朋友看不惯。"

田毕雯说："这里你说了算，宁水都是你说了算，他们听你的。"

郑老六说："可是我为什么听你的，这小子是你什么人，值得你这么低三下气？我不喜欢你这个样子。"

田毕雯说："我骗了你，他其实是我男人。"

郑老六义愤填膺地说："他现在不是了！"

田毕雯说："看在我的面子上，放了他！我可以不再跟他来往。"

郑老六对挖墙脚情有独钟，棒打鸳鸯能让他振奋，他就喜欢如此违背伦理和规律，通过拆散、毁灭来验证自己有能力。他甚至想好了，一会儿他还要问问田毕雯，到底是他的性能力厉害，还是冯蔚这个精壮小伙儿更强一些，这些年他从未得到否定他的答复，他也不相信田毕雯敢不选他，尤其是等他原形毕露之后。

他捧着田毕雯的脸说："你有面子吗？"

田毕雯说："您说有就有。"

郑老六说："对头，你的面子都是我给的，没有我，你什么都不是。"

田毕雯说："您怎么说我怎么做，只要让他走。"

郑老六走向吧台，开了一瓶香槟，使劲晃动，说："你也走吧，要走的人我不会挽留，我如果是只喜欢女性身体的人，就多余围着你转，我也要心，忠心、爱心、红心，懂不懂？"

田毕雯诚惶诚恐："早知道，我不该来，早知道，我不该让他来，可是哪有那么多早知道。我什么都明白，让他走，我就应该付出代价。"她弱得好像下一刻就会死去。

正如那些武侠作品中的奇怪现象一样，不可一世的女侠一旦为情所困，好像功力瞬间就减退或者消失了，败得落花流水，输得一塌糊涂。钻心的剧痛中，冯蔚还注视着田毕雯，曾经这个在他眼中高不可攀、无可取代的姑娘就是那样一位陷入恶性循环的女侠。

在田毕雯的苦苦哀求下，郑老六让打手们撤走，霎时现场清净，只剩下冯蔚伸出一只血手，辅以频率极高的喘息。他没有放弃田毕雯，在晕头转向中还做着夫妻双双把家还的美梦，可田毕雯必须通过放弃他，来保住他。

郑老六下令吊放冲锋舟，扔垃圾一般把冯蔚扔上去，派两名打手与他一起到岸边，美其名曰护送，其实是押送，怕他万一缓过劲儿，折返回来，再次坏了他们的雅兴。郑老六通过刚才冯蔚的表现已经确定他的身份非比寻常，暗中交代打手，待冲锋舟开出一段距离后，就杀人灭口，省得惹来不必要的麻烦。在他的概念中杀人不是麻烦，刀下留人才是麻烦。

冯蔚四仰八叉躺在船舱里，始终没有放下那只手，似是召唤，似是拥抱，他们才刚刚在一起，他以为得到了全世界，可失去猝不及防，全世界都在离他远去。田毕雯趴在栏杆上，看见黑漆漆的海面上只跃动着一双血红的眼。

在那个别离的时刻，没有解释的机会，田毕雯努力把灿烂的微笑呈现给他，希望以后不管见或不见，爱或不爱，冯蔚每当想起她来，都是最美最快乐的一面，她刚裂开嘴，却哇地哭了出来，哭得郑老六再也搂不紧她的腰。

她伏在栏杆上朝下喊:"回去吧，好好活着，就当我们没有来过海上，就当我也跟你回去了！我知道你对我失望透顶，可是，这就是我们要过的一关啊，我们中间至少有一个人能通关就行了！"

冲锋舟启动了，船体在海面上描出一条白线，泾渭分明的白线，是与夏昌号再难逾越的分割线。浪打过来，冯蔚像簸箕里的玉米粒，上下翻飞，来回碰撞。田毕雯不住呼喊着，她不敢确定他能不能听见，所以她突然记起来自己是个舞者，虽然落魄到，这些年来付出的心血，原来就是为了在声音传达不到的时候用身体发言。借着夏昌号上辉煌的灯光，几里外也能看得清楚，于是她尽情伸展腰身，摆出她认为足以表达怀恋的姿势，以此告诉冯蔚，她的心已经跟随他登船上岸，告诉他，她不会再做这么傻的事情，这是第一次，也是最后一次，因为与维持感情的安稳纯粹相比，那所谓的荣耀，不过是一件华丽的配饰，如果用放弃既有的东西来获取，简直是本末倒置。

当年她欠他一支舞蹈，冯蔚并未得见追悼会上的那支，刚才的一支又属于被逼无奈，而现在这一支才是真正意义上的为他起舞，谁也想不到，他们的相逢相知以一支舞蹈的由头开始，就以一支舞蹈来结束。谁也想不到，原来这世上最令人心碎的情缘是如同未曾发生，山海依旧，互不相欠。

诡秘的大海上，冯蔚看见她像一只白天鹅，她又恢复优雅高贵，夏昌号的甲板是她高远宏阔的舞台，令普通人望而却步。那些牛鬼蛇神，在这样的时刻，也难以浮头滑脑，有的陷入沉默，有的因为风大浪急躲回船舱，幸运的是冯蔚依然是最忠实的观众，不幸的是他只能做个观众，匆匆一瞥后，接受这转瞬即逝的相伴相随。他没有当好护花使者，还让事态恶化得更快。

而这个观众也要提前离场，冲锋舟越来越远，很快就融进波浪里了，那时乌云的缝隙正巧卡在月亮正中，瞬间，定格田毕雯的美好，以及冯蔚痛苦的凝视。

这些年郑老六靠演员发财，耳濡目染，也成了个好演员，他好像抹了一把眼泪，似是感同身受，长吁短叹："太感人了，羡煞我也，这辈子我都没遇到过这么痴情的人。真是人间悲剧，可悲剧才深刻，唯有深刻值得铭记。"俨然一切与他无关。

夏昌号的一声汽笛，斩断有情之人的情丝，却同时提醒无情之人危机解除，可以继续有恃无恐地作恶。

冯蔚望不见夏昌号了，只看到一颗流星从天边悠然落进海里，无声无息，然而在他的耳畔却有隆隆的炸雷。这两种自然现象，本不可能同时出现，却真实地出现了，就像他多年守护大海，他的爱人却受困于大海，他从未想要大海的馈赠，可不影响大海对他的剥夺，所谓公平，从来只是多数人的向往罢了。

工作人员清理了一地狼藉，夏昌号大厅重又整洁如新。田毕雯眼里失去了光彩，行尸走肉般跟在郑老六身边，看起来，不说言听计从，也得任其摆布。

郑老六拉着田毕雯进了船长室,半小时后,他提着裤子,骂骂咧咧地出来:"娘的,真拿自己当冯婉贞、穆桂英了,烈性、生硬、夹枪带棒,太倒胃口。"

"郑总是不是被那小子吓破了胆,导致不举啊?"四五个老板幸灾乐祸,窃窃私语。

"怎么说话的,这事也讲究天造地设,老锚拖不住新船,肥鸟钻不了窄窝,正常现象,我适应能力强,让我来教育教育她!"一个脑满肠肥的中年男子精神抖擞地跳出来,准备替补上阵,还摘了劳力士和金链子,摆出一副为了郑老六两肋插刀、赴汤蹈火的架势。

现场一阵哄笑,郑老六灰头土脸,飞起一脚,踢碎桌上的一整排还未开封的名贵洋酒,自顾自地走了,意思是随你们去吧,既然她不识抬举,破罐子破摔,我也没必要捧在手心里,当成香饽饽。

从没尝试过如此才貌双全的"品种",那几个老板正眼巴巴地做着春秋大梦,渴望有朝一日郑老六玩剩下了,自己能捡个漏儿,没想到郑老六主动开了这个口子,田毕雯的厄运随即降临。

几个小时,那些欲火焚身、跃跃欲试的人几进几出船长室,在眼神木然、身体不能自我支配的田毕雯身上"开疆拓土""勤奋耕耘",那时兽性即人性,人性倒不如兽性。

# 第三十章

月亮把我们的脚印都映得雪白,每一个赤诚的人都值得被热爱,所以航路延伸至天涯海角,花儿开在了九天云外。

田毕雯直愣愣看着天花板,于是那里便架起了一块天然银幕,放映着赏心悦目的镜头,一幅幅水墨画般晕染开来,有洁白的云朵、五颜六色的衣装,有含苞待放的花蕊、和煦的暖阳,有动听的歌声、提着裙摆的幸福的新娘。那都是她的渴望,却在这万分悲哀的时刻赫然眼前,并以假乱真,以至于她根本不会感到寒冷。她甚至露出了连冯蔚都没能让她露出的笑容,眼泪也如山泉甘露,流过她干涸的脸庞,她或许在想,我是为实现价值而来,我的专业素养告诉我要摒弃污浊肮脏,把伤痛抛之脑后。那些洪水猛兽,抵挡不了,逃避不了,就尽可能驱散心头阴霾,泣血也得过好当下时光,哪怕下一秒万劫不复。那不是粉饰和美化,是对罪恶邪淫的蔑视。

所以,她依然记得她的理想,她耳边还回荡着当初和冯蔚关于是否坚持理想的探讨。

就在那晚,他们深情地依偎在一起,她说:"你们的路看似充满艰险,但只要足够勇敢,足够忠诚,就能越来越好,而我这条路太难,要足够油滑,足够钻营,你们那些优良的品质,诸如忠诚、耿直,有时反而是弊端,可即便这么难,也不想放弃,这是我儿时就许下的愿望,并为之付出心血,要改,就像抽筋扒皮,前面的路也都白走了。"

冯蔚说:"我对你们的行业不了解,但我知道没有一条路是白走的,而且两条路之间有很多的共通之处,不会是截然相反的。"

田毕雯说:"可越是充满希望,目标似乎越远,我时常怀疑坚持下去的意义,是不是选错行业了?"

冯蔚说:"我不能替你做决定,因为不知道你是不是快乐大于痛苦。"

田毕雯说:"快乐,绵延不断的快乐。"

冯蔚问:"你想过换一种生活方式吗?"

田毕雯说:"一念之间。"

显然,她并不是迷茫,只是企图得到他的支持肯定,冯蔚识趣地说:"中国人讲以文载道,我想,这个'文'指的是文艺,只要载的是世道人心,传递的是正义信念,保持着对真善美的追求,就有通亨的价值,至于是什么体例什么逻辑什么风格,反而是其次的事了。古来挖空心思求官得财的人如过江之鲫,留下名号、得以传承的又有几人?多是当面一套背后一套、嘴上是主义心里是生意的小人虫豸,相反那些留下经典作品的人,才真正地名垂青史。"

对于他的博古通今、旁征博引,来佐证她是对的,她果然很愿意听,说:"我可不在乎什么名垂青史,那些一心成事的人想必也不是为了名垂青史才去经历磨难的吧。花儿应该绽放,风帆应该飘扬,鲤鱼记忆力再短,也没放弃跃过龙门的执念,就像你们执法员明知道会流血,还是前仆后继地去远航。生而为人,当然得开掘可能性,我也一样,我只需要在有生之年,让相爱的人怀念我时,脑海里浮现的都是我充实的模样,而不是在虚度光阴。"

冯蔚说:"我不会怀念你,为什么要怀念你呢?"

田毕雯很是失望:"这么快就厌倦了?如果你觉得相处很累,我不会纠缠……"

冯蔚话锋一转:"傻丫头,你以后会一直在我身边,对离开的人才怀念,身边人只需要珍爱!"

田毕雯当然开心,却怅然若失地说:"多浪漫的话啊,可是万一有一天我去了远方呢?"她有细腻丰富的情感,这也是她经常焦虑失眠的原因,没心没肺的人不会患得患失,也不会轻易把空虚缺乏的那些部分拿来示人,而她不一样。

冯蔚说:"我了解你,不怪你说这丧气话,我还是感到高兴。远方是抽象的,就像阳光不是具象的。不管你去了多远的远方,我都能找到你,别忘了,我还有舰艇,远隔重洋也不在话下……"他们的交谈仍然甜如蜜糖，时过境迁，她还听得真亮。

可一语成谶，那些话还没捂热，他们就要各自去各自的远方了。

装修奢华的船长室里，一个顶着大肚腩的家伙犹如登上了一座山峰，完成了一个伟大的壮举，站在高处，还要"嘿呦"一声，以示炫耀，随即心满意足地趴在田毕雯身上。

那一声叫得像一头老公猪被谯了似的，惊醒了幻境中的田毕雯，这才记起她当时正身处人间地狱，顿时血液逆流、骨骼倒生，这个时刻怎么还能掺杂进她与冯蔚的回忆里，那是令人发指的亵渎，所以他们的对话必须戛然而止。

她浑身痉挛，手到处乱抓，一把摸到了床头柜上的台灯，她抓紧底座上沿，照准大肚腩男子的脑袋挥去，那男子一头泡面般的头发，显然经过了精心设计，这下全毁了，而且他被打中要害，翻着白眼瘫软下去，田毕雯感到这厮的重量瞬间加剧一倍有余。

房间内还有另外一名男子，正在哼着小曲系衬衫上的纽扣，见状，连忙从裤腰的皮套里掏出一支锃亮的手枪，朝田毕雯开火。无奈没有经验，又高度紧张，一看平时拿枪就是装相用的，动真格的就驾驭不了了，枪被他拿在手里像是拿了一块火热的烙铁，抖搂了半天，最终也没拿住，反倒甩在了田毕雯面前。机不可失，田毕雯开枪就打，那人跑到门口，已经拉开一道门缝，还是命丧黄泉。大肚腩男子昏迷中感知危险，抬了抬脑袋，也被田毕雯干掉了。两个蹭了别人女人的家伙，临死也想不通，都说占小便宜吃大亏，这"大亏"原来也包括丢命。

船长室内传出第一声枪响，大家以为是幻听，第二声就听出来是枪声了，全船乱套，所有打手在郑老六的指挥下往船长室汇集。

田毕雯光着雪白的身子径直走出房门，一步一步穿过走廊，沿途打了几枪，击穿电路板，造成整个夏昌号停电。应急灯开启了，但只是几个关键部位，其他地方仍然伸手不见五指。那些人在黑暗中像无头苍蝇，踩脚碰头，乱作一团。

不一会儿，田毕雯正面遭遇一群人，郑老六就在其中，化成灰她都认得。她开了最后一枪，子弹不偏不倚正好镶在郑老六的左胸上，所有人四散躲避。就是在这个空当中，她走上甲板，纵身一跃，拥抱大海，全程无停顿，她的赴死一气呵成。她估摸着冯蔚应该已经安全上岸了，那时就下定决心，与这个世界一刀两断。

枪刚响时，郑老六就意识到坏菜了，船长室出了大问题。安全起见，他穿了两层防弹衣才敢出来，该着祸害活千年，防护措施真起作用了，实打实挡了田毕雯一枪。此刻他双目紧闭，牙齿打战，还尿了裤子，权威尽失。在随船医生汗珠子砸八瓣的急救下，才哼哼唧唧地醒来。

后来，郑老六在田毕雯跳下去的位置来回走动，思索为何连年来要风得风要雨得雨，那么多比田毕雯还有潜力，并且已经出成绩的姑娘都唯他马首是瞻，这次他却被牵着鼻子走，还差点儿搭上命，百思不得其解。后来他想通了，可能从来没动过情，这次却动了情，当田毕雯不配合他，他尘封已久的、以为早就不复存在的自卑爆发了。自卑是埋在许多中年男子内心深处的炸弹，不管如何历经沧桑，多么春风得意，只要触动了这个引信，功效不亚于火山喷发。而有能力触动引信的，是多年前的阴影或缺失。无须考证郑老六的青春年华经历过什么，总之他的成功，一半来源于扭曲。

从他的扼腕叹息中，能看出他很难受："这么好的坯子，我本来已经决定给她资源、给她平台，她想要的，我正好有，顺水推舟的事情嘛。她只要低低头，我们就一拍即合了。别人都可以，她为什么就不行？可惜了，她差点打死我，我也觉得她可惜了！"诚然，坏蛋有忏悔的时候，可从郑老六不屑于公平竞争的那一天起，他的事业、择偶与快乐的生活都失去了通过正常渠道获取的能力，而且并不自知。

田毕雯在下沉，在触底，但不会反弹，她如同做了一个潜向更深海洋的梦，她不在乎观众都有谁，所有哪里都可以是她的舞台。她出场的时候没有舞蹈，因此，在落幕之前，她舞动不止。她谁都不怨，每一步都是自己走出来的，有些事甚至未卜先知，可她还要飞蛾扑火，悲剧有时也不全是欲望的过错，还有就是高估了人心。

在台上是白天鹅，在水里是冰海天使，她下落的姿势飘飘欲仙，那是她最后一个高难度的舞蹈动作，她用生命去完成。如果以后，冯蔚知道了她的死亡细节，不是受制于人，而是自我选择，仇恨和遗憾都会深埋海底，那么她认为就已然实现理想，尽管代价太大了。

风浪中，承载冯蔚和两个打手的冲锋舟疾驰着，已开出来很远，看得到宁水的灯火了。打手认为，那片海域很适合动手，在那里将冯蔚沉入大海，不会连累夏昌号，且进退自如。他们处于满血状态，而冯蔚刚才还在咯血，只剩下半条命，所以他们很放松，料想闭着眼也不会出差池。

他们不知道，冯蔚已猜透郑老六的杀心，不会留活口，所以一路都在观察情况，寻找时机。不能再等了，求生本能，让他忘记满身都是伤，双手被反绑。当看守他的人，起身去拍另一个操作冲锋舟的同伙，他突然爬起来，铆足劲撞向操作冲锋舟的那名打手，打手被撞得摔倒在前挡风上，冲锋舟失控，像汽车甩尾似的急速变换了方向，人仰马翻。他们极力稳定好身体，再去抓冯蔚，冯蔚却凭空消失。

两人大惊失色，急忙将发动机熄火，拔枪朝冲锋舟四周的海水射击，两梭子弹打完了，他们打着强光手电，趴在船檐上，仔细辨别有没有冯蔚的踪迹或血迹，一无所获。

"见鬼了，蒸发了吗？"

"还是个水鬼。"

"这怎么回去交差？郑总要求我们留视频证据，不然领不了酬金。"

"那还不简单，我们上岸做个假人，随便找个海域扔下去就行了，这视觉条件，谁看得清？"

"能行吗？要是以后被发现他活着，郑总就得让我们死。"

"踏实走吧,哪有真正的'浪里白条',就算他生出鱼鳍、脚蹼,也必死无疑!"

"我还是不放心。"

"不放心,你就下去找,找到了补枪。"一名打手把一套潜水装备扔到另一名打手面前。

"你为什么不下去?"

"我觉得他死透了,不想浪费体力。"

"好,我下去,如果是我消灭了他,回去后你的酬金再分我两万。"

征得同意后,那名打手穿戴完毕,下了水,他压根想不到冯蔚与大海的关系到底有多亲密、在海中的生存能力有多强,为了两万块钱,他终究落入了冯蔚手里,再也没上来。

另一个打手左等右等不见同伙,后脊梁阵阵发冷,他仍然用手电四下照着海面,希望让同伴认识回来的路,他还喊着同伙的绰号,突然,"哗啦"一声,冒出来一个脑袋。

他以为是同伙胜利凯旋,拍着大腿说:"又被你占了两万块钱便宜……"谁知是冯蔚从水里钻了出来,伸手箍住他的脖颈,麻利地将其拖进海里。

冯蔚在水里轻车熟路,三两下就把他解决了。他至死也想不通,身体极其虚弱的冯蔚是怎么挣脱牢固的绳索,将他们两个精壮之人玩弄于股掌的。

原来,当时在冯蔚的干扰下,冲锋舟急剧转向,他趁机从船尾跳下去，找到发动机后的螺旋桨，利用高速转动的锋利如刀的桨叶割开绳索，解放双手，游到船体的正下面，躲过他们的枪击。

那个深夜，两轮缠斗之后，冯蔚虽然未再伤到分毫，但身体仍是雪上加霜，他爬上冲锋舟后精疲力竭，回头看了看夏昌号驶去的方向，他知道不能再回去了，回去也毫无意义，并且使命在召唤，必须尽快登上响石码头，回到宁岛港，受领任务。于是他暗示自己说服自己，郑老六对田毕雯有欣赏有喜欢，通常意义上，喜欢就会怜惜，自己不在，或许对于稳定他的情绪有积极作用，他高兴就能对她好一些，所以他抱有强烈的希望，再见到田毕雯，只是时间早晚的问题。

接近黎明，武江舰成员紧急集合，李海疆在队列前来回踱步，冯蔚的电话始终无法接通，他从来没有在这么重大的任务面前掉过链子，这次是否发生了意外，派出去打探情况的人员也没有消息传回来，李海疆心急如焚。

李海疆又看了一遍手表，说："不等了，宣布行动方案。"

那时，一个人推门踉踉跄跄地走进来，一直走到队列前头，那是他平时应该站立的位置，他试了好几下也没站直，扑通倒下了，但他不甘于躺在地上，就倚在队友的腿上，那是他对队列的尊重，是他的倔强。大家一眼就认出是冯蔚，尽管他遍体鳞伤，面目全非，像刚从前线打仗回来。

冯蔚把夏昌号轮船上的情况向李海疆陈述后，昏了过去。醒来时在卫生室的床上,有药水流进体内,卫生员守在旁边。

"行动开始了吗?"冯蔚问。

"开始了!武江舰目前所处的位置为北纬三十八度九分,东经七十九度六分,航向一八三,航速八点五节,目标直指海松号,尚未发现嫌疑船。"武江舰上的卫生员也是半个执法员,熟练应答。

"我的任务是什么?"冯蔚问。

"伤筋动骨一百天,李舰长特意交代,你的任务是休息。"

"康迪集团所属的船舶千呼万唤始出来,我要见证他们覆灭,我女朋友状况不明,我还没得到她安全的消息,这时候我怎么能休息?这辈子都不需要休息!"冯蔚情绪激动,胡乱挣扎,却动弹不得。李海疆早料到他会如此,已经让人用约束带把他捆结实了。

冯蔚大喊大叫,卫生员不得已,叫来李海疆。冯蔚顿时安静,他准备对舰长晓之以情动之以理,让他放开自己。

"你要做好心理准备……田毕雯可能遭遇了不测。"李海疆面色凝重。

冯蔚竭力放松面部肌肉,但声音发颤:"不可能,她秀外慧中,百伶百俐,郑老六只是觊觎,乃至爱慕,断然不会加害她。"

"夏昌号正在把人运回响石码头的途中,欧潮带人截停,佯装例行登临检查,逐人核对,田毕雯不在船上。"李海疆低沉地说。

"开玩笑,必然弄错了,我走的时候,她还载歌载舞。她肯定又喝多了,躲在某个角落,你们有所疏忽,没发现她而已!我告诉你吧,她醉了的样子也很美,美到骨子里了,人见人爱,哪个狼心狗肺的混蛋敢对她下黑手，除非眼瞎了。她是文艺到极致的人，会在出其不意的地方出现，会做出与众不同的举动，这都要看她的心情，而不是看你们、他们或者某个人的心情……"冯蔚滔滔不绝，不愿停下来，他怕一停下来，事情就成了定局，痛苦会吞噬他。

可说着说着，冯蔚自己都编不下去了，哇哇大哭，哭得输液架上的瓶子晃荡不止，哭得刚缝合的伤口重新撕裂，哭得约束带几近崩断。他很清楚不可能一直说下去，虚构的真实终究是泡影。没有九成把握，李海疆也不会通知他。

哭声持续从卫生室里传出去，回荡在走廊上。冯蔚哭累了，布满血丝的眼睛里燃起了火，他哭清醒了，先要把这笔账全算到康迪头上，拿下他，无数个郑老六都将浮出水面，成为瓮中之鳖，无数个拥有和田毕雯相同处境的姑娘将迎来梦寐以求的舞台，并与恋人心无旁骛地相爱。

"为什么不把他们都抓回来？"冯蔚质问。

"抓不了，没证据。欧潮等人还不能表现得太明显，匆匆下了船，我们不能打草惊蛇，只能在他们接应康迪集团走私货物的时候抓人。我理解你的心情，但是……"李海疆也红了眼圈，他的执法员们感情生活普遍匮乏，冯蔚这个大龄青年好不容易有了突破，刚要替他高兴，没想到却是昙花一现。

会哭的孩子有奶吃，撒泼打滚确实能解决很多问题，可将来受到的制约、遭到的反噬会更多。长久沉默后，冯蔚突然平静地说："舰长，敢不敢放开我，我就想亲眼看着狗日的康迪怎么束手就擒。田毕雯的走，和我当时没有通盘考虑有很大关系。我不再莽撞，吸取教训，先保全自己。"

李海疆问："你身体受不了。"

冯蔚说："让我躺在这里，心脏受不了。"

李海疆语重心长："你是武江舰上资格最老的执法员了，你是什么表现，直接影响全员士气，只要你不意气用事，我没有理由束缚你。我相信，你能承受得住，不然出发前把你留在岸上就省去很多麻烦，可那么做太不负责任。你早晚要走出来，这次要尽快走出来，这非常难，但必须做到，就像之前你一次次被打击，一次次更强大一样，因为总攻开始了，刻不容缓！我们即将直面海松号，兄弟舰艇也在直扑其他嫌疑船，成败就在今天。"

冯蔚狠狠点头，纵有万千愁苦，还是要默认，而不能否认。多年来，他像流水线上的产品，习惯了循规蹈矩，以为件件有着落、事事有回音是常态，可越多接触到社会上形形色色的人和事，才发现事实和所受的教育经常唱反调，收获是一时的，等待却是永恒，劳而不得，等而未到，才是主旋律。

阳光渐烈，舰顶旋转的雷达，像猎豹竖起的耳朵，释放着捕猎前的紧张气氛。据雷达测算，海松号距离武江舰越来越近了。

"锁定目标，侦搜对比！"

"最大航速，沿测算航向机动航行！"

指挥室，李海疆不断发出一条条指令。

舰艇迅速调整航向，静默中全速行驶，慢慢接近海松号。

"目标确认,切勿惊动,保持二十海里距离,隐蔽待机!"

武江舰降下速度,在海松号远处行驶。那时,从万米高空俯瞰,在浩瀚的海面上,不止武江舰,其他海警舰艇与所有目标船星罗棋布,看似杂乱无章,其实一双看不见的大手已经悄然布下铁桶般的阵型。

由于采取了屏蔽措施,海松号轮船内,康迪的技术团队并未发现海警舰艇的到来,但希尔高薪聘请的信息专家们在康迪的密室里却有了重大突破,海警植入密室终端系统的监控程序在夜以继日的攻坚之后被破译。

专家团的意见是直接捣毁,更换全新系统,直接让海警失去耳目。

康迪沉着冷静:"看情况我们已经被盯上,行动轨迹正在他们掌握之中,现在捣毁也来不及了,只能将计就计。"

希尔问:"什么计?"

康迪得意地说:"丢车保帅!"

康迪冒险起航,但也未雨绸缪,准备的三艘万吨巨轮,派上用场,成为海松号、海岩号、海飞号的平替船。三艘主力船以及几艘四千吨以上的大船在航行中与平替船完成货物交接,海松号、海岩号、海飞号继续带队不变,以免海警起疑。三艘平替船绕道而行,直奔第二方案中的交货岛屿,与下线"会师"卸货。同时,康迪通知剩余的四千吨以下的船舶,破坏船上雷达信号,打乱顺序，采用备选航道，各显神通，自求多福。

康迪的障眼法堪称一绝，应对手段高明，如果照此执行，海警收网真有不小难度，但他聪明反被聪明误，做了一件肠子悔青、大腿拍肿的事，也许这件事之后他能懂得"多行不义必自毙"的道理。可是，能被称之为道理的，在人们无法认清自己时，并不能成为规范，无法指引行为，现实中往往没有道理可言，道理只存在于灾难之后。

信息专家团队的工作完成后，以为可以跟随康迪登上平替船，直至安全上岸，拿到钱，飞回国。可他们太天真。

他们替康迪解决了大问题，康迪应该善待他们。希尔找来的他们，也算有功之臣，兴冲冲地找康迪邀功："一分钱一分货，没他们，我们被海警抓了还一头雾水。"

康迪说："干得漂亮！"

希尔说："这些人很特殊，成员中有间谍、有黑客，清一色的国际通缉犯，留在海松号上不妥，海警一旦登船，他们的身份必然暴露。他们要求跟我们坐一条船走。"

康迪果断拒绝："心智堪忧啊，你也知道他们的情况，待在我们身边就是烫手山芋，他们的专长，你懂还是我懂？这些人一旦掌握我们的证据，将来说不定怎么对付我们，坚决不能让他们跟我们坐一条船。"

希尔说："当初为什么同意他们到海松号上来？"

康迪说："人尽其才，现在工作完成了，不再为我所用，管他们死活！"

希尔说："如果不答应他们的请求，我担心我们一走，他们留在海松号上能坏了大事，我们控制不了他们。"

康迪说："那就全干掉！"

希尔吓了一跳："卸磨杀驴？他们与暗网有千丝万缕的联系，那是我们也不曾涉及的领域，吓唬可以，真杀了他们，怕是会惹上大麻烦。"

康迪说："你有更好的办法吗？"

希尔说："真头疼，请神容易送神难！"

康迪气度不凡："在我面前，他们敢称神？大胆下手，不怕什么暗网明网，等这单买卖做完了，我也见识见识暗网是怎么玩的。这些人在其间只是小虾米也说不定，如果不是，我们也有了大把的钱，都是求财的，一脉相承，可以摆平。"

康迪执意把信息专家团队全部枪杀，扔进大海，随后放弃海松号，转移到了一号平替船上。

其实信息专家团队既然敢接康迪集团的活儿，定留有底牌，就是为了防止康迪危及他们的生命。当时在海松号的监控终端里设置下了机关，每半个小时就得输入一组特定代码，像动车司机每隔一段时间就要踩一脚控制台下的踏板一样。如果没人去完成这个工作，监控终端会自行发送报警信号，并大量衍生复制病毒，信息系统瘫痪，康迪集团的船舶将分不清东西南北，失去远航能力。并且不光海警，其他走私组织也会收到康迪的"宣战书"，届时康迪集团将成为过街老鼠人人喊打。

信息专家们并不想要挟康迪，这么做只是为了能有和康迪谈判的筹码，没想到康迪亲自冲到密室，带头一枪先干掉了领队，领队死了，意味着剩下的人虽多，语言也不通了，这下筹码丰厚，也失去了谈判的条件，一群人呜哇乱叫之后，全被康迪的手下送去见了龙王。希尔尴尬至极，这不是他的本意，可他只是个傀儡，什么都改变不了。莫说保住专家团队，哪怕康迪让他献出自己的老婆，他都不敢有微词，多年来奴性思想养成了，很难推翻。

半小时后，孙颜和李海疆等所有执行此次任务的舰长视频连线，通报康迪船队雷达信号波动异常，并周密分析侦察机拍摄回来的视图资料，判断出康迪暗度陈仓的阴谋。

武尚舰王舰长的意思是放弃跟踪原船队，所有舰艇直逼三艘平替船，拿下康迪，何愁其余船舶不投降。

李海疆说："不妥，康迪很狡猾，如果这么做，他很可能放弃交易，或者再次转道别处，那样的话，不仅很容易丢了康迪，其他船舶也不敢交易了，即使抓到，也问不出有价值的东西。"

孙颜说："你有什么高招？"

李海疆说："好的方面，我们也要学习嘛，咱也派船接替主力舰艇的位置，持续跟着康迪的原船队，不仅要跟，还要在他们的接应船进入打击范围后，故意暴露位置，让康迪偷着乐去。这头打得越狠，康迪那头越没有思想包袱，破绽越多。"

王舰长佩服地道："明白了，我们的主力舰艇去拿下康迪的三艘平替船。"康迪将计就计，他们就上演计中计。

　　李海疆和康迪几番交锋，对其了解较深，孙颜采取了他的建议，对行动的成败起到至关重要的作用。

　　海警舰艇对康迪原船队的合围展开了，锁定后进行致命打击，那些小吨位的轮船四散溃逃，自然是白忙活一通，改变不了被捉拿押解的命运。那时，康迪高枕无忧，在第二方案中的岛屿处靠泊，和前来拉货的多艘走私船会合，没想到也已经落入包围圈。

　　武江舰和武尚舰专攻康迪乘坐的轮船，武江舰占据其上风舷一侧，水炮开始瞄准，武尚舰则占领其左前方加强航路管制，阻断其逃窜路径，形成前后夹击态势。

　　康迪发现海警船时，还不认为到了穷途末路，仗着万吨巨轮"身强体壮"，对李海疆的喊话置若罔闻，佯装撞击武江舰，再调转船头加速逃窜，很像极了"血尿"还不老实的小流氓，和巨轮的大身板毫不相符。

　　武江舰追上它后启用水炮，先后向目标船的船头、驾驶室和烟囱冲击，同时，武尚舰在前方高速机动，对康迪集团的自信心进行着无情摧残。

　　当然，外部攻击耗时耗力，拖下去夜长梦多，有可能出现更多意外情况，急需尽快使康迪就范，所以短兵相接、内部瓦解仍是处置此类对手的良策，再庞大强悍的轮船没有了指挥中枢，也是破铜烂铁一堆。

打入目标船内部，则意味着直面垂死挣扎的歹徒，执法员人身风险骤然上升，但冯蔚再三请战："我从康迪的船上掉下去的，我还要在他的船上屹立不倒，该收尾了！该了断了！刘岸看着我呢，俞瀚看着我，田毕雯……对，田毕雯就在上面，她从来没有跳下去过，她就站在那里！"是的，田毕雯又在起舞，这次她的舞姿不再千娇百媚，而是铿锵有力。

李海疆说："当你从敌船坠入深海，当刘岸牺牲在远方，我以为这辈子都过不去这个坎，不适合再当指挥员。今天听说你仍要出击，进入同样的困境，重新揭开旧伤疤，让那道老茧结得更坚硬，我既担心，又激动，因为谁不期盼这一天啊，我也要战胜自己。去吧，不过要保证，怎么去的怎么回来！"

武江舰吊放小艇，向目标船冲刺。冯蔚一马当先，完全不像个刚从病床上爬起来不久的人。大海之子，每当将自己置于波谷浪尖上，就像重生了一次。这是旁观者对于他总能以崭新面貌示人的诠释，只有他自己知道，想要不苦痛，就得用更苦痛的方式去中和。

强大的水炮击中目标船烟囱，致其熄火。但几分钟后，就在小艇即将靠近时，它竟然强行启动，继续逃窜。水炮怒吼，再次轰熄它，它隔了一会儿再次启动，循环往复。

很快，冯蔚乘坐的小艇到达目标船下沿，但目标船正快速行驶，始终无法靠上去。

武尚舰的水炮继续覆盖目标船，强大的水流再次打趴它，甲板上如洪水横流，再次熄火。从目标船内部冲出来数以百计的歹徒，手中都持有武器，穷途末路的康迪下令开火，歹徒各自寻找有利地形，疯狂扣动扳机，子弹打在武江舰上，发出清脆声响，防弹玻璃出现"蜘蛛网"，铝材凹陷，易燃部位起火，旋即被扑灭，海面上升腾起滚滚黑烟，看起来目标船火力猛烈，势头始终不减，可实际效果杯水车薪，他们知道逃不出去，精神状态混乱，什么时候弹药消耗尽了，末日就也到来了。

枪林弹雨中，冯蔚接近目标船，武江舰上的执法员进行火力掩护，辅以水炮攻击，歹徒被冲得七零八乱，无法靠近围栏。

"现在登船，掩护我！"目标船从熄火到再次启动，有几分钟的空当，冯蔚趁着这宝贵的几分钟，迅疾靠过去，徒手将硬梯挂上目标船外侧。对方是万吨货船，冯蔚乘坐的是仅几米长的小艇，体量相差巨大，硬梯挂上，冯蔚刚爬上几阶，就差点儿被晃下来。此时抬头看，是如山的船体、如瀑的水流以及不知躲在何处作困兽之斗的康迪一伙儿，向下看，是无尽深海、浪涌如潮。

冯蔚心无旁骛，身轻如燕，不断攀升。他的沉稳笃定带动了身后的执法员，前仆后继，上去一个，又上去一个……

上到第四个人时，情况突变，目标船再次强行启动，巨大的涌浪从船底喷出，微型小艇严重进水，伴随着强大的吸力，小艇向船底荡去，直至失去踪影。剩下的两名执法员在小艇沉没的最后关头抓住硬梯，再晚一秒，就会被搅进船底。

执法员蹚着及膝的积水，深入大船，潜入驾驶室。此时的驾驶室已经残破不堪，设施设备和生活用具被水流打得粉碎。

冯蔚身先士卒，击毙了反复启动主机，差点儿让执法员丧命的罪魁祸首，轮船这才彻底偃旗息鼓。十分钟后，陆续有三个登临小组上船，有的控制住驾驶室和机舱，有的展开执法取证，船上载有千余个集装箱，抽检几箱后发现既有原油，又有冻品，还有香烟和野生动物制品，触目惊心。不用想，目标船经不起查，也没想过会被查，他们的船舶证件、船员证件、货物证明一概没有，典型"三无"船只。头船被控制了，其他船上人员少、武器少，更是只有坐以待毙的份儿，绝不敢造次。走私船一艘连着一艘悉数被控制，场面恢宏，证据链条完整齐备，康迪有铁齿铜牙，也再难狡辩。

但此时登临小组搜遍船舱，也没发现康迪的踪影。冯蔚上来就是为了"剑指"康迪，找不到他，起获再多的走私品也提不起冯蔚的兴趣，将来康迪摇身一变，还会卷土重来。

冯蔚急中生智，想到，除非康迪刚才趁乱跳到海里去了，这里距离刚才的小岛有几海里，水性好的人轻松能游过去。可从万吨巨轮上跳海，相当于从高楼上往下跳，拍在海面上，没有生还可能。康迪外表收拾得温文尔雅，想死也不会挑这么难看的方式。

"助推器！救生艇！"冯蔚环顾四周，突然发现本来在甲板上方左右两边应该各挂有一个救生艇，现在却少了一个，他想一定是康迪改装了其中一个救生艇存放的位置。

冯蔚当机立断，往船尾跑，因为他猛然记起俞瀚曾经教过他，船尾也是存放救生艇的理想位置，执行特殊的、针对性强的任务时，一些船艇有如此改装的先例，但不常见。

大丰收的时节，现在是露头露脸的绝佳时机，没有人知道冯蔚为什么不在照相机的闪光灯下活动，而是那么不合群，专往边边角角钻，都揣摩不透他，所以也没人跟他一起过去。

恰到好处，当冯蔚独自抵达时，康迪果真正坐在救生艇里，改装过的助推器已经工作，救生艇马上就可以掉进海里去了，如果里面备有潜水装备，武江舰还得出动蛙人，麻烦无限加剧。

冯蔚立定瞄准，连开三枪，火花四溅，钢丝绳崩断，救生艇"哗啦啦"回到原位，康迪的表情无法形容。他解开安全带，打开救生艇的门，发型乱了，衣服皱了，一贯的儒雅被戾气覆盖，他一只脚蹬在救生艇的脚踏上，指着冯蔚的鼻子喊叫："开枪啊！"

冯蔚说："乖乖下来，有商有量！"

康迪万念俱灰："船没了、货没了、钱没了，命还留着干吗用，你不打死我，我看自己都多余！"

冯蔚说："你还堪当大用，上岸后我们还得聊聊你的上线，聊得好，你还有机会。"

康迪说："别看我走私，可盗亦有道，我平生最恨叛徒，你赶快打消这个念头。"

冯蔚说："一条邪门歪道走到黑的人才是叛徒，真正的仗义是弃暗投明，你的人生信条站不住脚，就像你现在也站不住脚一样。"隔着老远，冯蔚看得清楚康迪已经不复淡定。

"我想要的都拥有过了，你呢？什么都没守住，你有什么资格教育我？"康迪冷笑着说。

"破坏法则,搅乱平衡,罪恶深重,如此拥有,不如一贫如洗,至少活得踏实!"冯蔚和太阳一个角度,浓烈的阳光正如他犀利的目光。

康迪咬着后槽牙在笑:"你踏实吗?抓了我,你就踏实了吗?"

话里有话,也确实问到了冯蔚的命门上,竟然让他陷入片刻的思索,是啊,会踏实吗?这一路走来,到底是得到,还是在失去?如果按照生意人的逻辑分析,只见投入,未见产出,看趋势,收回本钱遥遥无期。

可是冯蔚必须回答这个问题:"我不会被人拿枪指着脑袋,不会沦为阶下囚。"冯蔚明白,正义需要伸张,但维持正义的人永远需要蛰伏,那是一个漫长的隐忍的可能不会迎来丰厚回报的过程。而且正义不擅长辩论,邪恶却总有流量,所以像康迪这样的人,经常在花花世界里抢得头彩、拔得头筹,亮相亮眼、有声有色,很多人分不清善恶,但穷富一眼便知。

"我要是你,宁可坐牢,因为你陷入了精神牢笼,再也不会得到假释。"康迪说。

"妄下定论!"

"想不到吧!这次郑老六没来,海松号那边也没他,你们的收网行动并不完美。这还多亏了你的大宝贝田毕雯,她一番折腾,等同于变相给他通风报信了。郑老六烧香拜佛多年,迷恋周易八卦,田毕雯的死让他感觉很不好,中途折返了,昨天我还臭骂他,现在想来,不服不行。你以为拿下我,就能拿下他吗?说起来，我是外来户，相对好收拾，他是坐地炮儿，树大根深，够你们头疼的了！"康迪每句话都让冯蔚心碎，因为他说的都是残酷的事实。

"郑老六先放一边，他逃不掉！我先咽下你这根骨头，一口一口吃！"心在流血，无法疗伤，还要佯装不以为然，冯蔚告诫自己不能被敌人蛊惑。

"我掰开揉碎了送给你，就看你咽得下咽不下。明说着，我身上的电子设备里有所有走私记录，别说郑老六，你们还未掌握的线索，都一应俱全，但此设备有红外线感应，但凡感应不到生命值，内容就会自动销毁，所以我还不能死。想要？把枪扔了，爬上来！"康迪还有野心，只要冯蔚敢靠近他，他就有反客为主的机会。要么将冯蔚劫持为人质跟李海疆谈条件，要么拉着他一起从船尾跳下去。

冯蔚在权衡利弊。

"你确实要考虑清楚，毕竟康利和加旺死在你手上，我很有可能是为了替他们报仇，现编了一个故事。"康迪极强的心理素质有所恢复，这个时候还在释放"烟雾弹"。

冯蔚在想要不要向上级报告，不然又是擅自行动。得出的结果是不能报告，报告了，就上不去了。

"你不怕我拉着你跳下去？我敢，你不敢，你是失败者！深海漂流、劫后余生、恋人横死，你心里的阴影层层叠叠，不光你，李海疆有阴影，江淮海警局都有阴影。你们损失不起了！"康迪喋喋不休,"上来啊,上来也行,我告诉你田毕雯跳海海域的经纬度!"

康迪得偿所愿,冯蔚脱掉了外套,露出崭新的橙红救生衣,他把枪放在地上,一步步靠近康迪。那时,有人发现了他们,大批执法员到达救生艇下方,李海疆也来了。

"别过去,他的话也能信?"李海疆喊。

"万一真有走私记录呢?我不允许有漏网之鱼!"提到漏网之鱼,冯蔚当然也有侧重,尤其指郑老六。

"时间问题,只是时间问题,我们有一百种方法查到其余走私嫌犯的犯罪证据!"李海疆说。

"我等太久了,就等这一刻,无须再等。如果我牺牲了,不要难过,俞瀚和刘岸走后,我多活一天都是赚的。"冯蔚戴上耳塞,听不到任何人的劝阻了。

终究,冯蔚和康迪面对面,他们一言不合打斗起来,在逼仄的空间里舍难分,均是血肉模糊。狙击手根本不敢打,唯恐子弹穿透两个人。

艰苦卓绝的努力后,冯蔚摸到康迪的电子设备,揣到自己身上。那时康迪也使出毕生气力,裹挟着冯蔚跳出救生艇,他以为他的目的得逞了。

那次,冯蔚重复了几个月前的动作,和新的嫌犯坠入深海,场景完全雷同,抉择一模一样。他的耳边仍有大风呼啸,但已不再有人声鼎沸,而是安静得只听得见心脏的"扑通"声,那过快的频率犹如当时他拥吻了那个做梦也不可能吻到的美丽姑娘。所以,当他的身体拍击海面的时候，他一如进入了怀抱。

天边有厚厚的彩云，飞鱼又从远处跃起，远航的船舶停止鸣笛。

李海疆几度眩晕，所有人连连惊呼。船舷上出现一排齐刷刷的脑袋，他们看见海面上开出一朵硕大的花儿，万分夺目，在狼烟与一片素色中，呈现难得的浪漫。

冯蔚的救生衣弹开了，像降落伞瞬间膨胀数倍，缓冲作用显著，他成为第一个在实战中使用这项最新科研成果的执法员。

刹那，轮船上沸腾了，数以百计的小艇围向那朵橙色的花，远看，那里成熟了一棵饱满的向日葵。顿时，寒冷中有了盛夏，困局中也有灯塔。


三个月后，江淮海警局机关，连漪等来了欧潮的求婚。门厅内人头攒动，欧潮朝心爱的女神单膝跪地，身后的大屏幕上播放着来自武江舰成员的集体祝词。

一墙之隔的宁岛看守所，杨磊即将被押解至宁水市第一监狱服刑，他刚出大门，郑老六和他的狐朋狗友正好戴着手铐脚镣排着队往里进。

杨磊乘坐的汽车开过陵园，顾澜和同为外科医生的同事老高站在陵园的高处，在给刘岸焚香、倒酒、献花。她要开始新的生活了，她认为敢于接受新感情，就要直面曾经的爱恋，绝口不提不如好好告别一遍。

与此同时，在顾澜上班的医院，章梦佳顺利分娩，她和杨磊的孩子呱呱坠地。

而在海边，冯蔚刮掉满脸的胡子，穿戴整齐，坐上冲锋舟，又一次驶向大海。他的冲锋舟和彭敖的轮船在一条航线上对向航行，他们应该是相互看到了，可他们相对无言。

那天冯蔚航行的目的地依然是蛋岛，岛上多了一块墓碑，一共有两块，正如每次到达那里，他都能看见两个自己。一个，沿着大道奋力奔跑而去，一个，沿着弯折的羊肠小道静静地走回来。

（全书完）